들짐승들의 투표를 기다리며

EN ATTENDANT LE VOTE DES BÊTES SAUVAGES
by Ahmadou Kourouma

대산세계문학총서

174

# 들짐승들의 투표를 기다리며

## En attendant le vote des bêtes sauvages

아마두 쿠루마　이규현 옮김

문학과지성사

대산세계문학총서 174

# 들짐승들의 투표를 기다리며

지은이 　아마두 쿠루마
옮긴이 　이규현
펴낸이 　이광호
주간 　　이근혜
편집 　　김은주 박솔뫼
펴낸곳 　㈜**문학과지성사**
등록번호 　제1993-000098호
주소 　　04034 서울 마포구 잔다리로7길 18(서교동 377-20)
전화 　　02) 338-7224
팩스 　　02) 323-4180(편집) 02) 338-7221(영업)
전자우편 　moonji@moonji.com
홈페이지 　www.moonji.com

제1판 제1쇄 2022년 5월 30일

ISBN 978-89-320-4023-3 04860
ISBN 978-89-320-1246-9(세트)

이 책은 대산문화재단의 외국문학 번역지원사업을 통해 발간되었습니다.
대산문화재단은 大山 愼鏞虎 선생의 뜻에 따라 교보생명의 출연으로 창립되어
우리 문학의 창달과 세계화를 위해 다양한 공익문화사업을 펼치고 있습니다.

고인이 된 삼촌 **니안코로 폰디오**의 영전에

인사와 존경을!

고인이 된 부친 **모리바 쿠루마**의 영전에

인사와 존경을!

당신들에게, 영원히 사라진 사냥의 명수인 두 분께!

당신들의 조카 겸 아들이 이 야회 이야기를 바치며

당신들의 보호, 당신들의 축복을 거듭거듭 간청합니다.

# 차례

일러두기

1. 이 책은 Ahmadou Kourouma의 *En attendant le vote des bêtes sauvages*(Paris:
Seuil, 1998)를 우리말로 옮긴 것이다.
2. 본문의 주는 모두 옮긴이의 것이다.

# 야회 I

자네의 이름은 코야가! 자네의 토템은 매! 자네는 군인이자 대통령일세. 자네에게 넋을 불어넣는 숨을 알라께서 다시 앗아 가지 않는 한 (우리를 세세토록 오래 살게 해주시길!) 자네는 여전히 골프 공화국의 대통령이자 가장 위대한 장군일 거야. 자네는 사냥꾼이지! 자네는 람세스 2세, 순디아타*와 함께 인류의 가장 유명한 세 명의 사냥꾼으로 남을 거야. 코야가라는 이름, 골프 공화국의 사냥꾼 겸 독재자 대통령을 기억하시라.

바야흐로 해가 서산으로 뉘엿뉘엿 넘어가고 있구나. 곧 어두워질 거야. 자네는 사냥꾼 무리 중에서 가장 명망이 높은 일곱 명을 불러냈지. 그들이 달려와 자네 주위로 둥글게 원을 그리며 책상다리로 앉아 있네. 모두 사냥꾼 복장이군. 붉은 빵모자에다 여러 가지 부적, 긴 거울, 마스코트가 달린 긴 웃옷을 걸쳤네. 모두가 긴 엽총을 어깨에서 허리로 비스듬히 메고 오른손으로는 파리 쫓는 호화로운 채를 보란 듯이 높이 들었어. 둘러앉은 사람들 한가운데에서 코야가 자네는 안락의자에 당당히 자리 잡았지. 자네의 오른편에는 교육부 장관 마클레디오가

---

* Sundiata Keita(1217~1255): 말리 제국을 건설한 전설적인 영웅으로서 서아프리카 구전 영웅 서사시의 주인공이다.

자리하고 있군. 나 빙고는 '소라'*야. 예찬하고 찬양하며 코라**를 연주하지. 소라는 사냥꾼들의 위업을 이야기하고 사냥꾼 용사들을 칭송하는 소리꾼, 음영 시인이야. 내 이름 빙고를 잊지 말게나. 나는 사냥꾼 집단의 악사 그리오***야.

내 오른편의 광대, 괴상한 옷차림에 피리를 들고 있는 놈으로 말할 것 같으면, 이름이 티에쿠라라네. 내 조수지. 소라는 조수 겸 제자를 늘 데리고 다녀. 티에쿠라라는 이름, 내 조수 겸 제자, 정화 단계의 입문자, 왕의 어릿광대를 기억해두게.

그러니까 우리 모두는 자네의 관저에서도 정원의 정자에 앉아 있어. 모든 것이 준비됐고, 모든 이가 제자리를 잡았지. 자 이제 사냥의 명수이자 독재자인 자네의 인생에 관한 정화의 사설을 시작하겠네. 정화 이야기는 말린케 말로 '돈소마나'****라 해. 일종의 무용담이지. 조수 '코르두아'*****를 동반한 소라가 꾸

---

* sora: 말린케 말로 사냥꾼 집단의 소리꾼 그리오를 가리킨다. 주 *** 참조.

** cora 또는 kora: 서아프리카의 현악기로서 모양은 류트 형태의 하프 같고 줄은 일반적으로 21개이다.

*** griot: 흑아프리카에서 신화를 이야기하고 과거 역사를 노래하거나 이야기하는 인물, 일종의 유랑하는 음유 시인 또는 악사로서 아프리카 구비 문학의 구현자이다.

**** donsomana: 말린케 문화에서 사냥꾼들의 공훈을 기리는 노래(창) 형식의 사냥 이야기이다. 정화의 기능을 갖는다는 점에서 구조적으로는 씻김굿과 유사하다. 그렇지만 정화의 대상이 전자는 가해자의 죄악이고 후자는 피해자의 원한이라는 점에서 양자는 입장이 정반대이다.

***** cordoua: 악사 그리오의 제자로서 그를 보조한다. 그렇지만 보조자·조수로서 맞장구만 치는 것은 아니다. 소라의 찬양에 맞서 일종의 대항 서사, 특정한 사회 집단(반대 세력 또는 민중)의 담론을 진실의 이름으로 대변한다.

려가. 코르두아는 정화 단계, 카타르시스 단계의 입문자를 가리키는 말이지. 티에쿠라는 코르두아이고 모든 코르두아처럼 익살을 부려. 재롱을 떨고 떠들썩하게 놀아. 그에게는 모든 것이 허용돼. 그가 용서받지 못하는 일은 하나도 없다네.

티에쿠라, 모든 이가 모였고, 모든 것이 정해졌어. 쓸데없겠지만 너도 끼어들어 한마디 보태봐라.

조수가 피리를 불면서 몸을 흔들어댄다. 춤을 추는 것이다. 그러다가 갑자기 멈추고는 대통령 코야가에게 말을 건다.

— 대통령이자 장군인 독재자 코야가여, 우리는 당신의 돈소마나를 노래와 춤으로 표현할 것이오. 우리는 진실을 말할 것이오. 당신의 독재에 관한 진실을. 당신의 부모, 당신의 협력자에 관한 진실을. 당신의 비열한 짓, 당신의 어리석은 짓에 관한 모든 진실을. 우리는 당신의 거짓말, 당신의 수많은 범죄와 암살 등을 고발할 것이오.

— 우리의 국부 코야가님은 명예를 중시하고 선행을 행하는 위인이야. 이분을 그만 모독해. 그렇지 않으면 저주와 불행에 쫓겨 너 자신을 망칠 거야. 그러니까 그만해! 그만두라고!

야회는 이야기에 주제가 있어야 해. 첫번째 야회의 주제는 전통의 존중이야. 이 주제는 야회의 중간중간에 속담을 통해 환기될 거야. 전통을 존중하는 것은 좋은 일이지. 전통이 존중되어야 하는 이유는 다음과 같아.


'자고새가 날아오르면 새끼 자고새는 땅에 남아 있지 않는다.'
'바오바브나무의 높은 곳에 오래 앉아 있는 새일지라도 자신

이 태어난 둥지가 덤불숲에 있다는 것을 잊지 않는다.'

'어디로 갈지 모를 때 어디에서 왔는지를 생각하라.'


1


아! 티에쿠라. 1884년 베를린에서 유럽인들이 아프리카의 분할을 논의했지. 그 결과 베냉Benin만과 노예 해안*이 프랑스와 독일에 할당된단다. 식민지 개척자들은 골프라 불리는 지역에서 흑인의 개화를 참신한 방식으로 시도하지. 그들은 아메리카로 가서 노예를 되사서 해방시키고는 골프에 정착하게 만들어.

시간 낭비였지. 완전한 실패였어. 해방된 노예들에게 유일하게 돈벌이가 되는 일은 흑인 노예의 불법 매매밖에 없었지. 그들이 다시 흑인을 사로잡아 노예로 거래하기 시작한 거야. 노예 거래는 베를린 회담 이래로 국제 협약에 의해 종결되고 금지되었는데도 말이야. 정작 식민지 개척자들은 아메리카 노예들의 해방과 정착을 부득이 포기하게 되었지.

그들은 현지의 아프리카 부족들에게서 군인을 모집하고 대포를 앞세워 조계租界**의 모든 배후지를 제압하기로 방향을 바

---

* 서아프리카 기니 만 부근의 해안 지역. 15세기에서 19세기에 걸쳐 노예 무역이 성행한 곳이다.

** 주로 개항장에 있던 외국인 거주지. 외국이 행정권과 경찰권을 행사하는 등, 제국주의 침략의 시작점이라 할 수 있다.

꾸지. 유럽인들이 아프리카의 등에 해당하는 산악 지방으로 진출해. 아프리카학자들의 저서가 탐험가에게 지침서의 구실을 하지. 그들은 이런 책들에도 기록되어 있지 않은 색다른 것, 뜻밖의 일에 직면할 때까지 정복을 계속해나가. 이 과정에서 많은 이가 목숨을 잃지.

그들은 벌거벗고 사는 사람들과 마주쳐. 완전히 벌거벗은 사람들이야. 사회 조직이 없어. 우두머리도 없지. 각 가장은 자신의 작은 보루堡壘에서 살고, 가장의 권위는 그의 화살이 날아가는 범위를 넘지 않아. 미개인 중의 미개인이지. 그들과는 예절도 폭력도 통하질 않아. 게다가 사나운 궁수들이지. 그들을 정복하려면 작은 보루들을 하나씩 점령해나가야 해. 영토가 광대하고 산이 많아. 살기에 좋은 곳도 아냐. 적은 병력으로는 실현할 수 없는 불가능한 임무지. 정복자들이 민족학자에게 도움을 청했어. 민족학자들은 그들을 나체족이라 명명해. 팔레오니그리티크*라 불러. 이 단어는 너무 길기 때문에 간단히 '팔레오'라고 하자.

민족학자들은 군인들에게 산악 지방을 우회하여 사바나로 진출하라고, 거기에서 옷을 입고 사는 흑인들, 조직되고 계층화된 흑인들을 계속 정복해나가라고 권해.

팔레오는 잠정적으로 등짐 운반과 강제 노동을 면제받게 되지. (강제 노동은 다른 원주민이 백인 이주민을 위해 해마다 이행하는 무상의 의무 노역이었어.) 팔레오는 이런 일을 하지 않아도

---

* paléonigritique: 문자 그대로는 초기(고대) 흑인이라는 뜻이다.

되었어. 사제들이 그들을 떠맡아. 벌거벗고 사는 사람들과의 소통, 그들에게 복음을 전파하고 그들을 기독교 신자로 만드는 일, 그들을 교화하는 일에 나서서 요령 있게 처신했지. 사제들은 그들을 식민지 건설에 적합하게, 관리할 수 있고 쉽게 착취할 수 있게 만들어.

각 부족, 각 공동체, 각 마을에는 영웅, 가장 유명하고 가장 칭송받는 사람, 총아가 있어. 아마 노래를 잘하거나 춤을 잘 추는 사람일 테지. 세네갈의 어느 부족에서는 상상의 이야기를 가장 잘 꾸며대는 사람, 가장 뛰어난 거짓말쟁이를 떠받들어. 카티올라*의 코나테**가家 사람들(쿠루마가*** 사람들과 농담을 주고받을 수 있는 형제들)에게는 가장 대단한 방귀쟁이가 그런 사람이야. 팔레오, 사제들과 민족학자들에게 내맡겨진 벌거숭이 사람에게서 가장 큰 경탄의 대상은 입문 격투의 투사 '에벨마'****지.

실제로 팔레오는 해마다 모든 산골 마을의 젊은이들을 불러내서 의례를 치러. 입문 격투의 의례를 말이야. '에벨라'*****라고

---

* Katiola: 코트디부아르의 도시.

** Konaté: 원래는 신화의 주인공으로 망데Mande족의 왕을 자처한다. 누구도 너를 미워하지 않는다는 뜻이다.

*** 지은이 아마두 쿠루마는 옛 족장 가문의 후손이다. 그의 성 쿠루마는 전사라는 뜻이다.

**** 프랑스어로 évélema이다.

***** évéla: 프랑스어 음역이다.

불리지. 작은 보루들 전체에서 명성이 자자하고 모든 나체족의 경탄을 한 몸에 받는 유명한 팔레오가 바로 에벨마야.

20세기 초에, 골프 북부의 산악 지방이 사제들의 권위에만 내맡겨져 있었을 때, 차오치 산악 지방의 한 나체족 주민이 옷 없이 살아가는 사람들의 긴 역사를 통틀어 가장 놀라운 에벨마(격투 챔피언)가 되었어. 그의 이름은 차오였지. 코야가 자네의 아버지지.

자네의 아버지 차오는 산악 지방 전역에서, 모든 작은 보루 뒤편에서 수도 없이 싸웠지만 목덜미가 땅에 내리꽂힌 적이 한 번도 없었어. 산골에서는 그와 대등하게 맞설 자가 없게 되자, 그는 평원으로 내려와 푈, 모시, 말린케* 등 여러 종족의 사람들에게 도전했지. 이 아프리카 땅의 어떤 종족에서도 그와 대적할 도전자가 나타나지 않았어. 그리오들이 그를 찬양했고 상찬했지. 그들은 또한 프랑스인들이 싸움꾼 용사를 찾아 고용한다는 사실을 그에게 알려주었어.

유감스럽게도 그것은 착각이었어요. 사실이 아니었죠. 프랑스인들과 블레즈 디아뉴,** 세네갈에서 흑인들의 징병을 책임진 최초의 흑인 하원 의원은 투사를 찾지 않았어요. (그들의 정신을 사로잡은 명분은 악어가 우각호를 떠나는 이유보다 더 뜨거운

---

* Peul, Mossi, Malinké: 서아프리카의 대표적인 민족 집단.

** Blaise Diagne(1872~1934): 세네갈 출신으로 아프리카 최초의 프랑스 하원 의원이 되었다. 아프리카인들이 프랑스 정치에 온전히 참여할 수 있어야 한다고 주장한 열렬한 동화 정책 지지자였다. 식민지 군대에 징집된 아프리카인들의 권리를 위해 중요한 역할을 했다.

것이었죠.) 그들은 바다 건너편에 보낼 흑인 병사들을 요청하고 동원했지요. 전쟁으로 인해 프랑스의 땅과 마을이 황폐해졌던 거죠. 교육부 장관 마클레디오가 사냥의 명수, 장군의 오른편에 앉아 설명한다.

불행히도 산골 주민들의 언어에서는 하나의 동일한 어휘가 주먹다짐, 격투, 전쟁의 세 가지 의미를 다 나타내. 그래서 차오는 바다 건너편에서 벌어지고 있는 대규모의 세계 격투 선수권 대회에 나가기 위해 식민지 행정 지부의 사령관을 찾아갔어. 그를 맞이한 프랑스인들이 그의 애국심을 칭찬해 마지않았지.

─그는 위험에 처한 모국 프랑스의 비장한 호소에 응한 최초의 나체족 사람이었죠.

그들은 그를 징집하여 다카르로 보냈어요. 그는 1917년 베르됭Verdun으로 출발하려는 세네갈 원주민 보병 연대에 소속되었지요. 차오는 참호에서 자신의 연대가 독일 포병대의 격렬하고 요란한 집중 포격을 받았을 때 비로소 전쟁과 격투 사이의 차이를 알게 되었죠. 굉음을 내는 집중 포격이 거의 세 달 동안 줄기차게 계속되었어요. 진짜 나체족 사람이라면, 진짜 차오치 출신이라면 교통호의 진창과 추위 속에서 죽음을 체념하고 받아들일 수 없지요. 티에쿠라가 설명한다.

어느 날 아침 차오는 분한 마음을 못 이겨 하사관의 명령에도 불구하고 교통호에서 기어올라 정면의 참호로 돌진하고는 독일군을 기습하여 총검으로 다섯 명을 죽였어. 그러나 여섯번째 독일군이 그의 등 뒤로 다가와 개머리판으로 그를 때려눕히고는 그의 몸을 총검으로 마구 찔렀지. 그런 다음에 참호 밖의 평지로 내던졌어. 프랑스 병사들이 포복해서 시체를 회수했지. 이 산골 사람의 발가락 하나 어딘가에 생명의 기운이 아주 조금 남아 있다는 것을 확인하고는 그에게 온 정성을 쏟았어. 그를 소생시키고 치료하는 데 성공했지. 일일 명령에서 그가 수훈자로 거명되었어. 프랑스 군대에서 가장 명예로운 네 가지 훈장, 즉 무공 훈장, 십자 무공 훈장, 레지옹 도뇌르 십자 훈장, 식민지 훈장이 그에게 수여되었지.

차오는 회복기여서 힘은 없었지만 이 훈장들을 치렁치렁 달고 산골 마을로 되돌아왔어. 산골 마을에서 유능한 치료사들이 달려왔지. 그리고 그에게 나뭇잎과 뿌리를 달여 먹이고 주술을 시도했어. 마침내 그의 모든 능력, 심지어는 옛 격투 챔피언으로서의 솜씨와 용기까지 되찾게 했지.

이 퇴역 병사가 완전히 회복되어 밖으로 나가고자 했을 때였어. 그는 진퇴양난에 빠졌지. 반드시 해결해야 하는 딜레마였어. 의복을 벗고 본래의 알몸으로 돌아갈 수 있었으나, 그럴 경우 훈장 없이 외출해야 했던 거야. 훈장은 머리털에 고정할 수도 목에 매달 수도 음경 싸개에 붙일 수도 없었지. 훈장을 자랑하려면 프랑스군이 남겨준 군복 상의를 반드시 걸쳐야 했어. 차오는 망설였지. 어느 날 아침 그는 당당하게 가슴을 펴고 차오치 마을 사람 모두 보란 듯이 훈장으로 덮인 꽉 끼는 군복 상의를 걸치고서 용감하게 외출했어.

마을의 어른들이 신성한 숲에 모여 우선은 수차례 충고를 하고 다음으로는 권위를 앞세워 협박했지. 아무 효과도 없었어.

차오는 훈장이 주렁주렁 달린 꽉 끼는 군복 상의를 입고서 산골 마을의 모든 길에서 아침저녁으로 으스대며 걷기를 계속 했지.

그것은 위반이었어. 나체족 공동체에 큰 해악을 끼칠 수 있는 위반이었지. 이 고장의 가장 명망이 높은 격투 챔피언이 저지른 행위였기 때문이야.

알몸으로 살아가는 사람들의 세계는 천년의 역사에서 그때까지 오로지 외부로부터 오는 공격에만 맞닥뜨렸죠. 역사상 처음으로 공동체 한가운데에서 내부의 요소에 의해 이의가 제기된 거죠. 마클레디오가 설명한다. 사바나의 가장자리에서 일어난 관목 숲의 불은 퍼지지 않도록 막을 수 있지만, 관목 숲의 한가운데에서 일어난 불은 끌 수 없는 법이지요. 총알이 발을 관통할 때에는 살아남을 수 있지만, 총알이 심장을 뚫으면 결코 살아남을 수 없어요.

나체 생활이라는 예부터 지속되고 존중된 팔레오 전통이 침해된 거야. 이것을 알라와 조상의 넋이 벌하지 않고 가만히 내버려둘 리가 없었지. 차오는 과오의 대가를 아주 비싸게 치렀어. 차오의 위반 덕분으로 식민지 개척자들의 목적이 이루어졌던 거야. 그들의 관찰이 확증되었지. 이에 따라 몇 가지 중대한 결정이 내려지게 되었어.

프랑스인들은 문명인다운 혜안으로 다카르와 베르됭에서 원주민 보병 차오의 모든 거동과 행동을 주시했었지. 심지어는 통계학적으로 분석했어. 목록과 도표를 작성하고 이에 관해 논평하면서 확신을 얻었지. 산골 주민 차오는 다른 원주민 보병처럼 챙 없는 붉고 둥근 모자를 쓰고 붉은 플란넬로 허리를 두르고 다리에 각반을 감고 신발을 신을 줄 알았어. 흔히는 평원의 몇몇 부족 출신의 거류민들보다 더 능숙했지. 숟가락으로 음식을 먹고 골루아즈 담배를 피우기에 이르렀어. 별로 어렵지 않았지. 프랑스 당국은 그가 산골 마을로 귀환해서 애초의 알몸 상태로 돌아가기를 거부했다는 것을 확인하고는 기꺼워했어. 팔레오니그리티크에게 허용된 우대 규정의 유지를 요구하면서도 알몸의 산골 주민도 모든 인간처럼 욕구를 가지고 있다고 지적하는 민족학자의 모순된 견해를 행정관들이 재검토했지.

식민지부에서는 알몸으로 살아가는 사람들도 문명화와 기독교도화 그리고 강제 노동의 부과가 가능하다고 최종적으로 결론을 내렸어. 다시 말해서 백인 이주민을 위해 1년에 세 달 동안 보수를 받지 않고 의무적으로 노동할 수 있다고 판단했지. 그들에게 인두세를 요구하는 것이 가능해졌어. 그들이 경제적으로 착취당할 수 있게 된 거야. 그들의 개화가 수익성 있는 실행 가능한 사업으로 떠올랐지. 산악 지방의 정복 비용이 급격히 감소했어.

우리는 프랑스인들의 모든 것을 간파할 수 있지. 그렇지만 양심적이고 인정 있는 식민지 개척자들의 대단한 경험은 결코 흉내 낼 수조차 없어. 관찰 끝에 정복이 보상과 수익을 가져다줄 수 있는 것으로 판단되면, 그들은 전혀 망설이지 않고 가르치고 돌보며 기독교도로 만드는 사명을 기억해내. 그들은 이 사명을 큰 소리로 부르짖고 곧장 실행에 옮겨.

이윽고 그들이 공격했어. 프랑스인들은 독일과의 전쟁이 완전히 끝나기를 기다리지 않았지. 충분히 훈련되고 현대식 무기가 갖추어진 병력으로 산악 지방을 포위했어. 차오는 격투 챔피언으로서 당연히 산악 지방 전역의 총사령관이 되어 궁수를 모으고 산악 유격대를 편성하고는 규율을 잡아나갔지. 작은 보루별로 주민들이 저항했어. 우기 동안 많은 인명을 빼앗는 매복으로 인해 프랑스 군대는 작은 보루에서 매우 멀리 떨어진 골짜기에서 꼼짝하지 못했지. 프랑스인들은 흑인들처럼 주술사에게 의논하러 가지 않았어. 민족학자를 만나보러 갔지.

배신은 가까운 친구에게만 당하는 거야. 팔레오니그리티크의 친구인 민족학자들이 프랑스군 사령부에 정면 전투를 중단하라고 조언했어. 산악 지형에서 나체족에 대항하여 벌인 수차례의 정면 전투에서 승리하지 못했으니까. 참을성을 발휘해야 했지. 인내력 있는 사람은 돌로 국을 끓여 마실 수 있다는 팔레오 속담을 민족학자들이 군인들에게 설득의 근거로 끌어댔어. 군인들에게 그저 평온하게 야영하고 건조한 열풍을 기다리라고 넌지시 권했지. 이 세상에서 어떤 것도 산골 주민으로 하여금 제철의 입문 격투를 포기하게 만들 수 없다고 단언했어. 식민지 군대의 사령관은 나름 생각이 있어서 민족학자의 말에 귀를 기울였지.

건조한 열풍이 불어오기 시작하면서 처음 며칠 동안 아침에 안개가 끼고 제철을 알리는 새들이 처음으로 도착하자마자, 전사들이 한 사람씩 고산 지역의 은신처와 작은 보루의 참호에서 빠져나오는 것을 볼 수 있었어.

— 그들은 이 세상에서 가장 고요하게 신성한 숲의 주변부에 있는 마당 쪽으로 향했지요. 티에쿠라가 구체적으로 밝힌다.

프랑스인들은 문명인답고 기독교도다운 평정을 유지했지. 그들이 모이도록 내버려두었어. 불평하지 않고 말이야! 전사들이 결투의 예법에 따라 독화살을 내려놓고 격투 마당 안으로 들어가기를 가만히 기다렸지. 눈도 깜박이지 않고 성호도 긋지 않고 말이야! 백인, 문명인의 으뜸가는 힘은 그의 연발총이 아니라 인내심이야. 프랑스인 정복자들은 격투가 시작되고 분위기가 달아오를 때까지 참고 또 참았어. 차오는 여전히 무적의 에벨마였지. 그가 둥글게 모여 있는 사람들의 한가운데로 들어섰어. 그러자 노래가 울려 퍼지고 탐탐*이 탁탁 소리를 냈지.

— 벌거숭이 사람들은 모든 흑인의 조상이고 세계의 모든 흑인처럼 음악과 춤으로 인격이 형성되죠. 틀림없이 경기에 도취되어 전쟁 중이라는 사실을 까맣게 잊어먹었을 거예요. 티에쿠라가 단호한 어조로 말한다.

프랑스인들은 소총 한 번 쏘는 수고도 하지 않았어. 그럴 필요가 없었지. 자신의 그물 안에 들어 있는 뿔닭**은 쏘지 않는 법이야. 프랑스 군대는 불쑥 나타나 무장이 해제된 전사들과 그들의 총사령관 차오를 포위하고 체포하기만 하면 됐어.

---

\* tam-tam: 북처럼 생긴 아프리카의 전통 타악기. 열 손가락으로 두들겨 소리를 낸다.

\*\* 꿩과의 새. 머리에 골질의 뿔이 있고 꽁지가 짧다. 서아프리카의 숲 가까운 들에 무리 지어 산다.

차오는 뒤따르기를 거부했고 척후병에게 맹렬히 저항했어. 프랑스인들은 이 전사에 의해 사망하게 된 모든 동포의 복수를 해야 했지. 갖은 수단을 아끼지 않고 그를 고문했어. 소가죽 밧줄과 노예용 쇠사슬로 그를 묶었지. 산골 지역의 행정 지부가 관리하는 라마카Ramaka의 중앙 감옥으로 끌고 갔어.

형무소에서 차오는 밧줄을 끊고 쇠사슬을 부수었지. 수감자들과 교도관들 사이에 공포감이 퍼졌어. 프랑스 교도관들은 파리에서 특별히 제작된 쇠사슬을 식민지의 수도로부터 가져오지 않을 수 없었지. 이 반골을 묶어두기 위해서였어. 바닥과 벽에 시멘트로 고정된 쇠사슬로 그를 붙잡아 맸지.

─쇠사슬에 묶인 차오는 감방 바닥에서 자신의 똥오줌으로 뒤범벅이 된 채 굶주림과 목마름으로 죽을 지경이었어요. 이런 상태로 세 달 동안 갇혀 있었죠. 백인들의 고문을 수도 없이 받았어요. 그러다가 이 세상을 하직했죠. 백인들에게 용사의 본보기였었는데 말이에요.

코야가! 이러한 육체의 고통과 정신의 괴로움은 배은망덕 탓이네. 알라와 조상들의 넋은 바로 이를 통해 자네 아버지의 중대한 위반*을 벌했어.

나의 아버지 차오는 틀림없이 3주 내에 죽었을 것이오. 하지만 나의 어머니 덕분으로 세 달이나 더 살았죠. 코야가가 덧붙

---

* 벌거숭이로 살아가는 것이 전통인 사회에서 당당하게 옷을 입고 다닌 것을 말한다.

인다.

자네의 어머니 나주마는 남편이 쇠사슬을 차고 있는 감옥의 문밖에 자리를 잡았어. 온갖 약초 뿌리로 효험 있는 탕약을 달이고 강력한 주술을 부릴 줄 알았지. 확고한 인맥을 맺을 줄도 알았지.

자네의 어머니 나주마는 관대하고 선량했어.

교도관들과 남자 간호사의 암묵적인 동조에 힘입어, 특히 그녀만이 비결을 알고 있는 초자연적인 일들 덕분으로 감옥의 넘을 수 없는 벽을 통과했어. 아내의 다양한 조력 덕분으로 차오는 세 달 동안 죽지 않고 저항할 수 있었던 거야.

자네의 아버지는 숨을 거두기 전에, 자신에게 깃들어 있는 수많은 팔레오니그리티크 영혼들을 차례로 돌려주기 전에, 노래하고 예언했지. 프랑스인들에 대해 그는 푸타잘론*보다 더 엄청난 저주의 주문을 퍼부었어.

그는 자신의 외아들인 자네, 자네를 불렀지. 당시에 자네는 일곱 살이었어. 그가 자네에게 마주 보고 말했지. 자네에게 무슨 말을 했어, 무엇을 설명했지?

—내가 겪는 잔혹한 종말은 징벌이란다, 조상들의 넋이 저주하고 분노했기 때문이지 하고 아버지가 내게 말하기 시작했소. 코야가가 대답했다.

그러고 나서 그는 천천히 평소보다 더 힘을 냈어요. 사실상

---

* Fouta-Djalon: 기니의 광대한 산괴. 서아프리카 물의 성이라는 별칭이 있다. 그만큼 많은 비가 쏟아지는 지역이다.

기진맥진하고 삶의 막바지에 이른 상태였는데 말입니다. 그러나 영감을 받은 듯이, 마지막 말을 하는 사람이 으레 취하는 고양된 웅변의 어조로 천천히 내게 말했죠. 나의 고약한 최후는 복착服着의 터부를 어긴 죄로 내게 가해진 징벌이야. 조상의 넋은 나의 과오가 죽음, 가장 끔찍한 상황 속에서의 죽음으로써만 속죄될 수 있다고 여긴 것이지. 나는 이를 알고 있었어. 무엇이 나를 기다리고 있는지 알고 있었지. 당연히 벌을 받아야 해. 벌을 자초했어. 우선 너를 위해, 다음으로 모든 팔레오 부족의 모든 젊은이를 위해 나를 희생했지. 다카르와 프랑스 그리고 베르됭으로의 여행을 통해 세계가 옷을 입은 사람들의 세상이라는 것을 알았어. 옷을 입지 않고는, 우리의 알몸을 포기하지 않고는 그 세계로 들어갈 수 없단다.

내가 알몸을 부끄러워한, 감히 옷을 입고자 한 최초의 격투 챔피언임은 사실이야. 다른 어떤 것도 아니라 알몸이 수천 년 동안 만딩고Mandingo족, 하우사족,* 모시족, 송가이족,** 베르베르족, 아랍족 등으로부터 우리를 보호해온 것도 사실이야. 모든 침략자, 제국 설립자, 외래 종교로의 개종자가 우리를 경멸하고 너무 미개해서 교우로 삼을 수도 착취할 만하지도 않다고 판단한 것은 바로 우리의 알몸 때문이지. 아마 프랑스의 식민지 개척자들도 동일한 경멸의 마음을 가졌을 거야. 만일 내가

---

* Hausa: 나이지리아 북부와 니제르Niger 남부에 정착한 사헬Sahel의 한 민족으로 베냉, 가나, 카메룬 북쪽에도 많이 살고 있다.

** Songhai: 나이저 강 계곡의 민족으로 말리, 니제르, 베냉의 북부에 주로 분포해 있다.

온 세상에 맞서지 않았다면, 특히 옷을 입는 미친 짓, 바보짓을 저지르지 않았다면, 아마도 프랑스인들이 우리의 은신처를 침해하지도 우리를 기독교 신자로 만들지도 않았을 거야. 그러나 우리가 옷을 입고 살아가게 되는 것은 필연이었어. 아무리 저항한다 해도 몇 년 늦춰지는 정도였을 거야. 다만 우리가 세상 속으로 들어가는 것이 연기되고 우리가 평원으로 내려가 더 비옥한 땅을 경작하는 것이 늦추어질 뿐이었을 거야. 우리의 자식을 학교에 보내는 것 등이 미루어졌을 거야. ……연기되었을 뿐 ……보류되었을 뿐 …… 유예되어……

나의 아버지는 말끝을 맺지 못했어요. 자신의 대소변 속에서 쇠사슬 위로 갑자기 실신했죠. 이튿날 죽었어요.

지하 감방에서 쇠사슬에 묶여 사경을 헤매는 아버지의 모습은 평생 동안 잊지 못할 것이오. 그 모습은 끊임없이 내 꿈에 출몰할 겁니다. 내가 그 모습을 환기하거나 그 모습이 시련이나 패배의 시기에 내게 나타날 때, 그 모습은 나의 힘을 크게 늘릴 것이고, 그 모습이 승리의 시기에 내게 떠오를 때면, 나는 어떤 인정도 양보도 없이 냉혹해질 것이오. 코야가가 덧붙였다.

어떤 이야기에서건 때때로 숨 돌릴 필요가 있지. 소라가 잠시 쉬었다가 하자고 언명한다. 그러고 나서 코라로 노래를 연주한다. 이에 맞춰 조수가 5분 남짓 자유분방하게 춤을 춘다. 춤을 멈추고는 동일한 가락을 피리로 다시 연주한다. 소라가 그에게 연주를 중단하라고 요구하고 전통에 관한 몇몇 속담을 읊는다.


'낡은 줄 끝에 새 줄 꼰다.'

'너는 휴무일에 경작하지만 비범한 사람은 말을 마음속에 간직한다.'

'코끼리 뒤로 걸으면 이슬에 젖지 않는다.'


## 2


아, 티에쿠라! 프랑스인들은 차오를 제거한 후에 일단 수많은 산골 주민의 지배자가 되자 인두세의 징수, 원주민 보병의 징집, 강제 노동, 기독교로의 개종에 만족하지 않고 학교가 필요하다고 주장했어. 그들은 전통주의자들, 퇴역 병사들, 옛 격투 챔피언들, 사냥꾼 용사들, '심보'*들, 그리오들에게 아들을 학교에 보내라고 요구했지.

코야가는 첫번째로 모집되어 라마카의 학교로 보내진 아이들 중의 하나였어. 당시에 열 살이었지.

학교에서 코야가가 어떠했는지에 관해 말하기 전에, 그의 출생을 거론할 필요가 있어. 돈소마나, 문학 장르 돈소마나는 주인공의 배아가 어머니의 태내에 놓인 순간부터 주인공에 관해

---

\* simbo: 원래는 사냥꾼의 호각을 의미했다. 제유법에 따라 사냥꾼 자신을 가리키게 되었다. 특히 말리 제국을 건설한 우두머리 사냥꾼 순디아타 케이타의 별칭이다. 그의 군대는 주로 사냥꾼들로 구성되었다.

말해야 하는 법이지. 우리는 어떻게 코야가의 배아가 나주마 안에 받아들여졌는지 나중에 이야기할 거야. 지금으로서는 잉태에만 집중하자.

내 사랑하는 제자, 코르두아, 조수 티에쿠라, 잘 들어라. 금요일의 이튿날은 토요일이라 일컬어져. 코야가는 어느 토요일에 태어났어. 아기의 잉태는 보통 아홉 달 동안 지속되는데, 나주마는 꽉 찬 열두 달 동안 아기를 배 속에 지니고 있었지. 일반적으로 여자는 기껏해야 이틀 산고를 겪는데, 코야가의 모친은 일주일 내내 분만으로 고생했어. 사람의 아기는 표범 새끼보다 더 강건한 모습으로 나오지 않는데, 나주마의 자식은 몸무게가 새끼 사자와 같았지.

이 갓난아이의 인성, 본성, 성격은 무엇이었는가?

산모가 해산을 하여 신생아가 새벽에 바닥으로 떨어졌을 때 모든 이가 알게 되었어.

동물들도 방금 태어난 아기가 가장 뛰어난 사냥꾼이 될 운명이라는 것을 알았지. 체체파리들이 먼 덤불숲과 산골을 떠나 이 갓난아이에게로 덤벼들었어. 코야가, 자네는 체체파리를 두 손으로 한 움큼씩 으깼지. 자네는 이유식을 슬쩍 먹는 햇병아리와 회색도마뱀을 네 발로 모조리 때려잡았어. 자네가 다섯 살이었을 때, 쥐들은 구멍 속의 안전과 평안을 잃었지. 자네는 쥐잡기의 명수였어. 염주비둘기들은 나뭇가지에서 휴식을 즐길 수 없었지. 자네는 새총 쏘기의 명수였으니 말일세.

자네가 아홉 살이었을 때에는 먼 덤불숲과 산골마다 생명을 잃는 짐승들의 비명 소리가 울려 퍼졌지. 동물들의 대열이 돌이킬 수 없이 듬성듬성해졌어. 수많은 동물이 고아가 되었던 거야.

코야가, 자네는 벌써 표범을 화살로 맞혀 죽였지. 야회가 있는 밤이면 사냥의 명수들 사이에서 춤을 추었어. 그때마다 백인들이 와서 자네를 학교로 데리고 가려 했네. 맹수는 길들여지지 않아. 진짜 맹수는 결코 길들일 수 없는 법이야. 코야가, 자네는 열정과 혈기가 넘쳤지. 방 안에 있으면 숨이 막혔어. 자네가 숨 쉬기 위해서는 넓은 공간, 하천, 산, 끊임없는 도전과 위험이 필요했지. 자네는 학교를 몹시 싫어했어. 학교에 구역질이 났지. 사냥꾼 용사와 격투 챔피언으로서의 삶을 계속하고 싶었지. 이미 고향 산골의 모든 작은 보루를 통틀어 가장 뛰어난 싸움꾼이었으니 학교가 따분할 수밖에 없었어. 교사는 회초리로 때리고 야단쳤네.

개학 후 몇 달이 지나자 바람의 방향이 바뀌고 아침마다 안개가 끼었어. 햇볕이 강렬하게 내리쬐는 낮 동안, 멀고 드넓은 덤불숲에서 회오리바람이 윙윙거렸지. 나뭇잎이 노랗게 변했고, 벌거벗은 나뭇가지가 무자비한 하늘을 향해 고뇌로 울부짖는 듯했어. 밤이면 지평선이 먼 덤불 화재의 희미한 빛으로 밝아졌지.

우기에 뒤이어 또 다른 계절이 이제 막 시작된 거야. 이 새로운 계절을 하르마탄*이라 해. 산악 지방에서 격투, 춤, 사냥

---

* harmattan: 11월과 3월 사이에 서아프리카와 사하라 지역으로 불어오는 매우 건조하고 차갑고 먼지가 많은 바람.

의 열풍이 부는 시기지. 산악 지방에서 멀리 떨어져 하르마탄을 보내는 것은 진짜 나체족이라면 받아들일 수 없는 일이지.

자네는 자네와 같은 산골 출신자로서 라마카의 시골 학교에 다니는 아이들을 모았어. 달이 지자마자 자네들은 일제히 탈주하여 새벽녘에 차오치 고산 지역의 언저리에 도착했지. 노래를 부르면서 셔츠, 반바지, 속옷을 벗어 던지고는 음경 싸개를 걸쳤어. 화살로 무장했지. 작은 무리를 이루어 춤, 의례, 사냥에 뛰어들었어. 산악 지방에서 하르마탄에 벌어지는 축제에 도취하면 열광에 휩싸이고 모든 것을 잊게 되지.

코야가와 친구들은 세 달 후에야, 궂은 계절이 찾아와 지평선이 보이지 않게 되고 산악 지방이 푸른 초목으로 뒤덮이고 나서야 자신들이 초등학생의 신분이라는 사실을 떠올렸어. 불행히도 너무 늦어버렸지!

자네들의 교사는 이름이 수자였네. 브라질 해방 노예의 자손이었지. 수자는 탈주를 확인하자마자, 소란스럽고 규율을 지키지 않는 산골 야생아들을 모조리 쫓아내기로 결심했어. 자네들이 돌아오자, 그는 교실로 들어가지 못하게 막았어. 사령관의 집무실로 올라가 이 백인 행정관에게 자네들의 퇴학 통지서에 서명해달라고 했지.

백인이 거절해. 근거를 대면서 단호하게 거절해.

그는 산골 팔레오를 좋아해. 그들을 관찰하는 데 흥미를 느껴. 그들을 이해해. 식민지 행정관으로서 유일하게 산골의 어린 팔레오를 학교로 보내 문맹에서 벗어나게 하고 있다고, 최초로 나체족을 교양인으로 만드는 중이라고 자부하지. 식민지부 장관에게 그러한 취지의 보고서를 보내네.

교사는 코야가와 그의 친구들이 벌이는 돌출 행동을 부득이 용납할 수밖에 없게 되었네. 원주민 초등학생들의 탈주에 대한 처벌 규정에 따라 그들의 벌거벗은 엉덩이를 회초리로 서른 번 때리고 나서 그들에게 옷을 입게 했어. 산골 아이들의 엉덩이를 서른 번 때려보았자 그들을 단념하게 하는 데에는 아무런 소용이 없었어. 이 반항아들에게는 살짝 어루만지는 정도일 뿐이었지. 그들은 다시 시작했어. 몇 번이고 되풀이했지.

6년 동안 매년 하르마탄 초에 코야가는 산악 지방의 다른 야생아들로 하여금 기숙사와 교실을 떠나 산속에서 건기乾期의 열광을 되찾도록 부추겼지. 매번 그들은 하늘에 구름이 잔뜩 끼기 시작하자마자 학교로 복귀했어. 그리고 매번 교실의 걸상에 다시 앉기 전에 차례차례로 교단 위로 올라가 엉덩이를 까고 수자 선생의 매를 서른 번 맞았지. 백인 행정관은 여전히 단호했어. 미래의 최고 지도자와 그의 친구들을 퇴학시키는 데에 동의하지 않았지.

학교를 다니기 시작한 후 일곱번째 우기가 지났을 때, 코야가는 수업증서를 받았어. 상급 학교 입학을 위한 필기시험에 합격했지. 하지만 불행히도 구두시험이 하르마탄이 한창일 때 치러졌어. 그는 훌륭한 사냥의 명수로서 하르마탄의 축제와 관례적인 입문 격투에 참여하러 산골로 불려가는 바람에 구두시험을 치지 못했어. 하늘이 가려지고 짐승의 발자취가 사라지고 골짜기에 진흙투성이의 급류가 콸콸 흐르고 산이 다시 푸르러지고 수풀로 빽빽해질 때 코야가는 화살과 음경 싸개를 내려놓고 교실로 돌아갔어.

교사는 여느 때처럼 진지하게 이 산골 아이의 볼기짝을 규정에 따라 회초리로 서른 번 때렸지. 하지만 그를 교실 걸상에 앉히지는 않았어. 코야가는 시골 학교의 초등 교육을 마쳤고, 따라서 이제는 교실에 그의 자리가 없었으니까. 수자 선생은 코야가를 산골로 돌려보내겠다고 사령관에게 알리기 위해 집무실로 올라갔네.

이 백인은 그를 기숙 학교에 붙들어두라고 교사에게 지시했지. 코야가는 산골로 아주 돌아가서는 안 된다는 것이었어. 프랑스는 차오의 아들에 대해 빚이 있었던 거야. 자네의 아버지, 원주민 보병 차오를 감방에 집어넣었지 않나. 원주민 보병 차오는 세계대전 동안 독일군 다섯을 죽였고 산악 지방에 옷 입기를 도입한 최초의 사람, 따라서 개화의 계기를 마련한 최초의 사람이었는데도 말이야. 사령관은 차오의 아들을 계속 공부시킬 의무가 있다고 생각했지. 그는 다른 부대들의 지휘관에게, 총감에게, 식민지 지사에게, 연방 총독에게, 심지어 식민지부 장관에게 편지를 쓰고 전보를 보냈어. 행정 지부의 소재지로 말을 타고 가기까지 하는 등 몹시도 강한 확신을 갖고 뛰어다녔지. 산악 지방의 행정 기관이 보증한 최초의 나체족 사람, 산골 팔레오인 자네를 위해, 프랑스령 수단에 위치한 카티* 부대의 군인 자녀들이 다니는 학교로부터 입학 허가를 얻어냈어.

---

* Kati: 말리의 도시로서 바마코Bamako에서 15킬로미터 떨어져 있다.

바마코*에 도착하면 카티에 거의 다 온 셈이야. 카티는 바마코에서 멀지 않아. 카티에는 독서와 산수에서 코야가보다 더 나은 아이들이 있었어. 장애물 통과 훈련과 사격에서 코야가와 대등한 아이들이 있었지. 그러나 싸움질과 불복종에서는 아무도 코야가를 능가하지 못했어.

하르마탄과 함께 코야가의 마음속에서 투사 기질과 이미 사냥꾼 용사가 된 산골 사람의 본성이 다시 솟구쳤어. 그가 끈기를 갖고 진지하게 계속한 일은 오로지 자신을 사냥꾼으로 만들어나가는 것뿐이었지. 카티에서 그는 위대한 사냥의 명수를 만나 그의 가장 충실한 제자, 동반자, 견습생이 되었어. 학교로 돌아가 자신의 사냥꾼 스승과 함께 있지 않을 때면 불량하기 짝이 없는 선동자가 되었지.

기숙사에서, 구내식당에서, 운동장에서, 교실에서 모욕적인 말을 하고 욕설을 퍼붓고 깨뜨리고 때리고 주먹으로 패고 쓰러뜨리는 자는 언제나 자네였어. 이 학교를 이끌어가는 중위는 자네의 야만성에 몹시 진저리가 나서 생루이**의 군부대 자녀를 위한 학교로 자네를 보내버렸네.

생루이는 세네갈의 끝에, 세네갈 강의 하구에 있어. 당시에는 세네갈 식민지의 수도였지. 생루이에는 프랑스령 서아프리카의 군부대 아이들을 위한 모든 학교를 감독하는 대령이 있

---

* Bamako: 말리의 수도.
** Saint-Louis: 서아프리카에서 유럽인들에 의해 건설된 최초의 도시로 세네갈 강의 하구에 위치해 있다. 도시 전체가 유네스코 세계 문화유산이다.

었지. 누구나 보아 알고 있는 바와 같이 대령은 코야가를 받아 들였어. 두 다리 사이에 단단한 불알을 지니고 있는 원주민 보병, 주먹다짐하고 싸우기 좋아하는 원주민 보병에 대해 큰 목소리로 찬탄했지. 나체족 남녀의 아들 코야가는 산골에 대한 향수로 괴로워했어. 반면에 동료들과 벌이는 싸움은 즐거워했지. 두 친구가 그를 도발한 하르마탄의 그날 아침까지는 그랬어. 도발자들이 쓰러졌어. 각자 팔다리 한 곳이 부러진 상태로 일어났지. 중재하고자 개입한 학생감은 턱이 망가져 현장을 떠났어. 대령은 웃음을 그치지 못했지. 코야가가 이미 병사의 정신과 체격을 갖추었다고 생각했어. 우수한 병사의 전형인데도 교실의 걸상에서 시간을 낭비하고 있다는 것이었지. (규정에 따라) 한 달 동안 그를 감금했어. 석방에 즈음하여 그를 학교에서 내쫓아 세네갈 원주민 보병 부대에 이등병으로 징집되게 했어.

나의 조수 코르두아 안녕! 마클레디오 장관 안녕하시오! 사냥의 명수들, 최고 지도자, 여러분 안녕하신가!

위반은 건기가 한창일 때 드넓은 사바나에 던져진 작은 숯불과도 같아. 어디에서 불길이 붙는지는 누구나 알지만 어디에서 불길이 멎을지는 아무도 모르지. 차오의 위반으로 인해 산골 아이들의 취학이 촉발되었을 뿐만 아니라 산악 지방 주민을 대상으로 대대적인 원주민 보병의 징집이 야기되었어. 산악 지방이 원주민 보병의 보고가 된 거야. 거기에서 프랑스인들이 병사를 많이도 뽑아 갔지.

식민지 개척자들은 원주민 보병의 생활 조건에 대한, 까다로운 문화에 대한 차오의 재빠른 적응과 특히 위험을 두려워하지 않는 그의 기질에 자극을 받아 이 실험을 계속했어. 100명쯤의 산악 지방 주민을 징집하여 바다 너머로 보냈지. 퇴역 병사들은 돌아와서 위대한 격투가 차오처럼 행동했어. 대담하게 옷을 입고서 작은 보루에서 작은 보루로 거들먹거리며 돌아다녔지. 붉은 플란넬을 배에 두르고 검은 술에 챙 없는 붉은 모자를 머리에 쓴 괴이한 복장으로 으스대며 걸었어. 몸치장과 색깔에 대한 산악 지방 주민들의 터무니없는 취향을 알고 있는 사람이라면 누구나 상상하고 인정하듯이 퇴역 병사들 또는 원주민 보병들은 아프리카 대륙의 산악 지방과 나체족의 고립 집단에서 곧장 감탄의 대상으로 사랑받았지. 또한 여자들이 그들의 마음을 사로잡아 그들을 섬기며 살기 바랐어. 어머니들이 남편과 자식을 버렸어. '납치 결혼'이라는 나체족의 유용한 전통에 따라 붉은색의 모자와 허리띠로 치장한 남자들에게 유괴되었지.

아! 나의 조수 티에쿠라! 산악 지방에서 남자가 여자를 훔칠 때 일어나는 일은 새끼를 탈취당한 새매가 공중에서 빙빙 날아다니는 것에 못지않게 극도의 흥분을 수반한단다. 속임과 망신을 당한 남편들은 자신들도 백인 식민지 개척자의 구두, 챙 없는 붉은 모자, 붉은 플란넬을 손에 넣으리라 결심했어. 음경 싸개가 유일한 복장인 그들이 모자를 쓰고 활과 활집을 몸에 갖추고서 차오치 산악 지방에서 내려와 행정 지부의 소재지 라마카에 나타났지. 사령관은 그들이 군대에 지원하러 왔다는 것을 깨달았고 그들에게 징병을 기다리라고 조언했어.

얼마쯤 시간이 지나자 마침내 산악 지방에서 아내에게 배반당한 모든 남편이 걸쭉한 곰보* 죽에 뿌린 소금처럼 떼로 몰려들었어. 백인은 그들을 이해하는 것으로 그치지 않고 그들을 추어주었지. 프랑스군은 흑인을 대량으로 징집하여 인도차이나에 파병하곤 했어. 특히 나체족을 많이 찾았지. 그들은 위험을 두려워하지 않는 기질 덕분으로 논농사 지역의 전투에서 탁월한 능력을 발휘했어. 여러 달 전부터 거의 모두 산악 지방 출신의 원주민 보병으로 구성된 연대들이 편성되어 배편으로 동남아에 수송되곤 했지. 마지막 연대가 여러 주 전부터 다카르의 부두에서 다음 수송선을 기다리고 있었어. 프랑스어를 할 줄 아는 산악 지방 주민, 말하자면 통역 한 사람만 있으면 곧 출발할 예정이었지. 생루이의 군부대 자녀를 위한 학교를 통솔하는 대령은 이 연대의 승선이 미뤄지고 있다는 정보를 미리 알고 있었어. 팔레오들 중에서, 우리 산악 지방의 나체족 중에서 가장 많이 배운 코야가 자네가 이 연대로 배속되었지.

이 연대가 하선한 곳은 하이퐁**이야. 뒤이어 통킹과 중국 사이의 국경에 위치한 카오방***에서 멀지 않은 PK204 진지에 자리 잡았어.

단도직입적으로 말하지. 물은 결코 옛 물길을 벗어나지 않고, 영양은 새끼가 뒤처지도록 뛰어가지 않는 법이야. 베르됭

---

* gombo: 한해살이 열대 식물. 곰보는 앙골라 지역 반투Bantu족의 말이다. 미국 남부에서는 오크라okra라고 부른다.

** Haiphong: 베트남 북부, 하노이 동남쪽의 항구 도시.

*** Cao Bang: 하노이에서 북쪽으로 270킬로미터 정도 떨어진 국경 도시.

의 참호에서 코야가의 아버지 차오를 영광스럽게 만든 동일한 훈장을 코야가도 자기 식으로 획득했어. 그는 자신의 아버지처럼 레지옹 도뇌르 훈장을 받고 부상 때문에 본국으로 돌아가게 되었지.

카오방의 PK204 진지에서 나체족의 사람들로 편성된 연대의 특무 상사는 전통적으로 산골의 벌거숭이 주민의 적수敵手인 평원의 민족, 코토*족 출신이었어. 자존심이 강한 산악 지방 주민들은 코토족을 멸시했지. 코토족을 불순한 자, 열등한 자라 불렀어. 그런데 군대에서 헌혈을 담당하는 의무대가 카오방의 팔레오 연대에 도착했을 때 열등하고 불순한 코토 사람, 코토족 출신의 특무 상사가 산골 출신의 원주민 보병들에게 헌혈하라고 명령해야 했던 거야. 어느 종족의 부상병에게 수혈하게 되어 있느냐고 산악 지방 출신의 병사들이 의무 대장에게 물었지. 종족, 피부색, 국적을 가리지 않고 모든 사람에게 수혈할 것이라고 의무 대장이 대답했어. 경솔한 발언, 도발적인 발언이었지. 나체족의 관습, 주술, 논리를 무시하는 것이나 다름없었어. 산악 지방 주민에게서, 정령을 숭배하는 모든 흑인에게서 자신의 피를 다른 사람에게 주는 것은 자기 영혼 중의 하나를 그에게 넘겨주는 것이자 자신의 분신, 또 다른 자기 자신을 만드는 것이지. 이 분신이 터부를 위반할 때마다 우리가 위

---

* Koto: Kota, Kotu, Akota 등 다른 이름으로도 불린다. 중앙아프리카 반투족의 일부로서 주로 가봉과 콩고 공화국에 정착했다.

험에 처하게 되고 분신의 죽음이 우리의 죽음을 초래할지도 몰라. 그러므로 산악 지방 주민의 경우에 자신의 피를 미지의 사람들에게 주는 것은 모험이나 위험이지. 특무 상사도 틀림없이 이를 알고 있었을 거야. 피를 제공하라는 명령이 코토족 사람에 의해 지시될 경우 산악 주민에게 도발이나 모욕으로 여겨지리라는 것을 그 역시 알고 있었음이 틀림없어.

우려할 만한 일이 충분히 일어날 수 있었지. 코야가 자네도 이를 곧바로 알아차렸어. 자네는 산골 출신자들에게 길게, 매우 길게 설명했으나 그들을 납득시키지는 못했지.

그들은 모두 정렬하기를 거부했어. 특무 상사는 자존심이 상해 화도 내고 학대도 했지. 혹독한 벌을 가했지. 두 주동자가 체포되고 감금되어 군법 회의에 넘겨질 판이었지. 인도주의에, 산악 지방 주민의 심성에 어긋난 특무 상사의 불의 때문에 모욕감이 가중되었어.

— 나체족에게 부당한 행위를 하느니 차라리 암사자에게서 새끼를 빼앗는 편이 더 낫죠. 이에 티에쿠라가 산악 지방 주민에게 불공정하려고 시도하기보다는 사막 살무사의 꼬리를 밟는 것이 더 나아요 하고 덧붙인다.

산악 지방 주민은 불의에 자극받아 뭉칠 때면, 외부 사람에 대항하여 뭉칠 때면 어떤 끔찍하고 잔인한 짓이건 자행할 수 있어. 산골 출신의 모든 원주민 보병은 구금자들을 구할 의무가 있다고 생각했고 그들이 도망치도록 도와주었지. 두 탈옥수는 토치카로 은밀하게 접근하여 연대가 일과 집회를 위해 연병장에 전부 모이기를 기다렸어. 특무 상사가 도착했지. 불순한 자, 도발자 특무 상사가 도착했어. 두 매복자가 그를 살해해. 그들은 경기관총으로 그를 죽이고 그와 함께 (불행하게도! 매우 불행하게도!) 산골 출신의 쌍둥이 한 명을 포함하여 군인 서른 다섯 명을 쓰러뜨려. 그 누구도 쌍둥이를 그의 형제 앞에서 죽이지 않아. 산골 출신의 쌍둥이 가운데 한 명을 그의 형제 앞에서 죽여서는 안 돼.

죽임을 당한 자의 형제가 이성을 잃고 공공연히 복수를 맹세하면서 자기 부족 사람들에게 구원을 요청해. 세 원주민 보병이 그와 합류하고, 넷이서 정면의 토치카를 점거하지. 두 토치카에서 산골 출신자들이 중화기로 서로 총격을 가해. 경기관총 사격이 교차하는 소리가 기지에 진동해. 그들이 서로 주고받는 공격으로 인해 수많은 무고한 희생자가 생겨났어. 연병장이 시신으로 덮였는데도 사격이 멈추지 않았지.

참모 본부는 사각지대로 피신하여 나체족의 잔인한 야만성에서 생존자들을 구하기로 결정해. 폭동을 진압하기 위해 현장에 파견된 두 연대가 PK204 진지를 포위하고 화염 방사기로, 독가스로, 네이팜탄으로 진압 임무를 수행해. 또 다른 산골 출신자 50여 명이 불길 속에서 타 죽어. 그러나 아무리 살상력이 강한 무기로도 산골 출신자 여섯 명을 토치카에서 몰아낼 수 없는 거야. 참모 본부에서 원주민 문제를 담당하는 장교가 도착할 때까지 3일 밤낮 동안 그들이 저항하고 버틴 거지.

이 장교가 다른 방법을 제안하고 실행에 옮겨. 그것은 바로 팔라브르,* 아프리카 팔라브르야. 장교는 코야가를 불러 그에게 확성기를 넘겨줘. 자네는 사냥꾼 용사들에게 둘러싸여 춤출 때 명예를 높이기 위해 부르는 사냥꾼 용사의 구슬픈 노래를 흥얼거려. 이 애가에 이어서 신성한 숲의 송가를 읊조려. 십사 행시를 읊은 다음에 장광설을 늘어놓지. 기적이 일어나.

지금 말을 거는 사람이 아프리카의 산악과 평원 전역에서 가장 명망이 높은 격투 챔피언의 아들이자 이미 야회에서 상찬되는 사냥꾼 용사라는 사실을 방아쇠에 손가락을 걸고 있는 산골 출신자들이 알아차려.

자네가 그들에게 무기를 내려놓고 토치카에서 나와 항복하라고 요구해. 이것이 유일한 방법, 유일한 태도라는 것을 그들에게 납득시키지. 피살자들의 시신은 매장될 수 있을 것이고 그들의 영혼은 고향 산골로 돌아가서 조상신과 하나가 될 수 있으리라는 거야. 그러자 경이로운 일이 벌어져! 망연자실한 프랑스 장교들 앞에서 폭도들이 손을 머리 위로 들고 자네가 단조롭게 읊조렸던 송가를 흥얼거리면서 밖으로 나와.

프랑스인은 차오의 아들, 이미 사냥의 명수인 자네가 동향인에 대해 갖고 있는 영향력을 헤아려보고는 자네를 표창하기로 결정해. 자네를 수훈자로 추천하고 하사로 승진시켜.

아, 티에쿠라! 둥지를 떠난 적이 없는 새는 결코 다른 곳에 곡물이 있음을 알 수 없단다. 나체족과 최고 지도자 코야가의 야만성, 어리석은 짓에 관해 말하기를 잠시 멈추고 베트남 전

---

* palabre: 말을 의미하는 에스파냐어 palabra에서 유래한 단어로 아프리카에서 마을 단위로 실행되는 집회이다. 이를 통해 소식들이 교환되고 현안이 논의되며 중요한 결정이 내려진다.

사들에 대한 찬사를 들려주자. 돈소마나는 사냥꾼 용사와 온갖 영웅의 행적을 찬양하는 것이 목적인 말, 문학 장르란다. 이 장르에서는 돈소마나로 영웅을 끌어들이기 전에 먼저 그에 대한 찬양의 말을 들려주는 것이 요구되지. 영웅은 높은 산이고 이야기하는 소라는 여행자야. 여행자는 산으로 다가가서 산과 자주 만나 어울리기 전에, 아주 멀리에서부터 산을 알아보는 법이지. 베트남 전사들은 영웅이야. 매우 높은 산과 같아. 그들의 명성이 방금 우리의 이야기 속으로 들어왔어. 잠시 멈춰 그들에 대한 찬사를 노래하지 않을 수 없지.

아, 티에쿠라, 베트남인은 아시아의 피그미, 가냘픈 피그미 종족이야. 그들은 자신의 땅에서 세계의 대단한 민족들을 모두 쫓아냈어. 중국인처럼 인구가 많아 대단한 민족, 미국인처럼 군대의 기술적 수단이 뛰어나서 대단한 민족, 프랑스인처럼 문화와 역사에 힘입어 대단한 민족을 말이야. 세계 전체가 베트남 땅을 차지하기 위해 동맹을 맺는다면 베트민은 전 세계의 병사를 쳐부수어 바다로 던져버릴걸. 내기를 해도 좋아.

베트민은 베트남 땅의 식민지화를 저지하기 위해 진창에서, 수로에서, 산골에서, 논에서, 감옥에서 희생되었지. 식민 지배를 받는 모든 민족에게 베트남인은 전투를 통해 말을, 매우 강렬한 진실을, 누구에게나 이해된 말을 건넸어.

강대국이 굴복시킬 수 있는 것은 침략에 맞서기 위해 수단 방법을 가리지 않고 뭉칠 줄 모르는 약소민족이지. 부유한 민족은 헌신할 줄 모르는 사람들의 가난한 나라만 압도할 뿐이야. 기술력이 뛰어난 나라는 책략과 용기가 없는 후진 민족만 능가

할 뿐이야. 베트남 전쟁 이후에도 지구상에는 식민지화를 마지 못해 받아들이는 민족들이 있지만 그들 중 자유를 되찾을 수 있는 민족은 전혀 없어. 우리 모두 베트민에게 경의를 표하자.

'베트민'은 프랑스 병사들이 인도차이나 유격병을 경멸적으로 부르는 이름이었소. 전투에서 하찮고 허약할지언정 적을 경멸하는 것은 언제나 전략상의 과오라오. 대수롭지 않은 잡목 숲에서도 우리를 붙잡아 매기에 충분한 칡이 자랄 수 있지요. 최고 지도자가 설명한다.

베트민은 감아 오르는 칡처럼 수척하지만 작은 명주원숭이처럼 작고 지략이 뛰어나. 용감하고 꾀바른 사람들이었지. 처음에는 프랑스인이 그들을 경멸해. 하지만 결국 우세를 점하게 되는 편은 베트민이야. 파리 떼와 코끼리 무리 사이의 싸움에서 몸집이 크다고 늘 우세한 것은 아냐. 프랑스인은 베트민을 도시에서 몰아내지만, 베트민은 도로 위에서 프랑스인을 공격하고 치명적인 매복으로 많은 프랑스인을 죽여. 프랑스인은 전차, 마을의 화재와 파괴, 주민의 학살에 의해 간선 도로를 장악하고 베트민은 논으로 피신해. 프랑스인은 늪지대로 그들을 추적하여 수로에서 메기처럼 끌어내 죽이고 베트민은 원숭이처럼 나뭇가지 위로 올라가. 프랑스인은 네이팜탄, 불, 죽음, 비행기로 숲과 모든 은신 장소를 파괴하고 베트민은 산악 지방의 땅굴, 근거지, 소굴로 도망가. 프랑스인은 무기의 성능에 자부심을 갖고 있어. 베트민이 벼를 수확하려면 지나가야 하는 모든 길을 차단하기 위해 산기슭의 분지에 넓게 자리 잡아. 베트민 병사들은 프랑스인들이 모든 병력, 비행기, 현대전의 복잡한 장비를 디엔비엔푸* 분지에 모으기를 수도자의 인내와 투지로써 오랜 밤낮 동안 기다리지. 어느 날 밤 달이 질 때 베트민 병사들은 다수의 개미굴에서 수많은 개미가 기어 나오듯이 산허리에서 밖으로 나와 프랑스인들을 포위하고 섬멸해. 프랑스인들과 함께 아랍 원주민 보병들, 평원과 산악의 흑인 병사들, 대포, 비행기, 장비가 깡그리 없어지는 거야.

민망하게도 사자 같은 프랑스인들이 밤에 배를 타지. 인도차이나의 무적 전사들은 자신의 전과에 프랑스인과 미국인 다음으로 중국인을 덧붙이게 돼! 그 후로는 어떤 다른 침략자도 베트남 땅을 차지하려고 시도하지 않았지.


아! 티에쿠라. 먼 곳에서 온 상이한 나체족 사람들이 여러 날 밤낮으로 벌이는 살육을 바로 이 베트민 투사들, 이 용사들, 이 영악한 사람들이 불안하고 당황한 표정으로 목격한단다. 폭동으로 인해 진지가 훼손돼. 매복하고 있던 베트민 병사들은 모든 방어 수단이 재건되기 전에 기습을 감행하지. 어느 날 밤 달이 질 때 그들은 강력한 공격을 개시해. 새벽이 오기 전에 모든 것을 포위하여 휩쓸고 불태워버려.

공중 정찰에 따르면 잔해가 아직 불타고 있으며 생존자는 없다는 거였어요. 우리 모두는, 진지의 우리 모두는 조국을 위해, 프랑스를 위해 죽은 것으로, 전사한 것으로 간주된 거죠. 코야

---

* Diên Biên Phu: 베트남 북부 중국과 라오스 사이의 국경 부근에 위치한 작은 마을. 프랑스 연합군이 이곳에서의 전투에서 대패한다. 이 패배는 프랑스가 베트남을 포기하는 결정적인 계기였다.

가가 토를 단다.

이 소식이 나체족 고장의 백인 사령관들에게 타전돼. 백인 사령관들은 가족에게 사망 소식을 알려. 산악 지방 주민들은 슬퍼하고 신과 조상의 영혼을 경배하면서 노래와 춤으로 쉼 없이 장례를 치러.

팔레오, 산골 주민은 예외적인 사람들이야. 다른 민족이라면 틀림없이 그토록 많은 사망 통지 후에는 징병 사무소가 텅 비게 되었을 거야. 지원병이 끊겼을 터이지. 하지만 정반대 현상이 확인되었어. 수많은 팔레오의 사망이 통지되었는데도 지원병이 징병 사무소로 몰려든 거야. 징병 시설에서 지원병들은 언제나 초조하게 전쟁터에 나가고 싶다고, 팔레오 여자들이 계속해서 남편에게 충실하기 위해 요구하는 붉은 플란넬과 챙 없는 모자의 착용을 언제나 열망한다고 공공연하게 떠들어댔지.

코야가 장군, 자네가 젊은 시절에 몇 차례 경험한 멋진 사랑 중의 하나는 자네의 공식적인 전기에서 언뜻 언급될 뿐이야. 인도차이나의 모로코 창녀 파티마에 대해 자네가 품은 정념 말일세. 자네의 아첨꾼들은 이 연애 사건을 묵과해. 하지만 이 정화 돈소마나에서 우리는 그것을 상세히 설명할 거야.

식민지 군대는 동남아의 흑인 원주민 보병, 세네갈 원주민 보병을 다 자란 어린아이, 몸집이 큰 멍청이로 간주했어. 부적격자로 보고 떠맡았지. 그와 아프리카에 남아 있는 아내, 부모, 자식 사이의 편지 교환에 관심을 기울였어. 그의 저금에 대한 관리를 맡았지. 그가 선택할 수 있는 여가 활동(아동용 만화 영

화), 그가 무슬림이라면 메카로의 순례에 관심을 두었어. 무엇
보다도 원주민 보병의 성적 욕망을 달래는 데 힘썼어. 쌀로 배
를 채우는 원주민 보병은 매음굴 순례를 하지 않는 한 전투력
이 절반으로 떨어진다고 식민지 부대의 장교들이 주장했지.

인도차이나에 파병된 군대의 의무장교들이 모로코의 카사블
랑카로 파견되었어. 그들은 이 도시의 최하층, 홍등가로 내려
가 가장 유능한 우두머리 매춘부를 모집했지. 이 우두머리 창
녀들에게 군인의 계급과 지위가 부여되었어. 그들은 배를 타고
인도차이나로 가서 간선 도로를 따라 주둔지와 진지에 배속되
었지. 정찰대는 인도차이나 밀림에서 근접 수색을 벌여서 베트
남 여자들을 생포했어. 이 젊은 베트남 여자들이 우두머리 창
녀들의 휘하로 들어갔는데, 우두머리 창녀들은 이미 각 주둔지
나 진지에 종군 군사 유곽*을 조직해놓았지.

PK204 진지의 종군 유곽에서는 두 모로코 여자와 베트남 여
자 여섯이 직업 활동을 하고 있었어. 원주민 보병 부대의 주둔
지는 카사블랑카에서 너무 멀리 떨어진 곳이었지. 우두머리인
모로코 여자 둘은 향수 어린 노래로 아틀라스 산맥을 떠올리
곤 했어. 둘 중 더 풍만한 우두머리 파티마의 은방울 같은 목
소리가 자네를 감동시켰지. 산골 출신이고 연대에서 가장 많이
배운 사람이며 이미 사냥꾼 용사인 자네의 마음을 사로잡았어.
자네는 인도주의(내가 무슨 말을 하는 거야?), 연민, 끈기, 체력

---

\* BMC(Bordel Militaire de Campagne): 군인들에게 매춘부와의 성관계를 허용
하는 장치로서 제2차 세계대전 이후 프랑스 본국에서는 사라졌으나 인도차이
나 전쟁과 알제리 전쟁의 시기에 많이 설치되었다.

으로 파티마를 위로하고 그녀의 마음을 빼앗았지. 그녀의 환심을 사는 데 성공한 거야. 그녀는 일과(매일 밤 약 서른 명의 원주민 보병을 만족시키기)와 크고 작은 치장 후에 아침까지 자신의 침대 안으로 특별히 자네를 받아들였어. 파티마는 마음씨가 좋고 매우 관대했지. 자네에게 모성애를 느끼고 동시에 열렬한 정념을 품었어. 자네는 그녀의 커다란 돈주머니에서 돈을 원하는 만큼 매우 넉넉하게 꺼내 쓸 수 있었지. 자네가 애인의 품 안에 안겨 있을 때 베트민 병사들이 기습 공격을 해왔어. 자네는 재빨리 옷을 입고 전투 거점으로 돌아가 맹수처럼 싸웠지. 진지가 불바다에 휩싸이기 시작했어. 자네는 파티마를 구하기 위해 그녀에게로 달려갔지.

PK204 진지가 적의 수중으로 떨어지고 난 후에 하노이의 참모 본부는 여전히 불타고 연기가 나는 전투 현장에 대한 공중 정찰을 수차례 실행했어. 항공 사진을 촬영하여 현상하고 확대한 다음에 정밀하게 살폈지. 이로부터 모든 시설이 박살나고 모든 것이 불타고 생존자가 없고 구출되거나 살아남은 자가 있을 수 없다는 결론이 났어. 그래도 규정에 따라 이렇다 할 확신 없이 인접 정찰대들을 밀림의 가장자리로 파견했지. 이 정찰대들은 가장자리에서 활동하는 데 그치지 않고 위험한데도 밀림 중심부의 좁은 길과 하천을 수색했어. 4주 동안 몸을 사리지 않고 열심히 감시하고 동태를 살피고 귀를 기울였지. 4주가 지나자 하노이의 참모 본부는 정찰 활동을 중단하게 했어. 생존자가 있다 하더라도 짐승이 들끓고 베트민 병사가 날뛰는 밀림에서 4주를 넘겨 살아남을 수는 없다고 판단한 거야.

참모 본부가 잘못 생각한 거였지. 판단에 착오가 있었어. 항공 사진을 분석한 후 내린 결론은 틀리지 않았지. 그렇게 대대적인 파괴, 그러한 뒤죽박죽, 그러한 포화에서 살아 나올 수 있는 인간은 있을 수 없었어. 하지만 코야가는 인간 이상이었지. 사냥꾼 용사, 나체족 여마법사의 아들이었어. 그가 살아 돌아왔던 거야. 실제로 짐승이 들끓고 베트민 병사가 날뛰는 혹독한 정글에서 4주 이상 생존하는 것은 원주민 보병들에게, 병사들에게 가능하지 않았지. 그러나 코야가는 평범한 원주민 보병 이상이었어. 팔레오 남녀의 아들, 나주마와 차오의 아들이었지. 그는 6주 이상을 배회했던 거야.

코야가 하사, 사냥꾼 용사는 진지가 파괴된 후에 카오방에서 50여 킬로미터 떨어진 밀림으로부터 자기 분대를 이끌고 갑자기 나타났어. 모든 이가 크게 놀랐지. 분대가 장비, 무기(36구경 소총, 경기관총, 탄약, 바주카포)뿐 아니라 종군 유곽의 두 매춘부(우두머리 파티마와 그녀의 보조자)를 데리고 귀대했어.

모로코 출신의 두 뚱보 매춘부를 밀림에서 늘 데리고 다닌 위업은 우선 식당에서 폭소를 자아내었지. 하지만 하사가 견갑골에 총알이 박힌 상태로 이 위업을 실행했다는 것이 밝혀졌을 때 빈정거리는 미소가 사라지고 찬탄과 놀람의 말이 이어졌어.

참모 본부는 자네에게 훈장을 수여했어. 자네를 중사로 진급시켜 본국 송환 부상병으로 증기선 파스퇴르호에 태웠어.

인도차이나 퇴역 군인들이 만나면 온갖 무공 이야기가 난무해. 그중에서도 부상을 입은 몸으로 두 매춘부를 데리고 자기 분대의 선두에 서서 수많은 베트민 병사들과 싸우고 무찌른 하사의 무훈은 누구나 예외 없이 이야기하는 것이야. 바로 자네의 수훈이지, 코야가.

자네는 프랑스 군대에서 자네의 아버지만큼 유명한 전설적인 용사로 남을 것이야. 자네의 아버지 차오는 베르됭의 참호에서 하사가 명령하지 않았는데도 홀로 뛰어나가서는 정면의 참호로 달려들어 독일군 병사 다섯을 총검으로 찔러 죽인 전설적인 용사지. 자네는 밀림에서 풍만한 매춘부 둘을 구한 공로로 세계의 종말까지 자네의 아버지에 못지않은 전설적인 용사로 남을 거야.

하르마탄이 한창일 때조차 태양은 때때로 멈춰 서고 구름에 가려. 우리도 잠시 사설을 중단하고 한숨 돌리자. 소라가 예고한다. 빙고와 그의 조수가 두번째 막간 음악을 연주한다. 티에쿠라가 춤을 춘다. 소라가 막간 음악을 끝내고 전통의 존중에 관한 견해를 속담으로 읊조린다.

'송아지는 어둠 속에서도 엄마 소를 놓치지 않는다.'
'코끼리는 죽지만 그의 상아는 남는다.'
'새끼 지네도 엄마 지네처럼 몸을 둥글게 웅크린다.'

## 3

아, 티에쿠라! 어머니를 존경해야 한다. 아버지보다 어머니를 더 존경하는 것이 우리 아프리카의 전통이야. 몸은 아버지에게서 얻고 마음은 어머니에게서 얻어. 산골 팔레오들은 아프리카 최초의 진정한 문명인으로서 언제나 아버지보다 어머니를 더 따르지. 흑인의 전승에 따르면 어머니가 결혼 생활에서 감내하기로 마음먹는 온갖 노고는 아들을 위한 원기元氣로, 가치로, 성공으로 변한다는 거야. 부자의 아들이라고 반드시 부유하지는 않아. 아무리 아는 것이 많은 사람의 아들이라도 멍청이가 될 수 있어. 반면에 자식은 언제나 자기 어머니를 빼닮게 되고 언제나 자기 어머니의 것을 지니게 되지. 백인들의 경우에는 어머니에 대한 존경과 사랑이 아버지에 대한 숭배에 못 미치기도 해. 동남아 원정군은 코야가의 모친 나주마가 코야가에게 공적을 쌓게 한 장본인이었다는 것을 알지 못했어. 차오치 산악 지방에서는 모든 이가 이 점을 알고 있었지. 누구나 말하는 바였어. 이 점에 대해 아무도 의심하지 않았지. 산골에서 코야가가 우편 차량에서 내릴 때 그를 맞이한 이들의 선두에 그의 어머니가 있었지. 공적을 두고서 아들보다 어머니가 더 축하를 받았어. 코야가가 자신의 분대와 카사블랑카 출신의 매춘부들을 구할 수 있었던 것은 어머니의 주술, 어머니가 아들에게 물려준 주술의 일부분 덕분이라는 것이었지.

베트민 병사들이 PK204 진지를 포위했을 때, 코야가는 어머니가 가르쳐준 주술을 온전히 이용하여 강력한 야금인 부엉이로 변했어. 왼쪽 날개 위에는 매춘부들을 태웠고, 오른쪽 날개 위로는 50여 명의 산악 지방 원주민 보병을 맞아들였지. 베트민 병사들의 눈에는 연기만 보였을 뿐이야. 하노이 공항 부근에서 모든 이가 내려 활주로 쪽으로 걸어 나가서는 참모 본부의 환영을 받았어.

자네 코야가, 자네가 늘 경탄하고 사랑한 이는 바로 자네의 어머니이지. 그녀가 살아 있는 한 자네는 여전히 세계를 좌지우지할 수 있을 것이야……

아! 티에쿠라, 출산함으로써 어머니로서의 의무를 다했다고 생각하는 여자들이 많지.

— 아니, 어머니의 의무는 그것으로 끝이 아니죠. 반주자가 덧붙인다. 어머니로서의 의무가 24개월 동안 아기에게 젖을 물리고 아기를 등에 업어주는 것으로 끝난다고 생각하는 여자들도 있지만요.

— 아니지, 그것으로 충분하지 않아요.

— 또 다른 여자들은 자식이 결혼하면 자식에 대한 책임이 끝난다고 생각하지요.

— 아니, 아니죠. 어머니는 평생 동안 그 책임을 져야 하고 그렇다는 것을 자기 자식에게 알려야죠. 참된 어머니의 책임은 그녀가 살아 있는 한 계속된다고요. 티에쿠라가 마무리한다.

아! 티에쿠라, 어머니는 삶의 모든 것이야. 우리 젊은이들의 불행은 그들이 어머니에게 존경심을 그다지 품지 않는다는 점에서 유래해. 아홉 달 내내 배 속에 아기를 갖고 있기란 쉬운 일이 아니고말고!

코야가의 모친에 관해 말하자. 골프 공화국의 산골 라마카에서 아들이 우편 차량 편으로 도착하기를 기다리는 여자를 기리자.

자네는 자네의 어머니에 대해 아주 좋게 말하지. 자네가 옳아. 산악 지방에서 나주마 같은 여자는 결코 다시 볼 수 없을 거야. 그녀는 아름다웠어. 아직도 아름답지. 용감했어. 여전히 용감해. 똑똑해. 할 말이 많아…… 할 말이! 우리들 소라는 말밖에 없고 어떤 말로도 나주마의 전부를 말하기에는 부족해. 그녀는 모든 아프리카 여자에게 본보기, 영원한 영감의 원천으로 남을 거야. 자네 코야가, 자네가 가진 모든 것, 자네의 모든 것은 자네의 어머니에게서 왔어. 그녀는 산골 여자들 중에서 격투 챔피언이었지. 그녀가 죽기 전에는 어떤 여자도 그녀를 땅바닥에 눕히지 못할 거야. 나체족 사람들은 두 종류의 결혼을 치러. 하나는 '약혼 결혼'이고 다른 하나는 '납치 결혼'이야. 허약한 사람들, 가소로운 사람들은 약혼 결혼으로 만족해. 코야가, 자네 친족처럼 자질과 혈통이 좋은 남녀들은 납치 결혼을 실행에 옮기지.

차오치의 솔라 보루에서 필적할 만한 사람이 없는 챔피언 차오는 칼로아 보루의 여자들 중에서 챔피언인 나주마를 납치하기로 마음먹었어. 둘은 강가에서 멀지 않은 네거리의 바오바브나무 아래에서 만나기로 했지. 명백히 규칙에 따라 차오는 자신의 안전을 위해 자기 부족의 궁수 10여 명을 독화살로 무장시켜 대동했어. 나주마 부족의 궁수들이 매복하고 있다가 습격했지. 하지만 부족 전쟁은 아니었어. 여자의 양친이 이미 콜라나무 열매 두 개와 염소 두 마리를 지참금으로 받아들인 터였지. 다툼을 이어가기 위해 각 집단의 궁수들이 바오바브나무로부터 적절한 거리를 두고 몸을 숨긴 상태였어. 나주마가 관목림에서 갑자기 모습을 드러내자 차오가 화살과 전동箭筒을 내던지고 야수처럼 연인에게로 달려들어서는 그녀를 번쩍 들어 어깨 위로 올렸지. 여자는 발버둥을 치면서 남자에게 욕설을 퍼붓고 도발을 서슴지 않았어. 그녀는 숫처녀였지. 따라서 지켜야 할 명예가 있고 죽은 암사슴처럼 얌전히 잡혀갈 수는 없었어. 애인이 그녀를 땅에 내려놓자 남녀가 곧장 격투를 시작해. 진짜 싸움이야. 오후 내내 이어지는 싸움이지. 남자 챔피언 차오 대 무패의 여자 나주마. 나주마를 넘어뜨리는 것으로 충분하지 않아. 그녀를 능욕해야 해. 상대가 숫처녀일 때 납치 결혼은 능욕에 의해 이루어지지. 일반적으로 여자는 상징적으로만 저항할 뿐이야. 하지만 여자 챔피언 나주마는 시늉에 그칠 생각이 없어. 온 근력, 온갖 기술을 다해 저항해. 차오는 죽기 며칠 전에 나주마를 차지하기 위해 벌인 격투가 평생 가장 힘든 것이었다고 말했어. 거인들의 격투, 프로들의 격투였다는 거야. 챔피언들의 발아래 온갖 초목이 부스러지고 땅바닥이 깊게 파였지.

그날 이후로 그곳은 숲속의 빈터가 되었어.

─코야가 당신이 능욕에 의해 잉태되었던 그곳에는 세상 마지막 날까지 어떤 초목도 다시 자라지 않을 거요. 티에쿠라가 미소를 지으면서 말끝을 잇는다.

티에쿠라! 속담은 말[言]의 말[馬]이란다. 말이 생각나지 않을 때 말을 되찾는 것은 바로 속담 덕분이야. 낮 동안 먼 길을 가야 할 때에는 아침 일찍 잠을 깨야 하지.

코야가의 모친은 아들을 수태하기 위해 분투하고 고생했어.

아들을 출산하기 위해 더욱더 분투하고 고생했지. 그녀가 분만할 때 내지른 비명이 세찬 동풍이 불 때면 벌거숭이 사람들이 사는 고장의 산봉우리들에서 여전히 들려와. 코야가 자네는 갓난애치고 매우 컸어. 자네의 어머니는 다시는 아기를 낳지 않으리라고 맹세했지. 그녀가 내지른 비명의 메아리를 듣고서 주술사들은 그녀가 두번째 출산을 하게 되리라고 예언했어. 바람 없는 산등성이는 없지. 뭍짐승을 잡기 위한 우리의 덫에 물고기*가 잡힌다면 그 전에 재수가 너무 좋았던 거야. 누구나 그만두지. 계속 사냥할 어떤 이유도 없어.

나주마는 코야가로 대만족이었지. 더 이상 자식을 원하지 않았어. 아들 하나뿐이었지.


코야가, 자네의 아버지 차오가 체포되고 사슬로 묶이고 산악 지방의 행정 지부 소재지 라마카로 이송되어 투옥되었을 때 자네는 일곱 살이었어. 자네의 어머니가 그와 다시 만났지. 라마카에서 그녀는 감옥의 벽에 인접한 판야나무 밑동의 움푹한 곳에 보잘것없는 괴나리봇짐을 내려놓고 거기를 임시 거처로 삼았어. 결혼은 신성해. 결혼으로 말미암은 책임을 다하는 사람의 기다림은 결코 헛되지 않지. 결혼의 신성한 끈으로 이어져 있는 이들은 불행 속에서도 조상의 넋과 알라로부터 도움을 받아.

---

* 원문에는 유럽 펄고기(poisson-chien: 다뉴브 강에 사는 희귀 어종)로 나와 있다.

낯선 여자가 다가와서, 절망한 여자가 예상한 바와는 달리, 정확히 고향 산골 사람들의 말로 인사했어. 미지의 여자는 코야가의 어머니처럼 나체족으로서 나주마의 친정집에서 엎어지면 코 닿을 작은 보루 출신이었지. 이 도시에서 유일한 산골 가족의 일원이었어. 모시족 간호 부사관과 결혼한 다섯 팔레오 자매 중의 하나였지. 그 간호사의 이름은 카보레였어.

아, 티에쿠라! 산골 주민들은 동족결혼을 하고 여전히 세계에서 가장 폐쇄적이고 가장 질투심이 강해. 여자들이 산악 지방에서 내려오지 않지. 자기 부족, 자기 지역을 벗어나 이방인과 결혼하지 않아. 그러니까 이 공훈 이야기를 잠시 멈추고 어떻게 산골 여자들이 모시족 남자, 평원의 남자, 지부의 소재지 라마카에 살고 있는 어느 이방인의 배우자가 되었는지 설명할 필요가 있어.

카보레는 산악 지방에서 여러 차례의 반복된 기적에 힘입어 많은 환자와 부상자를 치료할 수 있었지. 그래서 최초로 차오치 의료원에 배속되었어. 다섯 자매, 나중에 간호사의 다섯 배우자가 될 다섯 자매의 아버지가 표범 인간들에 의해 상처를 입고 반죽음이 되어 덤불숲에 버려졌었어.

표범 인간들! 표범 인간들! 아프리카 전통에서 표범 인간들의 가공할 단체는 무엇이었는가? 오늘날 도시의 흑인들은 옛날 관목림의 오솔길에 표범 인간들이 돌아다녔다는 것을 모르고 있어. 요즈음은 시골 젊은이들도 옛날 전통 가옥들 주변에 표범 인간들이 실재했다는 것을 알지 못하지.

다른 많은 아프리카 지방에서처럼 표범 인간들의 범죄 단체가 산골의 오솔길에 창궐했어. 애초에 표범 인간들의 조직은 신과 조상의 넋에게서 호의를 끌어내기 위한 종교 의례와 인신 공희를 위한 것이었지. 씨족 형제의 살해는 끔찍한 범죄이므로 (합법적으로건 불법적으로건) 살해의 실행을 떠맡는 이들은 이를테면 씨족이나 부족에 대한 귀속의 권리를, 심지어는 사람이기를 포기하고 동물로 변했어. 그들은 표범 가죽을 뒤집어쓰고 예리한 발톱으로 무장하여 살인을 저질렀지. 그래서 이 기이한 옷차림으로 저질러진 살인은 합법적이게 되었어. 식민지화가 진행되면서 표범 인간들의 사회는 사회적 역할을 상실하고 양면성을 지닌 모호한 방식으로 어떤 때는 약자를 돕는 정의의 기사로, 대체로는 청부 살인자로서 사적인 증오와 앙심을 풀어 주었어.

산악 지방의 표범 인간들이 다섯 자매의 아버지를 해쳤지. 다섯 자매는 그 이유를 아직도 알지 못해. 자매의 아버지가 어느 덤불숲에서 죽어가고 있었어. 전례와 주술 그리고 표범 인간들에 대한 두려움으로 말미암아 산골의 어떤 치료사도 감히 그를 돕거나 돌보려고 하지 않았지. 부상자의 친척들이 그를 산악 지방의 차오치 의료원으로 데려갔어. 이 시설을 관리하는 간호 부사관이 그를 맞아들였지. 부사관은 유럽과 모시족의 약물 치료를 해주어 기적적으로 그를 소생시켰어. 치유된 자는 감사의 표시로 간호사-치료사에게 (산골의 규칙에 따라) 돼지 한 마리와 자신의 맏딸 중에서 어느 쪽이든 선택하라고 제의했지. 간호사는 기꺼이 맏딸과의 결혼을 택했어. 착한 남편답게 행동했고 배우자를 잘 먹이고 입혔으며 처부모에게 종종 선물을 주었지. 산악 지방에서는 장인과 장모가 사위에게 만족할 때 그저 기뻐하는 것으로 그치지 않아. 공공연하게 자랑하고 다녀. 그리고 사위에게 또 다른 배우자를 선물로 주지. 간호사의 처부모는 네 번씩이나 그에게 감사를 표했어. 결혼한 여자가 휴가를 얻어 친정으로 돌아와서 다시 시댁으로 갈 때마다 남편에게 줄 친정 부모의 선물로 자신의 자매를 데려갔어. 이런 식으로 간호사는 다섯 자매 모두를 아내로 얻었지. 다섯 배우자는 서로 잘 맞았어. 일부다처 가정에서는 흔히 끝없는 불화가 모든 이의 진을 다 빼놓기 일쑤이지만 이 가족은 전혀 그렇지 않았어. 모시족 간호사는 행복했지만 자만에 빠지지 않았지. 카보레는 다섯 아내와 결혼한 방식을 자랑스럽게 생각할 수 없었어. 벌거숭이 산골 주민들, 팔레오들은 약혼 결혼을 통해 배우자를 여럿 얻는 수컷을 존경하지 않지. 카보레는 납치 결혼의 시련을 통해 여자를, 적어도 한 여자를 획득했어야 했고 그렇게 하고 싶기도 했어. 식민지 골프에서 그가 산악 지방의 차오치를 떠나야 했던 것은 바로 납치 결혼을 시도했기 때문이야.

간호사는 어느 포동포동한 여자, 정말로 염주비둘기 같은 여자에게 의향이 있다고 여러 사람에게 알렸어. 그녀는 늘 버터나무 기름을 발랐기 때문에 항상 빛이 났지. 최신의 유행을 따라 산골 주민들의 나뭇잎 대신에 평원의 우아한 여자들이 몸에 두르는 옷을 입고 다녔어. 여자와 남자가 만날 장소에 합의했지. 간호사는 틀림없이 조심했을 거야. 배우자를 납치하려는 남자로서 자기 자신을 보호하기 위한 일단의 궁수들을 고용할 수 없었기 때문이지. 모든 이가 변명하면서 빠져나갔어. 핑계는 간단했지. 자기 자신의 씨족에 속하지 않는 이방인의 납치 결혼을 보호하는 것은 관습으로 금지되어 있었으니까.

그래서 간호사는 현장에 혼자 도착했어. 맨 먼저 와서 기다렸지. 여자가 수풀에서 나오자마자 그는 그녀에게로 돌진하여 그녀를 들어 어깨 위로 올리고 가시덤불 사이로 길을 트고 여자와 함께 사라졌어. 여자의 남편이 야수처럼 껑충 뛰어 몇 번의 큰 걸음으로 그들을 따라잡아 (그 사람은 사냥꾼이자 싸움꾼이었어) 자기 아내의 발을 끌어당겼지. 납치범이 노획물을 놓고 도망치지만 멀리 갈 수 없었어. 몇 걸음 못 가서 질투심 강한 남편에게 붙잡혔지. 남편이 간호사를 들어 쓰러뜨렸어. 하지만 그의 목에 독화살을 찔러 넣지는 않았지. 간호사는 백인을 위해 일하는 사람(식민지 행정부의 관리)이었기 때문이야. 모시족 간호사는 공포로 벌벌 떨면서 눈물을 흘리고 비열하게 용서를 구했어. 산골 주민이라면 결코 그렇게 하지 않았을 거야. 사냥꾼 남편이 그의 얼굴에 침을 뱉고는 일어서더니 불쌍한 간호사에게 얻어맞은 개처럼 엉덩이 사이로 꼬리를 내리고 달아나라고 명령했어. 간호사는 어떤 산골 주민도 체면 때문에 받아들이지 않았을 방식으로 명령을 이행했지. 명예가 손상되고 산악 지방 전체의 웃음거리로 전락한 거야.

벌거숭이 사람들에게는 죽음만 죽게 하는 것이 아냐. 때로는 불명예가 죽음보다 더 치명적이지. 간호사는 체면이 손상된 나머지 자신에게 승리한 사람과 얼굴을 맞대는 것도, 사람들과 어울려 몇몇 행사에 참석하는 것도 금지당하고 가면 쓴 사람 몇몇이 나올 때에는 바깥에 머물러 있으라는 요구를 받았어. 차오치 산악 지방에서 살아가는 것이 그에게는 이제 가능하지 않았지. 그는 행정 지부 소재지 라마카에 배속되기를 요구하여 받아들여졌어.

비바람 치는 어느 날 오후 그는 자신의 대가족 무리, 즉 자매 관계인 다섯 아내와 친형제, 친자매, 배다른 형제, 배다른 자매 관계인 스물두 명의 자식을 데리고 차오치에서 라마카로 내려왔어.

바로 이 다섯 자매가 나주마를 귀빈으로 맞이했지. 모든 산골 주민처럼 그들도 차오와 그의 아내에 대한 감탄과 존경의 마음을 품고 있었어. 각자 차례차례로 자신의 가옥에서 그녀를 접대하고자 했지. 그들은 무적의 격투가 차오의 위대한 여자 챔피언 아내에게 경쟁적으로 상냥하게 대했어. 차오가 고문을 받아 자신의 대소변 속에서 비참하게 죽었을 때 다섯 자매는 차오의 배우자와 함께 눈물을 흘렸고 바로 그날 저녁 격투 챔피언의 격에 맞는 장례를 시작했지. 산골에서 여섯 달 동안 장례가 성대하게 치려졌어.

나체족의 관습에 따르면 비탄에 빠진 과부는 남자의 품에 안겨 위로를 받으면서 남편 장례 기간의 밤을 보내게 되어 있지. 다섯 자매는 너그럽게 자신의 남편을 여손님에게 내주어 이 도리를 다하게 했어. 산골 여자들이 지우知友에게만 베푸는 극진한 예우, 즉 남편의 침대 안으로 들이는 정중한 대우를 나주마에게 해준 거야.

하지만 하이에나의 목구멍 안으로 육즙을 부어주고 나서 다시 뱉어낼 것을 요구해서는 안 되죠. 조수 코르두아가 반박한다. 카보레는 나주마를 조금 맛보고서 그녀를 사랑하게 되었고 그녀와 헤어지고 싶지 않았어요.

코야가, 자네의 어머니 나주마는 젊었을 때 위대한 챔피언이었을 뿐만 아니라 포인세티아*보다 더 커 보이지 않고 종려나무 그루터기처럼 땅바닥에서 움직이지 않는 것처럼 보이는 멧비둘기 같은 여자였소. 젖가슴과 엉덩이가 산골의 돌 더미처럼 여전히 단단했지. 머리털을 큰 도마뱀의 꼬리 모양으로 땋았고 밤낮으로 머리에 흰 천을 둘렀어. 간호사에게 그녀는 그의 다섯 배우자와 반대되는 모습으로 비쳤지(실제로도 그랬어).

다섯 자매는 기장 줄기들처럼 서로 닮았지. 모두 '와피와포' 덩굴처럼 키 크고 살짝 구붓하고 날씬했어. 사시사철 갓난아이가 태어나기를 기다리거나 갓난아이에게 젖을 물리거나 했지. 누구에게나 젖먹이의 토사물과 오줌이 섞인 냄새가 밤낮으로 가시지 않았어. 간호사는 다처의 남편이 마주칠 수 있는 가장 고약한 불쾌감에 시달렸지. 어느 배우자에게서나 똑같은 침대, 똑같은 육체, 똑같은 자극, 똑같은 기장 맥주를 맛보는 것 같았어. 다섯 자매와 차례로 잠자리를 하면서 권태가 스멀스멀 피어오를 뿐이었지. 권태를 막기 위해 일부다처제가 생겨났는데 말이야.

---

* 대극과의 상록 활엽 관목으로 높이가 2~3미터에 이른다.

자네의 어머니는 모시족 간호사에게 또 다른 건강, 상이한 활력, 신선한 향기, 새로운 도취를 가져다주었지. 사랑하는, 진정으로 사랑하는 사람에게 밤은 동이 터도 끝나지 않아. 하루 종일 간호사는 머나먼 고향의 곡조들을 읊조리면서 자신의 저녁 시간을 생각했어. 하룻밤 잠자리를 나주마에게 기꺼이 양보한 본실에게 은밀히 선물을 잔뜩 안겨주었지.

간호사는 몇 주 동안 침대에서 나주마와 함께 밤을 보냈지만 만족감이 채워지지 않았어. 어느 날 아침 그는 혼신의 힘을 다해 나주마에게 마음속을 단호하게 내보였지. "당신과 결혼하고 싶소." 쓸데없는 세 마디였어.

우리 각자의 인생에는 입 밖에 낸 것을 끊임없이 후회하게 되는 말, 결코 지껄여서는 안 되었을 말, 우리의 운명을 바꾼 말이 있지.

간호사의 구애로 말미암아 숲속에 비바람이 일어나. 코야가의 어머니는 눈이 튀어나와. 사나운 벌에 쏘인 듯이 비명을 지르고 침대에서 뛰어올라 가옥에서 어둠 속으로 달려 나가. 마당에서 울부짖고 땅바닥에 뒹굴어. 근처의 가옥들에서 이웃들이 횃불을 들고 나와. 그녀를 둘러싸. 희미한 불빛 아래 그녀는 먼지 속에서 몸부림쳐. 마치 희생의 제물이 되어 목이 잘리는 닭이 죽음을 거부하면서 파닥거리는 것 같아. 비명 소리가 점점 약해지더니 짧은 삐악삐악 소리로 변해. 침묵과 거의 죽음 같은 것이 그녀에게서 감돌아. 얼이 빠진 눈, 돌처럼 굳어진 몸, 부어올라 입안을 가득 채운 혀. 입에서는 젓빛의 끈적끈적한 침이 흘러내려. 그녀는 귀신에 들린 거야. 간호사가 이를 곧

장 알아차려. 현대 유럽의 어떤 처방도 효과적일 수 없어. 그
녀를 깨어나게 할 수 없지. 새벽에 카보레는 이 불행한 여자를
주술사 겸 치료사 보카노 야쿠바에게로 데려가게 해. 야쿠바는
또한 부적을 만드는 사람, 영감을 받아 신의 가호를 비는 기도
의 말을 짓는 사람이었지.

온종일 멈추지 않고 노래하는 새는 없어. 우리도 또다시 쉬
기로 하자. 빙고가 언명한다. 소라와 그의 조수가 소란스러운
막간 음악에 몰입한다. 스승이 전통의 존중에 관한 견해로 마
무리한다.

'눈은 늙으면 끝장이고 귀는 늙어도 끝장나지 않는다.'
'원숭이는 아버지를 닮았건 어머니를 닮았건 자신의 꼬리를
버리지 않는다.'
'표범은 반점이 있다. 꼬리도 그렇다.'


4


아, 티에쿠라! 보카노 야쿠바는 주술사답게 바오바브나무만
큼 완벽했고 우기가 한창일 때의 졸리바*처럼 꽉 찬 사람이었
지. 음악, 춤, 지혜, 장수는 재능, 자질, 은총의 점술 같은 것이

---

* Djoliba: 만딩고어로 나이저강을 이르는 말이다.

야. 지금 우리의 도시들에서는 실업으로 인해 많은 교활한 자, 달콤한 말로 거짓말하는 이가 재능도 없으면서 점술을 일삼고 있어. 빠른 혀 놀림은 알라의 불완전한 은총이지. 점술이 아냐. 점술의 재능은 편재하는 분이 몇몇 선택한 이에게만 예정해두는 완전한 특권이지. 보카노 야쿠바는 선택받은 이들 중 한 사람이야. 알라께서는 자신만이 갖고 있는 크고 완전한 아량을 그에게 푸짐하게 베풀어주었어. 이것이 나의 첫번째 단언이야, 티에쿠라. 나의 두번째 단언은 다음과 같아. 원숭이 꼬리에 맞지 않으려면 원숭이 무리에서 멀어져야 하지. 수많은 더러운 수작에 가담하지 않으려는 사람은 우리의 마을과 모든 인간 사회를 떠나는 법이야. 보카노는 인근의 중심지 라마카에서 말을 타고 30분쯤 가야 도착할 수 있는 임시 거처에서 살고 있었어.

희미한 횃불 아래 나주마는 급작스레 들것에 실려 귀신 들린 자, 광인…… 불치병 환자의 치료사가 사는 곳에 도착했어. 귀신 들린 자의 치료사, 불가능한 것의 실행자는 보카노의 셀 수 없을 정도로 많은 별명 중의 일부였지. 산악 지방 전역에서 평원의 매우 먼 지역까지 그의 박학한 마법, 코란, 점술에 대한 칭송이 자자했어. 그는 마호메트의 예언을 코란에서 끌어내 희한하게 성공적으로 잘 다루었지. 그의 손가락이 흙점을 칠 때면 공기의 정령과 조상의 넋이 그에게 어떤 비밀도 숨기지 않았어.

도대체 보카노는 어디에서 왔을까?

토요일 바로 전날은 금요일이지. 금요일은 성스러운 날이야.

10여 년 전 어느 금요일 주민들이 라마카의 회교 사원 앞 광장에 줄지어 서서 무에진*이 소리쳐 알리는 기도 시간을 기다리고 있었어. 갑자기 어느 주술사가 20여 명의 제자를 거느리고 관목림의 키 큰 잡초를 헤치면서 나타났다. 보카노와 그의 수행원들이었어. 그들의 먼지투성이 발, 풍성하게 자란 수염, 가시덤불에 찢긴 옷에서 주민들은 이 이방인들이 멀리에서 왔고 오랫동안 걸었다는 것을 알아차렸어. '안녕'이라는 그들의 인사말에 회교도의 경건한 인사로 유쾌하게 대답했지. 이방인들은 보잘것없는 짐을 머리에서 내려놓았어. 회교 사원의 모퉁이에 쌓아놓았지. 몸단장용 울타리를 둘러치면서 누구에게도 허락을 구하지 않았어. 목욕 재계 후에 거기에서 나와 무리를 이루고는 그들 주위로 밀려드는 주민들을 약간 오만하게 깔보듯이 바라보면서 코란의 장들을 노래했지. 떠들썩한 무리를 우회하여 회교 사원 안으로 들어가고 출입문에서 중앙홀로 회교 사원을 가로지르고 첫번째 줄에 이르고 라마카의 명사들만이 앉게 되어 있는 양탄자 위에 자리 잡았어. 그들의 거만함은 이 정도에서 그치지 않았지. 더 멀리 나아갔어. 우두머리가 감히 기도로의 부름을 소리쳐 알렸는데, 이는 50년 전부터 늙은 무에진 바카리쿠리니가 지니고 있는 특권이었다고 조수가 설명한다. 주술사와 그의 제자들이 이 지역의 관행과는 다른 방식으로 절을 하며 기도했지.

---

* muezzin: 이슬람 지역에서 이른 새벽에 큰 목소리로 기도 시간을 알려주는 사람.

주마* 후에 라마카의 회교도들은 원로의 이름을 알고 싶었어. 그는 이름이 없었지. 그에게 이름을 지어줄 책무가 있는 이들은 그를 알라마(알라의 뜻대로)라고 불렀을지도 몰라. 나중에야 사람들이 그에게 보카노(운이 좋은 사람)라는 별명을 붙였어. 다른 주민들이 그에게 어디서 왔고 어디로 갈 것인지 물었지. 보카노는 코란의 장들을 암송하고는 수수께끼 같은 대답을 했어. 어떤 곳에서도 오지 않고 어느 곳으로도 가지 않으며 어떤 곳에도 있지 않다는 것이었지. 그가 떠난 땅, 그를 지탱하고 있는 땅, 그가 합류할 땅이 동일한 땅을 이룬다는 거야. 그리고 땅은 알라의 선물이라는 거지. 이 도시의 회교도 사회, 라마카의 디울라** 사람들은 원로의 말이 진실이라고 인정했고 그에게 환대를 제의했어. 그는 그들의 환대를 오만하게 멸시하듯 거절했지. 보카노와 그의 동료들은 도처에 동일한 주인, 전능하신 신이 있었어. 도처에서 전능하신 신의 거처, 결코 다른 곳이 아니라 회교 사원인 신의 집 근처에 머물렀지.

주술사는 아버지와 어머니의 이름을 잊어버렸어. 단 한 사람, 자신의 스승, 위대한 회교법학자만을 내세웠지. 단 하나의 섬광, 무한한 선함의 빛만을 보고 따랐어.

모인 회교도들 중에는 식민지의 행정을 책임지고 있는 백인 사령관의 통역과 요리사가 있었어. 그들이 당국에 정보를 제공했어. 그들은 보카노의 발언이 미심쩍었지. 기회를 노리는 개

---

* djouma: 아랍어로 금요일을 의미한다.
** Dioula: 서아프리카의 행상인 부족.

처럼 귀를 쫑긋 세웠어. 그날은 그들이 쑤군쑤군하지도 투덜대지도 않았어.

보카노와 제자들은 회교 사원의 안마당 지붕 아래에서 이틀 밤을 평온하게 보낼 수 있었지. 셋째 날 세번째 기도 후에 마치 한사람인 양 일제히 몸을 일으켰어. 주술사는 목에 여전히 수브하***를 건 채 코란을 펼쳐 손에 들고서 점점 더 멀리 나아갔지. 그의 제자들은 주민들에게서 빌린 도끼와 곡괭이를 어깨에 짊어지고서 그의 뒤를 바짝 따라갔어. 그들은 어느 하천을 지나 언덕까지 걸었고 거기에서 멈춰서 남은 한나절과 밤 내내 기도했지. 새벽녘에 나무들을 베고 개간하고 땅을 깊이 파고…… 급기야는 건물을 짓기 시작했어. 한 달도 채 안 되어 회교 사원, 길, 특히 밭을 갖춘 마을이 땅 위에 세워지는 것을 라마카 사람들이 목격했지. 넓은 밭이 언덕 주위로 하천을 따라 펼쳐졌어. 인근의 모든 마을에서 농부들이 달려와서 그토록 짧은 기간에 실현된 모범적인 농가에 경탄했지. 개척지의 이름은 창시자에 의해 하이라이두구(행복의 마을)로 지어졌어.

나이든 비비狒狒의 엉덩이만큼 엄격한 보카노의 신조들 가운데 하나는 모든 개인의 간청이 알라에게 도달할 수는 없다는 것이었지. 최소한의 육체적 청결, 올바른 정신을 보이지 않으면 알라가 들어줄 리 없다는 것이었어. 전능한 신에게 기도를 올리는 것은 경험과 지혜가 필요한 직업이었어. 나름의 의

---

*** Subhah: 이슬람교에서 사용하는 기도를 돕는 도구. 불교의 염주, 가톨릭의 묵주와 같이 구슬을 엮어 만든 줄.

무 사항이 있는 직업 말이야. 보카노는 항상 목욕 재계를 했어. 깨끗한 것, 도리에 맞는 것만을 사용하고 소비했어. 죄의 낌새, 기만의 어렴풋한 기미, 약간의 거짓으로 얼룩질 수 있는 모든 것을 멀리했지. 자신이 씨를 뿌리고 수확한 것만을 먹었어. 자기 자신이 대지의 내장에서 길은 물만을 마셨지. 스스로 짜고 짓고 무두질하고 바느질한 것만으로 이불과 옷, 신발을 만들어 덮고 입고 신었어.

제자들의 주요 일과는 기도하는 것이 아니었지. 노동을 통해 알라(섬광)에 도달했어. 알라를 위해 일을 했지. 아무리 적은 곡물도 단 한 벌의 속옷도 받지 않는 유능한 장색, 농사꾼, 사육자였어. 스승이 그들을 먹이고 입히고 그들의 물질적이고…… 또한 영적인 필요를 책임졌지. 그래, 특히 영적인 필요를! 보카노는 제자들이 알라에게 해야 하는 기도를 드렸어. 자신의 제자들을 위해 기도하는 것으로 그치지 않았지. 그들 대신 기도했어. 그에게 기도는 직무이자 동시에 의무였지.

그만큼 많은 수의 회교도를 위해 그만큼 중요한 여러 가지 청원을 알라에게 드리는 것은 몹시 힘이 드는 막대한 일이었어. 보카노는 밤낮으로 수브하 기도를 그치지 않았지. 제자들을 위해, 그들의 양친과 친구를 위해 코란의 구절들을 낭송했어. 하루에 최소한 다섯 번 기도해야 하는 의무에서 벗어난 제자들은 모든 시간을 일하는 데 들였지. 스승을 따라 4시의 새벽 기도, 이슬람 축제일의 중요한 기도, 금요일의 장엄 예배에 참석할 때에만 일을 중단했어.

보카노가 수브하 기도로 간청하는 것을 알라가 허락하는 일이 일어났지. 모든 이가 그것을 확인했어. 때때로 사람들이 그것에 관해 서로 말했지. 도처에서 순례자들이 도착했어. 어떤 이들은 선물 보따리나 돈을 가지고 왔지. 스승은 그들의 청원에 귀를 기울였어. 그들을 위해 기도했지. 그들은 짧은 체류 후에 해방감을 느끼며 떠났어. 다른 이들은 빈손으로 도착했지. 자신의 부족에서 일탈한 젊은이들이었어. 그들은 미개한 입문의례를 피해 달아났고 보카노에게 몸을 의탁했으며 그의 제자가 되었지. 스승은 제자가 원하면 제자의 짐을 덜어주었어. 하지만 제자가 충분히 신에게 귀의하고 코란, 점술, 한 가지 일의 실천에 대한 지식이 있지 않는 한 절대로 그렇게 하지 않았지. 이별의 기도 동안에는 해방된 제자를 축복했고, 자신이 겸손하게 약소한 여비라고 부르는 것, 즉 코란, 돈, 심지어는 때때로 배우자를 제자에게 선사했어. 제자라면 그 누구도 결코 보카노와 결별하지 않았지.

보카노의 명성이 인근과 식민지의 경계를 넘어 급속도로 퍼져 나갔어. 순례자들의 물결과 끊임없는 왕래로 말미암아 급기야 라마카의 백인 사령관이 불안해했지. 그의 가계, 출생지, 생년월일을 등록하기 위해 그를 소환해.

주술사가 회교 원로다운 이야기를 늘어놓아. 이에 대해 사령관은 문명인의 회의적인 태도를 내보여. 보카노는 엄청나게 넓은 호수, 광막한 사막, 무한한 푸른 하늘 사이의 어느 외지고 궁핍한 고장 출신이라고 주장하고 설명해. 매우 먼 아름다운 고장이지! 그의 스승은 경건한 회교법학자, 알라에 의해 선택받아 북아프리카 지중해 연안 전역에서 유명하고 존경받는 인물, 알라께서 무한한 선의로 모든 것을 주었고 모든 것을 할 수 있었던 인물이었대. 하지만 고장의 이름도 경건한 인물의 이름도 더 이상 기억하고 있지 않다는 거야. 계시의 충격을 받은 날 다 잊어버렸다는 거지. 경건한 회교법학자와 함께 수행한 매우 긴 야간 기도 중 하나가 진행 중이었을 때에는 돗자리 위에서 잠든 적도 있었다지. 회교도라면 누구나 실현하고 싶어 할 꿈에 사로잡히기도 했다는 거야. 꿈속에서 하얀 군마에 올라탄 채 손에 수브하를 들고서 동쪽으로 돌진하다가 하늘로 올라갔다는 거지. 백열하는 젖빛의 태양에 거룩한 카바*의 모습이 나타났고, 날개 달린 듯 가벼운 느낌이 들었다는 거지 뭐야. 환희의 세계, 무한한 즐거움과 기쁨의 세계에 몸을 담그고 유영했다는 거야. 갑자기 회교법학자가 흔들어 깨웠다고 했어.

— 보카노 깨어나라! 깨어나라, 보카노. 나를 따라 열 번 되풀이하라. 알라쿠바루! 알라쿠바루! (알라는 위대하시다!)

보카노가 열 번 되풀이해.

— 너는 선택받은 사람이다. 나를 계승하기 위해, 나의 덕행, 나의 재산, 나의 역할, 나의 존엄성, 나의 기품, 나의 우정, 나의 권력을 이어받기 위해 선택된 것이다. 나를 따라 코란의 쿠후하 장을 열 번 되풀이하라.

보카노가 그 장을 열 번 낭송해.

---

\* Ka'bah: 메카의 신성한 사원에 있는 커다란 입방체 건조물. 모든 회교도는 이것을 향해 기도한다.

보카노가 자신의 꿈을 경건한 사람에게 이야기하려고 시도해. 스승이 그의 설명을 중단시켜. 꿈에 관해 이미 자세히 알고 있었던 거야. 보카노에게 꿈의 중요성과 의미를 밝히지. 보카노가 얼마 전에 죽어 다시 태어났다는 것을 말해준다는 것이었어. 그는 새사람이라는 것이었지. 회교법학자에게서 벗어나고 고향을 떠나 동이 트기 전이라 어둡지만 즉각 출발해야 하는 새사람 말이야. 동일한 방향으로 걷고 결코 멈추지 않으며 전능한 분의 임박한 현현까지 걷기를 계속해야 한다는 것이었어. 그의 스승, 회교법학자는 제자들 중에서 스무 명을 깨워 그들에게 새로운 스승을 소개했지. 바로 보카노였어. 그들은 그를 따라다녀야, 밤낮으로 따라다녀야 한다는 거야. 이 땅에서 보카노가 그들을 데려갈 수 있는 유일한 장소는 메카이고 이 세상을 넘어 인도할 수 있는 유일한 장소는 낙원이라는 거지. 경건한 사람이 보카노와 제자들을 축복했고 보카노에게 여비로 두 가지 소중한 것을 주었지. 세계의 모든 재물보다 더 가치가 있는 두 가지 보물을 말이야. 두 가지 물건은 보카노의 수중에 영원히 남아 있고 그가 어디에 살건 죽을 때까지 그와 동행하게 되어 있었어.

첫번째 것은 오래된 거룩한 코란이었어. 경건한 사람은 그것을 아버지 쪽의 가계로부터 물려받았지. 사헬*에 이슬람교가 전파되었을 때 그의 조상이 획득하여 계속 지니고 있었던 거야. 이 코란을 지니고 있는 사람은 기원祈願, 초혼招魂의 능력을

---

* Sahel: 사하라 사막 남쪽의 경계 지역으로 띠 모양을 이루고 있다.

갖추고 음모로부터 신의 보호를 받아. 이 코란 보유자의 보호 아래 놓이는 자는 어떤 주술에도 끄떡없게 되지.

두번째 것은 그의 모계 쪽의 유산인 운석이야. 그의 모친은 와가두(옛 가나)의 위대한 샤먼 가문 출신이었어. 이 가문의 우두머리들이 파라오 시대부터 이 운석을 간직하고 있지.

이 운석을 지니고 있는 사람은 온갖 요술, 주문, 저주로부터 보호를 받아. 이 운석 보유자의 보호 아래 놓이는 자는 온갖 마법, 온갖 저주에도 안전해.

여러 세기 전부터 사헬의 모든 신비주의자와 학자는 이 코란과 운석의 존재를 알고 있어. 모두가 이것들의 소유를 소망하지.

하지만 신비, 수수께끼, 난점이 있었어. 코란과 운석은 취득이나 증여와 같은 방식으로 이전되지 않아. 이 물건들 자체가 주인을 선택하지. 이것들이 특정한 인간 존재에게 양도되기를 바라는 셈이지. 이것들이 꿈을 통해 보유자에게 진정한 주인을 가리켜줘. 두 물건이 동시에 소유자를 버리기로 결정하는 밤에는 우선 행복이 절정에 달하지. 진정한 주인이 조금 전에 정해진 거야. 알라께서 무한한 선의에 따라 소지자의 기한이 만료되었다고 판단한 거지. 자신과 친해질 만하다고 생각하여 그에게 자신의 정원을 개방한 거야.*

그들은 슬픈 분위기 속에서 회교법학자를 떠났어. 아무도 알리지 않았지만 누구나 알고 있었지. 명백한 사실이었던 거야.

---

* 알라의 뜻에 따라 죽을 때가 임박했다는 의미이다.

경건한 사람은 삶의 막바지에 이르렀지. 저녁녘 전에 선택받은 사람으로서 안락한 잠을 자게 되어 있었어.

마을로부터 상당히 떨어진 곳에서 보카노와 추종자들이 나무 아래 슬며시 잠이 들었지. 나무에 벼락이 떨어졌어. 그들은 굉음에 귀가 먹먹해졌지. 그 상태로 깊은 잠 속으로 빠져들었어. 동이 트면서 깨어났지. 모두가 기억 상실에 걸렸어. 모든 사람이 완전히 달라졌지. 그들 중 누구도 자신이 어디에서 왔는지, 어디로 가는지, 자기 자신의 이름, 자기 자신의 가계를 기억하지 못했어. 그들은 유일하게 알아본 방향, 해가 뜨는 쪽으로 다시 걷기 시작했지. 마을과 촌락을 우회했어. 식물의 뿌리와 야생 열매를 먹었지. 들짐승을 피하기 위해 나뭇가지 위에서 잠을 잤어.

어느 금요일 목욕 재계 후에 그들은 '주마' 기도를 올리기 위해 정렬했지. 갑자기 보카노가 다시 일어서더니 알라쿠바루를 아흔아홉 번 외쳤어. 구름에 분명하게 적힌 예언자의 이름을 읽은 거야. 확실히 그것은 그들이 기다리고 있는 징후, 신의 현현이었지. 그들은 도착했다는 것을 이해했어. 한순간도 망설이지 않았지. 관목림에서 나와 도시의 모든 주민이 기도를 위해 그들을 기다리고 있는 어느 회교 사원에 이르렀어. 라마카 시의 회교 사원이었지. 라마카(산악 지방에서도 벌거숭이 사람들이 사는 고장의 행정 지부 소재지)는 그들이 전능한 분의 또 다른 징후를 기다려야 하는 중간 기착지였지.

백인 사령관은 모든 흑인 회교도 경찰의 긴 설명에도 불구하고 납득이 가질 않았어. 믿지 않았지. 그는 회교도가 아니라 기독교도였어. 동이 틀 무렵에 완전한 기억 상실증이 보카노와 그의 동행자들을 엄습했다는 것이 믿기지 않았지. 은밀히 조사를 지시했어. 보카노가 회교에서도 보수주의자의 종파에 속할지 모른다는 것을 알아냈지. 프랑스령 수단과 오트볼타*에서 유럽인들을 학살했던 보수주의자들 말이야. 오트볼타의 보보디울라소** 종파는 어느 원로가 지도자였어. 어느 날 밤 식민지 행정 당국이 그를 체포해서는 새벽에 그의 제자들 상당수와 함께 총살했지. 보카노가 성인이라 부른 사람이 바로 이 총살당한 선동자였지 않을까? 이 원로의 제자들 일단이 관목림 안으로 사라지고 원주민 보병들의 추격에서 벗어날 시간이 있었어. 그들은 붙잡히지 않았지. 보카노와 제자들이 탈주자의 일부일지 모른다는 것이었어. 조사가 계속되었지.

그동안 사령관은 보카노에게 라마카에서의 가택 연금을 통고했어. 식민지 당국의 허가 없이는 이동해서는 안 된다는 것이었지. 순례자들과 그의 모든 방문객이 통행 허가증을 간청해야 했어. 보카노는 금요일마다 사령관의 집무실에 출두하여 자신의 주간 활동을 말로 보고하게 되어 있었지.

보카노의 이동에 대한 제한과 귀찮은 통제는 도리어 더 많은 젊은이들과 병자들을 그의 허름한 임시 거처로 끌어모으는 결

---

* Haute-Volta: 부르키나파소(서아프리카의 볼타 강 상류에 위치한 공화국)의 예전 이름.
** Bobo-Dioulasso: 부르키나파소의 경제 수도로서 인구가 두번째로 많은 도시이다.

과를 낳았어. 이 회교 원로는 서아프리카 전역에서 미친 사람들과 귀신 들린 사람들의 구마사로서 명성을 떨쳤지.

그래서 간호사는 귀신 들린 여자를 새벽에 (알라 이후로 그곳의 유일한 스승) 보카노가 임시로 거처하는 곳의 안마당으로 이송했어.

그 안마당의 지붕 덮인 곳은 독서실과 강습실, 이와 동시에 토론과 예배의 장소로 쓰였지. 나주마는 여전히 의식이 없었고 귀신 들린 상태였어.

귀신을 퇴치하는 주술사의 간단하고 신속하고 효과적인 치료법은 별다를 게 없었지. 어떤 병자이건 몽둥이나 회초리 또는 맨손으로 마구 때리는 것이었어. 그는 코란의 구절을 중얼거리고 나서 몸을 일으켜 병자에게 가까이 다가가려 하다가 걸음을 멈췄지. 알라의 이름에 맹세코 코야가의 모친은 아름다웠어. 매우 아름다운 여자였단 말이지! 처녀의 체격을 유지하고 있었지. 가슴이 4월 초순의 싱싱한 망고처럼 솟아올라 있어. 단단한 근육이 울퉁불퉁했지. 엉덩이에서는 주철 냄비의 둥근 형체와 견실성이 엿보였어. 치마끈이 아무렇게나 묶여 있었지. 주술사 구마사는 코란의 장들을 제대로 낭송하지 못하고 헛기침을 했어. 여러 차례 자세를 고쳐 '알라쿠바루'를 읊조리고 적당한 주문을 늘어놓았지. 마침내 마음이 안정되자 결연히 들것에 가까이 다가갔어. 병자의 뺨을 큰 소리가 날 만큼 힘껏 네 차례 때렸지. 여자가 벌에 쏘인 듯이 상체를 일으켰으나 여전히 반쯤 의식 불명이었어. 주술사가 한 제자에게 손짓을 하자 그 제자가 주문을 낭송하고 나서 들고 있는 긴 쇠 힘줄 채찍에

침을 뱉더니 귀신 들린 여자에게 다가가서 그녀를 힘껏 내려쳤지. 병자가 날카로운 비명을 내지르고 도망쳤어. 어찌나 빨리 달렸는지 치마가 벗겨졌어. 주술사는 또다시 젊은 여자의 몸을 평가할 겨를이 있었어. 치마를 가져오게 했고 그녀를 돌아오게 했지. 늦은 만큼 예기치 못한 반사적 행동이었어. 그녀가 단정한 옷차림으로 안마당 앞에 모습을 나타냈지. 육체도 정신도 정상이었어. 귀신이 빠져나간 거야.

으레 주술사는 미쳤거나 귀신 들렸다가 정상으로 돌아온 사람에게 더 이상 관심을 갖지 않지. 그런데 모든 이가 알아차렸듯이 나주마에게는 예외적으로 공손하고 다정한 태도를 내보였어. 서너 번 병자의 머리를 어루만졌는데, 흥분한 제자가 그녀를 채찍질한 후에도 병자가 꽤 오랫동안 계속해서 경련을 일으켰기 때문이죠. 티에쿠라가 말을 받았다. 주술사는 귀빈 전용의 가옥들 가운데 하나를 나주마에게 내어주라고 지시했지. 탈이 난 여자에 대한 자신의 특별한 관심을 확실히 한 것이었어.

주술사는 안마당으로 돌아와서 그토록 호의적인 치료와 대우를 정당한 것으로 여기게 되었지. 몇 가지 징후를 보고 병자가 신의 축복을 받은 사람, 선택받은 사람이라는 것을 알아차렸어. 그녀는 점술의 재능을 갖고 태어난 연유로 점술의 정령 '파'가 들린 것이었지. 주술사는 그녀에게 흙이나 조약돌 또는 모래로 치는 점술을 가르치기 위해 그녀를 자신의 농가에 몇 달 붙잡아놓을 생각이었어. 그리고 귀신 들린 여자, 점술 정령의 배우자가 지켜야 하는 수많은 금기를 분명하게 일러주었지.

그녀가 순결을 지켜야 한다는 것이었어. 그녀와 육체관계를 맺는 상대는 매순간 화난 정령의 복수를 당할 위험이 있을 것이고 그녀 자신은 신들린 상태로 떨어질지 모르는데, 성관계를 삼가지 않으면 절대 회복되지 못하리라는 거야.

간호사는 자신이 정령 파의 아내를 사랑했다는 것을 알고서 온몸이 떨렸지. 정령의 분노를 진정시키기 위해 양 한 마리와 영계 두 마리를 제물로 바쳤어.

주술사의 계시 후에 나주마는 마음이 가벼워진 듯했지. 모든 것이 환하게 밝혀진 것 같았어. 모든 것을 이해하고는 행복해졌지. 남편의 사망 이후로 남자가 접근하자마자 자신을 옥죄는 두려움, 그것은 귀신 들림 때문이었던 거야. 코야가를 낳기 위해 견딘 힘겨운 출산 후에 그녀를 불감증으로 만든 것은 바로 이 정령이었지. 그녀는 투시력, 점술에 헌신하기로 결심했어.

주술사 보카노는 점술에 조예가 깊었지. 『역경』, 흙점, 카드점, 룬 문자 점, 커피 점, 잉크 점, 바늘 점, 글자 점, 수정 점, 자기감지磁氣感知 점이라는 열 가지 점술에 정통했고 그것들을 활용했어. 특히 흙점을 중시하여 다른 아홉 가지 점술 위에 놓았지.

흙점은 천지창조 직후에 하늘이 내려주었어. 전능한 알라께서 세계를 만드신 후에 인간의 감각이 미치는 범위를 아주 멀리 벗어나 휴식을 취할 작정이었지. 이 세상에서 모든 사물을 만들어낸 창조자에게는 매우 마땅한 일이었어. 이루어진 성과는 탁월하고 비교 불가능한 것이었지. 마지막으로 알라는 완벽한 것을 완성하기 위해 돌아왔어. 그는 자신이 세계를 정돈하기에 바쁠 때 인간에게 부여된 자유가 거짓말쟁이들, 위선자들, 질투하는 자들에 의해 변질된 것을 확인하고서 이루 말할 수 없이 경악했지. 그들이 인간 사회의 주인이 되었어. 동물 사회가 사람들의 사회보다 우월했지. 짐승들은 살아남기 위해서만 죽이고 서로 파괴했지만 사람들은 매우 자주 필요하지도 않은데 악의로, 질투 때문에 파괴했죠. 조수가 맞장구를 쳤다. 많은 측면에서 그토록 완벽하게 정돈되었지만 다른 여러 측면에서 불의한 모습을 띠고 악인에게 승리를 허용하는 세계를 가만히 내버려두어야 했을까? 알라는 어느 날 밤 망설였지.

전적으로 정의로운 또 다른 세계의 성공은 오래 걸릴 것이고 보장된 것 같지 않았어. 그는 급했지(다른 곳으로 가봐야 했어). 하지만 모든 인간을 심지어 현자들까지 악인의 처분에 내맡겨 놓아도 괜찮았을까? 자비로운 신은 그럴 수 없었지. 그래서 흠 점의 재량권을 선택된 사람, 신중한 사람, 현자에게 맡기기로 결심했어. 그들이 불의한 운명과 악인으로부터 보호받도록 말이야.

그 결과로 이 세상에는 두 종류의 실명失明이 존재해. 우선 돌이킬 수 없이 시력을 잃고 흰 지팡이로 장애물을 피해야 하는 이들이 있지. 시각의 맹인이야. 그리고 투시력, 희생을 믿지도 활용하지도 않는 이들이 있어. 인생의 맹인이지. 그들은 운명의 완전한 실현을 가로막는 온갖 장애물, 온갖 불행에 정면으로 부딪혀. 알라께서 우리를 보호하사 인생의 맹인들 사이에 머물러 영구히 살아가지 않게 해주시길!

회교 원로와 젊은 여자가 헤어진 지 여러 달이 지났어. 그는 계속해서 여자를 생각했지. 그가 몸과 마음으로 알라, 전능한 분에게 온전히 귀의하는 데에, 그럴 의지가 그에게 있는데도, 그녀는 방해가 되었어. 회교 원로는 새벽 2시와 3시 사이에 강렬한 '이샤'*의 '리리브'** 기도를 끝내고서 집에서 나와 문턱에 서서 하늘을 유심히 살펴보는 습관이 있었지. 별들 사이의 구름에서 불가해한 것과 말로 표현할 수 없는 것의 징후를 발견했어. 여자의 여러 불경한 모습이 뜬금없이 떠올라 이 탐색을 여러 차례 그르친 후였지. 하늘에서 여자의 눈길, 근육, 끈이 반쯤 풀린 치마와 심지어 ……을 알아보았어. 회교 원로는 관찰을 멈추고서 '사라풀라히'(알라의 용서)를 아흔아홉 번 되뇌었지. 추가로 속죄의 고행을 다짐했어. 며칠간의 엄격한 단식을 실행하기로 한 거야.

어느 날 아침 잠자리에서 일어난 그의 눈길, 말, 그가 코란을 낭송하는 목소리에 심각한 기운이 어렸어. 제자 한 명을 급히 보냈지. 제자가 나주마와 그녀의 외아들 자네 코야가를 데리고 돌아왔어. 안마당의 지붕 아래에서 그가 자네들을 종교 의례를 행하듯 장중하게 맞이했지. 코란의 여러 절을 낭송했어. 그리고 자신의 말을 그리오에게 한마디씩 다시 말할 시간을 주면서 믿을 수 없는 소식을 자네들에게 또박또박 알렸지. 수천

---

* ishā: 모든 회교도는 하루에 다섯 번(새벽, 정오, 오후, 해 질 녘, 황혼 녘에) 메카의 카바를 향해 기도할 의무가 있다. 이샤는 마지막 기도 시간이다.
** rhirib: 코란을 암송하는 특별 기도.

년 동안 자기 스승의 모계 쪽에서 소유한 운석이 전날 밤 자신의 꿈에 나타났다는 거야. 이 시세* 가문을 사헬에서 가장 유력한 가문들 중의 하나로 만들어준 운석이 꿈속에서 자신에게 말을 걸어왔다는 것이지. 운석이 자리를 옮긴다는 것을 알려주었다는 거야. 운석이 소지자로, 소유자로 나주마를 선택했다고 자신에게 공표했다는 거지. 전능한 분의 의지가 땅과 하늘에서 영원히 이루어지길. 아멘!

스승은 코야가의 미래를 예견하기 위해 흙점을 쳤어. 그의 어머니에게 모래의 형상들이 무엇을 말해주는지 해석해보라고 했어. 어머니의 얼굴이 환해졌지. 그녀는 아들이 오래지 않아 아버지보다 더 위대해지리라는 것을 알고서 기뻤어. 그는 아버지의 원수를 갚을 것이었지. 스승은 흙점 해석자의 재능을 칭찬했어. 분석을 보충했지.

인생에는 두 종류의 운명이 있어. 인생의 넓은 관목림에서 길을 내는 이들과 인생의 열린 길을 따라가는 이들이야. 전자는 장애물, 미지의 것에 직면하지. 뒤엉킨 풀숲을 최초로 헤치고 나아가기 때문에 아침마다 늘 이슬에 젖어 있어.

후자는 이미 난 길을 좇아가. 대부분이 가는 길을 뒤따라. 선구자, 스승을 따르지. 신발이 이슬에 젖고 장애물에 도전한 경험이 없어. 캄캄한 어둠 속에서, 무한한 공간 안에서 미지의 것을 체험하지도 않지. 인생에서 그들의 문제는 누군가와의 운명

---

* Cissé: 코트디부아르, 세네갈, 말리 등지의 유명한 성씨.

적인 만남이야. 그들에게 운명적인 만남의 대상은 자기를 온전히 실현하기 위해, 마침내 행복해지기 위해 따라다녀야 하는 사람이지. 운명의 인간을 발견하는 것은 결코 쉽지 않아. 누구도 운명의 인간을 만났는지 결코 확신하지 못해.

전자의 사람들, 아침의 관목림을 헤쳐 나가는 사람들, 길을 내는 사람들, 선구자들에게도 문제, 난점이 있어. 올바르게 멈출 줄 알기, 자신의 한계를 인정하기, 자신의 균형점을 넘어 나아가지도 안쪽에 머무르지도 않기가 결코 쉬운 일은 아니지. 그들은 각자 자신의 균형점에서야 행복해질 수 있어. 자신에게 필요한 것이 바로 거기에 있기 때문이지. 거기에서 자기를 전적으로 실현하는 거야. 균형점에 못 미치면 질투심으로 끙끙 앓아. 힘이 남아돌아서, 줄곧 능력이 완전히 활용되지 못해서 불행해지지. 균형점을 넘어서면 재능이 부족해서, 무능력해서, 과로해서 고통을 겪어.

자신의 정지 지점을 발견하는 것은 결코 쉽지 않아. 누구도 그것을 찾아냈다고 확신하지 못하지.

당신의 아들은 길을 내는 사람, 자신을 따르게 하는 사람, 스승, 틀림없이 제때에 멈출 줄 아는 이, 덜떨어진 상태에 머무르지도 지나치게 나아가지도 않을 것이 분명한 이의 부류에 속해요. 주술사가 덧붙였어.

불행히도 흙점 형상들의 다양한 위치에 따르면 당신의 아들은 멀리 나아갈 것이고 한도를 넘어설 것이오. 끝이 너무 장대할 거요. 따라서 미약할 거요. 너무 행복할 거요. 따라서 불행할 거요. 우리의 제자 겸 우리의 스승, 우리의 부亩 겸 우리의 가난, 우리의 행복 겸 우리의 불행 ……일 것이오. 엄청나! 숭고하고 아름답고 좋은 모든 것뿐 아니라 이 모든 것과 반대되는 것도 이 꼬마 속에 있을 것이오.

알라가 그를 오래오래 살게 하도록 우리는 곧장 그를, 당신은 운석의 보호 아래, 나는 코란의 보호 아래 놓을 것이오.

당신의 아들과 같은 부류의 사람은 늘 올바르고 인간미 있을 수는 없어요. 반면에 운석도 코란도 불공정성과 잔인성을 용납하지 않소. 매우 자주 그가 우리를 잊을지 모르오. 혹시 우리가 그에게서 벗어나더라도 불안에 사로잡히지 말라고 그에게 가르치시오. 그가 조수 코르두아를 동반한 소라(사냥꾼들의 소리꾼)로 하여금 정결하게 하는 공적 예찬, 정화의 돈소마나를 말하게 하도록 하시오. 침착하게 말이요. 코르두아는 정화 단계의 신성한 숲 입문자, 마을의 어릿광대라오. 그가 모든 것을 고백하고 인정하게 될 때, 그가 정화될 때, 그의 인생에 어떤 어두운 그림자도 더 이상 존재하지 않게 될 때 운석과 코란이 어디에 감춰져 있는지 저절로 밝혀질 것이오. 그는 그것들을 회수하고 지도자와 우두머리로서 살아가기만 하면 될 것이오.

이쯤에서 이 야회를 중단합시다. 밤으로 끝나지 않는 긴 낮은 없으니까. 빙고가 알린다. 소라는 자신의 코라를 다시 들고서 야회의 마무리 음악을 연주한다. 코르두아 티에쿠라는 그에게 반주를 해주는 것으로 시작한다. 갑자기 벌에 쏘인 듯이 그가 고함을 치고 상스러운 말을 지껄이면서 사냥춤과 음란한 몸짓에 번갈아 몰두한다. 소라 빙고가 전통, 전통의 존중에 관한 마지막 속담과 격언을 읊조린다.


'작은 생쥐가 조상의 오솔길을 떠나버리면 개밀의 끝부분이 그의 눈을 뚫는다.'

'너의 아버지가 올라간 나무 위로 기어오를 수 없다면 적어도 줄기에 손을 얹으라.'

'사람들의 시선을 피하는 자는 자기 어머니의 음모를 짧게 깎는다.'

# 야회 II

소라가 전주곡을 연주한다. 코르두아는 기괴하고 음란한 익살에 몰입한다.

—티에쿠라, 그 수치스러운 몸짓을 그만두어라. 돈소마나의 이 두번째 야회가 잠시 중단될 때마다 내가 설명을 덧붙여 자세히 말할 주제를 명심해라. 그것은 죽음이야. 다음과 같은 이유 때문이지.

'생쥐들이 고양이 가까이에서 노는 것을 볼 때 우리는 우리에게 다가올지 모르는 죽음의 위협을 헤아려보게 된다.'

'죽음은 맏딸이고 삶은 죽음의 여동생이다. 우리들 인간은 가당찮게 죽음을 삶에 맞세운다.'

'죽음이 치욕보다 더 낫다고들 하지만 치욕은 열매를 맺는 반면에 죽음은 그렇지 않다고 서둘러 덧붙여야 한다.'

## 5

아! 사냥의 명수 코야가여. 자네는 새매가 알을 낳고 까마귀가 알을 품는 고결한 가문 출신이지. 아침마다 넓은 관목림을 헤쳐 나가는 이들, 언제나 이슬에 젖는 이들의 혈통을 이어받았어.

흠점을 능숙하게 잘 치는 자네의 어머니(그녀는 운석의 소지자이지)에게는 심복 겸 스승 그리고 친구로 회교 원로 겸 주술사가 있지. 그는 아버지도 어머니도 없었지만 수백 년 된 코란한 권을 소유하고 있어. 그녀가 외아들 자네를 위해 자네의 이름으로 뜨거운 희생 제물을 바치지 않는 날은 하루도 밝아오거나 저물지 않아. 피가 흐르는 희생 제물과 늘 함께하는 이들의 운명은 순탄하기 마련이지. 불행이 그들을 비껴가지. 이에 조수 티에쿠라가 맞장구친다. 길에서 그들은 불운의 자갈이 아니라 행운의 자갈에 부딪혀요.

하선 후에 자네는 송환자로서 군병원으로 후송되었네. 진찰을 받았지. 자네는 우기 말의 잉어처럼 온전했어. 묘지의 바오바브나무 열매처럼 튼튼했지. 자네가 바라기만 한다면 원주민 보병대에 재복무하면서 진급할 수 있었어. 이제는 동남아가 아니라 북아프리카, 알제리에 팔레오가 필요했지. 거기에서 프랑스인이 새로운 식민지 전쟁을 시작했던 거야. 부대장실에서 자네는 알제리에 배치된 재복무자가 받게 될 많은 특혜에 관해 상세한 설명을 들었어. 인도차이나에서 복무하다가 퇴역한 병사의 적립금을 현금으로 받았지. 10만 CFA프랑*이 넘었어! 그

---

* CFA는 아프리카 재정 금융 공동체Communauté Financière Africaine의 약어. 과거에 서아프리카에서 프랑스 식민지였던 나라들이 채택하고 있는 통화. 프랑스 프랑(오늘날은 유로)과는 시기별로 다르지만 고정 환율이 적용되었다.

당시에 자네와 같은 산골 젊은이에게는 너무 많은 돈, 자네가 꿈꿀 수 있는 것보다, 자네에게 필요한 것보다 약간 더 많은 돈이었지. 너무 부유해진 당신은 모든 것을 무시하고 잊어버린 채 곧바로 부대장실에서 달려 나와 소총을 구입하여 어깨에서 허리로 비스듬히 메고 산악 지방행 공동共同 택시를 황급히 잡아탔지요. 조수가 마무리한다.

우리는 환영식을 준비했지. 코야가는 이미 사냥의 명수였기 때문에 나도 소라로서 참가했어. 그의 영광과 재산, 행운에 걸맞게 그를 환영하고자 했지. 라마카를 굽어보는 작은 언덕에서 군부대의 판야나무까지 사냥꾼들이 정렬했어. 우편 차량이 먼지구름에서 빠져나오자마자 그들이 엽총으로 환영의 축포를 일제히 쐈지. 망고나무와 타마린드나무가 우거진 숲에서 독수리들과 커다란 독수박쥐들이 날아올라 시끌벅적한 잔치로 피어오르는 연기와 섞였어.

─선생이 나서서 코야가를 환영했을 때 하늘은 납빛이었죠. 선생은 영웅의 어머니, 주술사 나주마 옆에 자리했어요. 당신들이 비범한 사냥꾼을 맞이하는 행사에 초대받았던 거죠. 그는 전쟁 영웅이었어요. 영웅, 부자 말입니다. 그때 선생은 코야가와 처음으로 만났어요. 마클레디오가 설명한다.

아! 티에쿠라, 다복한 사람과의 첫번째 만남이란 가난한 사람과의 접촉과는 늘 다르단다. 나체족 남녀의 아들, 미래의 최

---

1958년 11월 27일부터 1994년 1월 11일까지는 1CFA프랑이 0.02FR프랑이었다.

고 지도자와 처음으로 함께한 하르마탄은 선생님의 생애에서 어떤 다른 하르마탄과도 같지 않을 테죠 하고 조수가 맞받는다. 팔레오들의 산악 지방에서 코야가 자네보다 더 난폭한 동물 살해자는 결코 다시는 태어나지 않을 것이네.

고산 지역 뒤편 계곡의 냇가에 표범이 한 마리 있었지.

— 인육만을 먹고 사는 표범이었죠. 조수가 덧붙인다. 밤에 보면 눈이 트럭의 전조등처럼 훤히 빛났어. 폭풍우 속에서 서로 세차게 부딪는 판야나무 가지들처럼 이빨에서 뿌지직 소리가 났지. 관목림에 난 큰불의 날름거리는 불꽃이 대지를 태우고 청소하듯이 혀로 수염을 핥았어. 오래전부터 모든 사냥꾼이 길에서 이 표범과 마주치지 않도록 주물呪物을 섬기고 피가 흐르는 희생 제물을 바쳤지.

— 넓은 관목림에서 불운하게도 이 표범과 조우한 이들은 누구나 엽총의 총구를 땅바닥 쪽으로 돌리고 살금살금 뒷걸음질 쳤어요. 그들은 이 거대한 동물의 강력한 후각을 피하고자 기도의 문구를 소리 내어 외우고 가장 나은 아바타를 사용했지요. 티에쿠라가 덧붙인다.

표범은 이제 인간에 대한 두려움이 없었네. 인간을 피하지 않았지. 오만에 빠진 나머지 활용할 수 있는 많은 마법 중의 어떤 것으로도 사냥꾼들로부터 자신을 지키려 하지 않았어. 쾅! 코야가 총을 쏘았고 표범이 주저앉았지. 인간의 피를 실컷 먹은 거대한 동물이 꼴까닥 죽었어.

— 코야가는 그 거대한 동물의 강력한 '니아마'*를 모조리 소

멸하고 멸절시키기 위해 꼬리를 잘라 아가리 안으로 쑤셔 넣었죠. 티에쿠라가 자세히 밝힌다.

— 짐승의 끄트머리(꼬리)를 앞머리(아가리)에 집어넣으면 모든 니아마가 짐승의 나머지 부분에 머무를 수밖에 없어요. 거기에 갇혀 계속 돌게 되어 있죠. 마클레디오가 설명한다.

처참하게도 표범에게 목을 물어뜯긴 사람 수백 명의 복수를 해주었으니, 고맙네, 다시 한번 고맙네, 늘 고맙네, 코야가.

또한 고산 지역 뒤편의 숲 언저리에 혼자 있기 좋아하는 검은 물소, 세상에서 가장 나이 많은 물소가 있었지. 물소의 뿔 사이에는 제비 및 곤충이 깃들어 군집을 이루고 있었어. 이 짐승 위로는 새매와 다른 맹금 수백 마리가 끊임없이 날아다녔지. 시야를 막는 무수한 새 떼가 수 킬로미터 떨어진 곳에서도 물소의 출현을 알아차렸어. 이 외로운 물소는 인간도 사냥꾼도 두려워하지 않았지. 경작지나 마을 앞에서도 삼가는 법이 없었어. 사냥꾼들은 관목림 속으로 들어가기 전에 영계를 죽여 제물로 바쳤지. 이는 길에서 물소와 마주치지 않도록 해달라는 뜻이었어. 주민들은 이 물소의 출현을 직감하자마자 땅바닥에 바짝 엎드렸지. 팔레오 민족 모두에게, 이 지역에 사는 사람 모두에게 이 물소는 정말로 큰 재앙이었어.

쾅! 여자 마법사의 아들이 카빈총을 쏘았고 탄환이 총구를 떠났어. 물소는 쓰러지지 않았지. 표범을 죽음에 이르게 한 변고를 알고서 대비하고 있었어. 사냥꾼 코야가가 관목림 안으

---

* nyama: 야생 동물에 깃들어 있다고 여겨진 힘.

로 들어왔다고 척후병 참새들이 알려주었을 때 자신의 무시무시한 마술을 미리 점검했지. 탄환이 닿기 전에 뿔 사이에 얹힌 수많은 둥지가 그만큼 많은 불꽃 뭉치로 바뀌었어. 둥지에서 날아오른 새들이 불의 다발이 되어 풀밭으로 떨어졌지. 관목림의 맹렬한 큰불에 둘러싸인 코야가 살아날 수 있는 방법은 물로 변신해서 불길을 끄는 격류가 되는 마법을 쓰는 것뿐이었어. 쾅! 두번째 탄환이 격류로부터 격발되어 거대한 동물을 맞혔지. 물소는 무릎을 꿇고 나서 푹 쓰러졌어. 죽은 거야.

— 물소의 무시무시한 니아마를 멸절시키고 소멸시키기 위해 코야가는 물소의 꼬리를 잘라 헐떡거리는 아가리 속으로 처넣었어요.

고맙네, 다시 한번 고마워, 늘 고맙네.

팔레오 고장의 숲과 산악 지대에는 또한 외톨이 코끼리가 한 마리 있었어. 상아가 어린 판야나무의 줄기만큼 무겁고 길었지. 귀가 마을 곡식 창고의 둥근 지붕만큼 넓었어. 무자비하게 드넓고 깊은 숲에서 코끼리 무리의 이동은 대재앙이야. 잠시 멈춰서 이 큰 재앙에 관해 자세히 이야기할까 해.


큰 짐승의 무리가 이동하면 우선 온갖 종류의 짐승과 새가 썰물처럼 물러났다가 밀물처럼 다시 몰려들어. 코끼리 수백 마리가 지나가면 흙이 뽑히고 흐트러지며 나무가 쓰러지고 통로가 생겨. 드넓고 고요한 열대림에서 소음이 4월의 폭풍우보다 더 요란해. 원숭이, 영양, 뱀, 새가 놀라 보금자리를 버리고서 더 포근한 은신처를 찾아 흩어져 도망치거나 날아가. 이것이

썰물이지.

하지만 코끼리의 발이 밟고 지나간 땅은 나무 꼭대기에서 떨어진 신선하고 질 좋은 온전한 도토리, 꽃, 과일로 뒤덮여. 설치 동물이 매우 좋아하는 먹을거리지. 설치류는 이 식량에 끌려 코끼리의 발아래로 몰려들어. 그러고는 무수히 으깨지지. 다음으로 육식 동물과 맹금류가 죽은 설치류에 끌려 몰려들어. 코끼리 무리가 통로를 뚫으면서 이 무리의 김 나는 배설물에 홀린 곤충이 구름처럼 몰려오지. 이 곤충들을 잡아먹으려는 무수히 많은 참새들이 날아들어. 그러니까 설치류와 육식 동물의 무리, 구름 같은 곤충과 새 떼가 코끼리 무리 위로 날거나 코끼리 무리를 뒤따르면서 코끼리 무리가 뚫어놓은 통로 안으로 밀려들고 들이닥쳐. 이것이 밀물이야.

깊은 열대림의 많은 코끼리 무리가 대규모로 일으키는 짐승과 새의 썰물과 밀물을 팔레오 고장의 작은 숲에 사는 외톨이가 혼자서 초래하곤 했지. 이 코끼리는 농작물을 망쳐놓았어. 경작지에 산더미 같은 똥을 싸놓았지. 때로는 짐승과 새의 통상적인 행렬을 변함없이 동반하고서 마을 안으로 들어와서 곡식 창고의 지붕을 벗기고는 아무런 방해도 받지 않고서 수확물을 먹어치우기까지 했어. 오래전부터 사냥꾼들은 이 코끼리가 다가오는 소리가 들리면 피하기에 급급했지. 도처에서 누구나 마주치고 산을 못 보게 할 정도로 우리의 시야를 가리는 이 외톨이 코끼리가 표범과 물소에게 닥친 일을 알았는지 모습을 감췄어요. 티에쿠라가 덧붙인다.

코야가, 여전히 카빈 소총 350 레밍턴 매그넘으로 무장한 자네가 어느 목요일 아침 날이 샐 무렵 그 코끼리를 찾아 무자비한 숲속으로 뛰어들어. 자네는 하루 밤낮을 걷지. 목요일의 이튿날은 금요일이야. 금요일 정오에, 그바카!* 총알이 발사돼. 하지만 외톨이 코끼리에게 적중하지 않아. 지상에서 가장 큰 이 코끼리가 인간의 가장 작은 도구인 바늘로 변한 것이었어. 자네의 어머니로부터 물려받은 요술 덕분으로 자네는 실이 되지. 실이 바늘을 들어올려. 그바카! 두번째로 총소리가 울려 퍼져. 외톨이는 여전히 서 있어. 불꽃이 된 거야. 불꽃은 실을 태워버릴 수 있지. 자네가 바람으로 변해. 바람은 불꽃을 꺼뜨려. 그바카! 350 레밍턴 매그넘의 탄환이 세번째로 발사돼. 쾅! 네번째로 탄환이 격발돼. 코끼리는 바람에 저항하기 위해 산으로 변해야 하지만 그럴 시간이 없었지. 거대한 동물이 무릎을 꿇어. 쾅! 다섯번째로 소총 소리가 울려. 코끼리가 주저앉아. 숨을 거두지. 자네는 코끼리의 꼬리를 아가리 안으로 찔러 넣음으로써 코끼리의 니아마를 소멸시키고 나서 카빈 소총을 어깨에서 허리로 비스듬히 메고 떠나기만 하면 돼.

산악 지방 전역에서, 모든 마을과 작은 보루에서 주민들이 고기를 확보하기 위해 긴 칼을 들고 나오거나 내려왔어. 인간과 하이에나, 독수리 모두에게 고기가 돌아갔지.

고맙네 코야가, 다시 한번 고맙네, 늘 고마워.

---

* gbaka: 18인승 미니카를 의미하나, 여기에서는 총이 격발되는 소리를 나타내는 의성어이다. 아마도 이 자동차가 출발하는 소리에 두 가지 의미의 공통된 기원이 있는 듯하다.

고산 지역의 발치에, 팔레오 고장의 북쪽에 강이 하나 흐르지. 이 강의 굽이들 가운데 하나에, 폭포의 상류에 물 맑은 개울 하나가 나 있어. 옛날 옛적에 수많은 참새가 이 개울을 굽어보는 나무에 둥지를 틀고 있었지. 잔가지나 나뭇잎이 하나라도 개울로 흘러들면 그것을 치워버리는 참새들 덕분에 물결이 언제나 맑고 깨끗했어. 참새들이 개울에 사는 늙어빠진 파충류 괴물, 그 베글레리니 악어에게 나름 경의를 표하는 셈이었지. 악어는 꼬리에서 주둥이까지 열 걸음이 넘었고 황소 한 마리를 거뜬히 등에 태울 수 있었어.

— 해마다 물이 다시 차오르기 전에 송아지와 염소, 양을 바치지 않으면 빨래하는 아낙네를 덥석 물어 가는 신성한 악어였어요. 마클레디오가 설명한다. 그것은 끔찍한 굴복, 과중한 공물供物이었지요. 이 흉포한 살인 짐승을 없애버려야 했죠.

자네가 이 유익한 의무를 완수하겠다고 작심하자마자 악어는 자네의 잠을 뒤숭숭한 꿈으로 방해했지. 자네에게 경고를 하고 단념을 종용하려는 수작이었어. 자네는 모든 꿈을 자네의 어머니, 회교 원로 보카노, 고장의 다른 장로들에게 조심스럽게 알렸지. 그들 모두가 의논하여 권고한 대로 온갖 희생 제물을 죽여 바쳤어.

아! 티에쿠라, 코야가 신성한 악어와 싸움을 시작하러 가기 위해 일어난 첫날 아침에 살인과 주술을 행하는 신성한 파충류는 그가 나아갈 길을 안개로 흐려놓았지. 그는 멀리 가지 못했어. 마을에서 얼마 떨어지지 않은 곳에서 방향을 잃었지. 개울로 이르는 길을 더 이상 분간하지 못했던 거야. 이튿날 아침에는 남쪽으로 향했어. 강과 악어는 북쪽에 있었는데 말이지. 이 속임수 때문에 악어는 경계심이 느슨해졌어. 작은 언덕에서 햇볕을 쬐고 있다가 사냥꾼의 그림자가 개울의 물에 비치는 것을 알아차리고는 깜짝 놀랐지. 이 짐승과 나체족 남녀의 아들이 마주 보고 서로 도발하기 시작했어.

— 너를 죽이러 왔다. 코야가가 단호하게 경고하네.

— 나는 이 고장처럼 영원하다. 이 산악 지방처럼 총알에 뚫리지 않아. 네 모습이 비치는 강처럼 불멸하지. 오늘 아침 내게 죽임을 당할 자는 바로 너다. 건방진 사냥꾼아. 너를 오늘 아침의 내 식사거리로 만들어주겠다.

거드름 피우는 짐승의 말이 끝나기도 전에 코야가는 짐승을 겨냥하여 총을 쏴. 총알이 수면 위로 튀며 날아 불덩어리로 변하더니 코야가 쪽으로 돌아와. 코야가가 불씨를 피하기 위해서는 게로 변신하여 모래 속으로 파고드는 수밖에는 없지. 강기슭의 관목림에 큰불이 나. 코야가가 변신을 풀고 두번째로 짐승에게 발포해. 이번에는 총알이 뱀으로 변해 물에서 날아올라 코야가에게 덤벼들어. 코야가는 지렁이로 변신해 뱀을 따돌려. 뱀은 계속 돌진하여 강기슭에서 활활 타오르는 관목림의 불꽃 속으로 사라져. 짐승은 자신의 요술에 자부심을 갖고서 물 위로 떠올라 모래톱에서 거대한 모습을 보이고는 다시 한번 코야가에게 도발의 말을 퍼부어.

— 너를 먹어버리겠다. 짐승이 이빨 부딪는 소리를 내면서 울부짖어.

그것은 치명적인 실수였지. 짐승이 옆구리를 드러냈어. 팔레오 사냥꾼이 자신의 아바타에서 간신히 빠져나와서는 딱딱한 껍질로 덮이지 않은 아랫배를 겨냥하여 발포해. 짐승은 물로 되돌아가려고 해. 돌아가면서 갑각甲殼으로 보호되지 않은 목 언저리가 노출되지. 역시 무른 부위야. 나체족 여자의 아들 사냥꾼이 거기로 총을 쏘아. 치명상을 입은 끔찍한 동물이 이리저리 파닥거리다가 뒤집어져. 등은 물속으로 향하고 발은 공중으로 뻗어. 인도차이나의 영웅, 명사수가 세 번씩이나 늑골과 흉부 쪽을 겨냥해 발포해. 다시 소총을 어깨에서 허리로 비스듬히 메고서 나무줄기 뒤에 웅크려 앉아 거대한 짐승의 최후를 지켜봐.

물결 속에서 이 끔찍한 동물은 반나절 내내 죽음과 사투를 벌여. 무서운 아우성을 내질러. 여기에 메아리가 곁들여 마치 태풍이 부는 소리 같아. 으레 해거름 전에 강으로 물을 마시러 오는 온갖 짐승들이 도착하여 거대한 악어의 죽음을 말없이 목격해. 해 질 녘에 악어는 피거품이 이는 호수에서 숨을 거둬. 관목림이 완전히 캄캄해지기 전에 코야가는 은신처를 떠나 핏빛의 물속으로 뛰어들고는 괴물의 유해까지 헤엄쳐 가서 꼬리를 잘라 아가리 안으로 처넣어.

코야가 자네가 차오치 마을로 되돌아왔을 때 주민들은 이미 잠들어 있었네.

대통령이자 최고 지도자인 자네는 팔레오 지방을 온통 공포에 떨게 한 괴물 네 마리를 자네의 레밍턴 매그넘으로 죽이는 것에 그치지 않았지. 일단의 영양, 원숭이, 멧돼지를 죽여 고아와 홀아비를 만들었어…… 타고난 심보인 당신의 위업을 다 말할 수는 없죠. 마클레디오가 덧붙인다.

저녁마다 우리는 사냥꾼들의 야회, 무도회, 축제를 준비했지. 코야가, 자네는 무도회, 축제, 야회에 불치 고기를 대주는 유일한 사냥꾼이었네. 자네만이 그렇게 할 수 있었지. 가장 솜씨 좋은 사냥꾼이었으니까. 그리고 유일하게 최신 무기를 갖고 있었으니까. 자네 이전에는 산악 지방의 다른 어떤 사냥꾼도 그런 무기를 사용한 적이 없었지. 자네는 축제, 야회, 무도회에 불치뿐 아니라 돈도 대주었어. 쌀, 조, 돌로,* 포도주, 맥주의 대금을 치러줄 수 있는 유일한 사람이었어. 인도차이나 전쟁에 참전한 퇴역 군인으로서 받은 적립금의 일부분을 내놓았던 거야. 자네는 산악 지방에서 가장 부유한 팔레오였네. 부자였지. 팔레오로서는 아주 큰 부자였어. 하지만 아무리 거액이라도 언젠가는 바닥나기 마련이야. 연이은 일곱 밤은 일주일이지. 연이은 서른 밤은 한 달이야. 거의 네 달이 다 되도록 수 주 동안 축제, 무도회, 주연酒宴이 이어졌어. 우리 산악 지방에서는 건기가 네 달을 넘어 지속되는 일이 드물지. 굳은 계절이 갑자기 다가왔어.

거액의 돈이라도 네 달 남짓 동안 축제, 무도회, 주연에 자금을 조달하느라 펑펑 써대면 거덜 날 수밖에 없지. 행사가 끊임없이 이어진 나머지 자네는 결국 파산했네. 무일푼에 빚까지

---

* dolo: 붉은 수수나 싹이 튼 조를 발효시켜 만드는 알코올음료, 북아프리카에서 많이 마시는 일종의 맥주이다.

졌어. 행사가 중단될 수밖에 없었지. 자네는 빈 주머니에 빈손으로 수도행 공동 택시를 잡아탔어.

— 대단한 부자로 맞아들여진 사람이 가난과 빚에 시달릴 때면 언제나 야밤에 몰래 자기 고장을 떠나죠. 조수가 결론을 내린다.

자네는 돈이 필요했어. 그래 돈이 필요했지.


사냥감을 노리는 사냥꾼은 때때로 휴식을 취하면서 바람에 귀를 기울이지. 우리도 그를 본받아 숨을 좀 돌리자. 소라가 이렇게 예고하고는 간주곡을 연주한다. 코르두아 티에쿠라는 음란한 몸짓으로 춤을 춘다. 빙고가 죽음에 관한 속담을 말한다.


'성장은 오랜 시간이 걸리지만 죽음은 금방이다.'
'죽음을 기다리는 장소는 넓을 필요가 없다.'
'신이 부자를 죽이면 친구가 죽은 것이고 신이 가난한 사람을 죽이면 너절한 놈이 죽은 것이다.'




# 6


다행히도 코야가는 차오치의 고향 마을로 올라가기 전에 입대 서류에 서명했지. 그를 집요하게 쫓아다니는 많은 채권자들이 북쪽에서 기차로 내려왔어. 매우 늦게 수도에 도착했지. 코야가가 이미 알제리행 선박에 몸을 실은 뒤였어. 알제리에서 프랑스인들은 인도차이나 이후로 새롭게 시작된 식민지 전쟁에 말려들기 시작했지. 코야가는 알제리의 서부 오랑Oran 지역에 배속되었어. 거기에서 용맹을 떨쳤지. 대담하게 공을 세워 하사로 진급했어.

어느 일요일 아침 코야가 하사가 동료들 앞에 나타났지. 행복하고 유쾌한 기분이었어. 자기 마을에서 입문 의례를 치를 때 부르는 노래를 휘파람으로 불고 큰 소리로 흥얼거렸지. 식당에서 연대의 모든 하사관에게 술을 한잔 샀어. 조국의 독립을 축하하기 위해서였지. 골프 공화국이 최근에 독립한 거야. 프리카사 산토스 대통령이 20년의 투쟁 끝에 골프 지역의 독립을 얻어냈지. 대사건이었어. 그는 2년 후에 군복무가 끝나면 프랑스군을 떠나 식민지 전쟁, 아프리카로부터 멀리 떨어진 외지에서의 작전을 그만두고서 자기 조국의 새로운 군대에 장교의 신분으로 들어갈 생각이 확실했으므로 이 사건을 열렬히 맞아들였지. 2년 후에 조국을 위해 자신의 경험을 쓰리라는 것이었어. 그래서 축하연을 베풀었지. 술이 곁들여졌어. 누구나 최고의 실력을 발휘하는 것은 홈그라운드에서야. 자기 어머니가 고름 물집으로 덮여 있으면 결코 유명한 나병 치료사가 아니지. 결코 그렇게 간주되지도 받아들여지지도 않을 거야.

알제리 체류와 전쟁이 2년을 넘겨 지속되지는 않았어. 드골 장군이 콜롱-베레되제글리즈Colombey-les-Deux-Églises의 은거지에서 늙은 악어처럼 눈을 반쯤 뜨고서 오래전부터 알제리 상황을 예의 주시하고 있었지. 어느 날 아침 그는 분개했어. 이 위대한 군인이 보기에 알제리에서 프랑스군은 비효율과 침체 그

자체였지. 그는 이러한 사태를 참을 수 없었어. 주저하지 않고 프랑스에서 권력을 장악했지. 일단 엘리제 궁에 입성하자 종전을 선언하고서 알제리의 본국인(알제리 출신의 프랑스인)과 프랑스 군인을 마르세유행 선박에 타게 했어. 아프리카 원주민 부대의 보병들, 세네갈 원주민 보병대는 모두 동원을 해제하여 고향으로 돌려보냈지. 마침내 프랑스가 식민지 전쟁을 그만둔 것이었어. 코야가로 말하자면 골프 공화국의 수도로 돌아와 있었지.

그는 알제리에서 돌아온 다른 아프리카 국가의 자기 동료들처럼 새롭게 조직되는 국군의 일원이 되게 해달라고 청원했어. 그런데 청원이 수락되지 않자 깜짝 놀랐지. 이만저만하게 놀란게 아니었어. 공화국 대통령이 팔레오 용병을 원하지 않았던 거야. 그들은 식민 지배를 받은 민족들의 자유에 맞서 싸우면서 특진한 병사의 일생을 보냈을 뿐이라는 것이었어.

코야가와 동료들은 특별 일자리에 지원했어. 하지만 그 일자리는 항전에 참여한 이들, 식민지 지배자에 대항하여 싸운 이들에게 할당되었지. 팔레오 용병에게는 제공되지 않았어. 알제리에서 돌아온 사람들은 마을로 귀농하거나 도시에서 실업자로 살아갈 수밖에 없었지.

프랑스 당국은 알제리로부터의 귀환자들에게 제대 보상금과 군인 연금을 지불했어. 코야가를 비롯한 팔레오 원주민 보병들은 이 돈을 받기 위해 프랑스 대사관으로 몰려갔지. 민족과 독립의 아버지, 공화국 대통령의 요청으로 제대 보상금과 군인 연금이 골프 공화국의 국고로 귀속되었다는 설명을 들었어. 지불을 책임지고 있는 재무 장관이 수익자들을 한 사람씩 그것도 시간이 날 때 소환할 것이라는 거였지.

수차례의 완강한 거절에 부딪힌 코야가는 마을로 돌아가서 흙점장이들, 어머니 나주마와 주술사 보카노의 의견을 물었어. 그들은 대통령 프리카사 산토스가 어떤 사람인지 알려주었지. 그의 토템은 왕뱀*이고 그의 별명은 우아한 신사 '요우오'**야. 보아 토템의 고상한 신사는 위대한 입문자, 강력한 주술사지. 하지만 점술가들이 자신에게 예언한 비극적 최후를 두려워해. 퇴역 병사들에 대해 반감을 품게 되었어. 대통령 관저의 점술 가들이 국가원수에게 결코 인도차이나의 퇴역 병사들을 국군으로 받아들이거나 용인하지 말라고 조언했지. 퇴역 팔레오 병사들 중에는 주술의 힘이 매우 강해서 그가 지니고 있는 온갖 부적과 그를 보호하는 신묘한 관장약에도 불구하고 그를 살해할지 모르는 자가 있기 때문이라는 거야.

코야가를 비롯한 제대병들은 대통령이 자신들을 배제한 처사를 이해했어. 정당화될 수 있는 일이라고 생각했지. 그들은 국군의 일원이 되는 것을 포기하기로 마음먹었어. 그렇지만 돈은 포기할 수 없었지. 계속해서 국가원수와의 면담을 청원하고 적립금을 달라고 요구했어.

마침내 어느 목요일 오후 3시에 국무장관 겸 내무장관과 만

---

* boa: 보아뱀. 왕뱀이라고도 한다. 몸이 크고 육중하다.

** yowo: 서아프리카에서 yaw, yao 등의 이름은 '목요일에 태어난 남자아이'라는 뜻이다.

날 약속을 얻어냈지. 오후 2시에 청사에 도착했어. 저녁 7시에
도 여전히 장관은 모습을 보이지 않았지. 7시 30분에 그들은
모두 오랜 기다림과 홀대로 말미암아 미친 듯이 분노했어. 그
때서야 장관 비서의 안내를 받아 들어갈 수 있었지.

장관은 사과했어. 오후 내내 공화국 대통령과 예정에 없는
면담을 가졌다는 거야. 대표단의 말에 귀를 기울일 수 없어서
유감스럽다고 했지. 비서로 하여금 그들에게 공화국 대통령의
결정을 설명하게, 되풀이하게 했어. 최종 결정이 내려졌고 관
련 서류의 검토가 종결되었다는 거지.

─우리는 왜 그가 우리를 국군으로 받아들이지 않는지 알고
있어요. 점술가들이 그에게 거짓말하고 그로 하여금 우리에 대
해 경계심을 갖도록 했지요. 이해가 됐어요. 그의 태도를 용서
하자. 그리고 국군으로 편입되기를 포기하기로 결심했죠. 우리
의 연금, 제대 수당, 적립금만을 요구할 뿐이오. 코야가가 단호
하게 말했어.

─나중에 지불될 거요. 당분간은 국고에 들어 있을 것이오.
국고의 부담을 덜어주니까요.

코야가가 분개해. 화가 머리 꼭대기까지 나서 의자에서 벌떡
일어나 비서의 목을 붙잡아 졸라. 그가 질식하기 직전에 다른
원주민 보병들이 개입하여 코야가와 비서를 떼어놓고는 코야
가를 끌어당겨. 비서가 반쯤 의식을 잃고서 의자에서 쓰러져.
코야가는 동료들에게 팔이 붙들린 상태에서 분노로 입에 게거
품을 물고 계속해서 고함을 질러.

─날 내버려둬! 날 내버려둬! 그를 죽여버릴 거야, 지금 당

장 그를 죽이러 갈 거야. 그런 다음에 대통령 관저로 갈 거야. 곧바로 대통령에게 우리가 피로 번 돈을 요구할 거야.

기동대가 달려와 코야가를 제압하고 체포해. 그는 수도의 중앙교도소에 몇 주 동안 갇히지. 사슬에 묶여 라마카의 감옥으로 이감돼. 예심을 받아. 그의 아버지가 죽은 음산한 독방에 그를 격리 수용하라는 명령이 내려지지.

팔레오 용병을 골프 공화국의 신생 국군에 통합하기를 거부한 프리카사 산토스 대통령은 프랑스어권의 다른 국가원수들과 달랐어. 예외였지. 그의 행로는 딴판이었어. 국가와 독립의 다른 아버지들은 드골 장군에 의해 고안되고 만들어졌지. 프리카사 산토스는 몸소 싸워서 국가와 독립의 아버지로 올라섰어. 독립을 위해 투쟁했고 국제연합의 감독 아래 행해진 국민투표 과정에서 드골 장군이 선택한 후보를 물리침으로써 국가원수가 되었지. 프랑스와 드골 장군이 생각해내고 만들어낸 국가와 독립의 아버지가 아니었어.

인도차이나에서의 패배와 알제리 전쟁 이후에 드골 장군과 프랑스는 흑아프리카의 프랑스 식민지를 해방시키기로 결정했지. 이유야 명백했어. 중장기적으로 프랑스의 식민지에 의해 프랑스가 식민지화될 위험을 감수하지 않는 한 대다수가 원시적이고 때로는 식인종인 약 5천만 명의 미개한 흑인이 사는 이 대륙을 프랑스라는 집단에 통합하기가 불가능해 보였던 거야. 하지만 선동을 일삼을 뿐 경험이 부족하고 직무를 유기하고 분별이 없는 아프리카 지도자들에게 프랑스의 막대한 투자와 이

익이 걸려 있는 그 방대하고 풍요로운 영토를 내맡겨두는 것도 역시 가능하지 않았어. 드골 장군은 정치적 천재성을 발휘하여 이 문제에 대한 만족스러운 해결책을 찾아낼 수 있었지. 드골은 종속 상태에서 벗어나게 하지 않고서 독립을 부여하는 데 성공했어. 공화국 대통령으로 삼을 만한 인물을 찾아내서 그들을 대통령 자리에 앉혔지. 그들은 공화국의 독립을 위해 아무것도 하지 않았고 국민의 진정한 지도자, 진정한 우두머리가 아니었는데도 국가와 독립의 아버지로 불리게 되었지.

드골 장군은 인권의 프랑스라는 명목하에 식민지 원주민에게 이미 부여된 이전의 해방을 토대로 자신의 계획을 어렵지 않게 성공적으로 수행했어. 프랑스는 정복의 시기에 원주민에게 부과된 강제 노동을 없앴지. 평등을 내세웠으나 차별과 인종적 편견을 손톱만큼도 누그러뜨리지 않았어. 형식적으로는 모든 흑인에게, 심지어는 나체족에게도, 팔레오에게도 프랑스 시민권을 주었지. 고레 섬의 윌리엄폰티 학교* 출신으로, 노동조합들의 선봉으로서 도로를 가로막고 몇몇 가옥에 불을 지른 모든 흑인 선동자에게 의회의 의석을 할당했어. 드골 장군의 기발한 착상은 그 흑인 주동자들이 센 강변에 익숙해지고 고향의 관목림으로 곧장 돌아갈 수밖에 없게 되는 것을 두려워했을

---

* École William-Ponty de Gorée: 프랑스령 서아프리카의 연방 사범 학교로서 그 지역의 엘리트 교육을 담당했다. 독립 이후 서아프리카 여러 국가의 수많은 장관, 정부 수반이 이곳 출신이었다. 1903년 생루이에서 문을 열었는데 10년 후인 1913년에 고레 섬으로, 1937년에는 다카르 근처의 세비코탄Sébikhotane으로 이전했다. 윌리엄 메를로퐁티(William Merlaud-Ponty, 1866~1915)는 1908년에서 1915년까지 프랑스령 서아프리카 총독이었다.

때 그들과 함께 프랑스 공동체*를 창설한 것이었죠. 조수가 보충한다.

프랑스 공동체는 도처에서 성공을 거두었지. 산봉우리 공화국**에서는 그렇지 않았지만 말이야. 산봉우리 공화국은 흰옷을 입은 산토끼 토템의 남자가 지배하고 있었어. 그는 아직 잔인한 독재자로서 제자리를 잡지 못한 상태였지. 다른 통치령들에서 프랑스 공동체는 드골 장군이 선호하여 선정하고, 흑인은 도벽이 있고 게으르다는 흑인의 열등성에 대한 식민주의적 주장과 너무 어긋나는 말은 하지 않는 식민지의 인물을 국회의원 선거와 국민투표라는 허울 아래 압도적 다수로 선출하게 하는데 성공했어. 드골 장군에 의해 선택된 새로운 정부 수반은 프랑스와 상호 의존하고 온전한 우호 관계를 유지한 상태에서 식민지의 독립을 선언해야 했지. 때로는 흑단 공화국에서처럼 망설임이 없지는 않았지만 말이에요. 조수가 넌지시 말한다. 엄숙한 선언이 끝나자 새로운 정부 수반은 국가의 상징으로 권고된 국기를 소개했어. 새롭게 작곡된 국가를 불렀지. 자신이 얼마 전에 제정한 리본 훈장을 달고는 자기 자신을 구원의 대통령이자 새로운 공화국의 국부 겸 독립의 아버지로 선포했어.

드골은 곧바로 카라벨 제트 여객기를 급히 보내 새로운 국

---

* Communauté française: 1958년 5공화국 헌법에 의해 창설된 정치 기구로서 프랑스와 프랑스의 식민지 제국을 망라했다. 1960년부터 식민지들의 독립으로 인해 힘을 잃고는 1995년에 공식적으로 역사의 무대에서 사라졌다.

** 기니를 가리킨다. 이 공화국의 대통령 응쿠티기, 산토끼 토템의 남자는 세쿠 투레(Sékou Touré, 1922~1984)이다.

가원수, 그리고 그의 배우자들 가운데 가장 총애받는 여자와 그의 추종자들을 태워 오게 했지. 그들은 니스에 도착하여 비행기에서 내렸어. 니스에서 일주일 동안 의전 담당관들이 신임 대통령과 특히 영부인에게 드골 장군의 엘리제 궁에서 요령 있게 행동하기 위해 반드시 알아야 할 기본적인 규칙을 가르쳤지.

그들은 카라벨 여객기와 메르세데스 자동차를 타고서 파리로 이동했지. 엘리제 궁의 앞 층계에 이르렀어. 돌처럼 굳은 모습의 모든 이의 면전에서 드골 장군이 몸소 그를 '대통령 각하'라고 부름으로써 국민투표에 의한 그의 새로운 대통령직을 추인했지. 그의 열성적인 반공산주의에 만족해했어. 영국 여왕과 미국 대통령은 신임 대통령을 국빈으로 예우했지. 냉전 상황 때문에 그렇게 할 수밖에 없었어.

신임 대통령은 뉴욕에서 열린 국제연합 총회에서 프랑스의 유엔 대사가 준비한 연설문을 읽었지. 양 세계, 즉 공산주의 세계와 자본주의 세계의 대표들이 만장일치의 박수갈채로 새로운 국가의 유엔 가입을 가결했어.

대통령은 세계의 모든 국가와 동등한 권리를 지닌 자유 독립국의 증명서를 가지고 조국으로 돌아왔지. 식민지 총독의 관저로 복귀했어. 그러고는 일당 독재를 선포했지.

새로운 공화국에서 대사직을 얻으려는 지식인들이 대통령에게 역사적 정당성을 부여하느라 분주했어. 그들은 미화된 전기를 썼지. 어린 학생들이 노래하는 시를 지었어. 나라의 인기 배우들, 스타들이 국가와 독립의 아버지, 프로메테우스적인 위인,

끔찍한 식민지 지배자들의 손아귀에서 주권을 되찾아 조상의 땅에 돌려준 영웅의 수많은 공적에 관해 노래를 제작하고 창작했어.

그날부터 국가와 독립의 아버지가 저개발에 대해 벌이는 싸움이 시작됐죠. 오늘날 누구나 그 결과를 잘 알고 있어요. 몹시 우스꽝스러운 착란으로 인해 아프리카 대륙이 잠겨든 비극이었어요. 티에쿠라가 마무리한다.

아냐! 프리카사 산토스 대통령은 프랑스어권 아프리카 공화국들의 다른 국부 및 독립의 아버지와 달랐어. 아주 달랐지.

우선 그의 이름으로 추정할 수 있듯이 그는 자선 기구가 아메리카에서 사서 해방시키고는 본래의 출신지로 돌려보낸 노예 가운데 한 명의 후손이었어. 그의 아버지는 조상의 땅을 밟자마자 노예 매매에 뛰어들어 순식간에 큰돈을 벌었지. 금전으로 병기창을 세웠어. 무기에 힘입어 소규모의 족장 관할 구역을 손에 넣었지. 그러고는 약탈과 강탈을 자행했어. 기독교 선교사와 서양인의 존중받는 친구가 되었지. 당시에 서양인은 독수리들이 짐승의 썩은 시체 주변에 출몰하듯이 노예 해안과 말장 해안*에 자주 들락거렸지.

어린 프리카사 산토스는 행복한 유년기를 보냈어. 일곱 살부터 맨발로 걷지도, 음경 싸개를 차지도, 전통 가옥의 딱딱한 맨

---

* 나쁜 사람들의 해안이라는 뜻으로 상아 해안의 서쪽을 지칭한다. 동쪽은 '좋은 사람들의 해안'으로 불린다.

땅에 깐 거적 위에서 잠자지도, 숲속 개간지의 험한 길에서 달리지도 않았지.

유럽 그랑[大] 부르주아 아들의 인생행로를 사는 것으로 시작했어. 영어와 프랑스어를 완벽하게 구사했지. 그의 아버지는 그가 유럽의 대학에 다니도록 학자금을 대주었어. 거기에서 그는 경제학 공부를 훌륭하게 해냈지. 국제법 학사 자격을 얻는 것으로 교육을 끝마치고는 제2차 세계대전 이전의 유럽 전역을 가로질러 여행과 연수를 했어. 식민주의와 인종 차별의 유럽이었지. 거기에 살고 있는 흑인들은 정말 극소수였어.


유럽에서 돌아온 젊은 프리카사 산토스는 황금 해안,* 코트디부아르, 나이지리아, 토고, 다호메이,** 그리고 자신의 출신지 식민지 골프 등 여러 아프리카 나라에서 고급 공무원으로 일했지. 많은 돈을 벌었어. 원주민의 봉급이 아니라 프랑스 시민으로서 백인의 봉급을 받았기 때문이야.

그는 이 돈을 전통 지식에 입문하고 식민주의에 맞서 싸우고 조국의 독립을 위해 투쟁하는 데 사용했어. 나이지리아에서는 요루바Yoruba족과 이보Igbo족의 주술에, 다호메이에서는 퐁Fond족의 주술에, 토고의 놋세***에서는 에웨Ewe족의 주술에, 황금해안에서는 아칸Akan족의 종교 의식에 입문했지.

---

* 서아프리카 기니 만의 북쪽 해안으로 가나 공화국의 대서양에 면한 해안 지대.

** Dahomey: 현 베냉.

*** Notsé: 토고 중남부에 위치한 고원 지역의 마을.

1939~45년 전쟁 동안에는 페탱Pétain파가 그를 드골파로 몰아 감금했어. 물론 그들이 수감한 것은 그가 아니라 그의 수많은 아바타였지. 프랑스령 서아프리카 총독은 그를 투옥했다고 생각했으나, 프리카사 산토스는 전통에 대한 지식을 계속해서 쌓았지. 분디알리*의 세누포족**에게서는 신성한 숲에, 프랑스령 수단에서는 도곤족***의 춤에 입문했어. 드골주의자들이 아프리카의 페탱주의자들을 이겼을 때 그를 석방하고는 그에게 해방 훈장의 메달을 수여했지.

해방 훈장 보유자 프리카사 산토스는 프랑스 식민주의에 대한 투쟁, 골프의 독립을 위한 투쟁을 멈추지 않았어. 이번에는 드골파인 식민지 당국이 그를 반역자, 선동자로 간주하여 투옥했지. 그가 감방에서 썩고 있었을 때 프랑스는 식민지 골프의 영토에서 국제연합의 감시 아래 독립에 대한 찬성과 반대를 묻는 국민투표를 실시하기로 결정했어. 프리카사 산토스의 정당은 독립에 찬성표를 던지라고 호소했지. 국민투표의 날 민족주의자 프리카사 산토스의 모든 협력자가 전 영토에서 체포되고 고문당하고 투옥되었어. 프랑스인들은 또다시 아바타들만이 수감되어 있다는 것을 몰랐지. 비입문자들에게는 프리카사와 그의 동지들이 보이지 않았어. 온 나라에 퍼져 있었고 각 투표소에 입회했는데도 말이야. 독립 지지자들은 식민지 관리들이

---

* Boundiali: 코트디부아르의 사반 주를 이루는 4개 현 중의 하나.

** Sénoufo: 서아프리카의 코트디부아르 북서부 삼림 지대에 살고 있는 농경부족.

*** Dogon: 서아프리카의 말리에 거주하는 종족.

투표함을 반대표, 오직 반대표로만 가득 채우는 것을 추적할
수 있었어.

국제연합에 의해 급파된 국제 참관인들 앞에서 투표함이 개
봉되었지. 개표가 시작되었어. 식민지 관리들은 개표 결과를
눈으로 보고도 믿질 못했지. 그들의 경악은 밤에 침대에서 자
신의 아내를 자기 쪽으로 돌아눕게 하다가 갑자기 암사자의 품
에 안기게 되는 남편의 놀람과 비슷했어. 모든 표, 반대표 전체
가 찬성표로 바뀌어 있었던 거야. 이 경이로운 일을 위대한 주
술 전문가 프리카사 산토스가 해낸 거지. 토고 놋세의 부두교
지도자들과 통북투*의 주술사들이 입문 과정에서 그에게 가르
친 주술 덕분이었지. 그리고 골프 공화국의 독립이 선포되었
어. 국제연합에 의해 '사실상' 인정된 독립이었지. 국제연합의
참관인들이 개표 과정을 지켜보았으니까 말이야. 프리카사 산
토스 대통령은 골프 공화국의 주권을 국제적으로 인정받기 위
해 드골 장군의 엘리제 궁으로 순례를 떠날 이유가 없었지.

바로 이런 사람이 까딱도 하지 않은 거야. 그는 식민지화에
따라 동족을 약탈하고 억압하도록 길러진 무지한 미개인 팔레
오들이 자기 나라의 새로운 국군에 통합되는 것을 원하지 않았
어. 점술가들의 말에 따르면 원주민 보병 중에서 암살자가 생
겨날 수 있다는 것이었지.

---

* Tombouctou: 말리의 주이자 이 주의 주도이다.

매복 사냥꾼도 때로는 추적을 중단하고 담배를 씹어. 우리도 그렇게 하자. 우리의 이야기를 잠시 멈추도록 하자. 소라가 이렇게 말하고는 코라를 연주한다. 코르두아는 춤을 추고 음담패설을 늘어놓는다. 빙고가 큰 소리로 읊어댄다.

'죽음은 사람을 삼켜버리지만 사람의 이름과 명성은 집어삼키지 못한다.'

'죽음은 모든 이가 걸치게 될 옷이다.'

'때때로 죽음은 나이 때문에 이미 끝난, 죽음의 도래 이전에 이미 죽은 것이나 다름없는 노인의 목숨을 끊어놓을 때 사실과는 달리 비난받는다.'


# 7


아! 티에쿠라, 이 세상의 누구도 자신의 운명을 피하지 못한단다. 운명은 알라의 의지야. 아무도 거스를 수 없지.

코야가를 감금한 비서는 깜박 잊고 이 사실을 장관에게 바로 그날 중으로 보고하지 않았어. 일주일 후에야 알렸지. 그리고 장관은 또 일주일이 지나서야 2주 전의 마찰과 하사의 체포에 관해 대통령 프리카사 산토스에게 말했어.

—뭐라고! 대통령이 고함을 질렀지. 자네의 비서가 2주 전에 한 인도차이나 참전 병사, 퇴역 하사를 감금했는데 자네는 이제야 그 사실을 내게 알려주는 건가?

―그렇습니다, 대통령 각하.

―심각해. 중대한 과실이야. 비난받아 마땅한 태만이지. 퇴역한 인도차이나 참전 병사들의 행동과 말은 아무리 사소한 것이라도 모두 내게 알리라고 누누이 일러두지 않았는가 말이야.

대통령은 안절부절못하고 일어나 어느 건물의 현관으로 들어갔지. 주술에 몸을 맡기기 위해서였어. 그는 훨씬 더 불안한 표정으로 돌아와서 느닷없이 물었지.

―그의 이름이 뭔가?

―코야가입니다.

―코야가라고! 나보다 더 강력한 주술의 힘을 갖고 있는 그 원주민 보병이로군. 코야가는 나를 암살하기로 작심한 원주민 보병이야. 조금 전에 나의 점술가들이 다시 한번 이 점을 확인해주었네.

―코야가를 수도로 내려오게 하도록 우리가 가진 모든 것을 신속하게 동원하겠습니다.

―당장 코야가를 중앙교도소로 이감하게. 해가 기울기 전에 그를 중앙교도소로 이송하여 쇠사슬로 묶게. 그러지 않으면 오늘 밤 코야가와 그의 동지들이 거사를 벌일 거야. 오늘 밤은 운명의 밤이네. 해가 기울기 전에 그가 나를 죽이거나 내가 그를 죽일 거야. 그게 우리 둘의 정해진 운명이지. 그를 중앙교도소로 이감하게. 그를 여기 대통령 궁으로 데려오라고.

아! 티에쿠라, 오호! 늦었어, 너무 늦었어. 비서의 지시가 실행되지 않았던 거야. 코야가는 자기 아버지가 죽었던 감방에서 손에 수갑이 채워지지도 발이 쇠사슬에 묶이지도 않은 상태였지. 코야가 이송된 교도소의 소장은 이름이 사마였어. 사마는 퇴역 병사로서 코야가의 친구였지. 코야가를 마음대로 드나들게 내버려두었어. 2주 동안 코야가는 마법사인 어머니와 주술사 보카노를 수차례 만날 수 있었던 거야. 코야가는 대통령을 암살하겠다는 결심을 주술사와 여자 마법사에게 태연히 알리기도 했어. 주술사와 어머니는 아주 조용히 그에게 온갖 부적을 만들어주고 마법의 주문을 가르쳐줄 수 있었지. 그의 대담한 범죄가 성공할 수 있게 해주는 것들이었어. 그들은 바쳐야 할 온갖 속죄의 제물, 대통령을 보호하는 강력한 주술을 깨뜨리기 위해 부려야 할 온갖 요술을 그에게 일러줄 수 있었지. 코야가는 온갖 부적으로 몸을 뒤덮을 시간이 있었어. 요컨대 코야가는 준비 태세를 갖추는 것, 마법을 사용하여 준비하는 것이 가능했지.

코야가는 또한 2주 내내 수도에서 이리저리 돌아다니면서 옛 인도차이나 동지들을 만나 그들과 의견을 나누고 몰래 일을 꾸미고 무기를 획득하고 공모자를 모으고 돈으로 입막음을 하고 은신처를 마련하고 역할을 분담할 수 있었던 거야.

코야가가 억류되어 있는 교도소로 내무부 소속의 경찰관들이 들이닥쳤을 때 감방은 비어 있었어. 코야가가 떠난 뒤였지. 그는 이미 수도의 도로에, 자기 운명의 길에 들어서 있었어. 저녁이었지. 코야가 하사와 프리카사 산토스 대통령은 서로 다른 곳에서 제각기 토요일의 태양이 붉은색의 서투른 그림 속에서 서쪽으로 지는 것을 바라보았어. 일요일 아침이 밝아오기 전에 둘 중의 하나는 죽은 몸이리라는 것을 각자 알고 있었지. 둘 중의 하나는 이 땅에 살아 있지 않을 거야.

프리카사 산토스 대통령은 점술가들을 통해 코야가 하사가 토요일 18시 기차로 수도에 도착한다는 것을 알게 돼. 사복 경찰들이 동원되어 플랫폼을 점거하고 기차역의 모든 출구에 자리를 잡아. 객차의 창문으로 코야가가 그들을 쉽게 식별하고 알아보지. 침착하게 객차 안에서 주위를 둘러보니 맞은편 의자에 한 하우사족 가금家禽 상인이 앉아 있어. 암탉들이 꼬꼬댁거리는 바구니 세 개로 혼잡스러워. 코야가는 주술사가 가르쳐준 주문 중의 하나를 암송해. 그가 흰 수탉으로 변해. 하우사족 남자가 의자 밑의 수탉을 보고는 자신의 바구니 가운데 하나에서 빠져나왔다고 생각해. 상인이 힘차게 수탉을 움켜잡아 바구니 안으로 집어넣고는 바구니 뚜껑을 닫아. 그는 바구니를 들고 승강장에 내려서 사복 경찰들이 뻔히 지켜보는 가운데 기차역을 빠져나가. 코야가가 사실은 하우사족 닭 상인으로 변장해 기차에서 내렸다는 주장이나 설명은 신빙성이 없어. 기차가 도착했을 때 많은 경찰이 예리한 감시의 눈을 번뜩이고 있었으니까. 단순한 변복 차림으로 지나갔다면 그들에게서 빠져나갈 수 없었을 거야.

20시부터 코야가는 다른 반란자들과 재회해. 21시 30분에는 마지막 모임이 열려. 병영이 자리 잡고 있는 도시의 높은 지역에서야. 언덕 아래쪽 어느 나무 아래에서지. 모반자 19명 모두가 참석해. 나무 밑에는 무기들이 묻혀 있었지.

모임이 시작되기 전에 음모자들은 헌병을 가득 태운 트럭 두 대가 전조등을 켜고 올라와서는 모임 장소의 부근에 멈춰서는 것을 알아차려. 위대한 입문자 프리카사 산토스의 점술가들이 헌병에게 정보를 제공한 거야. 중무장한 헌병들이 트럭에서 신속하게 뛰어내려 음모자들에게로 돌진해. 음모자들이 흩어지고 도망쳐. 어둠 속에서 헌병들이 음모자들을 석호까지 추격해. 일부 음모자들이 석호에 무기를 던져버리고 짭짤한 물속으로 뛰어들어. 다른 음모자들은 다리 밑이나 만약의 경우에 대비하여 마련된 은신용 구덩이에 몸을 감춰. 코야가 주술사에게서 배운 주문 중에서 몇 가지를 암송해. 헌병들을 눈멀게 하는 효과가 있는 것들이지. 그러자 헌병들에게는 아무것도 보이지 않아. 그들은 심지어 자신의 발밑에 웅크린 음모자들도 알아차리지 못해. 비입문자들은 이러한 설명을 인정하지 않을 거야. 모반자들이 헌병에게서 빠져나가기 위해 인도차이나의 논에서 베트민이 그렇게 했듯이 소금기 있는 석호의 물속으로 몸을 숨기고서 숨을 참고 있었다고 설명할 것이 뻔해. 그렇지만 틀린 해석이고말고.

어쨌든 작전의 실패, 헌병들이 성과 없이 귀환한 사실로 인해 내무부 장관 리마가 크게 실망하고 불안해한 것은 사실이야. 그는 내심 이 작전의 성공을 기대했어. 의심하지 않았지. 실패했을 경우 대체할 작전을 미리 마련해두지 않았어. 상황이 자신의 통제를 벗어나고 있다는 것을 막연하게 느끼고 공포에 사로잡혀. 도시의 낮은 지역에 위치한 헌병대 참모부로 달려가 병영 지휘관들의 망설임에도 불구하고, 프랑스 간부 장교들의 의사에 반하여 경보를 발령하게 해. 대통령 관저로 올라가. 국가원수는 식사 중이지. 즉각 장관을 작은 응접실로 맞이해. 장관의 초췌하고 일그러진 표정, 극도의 흥분과 목소리의 떨림에 마음이 흐려져.

　— 대통령 각하, 각하의 안전을 위해 곧장 모든 것을, 모든 시도를 해야겠습니다. 상황이 극히 심각합니다. 프랑스 식민지 부대의 퇴역 병사들이 오늘 밤 실력 행사에 들어갈 것입니다. 그들이 마지막으로 회합을 갖는 곳에서 모든 반란자를 체포할 수 있으리라고 생각했습니다만 그들이 저의 손아귀에서 빠져나갔습니다. 그들은 어딘가에 도사리고 있습니다. 머잖아 모든 것이 가능합니다.

　프리카사 산토스 대통령은 침착하게 장관의 흥분, 냉정의 결여를 나무라는 것으로 시작하고는 그에게 다음과 같이 대답해.

　— 두려워할 것 없네! 절대로 불안해할 것 없어! 우리는 결국 승리하게 될 거야. 오늘 밤 코야가를, 그의 모든 패거리와 모든 후원자를 결국 체포하게 될 거야. 주술에서 우리를 능가할 자는 없어. 아프리카 전역에서 어떤 입문자도 나만큼 아프리카의 종교 의식을 배우지는 않았네. 나는 안 가본 데가 없을 정도야. 반디아가라*의 도곤족, 분디알리의 세누포족, 통북투

---

* Bandiagarra: 말리의 사헬 지대에 위치한 고원 지역으로 반디아가라 절벽으로 유명하다.

의 주술사들, 놋세와 베냉의 부두교 지도자들 등등을 만나보았지. 정말이지 안 가본 데가 없어. 심지어는 피그미족에게도 갔네. 만약 코야가 같은 원주민 보병이 오늘 밤 나를 죽이기에 이른다면 내가 배운 모든 것은 틀렸다는 말이지. 나의 모든 스승이 나에게 거짓말했다는 말이 되는 거야. 다시 말해서 전 아프리카가 거짓과 기만이라는 것, 모든 부적, 모든 희생 제물이 어떤 효과도 없다는 것을 의미하는 거야. 생각할 수 없는 일이지. 가능하지 않은 일이야. 사실일 리가 없어. 내 경호를 강화하게. 병력을 두 배, 세 배, 네 배로 늘리게. 무장 폭도가 여기에 이를 때 우리는 쥐덫으로 쥐를 잡듯이 그들을 붙잡을 것이야. 다른 장관들과 국가의 유력 인사들에게 알릴 것 없네. 여론을 환기시키고 쓸데없이 수도에 공포 분위기를 조성할 필요가 없어. 차분하게 집으로 돌아가게. 결국 우리가 승리할 것이니까 말일세. 게다가 내게는 국민이라는 방패가 있다네. 소총 소리가 울리자마자 국민 전체가 들고일어나 폭도를 좌절시킬 것이네. 그들은 모든 주민의 시체를 넘어야 할 거야. 이번 음모도 최근의 다른 모든 음모처럼 국민에 의해 좌절될 것이야.

대통령은 장관을 돌려보내고 조용히 다시 식사하기 시작해.

소금기 있는 물속으로 뛰어든 음모자들은 우선 헌병의 신속한 철수에 깜짝 놀랐어. 헌병이 물러나자 곧바로 재집결했지. 헌병의 나팔수가 경보를 발령했을 때 그들은 공포에서 벗어나 코야가의 요술을 찬양하는 중이었어. 그렇지만 이는 위대한 입문자 프리카사 산토스가 자신의 관저에서 그들의 재집결을 보았다는 것을 의미했지. 또한 그들의 움직임이 위대한 마법사의 감시에서 벗어날 수 없다는 것을 의미했어. 공포가 일어. 석호에 무기를 던져버리고 작전을 무조건 중단하자고 많은 가담자가 요구해. 코야가는 겁을 먹은 이들을 무시하고 다음과 같이 말함으로써 모든 이를 안심시켜.

— 매복하고 있는 사냥꾼은 자신이 노리는 사냥감이 자신을 보았다는 것을 알아차리자마자 총탄을 발사하는 법이다. 곧장 1분도 지체하지 않고 즉각 작전을 개시해야 한다.

이윽고 특공대원들이 지시받은 방향으로 출발해. 30분도 채 되지 않아 무기 탄약고를 장악해. 은밀히 동조한 하사들이 무기고의 보초와 탄약고의 열쇠 소지자를 술에 취하게 만들어 억류해놓았던 거야.

반란자들은 두 집단으로 나뉘어 있어. 두 집단은 군대 내의 동조자들과 주술에 힘입어 수도의 두 병영, 즉 높은 지역의 군영과 낮은 지역의 헌병대를 동시에 포위해. 충성스러운 아프리카 장교들과 하사관들이 모두 체포되어 투옥돼.

두 병영의 병사들은 자발적이건 강제에 의해서건 반란에 가담하고 대승을 거둔 모반자들에게 몸을 맡겨.

모반자들은 조직을 정비하여 수도의 높은 지역에 위치한 군영의 참모부 시설을 점령해. 참모부에서 전화로 유력 인사들에게 국가원수의 거처에서 열릴 소위 비상 내각회의 소환을 통보해. 병사들이 유력 인사들의 고급 주택 대문 근처에 위장하고 몸을 숨겼어. 장관들이 거처에서 나오는 족족 덫에 빠져. 몇몇 소대가 그들을 체포하고 곧바로 제압하여 높은 지역의 주둔지로 데려가.

수많은 가담자 덕분에 음모자들은 이제 여러 하사관과 수백 명의 병사를 부를 수 있어. 그들은 특공대를 창설하고 주요 간선 도로와 구역으로 특공대원을 보내. 특공대원들은 도시를 누비고 다니면서 다른 정부 책임자들과 정당 지도자들을 체포해. 밤에는 특공대원이 총을 쏘아 도시에 공포를 퍼뜨려. 자동 화기의 따닥 따닥 소리가 도시의 모든 구역에서 울려 퍼져. 주민들은 불안과 동요로 인해 문을 꼭꼭 잠그고 집 안에 틀어박혀 있어.

지휘관들, 장관들, 정부 및 정당 책임자들이 모두 체포되어 높은 지역에 위치한 병영의 본부 건물에 연금돼.

많지는 않지만 진정한 입문자인 책임자 중 일부가 체포되지 않았고 무슨 일이 일어나고 있는지 이해했지. 그들에게는 모든 저항 또는 반격이 불가능해 보여. 그들은 국경을 넘어 조국을 떠나는 데 성공해. 요술을 부린 듯이 말이야. 어떤 이들에게는 영원히 떠나는 것이겠지.

이제 일요일 새벽 1시야. 반란을 획책한 하사관들이 수도 전역, 다시 말해서 골프 공화국 전역을 장악해. 다만…… 다만 대통령 관저를 제외하고 말이야! 수도의, 다시 말해서 국가 전체의 정치 지도자들과 군사 지휘관들이 모조리 체포돼. 다만…… 다만 대통령 프리카사 산토스 한 사람을 제외하고 말이야! 대통령 프리카사 산토스가 살아 있고 자유로운 한 어떤 것도, 정말이지 어떤 것도 아직 이루어진 것이 아니야. 대통령이 핵심이야. 음모에서 대통령을 빼고 다른 모든 이를 체포하는 것은 쥐를 먹어야 할 사람이 몸통에는 아직 손도 대지 못한 채 꼬리만 먹은 꼴이지.

모반자들은 대통령 관저를 포위하고 대통령 프리카사 산토스를 체포하는 중요한 임무를 하사관들 중에서 가장 대담하고 저돌적인 자, 가장 꾀바른 자, 가장 주술에 능한 자, 곧 사냥의 명수 코야가에게 맡겨. 인도차이나와 알제리에서 이름을 날린 이 용사는 임무 실행의 영광을 수락해. 그의 동료들 모두가 그에게 박수갈채를 보내고 그를 칭찬해. 떠들썩했지.

코야가는 병사들을 소집하여 정렬시키고는 자신이 잘 알고 있거나 알제리 또는 인도차이나에서 이름을 빛낸 원주민 보병들 중에서 스무 명을 선발해.

— 여러분은 나의 스무 마리 리카온\*이다. 그가 그들에게 선포해.

한 원주민 보병이 리카온의 무리가 무엇인지, 왜 자신들을 늑대의 무리라고 부르는지 묻자, 코야가는 미소를 지으면서 대답해. 야생의 개로 불리기도 하는 리카온은 세상에서 가장 사납고 잔인한 맹수다. 어찌나 사납고 잔인한지 사냥감의 분할이 끝나면 각 리카온은 다른 리카온들로부터 멀리 덤불숲으로 물러나 핏자국이 조금도 남지 않게끔 자기 몸을 정성들여 핥는

---

\* lycaon: 그리스어로 늑대라는 뜻이다. 아프리카 들개를 지칭한다. 많은 수가 무리를 지어 생활하며 일정한 영역 없이 떼를 지어 이동한다.

다. 아무렇게나 핥아 핏자국이 남아 있는 리카온은 모두 그 자리에서 무리에게 뜯어 먹힌다고 그가 설명해. 우리 중에서 망설이거나 의심하거나 물러서는 자가 있다면 우리는 서슴없이 그를 죽일 것이다. 그가 결론을 지어. 그리고 공개적으로 코야가 각 리카온에게 소총과 부적을 나누어 줘. 그는 강력한 부적과 주문을 목에 매달고 호주머니에 가득 넣어. 그리고 기묘하게도 활과 대나무 화살이 담긴 통으로만 무장해.

코야가와 그의 부하들은 대통령 거류지를 완전히 파악하고 있어. 여섯 리카온의 선두에서 사냥의 명수가 정문을 통해 침투해. 특공대의 다른 대원들은 벽을 뛰어넘어. 모든 이가 정원에 집결해. 코야가 상사와 그의 보좌역들이 명령을 내려. 그들은 인도차이나에서, 그리고 북아프리카의 산악 지대에서 매복장소들을 정해야 했듯이 각 폭도에게 정위치를 할당해. 모두가 몸을 굽히고 달려가 자리를 잡고 위장을 해.

지휘자들의 고함, 장화의 소음, 무기들이 부딪히는 소리에 대통령 프리카사 산토스와 그의 부인이 잠을 깨.

폭도가 개머리판으로 치고 총알을 쏘아대고 군화로 짓밟아 1층의 정문을 깨뜨리고 부수고 돌파해. 그들이 들어가. 하지만 현관에 발을 들여놓자마자 첫번째 뛰어넘을 수 없는 함정에 직면해. 위대한 입문자 프리카사 산토스는 도시를 완전히 단전斷電시켜 그들을 꼼짝 못 하게 해. 도시 전체가 불투명한 어둠에 잠겨. 한밤중에 엄청난 뇌우가 쏟아지는 상황과 유사해. 코야가는 "움!" 하고 힘차게 소리를 질러. 대통령이 요술을 부릴 것이라고 예상한 거야. 해안과 숲, 사바나의 아프리카를 대표하는 위대한 스승들이 그를 정화시키고 강인하게 만들었기 때문이었어. 하지만 그들이 처음으로 조우한 순간부터 프리카사 산토스가 온 나라에 전면적인 단전이라는 강력하고 극단적인 마술을 사용하리라고는 예상하지 못했지. 코야가는 문턱 위에서 10여 분 동안 할 말을 잃고 당황한 상태로 머물러 있어. 부하들이 숨을 억제하고 지휘자의 침묵과 부동 상태가 무슨 뜻인지 헤아려봐. 그들은 사냥의 대가 코야가가 어둠 속에서 야행성 맹금으로 변신하여 대통령 관저의 모든 방에서 마술사 국가원수를 찾는 데 전념한다고 생각하고 서로 수군거려.

바로 코야가가 호전적인 목소리로 침묵, 기다림을 깨뜨려. 한 하사에게 병영으로 달려가서 주술에 걸려들지 않는 램프, 정화된 램프를 가져오라고 명령해.

높은 지역의 병영에서 폭도의 우두머리는 그 구역의 부두교 대사제를 징발하여 그에게 램프를 보여. 사제는 몇 가지 주술 동작과 말로 램프를 마술에 걸리지 않게 만들지.

폭도가 이 램프를 들고서 국가원수를 은신처에서 끌어내기 위해 30여 분 동안 관저를 샅샅이 수색해. 헛수고야. 어디에서도 대통령의 흔적이 느껴지지도 드러나지도 않아.

코야가가 관저 포위군을 내버려두고 몸소 주둔지로 올라가서 부두교 사제에게 상황을 설명해. 사제는 10분 동안 자신의 물신에게 말을 걸고 질문을 던져. 입가에 미소를 머금고 일어나서 자신 있게 공언해.

─그렇지만 프리카사 산토스는 관저에 있습니다. 그곳에 있

지 다른 어떤 곳에도 있지 않아요. 너무 많은 사제들이 그를 정화했죠. 그는 너무 많은 주문을 잘 알고 있어요. 그의 몸에는 너무 많은 강력한 부적과 호신부가 있고요. 그래서 당신이 그를 볼 수 없는 거예요. 이것과 저것을 가져가세요.

사제는 자신이 만든 두 가지 요술 수단을 코야가에게 건네줘.

상사는 포위된 호화 저택으로 돌아와서 어느 방으로 물러나고는 주술을 집행하고 주문을 웅얼거려. 그의 부하들이 어리둥절해하면서도 존경과 감탄의 시선으로 그를 주시해. 그들은 자신의 대장이 대통령을 은신처에서 내몰기 위해 첫번째 요술 수단에 힘입어 개미로 변신하고는 서가의 모든 책을 일일이 훑고 있는 중이라고 생각하고 서로 수군거려. 두번째 요술 수단으로 그는 바늘로 변환되었지. 대통령을 은신처에서 끌어내기 위해 모든 옷장의 모든 옷에서 각 재봉실을 따라 움직이고 있는 중이야. 모든 탐색과 조사가 성과 없이 끝나.

─아니 이럴 수가! 코야가가 불만스러운 어투로 외쳤어. 숨바꼭질이 너무 오래가는군. 계속할 수는 없어.

그가 명령을 내려. 원주민 보병들이 침실로 달려가서 대통령의 부인과 하녀들을 붙잡아 거실로 데려와. 그들은 난폭하게 다루어진 탓으로 공포에 떨어. 코야가가 그들을 위협하고 대통령의 사진을 손가락으로 가리키면서 고래고래 소리를 질러.

─어디 있어? 어디에 숨어 있냐고? 무엇으로 변신했지?

영부인은 몸을 부들부들 떨면서 "몰라요, 아무것도 몰라요"라는 대답만 반복해. 코야가가 벽에 걸린 사진을 향해 총을 쏴.

하녀들이 공포로 울부짖어. 원주민 보병들이 손으로 그들의 입을 막아 비명을 지르지 못하게 해. 원주민 보병들은 서가에 총을 갈기고 옷장을 엎어놓고 거실에 책을 흩뜨리고 거기에다 총알 세례를 가해. 대통령의 부인과 하녀들은 서로 떠밀리면서 대통령의 침실로 끌려가. 옷장이 총알구멍으로 뒤덮이고는 엎어져. 누가 먼저랄 것 없이 웃옷과 셔츠를 끄집어내고 떼어내고 바닥에 흩뜨려. 이번에는 옷들에 총탄이 비 오듯 쏟아져.

모든 작전이 효과가 없는 것으로 드러났어.

코야가는 대통령의 부인과 하녀들을 병사들의 감시 아래 두고서 혁명 위원회가 소재한 병영으로 되돌아가. 실행한 모든 수단이 소용없고 효과도 없었다고 보고해. 위원회의 구성원들과 부두교의 사제가 모두 불안해해. 매우 불안해해. 새벽 5시야. 수탉이 이미 울었어. 대통령은 아직 체포되지 않았어. 대통령을 붙잡아 감금하지 않는 한 음모가 성공한 것은 아니지. 이는 명백해. 위원장이 이렇게 코야가를 심하게 질책하고 그가 벌인 전투의 무용성을 비난해. 부두교의 사제가 코야가를 맞이하여 제식을 집행하고는 일어나 안심이 되는 어조로 말해.

— 대통령은 아직도 거기에 있습니다. 관저나 그 주변에 말이죠. 그를 은신처에서 나오도록 하려면 그의 변신을 알아보고 그것에 손을 대야 해요. 하지만 곧 날이 밝아오죠. 그가 변신한 모습으로 하룻밤을 넘겨 계속 살 수는 없답니다. 만약 하룻밤을 넘기면 다시 인간이 될 수 없을지도 몰라요. 그러니 관저 주위에서 기다리세요. 경계를 게을리하지 말아요. 그러면 그는 날이 밝음과 동시에 결국 모습을 드러낼 것입니다.

코야가는 대통령 관저로 되돌아가. 그의 가슴이 끊임없이 고동쳐. 그는 부두교 사제의 안심시키는 언질에도 불구하고 용기가 꺾이고 사기가 떨어져. 사람들이 그에게 경고했었지. 대통령을 주술로 이길 수는 없다는 거야. 태양은 계속해서 바다 위로 떠오르고 있어. 병사들이 뛰어가 코야가를 맞이해. 그들의 몸짓과 표정에서 피로와 불안이 읽혀. 코야가는 그들을 집결시키고는 그들에게 부두교 사제의 예측을 말해주면서 그들을 진정시켜.

— 경계를 늦추지 마라. 몇 분만 기다리면 된다. 대통령은 반시간 이내에 인간의 모습으로 나타나지 않을 수 없어. 그렇지 않으면…… 그렇지 않으면……

그는 병사들을 정사각형의 한 덩어리를 형성하고 있는 서로 인접한 두 거류지 주위에 산개시켜. 대통령의 관저와 미국 대사관이지. 바로 그때 대사관의 수석 참사관이 도착해. 그가 철문을 열어. 모든 병사가 이 참사관에게 눈길을 고정시켜. 그의 동작 하나하나를 눈으로 좇아.

희한하게도 관저의 정원 한가운데에서 느닷없이 회오리바람이 일어나. 나뭇잎과 먼지가 날려. 회오리바람은 관저의 정원을 서쪽에서 동쪽으로 가로지르더니 인접한 안마당으로, 미국 대사관의 울타리 안으로 미친 듯이 달려 들어가. 코야가는 위대한 입문자 프리카사 산토스가 대사관으로 도피하기 위해 바람으로 변신했다는 것을 곧장 깨달아. 2층 발코니에서 코야가는 회오리바람의 움직임을 지켜봐. 회오리바람은 정원에 주차된 낡은 자동차 부근에서 갑자기 흩어지면서 자취를 감춰. 위대한 입문자 프리카사 산토스가 바람에서 나와. 정원사의 모습으로 눈에 띄어.

비입문자들은 무지해서 사실들에 대한 이와 같은 해석을 의심할 거야. 그들은 대통령의 관저와 대사관의 울타리 사이에 통로가 있었다고 주장할 거야. 어둠 속에서 대통령이 밤새 자동차의 뒷좌석에 웅크리고 있다가 정원사로 변장하여 이 통로로 접어들었으리라는 거지. 그는 대사관의 철문이 열렸을 때 뷰익* 자동차에서 나왔으리라는 거야. 이는 명백히 백인의 유치한 설명이야. 백인은 뭔가를 이해하려면 합리성을 필요로 하지.

대통령이 완전히 전체적으로 모습을 드러내자 원주민 보병들은 외교 협약을 지키지 않고 대사관의 울타리 안으로 들어가서는 대통령을 붙잡아 그를 거칠게 다루고 떼밀어서 길로 끌고 나와.

대통령이 철문을 통과하여 울타리 밖으로 나오자 병사 한 명이 발포하지만 기이하게도 대통령을 맞히지 못해. 빗나간 것은 아니지만(지근거리인데 못 맞힐 리가 없어) 위대한 입문자의 살은 쇠붙이가 뚫고 들어가지 못하는 법이야. 병사들은 이 사실을 알고 있었지. 그렇다는 말을 여러 차례 반복적으로 들었으니까. 그들은 당황하여 정신을 못 차리고 공포에 사로잡혀. 무

---

* Buick: 미국 제너럴 모터스의 자동차로서 고급 브랜드 중의 하나이다.

기를 던져버리고 달아나. 대통령이 길에서 혼자 태연하게 대사관 쪽으로 방향을 잡아. 코야가가 달려와서 대통령이 철문에 도달하기 전에 활로 대나무 화살을 쏘아. 끄트머리에 유독한 수탉 며느리발톱이 달린 화살이지. 독이 든 수탉 며느리발톱을 부착한 화살이 우수한 입문자인 대통령의 피부와 살을 쇠붙이에 뚫릴 수 있게 만들어. 그렇게 해야만 그가 지닌 마법의 보호막을 무력화시킬 수 있다고 점술가들이 사냥꾼에게 일러주었던 거야. 화살이 오른쪽 어깨에 박혀. 대통령이 피를 흘리고 비틀거리다가 모래밭에 주저앉아. 코야가가 병사들에게 신호를 보내. 그들은 신호의 의미를 이해하고 되돌아와서 총을 다시 집어 들고 불운한 대통령에게 냅다 쏘아. 위대한 입문자 프리카사 산토스가 푹 쓰러져 숨을 헐떡여. 한 병사가 연속 사격으로 그의 목숨을 완전히 끊어버려. 다른 병사 두 명이 시체로 몸을 구부려. 대통령 옷의 단추를 끄르고 그를 거세하여 피로 뒤덮인 성기를 입안으로 찔러 넣어. 거세 의식이야. 모든 인명 人命에는 힘이 내재해 있지. 자신의 살해자를 공격함으로써 죽음에 대해 복수하는 힘이지. 살해자는 희생자를 거세함으로써 이 내재하는 힘을 제압할 수 있어.

마지막으로 한 병사가 나서서 단도로 사망자의 힘줄을 자르고 양팔을 절단해. 대통령 프리카사 산토스의 강인함을 가진 위대한 입문자가 부활하지 못하도록 막는 신체 손상의 의식이야.

영부인은 남편, 끔찍하게 양팔이 절단된 남자에게로 몸을 구부리고 눈물을 흘리면서 기도했지. 왕뱀 토템의 남자, 고상한 신사, 요우오가 생명 없이 조각난 채 모래밭에 널브러져 있어.

태양이 지붕들 위로 쑥 떠올라 있었지. 바람 한 점 없었어. 무거운 침묵이 도시를 짓누르고 있었지. 이 침묵 속에서 영부인의 한숨만이 들려왔어.

매복 중인 사냥꾼은 때때로 자신의 위치를 알기 위해 걸음을 멈추지. 우리도 그를 본받자. 빙고가 간주곡을 연주한다. 티에쿠라가 잡소리를 내지르면서 조잡하고 익살맞은 춤을 춘다. 그의 스승이 그를 제지하고는 좌중에게 한 말씀 한다.

'어떤 카누도 결코 뒤집히지 않을 정도로 크지는 않다.'
'재빨리 고인을 애도하는 자는 바로 눈물이 거의 없는 이들이다.'
'죽은 염소는 염소의 주인에게 불행이지만 염소의 머리가 솥단지 안에 놓이는 것은 염소에게만 불행이다.'


8


아! 마클레디오, 프리카사 산토스의 모살謀殺 이후 일주일이 지나고 네 명의 우두머리가 권력을 나눠 가져. 각자 일부분을 차지했지. 제각기 전체에 눈독을 들였고 전체를 획득할 기회가 올 것이라고 믿고 있었어. 각자 공화국의 종신 대통령이 되도록 예정되어 있다고 점술가들과 주술사들이 각자에게 믿게 만들었단 말이야.

우선 코야가 대위가 있었지(모살 이후에 이 하사는 대위 계급을 부여받았어). 이 사냥의 명수, 거세 집행자는 가장 먼저 권력을 요구할 수 있는 인물이었어. 하지만 그는 프리카사 산토스 대통령의 뒤를 잇기 위해 필요한 용모와 교양, 아우라가 없다고 모든 이가 말했지. 이 사냥의 명수가 배운 것, 할 줄 아는 것, 잘하는 것은 오직 죽이는 일뿐이라고 모든 이가 생각했어. 그는 너무 긴 팔 때문에 난처했지. 인생에서 너무 긴 팔로 몸부림치다 보면 소심해져. 그는 소심했지. 말수가 적었고 말솜씨가 서툴렀어. 말을 더듬었지. 형편없는, 아주 형편없는 연설가였어. 그의 뺨은 부족의 의례로 인해 긴 상처들이 나 있었지. 현대 아프리카에서 얼굴의 긴 상처는 시선을 끌고 콤플렉스를 유발해. 그는 큰 콤플렉스가 있는 사람이었어. 간신히 읽고 쓰는 수준이었지. 몹시 단순한 사람에 지나지 않았어. 유치하고 콤플렉스가 있고 형편없는 연설가이고 소심한 사람은 국가원수가 될 수 없지. 그가 요구한 것은 국방부 장관직이었어. 드골과 냉전 그리고 프랑스 연합*의 프랑스, 다른 음모자들, 이웃 국가의 수장들이 그를 국방부 장관에 앉히는 것에 동의했지. 권력 분담의 과정에서 코야가는 국방부 장관직을 맡게 되었어.

그리고 공안위원회의 부위원장직도 차지했지.

---

* 프랑스 공동체의 전신.

두번째로 레조 대령, 폭도의 지도자가 있었어. 이 특무 상사는 프리카사 산토스의 모살을 알자마자 대령, 보병 대령의 계급을 달았지. 레조 대령은 가장 세련된 연설가이자 폭도에게는 이면공작을 하는 자였어. 자연스럽게 혁명 위원회의 위원장으로 인정받았지. 레조는 이전에 신학생이었기 때문에 가장 유식한 사람이었어. 신학, 철학, 문학 공부를 건실하게 이행했지. 자기 부족과 자기 지역의 수석 사제가 될 뻔했으나 평범한 간통 사건 때문에 간발의 차이로 좌절을 맛봤어. 서품식 전날 밤 의례가 행해지기로 한 성당의 내진內陣에서 어느 기혼녀와 함께 있다가 불시에 발각되었던 거야. 식민 지배를 받는 흑인에 대해 늘 너그러운 가톨릭 성직자단은 기꺼이 용서하고자 했지. 하지만 마을의 우두머리이자 성마른 사냥꾼인 남편이 바로 그날 밤 독화살로 무장하고서 사제관으로 올라왔어. 레조는 여자로 변장하여 국경을 넘음으로써 간신히 죽음을 면했지. 인접한 식민지로 피신한 거야. 프랑스군이 식민지 전쟁을 위해 최초로 팔레오 원주민 보병을 모집하는 곳이었어. 그는 레조라는 이름으로 지원했지(그는 본래 이름이 보드조였어). 마다가스카르 섬, 모로코, 베트남(그는 인도차이나에 두 번 체류했지), 알제리의 민족주의자들과 싸웠어. 도처에서 매우 통솔력 있는 모습을 보였지. 식민 지배를 받고 있으면서 자유를 위해 투쟁하는 민족에게는 잔혹했지만 말이야. 끊임없는 이동의 행로에서 특무 상사라는 멋진 계급으로 진급했어. 인생에서 배반과 이면공작만이 확실히 벌이가 되고 언제나 이득이 된다는 확신을 갖게 되었지. 이 신조를 행동 방침으로 삼았어. 조국으로 돌아와서는 술책을 즐겨 부렸지. 식민지 주둔군을 떠난 바로 그날 국군에 지원하여 입대를 허락받았어. 국군에 있으면서 내무부 장관의 보좌관, 첩보 요원, 또한 제대병들의 폭동을 추진하는 주모자 중의 하나가 되기에 이르렀지. 계속해서 이중간첩 노릇을 했어. 양다리를 걸쳤지. 제대병들의 승리가 확실해 보인 때에야 비로소 분명하게 한쪽을 편들었어. 폭도의 모든 투쟁을 기획했지. 자연스럽게 위원장으로 보이게끔 수를 썼어. 요컨대 이 모든 것에는 어떤 이점이 없지 않았지.

레조는 프랑스 식민지 부대의 다른 분별없는 동료들과는 반대로 민족주의적이고 약간 사회주의적인 사고방식을 내보였어. 이로써 체면을 잃지 않을 수 있었지. 그는 흑인이 본래부터 가증스러운 것은 아니고 백인의 지배가 영원하지도 않으리라고 말하곤 했어. 이로써 자신의 행동에 약간의 일관성과 고결성을 더할 수 있었지. 프랑스는 냉전과 영향력에 대한 존중이라는 원칙을 명분으로 레조를 공화국의 대통령으로 원하지 않았어. 그의 동료 음모자들과 이웃 나라의 수장들도 그가 최고 권력자의 지위에 오르는 것을 받아들이지 않았지. 모의 과정에서 창설된 혁명 위원회는 공안위원회가 되었어. 공안위원회는 정부와 국회보다 우위에 있었지. 레조는 공안위원회의 의장이 되었어.

티마가 있었지. 티마가 누구였는가? 그의 아버지는 지방 세력가, 북부의 호족이었어. 하지만 어린 티마가 프랑스에서 농학을 공부할 수 있었던 것은 아버지의 재산과 권력 덕분이 아니었지. 이 지방 세력가는 너무 많은 여자를 사거나 탈취했어. 자식이 너무 많았던 거지. 결코 자기 자녀들의 수를 헤아릴 시간도 마음도 없었어. 그들의 교육에 헌신할 생각은 추호도 없었지. 일곱 살이 된 어린 티마는 매끈한 어린 회색도마뱀처럼 귀여웠어. 소아성애자인 교사가 그를 맞아들여 아들이자 프티 보이* 겸 연인으로 삼았지. 초기의 식민지 사회는 너무 남성적이고 순박해서 섬세한 의미를 이해하고 뛰는 것을 받아들이고 이교사의 경우와 같은 악덕을 용인하는 것이 가능하지 않았어. 모든 복잡한 것과 모든 까다로운 사람을 축출했지. 교사는 어리고 귀여운 흑인과 함께 잽싸게 프랑스로 돌아갈 수밖에 없었어.

프랑스에서 티마는 고등학교와 대학을 다녔지. 식민 지배를 받는 원주민 신분의 흑인에게 금지된 온갖 공부를 했어. 학업을 마치고 기술자, 농업 기술자가 되었지. 북부의 모든 원시 부족들에서 배출한 최초의 기술자였어. 그의 소아성애자 주인 겸 후원자는 공산주의자였지. 은퇴하고는 그르노블Grenoble 교외의 고향에서 살았어. 그곳의 시의원이기도 했지. 젊은 티마에게 정치를 하고 자본주의와 식민주의에 맞서 조국의 해방을 위해 싸울 것을 끊임없이 요구했어. 티마는 마침내 자신이 어떤 사명을 짊어졌다고 믿게 되었지.

탈식민지화가 시작되고 투표권이 모든 흑인으로, 심지어는 산악 지방의 나체족으로까지 확대됨과 동시에 티마는 아프리

* petit boy: 흑아프리카의 식민지에서 유럽인에게 하인으로 봉사하는 원주민 어린아이.

카로 귀환할 수 있었지. 모든 것이 쉬우리라고, 심지어는 이미 이루어진 거나 마찬가지라고 생각한 거야. 잘못된 판단이었어. 북부 동향인 모두로부터 동의를 얻고 자기 지역과 부족의 대표로 선출되기 위해서는 일단 부두에서 하선한 다음에 여행용 트렁크에서 모든 졸업증서 원본을 꺼내 보이고 나체족 지방의 큰 호족 자식들 가운데 하나로 인정받는 것으로 충분하다고 믿던 거야. 그는 브라질 출신의 혼혈인에게 배척을 당하게 되었고 아버지의 뒤를 이은 큰형의 불신과 질투에 부딪혔지. 농장을 경영하고 나체족과 그들의 척박한 토지를 개선하는 데 자신의 지식을 활용하고 싶었으나 그럴 수단을 지원받을 수 없었어. 정치에 뛰어들어 북부 동맹을 창당했지. 이 정당은 지방 권력과 프랑스 식민 정부의 탄압에 직면했어. 그가 사회주의를 표방하고 생산 재화의 공유화를 요구했기 때문이야. 식민지 골프가 독립하게 되었을 때 프리카사 산토스 대통령의 행정부는 그를 음모의 주모자로 몰아 투옥했지. 그는 탈옥하여 이웃 나라로 망명했어. 거기에서 매일 저녁 라디오 방송으로 조국에서 권좌에 오른 독재자를 비방하고 프랑스 연합과 드골 그리고 서구 자유주의 진영의 신식민주의 정책을 비난했지. 냉전의 서구와 프랑스 그리고 프랑스 연합은 티마를 국가원수로 갖고 싶지 않았어. 다섯 번이나 거부 의사를 표명했지. 결정적이고 단호한 거부였어. 티마가 임시 국회의 의장이 되는 것은 용인되었지. 티마는 권력 분배의 과정에서 국회의장직을 획득했어.

끝으로 혼혈인 크뤼네가 있었지. 아! 티에쿠라, 흑백 혼혈인과 마주칠 때면 백인이 아니라서 불행하지만 흑인이 아니라서 행복한 사람을 앞에 보고 있는 셈이야. 자신을 배제하는 이들을 좋아하고 자신을 받아들이는 이들을 경멸하는 사람에게는 삶이 언제나 고통스럽단다. 장루이 크뤼네는 흑백 혼혈인이었어. 하지만 운이 좋은 흑백 혼혈인이었지. 유년 시절에는 식민지 피지배자의 불운과 모진 괴로움 속에서 살았으나 인생의 거의 전체를 식민 지배자 백인의 호사와 교만 속에서 보냈으니까 말이야.

어느 날 우각호의 기슭으로 개구쟁이들이 모여드는 것을 어느 보초가 경계 근무를 하다가 보게 되었어. 네 명이었지. 네 명 모두 맨발의 코흘리개였어. 또한 까마귀처럼 새까만 녀석들이었지. 그들은 물로 뛰어들었어. 보초는 네번째 작은 남자아이가 물속으로 뛰어들어 먹을 감을 때 희어진다는 것, 물에 잠겼다가 다시 떠오름에 따라 갈수록 더 희어진다는 것을 목격하고는 깜짝 놀랐지. 가까이 다가가서 이 개구쟁이가 알비노도, 무어인이나 뀔족도 아니라는 것을 확인했어. 백인, 진짜 백인이었지. 성실한 구역 경찰관은 자신을 억누를 수가 없었어. 백인 사령관에게 달려갔지. 완벽하게 거수경례를 하고는 비록 숨이 가빴지만 자신의 발견을 구역 사령관에게 보고했어. 사령관은 즉석에서 마을의 촌장, 통역, 젊은 여자와 그녀의 개구쟁이를 불러들였지. 어머니는 등에 혼혈 아이를 업고 다니게 된 사연과 탈선한 먼 고장의 이름을 도시의 모든 유력자들 앞에서 밝히라고 요구받았어.

어머니는 무서움으로 몸을 떨면서 결코 언덕바지를 벗어난 적이 없다고 설명했지. 하지만 최근에 북부의 나체족 산악 지방 주민들이 폭동을 일으켰을 때 백인 중위의 지휘를 받는 분견대가 지나가다가 자기 고장에 몇 주 동안 야영했었다고 털어놓았어. 그녀의 순결한 미모가 고려되었는지, 백인 중위를 위해 따뜻한 물을 준비하고 이 장교의 아침 및 저녁 목욕 동안 그의 등을 비누로 씻는 일을 그녀가 맡게 되었지. 그녀는 백인의 등을 씻겨주는 일을 밤낮으로 반복했어. 이 일에만 그치지는 않았지. 분견대가 떠나고 단 몇 주가 지났을 때 정말로 배가 불러오는 것을 확인하고는 얼마나 놀랐는지 몰라. 백인 중위가 지휘하는 원주민 보병 중대의 체류에 기인한 사태라는 것을 모든 이가 인정했어.

언덕들로 둘러싸인 구역의 백인 행정관은 분개했어. 통역, 마을과 부족의 유력자들, 젊은 어머니 등 모든 이를 질책하고 위협했지. 흑백 혼혈인을 원주민의 비위생적인 전통 가옥에 숨겨놓고 기를 권리가 원주민에게는 없다는 것이었어. 이 점을 그들에게 여러 차례 설명했지. 흑백 혼혈인은 반半백인이고 따라서 흑인이 아니야. 이튿날부터 아이는 어머니에게서 떨어져 엄중한 호위 아래 식민지 수도의 혼혈인 기숙사로 옮겨 갔어. 거기에서 사람들이 그를 여러 차례 비누로 씻겼고 신발을 신겼고 옷을 입혔고 모자를 씌웠고 학교에 보냈지. 그는 행복했어. 영리하고 근면하고 또한 운이 좋은 것으로 드러났지. 운이 좋았고말고.

어느 날 아침 쉬는 시간에 학교의 모든 이가 그를 부르고 찾기 시작했어. 그는 한 무리의 학생들에 섞여 기숙사 사감의 사무실로 갔지. 사감이 그에게 축하의 말을 건넸어. 그가 다음 배로 본국에 가게 될 것이라는 사실을 사감이 그에게 알렸지요. 티에쿠라가 말을 잇는다.

그의 프랑스 할머니, 가소롭게 젠체하는 부르주아 노파는 황열에 걸려 죽은 아들의 비망 수첩을 다시 읽었어. 아프리카 오지의 미개인들 사이에 손자가 있다는 사실을 알아냈지. 식인종이 그를 뜯어 먹기 전에 빨리 데려와야 해 하고 그녀가 눈물을 흘리며 외쳤어. 그녀는 부자였지. 재정적으로도 정치적으로도 힘이 있었어. 한 순간도 지체하지 않고 육군성과 식민지부를 연달아 찾아갔지. 여러 식민지의 총독들과 모든 행정관들이 동원되었어. 모든 수단이 사용되었지. 우여곡절 끝에 혼혈 아이가 발견되었어. 노파는 그를 보기도 전에 사랑하고 있었지. 그를 맞이하고 자주 만났을 때에는 그를 매우 사랑했어. 귀염둥이 소년이었지. 발음할 수 없는 흑인 이름 다혼톤 응콘글로베리가 즉각 개화된 가톨릭 이름 장루이 크뤼네로 바뀌었어.

장루이 크뤼네는 명실상부한 신실한 가톨릭 신자로 거듭났을 뿐만 아니라 크뤼네가의 일원으로 공증되었지. 핏줄에 식민지 피지배자의 피가 조금도 흐르지 않았을 크뤼네로 말이야. 그는 영원한 프랑스의 미래 지도자들이 성장을 위해 겪어내야 하는 장애물을 즐거운 마음으로 뛰어넘었어. 그랑제콜 공동 입학시험에 뛰어난 성적으로 합격했지. 모든 훌륭한 크뤼네처럼 에콜 폴리테크니크*를 선호했어. 그리고 기병 수업을 받은 후

---

* École polytechnique: 프랑스의 엘리트 교육 기관 가운데 하나이다.

에는 국립 토목 학교*에 입학했지. 프랑스 본토에서 그는 40세까지 사회적으로도 정신적으로도 크뤼네가의 일원으로 행동했어. 그런데 40세 이후로는 흑인 조상들 패거리가 불쑥 솟아올라 우세를 점했지. 확실히 피의 부름에는 저항할 수 없어. 결코 하이에나를 양으로 만들 수 없지. 크뤼네가 사람들 모두가 깜짝 놀랄 일이 일어났어. 장루이가 도박에 빠져 아내를 속이기 시작한 거야. 그렇지만 아내를 사랑했어. 그의 아내가 별거를 관철해냈지. 그는 아내에게 버림받은 분함을 삭이기 위해 피갈 Pigalle에 드나들었어. 거기에서 조세핀 베이커**만큼 육감적이고 선정적이고 성적 매력이 있는 한 흑인 여자에게 미쳤지. 술과 마약에 몰두했어. 할머니가 유산으로 물려준 엄청난 재산을 순식간에 낭비했지. 가문과 계층에서 배척당한 처지에서 모계의 흑인 선조를 기억해내고는 공개적으로 식민지부에 출두하여 자신이 흑인임을 온전히 받아들이겠다고 분명하게 선언했어. 장관은 그를 조국으로 발령했지. 그가 배에서 내리자 식민지의 흑인들이 모두 나와 탐탐과 요란한 춤으로 그를 맞이했어. 그들은 자신들의 인종 가운데 파리 이공과 대학 졸업생이 있다는 것에 자부심을 느꼈던 거야. 축제가 몹시 자발적이고 활기차고 열렬하고 성대하고 아름다웠지. 이로부터 식민지의 총독이 어떤 착상을 얻었어. 세 달 전부터 총독은 혁명적이지도 반

---

* École nationale des ponts et chaussées: 문자 그대로는 국립 교량 도로 학교. 역시 프랑스의 엘리트 교육 기관 가운데 하나이다.

** Joséphine Baker(1906~1975): 아프리카계 미국인과 아파치 사이의 혼혈인으로 유명한 가수, 영화배우가 된다. 흑인 인권 운동의 기수로 활동하기도 했다.

식민주의적이지도 않을 간부, 믿을 만한 책임자를 흑인 지식인과 유력 인사 중에서 찾고 있었지. 총독에게는 다음 총선을 위해 이 유식한 원주민이 필요했어. 총독은 그를 국회의원 후보로 만들고 싶었지. 그를 위해 식민지 행정부는 부정 선거를 자행했지. 그의 졸업 증서를 끊임없이 이용했어. 그럼으로써 민족주의 진영의 총아를 망쳐놓았을지도 몰라.

총독이 그를 접견하고는 그에게 책임을 지고 행동할 것을 요청했어. 장루이 크뤼네는 이틀 동안 음주를 자제하고 곰곰이 생각하기 시작했지. 망설였어. 결국 조국에서 공산주의와 식민지 전쟁의 커다란 불안을 몰아내기 위해 식민지 총독의 제안을 수락했어. 술과 마약을 아주 끊고 정치 지도자의 딱딱한 껍질을 두르기로 작심했지. 견실한 생활을 택한 거야. 심지어는 기니 만에서 가장 매혹적인 혼혈 여자 뤼시와 결혼도 했어.

동쪽과 서쪽 사이의 중도가 실재한다는 것, 조국이 화합 속에서 성공적으로 발전하기 위해서는 프랑스와의 특별한 관계를 유지해야 한다는 것이 크뤼네의 솔직한 생각이었지. 식민지 행정부는 15년 동안 모든 선거에서 일관성 있게 부정 선거를 획책함으로써 장루이 크뤼네의 정당에 승리를 안겨주는 데 성공했어. 혼혈인 크뤼네는 10년 동안 프랑스 국회에서 자기 조국을 대표하는 하원 의원이었지. 그리고 식민지의 자치가 선포되었을 때에는 자치령의 수상이 되었어. 독립을 위한 국민투표가 실시될 때까지는 그의 정당이 변함없이 유권자의 신임을 받았지. 그와 친구들에게는 불행하게도 독립의 여부를 묻는 국민투표를 국제연합의 참관인이 감독했어. 식민지 행정부가 조작된 검증 조서를 작성하고 재작성하여 그의 정당을 승리하게 만들 수 없게 되었지. 장루이 크뤼네에게는 망명밖에 남지 않았지. 그는 프리카사 산토스 대통령의 강권 통치를 피하기 위해 이웃 나라로 망명했어.

프랑스 연합과 냉전의 서양은 곧장 그를 망명지에서 끌어내 국가원수로 만들 판이었지. 모반자들과 이웃 국가원수들은 이를 받아들이지 않았어. 다섯 번 안 된다고 말했지. 긴 논의 끝에 그가 임시 정부, 매우 제한된 권력을 갖는 정부의 대통령으로 임명되는 것을 용인했어. 공안위원회의 감독을 받는 정부였지. 권력 분배의 과정에서 그는 최고 직위에 올랐어. 하지만 알맹이 빠진 최고 직위였지.

아! 티에쿠라, 다시 말하건대 프리카사 산토스 대통령의 살해 이후에 골프 공화국의 권력은 네 명의 우두머리에게 부여되었어. 장루이 크뤼네, 코야가, 레조, 티마가 그들이지. 권력은 서로 나누어 가질 수 없는 여자와 같아. 한 개울에 수컷 하마가 한 마리만 있는 법이지. 네 명의 우두머리가 이끌어가는 정부에 관해 무엇을 말하고 예상하고 생각할 수 있겠는가? 한 명 있어야 할 곳에 네 명이 있는 셈이야. 여분의 세 우두머리가 있는 꼴이고말고!

연합이 맺어졌고 파벌이 생겨났어. 프랑스와 냉전의 서양에 이끌려서 코야가와 장루이 크뤼네가 연합하여 보수주의자 겸 자유주의자라고 선언했지. 보수주의자 겸 자유주의자이기를 원했어. 그들은 자유주의 진영, 서양 신봉자들을 조직했지. 반대로 티마와 레조는 (필시 동쪽의 앞잡이들에게 지도받는) 민족주의자이자 진보주의자라고 주장했어. 그들은 진보주의 파벌 또는 진영, 국제 공산주의 신봉자들을 조직했지. 각 경쟁자의 출발점이 정해졌어. 경주가 개시될 수 있었지. 대권을 획득하기 위한 치열한 싸움이 시작되었어.

사냥의 대가 코야가는 외로운 전투의 경험이 출발선상의 다른 선수들 세 명보다 더 많았지. 멀리 떨어진 비정의 오지에서 사나운 야수들과의 가차 없는 대결에 그들보다 더 이력이 났어.

파벌들이 서로 음모, 배임, 족벌주의, 선동을 일삼는다고 비난했지.

그해 우기에는 비가 충분히 내리지 않았어. 태양과 가뭄으로 산악과 평원이 뜨겁게 달구어졌지. 산악 지방에 기아와 궁핍이 만연했어. 북부 전역이 황폐해졌지. 공산주의 신봉자, 진보주의 진영은 구호물자의 분배를 매우 중시했어.

하지만 불행히도 도시의 시장에는 기부자들이 보내온 자루들로 넘쳐나는 반면에 주민들이 계속해서 굶어 죽어가는 산악 지방으로는 구호물자가 전달되지 않았지. 국제 언론의 논조가 격해졌어. 횡령의 수익자인 책임자에게 비난이 쏟아졌지.

자유주의 파벌이 은밀히 조장한 시위가 수도의 거리로 확산되었어. 병영에서 군인들이 폭동을 일으켰지. 시위대와 폭도는 시장에서 대통령 관저로 올라갔어. 부패한 자, 도둑, 국민을 굶주리게 하는 자의 체포와 재판, 징벌을 요구했어. 다시 말해서 티마와 레조의 체포와 재판을 말이야.

시위대와 폭도는 대통령 관저의 정원에 집결했지. 대통령 크뤼네와 부통령 코야가 발코니로 나왔어. 승리했다고 생각하고는 군중에게 연설할 준비를 했지. 그때 느닷없이 시위가 격화되었어. 함성이 퍼졌어. 군중 속에서 갑자기 다른 현수막들이 나타났어. 현수막에는 아주 다른 문구, 구호가 적혀 있었지. 대통령 크뤼네의 사임, 프리카사 산토스 살해자들의 체포와 교수형을 요구하는 함성과 구호였어. 혼란이 일었지. 시위자와 시위자, 폭도와 폭도가 서로 대립했어. 크뤼네 대통령과 코야가는 급히 집무실로 피신했지. 그들이 선동한 변혁 운동이 그들 자신을 겨냥한 거야. 그들은 배반당했어.

코야가 지지자들이 리카온을 앞장세워 흉포하게 시위를 진압했지. 군중 속에서 사격하고 단도로 찌르고 목을 잘랐어. 사망자가 열일곱 명 나왔지. 모두 잔인하게 거세된 상태였어. 죽은 자의 영혼이 살인자에게 분출하는 복수의 힘, 폭력적으로 부당하게 살해당한 사람의 원기를 소멸시키기 위해 모두 거세된 거야.

이 학살 이후에 각 진영은 물러나 획득물을 헤아렸어. 통치자들 사이에 불신만 팽배해졌지.

국가가 사방으로 잡아당겨진 가죽이 되었어. 네 야수 사이에서 국가가 분할되었지. 제각기 아가리에 자신의 지분을 물고 있었어. 자기 자신을 위해 권력을 보전하고 관리했지.

국가의 행정이 멎었어. 무언가를 해야 했지.


곤경에서 벗어나기 위해 화해와 박애의 원탁회의를 개최하기로 결정되었어. 레조와 대통령 장루이 크뤼네의 공동 노력 덕분이었지. 두 진영의 화해가 목적이었어. 신뢰를 회복하고 유대감을 되살리고 내전을 멈추고 과거를 잊고 함께 미래로 나아가고 국가의 발전에 헌신할 필요가 있었지.

원탁회의는 이를테면 관리들과 몇몇 정치가를 포함하는 장관 평의회였어. 희망의 협의회였지. 모든 이가 국정의 수행에서 커다란 변화를 기대했어.

주술사 보카노와 마법사 나주마는 사냥의 명수 코야가에게 열심히 회의 준비를 시켰지.

코야가는 주술사가 권장한 날짜와 시간에 수도에 도착했어. 도시의 초입에서 멈추고는 자신의 어머니, 마법사 나주마가 권고한 희생 제의와 주술 의식을 실행했지. 회의의 개최 이전에 이틀 밤을 수도에서 보냈어. 전적으로 밀담에 할애된 이틀 밤이었지.

회의는 토요일 오전 10시에 개최하기로 정해졌어. 회의가 열리기 전에 두 가지 소식이 도시에 퍼졌지. 경악이 일었어. 캄캄한 밤에 하이에나의 울음소리가 염소 무리 사이에 퍼지는 것과 같은 경악이었지. 노동조합이 하루 동안의 총파업을 선언하고 국회의장 티마가 회합에 참석하지 않기로 결정한 거야.


매복 중에 때때로 물을 한 모금 마시기 위해 활동을 멈추는 사냥꾼을 본받자. 소라가 선포하고는 연주를 시작한다. 그의 어릿광대 조수는 춤을 춘다. 소라의 신호에 코르두아가 동작을 멈춘다. 다음의 속담이 말해진다.

'죽음은 물을 끓이지 않고 절구질한다.'

'죽음 앞에서는 체를 내밀 수 없다.'

'새의 시체는 공중에서가 아니라 땅에서 썩는다.'


# 9


아! 티에쿠라. 모든 큰 사건은 여명 속에서 읽힌다는 것이 늘 맞는 말은 아니란다. 여명이 그것을 잉태할 터이지만 말이야…… 원탁회의가 열린 날의 아침은 더 이상 사랑받지 못하는 아내의 등만큼 평범했죠. 조수가 명확하게 말한다.

국가원수의 관저 아래, 옛 당사黨舍에서 회의가 열렸어. 국회였던 곳이야. 이제는 일부분이지만 혁명 위원회가 들어서 있었지. 새로운 장군 레조의 집무실에 인접한 홀에서였어. 국가원수 장루이 크뤼네는 첫마디부터 회담의 중요성을 강조하고 부통령 티마가 참석하지 못한 이유를 설명했지. 국가의 모든 자식이 화해하는 데로 이르는 길이 조금이라도 열리자마자 티마는 사임을 번복하고 본래의 직위로 복귀하리라는 것이었어. 회담의 격조를 높이고 모든 이의 진정성을 확보하기 위해 참석자들이 엄숙히 선서를 했지. 한쪽은 조상의 넋을 걸고 다른 한쪽은 코란이나 성경에 의거하여 선서를 했어. 코야가는 조상의 넋과 코란과 성경을 걸고 선서를 했지…… 단 하나의 신 대신에 여러 신을 증인으로 삼을 때 훨씬 더 진지한 법이죠. 소라의 제자가 설명한다.

코야가는 다른 참석자들로부터 멀리 떨어진 구석으로 가서 어느 줄의 끝에 자리를 잡았어. 말없이 하르마탄 아침의 첫 햇살을 쬐고 있는 왕뱀을 주시했지…… 회합에서 현자가 두각을 나타내는 것은 그의 말과 몸짓에 의해서가 아니라 침묵과 근엄한 태도에 의해서죠. 조수가 맞장구친다.

공화국 대통령이 여러 가지를 제안했어. 그것들로 말미암아 넓은 숲속의 폭풍우가 회의장 안에서 일어났지. 아우성과 욕설 그리고 양립할 수 없는 수많은 대안이 난무했어. 늘 그랬듯이 똑같은 분열이 일어난 거야. 자유주의자와 사회주의적 성향을 띤 자, 북부주의자와 남부주의자, 가톨릭교도와 회교도가 대립했지.

수도의 거리에서 열을 지어 행진하는 노동조합원들의 함성이 회의장 안으로 울려왔어. 국내의 다른 도시에서도 유사한 움직임이 일어나고 있다는 것을 모르는 사람은 아무도 없었지.

서로 물리도록 욕설을 퍼붓고 위협을 했어. 그러고 나자 모든 이가 지쳤지. 입을 다물었어. 회의실의 출입문은 여전히 닫혀 있었지. 공수 부대원들이 지키고 있었어. 최소한의 화해가 필요 불가결했지. 이것이 실현되지 않는 한 출입문이 계속 닫혀 있으리라는 것을 모두가 알고 있었어. 회합 장소의 주인 격인 새로운 장군 레조가 그런 내용의 발언을 반복해서 했죠. 티에쿠라가 끼어들어 덧붙인다. 정적, 막다른 골목의 정적, 늙은 여자 마법사가 죽어 땅에 묻히는 밤에 마을의 전통 가옥을 감싸는 무거운 정적만이 감돌았지. 참석자들이 서로 뚫어지게 쳐다보고 심지어 미소를 짓기도 했어.

위원장의 집무실에서 갑자기 전화가 울렸지. 이 바람에 정적이 깨졌어. 장군에게 전화가 왔다고 당번병이 높은 목소리로 말했지. 레조, 옛 신학생이 공손하게 양해를 구했어. 회합의 주재를 최고령자에게 맡기고 일어났지. 코야가는 그가 떠나는 것을 바라보았어. 자네는 사냥의 명수답게 마음속으로 이렇게 중얼거렸네. "저 작은 도마뱀의 꼬리를 덮치는 피라미드살무사를 모르면 멍청이야."

장군이 나가자 회의실의 출입문과 겉창이 요란하게 열렸지. 무장한 사람들이 회의실로 구호를 외치며 뛰어 들어왔어. "국민은 질려 있다! 대통령을 죽여라! 살인자들을 죽여라!" 그들은 참석자들에게 총을 쏘았어…… 경기관총이 10여 분 동안 불을 뿜어댔지. 울부짖음과 비명 그리고 피투성이였어. 피가 분출했지. 피바다가 되었어. 그러고 나서 마지막 숨소리, 최후의 헐떡거림, 죽은 자들의 침묵이 뒤따랐지.

혁명 위원회의 위원장이 돌아왔어. 그는 특공대가 임무를 완수했는지 면밀히 살폈지. 모든 참석자, 대통령, 장관들, 관리들, 정당 지도자들, 모두가 총격에 쓰러지고 제거되었다는 것을 확인했어. 완벽해! 그가 특공대장에게 낮은 목소리로, 매우 낮은 목소리로 말했지. 그는 자신의 음모가 성공했음을 조금도 의심하지 않았어. 코야가를 해치웠다는 것, 제거했다는 것을 건성으로 확인했지. 인도차이나의 퇴역 하사관은 유혈이 낭자한 가운데 의식을 잃고 두 시신에 반쯤 덮인 채 쓰러져 있었어…… 세심하지 않은 멍청한 노파는 숯불이 들어 있는 재를 자신의 누더기 옷으로 그러모으죠. 조수가 나서서 한마디 한다. 혁명위원회의 위원장은 여전히 수염이 조금 움직일 정도의 낮은 목소리로 특공대원들에게 감사를 표했지. 그는 집무실로 돌아가서 부통령 티마에게 전화를 걸어 긴 대화를 나누었어. 매우 큰 소리로 말했지. 출입문을 닫아놓지 않았어. 회의실에서 대화를 들을 수 있었지. 그가 전화를 끊었어. 레조는 시체를 조사하면서 몸에 피가 살짝 묻었었지. 몸을 씻을 필요가 있었어. 요대를 풀어 부주의하게도 권총과 함께 책상 위에 올려놓고는 화장실로 들어갔지……

그가 화장실에서 나왔을 때 마치 고약한 악몽에서처럼 그의 면전에 코야가가 서 있었어. 처음에 그는 유령을 마주하고 있다고 생각했죠. 티에쿠라가 말을 잇는다. 아니야, 무기로, 장군이자 위원장인 레조 자신의 권총으로 그를 겨두고 있는 것은 유령이 아니었지. 바로 온몸이 피로 흥건한 인도차이나의 퇴역 병사였어. 새로운 장군, 옛 신학생은 쫓기는 야수처럼 울부짖었지. 되돌아가려고 몸을 돌렸어. 이번에도 마치 무서운 악몽에서처럼 또 다른 팔레오 병사, 그의 퇴로를 막아선 리카온과 마주쳤지. 또다시 비명을 내지르고 왼쪽 창문 쪽으로 방향을 틀었어. 거기에서도 역시 한 리카온이 그에게 총을 겨누었지. 그는 장애물이 없다고 생각한 단 하나의 출구, 오른쪽 창문 쪽으로 달려갔어. 팔레오 보병, 리카온 네 명이 침착하게 그를 맞이하여 제압하고 바지를 벗겼지. 코야가가 냉정하게 단도를 들고 창문 쪽으로 달려들었어. 이 사냥의 명수는 이 새로운 장군의 비명에도 아랑곳하지 않고 그를 거세했지. 할례를 받지 않은 자는 산 채로 거세되어야 하죠. 조수가 덧붙인다. 원주민 보병 셋이 위원장의 턱을 잡고서 억지로 입을 벌렸어. 퇴역 병사인 코야가 자네가 피투성이 음경과 음낭을 크게 열린 목구멍 속으로 쑤셔 넣었지. 그러고는 되돌아가면서 이렇게 중얼거렸어. "레조도 프리카사 산토스를 살해한 자의 교수형을 요구했단 말이지."

위원회의 우두머리가 죽었어. 코야가 자네를 죽이려는 그의 시도가 실패로 돌아간 거야. 한 가지 원칙을 소홀히 한 탓이었지. 부적의 철갑을 두른 사냥의 명수를 처단하는 임무는 절대로 팔레오 보병들에게 맡기지 말아야죠. 조수가 명시적으로 말한다. 옛 원주민 보병들은 그에게 총을 겨누려 들지 않지. 총알이 사냥꾼의 마법 갑각甲殼에 튀어 되돌아와 자신들을 뚫을까 봐 두려운 거지.

몇몇 나무 아래에서는 사냥꾼도 움직임을 멈춰. 그를 본받자. 잠시 쉬어 가자. 다음의 세 가지 진실을 음미하자.

'어떤 사람은 자신이 죽어야 할 곳으로 아침 일찍 간다.'
'생명 줄이 끊어질 때면 암탉이 야생 고양이를 죽인다.'
'네 머리 위의 물 항아리가 깨지면 그 물로 네 몸을 씻으라.'

아침부터 국회의장 티마는 뱃속에서부터 노심초사하면서 기다렸어. 의장 호위대가 대저택의 철문 앞에 도착하자 한결 마음이 놓였지. 그러니까 모든 것이 예정대로, 심지어 기대한 것보다 훨씬 더 빨리 전개되었군. 뭐라고? 잘한다! 벌써 끝났구나. 결판이 났구나. 거사가 성공했구나. 그가 두려움에서 벗어나 외쳤어. 일어나 2층으로 올라갔지. 금고에서 선언문을 꺼내 재빨리 훑어봤어. 완벽하군. 그는 자부심과 평정심을 상당 부분 되찾았지. 거울 앞에서 넥타이를 고쳐 매고 중산모자를 쓰고 향수를 뿌리고 장갑을 꼈어. 계단을 내려오면서 상아 지팡이를 집어 들었어. 제복을 입고 오토바이를 탄 경찰들이 현관 앞의 낮은 층계 앞에서 대통령의 메르세데스 600을 둘러싸고 있었지. 누군가가 그를 검은 대형 승용차까지 인도하고는 그에게 자동차의 문을 열어주었어. 그는 뒷좌석 왼쪽에 몸을 파묻었지. 철문을 나서자 두 정찰대가 하나는 앞으로, 다른 하나는 뒤로 호위대와 합류했어. 행렬이 공관에서 의회 건물로 이르는 중심 대로를 올라갔지. 무장한 공수 부대원들이 대로의 양쪽에 50미터 간격으로 배치되어 있었지. 그들은 시위대를 제지하고 있었어. 시위대는 정부에 적대적인 구호가 적힌 현수막을 펼쳐 들고서 장루이 크뤼네의 사임을 요구했지. 코야가에게 반대하는 구호도 보였어. 살해자들의 교수형을 요구하는 것이었지. 모든 이가 거리로 나와 있었어. 노동조합 연합에서 결정한 총파업이 폭넓게 실행되고 있었지…… 시위대의 시선에서 불안이 읽혔어. 의회 건물 쪽에서 때때로 총소리가 들려왔어. 가벼운 공포가 번졌지. 시위자들은 당혹감에 휩싸였어. 사실 같지 않은 소식들이 입에서 입으로 유포되었지.

의회 건물에서 의장 행렬은 위원장의 집무실 맞은편에 위치한 카페테리아 쪽으로 인도되었어. 국회의장 티마가 승용차에서 내렸지. 안락의자에 자리 잡았어. 한 하사관이 녹음기를 들고 들어와 의장의 성명을 녹음했지. 이자가 사라졌을 때 티마는 불안과 의혹에 사로잡혔어. 위원회 위원들, 장관들, 공화국 대통령이 전혀 보이질 않았던 거야. 그는 위원장인 장군을 찾았으나 헛수고였지. 전화로 연락을 취하려 했어. 하지만 전화 연결이 자꾸만 지연되었지. 그가 자리에서 일어나 카페테리아 지배인의 사무실로 들어갔어. 전화기 옆에 앉아 있는 무장 보병에게 득달같이 다가섰지. 여기서 뭐 하고 있나? 전화기를 이리 주게. 내가 직접 장군에게 전화를 걸어보겠네. 병사가 거절했어. 경악한 의장은 의전 국장을 부르기 위해 되돌아가려 했지. 두 병사, 두 무장 리카온, 진짜 경비견이 그를 막아섰어. 그는 유일하게 접근 가능한 문 쪽으로 돌진했지. 화장실 문이었어. 그가 화장실 문을 열었지. 코야가와 마주쳤어. 팔레오, 팔레오의 아들, 사냥의 명수가 죽지 않았던 거야. 그는 단도를 들고 의장 앞에 서 있었어요. 조수가 말을 잇는다. 티마가 큰 소리로 "사람 살려! 사람 살려!" 하고 외쳤지. 여섯 명쯤 되는 병사가 달려와서 그를 에워싸고는 그에게 입을 다물라고 명령했어. 그가 말없이 눈물을 흘렸지. 그의 입술이 숫염소를 기다리는 암염소의 엉덩이처럼 겁에 질려 떨렸어. 원주민 보병들이 차분하게 의장의 옷을 벗겼지. 이 남자도 역시 할례를 받지 않은 자였어. 할례를 받지 않은 자들은 동일하게 취급되지. 이 경우에도 코야가는 의장의 성기를 절단했어. 피투성이 음경과 음낭을 윗니와 아랫니 사이로 집어넣었지. 옛 원주민 보병 두 명이 낄낄거리면서 무쇠 팔로 의장의 입을 벌리고 있었어. 물론 의장은 아직 살아 있었지. "이자도 살해자들의 교수형을 요구했지" 하고 코야가가 중얼거렸어. 거세된 남자는 더 이상 남자다운 남자가 아니야. 썩은 시체나 다름없어. 독수리를 위한 먹이가 되지. 썩은 고기에 관심을 기울일 정도로 품위가 떨어진다면 사냥의 명수가 아니야. 코야가는 고통으로 울부짖는 국회의장을 리카온에게 내맡기고 나갔어.

코야가는 걸어서 라디오 방송국으로 갔지. 헛소리를 했고 감정이 격해져 있었어. 노여움과 피에 취해 있었지. 끊임없이 이렇게 중얼거렸어. "그들은 모두 살해자들의 교수형을 요구했지. 나의 교수형을 말이야. 그들 아니면 내가 죽는 판이었어." 코야가는 웃옷과 셔츠를 갈아입었지만 바지와 신발에는 핏자국이 남아 있었어. 손에도 그랬어. 손을 대충 씻었던 거야. 코야가 주위로 피 냄새에 취한 리카온 무리가 들떠 있었지. 리카온은 야생의 개를 의미해. 그들은 우두머리에 못지않은 살해자, 범죄자였어. 코야가는 그들을 격려했어.

— 확고하고 무자비하게 행동하자. 그들 아니면 우리가 죽는 판이었다.

조금 전에 도착한 자들만큼 잔인하고 야만스러운 리카온 분견대가 건물과 방송실을 점거하고 있었어요. 조수가 좀더 명확히 한다. 그들이 우두머리 코야가에게 경례했지. 그리고 통킹이나 알제리 산악 지대의 진지에서처럼 그에게 보고를 했어. 명령을 정확하게 이행했고 아무도 죽이지 않았지만 누구도 구내로 들어오지 못하게 했다는 것이었어. 어떤 아나운서도 어떤 기술자도 현관을 넘지 못했어. 청소부도 연락병도 그랬지. 그들은 방송국 총책을 자택에서 찾아내지 못했어. 명령대로 그를 붙잡아 올 수 없었지. 그렇지만 마클레디오를 감당하기에도 많은 인내가 필요했었다고 강조했어.

실제로 그날 16시에 자네들, 코야가와 자네 마클레디오의 첫 만남이 곧 이루어질 판이었어. 라디오 방송국을 장악한 원주민 보병들은 마클레디오가 누구인지 자네 코야가에게 설명했지. 국립 라디오 방송국의 유명한 아나운서라고 말이야. 그는 자신이 '조상의 땅에 대한 기억'이라 명명한 프로그램을 일주일에 한 번 열정과 박학 그리고 떨리는 목소리로 진행한다는 것이었어.

마클레디오가 라디오 방송국의 철문에 세 번 모습을 나타냈다고 원주민 보병들이 자네에게 보고했지. 세 번 다 그를 물러나게 했는데, 매번 팔레오 언어로 욕설과 반군국주의적인 언사를 내뱉은 후에야 멀어져갔다는 것이었어. 팔레오 리카온들이 그를 기다리고 있었지. 그에게 총알 한 방을 먹일 생각이었어. 그가 네번째로 온다면 명령에도 불구하고 그를 제거할 예정이었지. 마클레디오는 틀림없이 멀리 가지 않았을 거야. 아마도 그가 일요일마다 축구 시합의 심판을 보는 경기장 근처에서 계속 투덜거리고 있었을 거라고.

자네는 방송국 총책을 찾아낼 수 없으므로 마클레디오를 찾자고 제안했어. 그와 엔지니어가 엄중한 호위를 받으면서 끌려왔지. 마클레디오는 코야가 자네의 면전에서 군, 군인, 전쟁에 대한 적의를 표시했어. 흑인 원주민 보병들, 프랑스 식민주의에 의해 저열하고 범죄적인 일에 고용된 용병들을 경멸하기도 했지. 마클레디오의 모욕은 자네를 즐겁게 해줄 뿐이었어. 자네를 미소 짓게 할 따름이었지. 이제 자네는 승리를 쟁취한 마당에 긴장을 풀지 않을 이유가 없었던 거야. 표정이 부드러워졌어. 공화국의 모든 주민처럼 자네도 마클레디오를 결코 만난 적은 없지만 잘 알고 있었지. 마클레디오는 스타였어. 이 유명한 아나운서에게는 누구도 화를 내지 않았죠. 조수가 설명한다. 코야가 자네는 마클레디오의 흥분이 가라앉기를 기다렸지. 이맛살을 깊게 찌푸린 채로 말이야. 그러고는 사냥의 명수답게 차분하게 호주머니에서 성명서를 꺼내 내밀었어. 단호한 목소리로 고함쳤지.

— 음향 조정실로 들어가 곧장, 그렇지 않으면 잘라버리겠어 너의……

처음에는 마클레디오가 자네의 위협을 진지하게 받아들이지 않았어. 미소만 짓고 있었지. 하지만 뒤로 한걸음 내디디려고 했을 때 리카온들의 사나운 눈초리에 그만 얼어붙고 말았어. 그는 상당히 오만한 표정으로 되돌아와서 자네의 손에 들린 성명서를 빼앗듯이 집어 들었지. 짐짓 친절한 척하면서 성명서를 쭉 훑어보았어. 몇 줄을 열나게 지웠지. 히죽거리면서 여백에 자잘한 글씨를 채워 넣었어. 그러고는 입을 열어 선생이 학생에게 하듯이 말했지. 성명서, 항명 선언에서는 문체가 핵심입니다. 그가 자신의 의견을 피력했어. 문체가 줄곧 품위 있고 고결하고 고상해야 하지요. 가령 "우리가 기아와 국민을 걱정하는 동안 그들은 부정 축재를 하고 있었습니다" 같은 문장은 일상적이고 통속적이죠. 성명서에는 쓰지 않는 것이 좋아요. 그가 덧붙였지. 탁월한 항명 선언에서는 입증되지 않은 것을 단언하면 안 되죠. 사전의 충분한 설명 없이 "위원회의 세 위원만이 배를 채웠다"고 주장해서는 호소력이 없어요. 마클레디오가 여전히 빈정대면서 내용과 형식상의 여러 가지 오류나 실수를 계속 찾아냈지. 마침내 문서가 진정한 성명서의 형식과 일관성을 갖추게 되었어. 그가 젠체하며 자네에게 성명서를 내밀면서 말했지.

— 내게 더는 기대하지 마시오. 이토록 범죄적인 문서를 녹음함으로써 당신이 권력을 잡도록 도울 일은 결코 없을 것이오.

마클레디오는 코야가 자네에게 바로 이런 식으로 말했어. 자네는 마클레디오가 용인할 수 있는 한도를 넘어섰다고 생각했지. 어린아이와의 놀이에서 도가 지나치면 어린아이는 어른의 바지를 벗기고 음경과 음낭을 가지고 놀려고 해. 퇴역 병사들도 그들의 우두머리도 그 엄청난 모욕을 용납할 수 없었던 것이죠. 조수가 명확하게 밝힌다.

무장 원주민 보병들이 분개하여 마클레디오에게 달려들었지. 첫번째 병사는 그의 뺨을 갈기고 두번째 병사는 대검을 가지고 덤벼들어. 자네가 재빨리 끼어들지 않았더라면 틀림없이 그의 내장이 쏟아졌을 거야. 마클레디오는 잽싸게 음향 조정실로 달려가 몸을 피했어. 성명서의 녹음에 협조하겠다고 동의해. 하지만 코야가 자네가 서명하기를 요구하는 거야.

― 무엇에 서명하라는 거냐? 자네가 물었지.

― 역사 앞에서 내 오명을 씻어줄 확인서죠. 내가 협력한 것은 살인자 원주민 보병들의 위협 때문이라는 것을 명백하게 나타내는 증명서 말입니다. 마클레디오가 자네에게 대답했어.

자네는 깔보는 태도로 마클레디오를 오랫동안 바라보았지. 역사의 판단만큼 쓸데없는 것들에 그토록 중요성을 부여하다니, 이자는 어떤 종류의 사람일까? 자네가 미소를 지었어. 기분이 좋아져서 쾌활하게 그의 어깨를 토닥거리고는 그가 자네에게 제시하는 문서의 하단에 서명을 했어. 읽어보지도 않고서 말일세.

코야가 자네는 성명서를 읽어보았어. 마클레디오가 마음을 사로잡을 정도로 매우 진솔하게 선의에 입각하여 성심성의껏 작성한 것이었지. 지식인 마클레디오가 자문하기 시작해. 자신의 한결같은 물음이지.

― 그래, 나, 마클레디오, 나는 내 자신에게 한결같은 물음을 제기하기 시작했죠. 내게 매우 거칠어 보이는 이 군인이 나의 운명이라면? 내가 40년 전부터 찾고 있는 사람일지도 모르지 않는가? 왜 아닐 것인가? 산봉우리 공화국의 수도에서 실망스러운 경험을 한 이후에 나는 환상에서 깨어나 절망하고 있었어요. 내가 찾고 있는 사람은 실재하지 않음이 분명했어요. 탐색을 끈질기게 계속하는 것은 미친 짓이라고 생각했죠. 세 번 이

상이나 목숨을 잃을 뻔했으니까요. 다시 시작하고 싶지 않았습니다. 그렇지만!…… 나에게는 당신이었죠…… 그 투박한 군인 남자를 머리에서 발끝까지 살펴보지 않을 수 없었어요.

아! 코야가. 그날부터 마클레디오는 자네, 코야가에게 속한, 영원히 자네에게 없어서는 안 될 사람이 되었지. 지금도 여전히 자네가 있는 도처에서 자네의 치부를 가리는 팬티의 구실을 하고 있어. 자네의 치욕과 불명예를 가려주지. 그는 자네를 떠나지 않았어. 그 없이는 자네도 결코 움직이지 않을 거야.

이번 야회는 이것으로 마감하자. 소라가 말한다. 그가 코라를 연주하는 동안 티에쿠라는 아우성치고 춤추고 오만 가지 엉뚱한 짓거리에 몰입한다. 빙고가 담담하게 다음의 속담을 읊조린다.

'누구도 자신의 부모와 가족으로부터 찬사를 듣게 될 날을 손꼽아 기다리지 않기를.'
'애도의 뜻은 고인을 되살리지 않지만 남아 있는 이들 사이의 신뢰를 유지시킨다.'
'문상객이 하수 구멍으로 나가는 것은 그가 "신이 고인을 불쌍히 여기기를"이라는 관례적인 문구로 만족하지 않았기 때문이다.'

# 야회 III

소라가 전주곡을 연주한다. 조수가 반주를 곁들인다. 후렴과 휴지가 이어지는 동안 전개될 주제는 숙명설과 관련이 있을 거야. 소라가 예고한다. 인간은 자신의 운명에서 벗어날 수 없지.

'새의 깃털은 공중으로 날아올라도 결국 땅으로 떨어진다.'
'흘리게 되어 있는 피는 혈관 속에서 밤을 보내지 않는다.'
'어떤 사람은 자신이 죽어야 할 곳으로 아침 일찍 간다.'

## 11

아! 티에쿠라. 마클레디오가 코야가와 만나기 전에 그의 인생행로가 어떠했는지는 간단히 이야기할 수 있는 것이 아니란다. 그것은 우리가 말하고 있는 돈소마나를 잘 풀어나가기 위해 거쳐야 하는 산이야. 우리가 따라가 행적 이야기의 노정으로 다시 접어들기 위해 건너야 하는 강이지. 우리가 말하기 전에, 우리의 노래를 들려주기 전에 들어야 하는 폭풍우이기도 해. 사전에 마클레디오의 행로를 한 번의 야회 전체에 걸쳐 길게 늘어놓지 않고서는 코야가의 행적을 입에 올릴 수 없어.

아! 티에쿠라. '노로'는 오늘날의 아프리카와 세계가 잊어 버리고 인정하지 않는 팔레오 및 말린케 문명의 말이자 신앙 이야. 이 망각과 무지는 오늘날 우리가 겪고 있는 불행 가운 데 많은 것, 우리를 가로막고 우리의 발목을 잡는 많은 파국 의 원인이지. 노로는 우리 각자의 변화와 숙명을 결정하고 설 명해줘. 불길한 노로를 지니고 있는 사람은 존재하는 것만으로 도 자기 자신과 자기 주변에 불행을 초래하는 불운한 사람이 야…… 반대로 좋은 노로를 받은 사람은 모든 것에서 성공을 거두죠. 그와 함께 있으면 모든 것이 수월해지고 그의 주변에 서는 모든 것이 쉽게 실현된다고요. 티에쿠라가 보충한다. 불 길한 노로를 지니고 있는 자는 상반되는 노로, 상쇄하는 노로 의 보유자를 만나지 않는 한 비참과 불운 속에서 몸부림쳐보았 자 아무런 소용이 없을 거야. 불길한 노로 소유자의 모진 괴로 움과 불운이 없어지려면 대립적인 노로의 수혜자와 만나 삶을 함께하는 수밖에 없어. 상반되는 노로의 보유자는 불길한 노로 의 소유자인 불운한 사람의 운명을 좌우하는 사람이지. 불길한 노로의 소지자는 누구나 자기 운명의 남자 또는 여자를 찾아야 할 것이고 이 탐색에서 결코 싫증을 내서는 안 될 거야. 드물 지만 가까운 주변 사람들 중에서 발견되기도 하지. 자기 운명 의 인간이 반드시 세계의 다른 쪽 끝에 있는 것은 아니니까 말 이야. 자기 운명의 인간을 붙잡는 불길한 노로의 소지자는 즉 각 매우 행복한 사람이 되지요. 조수가 결론을 내린다.

마클레디오, 자네는 기형을 갖고 태어났어. 불길한 노로의 소지자라는 명백한 징후였지. 사람들이 마을의 흙점장이·주술사 집으로 달려갔어. 그는 불운한 젖먹이인 자네의 장래와 자네가 부모에게 가져다줄 불행을 솔직하게 털어놓았지. 자네, 불길한 노로의 소지자인 갓난애는 아버지도 어머니도 좋아하지 않았어. 정확히 말해서 자네의 아버지는 자네의 아버지가 아니었고 자네의 어머니는 자네의 어머니가 아니었지. 그들은 낳아준 부모였어. 어린아이인 자네의 여덟번째 생일 이전에 자네와 갈라서지 않으면 둘 다 돌연사하거나 횡사할 위험이 있었지. 자네가 태어난 날 자네의 부모는 자네의 할례 이전에 자네를 마을에서 떠나게 할 것이라고 조상의 넋에게 약속해야 했어. 자네의 아버지는 아연실색했지. 산파가 탯줄을 자르기 전에 자네의 어머니가 진통 중인 전통 가옥의 출입문 앞으로 가서 엎드리고는 어린애인 자네에게 비장한 선언의 어조로 직접 호소했어.

— 우리는 너를 낳아준 사람일 뿐이란다. 네 부모가 아니야. 조상의 넋을 걸고 맹세한다. 우리는 너를 네가 증오하는 이 마을에서, 이 안마당에서, 이 가족에게서 떠나게 하겠다. 할례 이전에 네 운명의 인간을 찾아 떠나게 하겠다.

아! 티에쿠라. 이 어린애가 첫걸음마를 떼었을 때였지. 흙점장이의 예언이 맞았어. 기막히게도 그는 아버지와 어머니로부터 멀어진 거야. 그렇다고 조상 물신들 쪽으로도 가족의 텃밭 쪽으로도 걷지 않았지. 엄마가 놓아줄 때마다 동쪽으로, 변함없이 동쪽으로 나아갔어. 마클레디오의 운명의 인간은 동부에 살고 있다고 모두가 쉽게 결론을 내렸지.

소년의 일곱번째 생일에 부모는 자신들의 약속을 잊지 않고 이행을 서둘렀어. 동부에 거주하고 있는 부족 구성원에 관해 알아보았지. 동부에 살고 있는 마을 출신자는 딱 한 사람이었어. 코로, 간호사 코로였지. 마클레디오에게 그는 확실히 운명의 인간이었어. 여자 노예와 사촌 여자가 양쪽에서 어린애의 손을 잡고 빈지Bindji까지 185킬로미터를 걸어갔지. 그가 삼촌과 합류하게 된 거야.

코로 삼촌은 약 3만 5천 명의 흑인이 사는 군관구에서 간호사, '박사', 백인 사령관과 모든 피통치자의 주술사·치료사였어요. 티에쿠라가 덧붙인다.

마클레디오는 어느 날 저녁 빈지의 백인 행정관에게 소개되었어. 식민지 시대의 흑인 어린아이에게는 최상의 영광이었지. 백인 행정관이 교사에게 이 어린아이를 시골 학교에 입학시키라고 지시했어.

마클레디오는 다른 어린아이들보다 더 영리하다는 것이 드러났지. 기억력이 비상했어. 그를 회초리로 때려가며 그에게 코란의 장들을 주입했던 코란 학교의 선생 덕분에 발달한 능력이었지. 그는 급속도로 읽을 줄 알게 되었어요. 독서에 힘입어…… 자신에게 삼촌은 운명의 인간이 아니라는 것을 어렴풋이 예감하다가 아쉬운 마음으로 알아냈지요. 티에쿠라가 덧붙인다.

삼촌은 미남이고 뱀처럼 유연했어. 하지만 불행히도 기장 맥주에 빠졌지. 담배를 씹었어. 물신과 우각호의 정령 들을 숭배했지. 표범 사냥을 좋아했어. 수시로 아내들을 때렸지. 마클레디오에게 운명의 인간이라면 지니고 있지 않을 장점과 결점이 뒤섞여 있었어. 한 사건으로 이것이 곧 확인되었지. 삼촌과의 이별이 앞당겨졌어. 마클레디오는 태어나면서부터 불길한 노로의 소지자였을 뿐만 아니라 영혼을 먹는 주술사였지. 피해야 할 뿐만 아니라 두려워해야 할 사람이었어……

삼촌은 조카가 위험하다는 것을 뒤늦게 알았죠. 조수가 덧붙인다. 마클레디오와 함께 싸우기도 하고 사냥도 하는 친구는 세누포족 어린이로 이름이 농세였지. 쥐 사냥 놀이 중에 농세가 뱀에 물려 바로 그날 저녁에 죽었어. 어린아이의 죽음을 초래하는 질병이나 사고는 언제나 표면적인 원인이지. 실제 원인은 언제나 다른 데에 있어.

오후의 장례식에 학교와 마을의 모든 이가 모여들었지. 발라폰*과 탐탐을 중심으로 위령의 춤이 시작되었어. 신성한 숲과 학교 안마당 사이의 티크** 대농장의 입구에서였지. 발라폰이 울렸고, 탐탐 두드리는 소리가 퍼져 나갔어. 여자들이 눈물을 흘리며 노래했지.

수의에 싸이고 끈으로 묶인 시신이 나뭇가지 들것에 실려 두덤불숲 사이로 빠져나갔어. 음경 싸개만 차고 원숭이 꼬리를 단 건장한 남자 두 명이 머리로 올려 운반했지. 시체 춤꾼들이었어. 둥글게 모여 있는 사람들 안으로 그들이 유해를 이고 들어와. 리듬이 변해. 연주자들이 탐탐과 발라폰을 격렬하게 두

---

* balafon: 중·서부 아프리카의 목금 비슷한 타악기.
** 마편초과의 열대성 낙엽 교목으로 조선, 차량, 가구의 목재로 쓰인다.

들겨. 끊임없이 고인의 목소리와는 다른 것을 듣고 고인의 의지와는 다른 것을 실행하는 춤꾼들을 죽은 자의 영혼이 엄습해. 고인이 그들에게서 되살아나 그들을 조종해. 시신 운반자들이 시신을 들고서 춤추는 무리를 불규칙적이고 단속적인 걸음걸이로 두 차례 빙빙 돌아. 그러다가 갑자기 멈춰. 시신이 전후좌우로 흔들리기 시작해…… 번갈아 이어지는 움직임은 고인의 영혼이 몰인정한 주술사들의 조합에 '먹혔다'는 것, 죽은 자가 마지막 거처로 가기 전에 자신의 영혼을 조합에 제공한 주술사를 고발하기로 결심했다는 것을 의미하지. 그리오가 주문과 찬사를 읊조려. 시신 운반자들이 여자들의 무리로 돌진해. 여자들이 흩어지고 달아나. 그들이 춤추는 자들의 동그라미 안으로 되돌아와서 빙빙 돌다가 두번째로 멈춰. 이번에도 시신이 전후좌우로 흔들려. 그리오가 목청을 높여. 탐탐과 발라폰의 리듬과 음조가 바뀌어. 시신 운반자들이 곧장 학생들의 무리를 향하여 돌격해. 학생들이 흩어져. 시체가 자네를, 자네 마클레디오를 뒤쫓아…… 자네가 이리 피하고 저리 피하는데도 시체는 자네, 자네만을 따라와. 자네를 고발하는 거지. 자네는 시체의 추격에 쫓겨 티크 대농장을 냅다 가로지르지. 교장의 저택에 이르고는 집 안으로 들어가. 문을 닫고 가장 안쪽의 침실로 달려가서 침대 아래로 피신해. 시신 운반자들이 문지방의 테라스에 멈춰. 시신은 여전히 분노에 이끌려 다시 전후좌우로 흔들리기 시작해. 교장이 밖으로 나가. 시신에게 하얀 콜라나무 열매 두 개와 헌주 한 잔을 제공하고 용서를 구해. 영혼이 이 봉헌을 받아들이고 평정을 되찾아 마지막 거처로 걸음을 옮겨.

고발이 공개적이었어.

그렇지, 마클레디오는 갓난아이일 때부터 주술사라는 의심을 샀던 만큼 죽은 친구의 영혼을 먹은 자로 여겨진 거야. 그는 부인했어. 울면서 자신은 결백하다고 부르짖었지. 저는 주술사가 아닙니다. 어느 누구의 영혼도 먹지 않았어요. 농세를 사랑한다고요. 농세는 살무사에게 물려서 죽었어요. 하지만 주물사들은 마클레디오가 범죄를 실행하기 위해 차용한 아바타, 그가 참석한 모임, 불행한 희생자의 '살'을 그와 공유한 사람들을 아주 세세하게 묘사했지. 마클레디오는 계속 부인했어. 모두 거짓이에요. 우스꽝스러워요…… 하지만 사실, 세부 사항, 상세한 설명이 잇달았고 쌓였고 주의를 끌었지. 마클레디오는 꿈속을 헤매는 듯했어. 자기 자신을 의심하기 시작했지. 자신의 의식과 기억을 믿지 않게 된 거야. 주술사의 고집과 끈기에 힘입어, 그가 저질렀다고 사람들이 비난한 모든 것이 점점 뚜렷해졌어. 꿈이 사실로 굳어진 거야. 흐릿한 현실이 체험한 것으로 바뀌었지. 그래, 맞아, 나는 실질적으로 주술사, 영혼을 먹는 자야. 사실이었어. 친구를 죽게 만든 것은 바로 마클레디오라는 것이었지. 그는 공개적으로 비난받았어. 이러한 죄인의 입장에 만족했지. 책임을 져야 했어. 자신이 남에게 해를 끼칠 수 있다는 것을 알게 되어 불행했지. 부끄러웠어. 주저할 것이 없었지. 삼촌을 두 번 다시 보지 않기로, 이제부터 집으로 돌아가지 않기로 결심했어. 게다가 삼촌도 그토록 위험한 조카를 더 이상 받아들이지 않았지……

두 사람이 결별할 때 아무도 후회하지 않는다면 결별이 너무 늦게 다가온 거야. 마클레디오는 삼촌과 너무 늦게 결별하고는 그를 매우 관대하게 맞이하고 보호한 교장의 집에서 프티 보이로 자리를 잡았어요. 티에쿠라가 덧붙인다.

교장은 무척 멋진 남자였어. 운명의 남자이기 위한 모든 것을 지니고 있는 것으로 보였지…… 마클레디오의 운명의 남자 말입니다. 조수가 좀더 분명히 한다. 교장은 이 고장에서 우아하고 동시에 검소한 옷차림을 할 줄 아는 유일한 흑인이었어. 식민지 관리의 헬멧은 카키색이었지. 사슴가죽 구두에 바지는 언제나 나무랄 데 없이 다림질이 되어 있었어. 혈색은 엷고 붉은 벽옥 같았지. 수두 자국이 있는 얼굴은 따뜻해 보이고 말로 다할 수 없이 부드러운 두 눈으로 환했어. 교장은 말수가 적은 대신 많이 읽는 사람이었지. '디모 로디아'라고 불렸어. 아내들에게 속아 넘어가곤 했지. 결코 침을 뱉지 않았고 거의 기도하지 않았어.

마클레디오가 그와 결별하게 되는 것은 이와 같은 사소한 것들 때문이 아냐…… 실제로 그는 결국 교장과 헤어지게 돼요. 티에쿠라가 알려준다. 교장은 또 다른 추잡한 습관이 있었지.

매 학년 말에 적성 검사가 끝나면 그는 밤에 여학생 한 명을 교실로 유인하여 여자애에게 라퐁텐Jean de La Fontaine의 우화를 낭송해주고 사냥꾼의 노래를 흥얼거린 다음에 여자애를 난폭하게 능욕하곤 했어. 일단 죄를 범하고 나서는 뉘우침으로 배가 아파왔지. 계속 설사를 했어. 그가 섬세하게 매만지고 사탕으로 어르는 불행한 희생자만큼 눈물을 흘렸지. 자신의 부적격을 공언하고 자신의 불명예를 저주했어. 여전히 눈물에 젖어 날이 샐 때까지 시를 노래하고 울부짖듯 낭송했지. 꼬박 2주 동안 그는 저택에 가서 처자식을 다시 보려고 하지 않았어. 총총한 별 아래 학교의 벤치에서 잠을 잤지. 창공에서 천체의 운행을 지켜보고 달이 지고 난 후 어둠 속에서 하이에나들이 짖는 소리를 해석했어…… 아마도 디모 교장은 예언자였을 테지만 내게 운명의 인간일 수는 없었어요. 내 운명의 인간은 틀림없이 다른 데에, 내 앞에 있었을 것이니까요. 마클레디오가 덧붙인다.

그래, 마클레디오는 디모 교장이 운명의 인간일 수 없다는 것을 깨달았지. 그는 디모 교장의 곁을 떠나 식민지의 상급 초등학교* 입학시험에 합격했어. 이 기숙 학교에서 한 뛰어난 소년을 짝꿍, 그러니까 친구로 두었지. 교실에서나 기숙사에서나 이 친구와 늘 붙어 다녔어. 당연히 그를 자기 운명의 인간으로 생각했지. 이 소년의 이름은 바종이었어. 심장이 안 좋았고 약간 사팔눈이었지. 왼발을 질질 끌며 걸었어. 사랑하는 것은 남을 자기 자신만큼 섬기고 그를 주인으로 삼는 것이라고 바종은 말하곤 했지. 그렇게 믿은 거야. 마클레디오 당신을 자신의 주인으로 여긴 것이죠. 조수가 분명히 한다.

새벽에 바종은 기숙 학교의 시설과 건물을 청결하게 유지하는 고역에서 마클레디오에게 할당된 몫까지 끝마쳤지. 그러

---

* École Primaire Supérieure: 약어로 E.P.S.라 한다. 초등학교 졸업자에게 중등 교육이 아니라 상급의 초등 교육을 시키는 학교이다.

고는 따뜻한 커피 한 잔으로 마클레디오를 깨웠어. 낮에는 그의 더러운 속옷과 셔츠를 빨고 나서 그의 숙제(특히 수학 숙제)를 대신 해주었지. 온종일 도처에서 마클레디오를 경멸하는 동료 중학생들을 칼로 위협하곤 했어. 두 친구 사이의 관계가 틀어진 것은 소등한 후의 캄캄한 기숙사에서였지. 바종이 어린애처럼 울면서 마클레디오에게 약간의 온정을 요구하기 시작한거야…… 그는 혼자 자는 것을 감내하지 못했어. 거의 매일 밤마클레디오는 거듭 화를 내고 그에게 욕설을 퍼부었지. 심지어그를 때리고 그에게 더는 침대 시트를 적시지 않겠다는 약속을하게 했어. 바종은 약속하고 침대 속으로 뛰어들어 친구를 안고 코를 골기 시작하곤 했어…… 아침에 잠을 깼을 때마다 침대 시트가 늘 젖어 있었지.

어느 일요일 미사 전에 마클레디오가 자신의 친구를 자세히뜯어보았어. 잘생긴 얼굴이 아냐. 열일곱 살에 청결하지 않은개구쟁이가 운명의 인간일 수는 없어. 마클레디오는 중학교 친구 바종을 눈물과 꾀병에도 불구하고 냉정하게 버렸어. 그러고는 바종의 질투를 무릅쓰고서 백인 프랑스어 선생 리카르를 좋아했어.

어느 날 오전에 이 백인이 공개적으로 주책없이 내뱉었지.

─마클레디오는 아랫입술이 두툼한데도 묵음 e를 발음할 줄아는 유일한 흑인이다. 그는 프랑스 문화에 접근할 최초의 아프리카인 가운데 하나가 될 거야.

마클레디오를 감동시킨 찬사였어. 마클레디오는 감사의 마음으로 프랑스어 선생 리카르와 함께 매주 토요일 저녁을 보내고 때때로 낮잠을 같이 자는 것에 동의했지. 불행히도 몇 달 후에 마클레디오는 이 백인이 만지는 것, 특히 아침저녁으로 양파 냄새를 풍기는 그의 입에 혐오감을 느꼈어. 더는 그를 감내할 수 없었지. 더는 감내하고 싶지 않았어.

어느 월요일 오전 교실에서 이 백인은 자신의 피보호자를 즐겁게 하려고 마클레디오에 관해 묵음 e의 발음을 자유롭게 구사하는 걸로 보아 이 학급에서 프랑스 문화를 자기 것으로 만들 최초의 학생일 것이라고 되풀이해 말했지. 마클레디오는 통상적인 기쁨과 자부심을 내보이는 대신에 식민지 지배자의 묵음 e와 프랑스 문화에 신경 쓰지 않는다고 공개적으로 대답했어……

그것은 도발이자 모욕이었지요. 조수가 설명한다. 학생이 선생의 얼굴에 침을 뱉고 경멸적으로 대답해. 백인 선생이 흑인 학생의 뺨을 때려. 이 모욕이 파렴치하고 불온한 행위로 간주되어 마클레디오는 체포되고 고문당하고 원주민의 신분으로 세네갈 원주민 보병 연대, 부아케*의 프랑스 군부대로 쫓겨나……

식민지에 주둔한 프랑스군의 내규에 따르면 군부대마다 두 인종, 즉 프랑스 병사와 원주민 보병을 구별하게 되어 있어요. 마클레디오가 덧붙인다.

프랑스 병사들은 상급자였지. 원주민들이 여전히 하급자이

---

* Bouaké: 코트디부아르 중부의 도시. 그베케Gbeke 지역의 중심지이다.

도록 많은 규칙이 제정되었던 거야. 원주민 보병은 어느 계절에나 챙 없는 붉은 천 모자를 쓰고 붉은 플란넬 요대를 차야했지. 공프르빌* 원단의 헐렁한 운동복 바지를 입고 맨발로 다녀야 했어. 흑인 상급자와 민간인이건 군인이건 모든 백인에게경례를 해야 했지…… 프랑스의 식민지 개발로 말미암아 두 번의 전쟁 동안 프랑스에서 싸운 명랑한 애어른 원주민 보병의후손이 처하게 된 상황이죠. 지나치게 까다롭고 좀스러운 인종차별이 아니고 뭐란 말입니까! 마클레디오가 덧붙인다.

마클레디오 자네의 연대는 부아데벤** 식민지의 산림 지대로 파견되었어. 아프리카 민주주의 연합***의 흑인들을 진압하기 위해서였지. 그들은 공산주의의 구호를 소리 높여 외쳤어. 강제 노동에 항거하여 반란을 일으켰지. 가그노아**** 부근에서자네는 화살로 무장한 베테*****족 두 명을 죽였어. 달로아******를 지난 다음에 중대장이 자네에게 마을의 가옥에 불을 지르는임무를 맡겼지. 자네는 달리면서 100여 채에 불을 질렀어. 연

---

* gonfre-ville: 코트디부아르 부아케 시의 공프르빌 방직 공장에서 생산되는 옷감.

** Bois d'Ébène: 문자 그대로는 흑단목이라는 뜻이다. 노예 상인들의 용어로 흑인을 가리킨다. 그러므로 이 식민지는 노예 무역이 성행했던 서아프리카 기니만 부근의 해안 지역, 즉 노예 해안일 것이다.

*** Rassemblement démocratique africain: 1946년 코트디부아르의 정치가 펠릭스우푸에부아니(Félix Houphouët-Boigny, 1905~1993)의 주도로 창설된 아프리카정당들의 모임으로 범아프리카주의, 반제국주의, 독립주의를 표방했다.

**** Gagnoa: 코트디부아르의 중서부에 위치한 도시.

***** Bété: 코트디부아르의 중서부에 사는 부족.

****** Daloa: 코트디부아르 중서부의 도시.

대로부터 점점 멀어져 땅속 깊이 뿌리를 내린 수령 100여 년의 거대한 판야나무에 이르렀지. 뿌리의 움푹한 곳에 몸을 웅크리고서 불길이 약해지고 잠잠해지기를 기다렸어. 그러고는 숲속으로 사라졌지.

식민지 군대에서 탈영한 거죠. 조수가 설명한다.

2주 동안 마클레디오는 원시림에서 배회했어. 야생초 뿌리와 훔친 농작물로 먹고 살았지. 마을과 도로를 피했어. 기진맥진하여 숲속의 빈터로 빠져나갔지. 다시 하늘이 보였어. 무장한 사람들이 그를 붙잡았지. 마클레디오 자네는 식민지 개척자 레스트의 작업장 가운데 하나에 이른 거야.

식민지 개척자 레스트는 코트디부아르의 빽빽한 산림 지대에서 드넓은 공간의 하늘, 땅, 물, 나무의 소유자였어. 그리고 굶주리고 악취를 풍기는 상처투성이 강제 노동자 약 200명의 생살여탈권을 쥐고 있었지. 이 불쌍한 사람들은 막대한 통나무 목재를 베어 부두까지 견인하는 일에 종사했어. 경비원들이 마클레디오를 주인 레스트에게 끌고 갔지. 이 포로가 프랑스어로 쓰고 말한다는 것을 알았던 거야.

마클레디오는 탈영병 처지를 털어놓았어. 자신을 부아케에 주둔해 있는 자기 연대의 중대장에게로 데려가라고 땅 주인에게 요청했지. 레스트의 벌목 작업장에서 벌목꾼으로 사느니 차라리 영창에 갇혀 살고 싶었어.

하지만 레스트는 관심사가 달랐지. 선입견과 속박에서 벗어난 흑인을 좋아했어. 그리고 카메룬의 작업장에서 일할 서기를 찾고 있었지. 그래서 마클레디오는 환영을 받았어. 당신이 프랑스어를 정확하게 구사하자 이 백인은 당신과 동석하여 술을 양껏 마시고 나서는 카메룬 산림 지대의 작업장에 당신을 고용했어요. 조수가 덧붙인다.

마클레디오는 카메룬에서 근무를 시작하면서 강제 노동자들 중에서 프티 보이를 선택해야 했지(그는 노동자들의 출근 점검자였고 레스트의 작업장에서 출근 점검자는 연필과 공책 이외에도 세탁과 요리를 해줄 보조원을 둘 권리가 있었어). 마클레디오의 취향은 바밀레케* 부족의 젊은이 가스통에게로 향했어.

가스통은 강아지보다 더 충직했지. 처녀의 음부 가리개보다 더 과묵했어. 그가 입을 열었다 하면 어김없이 이 넓은 세상에서 단 한 사람, 자기 부족의 우두머리 '포그'**를 찬양하고 숭배하기 바빴다니까요. 조수가 덧붙인다. 가스통은 부족장을 '갑자기 내리는 비'나 '옷을 화려하게 차려입는 아버지'나 '눈이 교차로에 박혀 있는 사람' 또는 '양손의 구별 없이 함께하는 사람'이나 심지어는 '배설물 앞에서 구토증을 느끼지 않는 사람'으로 소개하고 명명하고 규정했지. 프티 보이 가스통이 이 모든 자질도 모자란 듯이 부족장 포그는 또한 '고아들의 아버지'라고 덧붙여 말할 때 마클레디오는 의심이 사라졌어. 바밀레케 부족장은 내게 운명의 인간이야. 프티 보이는 신이 나를 운명의 인간에게로 인도하는 길을 가리키기 위해 선택한 수단일 뿐

---

* Bamiléké: 카메룬에서 중앙아프리카로 이주한 민족.
** fog: 안개를 뜻하는 영어 단어이다.

이지. 마클레디오는 밤에 작업장에서 탈출했어. 다음 날 아침에는 포그, 바밀레케 부족장 푼두엥을 섬기고 있었어.

바밀레케 족은 반투*족의 일원이랍니다. 반투족은 남부의 나체족 세계를 공격하는 중앙아프리카의 산림 지대 사람들 중에서 가장 중요한 민족 가운데 하나죠. 마클레디오가 설명한다.

마클레디오 자네는 바밀레케 부족장의 안마당에서 처음 며칠을 보냈지. 그러고 나자 자네의 예감이 들어맞는 것 같았어. 부족장은 확실히 자네가 이 땅에서 찾고 있는 운명의 인간이었지.

그는 예외적인 존재였어요. 212명의 여자, 403마리 돼지, 64명의 하인, 넓은 대저택, 6만여 명의 백성, 그중에서 그가 초야권을 행사하는 대상인 36,082명의 여성을 혼자 소유했죠. 마클레디오가 설명한다. 명백하게 매우 피곤케 하는 의무였죠. 다른 여러 가지 일에 덧붙여져 부족장 푼두엥을 기진맥진하게 만들었어요. 부족장은 항상 지쳐 있었죠.

포그의 많은 하인들처럼 마클레디오도 친절을 발휘하여 포그의 야간 의무를 도왔지. 그를 대신하여 직접 수행하기도 했어. 규방의 여자들 중에서 성경을 읽을 줄 알고 자기 주인의 이름을 프랑스어로 쓸 줄 아는 유일한 젊은 아내 엘렌을 다정하게 위로하고 그녀에게 알랑거렸어. 성의와 열정으로 매우 잘 대해주었지. 성의와 열정은 그를 특징짓는 자질이니까. 그래서

---

* Bantu: 아프리카 중남부에서 반투어를 사용하는 종족을 통틀어 이르는 말. 일반적으로 곱슬머리에 코가 납작하고 입술이 두껍다. 대부분 농경에 종사한다.

엘렌이 남자아이를 출산하는 데에는 일곱 달로 충분했어. 얼굴이 마클레디오를 빼닮지. 부족장이 이를 알아차리고는 마클레디오에게 축하했어. 하지만 부족민들은 모두 부족장 포그에게 231번째 상속인의 탄생을 축하했어. 사제가 와서 갓난아이에게 세례를 주고 오귀스탱이라는 고상하고 매력적인 이름을 붙였지.

마클레디오는 오귀스탱을 사랑했어. 자신의 첫아들과 결코 헤어지지 않겠다고 맹세했지. 이 부족장의 관할 구역을 결코 떠나지 않으리라고 말이야. 그에게 포그는 운명의 인간이고 앞으로도 그럴 것이니까. 심지어 마클레디오는 알라에 의해 이 부족장을 섬기도록 창조되었다고 생각하기도 했어. 남아 있는 생애 동안 부족장의 저택에 머물겠다고 맹세했지.

이 바람직한 결심은 마클레디오가 저지른 두 가지 과오 때문에 꺾였어. 하인은 포그가 뚫어지게 얼굴을 쳐다보는 모든 아내를 멀리해야 했지. 그런데 포그는 2주 동안 연속적으로 밤에 자신이 부를 아내들에 매력적인 엘렌이 포함되기를 요구했어. 마클레디오는 이 젊은 여자에게 성경을 설명하고 프랑스어 쓰기를 가르치기를 멈춰야 한다는 걸 알아차리지 못했지. 하인은 자신이 낳았을 뿐인 어린아이에게 애착을 가져서는 결코 안 되는 거였어.

마클레디오는 며칠 동안 어린 오귀스탱을 자신의 무릎 위에서 뛰놀게 하고 그를 안아주고 심지어는 이 갓난아이의 귀에 자신의 먼 고향 사투리를 속삭이면서 대부분의 시간을 보냈지.

어느 금요일 아침 마클레디오의 부정 행위가 부족장 관할 구역의 평의회에 붙여졌어. 토요일 수탉이 처음으로 울면 부정 행위자를 죽이기로 결정되었지. 만장일치였어. 누가 비밀을 폭로했는지 아무도 모를 거야. 누가 배신했을까? 밤에 달이 지자마자 마클레디오는 야경의 감시를 따돌렸어. 나뭇가지 울타리 밑으로 빠져나가 종교 의식을 거행하는 전통 가옥 안으로 들어가서는 신성한 광주리, 부족장 조상의 두개골이 들어 있는 '비에리'*를 탈취했지.

바밀레케 부족은 반투족의 일부분이죠. 모든 반투족 부족장처럼 바밀레케 푼두앵도 그의 왈리**들이 일주일에 한 번 헌주와 팜유 도유식塗油式으로 경배하는 조상의 두개골로부터 자신의 정치적, 사회적, 상징적 권력을 얻었지요. 마클레디오가 설명한다.

자네는 어둠 속으로 자취를 감췄어. 어깨에 단 하나의 짐을 짊어졌지. 바밀레케 부족장의 조상 두개골들 중에서 가장 오래된 것 몇 개가 담긴 자루였어.

새벽에 살인 청부업자들이 사형을 선고받은 자의 가옥으로 날쌔게 달려갔지. 돗자리밖에 없었어. 텅 비어 있었지. 마클레디오의 냄새나 흔적이 조금도 남아 있지 않았어. 그들이 사당祠堂 쪽을 바라보았지. 난장판이었어! 신성 모독이야! 불경죄라고! 반투족이나 바밀레케 부족이라면 누구도 감히 저지르지

---

* bieri: 아프리카 가봉의 팡Fang족에게서 찾아볼 수 있는 나무 유골단지 또는 거기에 새겨진 형상을 가리킨다.
** waliy: 후견인이나 보호자를 뜻하는 아랍어.

못할 짓이었어. 마클레디오가 사당에 침입했구나! 조상의 두개골을 가져가다니! 외부인이 손을 대서는 안 될 신성한 유골인데…… 부족장에게! 가문 전체에! 온 고장에! 가장 나쁜 파국이었고말고! 포그와 그의 총리가 '초'*를 시작했어. 우두머리 및 동일한 명칭을 갖는 강력한 비밀 결사의 춤이지. '케'**의 선생이 모든 젊은이를 신성한 숲으로 불러냈어. '릴라'***의 참가자들이 전사들의 춤을 추기 위해 무기를 들고 고원에 집결했지. '음워프'****의 구성원들이 시장에 모이고 여자들의 춤인 '마조'의 애호가들이 도시의 여러 관문으로 모여들었어. 고장 전체가 신성한 유골이 성역으로 돌아올 때까지 두개골을 위한 애도의 춤을 추었지. 추어야 했어.

가장 사나운 전사와 사냥꾼 중에서 88명의 용사가 무장하고 도망자의 족적을 찾아 나섰지. 재빨리 그를 따라잡고 포위하고 부르고 위협했지. 살인 청부업자들의 무리가 도끼, 소총, 화살, 창을 휘둘렀어. 숲속으로 자네를 추적해오면서 자네의 앞뒤에서, 자네의 왼쪽 오른쪽에서 고함을 질러대고 달려들었지. 그런데도 마클레디오 자네는 마치 그들이 보이지 않는 듯이 동요하지 않고 묵묵히 계속 걸었어. 음산한 자루를 단단히 붙들고 있는 한 이 세상의 어떤 바밀레케 부족민도 감히 자네를 공격

---

* tso: 바밀레케 부족의 전사들이 추는 춤. zen이라고도 한다.

** ké: 바밀레케 부족이 추는 입문 의례의 춤.

*** lila: 밤을 의미하는 아랍어 'layla'에서 유래한 용어로 북아프리카의 수피파에서 행해지는 일단의 의례들이다.

**** mwop: 장례의 춤을 추는 이들의 단체.

하지 않으리라는 것을 알고 있었지. 때로는 나무줄기에 두개골을 깨뜨리려는 불경한 몸짓을 살짝 내보임으로써 무리에게서 공포의 비명을 끌어내기도 했어. 대략 150킬로미터를 1박 2일 동안 계속 걸었지. 자네를 뒤쫓는 살인자들에게 에워싸인 채로 말이야.

아! 티에쿠라. 숲의 한가운데에서 살인자들의 무리가 지나가자 커다란 소동이 벌어졌어. 새들이 하늘을 향해 날아올랐지. 마을에 출현할 때에는 부족 전쟁이 일어난 것 같았어. 주민들이 본능에 따라 숲속으로 대피했지.

그가 두알라*에 도착하자 이 도시의 부유한 바밀레케족 상인들이 그를 만나러 와서 수많은 제안을 했어. 마클레디오는 일단 어느 배의 갑판 위 꾸러미들 사이에 아주 안전하게 자리를 잡고서야 제안의 검토와 논의를 수락했지. 자신의 음산한 꾸러미를 지폐가 가득 들어 있는 소형 서류 가방과 맞바꾸었어.

─그다지 돈을 얻기 위해서는 아니었어요(나는 결코 큰돈을 벌려고 애쓴 적이 없습니다). 바보로 보이지 않기 위해서였죠. 바밀레케 부족을 잘 알았고 그들에게 감탄했지요. 그들의 강한 물욕과 투기 성향에 말이죠. 만일 내가 현금을 받은 대가로 조상의 두개골을 양도하지 않았다면 부유한 상인들은 나를 세상에서 가장 철없는 자로 간주했을 것입니다. 마클레디오가 설명한다. 하지만 그들의 동포들, 그들을 싫어하는 야운데Yaoundé의

---

* Douala: 서아프리카 카메룬 서남부 기니 만의 항구 도시.

베티Beti족이 어떻게 생각하건 바밀레케족은 세계에서 가장 점 잖고 너그러운 민족이죠. 배가 닻을 올릴 때 무장한 청부업자 들과 부유한 상인들이 모두 함께 자발적으로 내게 우호적인 작별 인사를 했어요. 만면에 솔직한 미소를 지었죠.

카메룬 땅이 수평선에서 사라지고 바다와 회색 하늘만 보이 자 마클레디오는 후회와 뱃멀미로 속이 메스꺼웠지. 어리석게 행동한 것을 뉘우치고 자책했어. 평생 비겁자일 거야! 무기력 한 놈! 첫아들을 버린 놈! 첫아들을 지폐 가방과 맞바꾼 놈! 부끄럽구나. 다른 아버지, 다른 팔레오라면 모두 이러한 상황 에서 약간의 품위를 내보였을 거야! 군말 없이 살해당했을 거 야! 아들을 위해! 아들 때문에! 첫아들이 첫걸음마로 밟은 땅 에 묻히기 위해! 자격이 없는 아버지야. 평생 그러고 살 거야. 그는 갑판 뒤로 비실비실 걸어가 토했어. 소형 서류 가방을 열 고 지폐 뭉치를 바람에 흩뿌렸지. 하지만 용기가 없어서 갑판 위에서 거품 속으로 뛰어들지 못했어! 상어에게 잡아먹혀 결 국 카메룬 바다의 상어 배 속에도, 첫아들 오귀스탱의 곁에도 머물러 있게 되질 못했지! 마클레디오 자네의 인생에서 이 비 겁한 처신은 커다란 회한 중의 하나로 남았고 앞으로도 남아 있을 거야.

마클레디오는 황금 해안의 토코라디*에 서류 가방을 들고 하선했어. 당시는 아프리카 국가들이 나라 이름으로보다는 독 재자의 이름으로 더 잘 알려져 있는 시대였지. 황금 해안의 독

---

* Tokoradi: 상아 해안에 가까운 가나 서쪽의 해안 도시. Takoradi라고도 한다.

재자는 이름이 콰메 응크루마였어요. 조수가 덧붙인다.

마클레디오는 노예 해안, 말장 해안, 흑단 공화국(이 나라의 독재자는 펠트 모자의 남자 티에코로니였지), 산봉우리 공화국의 프랑스 영토, 모든 프랑스어권 국가를 피해야 했어. 거기에서는 여전히 그를 불복종자로, 탈영병으로 수배하고 있기 때문이었지.

토코라디 항의 서쪽에서는 세관원과 경찰을 매수하여(다행히도 작은 가방 바닥에 지폐 몇 장이 붙어 있었지) 항구에서 나와 깊은 숲속으로 사라지는 것이 그다지 어렵지 않았지. 마클레디오는 3일 동안 서북쪽으로 쭉 걸었어. 네번째 날 아침 숲속의 외딴 아그니*족 마을 쿠아시크로Kouassikro에 이르렀지.

아그니족은 아칸족에 속해요. 아칸족은 부아데벤과 황금 해안의 산림 지대에서 가장 중요한 민족 중 하나죠. 마클레디오가 보충한다.

쿠아시크로의 모든 주민은 춤추고 노래했어. 자네 마클레디오를 메시아처럼 기다리고 있었지. 자네가 숲에서 갑자기 나타나자 전사들이 자네를 붙들어 옷을 벗기고 탕약으로 씻기고 황금색과 고령토 색의 새 옷을 입혔어. 그리고 자네를 위해 준비된 성대한 환영 행사를 시작했지. 영계 한 마리를 제물로 바쳤어. 헌주로는 종려주酒를 썼지.

아! 티에쿠라. 모든 주민이 그의 주변에서 분주하게 움직이

---

*  Agni: 주로 서아프리카의 코트디부아르에 살고 있는 부족이다. 가나에도 분포해 있다. 17세기에 서양과 접촉한 최초의 부족이었다.

는 동안 전통 가옥들 사이에서 마클레디오는 전사들에게서 벗어나 다시 숲속으로 들어가게 해줄 출구를 오른쪽 왼쪽으로 찾고 있어. 곧바로 모든 것이 이해되었지. 그는 목이 잘리고 희생되어 어느 사망자와 함께 묻힐 판이었어. 아칸족의 한 부족 집단인 아그니족의 경우에 부족장은 혼자 무덤 속으로 들어가지 않아. 언제나 저승에서 그를 섬길 이들과 함께 매장되지. 유럽의 식민지 지배 이전에는 포로들이 부족장과 함께 매장되었어. 노예제의 폐지 이후에 아그니족은 고립된 여행자들을 납치해. 아그니족이나 바울레Baoulé족 또는 그 밖의 민족들이 사는 산림지대에서 모험을 하던 많은 여행자들이 실종되고는 결코 다시 발견되지 않았던 거야. 마클레디오는 살아 있을 시간이 얼마 남지 않았지. 그는 알고 있었어. 속으로 그렇다고 중얼거렸어. 자신의 몸짓을 열심히 뒤좇는 모든 주민의 눈길에서 읽어낸 거였지. 마을에서 가장 높고 가장 넓은 전통 가옥으로 끌려가서는 옥좌에 앉혀졌어. 그의 불안이 마지막으로 확인된 거였지. 아그니족은 외부인을 왕위에 즉위시킨 후에 반드시 그의 목을 잘라 죽인다고들 하지 않던가? 대관식 후에 긴 침묵이 이어졌어. 마클레디오는 눈물에 젖은 채 마지막 기도를 읊조렸지. 마을의 족장이 다가와서 말했어.

이방인 마클레디오 그대에게 환영 인사를 하오. 그대는 운이 좋다고 알리는 바이오. 정말 운이 좋다고 말이오. 당신은 정말 지극히 행복한 사람이오. 마을에서 방금 그대를 여왕의 반려자로 지명했소. 그대는 이제 여왕의 부군이오. 이 나라를 다스릴 미래의 왕 또는 여왕을 낳아줄 아버지가 될 것이오. 마을 전체가 당신에게 축하를 보내오. 모든 주민을 마음대로 부리셔도 되오. 자네는 아무리 귀를 기울여도 존경할 만한 노인의 말을 이해할 수가 없어. 족장은 끈기 있게 말을 잇고 설명해.

몇 주 전에 우리의 여왕이 남자와 육체관계를 맺고 어머니가 되고 싶다고 했소. 아칸족의 관습대로 여왕은 몸을 씻었소. 다시 말해서 여왕의 입문 의례가 먼저 거행되었지요. 그러고 나서 공적인 의례 중에 그녀는 어느 중년 여자의 손가락에 의해 처녀성을 잃고 특수한 탕약을 탄 따뜻한 물로 목욕을 했소. 처녀성의 상실은 필수 불가결하오. 이 입문 의례 이전에 여왕이 아기들을 수태했다면 그들은 모두 불순했을 것이고 최초의 울음을 터트리자마자 목이 잘렸을 것이오.

그들, 쿠아시크로의 사람들은 철저한 모권제를 실행하고 있다고 노인이 덧붙였지. (공동체에서 늘 갈등의 원인인) 부권의 인정이나 요구를 원천적으로 방지하기 위해 가임기의 여왕으로 하여금 미지의 남자, 지나가는 외부인과 사랑을 하게 한다는 것이었어. 마클레디오가 적시에 나타났던 거야.

여왕이 처녀성을 상실하고부터 주민들은 춤을 추면서 하늘이 점지한 남자를 바라고 기다렸어. 많은 여행자들이 도착하고는 다시 떠났지. 마클레디오는 여왕이 육체적으로 차지하고 싶어 한 최초의 남자였어. 그녀는 그가 숲에서 나오는 것을 보고 외쳤지. "바로 이 남자야! 내가 마음속으로 차지하기를 바라는 남자야!" 아주아는 마을의 여왕이었을 뿐 아니라 무녀, 마법사이기도 했어. 마클레디오는 여왕의 부군으로서 자동적으로 그녀의 보좌인이 되었지.

여왕이 마침내 전통 가옥에서 나와 앞으로 나아가. 그녀는 매력적이야. 튀어나온 엉덩이를 돋보이게 하는 진주 허리띠에 음부 가리개가 매달려 있어. 풍만하고 연한 살이 가끔씩 드러나. 목에서 배꼽까지 늘어져 있는 많은 자패 목걸이들 사이로 젖가슴이 언뜻언뜻 보여. 정말로 3월의 초록색 망고 같아. 그녀는 낯선 남자에게 부드러운 미소로 환영 인사를 해.

— 당신을 원해, 당신을 원해, 당신을 원해! 자네, 마클레디오 자네가 매우 정중하게 절을 하고는 온 힘을 다해 외쳤어.

여왕이 자네에게 가까이 다가와서 자네의 손을 잡아. 자네들 둘이 성역이자 여왕의 궁궐인 전통 가옥 안으로 사라져. 의례가 끝났어. 마클레디오 자네는 곧장 임무를 시작해.

아주아는 무녀였고 온종일 무녀의 일과로 바빴어. 주변의 모든 마을에서 사람들이 무녀의 의견을 구하러 왔지. 보좌역인 마클레디오, 여왕의 부군은 상급 주물사의 옷차림으로 요령鐃鈴을 흔들었고 주문을 외웠어. 여왕은 마클레디오의 독려에 반응했지. 우선 신음 소리를 냈고 그리고 나서는 최면 상태에 들어갔어. 최면 상태에서 선정적인 몸짓을 무수히 해댔지. 이에 여왕의 부군은 정신이 거칠고 필수적인 밤일에 쏠렸어. 심리적으로 준비가 되었지.

온종일 당신의 회색도마뱀이 바지 속에서 머리를 쳐댔죠. 조수가 웃으면서 덧붙인다.

마클레디오는 미약의 효과가 있는 뿌리들을 달여 만든 탕약으로 목욕하고 정력에 좋은 잎들로 향을 낸 신선한 고기를 먹었어. 언제라도 밤일을 할 태세가 갖추어져 있었지. 여왕은 밤에 거의 잠을 자지 않았어. 매순간 그녀의 부탁에 대응해야 했지. 마클레디오는 이러한 상황에 대해 초연한 모습을 보였어. 게다가 헌신할수록 더 여왕을 사랑했지. 이러한 생활은 너무나 예외적이었어. 삶의 귀결과 정점이 아닐 수 없었어.

아! 티에쿠라. 확실히 그에게 운명의 인간은 남자가 아니었지……

그렇소, 나는 내 운명의 인간이 남자가 아니라 여자라고 생각하기 시작했어요. 내게 운명의 인간은 여왕 아주아라고요. 마클레디오가 설명한다. 내가 엄청난 힘으로 열심히 여왕에게 헌신하여 여덟 달도 되기 전에 둘도 아닌 세쌍둥이를 갖게 한 것은 이러한 확신으로 힘을 받아서죠. 세 명의 사랑스러운 남자아이를 말이에요!

악의와 질투조차도 사랑했을 남자아이들이니까요. 티에쿠라가 분명히 한다.

세쌍둥이의 출생으로 아기를 낳아주는 마클레디오의 임무는 종결되었어. 그러자 그에게 불행한 일들이 시작되었지. 세쌍둥이 중에서 하나는 왕이 되어야 했어. 부족민들이 군주를 낳아준 아버지를 몰라야 할 뿐만 아니라 이 아버지가 발견될지 모르는 장소까지도 몰라야 했지. 아칸족에게 진정한 왕은 아버지가 없어요. 조수가 덧붙인다. 마클레디오는 떠나야 했어. 이제 다시는 쿠아시크로 마을에 가까이 오면 안 되었지. 결코 다시는!

식민지 개발 이전에는 낳아준 아버지의 목을 자르고 제물로 바쳤지요. 티에쿠라가 덧붙인다.

마클레디오는 추호의 망설임도 없이 목이 잘리기를, 죽임을 당하기를, 제물로 바쳐지기를 요구했어. 격리보다, 추방보다 죽음을 선택했지. 세쌍둥이를 사랑했어. 여왕을 사랑했지. 그에게 그녀는 자기 운명의 여자였어. 세쌍둥이는 그의 둘째, 셋째, 넷째 아들이었지. 여왕은 처음으로 자신에게 할당되고 자신에게 속한 여자였어. 그가 온 마음으로 자유롭게 사랑한 최초의 여자였지. 그는 그들을 위해 죽고 싶었어. 그들이 밟을 땅에 언제까지나 머무르고 싶었지. 다른 곳에서 사는 것은 생각하지도 않았지요. 티에쿠라가 덧붙인다. 수석 주물사가 그에게 대답해. 황금 해안에 영국인들이 도착하고부터는 낳아준 아버지를 참수하지 않는다는 거야. 대신에 거세하고 혀를 자르고 두 눈을 뽑고 고막을 찌른다는 말이지. 마클레디오는 죽을, 당장이라도 죽을 각오가 되어 있었어. 하지만 야만적인 고문을 당하고 싶지는 않았지. 귀머거리, 벙어리, 봉사, 성 불능자로 여생을 보낼 수는 없었던 것이죠. 조수가 분명히 말한다.

밤에 마클레디오는 나뭇가지 울타리 밑으로 미끄러지듯 스며들어 성역인 가옥 안으로 들어가고는 주물 요령꾼의 복장, 자신이 입었던 복장을 탈취하고 조상의 조각상 아래 놓인 많은 금화 주머니 중의 하나를 훔치지. 요령꾼의 차림새여서 숲속의 마을들을 가로지르는 데 아무런 어려움이 없어. 아그니족에게 주물 요령꾼은 경외와 존경의 대상이니까요. 조수가 설명한다.

마클레디오는 나아갈수록 숲이 듬성듬성해진다는 것을 걸으면서 알아차려. 얼마쯤 후에는 식물군에서 버터나무가 눈에 띄기 시작해. 분명히 숲을 통과해 사바나에 이르렀어. 버터나무가 자라는 땅은 예외 없이 사바나, 만딩고 지역의 일부분이라는 그리오들의 말을 떠올려.

수단의 사바나에서 마클레디오는 잠시 앉아서 깊은 생각에 잠겼지. 쿠아시크로를 쉽게 떠났다니 놀라운 일이야. 우연일 리가 없어. 실제로 밤낮으로 지키는 성역에 그날따라 야경이 없었다니! 나의 도피는 누군가가 원해서 준비하고 기획한 거야. 여왕이 확실해. 나를 고문당하지 않게 하려는 거였어. 마클레디오 자네는 자신이 계속해서 여왕을 소중히 여기는 만큼 여왕도 그를 사랑한다고 결론을 내렸지. 자네는 출산 이후로 그녀를 다시 보지 못했고 더 이상 다시 보아서도 안 되었어. 그런 여왕이 자네를 생각하고 괴로워했던 거야. 끔찍하게 괴로워한 거였지. 마클레디오는 비겁함 때문에 그토록 매력적인 여자의 마음을 아프게 한 것에 대해 부끄러워했어요. 조수가 보충한다.

그는 왜 용감하게 머물러 있지 않았을까? 신체 손상을 당할지언정 남은 생애 동안 자식들 곁에, 그를 그토록 사랑하는 여자 곁에 머물러 있어야 하지 않았을까? 이제 자기 자식들과 여왕으로부터 멀리 떨어진 곳에서 그의 삶은 즐거움도 자긍심도 없이 헛되이 끝날 거야. 비참과 불운이 그의 몫으로 남을 테지.

나 마클레디오는 그러한 숙명설에 격분하고 되돌아가서 고문 기술자에게 몸을 내맡기기로, 그들에게 의무를 다하라고, 야만적인 행위를 실행하라고 요구하기로 마음먹어요. 주위를 둘러보아요. 수단의 사바나가 끝나는 한계 지점이죠. 멀리에서 사헬이 펼쳐지기 시작해요. 나는 어떤 지표도 없이 여러 날 밤낮으로 걸었죠. 길을 거슬러 쿠아시크로 마을로 다시 가는 것은 내게 불가능해요. 사기가 저하되고 용기가 꺾이고 눈물에 젖어 여전히 북쪽을 향해 계속 걸어요……

마클레디오처럼 평생 불운만을 몫으로 갖고 행복을 갈망하는 이들은 끊임없이 북쪽으로 걷지요. 조수가 말을 잇는다.

때때로 숨 돌리기 위해 멈추는 여행자를 본받자. 소라가 휴식을 알린다. 코르두아는 습관적으로 음란한 익살에 몰두한다. 모든 이가 폭소를 터뜨린다. 소라가 몇 가지 속담을 알려준다.

'생명 줄이 끊어질 위기에 처하면 암탉이 야생 고양이를 죽인다.'

'눈을 터뜨리는 것을 눈은 보지 못한다.'

'운명에 의해 유대가 끊어졌을 때 어떤 겨레붙이도 자식을 이 운명에 노출되지 않게 할 수 없다.'

## 12

아! 티에쿠라. 마클레디오는 생각에 잠겨 비포장도로를 따라 북쪽으로 고독한 보행을 쉬지 않고 계속했어. 갑자기 왼쪽과 오른쪽의 덤불숲에서 코르두아 다섯 명이 소리를 지르면서 나타나. 정말로 코르두아들이야! 그들은 너처럼 우스꽝스러운 옷차림을 하고 있었지. 티에쿠라 너처럼 피리를 불고 춤을 추고 잡소리를 해댔어.

각 코르두아는 기상천외하고 우스꽝스러운 코르두아 차림새였지. 머리 위에는 늙은 독수리의 부리가 달린 헝겊 모자를 썼어. 독수리 부리는 모든 인간이 비루한 독수리처럼 욕심쟁이이자 모리배라는 것을 알리기 위해서지. 다른 어떤 의미도 아냐. 목에는 음식을 동냥하기 위한 바가지, 마시기 위한 컵, 먹기 위한 숟가락, 커다란 뼈를 매달고 있었어. 인간은 또한 끊임없이 먹을거리를 찾아 배회하는 개라는 표시로 커다란 뼈를 목에 걸고 다녀. 다른 어떤 의미도 아냐. 음악을 연주하기 위한 피리와 해독제 봉지가 들어 있는 바랑을 어깨에서 허리로 비스듬히 메고 있었지. 해독제 봉지는 독살하지 않는다는 것을 확인하지 않고는 남이 주는 것을 결코 무턱대고 먹지 않기 위해서야. 인간은 자기 이웃을 사랑하지 않아. 자기 이웃을 없애기 위해서만 그에게 먹을거리를 주지. 다른 어떤 의미도 아냐. 허리띠에는 꼬리가 달린 원숭이 가죽을 매달고 있었어. 꼬리가 엉덩이를 쳤지. 엉덩이 위의 원숭이 꼬리는 모든 인간이 방귀쟁이라는 것을 표시하기 위해서지. 다른 것이 아냐. 피리를 불지 않을 때는 잡소리, 허튼소리를 늘어놓아. 잡소리와 허튼소리는 인간이 거짓말쟁이, 거짓말과 어리석은 말의 나무라는 것을 의미하기 위해서지. 어떤 의미도, 다른 어떤 의미도 아냐.

마클레디오는 자신이 세누포족 고장의 한 마을 근처에 이르렀다는 것을 알았어. 이 마을의 젊은이들이 입문 의례를 위해 신성한 숲속으로 들어가기 전에 정화의 시기를 보내고 있었지. 코르두아들이 마클레디오를 위해 피리를 불고 노래를 부르고 춤을 추고 나서 그에게 바가지를 내밀었어. 먹을거리를 구걸했지. 마클레디오는 너그럽게 돈주머니에서 금화를 꺼내 각 코르두아에게 하나씩 주고자 했어. 다섯 명이 동시에 공포의 비명을 지르고 금화를 내던지고 덤불숲으로 달아났지. 마클레디오는 태연하게 몸을 굽혀 금화를 모으고 다시 몸을 일으켜 마을쪽으로 계속 걸었어. 몇 걸음 옮기자마자 코르두아들이 재차덤불숲에서 갑자기 나타나 그를 뒤쫓아 와서는 길을 가로막았지. 그에게 마을로 들어가지 말라는 것이었어. 그러고는 그에게 다음과 같은 말을 했지.

— 너는 금화 주머니를 차고 있는 걸로 보아 큰 강도이거나부자이거나 둘 중 하나야. 어느 경우이건 우리는 결코 너를 우리 마을로 들어가게 내버려두지 않겠어.

그들은 마클레디오를 에워싸고는 피리를 불고 노래를 부르고 춤을 추면서 그가 마을을 우회하는 길을 따라가도록 했어. 마을에서 상당히 멀리 떨어진 곳까지 그와 동행하고 나서 그를떠나보내기 전에 그에게 경고했지.

— 다시 돌아오지 마. 더 이상 우리 마을에 가까이 오지 마. 우리는 도둑도 부자도 바라지 않아. 우리는 그들을 죽여버리지. 이 부근에서 얼쩡거리지만 않으면 죽이지 않겠어.


여전히 처량하게, 여전히 사념에 잠겨, 여전히 고독하게 마클레디오는 변함없이 북쪽을 향해 계속 걸었어. 어느 마을의초입에서 몽유병자와 유사한 두 녀석이 그에게 달려들었지. 그들은 찢어진 누더기를 걸치고 있었어. 우스꽝스러운 차림새였지. 힘이 황소 같았어. 눈이 튀어나온 데다 눈자위가 붉었지. 입술이 떨리고 게거품으로 희었어. 숨결이 자주 끊기고 시끄러운 소리를 냈지. 마클레디오가 온 힘을 다해 아무리 몸부림쳐도 소용이 없었어. 그들이 그를 제압하고는 열광적인 군중에게로 사정없이 끌고 갔지. 군중은 사제 지마*의 가옥 앞에 모여 신들린 춤꾼들을 둘러싸고 있었어……

공격자들은 광포한 사람이 아니라 신들린 사람이었죠. 티에쿠라가 설명한다.

빙 둘러선 군중의 한가운데에서 여남은 명의 신들린 사람들이 북소리에 맞춰 뒹굴고 먼지 속에서 기고 꼭두각시처럼 손가락과 이빨로 홍토 바닥을 맹렬하게 파헤쳐.

갑자기 탐탐의 리듬이 변해. 군중이 물러서. 신들린 사람 두명이 어린 개 한 마리를 끌고 들어와서 개를 바닥에 눕히고는 목을 잘라. 신들린 사람들 모두가 목 잘린 개에게로 아주 격렬하게 달려들어 죽은 개를 찢어발기고는 조각을 가져가. 약한 자는 내장이나 발 또는 머리나 꼬리를 가질 뿐이지. 제각기 획득한 조각을 비틀비틀 자랑하고는 날것으로 삼켜. 가죽과 뼈 심지어는 똥까지 개의 모든 부분을 먹어치워. 피가 배인 땅바닥을 핥고 뒤이어 강철 같은 이빨로 긁어내. 개의 어떤 것도, 털 한 가닥도 피 한 방울도 땅바닥에 남지 않아요. 조수가 보충한다.

신들린 사람들이 일제히 돌아서. 강렬한 눈빛으로 자네를 곁

---

* zima: 접신 의례를 집행하는 사제를 '지마'라고 한다.

눈질해. 마클레디오 자네는 강간범들 앞의 젊은 여자처럼 두려움으로 덜덜 떨어. 신들린 자 두 명이 사제를 우회하여 자네를 둘러싼 군중 안으로 밀어 넣고 옷을 벗기고는 돈주머니를 빼앗아 땅에 내던져. 돈주머니가 터지고 금화들이 쏟아져서 흩어져. 군중으로부터 탄성이 터져 나와. 사제들, 구경꾼들, 탐탐 연주자들 모두가 깜짝 놀라 의례를 중단해. 모든 이가 자네를 자세히 보려고 서로 떼밀어. 사제 지마는 이때다 싶어 금화 몇 개를 삼킨 두 신들린 자를 손가락으로 가리켜. 곧바로 다른 신들린 자들이 이 불행한 사람들에게로 달려들어 개 패듯이 그들을 때리고 신랄하게 비난하고 발을 붙잡아 둘러싼 군중 한가운데로 끌고 가서 마클레디오 아래쪽 땅바닥으로 밀어붙여.

자네는 송가이족의 고장에 도착했지. 송가이족은 니제르Niger에 살아. 아프리카 국가들이 국명보다 독재자로 유명한 시대였지. 니제르의 독재자들은 이름이 차례로 아마니 디오리와 쿤체였어.

송가이족은 이슬람교로 개종한 최초의 흑인 민족 가운데 하나였지. 하지만 그들은 하이에나가 씻는 것을 별로 좋아하지 않는 것과 마찬가지로 이 위대한 영적 운동에 끌리지 않죠. 티에쿠라가 설명한다. 그들은 11세기에 마호메트교를 신봉하기 시작했으나 결코 옛 신앙을 버리려고도 신들림의 춤을 그만두려고도 하지 않았어. 이슬람교의 신화에서 새로운 신앙, 새로운 요소, '말라카'를 끌어내서 조상 숭배와 흑아프리카의 전통적인 정령, 즉 물, 하늘, 바람, 벼락, 관목림의 정령들에 덧붙였지. 그렇게 해서 '올레'라 불리는 제신諸神과 신화를 구성했어.

일관성이 있고 복잡했지. 올레 숭배의 핵심은 접신의 춤이야. 접신의 춤을 추는 사람에게 정령이 강생하지. 기사가 말에 올라타듯이 정령이 춤꾼에게 들러붙고는 춤꾼의 입을 통해 말을 하죠. 마클레디오가 보충한다.

올레의 의식이 거행될 때면 마을 사람들이 모두 사제 지마의 거처 앞에 모여. 이미 정령에 들린 주민 중에서 춤꾼이 뽑히지. 악사들과 '얌전한 여자' 보조자들은 의식이 잘 준비되고 있는지 지켜보고 신경을 써.

8세기 동안 이러한 신화와 정령 신앙은 송가이족을 만족시켰어. 그만큼 올레 숭배는 확고부동했지. 그들을 엄습한 식민지화가 억압으로 작용했어. 그들은 서아프리카 전역으로 흩어졌지. 자신들의 세계에 악의라는 범주가 없다는 것, 자신들의 제신에는 악신이 없다는 것을 알아차렸어. 오카*를 만들어냈지. 오카는 악한 정령이야. 악한 정령들의 참모부는 식민지 행정부의 편성을 그대로 따랐어. 그렇게 해서 이 참모부에는 악한 정령 고모(총독), 제네랄 말리아(군인들의 장군), 킹 주지(재판관들의 왕), 섹터(비서관), 카포랄 가르디(경비대 하사)가 있지.**

식민지 총독의 임기를 끝마친 식민지 행정관 크로시키아는 접신의 춤을 강제로 금지하고자 했어. 성공하지 못했지. 도리

---

* hawka: 송가이어로 신들린 자를 가리킨다.

** 일종의 말장난이 엿보인다. Gommo는 gouverneur, Zeneral Malia는 général des militaires, King Zuzi는 roi des juges, Sekter는 secrétaire de l'administration, Kaporal Gardi는 caporal des gardes를 이용해 만들어낸 이름이다.

어 자기 자신이 둘로 나뉘는 일을 당했어. 악독한 정령 중에서 가장 악독한 자의 형상, 크로지자 또는 코만도 마구(나쁜 사령관)의 형상이 덧씌워진 거야. 식민지화 이후 반세기가 지난 때에도 크로시키아는 계속해서 송가이족으로 강생하여 그들에게 올라타고 그들의 입을 통해 말해요. 마클레디오가 덧붙인다.

1960년 이후 독립과 동시에 니제르의 수도 니아메Niamey에 디오리의 유일 정당 체제와 쿤체 장군의 군사 독재가 확립되자 송가이족은 거짓말쟁이 정령을 생각해냈어. 거짓말쟁이 정령은 그들의 동포인 도시의 정치인을 닮았지. 도시의 정치인은 일요일마다 시골 마을에 갑자기 들이닥쳐 결코 지켜지지 않는 약속을 하기 때문이야. 다른 신격화된 존재들처럼 거짓말쟁이 정령들도 송가이 춤꾼으로 강생하여 그에게 올라타고 이 신들린 자의 입을 통해 거짓말을 해.

하지만 아프리카와 송가이족이 존재한 이래, 사람들이 접신의 춤을 추고 있는 동안, 고령토와 알록달록한 음경 싸개로 뒤덮인 사람이 관목림에서 금화 주머니를 갖고 불쑥 나타난 적은 결코 없었지. 마클레디오는 정령이었던 거야. 정령, 황금의 정령일 수밖에 없었어. 새로운 정령은 마클레자니로 불렸지요. 티에쿠라가 덧붙인다.

금화를 날치기한 신들린 자들에 대한 처분은 당나귀를 죽게 할 정도로 가혹했어. 하지만 목숨을 위협하거나 상처 입히지는 않았지. 그들에게 강력한 하제下劑를 삼키게 했어. 전리품들을 배출시키는 데 성공했지. 그것을 깨끗이 씻어 마클레디오에게 되돌려 주었어.

정령은 습격당하지 않아. 빼앗기지도 않지. (실수를 저지른 신들린 자들이 고통에 대한 공포 속에서 이를 터득한 거죠. 조수가 보충한다.) 정령은 보살핌과 존중을 받아. 마클레디오는 사제의 가장 좋은 가옥에서 군주처럼 살았지. 날마다 무작위로 선택한 주민 한 사람에게 금화 하나를 베풂으로써 자신의 지위, 신격화된 사람의 후광을 유지하는 데 성공했어. 매일 기적을 행하는 정령이었지. 마클레디오의 돈주머니는 눈에 띄게 가벼워졌어.

뜻밖인 만큼이나 행복한 상황 덕분에 나는 금화 전부를 탕진하지 않을 수 있었어요. 마클레디오가 설명한다. 어느 날 아침이었죠. 내가 묵고 있는 가옥 주위에서 사람들이 드잡이를 하고 있었지요. 그 바람에 나는 잠이 깼죠. 웅성거림 속에서 송가이인들이 믿기지 않는 정보를 귀엣말로 속삭였어요. 밤에 마을의 점술가가 예언했었죠. 내가 사라져서 다른 정령들처럼 정령의 숙소인 강으로 돌아가기 전에 마지막 기적을 낮(수수의 달 첫번째 금요일)에 실행하리라고 말이에요. 금화의 착한 정령 마클레자니의 지극히 후한 인심의 마지막 수혜자로 선택받기 위해 출입문으로 우르르 몰려든 무리가 서로 때리고 떼밀고 했죠…… 나의 마지막 선심이 집주인 지마에게 돌아가자 군중이 흩어졌어요. 밤에 달이 지자마자 나는 가옥에서 나왔지요. 마을은 고요했어요. 가옥들은 문이 굳게 닫혀 있었고요. 정령이 비非물질로 화하는 것을 보는 것은 위험하다고들 하니까요. 개들이 짖어댔지만 나는 차분했어요. 밭들 사이로 슬그머니 빠져나가 관목림 속으로 모습을 감췄죠. 아무도 나를 뒤쫓지 않았어요. 아무도 나를 찾지 않았지요.

정령이 해낼 줄 아는 것들 중에서 가장 쉬운 일이 연기처럼 자취를 감추는 것이죠. 조수가 덧붙인다.

니아메(독재자의 이름이 아마니 디오리인 국가 니제르의 수도)에서 나는 날마다 나이저강으로 가서 생각에 잠기곤 했어요. 거기에서 돈도 권세도 사람을 행복하게 하는 것은 아니라는 사실을 깨달았지요. 나는 세상의 종말까지 사람에게 강생하고 들러붙고 신들린 송가이인들의 입을 통해 예언할 정령이었죠…… 그런데도 끊임없이 절망에 빠졌지요. 황금에 짓눌렸죠. 항상 초라했어요. 매일 아침 니아메 시립 도살장 근처의 작은 덤불숲에서 바위 위에 웅크리고 앉아 울면서 자문했지요. 무슨 영벌永罰을 받고 있기에 지마를 떠나게 되었을까? 그는 어쩌면 내 운명의 인간일 터인데도 말이지. 어떤 운명과 부적격 때문에 첫아들을 바밀레케족에게, 세쌍둥이를 아그니족에게 내 맡길 수밖에 없었을까? 나는 언제나 똑같은 강가의 똑같은 바위 위에서 울었어요. 가뭄으로 말라가고 있던 나이저강이 내 눈물로 범람하게 되었을지도 몰라요. 그때 나만큼 초라한 투아레그* 사람이 내게 다가와서 인사를 하고 말을 걸었죠. 나는 그에게 내 불운한 처지를 길게 이야기했어요. 파란 사람**의 대답은 분명하고 직설적이고 솔직했지요. 그는 나를 괴롭히는 병

---

\* Tuareg: 베르베르어를 쓰는 사하라 사막의 유목 민족 가운데 하나.

\*\* 투아레그인이다. 전통 복장의 파란 색깔에 기인한 것이다.

을 잘 알고 있었어요. 이 슬픔과 이것의 치유법을 아주 잘 알고 있었죠. 그도 투아레그인으로서 이것으로 인해 고통을 겪었던 겁니다.

사하라와 사헬을 비탄에 잠기게 한 큰 가뭄 후에 그는 많은 동향인들, 즉 파란 사람들처럼 남쪽으로 내려갔대요. 아내와 세 명의 자식을 데리고 도시에서 도시로 떠돌아다녔던 거죠. 코토누Cotonou, 로메Lomé, 아비장Abidjan을 전전하면서 구걸을 했다지요. 하지만 도처가 '노예들'이었다는 거예요. (그는 흑인을 가리키기 위해 '노예'라는 말을 사용한 것에 대해 용서를 구했어요. 투아레그 언어에서는 동일한 어휘가 흑인과 노예를 나타낸다나요.) 그러니까 해안 도시들 어디에서나 흑인들(노예들)이 그들 사막 사람들에게 잠자고 먹고 입고 여행할 수단을 준 것이었죠. 하지만 결코 선심을 쓴 것은 아니었어요. 동냥을 주는 것과 선심을 쓰는 것은 상이한 몸짓이죠. 선심을 쓰는 것은 온정의 실현이고 동냥을 주는 것은 끈질긴 걸인을 떨쳐버리기 위해 의무감으로 하는 것이죠. 의무감에 의해 버리듯이 주는 것으로만 살아온 탓으로, 주는 사람들의 몸짓에서 마음을 맞이하러 가는 마음을 결코 발견하지 못한 탓으로 그는 내게 고통을 주는 병, 절망, '아프리카 비관론'으로 괴로워했었지요.

그는 자신의 고향 땅 사헬과 사하라로 거슬러 올라가서 부족의 위대한 방황을 다시 시작했지요. 그러고는 완전히 치유되었어요. 절망을 치유하는 것으로는 사막밖에 없지요. 사막은 무한 공간이기 때문이죠. 모래 언덕의 정적, 수많은 별을 뿌려놓은 밤하늘 덕분이죠. 분명히 커다란 절망에서 구해줄 환경이 아니고 뭐겠어요. 사막에서는 강을 범람하게 만들까 봐 두려워할 필요 없이 울 수 있었던 거죠. 어떤 자연도 사막만큼 명상하기 좋은 곳은 아니지요. 이런 곡절로 위대한 예언자는 모두 사막에서 태어났던 겁니다.

내게 접근해서 나를 위로한 이 파란 사람은 성이 울드였어요 (몇 가지 이름이 있었는데 울드와 비슷했지요). 울드는 사막을 횡단하기 위해 카라반을 준비했지요. 니아메에서 알제Alger로 가기 위해서였죠. 왜 카라반에 들어가지 않느냐고 그가 내게 물었지요. 왜 알제로 가지 않느냐고 말이죠. 알제는 세계의 문이라고 그가 단언했어요. 알제에서 메카, 카이로, 튀니스, 카사블랑카, 파리, 로마로 가는 것은 쉽다는 거였죠. 투아레그 사람은 잠시 입을 다물었어요. 나뭇잎을 신나게 흔들어대는 바람과 물길을 따라 흐르는 나이저강에 귀를 기울이기 위해서였죠. 그리고 무엇보다도 나를 바라보기 위해서였어요. 나는 그가 피력한 의견 때문에 혼란스러웠죠. 많은 것에 관해 자문하게 되었답니다.

왜 알제로 갈 생각을 하지 않은 거지? 알제에서 파리로 올라갈 거야. 파리에서 나의 중요한 비밀 계획 가운데 하나를 실행할 거야. 공부를 재개할 거야. 졸업장을 철갑처럼 두르고 카메룬으로, 바밀레케 고장으로, 또한 황금 해안으로, 쿠아시크로 마을로 다시 내려갈 수 있을 거야. 파남* 프랑스어, 옥스퍼드 영어를 능숙하게 구사하겠지. 반드시 내 자식들을 되찾을 수

---

* Paname: 구어로 파리를 가리킨다.

있을 거야. 정신분석학, 심리학, 사회학, 민족학, 관용 어법에 관해 모든 것을 알게 되겠지. 이 덕분으로 송가이족에게서 황금의 정령을 넘어 또 다른 신으로 환생할 수 있을 거야…… 확실히 나는 카라반에 끼어야 했지요. 모험을 시도하기 위해 당장 낙타 대금을 현금으로 치르기로 결심했어요.

광대무변한 사막에서 카라반은 온종일 길게 이어졌어. 살람*을 위해서만 멈췄지. 금전을 노리는 약탈자들과 탐욕스러운 투아레그 사람들을 자극하지 않기 위해 탐험가 르네 카이예René Caillié처럼 마클레디오도 독실한 회교도로 개종했어. 매우 심한 사막의 궁핍에 그는 진절머리가 났지. 코란의 장들을 큰 소리로 읊게 되었어. 왜 사하라가 위인들을 끌었고 그들을 신비주의자로 변모시켰는지 이해했지. 저녁이면 난롯가에서 차를 마셨어. 별이 총총한 밤하늘 아래 잠이 들었지.

다섯번째 아침에 마클레디오는 행복한…… 매우 행복한 느낌이 들었어. 네 아들과 다시 만났던 거야. 그는 진짜 정령이 들린 신비주의자였지. 마침내 운명의 인간을 찾아냈어. 그에게 운명의 인간은 사막의 파란 사람이었지. 그는 파란 사람의 우스꽝스러운 옷차림을 보고 친구 울드를 떠올렸어…… 갑자기 어떤 괴로운 결핍감에 사로잡혔다. 운명의 인간이 그에게서 멀어지고 그를 피했어. 그는 말을 타고, 낙타를 타고, 헤엄을 쳐서 운명의 인간을 쫓아갔지. 나이저강의 흙탕물을 한 모금 삼

---

* salam: 평화라는 뜻의 아랍어. 다양한 인사말에 쓰인다.

켰어. 쓰디쓴 맛이었지. 숨이 막히고 죽을 것 같았어. 비명을 질렀죠…… 그러고는 깨어났어요. 조수가 덧붙인다.

그는 기분이 좋지 않았지. 기진맥진했어. 엄지발가락에서 목까지 근육통이 심했지. 머리가 무거웠어. 입이 바싹 말라 혀가 잘 돌지 않았지. 두 눈을 감고 정신을 차리려고 해보았어. 상황 판단을 정확히 하려고 시도했지. 매일 저녁처럼 전날 저녁에도 다른 낙타 짐꾼들과 함께 차를 나눠 마셨다는 기억이 났어. 너무 마셨다고 자책했다는 기억도 났지. 하지만 왜 동료들이 새벽에 나를 깨우지 않았지? 다른 날 아침처럼 첫번째 살람을 위해 말이야. 왜지? 그는 눈을 크게 떴어. 그리고…… 소스라쳐 비명을 지르고 벌떡 일어났지! 혼자, 혼자였어! 그의 주위에는 모래밭, 모래 언덕, 사막, 광막한 사막뿐이었어. 카라반 전체가 사라진 거야. 동료들이 그의 금화와 낙타를 가지고 자취를 감췄어. 여행에 필요한 물품으로 약간의 마른 비스킷과 한 가죽 부대의 물만 남겨져 있었지. 마클레디오는 전날 파란 사람들이 그에게 아끼지 않은 조언, 사막에서 길을 잃은 사람이 꼭 알아야 할 최소한의 예방 조치와 경험적 지식을 기억했어. 태양이 작열할 때에는 모래 언덕의 그늘에 웅크려 있고 밤에 별자리를 보고 걸어야 한다는 거죠. 조수가 보충한다.

나는 여러 밤 동안 걸었지요. 꿈인지 신기루인지 결코 기억하지 못할 텐데요, 달 밝은 어느 저녁 오아시스가 가깝다는 낌새를 느꼈어요. 잠에서 깨어나 움직이고자 했죠. 불가능했어요……

천막 안에 갇혀 있었기 때문이야. 그가 무엇을 했었지? 그는 어디에 있었어? 그는 모든 노예처럼 공손한 태도를 배워야 한다는 대답을 들었지. 낙타 구유 근처에서 오아시스의 못에 빠진 상태로 발견되었던 거야. 사슬에 묶였어. 이제부터 이 고장의 지배자, 셰흐* 마호메트 카라미 울드 마야바, 투아레그족의 왕에게 귀속되었지. 셰흐의 여섯번째 흑인 노예였어. 탕약을 그의 목으로 흘려 넣기 시작했지. 흑인의 의지를 꺾고 흑인에게 노예의 영혼을 갖도록 하는 탕약이었어. 주술사의 묘약이 혼합된 낙타 젖이지. 6주가 채 지나지 않아 마클레디오는 체념했어. 순종하는 것으로 보였지. 그에게서 쇠사슬을 제거했어. 그는 여왕, 살리 왕비, 셰흐의 유일한 아내를 섬기게 되었지.

왕비는 매우 살이 쪄서 코끼리 같아! 투아레그족에게서 왕녀의 교육은 확실히 세계에서 가장 정성을 쏟아야 하는 까다로운 것이야. 코란의 암송과 하프의 연주를 가르쳐. 하지만 아주 조금만이지. 교육의 핵심은 지독하게 엄한 할머니가 맡아 하는 부분이야.

할머니는 자신의 일곱 살 손녀를 떠맡아. 매일 아침 이 여자아이가 잠을 깨면 그녀의 검지, 엄지, 약지를 두 나무 방망이 사이에 끼워 넣지. 그러고는 온 힘을 다해 가장 악의적으로 나무 방망이를 조여 손가락을 으스러뜨려. 어린것은 온 동심으로 울부짖고 눈물을 흘려. 응고시킨 우유를 열량이 높은 식품과 함께 내놓지. 여자아이는 이것들을 꾸역꾸역 삼키지. 할머니가 죄기를 느슨하게 하고 고문을 멈추도록 말이야. 거위처럼 그녀

---

* cheikh: 부족장이라는 뜻이다.

에게 음식을 억지로 많이 먹여. 그녀는 잔뜩 먹고 진저리 쳐. 유제품을 토해내. 할머니는 화를 내고 손녀를 마구 때려. 고문을 재개해. 피학대 아동은 먹고 삼키고 포식하지. 몸이 부풀어. 날마다 몸집이 불어나. 순식간에 새끼 코끼리 두 마리의 부피에 달하게 되지. 노예 없이는 씻을 수도 움직일 수도 없어. 바로 그때에야 아직 열세 살도 안 되었지만 결혼하기 좋은 상태가 되는 것이죠. 티에쿠라가 덧붙인다.

어느 날 밤 달이 두둥실 떠오르자 실처럼 야윈 파란 남자가 어린 왕녀의 천막 안으로 슬그머니 들여보내져. 그녀가 그에게 하프를 연주해. 진정한 왕자는 약혼녀의 몸집이 자신의 몸집보다 열 배 더 클 때에만 그녀에게 접근해.

살리 카라미 부인은 진정한 왕비였어. 노예 네 명이 그녀를 섬겼지. 둘은 거세당한 남자였고 둘은 여자였어. 마클레디오로 하인의 정원이 다 찼지. 거세당한 남자와 흑인 여자 노예 들은 온종일 왕비의 주위에서 부지런히 움직였어. 그녀에게 음식을 먹이고 그녀의 몸을 돌려 씻었지. 하지만 몸 전체를 씻는 경우는 드물었어. 왕비는 일 년에 한 번만 목욕을 해. 마클레디오는 천막의 입구를 지켰지. 특히 부족이 사막에서 끝없이 떠돌아다니는 동안에는 왕비를 낙타 등 위의 가마 안으로 올리고 내리는 일을 도맡았어. 쉽지 않았지.

왕비는 사막에서 가장 아름다운 여자로 찬탄이 자자했어요. 하지만 거대한 연체동물 같은 여자 앞에서 황홀경에 빠지기 위해서는 추수 후 세 달이 지난 산의 볏짚처럼 야위고 마른 파란 남자이어야 했어요. 조수가 덧붙인다.

무사(투아레그인들은 왕비를 섬기는 첫번째 거세당한 남자를 이 이름으로 부르죠), 그래요, 무사가 나 마클레디오에게 이야기하기를 내가 도착하기 일주일 전에 왕비의 천막에서 악취가 났다는 거예요. 천막 안이나 왕비에게 썩은 것이 있는지 모든 이가 3일 동안 찾았으나 헛수고였대요. 카림 왕이 몸소 우리 흑인 포로를 도우러 왔지요. 우리는 함께 왕비의 쿠션들을 들어 올리고 하나씩 청소해요. 경악할 일이고말고요! 완전히 부패한 작은 살무사 한 마리, 유선형 등뼈가 쿠션들 사이에서 발견돼요. 강력한 이빨로 물어 치명적인 독을 주입하기 전에 질식했던 거죠.

왕비는 사막에서 가장 재능 있는 악사로 칭송받았어. 하지만 모래 언덕만큼 단조로운 소나타를 감상하기 위해서는 사막의 남자, 정적과 무한 공간의 남자이어야 했지. 그녀는 자신의 남편을 위해, 특히 자신의 많은 연인들을 위해 온종일 하프를 뜯었어. 실제로 왕비의 마음에 들려고 애쓰는 남자들이 많았지. 남편이 천막에서 나가자마자, 연인 중의 하나가 몰래 들어오고는 문턱에 신발을 놓음으로써 아무도 들어오지 못하게 하곤 했어. 다른 누구도, 심지어는 남편도 더 이상 그를 쫓아내거나 그들을 성가시게 할 수 없었지. 투아레그족의 예의범절에 따르면 부인이 남자와 함께 있는 천막 안으로 들어가는 것은 모든 남자에게, 심지어 남편에게도 금지되어 있어.

왕이 부재할 때 왕비는 하루에 세 명까지 연인을 차례로 맞이하는 일이 드물지 않았지. 마클레디오는 상습적으로 훔쳐보는 자로서 천막의 모든 틈새로 유심히 살핀 덕분에, 지나치게 야윈 투아레그 남자들이 왕비를 움직이게 하는 기술을 결국 터득하기에 이르렀어.

어느 날 오후(물론 왕이 부재하고 어떤 신발 한 켤레도 문턱에 놓여 있지 않아 천막 안으로 들어가는 것이 금지되지 않았지요) 왕비가 나 마클레디오를 불러들여요. 나는 문턱에 내 삼바라*를 놓음으로써 누가 천막 안으로 들어오지 못하게 해요. 내가 보는 것이요? 묘사할 수가 없어요. 정말 독특해요! 세계에서 가장 굵은 다리가 공중으로 뻗어 있어요. 가장 통통한 엉덩이가 양탄자 위에 놓여 있고요. 한가운데에는…… 그저 행성을 떠올리게 하는 한 여자가 덩그러니 앉아 있어요. 흑인 여자 노예가 청소하고 있는 중이죠. 파리들이 빙빙 날아다녀요. 희미한 빛 속에서 가느다란 목소리가 들려와요. 내게 실행하라고, 즉각 실현하라고, 신속하게 단행하라고 명령하는 왕비의 목소리죠.

내가 예상했던 일이 아니었어요. 나는 준비가 되어 있지 않았지요. 이해하는 데 시간이 걸리고 말을 더듬어요. 노예의 처지인지라 선택의 여지가 없어요. 명령에 복종하고 세계에서 가장 뚱뚱한 배, 행성 위에서 움직이고 (야무수크로Yamoussoukro 사원의 둥근 지붕 위에서 회색도마뱀이 기어가듯이) 기기 시작해요. 내 자신이 보잘것없다는, 가소롭다는 느낌이 들어요. 그렇다는 생각을 하게 돼요. 내 자지가 기껏해야 쉼표만큼밖에 깊이 들어가지 않으니까요.

---

* sambaras: 샌들처럼 간편한 신발.

내려와서 바닥에 발을 딛자 표면에 머무르고 간신히 간질이기밖에 하지 못했다는 생각에 혼란스럽고 부끄럽고 실망스러워요. 정말 뜻밖에도 왕비는 나를 칭찬해요. 즐겼다는, 짜릿했다는 거예요. 그날부터 왕이 사막에서 돌아다니기 위해 자리를 비울 때마다 거의 강박적으로 나를 기어오르게 해요. 나 또한 파리들을 쫓고 기어오르는 것이 좋지 뭡니까.

자네는 밤에 천막 뒤에서 한 흑인 하녀를 희롱하곤 했지. 그녀가 질투 때문에 왕에게 알렸어. 카림은 너그러웠지. 자기 아내에게 아무 말도 하지 않았어. 투아레그족의 예의범절에서는 아내가 노예와 부적절한 행위를 벌인 것에 대해 남편이 비난할 수 없게 되어 있지. 흑인 여자는 확실히 그들이 희희낙락하는 중에 주인에게 알렸을 거야. 실제로 사막의 천막들 사이에서 부족의 모든 남자가 (투아레그족은 일처다부제야) 어떤 여자와도 일을 벌일 수 있어.

마클레디오는 계속 둥근 지붕 위에서 회색도마뱀 노릇을 했지. 심지어는 원하고 좋아하기까지 했어. 어느 날 밤 자신이 찾고 있는 사람(그에게 운명의 남자 또는 여자인 사람)이 결국 그에게 그토록 짜릿함을 맛보인 이 연체동물이 아닐까 자문했지. 그렇다고 생각하기 시작했어. 심지어는 인정하기 시작했지. 왕비가 임신 중이라고 알렸을 때였어. 그녀는 드물지만 자신의 노예 연인에게 속내 이야기를 털어놓기도 했던 거야. 마클레디오는 소스라쳤지. 모래 바닥으로 뛰어내렸어. 염려스러워, 매우 심각해! 실제로 투아레그족의 남자는 아내에게 속을 때 입이 무겁다 해도 아내가 흑백 혼혈아를 출산할 때는 갓난아이와 흑인 노예의 목을 자르지. 마클레디오는 머무르기로, 참수당하기로, 결코 떠나지 않기로 결심했어. 뚱뚱한 배와 이 배 속의 아기를 사랑했지. 이 아기, 다섯째 자식을 보고 사막에서 죽고 싶었어.

이것이 나의 숙명이려니 했어요. 누구도 자신의 운명을 피할 수 없다는 생각이 들었지요. 마클레디오가 보충한다.

카림 왕이 셰흐로서 지배하는 오아시스는 알제리와 니제르, 리비아의 경계에 위치해 있었지. (그 시기의 아프리카 대륙에서는 국가들이 고유한 명칭보다는 오히려 독재자의 호칭으로 더 잘 알려져 있었어. 알제리는 부메딘, 니제르는 쿤체, 리비아는 카다피가 독재자였다는 것을 서둘러 상기하자.) 이 세 독재 권력은 제각기 오아시스를 자기네 땅이라고 주장했어. 때때로 정찰대를 보냈지.

하늘이 사막을 창조한 이래 투아레그족에게 수익을 가져다줄 수 있었던 유일한 활동은 약탈이야. 그들은 사헬의 흑인 마을에 갑자기 나타나 불과 피를 흩뿌리고 여자, 어린아이, 남자, 가축, 재물을 탈취하고 광막한 사막으로 사라져. 독립과 식민지 군대의 철수로 말미암아 약탈이 증가했어. 투아레그족은 니제르와 말리의 흑인 정권을 받아들이고 싶지 않았지. 니제르의 정찰대가 오아시스로 빈번히 파견되었고 갈수록 예민해졌어. 셰흐 카림은 이 정찰대가 나타났다는 보고를 받고 마클레디오를 숨겼어. 어느 날 아침 셰흐가 부재할 때 정찰대가 느닷없이 들이닥쳤지. 다짜고짜로 천막들 쪽으로 돌진했어. 마클레디오를 발견했지. 그는 여전히 자신이 감탄하고 숭배하는 배 주위에서 파리를 쫓고 있었어. 원주민 보병들이 사정없이 그를 악습에서 떼어내 천막 밖으로 끌어내고는 그에게 자유의 몸이라고 알려주었지.

—나는 자유의 몸이고 싶지 않았어요. 내 자식을 잉태하고 있는 뚱뚱한 배를 단념할 생각이 전혀 없었죠. 내 운명의 인간은 여자라고, 무어 여자라고 생각했지요. 내 운명은 평생 노예로 사는 것이었어요. 이것을 확인하고 싶었죠. 마클레디오가 설명한다.

원주민 보병들은 자네의 이유, 한탄, 탄식, 불평에 냉담했어. 자네가 납치당했다는 것을 알고 있었지. 납치범들이 체포되었어. 자네의 옷가지와 특히 자네의 물신도 압수되었지. 자네의 옷가지를 돌려받았고 자네는 북쪽으로, 알제 라 블랑슈*로 출발하는 정찰대에 '무력으로' 맡겨졌어. (알제리 민주공화국의 독재자는 이름이 부메딘이었지.)

원주민 보병들은 작은 봉지, 금화가 들어 있는 마클레디오의 돈주머니를 물신이라 불렀지. 응고된 피와 깃털로 뒤덮여 있었기 때문이야. 그들은 이것을 아주 조심스럽게 다루었어. 감히 열어보려고 하지 않았지. 이것을 내용물 전체, 훔친 금화 전부와 함께 쿠아시크로에게 되돌려 주었어.

---

* Alger la Blanche: 알제리의 수도 알제를 가리킨다. 'la Blanche'가 붙은 이유는 아마도 1986년 시릴 콜라르(Cyril Collard, 1957~1993) 감독이 만든 동명의 영화에 대한 기억 때문일 것이다. 문자 그대로 옮긴다면 '하얀 도시 알제'쯤이 될 것이다.

파리에서 마클레디오는 부유했지. 니아메에서처럼 부유했어. 니아메에서처럼 큰 재산이 있었지. 하지만 기세가 좋은 적극적인 마음은 없었어. 대학 입학 자격시험을 네 번 치렀으나 영어와 수학 때문에 네 번 다 실패했지. 대학 졸업장 없이 아프리카로 돌아갈 수는 없었으므로 동양어 학교*에 응시했어. 교장이 그를 받아주었지. 그러고는 카비에Kabié어, 콘콤바Konkomba어, 다카Daka어, 캉가Kanga어, 바밀레케어, 말린케어, 하우사어, 아샨티Ashanti어, 키르디Kirdi어, 투아레그어, 베르베르어, 보보Bobo어, 세누포어, 초퀘Tshokwé어, 그 밖에도 학교의 인간 언어 등록부에 올라와 있지 않은 열 가지 다른 팔레오니그리티크어들을 구사할 줄 안다고 주저하지 않고 말했지. 교장은 망설이지 않고 그에게 졸업 증서를 수여했어. 팔레오니그리티크 문명에 관한 석사 논문을 준비하도록 허가했지.

나는 때 묻은 프랑스 도서관들에서 매우 오랜 나날을 보내면서 중요한 발견을 했지요. "팔레오니그리티크 문명은 가장 오래된 아프리카 문명일 뿐만 아니라 대표적인 문명이기도 하다. 이 문명은 도처에 흔적을 남겼지만, 섬처럼 고립된 산악 지방, 세네갈에서도 기복이 심한 지역, 나이저강 굽이의 낭떠러지, 부아데벤과 가나 그리고 토고와 베냉의 북쪽 산악 지대, 나이지리아의 바우치Bauchi 지방, 수단의 코르도판Kordofan 지방, 아프리카 대★호수 지역에서만 보존되어 있을 뿐이다. 팔레오

---

* École des Langues Orientales: 서구 이외의 언어와 문명을 가르치는 프랑스의 고등 교육 기관이다.

들은 전사 국가들의 영향력에서 벗어나기 위해 이 외진 곳으로 도피했다. 이 지역의 팔레오들은 단 하나의 동질적인 문명, 옛날에 아프리카의 대부분을 포괄한 문명의 모든 공통점을 내보이고 있다. 이는 발굴된 유물들로 확인 가능하다. 섬처럼 고립된 산악 지방과 피난처는 보존 구역이었다. 실제로 민족들은 매우 다양하지만 저마다 공동의 조상에서 갈라져 나왔다고 단언한다. 이 민족들 사이에는 명백한 유사점이 실재했고 실재하고 있다. 독립할 즈음까지도 그들은 모두 벌거벗고 살았다. 여자들이 나뭇잎으로 몸을 가리고 남자들이 기다란 광주리 또는 호리병박 음경 싸개를 차는 것은 부끄러운 부위를 가리기 위해서가 아니었다. 그것은 일종의 주술 행위였다. 그들은 효과적인 기술로 집약 농업을 실행했다. 또한 모두가 뛰어난 건축의 재간을 지니고 있었다. 이 문명은 호전적인 유목 부족, 즉 베르베르족, 만딩고족, 반투족, 함Ham족, 닐로트Nilot족, 줄루Zulu족에 의해 파괴되었다."

마클레디오의 석사 논문 지도 교수는 연구의 얼개를 검토하고는 실망을 감추지 않았어. 여러 쪽에 걸쳐 표절하는 것으로 그쳤다고 자네를 비난했지. 석사 논문에 표현된 모든 착상이 20세기 초부터 잘 알려져 있다는 것이었죠. 조수가 설명한다. 그렇지만 교수는 작성을 계속하라고 자네에게 요구했어. 자네는 팔레오니그리티크 민족의 다양한 방언 사이에서 관련성을 확립할 수 있는 최초이자 유일한 연구자로 길이 남을 수 있다는 것이었지.

마클레디오는 오아시스에서 나온 이후로 피갈 쪽으로 아주

가끔씩 돌아다니기는 했지만 엄격한 자숙의 시간을 갖고 있었어. 석사 학위 논문의 집필에 전념하고 있을 때였지. 국제 학생 기숙사 구역의 어느 여자 종업원이 자신에게 눈이 뒤집혔다는 것을 알아차렸어. 그녀는 그의 접시를 음식으로 매우 자주, 그리고 다른 아프리카 대학생들의 접시보다 훨씬 더 많이 채워주었지. 마클레디오는 배부르게 해준 데에 대한 고마움의 표시로 이 여자 종업원을 방문하기로 결심했어.

그녀는 샤를레티 경기장 근처에서 방 세 개짜리 임대 아파트에 살고 있었지. 마클레디오는 동정심을 유발하고 싶었어. 자신의 불행에 관해 지칠 줄 모르고 말했지. 카메룬에서, 황금 해안에서, 사하라의 모래 언덕에서 포기한 자식들과 무어 여자의 거대한 엉덩이에 대한 위로할 수 없는 향수를 그녀에게 이야기했어. 그가 울었지. 그녀가 그를 위로했어. 그가 계속 울었지. 여종업원도 얼굴 위로 방울방울 눈물을 흘렸어. 어찌나 많은 눈물을 흘렸는지 마클레디오가 오히려 위로를 했어. 그녀는 정말로 너그러웠지. 눈물이 너무 많았어. 침실로 들어와서도 침대에서 계속 울었지. 마클레디오도 침대 시트 안으로 들어갔어. 그들은 같이 울었지. 서로 어찌나 꽉 껴안았던지 네번째 임신과 여섯번째 아기라는 결과가 불가피하게 초래되었어. 아주 잘생긴 남자아이였지.


그늘진 나무 아래에 도착하여 걸음을 멈추고 쉬는 여행자를 본받자. 소라가 말한다. 그러고는 코라를 뜯는다. 코르두아가 몇 분 동안 춤을 춘다. 빙고가 다음의 속담을 읊조린다.

'상처에 앉았다가 죽은 파리는 마땅히 죽어야 할 곳에서 죽은 것이다.'

'단 하나의 시름 때문에 배가 단방에 찢어지지는 않는다.'

'낙타 암컷은 순결했을 때부터 자신의 마른 엉덩이와 오래도록 함께했다.'


# 13


아! 티에쿠라. 어느 날 저녁 마클레디오는 세 칸짜리 아파트에서 갓난애에게 기저귀를 채우면서 자신의 여섯째 아들이나 지도 교수 가운데 누가 자신에게 운명의 인간인지 골똘히 자문하고 있었어. 텔레비전의 역사 회고 특집 프로그램에서는 응쿠티기가 부부*를 걸치고 격론을 벌이는 모습을 클로즈업으로 보여주고 있었지. 여전히 흰옷 입는 남자로 불리는 응쿠티기 폰디오는 산토끼가 토템이었어. 산봉우리 공화국의 독재자였지. 이 흰옷 남자는 아프리카와 인간의 존엄성에 관해 기염을 토했어. 세상 사람들 앞에서 드골 장군을 마주 보고 단호한 반대를 부르짖었지. 프랑스 공동체에 대한 반대! 프랑스에 대한 반대! 신新식민주의에 대한 반대! 흰옷 남자는 산봉우리 공화국을 위해 복종 속에서의 풍요보다 자유 속에서의 빈곤을 선

---

* boubou: 아프리카 흑인의 길고 헐렁한 웃옷.

호한다는 거였어. 이러한 취지의 말을 여러 차례 외쳤지.

명백히 흰옷 남자 웅쿠티기는 목소리, 언변, 신장, 열정, 부부와 챙 없는 군모軍帽의 흰색이 운명의 인간에 걸맞았어. 흰옷 남자는 모든 흑인 지식인들에게 근엄하고 비장한 호소를 하면서 연설을 마쳤지. 산봉우리 공화국의 수도에서 자신과 만나 서아프리카에서 제대로 된 최초의 독립 국가를 세우고 황제 사모리*의 원수를 갚자고 그들에게 호소했어.

아! 티에쿠라. 사람은 누구나 살아생전에 자신만을 위한 음식에 관해 잘못 생각하는 일이 일어나지. 하지만 자신에게로 향하게 되어 있는 말에 관해서는 결코 착각하지 않아. 웅쿠티기는 바로 마클레디오에게 말을 걸었던 거야. 이를 마클레디오는 곧장 깨달았어. 몹시 감격해서 울기 시작했지. 응답하지 않을 수 없었어.

마클레디오는 석사 논문 작성이 지지부진했지. 웅쿠티기 폰디오의 호소는 좋은 기회였어. 그는 석사 논문을 마무리하지 않고, 석사 논문을 제출하지 않고 아프리카로 돌아갔지. 부끄러워할 것이 하나도 없었어. 석사 논문의 초고만을 들고 산봉우리 공화국 수도의 공항에 내릴 수 있었지. 쿠스쿠스가 입맛에 맞으면 따뜻할 때 먹어야죠. 조수가 덧붙인다.

어느 월요일 아침 마클레디오와 마리크리스틴(대학 식당 여종업원의 이름이었지) 그리고 그들의 자식이 산봉우리 공화국

---

* 알마미 사모리 투레(Almamy Samory Touré, 1830~1900)이다. 그는 와술루 제국의 창설자로서 서아프리카가 프랑스의 식민지로 떨어지는 것에 극렬하게 저항했다.

수도의 공항에 내렸어. 그날 저녁 응쿠티기가 마클레디오를 불러들였지. 그런데 부름받은 사람의 예상과는 달리 그는 정중한 인사를 받자마자 곧바로 최초의 흑인 문명에 관한 석사 논문의 몇몇 착상을 비판하기 시작했지. 그러니까 모든 것을 알고 있었던 거야.

자네는 이 독재자 앞에서 그의 용모와 의기에 넋을 잃었어. 변설은 또 얼마나 뛰어난지! 교양도 몹시 고상해! 불굴의 투지는 또 어떻고! 자네는 응쿠티기가 운명의 인간이라고 생각하고 단언했지. 자네에게 운명의 인간은 응쿠티기일 수밖에 없다고 확언하고 믿었어.

마클레디오는 이 폭군에게 그가 자신의 운명의 인간이라는 확신을 용감하게 알렸지. 흰옷 남자는 마클레디오의 선언에 그다지 깊은 인상을 받은 것 같지는 않았어. 이 폭군은 날마다 유사한 찬탄과 친근감, 복종의 말을 들었을 테니까요. 조수가 보충한다.

독재자는 마클레디오에게 그를 산봉우리 공화국 수도의 라디오 방송국 부사장으로 임명한다고 말했지. 마클레디오는 대통령의 호의에 감사를 표하고 그에게 충성을 맹세했어. 최고의 희생도 불사하겠다는 것이었지. 마클레디오는 논설위원으로서의 세번째 라디오 방송 후에도 대통령궁에 호출되는 영광을 누렸어. 독재자의 찬사 가득한 평가를 받을 자격이 있었지. 하지만 독재자는 그에게 자신이 민족주의자, 흑인, 예전 식민지 피지배자로서 갖고 있는 신념과 그가 유럽 여자와 결혼한 것이 어울리지 않는다고 조심스럽게 지적했어.

마클레디오는 망설이지 않았지. 아프리카와 흑인의 존엄성을 위해 아내와 결별하기로 마음먹었어. 마리크리스틴은 두말할 것도 없었지. 회한도 주저도 없었어. 자신의 어린 흑인 아이를 그의 아버지에게 맡기고는 바로 그날 저녁에 귀환 비행기를 탔지. 산봉우리 공화국의 수도에서 흑인 고위 관리의 아내이기보다는 오히려 파리의 대학 기숙사에서 여종업원으로 남는 것을 훨씬 선호했던 거야. 아프리카, 산봉우리 공화국, 응쿠티기, 더위, 요컨대 흑인들을 좋아하지 않았고 동정심에서 마클레디오와 아이를 낳은 것에 대해 후회했던 거지.

흰옷 남자는 열정적이고 매력적인 사람이었어. 마클레디오는 이를 날마다 확인했지. 그에게 온전히 귀속하고 싶었어. 응쿠티기가 그에게 자신의 첩들 가운데 한 명을 배우자로 주면서 요구하자 이슬람교로 개종했지. 마클레디오는 이 여자를 좋아하지 않았지만 자기 운명의 인간이 거느린 첩 가운데 한 명과 같이 사는 것을 영광으로 여겼어. 그는 자기 아내의 주선으로 응쿠티기의 측근, 심복, 식구가 되었지. 응쿠티기는 그를 라디오 방송국의 이데올로기 책임자로 발탁했어. 중요한 직위였지. 실제로 정보부 장관보다 높은 자리였어. 산봉우리 공화국의 사회주의 체제에서는 모반 없는 반년이 없었지. 몇몇 모반은 독재자 자신이 꾸몄어. 흔히 점술가와 주술사가 알려주는 우발적이고 잠재적인 반대자를 제거하기 위해서였지. 응쿠티기는 이슬람교를 믿고 사회주의를 신봉하면서도 아프리카의 전통적인 관행(주술과 희생, 부적)을 일상생활에서 배제하지 않았어. 마클레디오의 주된 임무는, 주술사와 주물사의 점술에서 나왔기 때문에 합리적인 증거가 없는 행위에 합리적인 정당화의 발단을 가져다주는 표현과 거짓말 그리고 냉소주의와 웅변을 창안하는 것이었지.

마클레디오는 많은 상상력과 재능을 발휘하여 좋은 결과를 얻었어. 하나에서 열까지 그가 상상한 것이었지만 경찰과 법원 그리고 당과 국제 언론에게는 사실, 진짜 모반의 실제 양상이 되었지요. 조수가 보충한다. 희생자들이 고문 도구에 질려 마클레디오의 이야기를 그대로 되풀이했어. 거기에 다양한 세부 사항을 가미하기도 했지. 결국 그것을 사실임직하고 논리적이고 명백한 것으로 만들었어.

아! 티에쿠라. 진실과 거짓말은 결코 서로 멀리 떨어져 있지 않단다. 진실이 이기는 경우는 드물지. 마클레디오의 거짓말은 지어낸 이에게조차 확고한 진실이 되었어. 거짓말의 장본인도 결국은 모반의 골자를 상상했다기보다는 오히려 간파했다고 믿어버렸던 거야.

흰옷 남자는 모반자를 죽이는 것으로 그치지 않았어. 사형수의 미망인과 동침했지. 미망인의 남편을 처형하거나 목매달아 죽인 바로 그날 밤에 말이야. 바로 그날 밤, 그들이 남편의 죽음으로 여전히 공황 상태일 때였어. 늘 쾌락이나 사디즘 때문인 것은 아니었지. 필요해서, 의무감에 의해서이기도 했어. 이 신성한 의례(한 여자의 남편이 총살당한 순간에 그녀의 침대에 있는 것)는 산토끼 토템의 흰옷 남자에게 희생자들의 정기精氣를 흡수하게 해주었지. 그러니까 그가 동침하고 싶은 여자의 남편을 살해하기 위해 여러 음모를 꾸며냈다는 것은 사실이 아니야. 아니고말고! 반란자의 죽음으로부터 최대한 이익을 얻기 위해 이 여자들의 모반자 남편을 처형한 날 밤에 주술적인 이유로 여자들을 탐했다는 것이 맞는 말이지.

마클레디오는 최고 책임자(산봉우리 공화국의 독재자가 가장 좋아한 호칭은 바로 이것이었지)와 여자를 공유했어. 흔히는 숙식을 함께했지. 측근 중 하나였어. 자신은 폭군의 망상증으로부터 충분히 보호받고 있다고 믿었어. 이 잘못된 생각으로 비싼 대가를 치렀지. 어느 날 저녁 마클레디오가 유달리 강한 어조로……

─어느 날 저녁 내가 매국노들, 제국주의의 앞잡이들을 비방하고 있을 때, 최고 책임자가 확립한 진정으로 아프리카적인 유일한 체제를 무너뜨리려는 의도밖에 없는 자들 모두에게 알라신이 예정해놓은 지옥의 고통이 닥칠 것이라고 예언하고 있을 때 방송실의 문이 느닷없이 열렸어요…… 그러고는 독재자의 친동생 폰디오 장관이 방송실 안으로 들이닥치지 뭡니까. 장관은 나를 밀어내고 내 자리를 차지해요. 그러고는 새로운 음모에 연루된 자들의 긴 목록을 읽기 시작해요! 72명의 이름이 열거되어요. 나 마클레디오, 내가 좋은 자리를 차지하고 있더군요. 다섯번째에요!


카바코 수용소는 산봉우리 공화국의 수도 동쪽에 위치한 막사였지. 어느 여자 나병 환자의 퇴락한 전통 가옥에는 고문실을 제외하고 모든 것이 있었어. 고문 기술자들이 작업실로 부르는 고문실은 다른 곳에 초현대적인 시설과 장비를 갖추고 있었지.

모든 정치범처럼 마클레디오도 먼저 작업실을 거쳤어. 거기에서 매질하기, 약한 불로 발바닥 지지기, 손톱 뽑기, 그 밖에도 물고문과 전기 고문 등을 당했지. 마음이 약해지지는 않았어…… 말하지 않았지.

그는 결연히 계속해서 웅쿠티기를 좋아했어. 그에게 웅쿠티기는 여전히 운명의 인간이었지. 자신의 운명의 인간을 제거하려는 음모에 가담했다고 인정할 사람이 어디 있겠는가! 그는 웅쿠티기에 대한 상상적 음모에 조금이라도 결탁했다는 것을 인정하려 들지 않아. 고문 기술자들은 그에게 온갖 가혹 행위를 극도로 잔인하게 자행해. 자네 마클레디오는 그들의 문초에도 불구하고 어떤 것도 인정하지 않지. 그러다가 마침내 의식 불명 상태에 빠져. 누군가가 자네의 포승을 풀어. 자네에게서 전기 고문의 전원을 차단해. 자네를 어느 감방 안으로 던져넣어. 의사와 간호사 들이 와서 자네를 둘러싸고 극성을 떨어. 자네를 되살려내는 데 성공하지. 일주일도 지나지 않아 자네는 체력을 회복해. 새로운 신문, 새로운 고문을 받아도 좋을 정도가 된 거야.

사람들이 자네를 작업실로 돌려보내. 자리에 앉히고 묶어. 자네에게 전원을 연결해. 이틀 밤낮 동안 자네를 고문해…… 아무런 성과가 없어. 자네는 여전히 말하기를 거부해. 웅쿠티기에 대해, 흰옷 남자에 대해 적의를 내보이지 않아. 자신이 최고 책임자에 대해 불충하다고 공개적으로 언명하느니 차라리 고문으로 죽는 것을 택할 거야. 고문이 계속돼. 자네가 두번째로 의식을 잃어. 두번째로 의사와 간호사 들이 자네를 치료해.
자네의 기운을 회복시켜. 자네가 세번째 신문, 새로운 고문을
받을 수 있도록 말이야.

자네가 세번째로 고문실로 들어가. 고문 기술자들이 자네에
게 전류를 흘려 보내려고 준비해. 바로 그때 전화가 울려. 응쿠
티기가 몸소 전화를 걸어 온 거야. 독재자의 목소리를 알아본
고문 기술자들이 일제히 '혁명을 위하여'라고 외치고는 완벽한
차렷 자세를 취해. 최고 책임자는 마클레디오와 통화하고 싶어
해. 국가의 절대적인 지배자와 고문당하는 자네 사이의 통화가
허물없고 우호적이고 정답고 심지어 일상적인 어조로 이루어
져. 독재자가 자네에 대한 신뢰를 되찾고 자네를 격려해. 자네
에게 호소해. "각자 자기 자리에서 자신의 의무, 아프리카에 대
한, 흑인과 사회주의에 대한 자신의 의무를 다해야" 한다고 단
언해. 그는 상고르Léopold Sédar Senghor의 다음과 같은 시행의 낭
송으로 자신의 발언을 끝내.


'나처럼 검은 사바나, 재탄생을 준비하는 죽음의 불'


자네는 털썩 주저앉아 거의 15분 동안 어린아이처럼 울기
시작해. 이유를 납득하지 못한 채로 말이야. 그러고는 고문 기
술자들에게 멈추라고 요구해. 녹음기를 요청해. 자네의 진술이
녹음돼. 자네는 단숨에 이야기를 꾸며내. 이것을 국영 라디오
방송과 경찰 그리고 다수의 국제 언론이 손질하고 보완하고 미
화하고 마침내 비비의 엉덩이만큼 단단하게 만들어. 위대한 인

민 혁명 재판소가 얼기설기 짜인 이야기를 부인할 수 없는 사실로 간주하고는 마클레디오 자네에게, 그리고 공동 피고 92명에게 사형을 선고해.

자네가 상고르의 그 시행을 듣고서 무너진 이유를 자네는 결코 아무에게도 설명한 적이 없어. 어떤 상황에서 그 시행이 자네와 독재자 사이의 암호가 되었다고 밝히는 것으로 그쳤지. 늘 그랬어.

자신의 사회주의 공화국에서 응쿠티기는 으뜸 축구 선수, 최고의 의사, 가장 우수한 농민, 가장 좋은 남편, 가장 독실하고 가장 훌륭한 회교도 등으로 불렸어. 온갖 찬사 중에서도 자신을 자기 나라에서 가장 재능 있는 작가, 가장 위대한 시인으로 규정짓는 것을 좋아했죠. 조수가 단언한다.

산봉우리 공화국의 수도에서 라디오 방송국의 아나운서는 하루 세 번의 뉴스 시간 전에 최고 책임자의 몇몇 시편을 읽었어. 감흥 없는 것들이었지. 흰옷 남자는 불면증 환자이자 보잘것없는 시인이었어. 서류를 검토하는 틈틈이 초등학생 학습장에 몇 줄 끄적거렸지. 이것을 대통령 비서실에서 시편이나 금언으로 규정짓고는 모아서 호화로운 표지의 책으로 출판했어. 이러한 책들은 오로지 산봉우리 공화국의 학교와 교습소, 대학에서만 읽히고 연구되고 주석이 달리곤 했지. 독재자는 마클레디오에게 그들의 첫 만남에서 어떤 시를 좋아하는지 물었어. 마클레디오는 망설이지 않고 상고르의 다음 시행을 말했었지.

'나처럼 검은 사바나, 재탄생을 준비하는 죽음의 불'

그것은 마클레디오의 실수였어. 독재자의 금언 가운데 하나를 인용하지 않았던 거야. 그날 응쿠티기, 흰옷 남자는 눈살을 찌푸리지 않았었지. 그저 세네갈 반동분자의 시를 높이 평가하지 않는다고 표명할 따름이었어. 마클레디오는 이 사소한 사건이 종결되었다고 생각했지. 잊어버렸어. 그 만남 이후 1년이 지나 독재자가 어느 날 밤 그를 불러 그에게 이 시행을 낭송하고 흑인종의 실정에 관해 흑인이 쓴 가장 아름다운 시를 알게 해준 것에 대해 감사를 표했을 때 놀라움이 어땠을지 짐작조차 할 수 없었지. 두 대화자는 모든 전등을 껐어. 어둠 속에서 이야기를 나누었지. 무슨 이야기였는지 둘 중 누구도 전혀 밝히지 않았어. 자네 마클레디오는 독재자에게 충성을 맹세했지. 자네가 흔들리고 가공의 이야기를 꾸며내기에 이른 것은 바로 이 만남, 주고받은 발언, 충성의 맹세에 대한 회상 때문이었어. 이 가상의 이야기에 힘입어 인민 재판소는 자네에게 (자네와 공동 수감자들에게) 사형 선고를 내릴 수 있게 되었지.

게다가 사형은 이 재판소가 선고할 수 있는 유일한 형벌이었어. 하지만 형벌이 집행되는 경우는 드물었지. 응쿠티기는 정치범들이 감방 안에서 자신의 대소변에 파묻혀 굶주림, 목마름으로 죽게 내버려두는 것을 선호했지요. 티에쿠라가 보충한다. 그래서 고문과 처음 몇 달의 끔찍한 수감 환경에서 살아남은 마클레디오와 공동 수감자들은 계속해서 희망을 가졌어. 혹시 다가올지 모르는 독재자의 사면을 계속 기다렸던 거지. 이 희망은 어느 월요일 아침 갑자기 사라졌어.

새벽 4시에 누군가가 우리를 깨우더라고요. 마클레디오가 설명한다. 우리에게 푸짐한 아침 식사를 대접해요. 우리를 줄지어 묶고는 군용 트럭에 짐짝처럼 실어요. 우리는 사격장에서 하차해요. 우리를 기다리고 있는 73개 기둥에 신속하게 묶여요. 총살 집행 소대에 사격 명령이 막 내려질 판이죠. 느닷없이 한 장교가 지프를 타고 나타나요. 그는 헐떡거리면서 땀을 줄줄 흘려요. 그가 말을 걸어요. 나를 찾아요. 나를 부르더군요. "마클레디오를 풀어줘, 전화를 받아야 하니까" 하고 장교가 지시해요. 내가 수화기를 들어요. 응쿠티기, 독재자, 흰옷 남자가 몸소 전화를 걸어온 거죠. 그가 내게, 가슴이 고동치는 나, 죽음을 기다리는 나에게 침착하게 이야기해요. 차분한 목소리로 조금의 서두름도 없이 나의 배반에도 불구하고 여전히 나를 친구, 혁명가, 아프리카 애국자로 생각한다고 표명하지요. 앞으로도 평생 나를 신뢰할 것이라고 다부지게 단언해요. 내게 한마디 끼어들 틈도 주지 않고서 상고르의 아름다운 시행을 낭송해요.

'나처럼 검은 사바나, …… 죽음의 불'

나는 시행을 끝까지 들을 시간이 없어요. 일제 사격하는 소리가 울려요. 나의 공동 수감자 일흔두 명이 방금 총살당한 것이죠. 나는 급히 수화기 쪽으로 달려가 울부짖어요. 독재자에게 욕설을 퍼부어요.

— 개자식! 파보로!* 암캐 어미! 어디 맘대로 해봐, 거짓말쟁이 살인범아! 네 부하들에게 나를 다른 이들처럼 죽이라고 명령해. 살인자! 그래, 넌 살인자야!

나는 평정을 되찾아 그의 반응에 귀를 기울여요. 전화기에서 통화 중 소리가 울려요. 그는 내 말을 듣지 못했어요. 통화가 끊어진 거죠. 독재자는 시행을 읊고는 수화기를 내려놓았지요. 나는 눈물에 젖어 혼자 빈 트럭들 중 하나에 올라타 카바코 수용소로 돌아가요. 불행했어요.

아! 티에쿠라. 왜 하필이면 그 월요일 아침에 그러한 대량 학살이 일어난 거지? 그러게요, 스승님. 코르두아가 대꾸한다······

응쿠티기 폰디오는 광대한 아프리카 대륙 전역에서 단 한 사람만을 호적수로 인정했어. 티에코로니, 중절모에 키 작고 교활한 늙은이였지. 그는 중절모 남자로 불렸어. 악어가 그의 토템이었지. 그는 흑단 공화국의 독재자였어. 그의 세력권에서는 파소Fasso의 숫양이나 아프리카의 현자로 불렸지. 실제로 독재자가 수도 없이 많은 아프리카에서 응쿠티기와 교활한 늙은이 티에코로니는 생긴 모습이 서로 다르면서도 행동 방식에서는 서로 아주 쏙 닮은 두 폭군이었어.

흰옷 남자는 사바나의 말린케족답게 키가 컸고 중절모 남자 티에코로니는 산림 지대의 부족답게 키가 작았지. 이렇게 신장의 차이가 크게 난다고 해서 성격이 정반대이지는 않았어. 둘

---

* favoro: 호의, 은혜, 총애, 특별 배려 등을 의미하는 에스페란토 낱말, 아마도 반어적인 의미로 쓰인 듯하다.

다 오만하고 완고한 독재자였어요. 코르두아가 덧붙인다.

흰옷 남자는 1년 내내 서아프리카의 전통 의상을 입었어. 챙없는 군모에 부부를 걸쳤지. 티에코로니는 중절모에 넥타이를 매고 유럽식 스리피스 양복을 입었어. 상이한 옷차림에 어떤 의미도 없었지. 전혀 없었어. 다 위장이었으니까. 둘 다 각자의 의상 아래에 언제나 주물 주술사의 호신 부적을 감추고 있었죠. 조수가 설명한다.

흰옷 남자는 종교상의 실천 의무를 지키는 독실한 회교도였지. 자신의 나라를 이슬람 공화국으로 변모시켰어. 티에코로니는 가톨릭 신자였지. 자신의 고향 마을에 로마를 제외하고 가장 호화로운 교당敎堂을 세웠어. 신앙에서의 이러한 대립은 순전히 형식적일 따름이었지.

그들은 둘 다 근본적으로 정령 숭배자였죠. 조수가 덧붙인다.

흰옷 남자는 사회주의자였고 동방 진영의 아첨과 찬사, 지원을 받았어. 서방 진영은 자본주의자인 티에코로니 편이었지. 사상에서의 이러한 대립은 두 체제의 정치 조직에 어떤 영향도 미치지 않았어.

두 나라의 국민은 자유를 말살하는 기만적인 일당제의 부패한 지도자에게 내맡겨졌어요. 티에쿠라가 덧붙인다.

요컨대 두 국부, 두 일당제 대통령을 구별 짓는 것은 무엇일까? 두 독재자를 구별하고 구분하는 것은 믿음이었지. 종교상의 믿음이 아니라(우리가 말했듯이 그들은 겉모습에도 불구하고 둘 다 주물사였어) 말과 사람, 특히 흑인에 대한 믿음이었어. 흰옷 남자는 말과 사람 그리고 흑인을 믿었지. 그래서 응쿠티기에게 독립에 대처하는 것은 모든 백인(기술자이건 아니건)을 어떤 흑인으로건 대체하는 것을 의미했어.

교활한 귀족 정치 옹호자 티에코로니는 말과 사람 그리고 특히 흑인을 믿지 않았지. 그에게 아프리카 독립 공화국을 관리하는 것은 백인에게 책임을 맡기고 흑인의 자유를 속박하고 고개를 드는 내국인을 때때로 때려잡는 데 있었어.

아! 티에쿠라. 결국 누구의 말이 맞았고 누가 이겼는지 알아? 티에코로니야. 중절모에 키 작고 교활한 늙은이 말이야. 인생에서 두 사람 가운데 한 사람을 선택해야 할 때에는 항상 사람을 믿지 않는 사람, 믿음이 없는 사람에게 가담해라. 산봉우리 공화국의 굶주린 사람들, 서아프리카의 굶주린 사람들은 모두 티에코로니의 흑단 공화국, 난민을 받아들이는 평화의 땅쪽으로 향해 가지.

흑단 공화국의 어떤 사람도 산봉우리 공화국, 당당한 흑인의 나라에 합류하고 싶어 하지 않았죠. 조수가 보충한다.

확실히, 티에쿠라, 결국 대중의 인기를 끄는 것은 언제나 거짓말이야. 티에코로니는 집단 기만에 힘입어 자기 자신을 실제와는 정반대되는 모습으로, 즉 현자로, 청렴한 사람으로, 인간의 피를 결코 한 방울도 흘리게 하지 않는 사람 등으로 보이게 하는 데 성공했어. 흰옷 남자는 잔인한 독재자, 과대망상증 환자, 열광자, 종족주의자, 사디스트의 적나라한 모습으로 말미암아 자신의 나라를 생기 없게 내팽개치는 사람으로 보였지.

흰옷 남자와 티에코로니는 온갖 전선에서 서로 싸웠어. 모욕, 무기, 정보기관, 축구 등 온갖 수단을 동원했지. 상상할 수 있는 모든 물질적이고 가시적인 수단을 이용했어. 그렇지만 상대방을 없애는 데 성공하지는 못했어. 패자도 승자도 없었지. 그래서 상위의 영역, 비가시적인 것들, 주술, 마법, 희생의 영역에서 대결하기로 작심했어. 거기에서도 역시 패자도 승자도 없었지.

바로 그때 티에코로니의 주물 주술사 가운데 한 사람이 싸움이 한창일 때 자본주의 진영을 떠났어. 그는 이름이 부카리였지. 흑인의 존엄성을 위해 과학적 사회주의에 가담했어. 부카리가 티에코로니와 자본주의를 위해 해낸 비밀공작과 수색, 작업을 응쿠티기에게 알려주었지.

아프리카에서 사회주의의 기회가 소멸되었어. 응쿠티기의 미래가 암담해졌지. 티에코로니가 갖가지 종류의 짐승을 넉넉하게 희생의 제물로 내놓음으로 말미암아 좋은 성과를 올렸던 거야. 자본주의의 미래로부터 아프리카를 지키고 인간에 의한 인간의 착취로부터 아프리카를 구하기 위해서는 티에코로니보다 잘해야 했어. 인신 공희를 실행해야 했지. 부카리는 사회주의의 지도자에게 파소의 숫양이 일흔한번째 생일을 맞이하는 날 사람 일흔 한 명을 제물로 바치라고 권유했어. 10월 18일 새벽 흰옷 남자는 마클레디오의 공동 수감자들 일흔한 명을 총살하게 했지…… 합리주의적 사회주의의 승리를 위해 그렇게 한 거죠. 조수가 덧붙인다.

─나 마클레디오, 나는 응쿠티기의 말에 어찌나 정신이 혼미했던지 일흔 명의 다른 공동 수감자처럼 고결한 대의大義를 위해 나를 죽이지 않은 것에 대해 그에게 약간 원한을 품었

어요.

산봉우리 공화국의 독재자가 총살당한 자 일흔한 명의 원기를 자기 것으로 만들기 위해 10월 18일 밤 비탄에 빠진 미망인 일흔한 명에게 치근거렸는지는 누구도 확인하지 않았지! 자네 역시 결코 알지 못했어.

그런 곡절로 마클레디오 자네는 혼자 카바코 수용소로 되돌아갔지. 아침마다 잠을 깼을 때 막사를 끝에서 끝까지 혼자 돌아다녔어. 총살당한 자들의 비어 있는 초라한 침대 앞에 엎드려 그들 각자의 이름을 부르고 눈물을 흘리며 기도했지. 양심의 가책을 받았어. 결코 마음의 평정을 유지할 수가 없는 거야. 가상의 이야기를 꾸며낸 것에 대해 계속 자책해. 검사 측이 그것을 이용해서 무고한 이들에게 유죄 선고를 받게 했으니까 말이야. 자네는 자신이 과대망상증 주물사인 독재자 못지않게 대량 학살의 죄를 저질렀다고 판단하고 있지. 독재자가 자네의 거짓말에 보수를 지불하기 위해 자네를 살려놓았다고 생각한 거야. 그러한 불미스러운 인생을 살고 싶지 않았어. 자살하고자 했지. 목숨을 끊기 전에 자식들의 소식을 기다렸지. 특히 막내, 어린 혼혈아의 소식을 기다렸어. 하지만 웅쿠티기의 교도소로는 어떤 것도 새어 들거나 새어 나가지 않았지. 수형자는 가족으로부터 어떤 소식도 들을 수 없었고 가족은 수감자에 관한 어떤 정보도 얻을 수 없었어. 모든 나날이 다 비슷했지. 달력을 포함해 외부와의 접촉이 부재한 탓으로 카바코 수용소의 수인囚人은 결국 시간 감각을 잃어버렸어. 이 수인은 자신이 과대망상증 독재자의 아량을 기대하고 바라는 데 들인 날수, 달

수, 햇수를 마침내 잊어버렸지.

어느 날 아침 자네는 오랫동안 망설인 끝에 간신히 용기를 냈어. 지부를 책임지고 있는 준위에게로 자신을 데려다달라고 교도관에게 부탁한 거야. 준위는 평상시와 다르게 자네를 상냥하게 맞이했지. 자네가 청하지도 않았는데 전화를 내밀었어. 자네는 자신의 귀를 의심하지 않을 수 없었지! 응쿠티기, 흰옷 남자가 몸소 전화를 걸어왔어. 독재자가 허물없이 "어떻게 지내나 친구?" 하고 자네에게 말을 거는 거야. 자네는 깜짝 놀라 수화기를 떨어뜨리고 교도관을 기다리지도 않고 교도소로 되돌아가기 위해 미친 사람처럼 달려. 사방이 벽인 감방에서 후회했지. 다음의 시행을 외치지 못한 것이 아쉬웠던 거야.

'나처럼 검은 사바나, 재탄생을 준비하는 죽음의 불'

—며칠 후에 교도관이 나 마클레디오, 나를 찾으러 왔어요. 수용소를 통솔하는 장교가 나를 소환한 거죠. 지휘관은 내게 무릎을 꿇으라고 명했지요. 최고 책임자의 인도주의, 도량, 알라신과 사회주의 혁명에 대한 믿음, 지혜, 민족주의…… 등을 칭송하라는 것이었죠. 그러고는 목소리를 높여 허풍스레 말했어요. "응쿠티기께서 당신을 석방하라신다."

골프 공화국의 대통령, 프리카사 산토스 대통령이 혁명과 지혜 그리고 아프리카 민족주의의 경험을 배우기 위해 산봉우리 공화국을 방문했었지. 응쿠티기 대통령은 손님에게 자신의 전집에다가 마클레디오의 석방을 선물했던 거야.

나는 면도하고 새 옷을 입은 말끔한 모습으로 군용 트럭을 타요. 트럭이 공항의 에이프런으로 접어들더니 이윽고 비행기의 트랩 하단에 도착하죠. 관제탑의 명령에 따라 비행기가 구름 너머로 날아가지 않고 산봉우리 공화국의 수도 위에서 여러 차례 맴돌아요. 조종사가 관제탑과 주고받는 교신에서 내 이름이 세 번 언급되더라고요. 비행기가 돌아와서 착륙하고는 활주로 끝에서 기다려요. 나는 무서워해요. 가슴이 두근거려요. 응쿠티기의 잔혹성을 익히 알고 있으니까요. 그가 나를 죽일 생각이면서도 가학 취미 때문에 내게 희망을 갖도록 한다는 것이 내 생각이죠. 하지만 대통령 의전 국장이 무장 헌병을 동반하고 기체 안으로 올라와요. 그들이 내 좌석 쪽으로 다가와서 내게 커다란 꾸러미를 건네줘요. 내가 열에 들떠 꾸러미에 붙어 있는 봉투를 뜯어봐요. 응쿠티기의 전집이라는군요. 저자가 헌정한다는 겁니다. 헌사에서 응쿠티기는 아프리카에 사회주의가 도래하는 데 일조한 것에 대해 나에게 사의를 표하기도 하죠. 헌사는 다음의 시행으로 끝나요.

'나처럼 검은 사바나, 재탄생을 준비하는 죽음의 불'

그리고 흰옷 남자는 내게 전집의 제4권 100쪽의 마지막 단락을 읽어보라고 공손하게 당부하죠. 묘한 긴장감 속에서 나는 꾸러미를 뜯고 쪽수가 지시된 책을 꺼내 그 단락을 읽어요. 이 독재자의 작품이 전부 그렇듯이 그 단락도 역시 너무 기교적이고 과장된 문체더라고요. 그 단락에 **자유**라는 단어가 네

번 나와요. 나는 그토록 애호되고 남용되는 이 단어를 사바나, 불, 죽음, 재탄생으로 재미 삼아 대체해봐요. 의도가 엿보여요. 모든 것이 명백해져요. 신앙과 토템 숭배를 감안하면 흰옷 남자는 내 정반대 노로, 상쇄하는 노로의 보유자가 아니었고 그런 노로의 보유자일 수도 없었어요. 독재자는 내 운명의 인간이 아니었죠. 나는 탐색을 계속해야 했어요. 이것이 산봉우리 공화국의 국가원수가 내게 전하고 싶어 한 의미였죠. 나는 이 것을 확인했죠. 웬일인지 안도의 한숨이 나왔어요. 털끝만큼의 회한도 없이 산봉우리 공화국의 수도를 떠날 수 있었죠. 언젠가 다시 오려는 어떤 의도도 없었어요. 비행기에서 내려다본 웅쿠티기의 수도는 몹시도 지저분했지요. 다시 돌아올 욕망을 조금이라도 지니고서 이 도시를 떠난 사람은 눈을 씻고 찾아봐도 없을 정도죠.

그런 곡절로 마클레디오 자네는 그토록 오랜 편력을 끝내고 고향으로 돌아왔지. 이 드넓고 다양한 아프리카에서 운명의 인간을 만나지 못한 상태였어. 속옷만 달랑 두른 빈털터리로 말일세. 웅쿠티기 폰디오, 흰옷 남자, 산봉우리 공화국의 냉혹한 독재자의 전집만이 유일한 재산이었지.

흰옷 남자의 작품 40권을 다 외운다 해도 산봉우리 공화국밖에서는 어느 곳에서도 지식으로 쳐주지 않았을 거야. 골프 공화국의 공무원 세계에서 이 독재자의 작품들은 고용되는 데 필요한 자격증으로의 가치가 전혀 없었어. 자네가 한도 끝도 없이 여기저기 알아보고 부탁한 후에야 라디오 방송국에서 자네를 자유 계약자로 받아들였지. 일주일에 두 번 자네는 아프리카의 위대한 인물들에 관한 한담 프로그램을 진행했어. 이 프로그램이 큰 성공을 거두었지.

코야가 당신과 동료들, 무장 폭동에 가담한 리카온들은 라디오 방송국에서 바로 이 사람과 조우했던 거예요. 조수 티에쿠라가 마무리한다.

그 어떤 행진도 언젠가는 끝나기 마련이지. 이번 야회는 여기까지야. 소라가 이렇게 언명하고는 마지막 곡을 연주한다. 티에쿠라는 피리를 불고 춤을 춘다. 빙고가 운명에 관한 마지막 속담을 읊조린다.

'살게 되어 있는 사람은 아무리 절구통에 넣고 짓이겨도 살아남는다.'

'반드시 너를 맞히리라는 것을 네가 알고 있는 어떤 화살도 다만 네 배를 튀어나오게 하여 그 한가운데를 맞힐 뿐이다.'

'목에 오라를 진 사람이라도 죽은 사람 곁을 지날 때에는 걸음걸이를 바꾸고 자신을 위해 전능한 존재가 마련해놓은 운명에 대해 알라신께 감사한다.'

# 야회 IV

소라가 전주곡을 연주한다. 코르두아는 우스꽝스럽고 음란한 익살에 여념이 없다.

그만, 티에쿠라. 이 네번째 야회 동안에는 권력에 관한 속담을 말할 것이니라. 잘 기억해두어라. 그 이유는 다음과 같아.

'권력은 좋은 것이 아니라고 생각하는 사람이 있다면 그는 권력을 행사한 적이 한 번도 없는 사람이다.'

'강자가 길을 점유하고 있을 때 약자는 당연히 관목림 안으로 들어선다.'

'북소리의 끝자락에 들려오는 처절한 절규는 피통치자 한 사람만의 것이 아니다.'

## 14

아! 티에쿠라, 우리는 피와 술의 악취에 취한 리카온들이 공화국 대통령 장루이 크뤼네, 공안위원회 위원장 레조, 국회의장 티마, 장관 다섯 명, 정당 서기장 네 명을 살해하고 거세한 직후에 머물러 있거나 그 이튿날로 넘어가고 있어. 리카온들이

여전히 헐떡거려. 피와 술에 굶주리고 몹시 흥분한 상태야. 그
들은 방아쇠에 손가락을 끼우고 길을 분주히 뛰어다녀. 자신들
의 권위에 반기를 들 소지가 있는 모든 이를 살해하고 거세할
각오로 말이야. 자네 코야가는 그들에게 우선 병영으로 돌아가
라고 명령하고 그들을 진정시켜. 그런 다음에 정당들과 의견을
나눠. 좋은 상상력이야. 목줄 한 개를 마당에 두고서 자기 집으
로 사람을 초대하지 않는 법이니까요. 코르두아가 보충한다.

그러고 나서 자네는 오른편에 마클레디오를 앉히고서 모든
정당의 책임자들과 의견을 나누었지. 모든 이를 맞아들였어.
거국일치 내각을 구성했지. 평온과 고요가 회복되었어. 공포로
인해 나라에 평온과 평화가 돌아온 거지. 자네가 이겼어. 승리
에 힘입어 사냥꾼의 처신을 발휘했지.

자네는 자신이 쓰러뜨린 희생물을 즉석에서 뜨거울 때 먹지
않는 왕뱀 종족에 속한 사냥의 명수야. 가금 사육장에서 탈취
한 어린 수탉을 판야나무 우듬지의 자기 둥지에서만 맛있게 먹
는 독수리 종족에 속하기도 하지.

자네가 권력이라는 제물을 차게 먹으러 올라간 곳은 자네가
태어나는 것을 본 북부, 팔레오 고장의 산악 지방이야. 당신이
방금 살해와 거세를 통해 획득한 골프 공화국의 최고 권력을
말입니다. 티에쿠라가 말을 잇는다.

팔레오 고장의 산악 지방에서 자네는 성역에 있었어. 자네의
어머니 마법사와 주술사 보카노, 보좌관 마클레디오가 자네와
함께 성역에 모여 있었지. 자네들 네 명은 모두 제단 앞에 웅크
리고 앉아 비밀 집회 중이었어. 제단 위에는 조상의 혼령에게

바친 풍부한 감사의 제물에서 김이 나고 있었지. 자네들은 폐부에서 우러나오는 기도, 간절한 애원을 읊조렸어. 더 잘 고무해주고 도와주고 보호해주고 국민과 국가의 바람직한 관리의 길로 더 잘 이끌어달라고 조상의 혼령에게 당부했지. 자네들의 기도가 이루어졌어. 자네들의 제물이 받아들여졌지.

그래요, 온전히 받아들여진 거죠. 코르두아가 맞장구친다. 느닷없이 누군가가 성역의 덧문을 밀어. 늙은 여자 마법사가 들어와서 무릎을 꿇고 자기를 소개해. 그러고는 관례적인 인사말을 하지도 변죽을 울리지도 않고 대뜸 이상한 꿈에 대해 이야기하기 시작해. 지난밤 이 꿈 때문에 잠을 설쳤다는 거야. 자네 코야가, 자네가 사냥꾼의 복장과 도구를 온전히 갖추고 나타났다는 거지. 권력의 온갖 표징이 달린 준마를 타고서 말이야. 꿈속에서 자네가 관목림 안으로 들어서자마자 가공하고 비정한 포식 동물들이 자네를 둘러싸고 가로막는 것을 보았다는 거야. 각 육식 동물이 차례로 자네에게 사냥감을 갑자기 덮치고 덫으로 붙잡을 술책과 장소를 가르쳐주었다는 거지. 꿈을 꾼 여자는 사막의 자칼, 사바나의 하이에나, 독수리, 표범을 분명히 알아보았어. 다른 위험한 짐승들이 멀리에서, 자네로부터 족히 50여 걸음 떨어진 곳에서 곡예사 무리의 원무처럼 빙빙 돌고 울었는데, 그녀는 그것들이 어떤 짐승들인지 분간하기가 어려웠다는 거야.

해몽에 정통한 주술사, 꿈으로 점을 치는 보카노가 손재간을 부려 모래밭에 기호를 그려. 이것을 통해 노파의 꿈에 대한 해석이 드러나.

정치는 사냥과 같지. 정계에 진출하는 것은 사냥꾼들의 결사에 가입하는 것과 같아. 사냥꾼이 활동하는 넓은 관목림은 정치의 공간, 정치의 세계처럼 광막하고 비인간적이고 비정해. 풋내기 사냥꾼은 관목림을 드나들기 전에 으뜸 사냥꾼들의 학교로 가서 그들의 말에 귀를 기울이고 그들에게 탄복하면서 사냥에 입문하지. 코야가 자네는 입문 여행을 하지 않고, 전제 정치의 대가에게 까다로운 독재의 기술을 문의하지 않고서는 어떤 통치 행위도 해서는 안 돼. 우선 여행이 자네에게 필요해. 전제주의와 일당제의 대가, 자유를 말살하는 아프리카의 동서남북에서 가장 명망이 높은 국가원수를 만나고 그들의 말을 경청할 필요가 있어.

꿈속에 나타난 사막의 자칼은 북아프리카 산악 지대의 지배자를 방문하는 것이 자네에게 필요하다는 것을 의미했어. 토템이 자칼이거나 자칼만큼 사기꾼인 독재자를 말이죠. 티에쿠라가 말을 보탠다. 표범이 나타난 것은 자네가 서아프리카 기니 만의 일당제 지배자를 만나야 한다는 것을 의미했지. 표범이 토템이거나 표범만큼 사나운 폭군을 말이에요. 조수가 덧붙인다. 독수리는 중앙아프리카 산림 지대의 독재자를 만나야 한다는 의미었어. 독수리가 토템이거나 독수리만큼 게걸스러운 독재자를 말이야. 하이에나는 동아프리카의 일당제 지배자지. 하이에나가 토템이고 하이에나만큼 어리석고 사악한 폭군을 말하는 거죠. 코르두아가 보충한다. 그리고 표범*은 큰 강

---

* 앞의 표범은 panthère이고 여기에서는 léopard이다. 노파의 꿈속에서는 네 가

을 따라 형성된 넓고 울창한 산림 지대의 독재자야. 표범이 토
템이고 표범만큼 냉혹한 폭군을 가리키죠. 티에쿠라가 맞장구
친다.

자네 코야가, 자네는 망설임 없이 입문 여행으로 자네의 통
치, 자네의 지배를 시작하기로 결심해. 산악 지방에서 내려와
수도에 도착하고는 자네의 지휘 비행기를 전세 내게 해.

자네는 두 줄로 늘어선 의전 행렬을 사열한 후에 트랩을 향
해 가는 중이야. 대사 한 사람이 진로를 막고 자신을 소개해.
그는 악어 토템 독재자의 전권 대사야. 그가 풋내기 국가원수
인 자네에게 기존의 규칙과 절차를 알려줘. 수십 년 전부터 옛
아프리카의 독재자 겸 일당제 지배자들이 지켜온 것들이지. 악
어는 가장 오래된 육상 동물로 불리고 인정받는 만큼 신출내기
국가원수는 예외 없이 악어 토템 독재자의 나라를 맨 먼저 방
문하게 되어 있어. 맞아요, 그것은 당신이 어겨서는 안 되는 규
칙이죠. 티에쿠라가 덧붙인다.

자네는 첫번째 방문, 악어 토템 독재자 방문을 위해 출발하
고자 하는데, 자네가 두 걸음도 옮기기 전에 또 다른 대사가
두 줄의 의전 행렬에서 튀어나와. 그가 외교적으로 자네에게
접근해 자신을 소개하지. 그는 왕뱀 토템 원수의 전권 대사야.
이 왕뱀 토템 원수가 아프리카의 구원자로서 쌓은 경험으로 목
을 축이러 가지 않고서 순방을 할 수는 없는 노릇이지.

자네가 마침내 지휘 비행기에서 국가원수 좌석에 앉고자 해.

---

지 맹수가 나타났는데, 주술사의 해몽에서는 다섯 가지로 한 가지가 늘었다.

그때 한 수행원이 아프리카의 뿔*을 다스리는 사자 토템 독재자에게서 온 전보를 내밀어. 이 전제 군주는 자신이 비록 빨강머리이고 늙어 힘이 달리지만 아프리카 대륙에서 여전히 독재자들의 왕이라는 점을 자네에게 상기시켜. 입문 여행에서 잊히거나 무시될 수 없는 왕이라는 거야.

자네를 수행하는 점술가들, 대통령 사절단에 포함된 점술가들의 근심이 세 대사의 행동으로 말끔하게 사라져. 그들이 자네를 둘러싸고 설명해. 꿈을 꾼 노파가 자신의 예언적인 꿈에서 식별할 수 없었던 포식 동물들은 악어와 왕뱀, 사자라는 거야. 꿈이 완전하게 해명돼. 이제 출발할 수 있어. 어떤 나라, 어떤 정부로 시작할지 알고 있어. 어떤 나라, 어떤 독재자로 입문 여행을 끝마칠지도 알고 있지. 비행기가 이륙해.

티에코로니, 흑단 공화국의 지배자는 악어가 토템이었어. 그는 키 작고 교활한 늙은이였지. 중절모 남자로 불렸어. 자신의 세력권에서는 파소의 숫양이나 아프리카의 현자로 부르게 했지.

비행기에서 악어 토템 독재자의 수도, 흑단 공화국의 수도를 식별하기는 어렵지 않아. 수브하처럼 이어진 일련의 석호들 끝자락에 위치해 있어. 자네가 도착하자 공항이 명랑한 흑인 남녀들로 북적거려. 그들이 열렬하고 요란하게 환호해. 자네에

---

* 홍해에서 아덴 만을 지나 아라비아 해의 서쪽으로 뻗어 있는 지역의 별칭이다. 이곳의 해안을 따라 소말리아가 위치해 있다.

게 깊은 인상을 주려는 거지. 그가 유일한 지배자, 개울의 유일한 수컷 하마라는 것, 그가 모든 것을 감행할 수 있다는 것, 그가 모든 것을 할 수 있다는 것을 자네에게 보여주기 위해서지…… 심지어는요 배설물, 잘 뽑아낸 똥을 금덩어리로 가공할 수도 있다는 것을 말입죠…… 조수가 거든다. 그는 전 영토에 걸쳐 이틀의 휴무를 공포했어. 그리고 무용수, 초등학생, 자기 공화국의 스물네 개 지방에 흩어져 있는 청년 및 여성 단체를 동원했지. 수도와 독재자의 고향 사이에 가로놓인 300킬로미터를 따라 마을의 길가에, 각 마을의 출입로에 군중이 정렬해 있었어. 각 마을에서 명랑한 무용수들이나 박수갈채하는 사람들이 양쪽에 끝없이 늘어선 길을 따라 대형 메르세데스 300대가 줄지어 지나가. 자네가 이 행렬의 선두에 서서 독재자의 고향 파소에 도착해.

파소는 야릇한 도시야.

어느 날 독재자가 프랑스 경제학자를 파소까지 억지로 데려왔다고들 이야기해. 학문과 지혜 그리고 환경 보호로 백발이 성성한 사람이었대.

— 이봐 우리가 발전하는 속도로, 이봐 몇십 년이 지나야 내 고향 파소가 스위스의 마을과 유사해지겠나? 유럽 마을의 안락과 청결을 갖게 되겠소? 그가 경제학자에게 물었어.

— 한 세기 후에요. 경제학자가 그에게 대답했지.

— 다시 말하면 내가 죽고 나서로군.

— 그렇습니다. 경제학자가 확언했어.

— 아냐, 내 고향이 모든 유럽 마을만큼 아름다워지는 것을

지켜보지 않고는 죽을 수 없어. 내 부모와 친척이 가장 부유한 유럽인만큼 부유해지는 것을 보고 나서 죽을 거야.

악어 토템의 남자는 발전에 대한 비관적인 해석을 물리쳤지. 운명을 지배하기로 마음먹었어. 그는 나라의 주인이었지. 부자를 만들어냈어. 자기 고장의 옛 속담을 기억해냈지. 여러 가르침을 담고 있는 것이었어. 손가락 하나로 낯선 사람을 성공시킬 수 있는 사람에게 조언하는 속담이었지. 곧장 자기 자신 쪽으로 손가락 열 개를 향하게 하라는 거야. 자기 자신을 황금으로 뒤덮으라는 거지. 그런 다음에 자신의 부모와 자식에게 달려가 그들에게는 다섯 손가락을 향하게 하라는 거야. 자기 마을과 부족 사람들은 손가락 세 개로 가리키라는 거지. 그러고 나서 세계 각지로 가서 다른 사람들의 행복을 실현하라는 조언이야.

독재자는 국가의 돈으로 자기 부모와 친족, 하인들 각각을 아라비아 만의 산유국 왕족 같은 부자로 만들었어. 여전히 국가의 재원으로 자기 부족의 모든 구성원에게 세계에서 가장 부유한 선진국의 시민이 누리는 행복과 물질적 안락을 선사했지. 자기 고향 집 인근 마을의 모든 주민에게 정부에서 공짜로 별장을 한 채씩 주게 했어. 자기가 직접 넓은 가로街路의 건설 현장을 관리했지. 그의 고향을 관통하고 산림 지대와 관목림으로 연장되는 드넓은 가로였어. 모든 인간 활동에서 멀리 떨어진 관목림과 산림 지대에서 이 도로를 뱀들은 아침의 첫 햇살에 몸을 덥히기 위한 숲속의 빈터로, 원숭이들은 배변과 짝짓기 장난을 위한 공간으로 이용했지. 그는 주민들이 사는 골함석 지붕의 초라하고 낮은 가옥들 한가운데에 국가 예산의 지원을 받아 찬란하고 거대한 업적을 세우는 데에서 오는 즐거움을 주말과 밤 동안 느끼곤 했어. 박공에 금박을 입힌 관저, 대리석으로 지은 화려한 사저, 심지어는 바실리카 회당을 말이야. 마을의 하늘로 자취를 감추는 웅장한 건물들, 제비와 헌병만 들락거리고 박쥐만 찍찍거리는 장대한 건축물들을 말이야.

그는 자기 고향의 동물을 후한 인심으로 대하려는 마음에서 토템에 대해 마땅히 그래야 하듯이 특히 악어에 대해 너그러운 태도를 보였지. 전 지역의 모든 강에서 모든 도마뱀을 잡게 했어. 악어들에게 대리석으로 호수를 만들어주었지. 호수에서 악어들이 하루 세끼의 식사를 제공받아. 그의 공화국에서 많은 시민이 다음 세기 동안 결코 맛보지 못할 혜택이지.

자네를 초대한 주인이 기다리고 있는 곳은 바로 자신의 공관 곁에 악어들을 위해 파놓은 호수 앞이야. 악어 토템의 독재자는 자기 관저의 커다란 층계에, 디딤판의 대리석 바닥에 차분히 앉아 있어. 소매가 짧은 문직紋織 비단 셔츠에 가냘픈 몸매가 드러나 보여. 머리에 중절모를 쓰고 금테의 넓은 색안경으로 얼굴을 가리고 있어. 흰 플란넬 바지와 캐주얼슈즈로 자유로운 옷차림이 더할 나위 없이 우아하게 마무리돼. 독재자가 이런 차림새로 자네를 맞이하고 싶어 한 거야.

아! 티에쿠라, 코야가를 맞이하는 폭군의 행적, 돈소마나, 공적을 이야기하자.

악어 토템의 남자, 중절모 남자의 생애 이야기는 백인의 도래와 더불어 시작돼.

독화살로 정복자들을 공격하고 저지하는 아프리카 민족주의자들을 시카 쿠루라는 이름의 한 부족장이 배신해. 민족주의 전투원들이 부족장 시카 쿠루를 살해하고 그의 가족 구성원을 모조리 죽이기로 결심해. 프랑스 정복자들이 세네갈 원주민 보병 분견대에 배신자 부족장의 가족을 보호하는 임무를 맡겨. 이 분견대를 삼바 시세라는 이름의 하사가 지휘해.

삼바 시세는 사헬의 매우 유서 깊은 시세 가문 출신이야. 이 가문에서 유명한 인물이 배출되리라는 예언이 있었지. 이 가문은 여러 세기 전부터 예언의 실현을 기다리고 있어. 여러 세기 전부터 가문의 모든 분파가 유명한 인물의 탄생 또는 도래를 앞당기기 위해 값비싼 유혈의 희생물을 풍부하게 바쳐. 삼바 시세 하사, 보호 임무를 맡은 분견대의 우두머리가 배신자 시카 쿠루의 여동생과 연애를 하지. 이 연애에서 아들이 태어나. 삼바 시세는 15년의 충성스런 복무 끝에 제대하고 사헬의 고향으로 돌아가. 사헬의 점술가들이 삼바 시세에게 그가 남부에 버려둔 아들이 시세 가문의 모든 분파에서 여러 세기 전부터 기다리고 있는 사람이라고 알려줘. 삼바 시세가 부랴부랴 남부로 다시 내려가서 자기 아들을 요구해. 그는 자기 아들을 어떻게든 되찾고 싶어 해.

배신자 부족장의 민족에게서는 모권제가 우세해. 아들이 부계에 속하지 않아. 아버지는 그저 낳아준 사람일 뿐이야. 자식은 어머니에게, 어머니의 가족에 속하지. 그는 아들을 가질 수 없어. 아무도 그에게 아들을 내어주지 않을 거야. 삼바 시세 하사는 눈물을 머금고 사헬의 고향으로 되돌아가. 산림 지대의 카프라리아* 사람들에게 남겨놓은 자기 아들을 그리워하면서 말이야.

바로 이 아들이 티에코로니로 불리게 되지. 흑단 공화국의 독재자가 될 악어 토템의 남자, 중절모 남자 말이야.

이 어린아이는 학교에 다닐 권리가 있었어. 교실에서 그는 재능이 있는 학생임이 밝혀졌고 식민지 행정부의 고위 관리들을 길러내는 고레 섬의 윌리엄퐁티 학교까지 학업을 계속했지. 젊은이의 마음보다 더 기만적인 것은 없어.

젊은 티에코로니는 젊은이의 마음으로 인해 고위 관리의 길에서 방황했지. 강제 노동을 규탄하고 반박하기에 이르렀어. 젊은 혈기가 빚은 잘못이었지. 흑인들을 전진시키고 아프리카를 발전시키는 데에는 몽둥이와 강제 노동보다 더 낫고 더 인간적인 방법이 있다고 악어 토템 남자는 생각하고 믿고 쓰고 말했던 거야. 시카 쿠루 가문과 프랑스 식민지 정부 사이의 우호적인 관계를 쓸데없이 끊어놓은 과오였지. 악어 남자, 젊은 식민지 관리가 국회의원으로 선출되도록 식민지 개척자들에게 도움을 간청했을 때 그들은 이 과오를 기억했어. 아무리 그가 모든 벽보에서, 자신의 모든 선거 연설에서 시카 쿠루의 조카, 프랑스 정복자들과 협력한 부족장의 상속인이라는 신분을 공공연히 밝혀도, 그러니까 "핏줄은 속일 수 없다"고 공언해도 아무런 효과가 없었지. 이러한 환기에도 식민지 총독의 마음은 누그러지지 않았어. 총독은 공문서를 통해 비방을 계속했

---

* Cafrerie: 영어로는 Kaffraria. 남아프리카 공화국 케이프 주州 동부를 가리킨다.

어. 악어 토템의 남자는 감상벽 때문에 정부의 지원을 잃었지, 결정적으로 잃었어. 선량한 식민지 피지배자로서의 특성을 상실했지. 식민지 정부의 기관 전체가 악어 토템의 남자에 대항하기 위해 결속했음에 틀림이 없어. 실제로 그랬지. 그와 대결을 벌였어. 관목림에서 그의 동지들이 교도소로 보내졌어. 그는 변하지 않았어. 스스로 민족주의자, 반식민주의자, 맑스주의자라고 천명했지. 그리고 민중 선동의 연설에 뛰어들었어. 농민은 불행히도 그를 믿었지. 그에게 투표했어. 강제 노동의 폐지 이후에 다른 자유를 요구하기 위해 봉기했지. 전 영토를 불바다로 만든 진짜 농민 폭동이었어.

프랑스 군대의 용병들이 대중 연설가 겸 새로운 국회의원을 뒤쫓았지. 구로플레*에서 그들은 추종자 비카 다보를 사살했으나 그는 간발의 차이로 놓쳤어. 경보가 급박하게 울려. 국회의원이 도망쳐. 원숭이가 개의 아가리에 꼬리의 상당 부분을 잃고 사냥개 무리에게서 벗어날 때처럼 황급히 말이야. 필사적인 도주야. 그는 내친걸음에 바마코, 다카르, 보르도, 파리로 가게 되지. 어디에서도 몸을 숨길 은신처나 자신을 보호해줄 옹호자를 구하지 못해. 보르도와 바마코에서도 그래. 다카르와 파리에서도 마찬가지야. 추격자들 때문에 호텔 침실의 샤워 공간에서 꼼짝 못 하게 되지. 그는 기진맥진하게 돼. 누가 묻기도 전에 자진하여 환상의 포기를 선언해. 식민지 지배국 프랑스에

---

* Gouroflé: 작가가 코트디부아르의 도시 부아플레Bouaflé에서 두 철자를 바꾸어 만들어낸 상상의 도시이다. 실제로는 부아플레를 가리킨다고 볼 수 있다.

대한 자기 가족의 영원한 우의를 상기시켜. 자유주의, 자유의 진영을 선택하고 이 선택을 큰 소리로 부르짖어.

진실성에 대한 보증으로 즉시 그는 추격자들과 손에 손을 잡고 자신의 나라로 되돌아가. 수도와 주요 도시들에서 대규모 시위를 조직해. 시위에서 자유주의 이념으로의 전향, 식민지 지배자에 대한 감사, 뿌리 깊은 반공주의, 해방 전쟁과 민족 자결권에 대한 혐오를 공개적으로 밝히지. 그의 고조된 연설과 어조가 너무나 진솔해서 프랑스와 미국 그리고 서양 전체에서 그를 냉전의 첨병으로, 서아프리카 반공 투쟁의 지도자로 지칭하기에 이르러. 그의 나라는 이른바 진보주의를 표방한 두 국가 사이에 끼어 있었어. 전제주의적인 국제 공산주의의 포위에 대한 싸움에서 전략적인 위치를 차지하고 있었지.

그의 나라는 이 지역에서 자국민에게 먹을 것을 주고 도로를 건설하고 가뭄으로 사바나에서, 사헬에서 내몰린 사람들을 맞아들이는 유일한 국가가 되었어. 성공이었지! 기적이었어! 서양은 이 나라를 본보기로 만들자고 결정했지. 악어 토템의 남자를 도와 그의 위엄과 체면을 세워주기로 했어. 자유주의 진영의 입장을 옹호하기 위해 싸우는 군대의 양성과 유지를 위해 서양은 그에게 막대한 자금을 지원했지. 비아프라, 앙골라, 모잠비크, 기니, 큰 강 공화국 등 모든 분쟁 지역에서 서양에 호의적인 군대에 돈을 댔어.

그가 코야가 자네에게 알려주었지. 쿠데타를 일으키려는 자네의 의도를 사전에 알고 있었다는 거야. 이 말에 자네는 깜짝 놀랐어. 서양이, 다시 말해서 약간은 자기 자신이 자네의 쿠데타를 서방 진영의 이익에 거슬리는 것으로 판단하지 않았기 때문에 자네가 쿠데타에 성공할 수 있었다는 거지. 악어 토템의 남자, 그는 붉은 제국주의에 대한 서양의 싸움에서 장군으로 간주되고 있다는 것이었어. 전선에서는 지휘관의 명예를 훼손하지 않는 법이지. 자신에 대해 표명된 온갖 비판은 편향적인 태도로 보였다는 거야. 자신의 체제를 비난하는 이들은 모두 붉은 프롤레타리아 독재의 의식적이거나 무의식적인 지지자로 간주된다고 했어. 자기 자신과 자신의 체제는 서양 미디어가 완강하게 지켜주고 있다는 것이었지.

─우선 자네는 형제이자 친구야. 자네에게 말을 놓겠네. 내가 저녁마다 하는 산책을 함께하세. 그가 자네에게 정중한 인사말을 하면서 권유해.

자네가 놀람에서 벗어나기 전에 그가 차분하게 말을 이어.

─자네에게 도전장을 던지네. 비록 자네는 거인, 사냥꾼, 퇴역 군인이고 나는 온유한 농부, 가냘프고 작은 노인네이지만 자네에게 도전을 하네. 응전을 하게나. 우리는 걸을 거야. 도보로 내 대농장을 둘러볼 것이네. 내가 먼저 피곤해하지는 않을 것이네. 숨을 좀 돌리자고 먼저 요구할 사람이 나는 아닐 거야. 이건 확실하지.

자네는 거만한 미소를 머금어. 개미처럼 매우 작으면서도 잘난 체하는 늙은이를 머리에서 발끝까지 훑어봐. 그에게 공손히 인사하고 자네에 대한 그의 너그러운 환대와 배려에 감사를 표해. 그러고는 침착하게 대꾸하지.

—도전에 응하겠어요. 관저로 가서 옷을 갈아입거나 신발을 갈아 신지 않고 곧바로 시작하죠. 선배(악어 토템 독재자가 매우 좋아하는 별명 중의 하나야), 당신의 산책에 동참하겠습니다.

　다른 속담을 주고받을 틈도 없이 자네들은 파인애플 농장으로 이르는 오르막길로 접어들었어.

　악어 토템의 독재자는 전립샘염을 진단받았지. 그는 수술을 거부했어. 칼이 그의 몸을 가르게 되는 해에 틀림없이 죽을 것이라고 그의 주술사 겸 점술가들이 예언했었기 때문이지. 외과 의사들의 수많은 언질에도 불구하고 그는 예언과 상반되는 결정을 승인하지 않았어. 그의 비뇨기과 의사는 오래 걷기를 처방하는 것으로 그쳤지. 독재자는 건강에 좋은 이 일상적인 운동에 맛을 들였어. 그의 공화국에서는 그의 모든 행위가 신통력으로 분석되었으므로, 아첨꾼들이 서둘러 그에게 아프리카의 가장 위대한 건각健脚이라는 별명을 붙였지. 독재자는 그들의 말을 믿었어. 모든 방문객에게 이 칭호가 자신에게 어울린다는 것, 아주 잘 어울린다는 것을 증명하고자 애썼지. 친구들을 긴 산책으로 이끌지 않는 경우가 없었어. 산책 중에는 속내 이야기를 했지. 교활한 짓과 부패로 그을린 늙은 독재자다운 적절한 조언을 아끼지 않았어.

　처음 몇 걸음을 걷고 나서 독재자가 명령을 내렸지. 경호원들이 최소한의 필수 인원으로 축소되고 두 국가원수로부터 상당히 멀리 떨어져 은밀하게 뒤따라야 했어.

　자네는 긴 다리로 보폭을 넓혀서 걸어. 작은 노인네는 주인을 뒤따라 달리는 강아지처럼 잔걸음을 더욱 빠르게 할 수밖에 없지. 순식간에 자네들은 외따로 떨어졌어. 자네들 주위로 광대한 파인애플 농장의 작은 언덕들이 지평선까지 펼쳐져 있었지. 악어 토템의 독재자가 예의바르게 사과하고 해명해. 산책과 도전은 모든 귀찮은 귀로부터 멀리 떨어져 둘만의 대화를 갖기 위한 구실일 뿐이지. 그가 마치 여자에게 하듯이 자네에게 사랑의 선언을 해. 자네를 온 마음과 온몸으로 사랑한다는 거야. 자네 이전에는 결코 다른 사람에게 말하지 않은 속내 이야기를 곧 털어놓겠다는 거지. 자네가 태어난 날 처음으로 빨아들인 젖처럼 기억해두어야 할 속내 이야기를 말이야. 맹인에게 흰 지팡이가 그런 것보다 더 자네에게 자네의 독재자 경력에 유익하리라는 거지.

냉전의 독립 아프리카에서 일당제의 국가원수 겸 대통령을 위협하는 첫번째 악독한 짐승은, 하고 그가 말해(그리고 자네는 원했건 원하지 않았건 국부國父가 될 것이라고 알려줘). 국가의 정상에, 일당제의 선두에 자리한 이를 위협하는 첫번째 악독한 짐승은 경력의 초기에 국고를 개인 자금과 분리하려는 유감스러운 경향이라는 거야. 국가원수 겸 일당제 대통령 개인의 필요는 언제나 그의 국가에 유익하고 그의 공화국 및 국민의 이익과 직접적으로나 간접적으로 뒤섞이네. 그는 자기 나라에서 가장 부유한 사람으로 보여야 하지. 최고 권력을 행사하는 이가 자기 나라에서 가장 부유하고 가장 너그러운 사람으로 자처하지 않는다면 독립 아프리카에서 그를 위한 미래와 권위는 없네. 아프리카의 참되고 위대한 우두머리는 끊임없이 날마다 주는 사람이지. 자신을 방문하는 이에게 주고 자신을 방문하지 않는 이에게도 주는 사람이네. 자신을 좋아하는 이에게도 자신을 미워하는 이에게도, 궁핍하게 살아가는 가난한 이에게도 떵떵거리는 부유한 이에게도 주는 사람이네. 모든 장례, 모든 결혼, 모든 축제에 즈음하여 이 증여는 액수가 가장 많아야 하지. 공화국에서 어느 누구도 국가원수보다 더 너그러운 사람으로 공공연하게 자처하도록 허용되어서는 안 되네.

그는 자네에게 경제의 방향을 결정할 것을, 환금換金 작물의 판매로 획득된 총수익을 정직한 농민들이 손에 넣기 전에 국고로 들어가게 할 것을 권고해. 농산물 안정화 금고는 그러한 계책을 위한 아주 좋은 수단인 것으로 드러났네. 공화국으로 외화가 재유입되는 원천을 통제할 수 있게 한다네. 기금의 재원은 국고로 귀속되지. 그러고는 악어 토템의 독재자가 짓궂은 미소를 지어. 국고의 돈은 유일 정당의 수입과 섞이고 따라서 유일 정당을 이끄는 총재 겸 국가와 군대를 통솔하는 최고 수령의 개인 자금과 혼동된다는 것을 굳이 자네에게 알려줄 필요까지는 없겠지. 그가 목소리를 높이고는 바로 이것이 정의라고 덧붙여.

— 오늘날의 아프리카에서는 모든 이가 알고 인정하는 사실이네. 아프리카인은 결코 보통선거에 의해 선출된 우두머리의 계좌에 어떤 내역이 적혀 있는지 알려고 애쓸 만큼 쩨쩨하지 않네. 우리 아프리카에서는 누구도 공동체의 땅콩을 까는 것이 임무인 사람의 입이나 마을 전체가 사냥한 아구티*를 훈제로

* agouti: 열대 아프리카의 큰 설치류 동물.

만드는 사람의 입을 자세히 살피지 않는다네. 아프리카에서 우리는 우두머리들을 신뢰하네.

거의 한 시간 동안 산책이 계속되고 있어. 코야가가 한 걸음 걸을 때마다 악어 토템의 독재자는 세 걸음을 걸어. 그는 겉보기에 한 줄기, 한 방울의 피곤도 드러내지 않고 걷기를 계속해. 그러면서 계속 말해. 콧소리에 리듬이 있어. 말끝에 말이 놓여. 마치 그가 사용하는 시간이 그의 경작지처럼 끝없기라도 하는 듯해. 때때로 부하部下 관리, 국가 경영에서의 조언이 중단되고 파인애플 재배 기법에 관련된 박식한 설명이 이어지곤 해.

중절모 남자는 농부로 불리는 것을 좋아했어. 실제로 농부였지. 교활하고 쩨쩨하고 앙심을 품지만 때로는 소박하고 관대한 시골 사람의 별난 기질을 지니고 있었어. 변함없이 농부였지. 땅에 대한 사랑을 품고 있었어. 식물과 계절에 관해 잘 알고 있었지. 자신이 대농장 소유자들의 협회를 통해 최고 권력을 획득했고 유일 정당을 책임지게 되었다는 것을 결코 잊지 않았어. 물론 그가 가족 소유의 대농장으로 시작했었지만 말이야. 그 대농장은 그가 자네를 초대한 근대적 경작지, 끝이 없어 보이는 경작지와 유사하지 않았지.

악어 토템의 남자는 최고 관직에 오르자마자 대농장 소유자 조합에 소속된 조합원들을 위해 다양한 특혜를 직권으로 결정했어. 우선 직접적으로 대통령이자 농부 자신에게 돌아가는 특혜였지. 이 농사꾼은 1천 헥타르의 경작지 이외에도 기술자, 트랙터, 비료, 살충제를 전부 무료로 사용할 권리가 있었어. 독재자의 농장은 경작, 파종, 유지, 수확이 국비로 이루어졌지.

수확물은 독재자 자신의 기업을 통해 유통되었어. 농산물 안정화 금고를 거치지 않았지. 수확물의 수출을 위해 이 금고 이외의 경로를 이용할 권리는 공화국에서 오직 그에게만 있었어. 그런데도 이 금고는 지폐 자루를 대통령에게 건네주는 것이 일상 업무였지. 그 돈은 공화국 대통령과 유일 정당의 자질구레한 경비에 쓰였어. 공화국의 모든 농민은 세금이 면제되었지. 그래서 도마뱀 토템의 남자는 공화국에서 단연 으뜸가는 부호이면서도 국가의 금고에 돈* 한 푼 납입하지 않았어.

2년 전에 대통령은 외국 언론의 고약한 비판에 싫증이 나서 모든 오해의 소지를 없애기로 결심해. 대토론회를 기획해. 거기에는 비밀이 있었지. 엄청난 의식이 거행되는 동안 자신의 농장을 국가와 국민에게 기증해. 하지만 축제가 몹시 재미있고 칭송이 매우 자자해서 의식이 진행되는 동안 누구 할 것 없이 핵심을 잊어. 소유권 이전이 결코 문서로 작성되지도 서명되지도 않아. 대농장이 국민에게 귀속되고 정치적으로 국가의 재산으로 발표되지만 여전히 대통령의 사유 재산으로 남지. 모든 세금이 면제된 용익권 전체를 대통령이 혼자 사취해. 이러한 의식에도 불구하고 오해의 소지는 더 짙어지고 두루뭉수리가 될 뿐이야.

해가 저물고 있었지. 도마뱀 토템의 남자는 자네와 보조를 맞추기 위해 무진 애를 썼는데도 땀을 흘리지 않았어. 냉방 장치가 된 가옥에서 방금 나온 사람처럼 싱싱했지. 나름대로 잔

---

* gnon: 코트디부아르의 구어, 학생과 젊은이의 은어로 돈을 의미한다.

걸음을 빨리빨리 내디뎠어. 산책을 시작하고부터 줄곧 동일한 걸음걸이였지. 체력이 달리지도 않았어. 하찮아 보이는 작은 숲에서 우리의 발목을 잡기에 충분한 칡넝쿨이 자라나는 법이야. 코야가 자네는 신발을 바꿔 신지 않고서 산책을 시작한 것에 대해 후회하기 시작했지. 끝이 뾰족한 구두 한 켤레 속에서 발가락이 따가웠어. 자네는 약간 절면서 힘겹게 걸었지. 교활한 작은 늙은이는 자네의 아픔을 알아차리지 못한 척했어. 심지어 자네의 용기를 꺾으려고 했어. 말을 번지르르하게 꾸미기 위해 원용하는 속담들 사이로 우연하게 이제 막 행로의 절반에 접근하고 있다는 점을 암시했지. 그러고는 계속 말을 이었어.

경험이 일천한 국가원수와 경력을 막 시작한 모든 정치인을 위협하는 두번째 사악하고 큰 짐승은 참과 거짓을 엄정하게 구분하는 것이라네. 진실은 대개의 경우 거짓을 다시 말하는 두번째 방식일 뿐이지. 그가 덧붙였어. 코야가 자네는 반드시 유일 정당을 창당하는 총재가 될 터이기에 하는 말이네만 공화국 대통령 겸 유일 정당을 창당한 총재는 그와 같은 세세한 구별로 무뎌지거나 난처해지면 안 되네. 사람들에게 대의나 목적에 도달할 수 있게 해주는 말을 하거나 퍼뜨리게 해야 하네. 게다가 아프리카 독립 공화국의 시민은 국가원수가 지지하는 것에 반대하는 불경한 언사를 말하기 위해 일어나는 일이 드물어. 침팬지 엉덩이의 털만큼 드물지. 국민은 들려오는 말과 내려오는 명령에 귀를 기울이네. 그들은 대통령의 행위를 이리저리 돌려보고 차분히 검토하고 비교할 시간이 없어. 어떤 신도가 신의 의지를 평가하고 나서 신의 말씀을 실천한단 말인가? 우리가 위인이라 부르는 개인은 어떤 사람인가? 망설이지 않고 상상의 이야기를 가장 잘 꾸며댄 사람이네. 어떤 새가 가장 아름다운 새인가? 가장 아름다운 목소리를 가지고 있는 새라네. 모든 문명에서 인간의 가장 위대한 문학 작품은 앞으로도 여전히 가공의 이야기, 허구일 것이네. 결국 성서와 코란 그리고 문자 문명, 위대한 문명, 영원한 문명의 다른 기본적인 정전은 허구가 아니고 무엇이란 말인가? 끝으로 종교와 문학의 위대한 이야기, 그것은 우리에게 무엇을 가르치는가? 한 가지 진실이네. 언제나 동일한 진실이네. 인간은 참과 거짓 사이의 구별로부터 풀려나자마자 온전히 자기를 실현하고 기적을 행하게 되네. 코야가 자네를 손님으로 맞아들인 주인이 자네에게 자신은 언제나 언행일치에 별로 신경을 쓰지 않았다고 가르치지 않는가 말이야. 그의 세계적으로 알려진 위엄과 지혜의 바탕에는 바로 이러한 습관, 이러한 행동이 구실하고 있었지.

종교 기념물의 둥근 지붕 뒤로 해가 저물고 있었어. 지평선이 희미해졌지. 야조夜鳥들이 갑자기 날아올랐어. 자네는 발과 심지어 무릎 그리고 장딴지가 아파왔지. 다리를 절었어. 가냘프고 호기심 많고 거드름 피우는 작은 늙은이가 자신의 리듬에 따라 계속 종종걸음 치면서 부관을 불렀지. 자네는 산책을 끝내려나 보다, 고통이 끝나겠구나 하고 생각했어. 그가 부관에게 자동차들의 전조등을 켜라고 지시했지. 자네에게는 절망스러운 일이었어. 좋은 조건에서 산책을 계속하는 데에는 빛이 필수적이었지. 부수적으로 약간 더 산책할 시간이 있다고 그가 말했어. 자네는 곧 걸음을 멈출 생각이었지. 걷기를 중단하고는 다리가 아프다고 솔직히 털어놓을 판이었어. 바로 그때 보안 장교들이 도착했지. 악어 토템의 남자에게 다가왔어. 어두운 밤에 대농장에서 국가원수가 돌아다니는 데에는 상당한 위험이 있었지. 중단시켜야 했어. 외교 의례에 따라 공식 만찬이 예정되어 있었지. 바로 거기에 참석할 시간이 임박했던 거야.

메르세데스들이 자네가 서 있는 곳으로 와서 정지했어.


이튿날 늙은이가 새벽 5시에 영빈관, 호화로운 영빈관의 넓은 응접실에 모습을 드러냈지. 지칠 줄 모르는 노인네야. 안락의자에 앉아 위병에게 말했어. 그의 말이 자네에게도 들려왔지.

— 나의 친구 젊은 형제 코야가를 깨우러 왔다. 아침에 같이 걷기 위해서야.

자네가 내려왔어. 그의 요구를 예의 바르게 거절하기 위해 이른 아침에 걷는 것을 좋아하지 않는다고 말했지. 그가 미소를 지었어. 다시 대농장에서 산책할 것이 아니라고 설명했지. 영빈관의 정원을 둘러보자는 것이었어. 자네는 미소를 머금고 다시 올라갔지. 정장을 하고 그를 뒤따랐어.


영빈관은 악어 토템 남자의 사유지에 위치해 있었지. 그가 고향 마을에서 조상으로부터 물려받아 소유하고 있는 땅이었어. 영빈관은 대통령궁 및 대통령 가족의 호화 저택들과 함께 2미터 높이의 담장으로 둘러싸인 넓은 단지를 구성하고 있었지. 자동차가 드나들 수 있는 정문이 동서남북으로 네 군데 담벼락에 나 있었어. 육중한 철문에는 순금 자물통이 달려 있었지. 작은 늙은이는 재산을 자랑삼아 보이길 몹시 좋아했어.

악어 토템의 남자는 영빈관 정원의 넓은 산책로에 일단 들어서자 자네들이 전날 중단한 대목에서 대담을 재개했지. 신출내기 대통령이 쿠데타에 의해 축출되지 않기 위해 알고 실행하고 기억해두어야 하는 두번째 규칙의 끝자락에서였어.

국가의 정상과 유일 정당의 지도자를 위협하는 세번째 사악한 짐승은 대통령의 경우에 그와 가까이 지내고 그가 만나고 이야기를 나누는 남녀들을 그들이 문화적으로 내보이는 모습으로 맞아들이는 데 있네. 국가원수는 사람들을 그들이 현실 속에서 존재하는 모습 그대로 맞이하지. 인간을 속이는 데 필요한 감정과 수단을 익히 알고 있어야 하네. 뱀을 부리는 사람이 뱀의 부위들을 잘 알고 있듯이 말일세.

─ 모든 인간은 엉큼하네. 좋은 감정은 계략일 뿐일세. 바퀴벌레는 우리의 상처에 입김을 내불면서 우리를 뜯어먹는다네.

자네들은 악어가 사는 호수 쪽으로 정원 둘러보기를 계속해. 자네들 앞에 갑자기 색다른 단지가 펼쳐졌어. 붉은 원숭이들의 무리 한가운데에서 원숭이 한 마리가 올라탄 몰로서스 개만큼 엉뚱했어. 이 기괴한 단지는 높은 담벼락으로 둘러싸인 함석 가옥들로 이루어져 있었어. 담벼락 위에는 철조망 울타리가 올려져 있었지. 네 모퉁이에는 감시탑이 세워져 있었어. 감시탑은 코야가 자네에게 인도차이나의 경비 초소를 상기시켰지. 자네가 걸음을 멈췄어. 질문을 제기하고자 했지. 교활한 늙은이가 자네를 앞질러 설명했어.

— 분명히 자네는 이 정원의 한가운데에 울타리로 둘러싸인 저기가 어떤 곳인지 알고 싶을 것이네. 그래 좋아! 사우바스 교도소네. 내 친구, 내 지지자, 내 친척과 측근이 수감되어 있는 곳이지. 그가 알려줘.

자네는 깜짝 놀라 입을 다물지 못했어. 이해가 되질 않았던 거지. 그가 농담한다고 생각했어.

— 아닐세, 농담이 아니네. 내 진짜 친구들과 내 진짜 가까운 친척들의 교도소라네. 자기 장모의 무덤을 파는 사람처럼 진지하게 하는 말이네. 그가 분명하게 말했어.

대통령, 유일 정당의 우두머리, 국부에게는 많은 정적이 있지. 신실한 친구가 매우 적어. 정적은 적대자야. 정적을 상대해야 하는 상황은 단순하고 분명해. 정적은 대통령의 길을 가로막는 사람이지. 최고 권력을 갈망하는 사람이야. 하나뿐인 개울에 수컷 하마 두 마리가 존재할 수는 없어. 그들은 받아 마땅한 취급을 받아. 고문당하거나 추방당하거나 살해당해. 하지만 진솔한 친구나 가까운 친척에 대해 어떻게 행동해야 할까? 그들을 어떻게 다루어야 할까? 더 나아가 진실한 이와 거짓된 이를 어떻게 구별할 수 있을까? 친구나 측근만이 배신할 수 있다는 것은 보편적으로 알려진 규칙이지. 배신을 방지할 필요가 있어. 거짓된 친구나 시샘하는 친척 또는 배신자가 독을 내뿜기 전에 그들을 수풀에서 내몰 필요가 있지. 하이에나의 항문을 깨끗이 하는 것만큼 복잡한 작업이야.

악어 토템의 남자는 자신의 비결과 방법을 설명했어. 자네에게 아주 유익한 일화를 상세하게 이야기하는 것으로 시작했지.

그가 낮잠을 자는 동안 꿈을 꿔. 그의 주물사와 주술사, 마법사가 꿈을 해석해. 그들은 뚜렷한 인상착의를 설명하지 않고 그의 친구들 가운데 몇몇이 음모를 꾸미는 중이라고 알려줘. 어떤 친구를 체포할 것인가? 그는 당혹감 속에서 가장 믿을 만한 오랜 친구를 감금시키고 고문을 받게 해. 이 친구는 날마다 상반된 이야기를 지껄여. 악어 토템의 독재자는 낙담이나 회한 없이 고문당한 자의 비상식적인 발언을 세세하게 확인하고 검증해. 그러다가 진짜 음모가 준비되고 있다는 것을 알아내고는 경악하지. 이 경험으로부터 그는 자신을 둘러싸고 있는 친구들과 측근들의 충성이 본심에서 우러나온 것인지를 주기적으로 검증할 필요가 있다는 결론을 끌어내. 수 킬로미터의 주행 후에 자동차를 완벽하게 작동하는지 점검하듯이 말이야. 이 주기적인 검증, 점검을 실행하기 위한 방법과 인력을 마련해.

어느 한 친척이나 친구가 막 배신하거나 음모의 획책에 참여하려 한다고 어느 한 마법사, 주물사, 주술사 또는 점술가가 예언하거나 추정하거나 밝혀. 그 친구 또는 친척은 피고인이 되지. 경찰청의 수장, 치안총감 가르비오에 의해 곧바로 체포되고 투옥돼. 가르비오는 개요를 짜고 사실을 찾아내고 증거를 만들어내. 사슬에 묶인 피고인은 사우바스 교도소로 보내지고 삼비오가 그를 떠맡아. 삼비오는 국회의원이자 잔인한 고문 기술자야. 피고인을 고문함으로써 경찰청장이 확정한 사실과 증거를 인정하게 만들지. 대통령이 몸소 아침 달리기를 끝내고 땀에 젖은 채로 고문실로 들어와 신문을 감독하는 일도 드물지 않아. 자백서가 제출되지. 악어 토템의 대통령은 자백을 분석하고 검증하고 확인해. 자기 아내의 속옷을 재봉하는 남자처럼 세심하게 말이야. 그리고 피고인을 국가의 안보재판소로 넘길 것인지 아닌지 결정해.

유일 정당의 사무총장, 국회의원 필리피오 야코, 유명한 형법 전문가는 비공개 소송 중에 검사로서 피의자에게 사형이나 무기징역을 구형해.

사설 교도소는 이런 수형자와 피의자를 위해 마련되었어. 악어 토템 남자의 관저에 인접한 교도소였지. 대통령은 밤낮으로 이 교도소를 방문할 수 있었어. 그가 직접 교도소의 출입을 통제했지.

자네는 악어 토템의 남자와 함께 사우바스 교도소, 그의 친구들과 측근들이 갇혀 있는 교도소 안으로 들어갔어. 그가 자네로 하여금 몇몇 감방을 둘러보게 했지. 그의 진짜 조카 아빈. 그의 첫번째 투쟁 동지 예콤과 이 애국자의 어머니. 그의 첫번째 심복이었던 뚜쟁이 지베 라지디와 이 인간의 아내. 옛 보건부, 교육부, 노동부 장관들……

자네들은 고문실로 들어갔어. 고문이 실행되는 동안 그가 당당히 자리 잡았던 안락의자를 자네에게 보여주었지. 다양한 고문 도구를 설명하기도 했어. 그는 한 나병 환자를 불러냈지. 끔찍한 색골 나병 환자였어. 한 수감자에게서 가혹한 고문에도 불구하고 자백을 받아낼 수 없을 때 이 나병 환자로 수감자를 위협했어. 피고인의 어머니나 아내를 이 나병 환자와 동침하게 하겠다는 것이었지. 또한 인육에 굶주린 빌어먹을 악어들에게 던져 주겠다고 피의자들을 위협하기도 했어. 교도소의 철책

뒤편으로 얼핏 보이는 악어들이었지. 사우바스 교도소, 친구들이 갇혀 있는 교도소의 수감자들에게 먹을거리를 만들어 내놓는 사람은 자신의 여동생, 악어 토템의 남자, 그의 친여동생이라고 그가 자네에게 알려주었어. 그의 여동생은 미약媚藥을 짓는 일단의 마법사와 주술사를 통솔했지. 미약을 수감자들에게 먹였어. 그들의 머리에서 권력 장악의 의지를 깨끗이 씻어내고 그들의 가슴에서 악어 토템의 남자에 대한 증오를 온전히 없애기 위해서였지.

자네들은 교도소에서 나와 공원 쪽으로 올라갔어. 날이 밝아오기 시작했지. 자네는 어떻게 악어 토템의 남자가 자신의 모든 관행, 말하자면 고문과 부패, 자의적인 투옥을 은폐할 수 있었는지 알고 싶었어. 어떻게 그가 자신을 아프리카의 현자로 통하게 하는 데 성공했을까? 중요한 국제기구들이 그에게 상을 수여하고 그의 이름을 붙인 상을 제정했을 만큼 관록 있는 정치인으로 말이야. 그것은 자신이 아프리카 국가원수이기 때문이라고 그가 자네에게 대답했어. 자네는 곧장 이해하질 못했지. 그러자 그가 덧붙였어.

―미인 대회에서 양이 찬탄의 대상으로 떠오르지 않는 것은 거기에 황소가 없기 때문이네. 다른 환경, 다른 하늘, 다른 맥락에서는 나의 관행들이 비난받을 만한 것으로 보일 수 있지. 하지만 아프리카에서는 아니라네. 자네는 입문 여행 동안에 나를 다른 국가원수들과 비교할 것이 틀림없네. 그러고는 내가 천사라고 신속하게 결론을 내릴 것이네. 인류의 인정을 받을 만한 천사라고 말일세.

그러고 나서 그가 또 자네에게 유일 정당의 우두머리를 위협하는 네번째 짐승을 무엇이라 하는지 설명했지. 나쁜 선택이라는 거야. 세계 질서를 결정하는 냉전 상황에서 진영의 선택은 필수 불가결하다는 것이지. 위험천만한 행위, 한 여자를 아내로 취하는 것만큼 중차대한 행위라는 거야. 악어 토템, 중절모 남자 그는 자신이 선호하는 쪽을 선택할 필요가 없었다는 거지. 역사가 자신에게 자유주의 진영을 최선의 선택으로 부과했다는 거야. 그것도 야릇한 방식으로 말이지.

그도 젊은이로서 정치에 입문했을 때에는 모든 청소년처럼 흑인의 존엄성, 민족들 사이의 연대, 식민지 피지배자들과 공산주의 사이의 결속, 민족 자결권, 식민주의에 대한 투쟁 등과 같은 허튼소리를 믿었다는 거야. 강제 노동, 착취에 시달리고 굶주림과 경멸, 인종 차별로 고통당하는 동포들에게 이 미련한 소리를 외쳐댔다는 거지. 당연하게도 그들은 반란을 일으켰네. 당시에 식민지였던 그의 나라를 혼란에 빠뜨렸지. 무슨 일이 닥쳤는지 누구나 알고 있네.

자네는 작은 늙은이 티에코로니와 여러 낮과 밤, 시간을 함께 보낸 덕분으로 사람들과 한 나라를 다스리는 수완에 관해 많은 것을 얻게 돼. 자네가 결코 잊을 수 없을 순간과 말, 생각이었지.


악어 토템의 독재자는 고집쟁이였어. 인간의 모든 장점과 모든 결점을 극단적인 형태로 지니고 있는 사람이었지. 미덕과 악덕 사이에서 양극단을 달리는 사람, 모순덩어리였어. 염소의 항문처럼 관대한 동시에 이[蝨]나 피안*처럼 꽁하고 쩨쩨하고 심술궂은 사람이었지. 간음한 여자처럼 거짓말을 잘하고 말을 잘 꾸며대는 반면에 야수 사냥꾼처럼 진실을 말하고 타협을 몰라. 상처 입은 생쥐를 발톱으로 움켜쥐고 있는 포식한 고양이처럼 잔인하고 동시에 자신이 알을 품어 부화시킨 병아리를 대하는 암탉처럼 다정해.

우선 그가 관대하다는 것을 밝히자. 그는 살해되거나 타도된 모든 아프리카 국가원수의 자식들을 입양했고 그들의 미망인과 첩을 떠맡았어. 교회와 사원을 세웠지. 그래, 매우 관대했어. 하지만 그는 또한 복수심이 강하고 좀스럽지 않았는가? 그에게 유죄 선고를 받은 사람의 조카에게 매형 되는 한 맹인의 흰 지팡이를 압수했을 정도로 쩨쩨했어. 한 피의자의 70대 늙은 어머니를 흉측하고 음탕한 나병 환자에게 강간당하도록 내주는 것을 고문 방법으로 생각해냈을 정도로 악독했지.

그는 정말이지 거짓말쟁이였어. 거짓말쟁이 이상이었지. 사실 거짓말 나무였어. 또는 거짓말 도매상이었지. 그래, 거짓말쟁이였어. 하지만 그는 또한 진실한 사람이 아니었는가? 자신의 동포에게 여러분은 도둑이자 게으른 자, 미개인이라고 용감하게 민중 선동의 의도 없이 말하는 유일한 국가원수이지 않았는가?

그가 잔인했다는 것을 덧붙이자. 그는 친구들과 친척들을 계속해서 좋아했음에도 끔찍하게 고문했어. 그들이 완벽하게 무

---

* pian: 딸기 모양의 종기가 나는 열대 피부병. 영어로는 yaws.

고하다는 것을 알고 있는데도 말이야. 그래, 가혹했지. 하지만 그는 또한 인정이 있지 않았는가? 걸인과 장애인을 위한 보호 시설을 세우고 다른 아프리카 독재자를 가장 환대하는 모습을 보이지 않았는가?

악어 토템의 독재자는 신과 물신, 마법을 믿었지. 하지만 인간, 인간의 말과 신앙, 무사 무욕은 믿지 않았어. 어디에서나 지폐 가방을 손 닿는 곳에 두었지. 어떤 방문객도 그의 집무실에서 봉투 없이 나가지 않았어. 그와 그의 나라에 관해 말해야 하는 모든 기자의 혀와 펜을 그가 둔하게 만드는 데 성공한 것은 바로 봉투의 계략 덕분이었지.

코야가 자네는 그의 협력자들 중에서 누가 그의 보좌관, 그의 잠재적인 후계자인지 알고 싶었어. 그가 자네에게 미소를 지으면서 자기는 결코 후계자를 자유롭게 진심으로 선택하지 않을 것이라고 대답했지. 그리고 결코 후계자를 지정하지 말라고 조언했어. 후계자는 원하건 원하지 않건 경쟁자라는 거야. 당장 사라져도 더 이상 나라에 파국을 초래하지 않는 지도자에게는 국민이 애착을 갖지 않게 되기 때문이라는 거지. 하지만 언젠가 후계자를 지정해야 할 상황이 닥쳤을 때 준수해야 할 규칙을 자네에게 가르쳐주었지.

후계자는 자네를 닮아야 하네. 성격과 행동에서 또 다른 자네이어야 하지. 하지만 대중에게는 자네보다 덜 덕성스럽고 자네보다 더 악독한 자로 알려져야 하네. 자네 이후에 자네를 비판할 공격 수단을 후계자에게서 없애는 예방 조치라네. 사람들이 자네를 너무 키가 크다고 말하면, 자네의 후계자는 거인이어야 하지. 자네가 작다는 평가를 받으면, 자네의 후계자는 난쟁이여야 하네. 자네가 도둑이자 거짓말쟁이라면, 자네의 후계자는 도벽이 있는 자이자 넉살 좋은 헛소리꾼이어야 하지.

독설가들은 악어 토템의 독재자가 말년에 도벽에 사로잡혔다고 주장해. 도둑 쥐처럼 그는 자기 자신의 돈을 훔쳤어. 등받이, 신발, 옷장의 전통 의복 상의 호주머니 안에 지폐를 숨겨 놓고는 잊어버렸지. 시중, 경호원, 의전을 책임지고 있는 부관, 매일 그의 주위를 맴도는 모든 이가 회수하고 사용하고 모으고 투자해. 그가 사라지고 나서 갑부, 흑단 공화국의 지배자가 된 이들이지.

그가 이러한 편집증에 사로잡혔다는 것은 아마 사실일 거야. 대개 가벼운 광기에 사로잡히는 것은 위인들이 말년에 내보이는 징후야. 명백히 악어 토템의 남자는 위인 중의 위인이었지.

그는 산림 지대의 가장자리에 가톨릭교 기념물을 지었어. 북부의 사헬과 사바나에서 내려오는 회교 광신도들의 무리가 남부의 기독교 땅으로 급격히 확산하는 것을 가로막기 위한 조치였지.

그가 죽자 조카 한 사람이 장례를 주도했어. 그가 무고誣告하고 투옥하고 고문하고 사형 선고를 받게 한 조카였지. 그러고 나서 사면을 받고 부와 명예로 보상을 받기는 했지만 말이야. 그의 조카처럼 독재자가 무고하고 투옥하고 끔찍하게 고문하고 사형 선고를 받게 하고 나서는 사면한 정치인들이 국회의장 주위로 모여들어 공화국의 다른 시민들보다 더 그를 애도하고 그리워했어.

중요한 국제기구 하나가 그를 기리기 위해 재단을 설립하고 인도주의 상을 제정했지. 이러한 추인을 우리는 이해하지. 마땅하다고 평가해. 악어 토템의 남자처럼 물신을 믿기 때문이야. 마법사의 점술에 근거를 둔 판단과 유죄 판결을 믿기 때문이지. 하지만 다른 모든 이, 주술을 진실로서 받아들이지 않는 모든 합리주의자는 이러한 추인을 하이에나의 목에 매인 회교 순례자의 수브하만큼 엉뚱하다고 판단할 거야.

아! 코야가. 자네는 수도의 공항을 통해서가 아니라 악어 토템 대통령의 고향 마을 파소의 공항을 통해 흑단 공화국을 떠났어. 자네가 도착했을 때처럼 춤꾼들과 탐탐 연주자들이 경향 京鄕 각지에서 불려 와 비행기에 탑승하는 자네에게 경의를 표했지. 탐탐, 축제, 원숭이처럼 곡예 무용을 하면서 숨이 가빠지는 명랑하고 바보 같은 반나체의 흑인들로 공항이 북적거렸어. 여자들, 초등학생들, 전통 복장의 노인들이 영빈관에서 공항까지 도로 양쪽에 무리를 지어 서로 떼밀고 있었지. 그들은 정신 나간 사람처럼 끊임없이 박수를 쳤어. 귀머거리인 양 어리석은 구호를 쉰 목소리로 외쳐댔지. 골프 공화국과 흑단 공화국 사이의 우호를 찬양하는 구호들이었어. 당신들, 매 토템 남자와 악어 토템 독재자 사이의 상호 이해를 예찬하는 멍청한 구호들이었지요. 코르두아가 마무리한다.

자네들, 손님 코야가와 주인 중절모 남자가 공항 귀빈실의 안락의자에 나란히 앉아 있었지. 자네들은 그의 도착을 기다리고 있었어. 그는 곧 비행기에서 내릴 예정이었지. 자네들은 대화를 나누고 있었어. 비행기가 착륙하는 시끄러운 소리에 대화가 중단되었지. 중절모 남자가 일어났어. 모든 장관을 대동하고 활주로 쪽으로 향했지.

너무 늦었어. 보수마, 뚱뚱한 적포도주라고도 불리는 하이에나 토템의 남자, 두 개의 강 나라 황제가 이미 귀빈실의 테라스에 이르러 있었지. 그는 국가원수를 위한 환영 행사가 완전히 끝나기를 기다리지 않았어. 기병대 장교의 군모를 쓰고 사기꾼의 미소를 머금고 가슴팍에 훈장을 주렁주렁 매단 남자, 보수마 황제가 귀빈실로 들어왔지. 의전 행렬이 트랩으로 자신을 맞이하러 오기를 기다릴 만큼의 참을성이 없었어. 그가 예의 바르게 진짜 아버지라고 부르는 중절모 남자와 대면했지. 기병대 장교 출신인 그가 원주민 보병처럼 흠잡을 데 없는 차렷 자세를 취했어. 개는 부유해져도 계속해서 똥을 먹지요. 조수가 설명한다.

황제는 모자를 벗고 악어 토템 독재자의 손에다 공손하게 입술을 댔지. 이 허식 후에 서둘러 요란스럽게 자네와 열렬히 입맞춤했어. 그의 혀와 입술이 말뚝을 박는 듯했지. 하이에나 항문의 악취가 풍겼어. 그에게는 정말로 보수마라는 이름이 어울렸지(보수마는 말린케어로 방귀 구린내를 의미해).

자네는 인사를 하고 속담을 읊조릴 틈이 없었어. 그는 가슴팍에서 훈장들이 서로 부딪히는 소리를 내면서 멀어졌지.

황제는 두 손 가득히 자신의 음경을 쥐고서 소변소로 향하고는 복도로 사라졌어. 자네들, 주인과 손님이 폭소를 터뜨렸지. 계속해서 웃었어. 오랫동안은 아니었지. 그가 다시 나타났어. 화장실 청소를 담당하는 한 젊은 여자를 손으로 끌고서 말이야.

그는 그녀를 아름답고 점잖다고 생각했지. 중절모 남자에게 그녀와의 결혼을 요청했어. 젊은 여자는 비명을 질렀지. 하지만 손님인 자네가 보기에 나긋나긋하게 저항하는 것 같았어. 주인에게도 그렇게 보였지. 손을 빼려는 몸짓이 새침을 떠는 것으로 비쳤어. 중절모 남자는 그녀가 기혼인지 알고 싶었지. 아뇨, 약혼한 적도 없습니다. 그녀가 대답했어. 악어 토템의 독재자가 솔직한 너털웃음을 터뜨리고는 의전 국장에게 시내로 가 젊은 여자를 수행하라고 지시했지. 그녀는 부모에게 약혼과 여행을 알려야 했어. 보수마 황제는 매년 거행하는 서른 번의 결혼 가운데 하나를 위한 계약을 체결했어. 5분도 채 걸리지 않았지.

하이에나 토템의 남자는 어쨌든 자네를 만나보러 왔다고 말했어. 자네 없이는 가지 않을 것이라고 했지. 황제의 국민 전체가 일주일 전부터, 자네가 골프 공화국의 수도를 떠났던 날부터 춤추고 노래하면서 자네를 기다리고 있다는 것이었어. 자네는 그를 실망시킬 수 없었어. 자네를 사랑하는 나라 전체에 실망을 안겨줄 수는 없었지. 진즉에 자네를 국부로 삼고 간주한 나라 전체를 더 기다리게 할 수 없었어. 하늘을 유심히 살피기 위해 모든 것을 포기한 국민이었지. 평생 가장 환상적인 접대를 마련해놓고 자네의 비행기가 구름에서 내려오기를 밤낮으로 기다린 국민이었어.

그는 자네를 맞이하기 위해 왔었지. 자네를 데려가려는 것이었어. 자네는 달리 어찌할 도리가 없었지. 황제 그는 자네의 진정한, 자네의 진정한 의형제였기 때문이지.

춤꾼들의 열정이 어떻든 간에 탐탐 두드리는 사람은 자신의 악기를 덥히기 위해 축제를 중단하지. 그를 본받자.

소라가 이야기를 그치고 간주곡을 연주하고 권력에 관한 세 가지 속담을 낭송해.

'아무리 개구리들이 울어대도 코끼리는 물을 마신다.'

'권력자가 카멜레온을 먹으면 병을 치료하기 위한 약이라고들 한다. 가난한 사람이 카멜레온을 먹으면 식탐이라고들 비난한다.'

'바오바브나무 아래에서 움튼 작은 나무는 작은 나무로 죽는다.'


## 15

아! 코야가, 자네의 비행기가 두 개의 강 나라 수도의 공항 상공에서 구름을 꿰뚫고 하강했을 때는 틀림없이 16시 무렵이었을 거야. 자네는 불쾌감으로 소스라쳤어. 이 혐오감을 영원히 기억할 거야. 눈을 의심했지. 공항이 텅 비어 있었어. 먹을 것이라도 있나 하고 돌아다니는 굶주린 개 한 마리도 보이지 않았지. 황제를 타도하는 데 성공한 쿠데타 이외에는 설명할 도리가 없어 보였어. 쿠데타만이 자네를 맞이하기 위해 마땅히 나와 있어야 할 군중을 내쫓을 수 있었을 거야. 자네는 황제에게 달려갔지. 그를 급히 흔들었어. 그는 요란하게 코를 골면서 자고 있었지. 여정 중에 위스키 한 병과 보르도 포도주 두 병을 비웠던 거야. 돌처럼 무겁고 귀머거리 같았어. 자네가 "쿠데타다!" 하고 외치면서 그를 두드렸지. 황제가 몸을 일으켜 "오!" 하고 외치고는 원창圓窓을 통해 바깥을 바라봐. 차분한 모습이야. 이 모습에 자네는 깜짝 놀라고 한편으로는 안심이 돼. 언젠가 황제의 지위에 오르고 싶다면 기억해둘 필요가 있는 술책 중의 하나를 그가 자네에게 설명해. 자네의 귀국 날짜와 시간을 결코 알리지 말라는 거야. 비행기가 착륙할 때 저질러지는 테러 행위는 피할 수 없기 때문이라는 거지.

자네들은 착륙하고 관저로 몰래 들어갔어. 오후에 춤꾼들, 탐탐 연주자들, 군인 대표단들이 거리로 나와 공항 쪽으로 향하고는 공항과 그 주변으로 몰려들었지. 자네들, 주인과 손님과 모든 수행원은 무장 호위대에 둘러싸여 공항으로 돌아갔어. 지휘 비행기에 다시 탑승했지. 비행기가 도시 상공을 두 번 돌았어. 그러고는 군중, 축제, 대표단, 행렬 한가운데로 착륙했지. 자네는 가슴팍이 훈장으로 뒤덮인 이 남자 같은 아프리카 황제만이 손님에게 할 수 있는 접대를 경험한 거야.


1885년 베를린 회담에서 기독교 국가들이 결정한 아프리카 분할에 따라 두 개의 강 나라 영토는 갈리아의 수탉에 귀속되었어. 두 개의 강 나라는 흑인 노예제를 지지하는 아랍 술탄의 약탈로 피폐해져 있었지. 프랑스인이 이 나라를 정복하고는 강제 노동, 징발, 원주민 인력의 착취를 통해 개발하기로 결정했어. 식민지 개척자들은 여러 수단과 방법을 동원했지. 그렇지 않아도 희박한 인구가 이로 인해 거의 절반으로 줄었어. 이 나라에서 떠돌아다니는 많지 않은 주민들이 공포와 수면병으로 지쳐 있었지. 따라서 주민들에게 많은 노력을 요구하기가 어려웠어. 프랑스에 의한 식민지화(이 나라의 개발)가 오래 지속될수록 이 나라는 더 비게 되었고 더 가난해졌지.

실망한 프랑스인은 이 속령을 생산력이 있는 곳으로 만드는 것이 불가능하다고 결론짓고 떠나기로 결정했어. 영국인과 독일인에게 구입을 제안했지. 거래가 막 성사되려고 했을 때 1914~18년의 제1차 세계대전이 발발했어.

1918년의 휴전 이후에는 국제 정세가 변했지. 이제는 양도가 실현될 수 없었어. 프랑스 정부에서 영토 관리를 위한 새로운 정책을 결정했어. 식민지를 식민지 개척자들에게 분배했지. 식민지 개척자들은 자신에게 귀속된 지역에서 운송의 통제권과 더불어 매매 독점권을 갖고 있었어. 로베Lobaye의 개척지는 유력한 삼림 회사 상가우방기가 맡았지. 이 회사는 힘겨운 고무 채취를 유일하게 계속했어. 징발과 강제 노동에 대한 원주민들의 항거를 가혹하게 진압했지. 보방기Bobangui에서 하이에나 토템 남자의 아버지가 세 차례 반란을 일으켰어. 첫번째에는 오른쪽 귀, 두번째에는 왼쪽 귀가 잘렸지. 세번째에는 처형되었어. 총살당했지.

고아가 된 미래의 황제를 그의 할아버지가 이 속령의 수도에 위치한 미션 스쿨에 보냈어. 그러고 나서 프랑스령 적도 아프리카 연방*의 중등 신학교에 보냈지. 하이에나 토템의 남자를 자신의 삼촌처럼 사제로 만들려고 했지. 하지만 이 신학생은 규율을 지키지 않는다는 것이 드러났지. 밤마다 외출하여 요란한 연회에 탐닉했어. 일요일 아침마다 미사성제의 시간에 술에 취해 돌아왔지. 신부들이 그를 퇴학시켰어.

1940년이야. 적도 아프리카가 얼마 전에 드골 장군의 지지자들에게 동조했지. 자유 프랑스는 리비아 사막을 통해 올라갈 부대를 구성하기 위해 신병을 모집해. 하이에나 토템의 남자가 모병에 응하지. 열렬한 환영을 받아. 즉석에서 입대가 이루어지고 군복이 지급돼. 이 고아는 열여덟 살에 군대에서 가족, 형제애를 발견해. 프랑스와 독일의 군사 작전에 동원되어 진급을 하지. 하사가 되고 중사가 돼. 인도차이나로 파견되어 통신 하사관으로서 여러 작전에 참가해. 중위 계급장을 달고 고향으로 돌아와. 그의 사촌인 공화국 대통령이 그를 대위, 대령, 참모총장으로 승진시켜. 그가 매우 멍청하고 몹시 무식해서 군부 쿠데타를 시도하거나 잘해낼 수 없으리라고 평가했기 때문에 그를 참모총장으로 만들어. 토요일 저녁이면 참모총장이 수도의 길거리에서 술에 취해 쓰러지곤 했지.

영리하고 야심에 차 있는 장교, 자반 대위가 쿠데타를 일으키고 싶어 해. 참모총장인 하이에나 토템의 남자와 혈당血黨이

* Fédération de l'Afrique-Équatoriale Française: 중앙아프리카의 프랑스 식민지 네 곳을 묶은 행정 연합체로서 1910년에서 1958년까지 존속했다. 가봉, 오늘날의 콩고 공화국, 차드, 오늘날의 중앙아프리카 공화국이 여기에 포함되었다.

되자고 엄숙히 약조해. 성 실베스테르 1세 축일의 밤에 자반 대위는 쿠데타의 모든 작전을 준비하고 이끌고 성공시켜. 하이에나 토템의 남자는 이른 아침에 그를 앞질러 라디오 방송국으로 가서는 성명서를 읽고 자기 자신을 국가원수로 선언해. 그러고 나서 공화국 대통령을 체포하고 모든 공모자와 심지어 몇 달 후에는 쿠데타의 주창자 겸 실행자까지 살해해.

우리 각자에게는 저마다 걱정거리가 있어. 두 가지 주요한 걱정거리는 일반적으로 죽음과 신이지. 보수마, 하이에나 토템의 남자는 이승에서 오직 하나의 걱정거리만 있어. 냉전의 복잡한 아프리카에서 가장 높은 계급의 군인으로 머물러 있는 것이야.

어느 월요일 그는 대령 계급으로 권력을 획득했지. 화요일 아침에는 자기 자신에게 장군의 호칭을 붙이고 별을 달았어. 대륙에서 다른 독재자 네 명이 이미 이 호칭으로 불린다는 것을 알게 되고는 목요일 저녁에 자기 자신을 원수로 지칭했지. 다른 장군 두 명도 원수의 직함을 갖게 되자 프랑스와 자신의 군대, 자신의 국민에게 자신을 황제의 자리에 오르게 해달라고 요청했어. 프랑스, 그리고 두 개의 강 나라 군대와 국민은 전 세계로부터 손님과 기자를 오게 하여 그의 즉위식에 참석하도록 했지. 그 후로 어떤 다른 독재자도 아직 황제의 위엄을 얻지 못했어. 보수마(방귀의 구린내), 가슴팍이 훈장으로 뒤덮인 이 남자는 다수의 군사 독재자가 있는 대륙에서 분명히 가장 높은 계급의 군인이었지.

벌써 이른 아침이었어. 모든 이가 술을 마셨었지. 황제도 취했어. 모든 이가 충분히 먹고 노래하고 춤추었었지. 황제가 혼자 계속해서 춤추고 노래하고 마시고 먹었어. 자네의 명예를 높이기 위해 준비된 연회가 계속되었지. 외교관들과 민간인 유력 인사들 심지어는 고급 장교들이 아내와 함께 고양이처럼 소리 없이 사라졌어. 연회장을 떠났지. 빈 의자가 늘어났어. 황제가 이를 알아차렸지. 격분했어. 관저의 철문을 닫았지. 자신이 몸소 철문에 자물통을 채우고는 열쇠를 호주머니 안에 찔러 넣었어. 이제 아무도 나갈 수 없었지. 대사 부인들과 유력 인사 아내들이 졸음으로 기진맥진하여 잔디밭에 그대로 쓰러져 누워버렸어. 군악대가 연주를 계속하고 있었지. 손님들만큼 취한 악사들이 정신 나간 사람들처럼 두드리고 연주하고 노래했어. 황제는 계속해서 춤을 추었지. 때때로 무대를 벗어나 관저의 정원으로 가서 어느 대사 부인을 흔들어 깨우고는 그녀를 무대로까지 잡아끌어 왈츠와 트위스트, 저크를 추었어. 아직 깨어 있는 적은 수의 장교와 관리, 대사가 박수를 치고 탄성을 내질렀지. 여러 차례 그가 코야가 자네에게 같이 무대에 오르자고 요청했어. 그는 여러 번 황후나 어느 한 대사 부인을 자네의 품 안으로 떠밀었지. 예의상 자네는 차차차나 자바 또는 탱고나 트위스트를 추지 않을 수 없었어.

하지만 해가 떠올라 숲의 나무 꼭대기가 환해졌을 때 자네가 이제 그만 하직해야겠다고 말했지. 예의범절의 모든 훌륭한 규칙에 반하여 자네가 작별을 요청했어. 하이에나 토템의 남자는 손님이 세 차례 하직을 간청하기를 요구하는 아프리카 규범을 상기시켰지.

— 한 번 하직을 청합니다. 두 번 하직을 청합니다. 세 번 하직을 청합니다. 피곤해요, 그만 작별하지요. 자네가 분명히 짜증난 어투로 말했어.

그러자 황제가 북과 트럼펫 그리고 기타와 노래를 중단시켰지. 하지만 이는 자네와의 동지 관계에 관한 끝없는 연설을 늘어놓기 위해서였어. 자네는 자신의 진짜 형제, 자신의 의형제 겸 전우라는 것이었지. 양국 사이의 매우 오래된 우호에 관한 연설이었어. 자네를 잠들게, 코를 골면서 자게 만드는 연설이었지. 자네들 둘, 자네와 프랑스 대사 부인은 특별 탁자에 엎드려 코를 골았어. 자네가 깨어난 것은 연설의 끝에 손님들이 박수를 치고 환호성을 지를 때였지. 마침내 철문이 활짝 열렸어.

자네가 머물고 있는 영빈관은 관저에서 별로 멀지 않았지. 5분도 채 걸리지 않아 영빈관에 이르렀어. 하지만 또다시 경악했어. 젠데Zendé 부족의 소녀들 여덟 명이 23시부터 자네를 기다리고 있었던 거야. 황제의 의전 장관이 시킨 것이었지. 그들이 안락의자에서 뛰어내려 춤을 추기 시작했어. 손뼉을 치고 버젓한 노래를 반복적으로 부르면서 음란한 동작에 몰두하기 시작했지.

젠데족은 두 개의 강 나라 동북부에 사는 민족이야. 세계에서 가장 영리하고 가장 현명한 민족 중의 하나지. 사랑을 멋진 예술과 동시에 운동으로 간주하는 유일한 민족이었기 때문이야. 어린아이들에게 사랑을 가르쳤어. 다른 고장에서는 소녀들이 음악을 배우는 시대였는데 말이야. 젠데 마을들에서는 따뜻한 계절 동안 사랑 시합이 개최되었지. 이웃 민족에게서는 격투 선수권 대회가 열렸을 때였어.

위험을 무릅쓰고 어느 젠데 마을에 들어간 외지인을 놓고 여자들이 서로 다투었지. 그를 제 것으로 삼기에 성공한 여자는 그를 곧장 침대로 끌어들여 흔들어댔어. 그가 기진맥진할 때까지, 욕정이 가라앉을 때까지, 발기가 되지 않을 때까지 그를 얼렀지. 그가 패배를 인정할 때까지, 그가 "입을 크게 벌리고" 큰 소리로 용서를 구할 때까지 그를 괴롭혔어. 그는 녹초가 되었지. 아무짝에도 쓸모가 없게 되었어. 그러면 젠데 여자가 그를 차버렸지. 서둘러 음경 싸개를 허리에 메고 길거리로 나와서는 이 집 저 집으로 이 아낙네 저 아낙네를 찾아다녔어. 손에 남자 속옷을 들고서 말이야. 자신의 위업을 자랑했지.

3주 전부터, 자네의 여행이 예고되고부터 사랑 전문가들의 선정을 위한 각축전이 모든 젠데 마을에서 열렸어. 우선 탐탐 소리에 맞춰 공개적으로 실연된 몸짓으로 가장 우수한 소녀들과 여자들이 심사를 받았지. 뒤이어 침대에서의 실제 시험으로 평가되었어. 가장 건장하고 가장 욕정이 강한 원주민 보병으로 하여금 입을 한껏 벌리고 큰 소리로 용서를 구하게 하는 데 성공한 여자들이 뽑혔지. 모두 서른 남짓이었어. 그중에서 가장 아름다운 여덟 명은 자네에게 보내질 예정이었고 나머지는 자네의 사절단을 접대하게 되어 있었지.

바로 이 여덟 수상자가 작은 응접실에서 춤추고 노래하는 것이었어. 그들의 선정적인 몸짓과 노래에도 불구하고 자네를 붙들고 있는 유일한 욕구, 혼자 자고 싶은 욕구, 침대에 혼자 너

264

부러져 있고 싶은 욕구가 줄어들거나 없어지지 않았지.

자네는 첫번째 여자, 가장 가까이 있는 여자의 손을 잡고서 침실로 들어갔어. 음부 가리개를 벗고서 자네를 강간하고 싶어 하는 다른 여자들을 의전 국장이 거칠게 물러나게 했지. 침대에서 첫번째 소규모 교전이 벌어지자마자 자네는 항복했어. 젠데 부족의 여자가 패배한 남자로부터 변함없이 요구하는 용서를 구했지. 입을 한껏 벌리고 큰 소리로 말이야.

악취가 견딜 수 없을 지경이었지. 죽음, 감염, 소변, 대변의 혼합물에서 나는 것이었어. 꺼져가는 목소리, 빈사 상태의 목소리가 지하 독방의 안쪽에서 흘러나왔지.

― 나를 죽여라. 평생에 단 한 번만이라도 인간미를 보여라. 나를 끌어내 총살해라. 즉시 나를 죽여라.

― 아가리 닥쳐, 더러운 공산주의자! 황제가 입에 거품을 물고 대꾸했어.

― 주 예수를 보아 나를 죽여라. 네 어머니와 네 아버지를 보아 나를 죽여라. 죄수가 계속 한 마디 한 마디 힘겹게 되뇌었지.

― 코야가! (지금은 자네에게로 목소리가 향하고 있어) 코야가! 자네는 인간미 있고 신앙이 있지. 미안하네. 그에게 내 목숨을 완전히 끊어달라고 부탁해주게나.

― 오토 자허 대령, 이 공산주의 음모자 죄인의 입을 다물게 해! 황제가 명령했어.

이곳의 절대적인 지배자 오토 대령이 어둠 속으로 돌진하여 반죽음 상태의 죄수를 난타했지. 호된 매질에도 불구하고 목소리가 그치지 않았어.

화가 난 황제는 자네의 손을 잡았지. 자네들은 응가라글라Ngaragla 교도소의 방문을 계속했어. 보수마 황제는 투덜댔지. 노여움을 가라앉히질 못했어. 그도 나름 사정이 있었지. 죄수의 목숨을 완전히 끊어버림으로써 법을 어긴 죄수의 고통을 끝내는 것이 마음에 들지 않았던 거야. 왜 정치범에게 이러한 호의를 베푼단 말인가? 공산주의 음모자에게, 그바야Gbaya 민족의 남자에게, 그것도 자백한 자에게 말이야. 분노한 황제의 욕설을 통해 자네는 감방의 안쪽에서 고리에 사슬로 묶인 죄수가 자반 대령이라는 것을 알았지. 자네는 자반 대령을 잘 알고 있었어.

황제가 바라는 바는 대령이 자기 소변을 마시고 자기 대변을 먹다가 죽는 것이었지. 이것이 원칙이었어. 자반은 국립 행정학교의 사관생도들을 이끌고 군사 쿠데타를 성공시켰지. 이 쿠데타로 하이에나 토템의 남자는 국가원수가 되었어. 따라서 그는 황제의 중요한 친구, 으뜸가는 동지였지…… 그러므로 황제가 대령을 고문하고 대령에게 사형을 선고했을지라도 이는 인간적이었어.

맹목적인 닭 도둑 두 명의 경우에도 각자 깔끔한 도둑질의 성공 이후에는 결코 평온할 수 없다는 것을 누구나 알고 있지. 공범자가 이 세상에 살아 있는 한 어떤 것도 계속 확보된 상태인 것은 아니죠. 코르두아 티에쿠라가 덧붙인다.

하이에나 토템의 남자는 유일하게 황제로 자칭하기에 성공한 독재자이기 때문에 다른 공화국 국가원수들보다 덜 거짓말 쟁이였고 덜 위선적이었지.

— 다른 아프리카 대통령이 자신의 공화국에 대한 소개를 의회나 학교로 시작하게 하는 것은 불성실, 위선 때문이지. 모든 일당제 국가의 정부에서 가장 중요한 기관은 교도소라네. 내가 자네로 하여금 제국의 방문을 교도소로 시작하게 하는 이유는 여기 있지. 하이에나 토템의 남자가 단언한다.

황제는 프랑스와 프랑스인을 좋아했어. 그렇다고 말하기를 좋아했지. 정직한 사람을 공개적으로 비판할 필요는 없다는 것이었어. 프랑스인은 두 개의 강 나라에서 많은 중요한 것을 실현했으나 감옥의 건설에서는 확실히 재능이 없었다는 거야. 그들은 수도에 단 하나의 감옥, 응가라글라 교도소만을 남겼을 뿐이지. 강과 숲 사이에 낀 매우 작은 교도소였어. 가로와 세로가 각각 100미터에 불과했지. 이용할 수 있는 부분은 다섯 군데뿐이었어. 격리 시설, 비라오 건물, 사파리 또는 죽음의 대기실, 하얀 건물, 붉은 문들이었지. 격리 시설과 비라오 건물은 각각 감방이 14개였고 사파리는 2개였어. 전부 합쳐서 30개였지. 그중에서 두 개는 사형수를 위한 곳이었어.

프랑스인은 흑인에 대해 아무것도 이해하지 못했지. 한 흑인에게 사형을 선고할 때 나라에 평화가 깃들려면 한 씨족 전체를 없앨 줄 알아야 한다는 것을 알지 못했어. 흑인은 언제나 복수심이 강하고 가족 의식을 지니고 있지. 사형수의 친족은 자기 구성원의 교수형을 결코 용서하지 않아. 아프리카에서 적절한 교도소라면 사형수를 위한 감방이 두 개가 아니라 열두 개 있어야 해. 그래야 효과적이지. 아프리카에서는 나라를 교도소로 뒤덮거나 노련한 교도관을 모집할 필요가 있어. 교도소장의 모집은 중요한 일이야. 정치범이 수감되어 있는 중앙교도소의 교도소장를 선택하는 권한은 국가원수에게만 맡겨져야 할 일이지.

응가라글라 교도소는 오토 자허 대령이 소장이었어. 황제에게서 운명의 인간을 발견했다고 생각하는 체코인이었지. 프라하에서 젊은 오토는 자신의 가족에게서, 각급各級 학교에서, 여섯 가지 상이한 직업에서 운명의 인간을 찾았으나 헛수고였어. 체코슬로바키아군에서 탐색을 계속했지. 중위 계급을 달 때까지 근무했어. 하지만 운명의 인간을 만나지는 못했지.

그는 프랑스행 비행기에 몸을 실었어. 외인부대에 지원했지. 패배 후에는 런던에서 드골 장군과 합류했어. 이집트, 리비아, 특히 비르 하켐에서, 또한 시리아에서 르클레르 장군과 함께 싸웠지. 프랑스를 위한 그토록 많은 군사작전 후에 드골도 르클레르 장군도 그에게 훈장을 수여하긴 했지만, 운명의 인간은 아니라는 것을 깨달았어.

서른 살에는 프랑스군을 떠나 러시아 군대에서 중령으로 조국의 해방에 기여했어. 러시아군에서도, 체코슬로바키아에서 권력을 장악한 공산주의자들 사이에서도 운명의 인간을 만나지 못했지. 이에 실망하여 권총을 빼들고는 머리를 터뜨리는 대신 세계 지도에 대고 쏘았어. 총알이 로코Loko, 로베의 열대림 한가운데 위치한 로코 시를 가리키는 지점을 관통했지.

오토는 아프리카로 갔어. 열대림의 가장 깊은 곳으로 들어갔지. 로코에 자리 잡았어. 거기에서 대농장의 주인 겸 산림 관리인으로 꼬박 5년을 보냈지. 하지만 미개인들과 피그미족 사이에서도 운명의 인간과 마주치지 못했어.

어느 일요일 부당한 운세에 반항하여 자신의 모든 훈장을 달았지. 대단히 많았어. 유럽, 러시아, 아시아, 사하라, 인도차이나 등의 온갖 전쟁터에서 온갖 국가로부터 받은 훈장이었지. 그는 산림 지대 안으로 깊숙이 들어갔어. 운명의 인간을 찾아내거나 왕개미에게 먹힐 결심이었지. 여섯 낮밤을 쉬지 않고 걸었어. 일곱번째 날 아침 숲에서 대성당 앞의 광장으로 나왔지. 대성당을 보고 깜짝 놀랐어. 대성당은 신도로 가득 차 있었지. 구경꾼이 광장에 넘쳐났어. 신의 집에서 도시로 이르는 큰 가로의 양쪽에 줄지어 서 있었지. 오토 대령은 대열의 선두에 자리했어. 차분하게 미사가 끝나기를 기다렸지.

황제와 황후가 대성당에서 가장 먼저 나왔어. 호화로운 사륜마차에 올라탔지. 마차가 훈장으로 치장한 퇴역 대령의 위치에 이르렀을 때 하이에나 토템의 황제가 감탄의 외침을 내질렀어. 황실 마차에서 뛰어내렸지. 장교에게 급히 달려가 그를 와락 껴안았어. 체코, 프랑스, 러시아 군대의 퇴역 장교를 말이야. 퇴직 기관사, 트럭 운전사, 비행사, 매춘 알선자, 창 투우사, 푸주한, 벌목 인부, 계란 장수, 커피 농장주…… 이었던 사람을 말이야. 그가 50세에 운명의 인간을 만난 거지. 두 남자는 자축했어. 함께 건배했지. 백인에게 위촉될 수 있는 가장 높은 직책을 황제가 즉석에서 그에게 맡겼어. 국가 서열상 황제, 황후,

황위 계승자 다음의 네번째 직위에 올랐지. 국무총리보다 앞서는 직위였지. 웅가라글라 교도소의 소장이라는 굉장한 직무를 떠맡았어.

오토 같은 심복을 교도소장으로 둔 황제는 이제 완전히 제멋대로였지. 자신의 손아귀에 떨어진 모든 이를 교도소로 보냈어. 사지로 내몰았지. 숙적과 그들의 가족, 적의 친구들을 말이야. 그가 좋아하지 않는 모든 이, 그들의 친족과 친구들을 말이야. 이전의 음모자와 앞으로의 음모자를 말이야. 과거의 공산주의자와 미래의 공산주의자를 말이야. 그러한 상황에서 언제나 일어나게 마련인 일이 순식간에 발생했어. 인원 초과가 불가피했지.

소규모의 웅가라글라 교도소가 초과 인원으로 몸살을 앓았어. 이 과도한 인원을 줄이기 위해 황제와 교도소장은 모든 이가, 심지어 마을의 맹목적인 양계업자도 알고 실행하는 방법을 동원했지. 없애기, 죽여 없애기였어요. 조수가 덧붙인다.

살인을 위해 황제와 교도소장은 죄수를 납치하는 방법을 사용했어. 대체로 법원에서 형이 선고되지 않았거나 법원에 출석하지 않은 죄수, 기결수의 가깝고 먼 친구들, 황제의 사적인 죄수가 대상이었지. 덮개를 씌운 소형 트럭이 밤에 은밀히 교도소 안으로 미끄러지듯 들어왔어. 검은 복면을 한 사람들이 뛰어내렸지. 감방의 문을 열었어. 죄수를 낚아채서 강가로 데려가 처형하고는 갈대밭에 매장하거나 악어들에게 던져 주었어.

달 없는 밤에 사라지는 죄수의 수가 아무리 늘어나도 소용이 없었지. 과잉 인원이 좀처럼 줄지 않았어. 황제가 사적으로 집어넣어야 하는 죄수가 매일 아침 새롭게 생겼기 때문이지. 설상가상으로 인원 초과 이외에 또 다른 문제점이 나타났어. 죄수를 먹이기 위한 예산이 부족하게 되었지. 고갈되었어. "죄수들이 너무 많이 먹고 어떤 일도 하지 않다니!" 하고 황제가 노기 띤 목소리로 외쳤지.

그는 죄수들이 스스로 생계비를 마련해야 한다고 결정했어. 음바이키Mbaiki 도로에서 26킬로미터 떨어진 전직 장관 죄수의 대농장을 몰수했지. 황실 안뜰의 밭에서 일하는 죄수 중에서 125명의 수감자를 떼어내 강탈한 대농장으로 보냈어. 그러한 경우에 언제나 닥치게 되어 있는 일이 일어났지. 사람들은 결코 선량하지 않아. 일하는 죄수들과 그들을 지키는 사람들이 작업의 결실 전부를 현장에서 먹어치웠어. 공동 수감자들, 지하 독방의 안쪽에서 갈고리에 사슬로 묶인 죄수들을 생각하지 않았지. 발에 매단 쇠공을 질질 끄는 쇠약한 재소자들에 대한 연민의 감정이 없었어. 잊힌 이들은 갉아 먹을 한 조각의 카사바 뿌리조차 없었지. 하나둘 죽기 시작했어. 나중에는 조별로 하루 평균 12명씩 죽어나갔죠. 코르두아가 덧붙인다.

갈수록 많은 죄수가 죽었어. 그러자 오토 대령은 산역꾼 죄수의 조를 강화하지 않을 수 없었지. 경작자 죄수의 조에서 죄수들을 떼어내 산역꾼 조의 인원을 늘려야 했어. 마침내 밭에 카사바를 심을 죄수가 한 명도 남지 않았지. 건장한 죄수들이 모두 산역꾼의 조에 배속되었어. 건장한 죄수들이 모두 죽은 수감자들의 매장을 맡았지. 카사바 재배, 카사바 수확이 불가능해졌어. 이제는 어떤 죄수도 먹을 것이 없었지. 막다른 골목에 이른 꼴이었어……

황제가 모든 제국 주민의 할아버지로서 개입했지. 자기 농장의 카사바 덩이줄기를 뽑게 해서 국가에 팔았어. 그리고 죄수들에게 제공했지. 그들이 죽어나가지 않게 되었어.

자네들, 코야가와 황제, 자네들은 교도소 방문에서 여전히 오토 대령의 안내를 받았지. 두 국가원수를 수행하는 행렬이 모두 자네들을 뒤따랐어. 붉은 문이라 불리는 건물들의 문턱에서 오토가 뒤돌아섰지. 황제에게 다가갔어. 그의 귀에 몇 마디 말을 속삭였지. 손가락으로 중앙 안뜰에 서 있는 죄수들을 가리키면서 말이야. 황제의 오른쪽 귀가 가볍게 흔들리고 분명히 펄럭이고 살랑거리는 것이 자네의 눈에 보였어. 입술이 들썩이고 사지가 떨리는 것도 보였지. 그가 미친 듯이 화를 냈어. 오토 대령이 가리킨 이들, 모여 있다가 동작을 멈춘 이들 때문이었지. 그들은 황실 안뜰의 옥수수 및 카사바 밭에서 서리하는 중이었던 거야. 그래, 황실 안뜰의 농지에서 말이야!

하이에나 토템의 남자가 황실 안뜰이라 부르는 것은 직사각형의 안뜰을 중심으로 아무렇게나 밀집한 집합체였어. 드넓은 경작지, 봉제 작업장, 사진관, 직물 창고, 건축 자재 창고, 생산 공장, 사료 저장탑, 방앗간, 외양간, 영화관, 푸줏간, 농가, 처형용 기둥, 운동장, 촬영소, 벽돌 공장, 기와 제조소 등으로 이루어져 있었지. 다이아몬드 밀매로 엄청나게 부유해지고는 아내 스무 명의 하렘과 100여 명의 자녀를 거느리기 위해 수많은 것을 사취하는 무식하고 인색한 말린케 사람의 대저택과 유사한 어떤 것이었어.

나라의 돈이 레바논인, 인도인, 서아프리카인, 하우사족에게 가지 않도록 황제는 모든 것을 시도하고 모든 독점권을 자기 것으로 돌려야만 했지. 제국 의례의 사진 촬영에 대한 독점권, 매춘업소 및 술집의 경영에 대한 독점권, 낙화생 국수 생산에 대한 독점권, 군납용 고기와 쌀, 카사바 보급에 대한 독점권, 휴지 관리에 대한 독점권, 초등학생 교복과 공수 부대원 군복, 해군 제복의 조달에 대한 독점권 등을 말이야. 황제는 나라 전체를 대상으로 모든 것을 했어. 주민들은 그를 돕기는커녕 그의 밭으로 서리하러 가곤 했지.

그러므로 황제가 공산주의 음모자들을 보고 치를 떠는 것도 이해할 만했어. 그들은 그의 자유주의적 발전을 시샘하여 그의 업적에 고의로 흠집을 냈기 때문이야. 그가 명령을 내렸지. 절도죄로 체포된 죄수 모두가 사슬에 묶여 받침대 위에 일렬로 눕혀졌어. 황제는 코란의 계율을 상기했지. 사슬에 묶인 자들을 죽을 만큼 때리라고 연대의 병사들에게 지시했어. 그러고는 벨기에 사람들이 콩고에서 했듯이 그들의 손을 자르라고 명했어. 또한 프랑스인들이 우방기샤리Ubangi Shari에서 행했듯이 그들의 귀를 자르라고 명했지.

아프리카 국가원수에게 가장 중요한 것은 도둑질, 농작물 절도에 대한 대책이라고 황제가 자네에게 가르쳐주었어. 아프리카인들은 태생이 도둑이라는 것이었지. 자네는 이 타당한 조언에 대해 그에게 감사를 표했어.

— 자네, 내 진정한 형제, 자네는 이제 알겠지. 왜 밀렵꾼에

대해서는 인도주의가 없어야 하는지 말일세. 우선 아프리카를 위해, 다음으로 전 세계를 위해 그토록 중요한 업적을 심각하게 훼손하는 자들에게 인정을 베풀어서는 안 되네. 그렇게 되면 이 땅에서 모든 전쟁이 종언을 고할 것이네. 모든 불의가 사라질 거야. 민족들 사이의 모든 몰이해가 끝장날 것일세. 내 솔선수범을 통해 아프리카는 세계를 낙원으로 변화시킬 것이네. 인간, 모든 동물종, 모든 식물, 지구 전체, 온 우주를 구원할 것일세.

황제는 자신이 필생의 사업이라 부르는 것의 장점에 관해 끊임없이 열변을 토했지. 자네들 둘은 사냥꾼 복장으로 지프 안에 나란히 앉아 아와카바Awakaba 제국 공원을 두루 돌아보고 있었어. 아침부터 황제는 자네에게 거대한 사업을 상세히 설명하고 있었지.

아와카바 황실 공원을 세계의 모든 국가원수가 비공식적으로 만나는 장소로 만드는 것이었어. 그의 마음속으로 국제연합을 아와카바로, 그러니까 아프리카로 이전하는 일을 포함하는 사업이었지. 아와카바는 세계에서 가장 넓고 가장 사냥감이 많은 사냥 공원이므로 황제는 각 국가원수에게 사냥터를 할당하고 싶다는 것이었어. 각 국가원수는 아와카바에 사저를 가질 터였지. 이 100여 채의 사저를 짓기 위한 자금의 지원은 남아프리카 정부가 이미 약속했다는 거야. 각 사저는 온갖 가구들이 화려하게 갖춰질 것이었어. 심지어는 젠데 여자들도 조를 짜서 마련될 판이었지. 그들에게는 국제연합의 끝없는 회의 후에 국가원수들을 기운 나게 하는 일이 맡겨질 터였어. 국가원수들은 젠데 여자들의 활약 때문에 아와카바에 애착을 갖게 되고 이 공원에서 휴가를 보내리라는 것이었지. 그리고 언젠가는 국제연합을 아와카바로 이전하는 문제가 모든 국가의 만장일치로 가결되리라는 주장이었어.

자네에게 할당된 사냥터를 황제가 자네 코야가, 자네에게 보여주었지. 오늘날 세계를 분할하는 커다란 문제들이 아와카바 덕분에 이웃들 사이의 사소한 말다툼에 지나지 않게 될 거야.

자네는 자네 자신의 사냥터를 돌아보는 중이지. 멀리 독수리들이 보여. 요란한 울음소리를 내면서 아라베스크 문양과 동그라미 형태를 하늘에 그리고 있어. 황제가 자네에게 조용히 하라고 부탁해. 자네로 하여금 사자를 사냥하게 하고 싶었던 거야. 기회가 왔다고 생각하고는 기뻐해. 독수리들이 큰 사냥감을 방금 쓰러뜨린 맹수 한 쌍 위에서 선회하고 있다는 확신 때문이지. 자네가 조용히 지프에서 내려. 관목림의 키 작은 가시나무들을 가로질러 잠입해. 깜짝 놀라! 사자가 아니라 밀렵꾼인 거야. 투창을 들고서 죽은 코끼리 주위에 모여 있어. 밀렵꾼들이 몹시 당황하여 투창을 던져. 황실의 밀렵 감시인이 치명상을 입어. 불행하게도 모든 밀렵꾼이 다 덤불숲으로 도망쳐 사라지지는 못해. 황제가 가장 뒤처진 밀렵꾼을 붙잡아 죽여. 황제가 밀렵꾼의 시신을 유심히 살펴. 이번에도 데미II 마을의 주민들이야. 그가 군인들에게 이 마을을 파괴하고 주민들을 응가라글라 감옥(죽어가는 사람들의 수용 시설)에 집어넣으라고 명령해.

갑자기 제국의 하늘에서 비행기 한 대, 두 대…… 대략 10여 대의 편대가 붕붕거리며 날았어. 자네 코야가, 자네가 당황했지. 몹시 당혹스러웠어. 제국 전체에 비행기가 한 대뿐이고 이 카라벨 제트 여객기를 황제, 하이에나 토템의 남자가 개인적으로, 엄격하게 개인적으로만 이용하고 있다는 것을 알고 있었기 때문이지. 그는 때때로 (아주 비싼 값으로) 이 비행기를 공군과 국립 항공사에 임대하곤 했어. 이 나라에서의 항공기 임대차에 대한 독점권이 그에게 있었지.

주인 황제는 손님의 당혹감을 이해하고 자네를 안심시켰어. 하늘에서 비행기들이 오고 가는 것은 표범 토템의 남자가 도착한다는 신호라는 거였지. 표범 토템의 남자는 아와카바의 자기 오두막에서 주말을 보내러 오곤 한다는 것이었어. 표범 토템의 남자는 의심이 많고 신중했지. 나라의 모든 재물과 공화국의 모든 유력 인사 없이는 결코 자기 나라를 떠나지 않았다는 거야. 이 책략은 효과적인 것으로 드러났어. 세 차례에 걸쳐 음모자들이 도벽 공룡(표범 토템 독재자의 별명 가운데 하나)의 이동을 이용하여 운을 시험해봤지. 비록 성공했을지라도 금고가 완전히 텅 비어 있으리라는 예상 때문에 세 차례 모두 그들의 용기가 꺾였어. 이는 코야가 자네를 위한 교훈, 자네가 어느 날 오후 내내 곰곰이 생각한 교훈이었지.

탐탐 치는 사람의 활기와 상관없이 춤추는 사람은 때때로 멈춰 숨을 몰아쉬지. 이 춤꾼처럼 좀 쉬었다 하자. 권력에 관한 세 가지 속담의 뜻을 곰곰이 헤아려보자. 소라가 연주하고 조수가 춤춘다. 다음의 속담이 읊조려진다.


'독재 권력에서는 손이 발을 묶고 민주주의에서는 발이 손을 묶는다.'

'왕을 위해 탐탐의 리듬은 바꿀 수 있지만 탐탐의 가죽을 덮히는 장작불을 바꿀 수는 없다.'

'왕의 파리는 왕이다.'


# 16


아! 티에쿠라. 표범 토템의 남자는 폭군이었어. 범죄적인 유형, 가장 고약한 범주에 속했지. 그렇게 기묘하고 이야기하기가 까다로운 독재자에 관해 말해야 할 때는 행적으로, 그러한 독재자를 낳은 국가와 민족의 돈소마나로 시작하는 것이 더 낫지요. 조수가 끼어든다.

표범 토템 독재자의 나라는 세계에서 가장 큰 강들 가운데 하나의 유역이야. 이 영토가 큰 강 공화국으로 불리지.

큰 강 유역의 돈소마나는 1870년 서유럽에 위치한 작은 신생국의 두번째 왕 폴 2세와 함께 시작되었어. 폴 2세의 왕국은 면적이 3천 평방킬로미터에 불과했지. 그의 위대함에 비해 지나치게 작은 왕국이었어. 8백만의 유럽 소시민과 기독교도, 온화한 사람들의 통치자치고는 너무 야심차고 까다롭고 음흉했지. 알라께서 실현하는 것이라고 해서 언제나 올바르고 완벽하지는 않아. 알라께서는 때때로 큰 머리를 베풀어주면서 긴 터번을 획득할 수단은 주지 않지. 폴 2세의 경우가 그랬어. 그는 자신의 바지, 생각, 종교, 나라가 갑갑했지. 늘 잠을 설쳤어. 젊은 왕은 밤마다 저녁 기도 후에 성모상 앞이 아니라 아프리카 지도 앞에 무릎을 꿇었지. 성경이 아니라 모험 이야기책을 읽었어. 공간을 열망했지. 어느 날 저녁 그의 책들에서 명백한 사실이 하나 드러났어. 진짜 새로운 발견이었지. 아냐 말도 안 돼, 확실하지 않아! 아니 미개인의 식민 통치에 도가 튼 프랑스인과 영국인, 포르투갈인이 흑아프리카의 빈 땅에 눈독을 들이지 않았다니! 식민지화에 정통한 민족들이 아프리카 해안에만 관심을 가졌어. 식인종의 잔인성으로 말미암아 이 대륙의 내부로 들어갈 엄두가 나지 않았던 거야. 대륙의 내부에는 빈 땅이 남아 있었지. 이 명백한 사실, 이 새로운 발견에 폴 2세는 눈물을 글썽이기까지 했어. 그의 운명과 그의 백성에게 다가올 운수 그리고 중앙아프리카의 미래가 변할 판이었지. 그래 아프리카에는 가능성이 아직 남아 있어! 뭔가 시도해볼 여지가 없지 않아! 기독교 세계를 위한 기회야! 나의 왕국을 위한 기회이고말고! 광활한 열대림의 미개한 식인종에게도 기회야! 폴 2세는 자신의 작은 예배당으로 들어갔어. 자신이 업적을 이룰 수 있도록 성모 마리아께 기도를 올려달라고 고해 신부에게 부탁했지. 남은 생애를 커다란 기독교 사업에 바칠 생각이었어. 드넓은 큰 강 유역의 흑인들을 노예 상태와 무지, 이단의 가르침에서 구해내는 일이었지. 아멘! 그러고는 모든 것이 쏟아져 내리는 물줄기처럼 일사천리였어.

폴 2세의 후원 아래 1876년 9월 12일 왕국의 수도에서 국제 지리 회담이 열렸지. 이 회담에서 국제 아프리카 협회가 창설되었어. 열대림의 중심부에 마침내 문명의 깃발을 세우기로 결정했지.

그 후에 폴 2세는 궁전으로 탐험가 스탠리를 불러들였어. 스탠리는 식인종과 말라리아의 아프리카를 가로지르는 1만 2천 킬로미터의 여행에서 돌아와 있었지. 이 여행에서 자신의 유럽 동료들을 모두 잃은 상태였어. 문명 세계가 그를 열렬히 맞아들였지. 정부들과 왕들이 그를 치하했어. 학술원들과 학회들이 그를 기렸지. 하지만…… 하지만 스탠리는 부유해지지 않았어. 가장 중요한 것이 결여되어 있었지. 인기가 있었지만 여전히 궁핍했지요. 티에쿠라가 덧붙인다. 스탠리는 궁핍한 생활에 시달렸어. 폴 2세가 그를 위로했지. 그의 친구가 되었어. 그와 속내 이야기를 나눌 수 있었지. 그에게 묵직한 루이 금화 주머니를 하사했어. 폴 2세는 새로운 친구를 신뢰했지. 그에게 자신의 복안腹案을 털어놓았어.

폴 2세는 아프리카 정복에 이력이 난 강대국들의 의심을 사지 않고 중앙아프리카의 땅을 차지하고 싶었지. 무엇보다도 아프리카 땅 전역에 대한 자연권과 신권神權을 자부하는 강대국들이 의심스럽게 생각하지 않아야 했어. 왕과 탐험가는 국제 아프리카 협회 안에 국제 대하大河 협회를 설립했지. 그리고 과학과 인도주의의 이타주의적인 깃발 아래 스탠리는 왕의 재정 지원을 받아 새로운 탐험을 감행했어. 그는 문화와 과학의 견지에서 원주민과 접촉하는 것으로 그치지 않았지. 촌장들과 협정을 체결하기도 했어. 여러 곳에 군부대와 상관을 설치했지. 급기야 500여 협정을 체결하게 돼. 나중에는 통상 조약에 조인할 수 있게 되지. 폴 2세의 작은 왕국보다 80배 넓은 큰 강 유역의 민족들, 천연자원, 사바나, 산림에 대한 절대적인 독점권이 이 조약에 의해 국제 대하 협회로 넘어가게 돼.

1876년 베를린에서 아프리카 분할 회담이 열렸을 때 영악스럽게도 폴 2세는 큰 강 공화국의 원주민과 체결한 협정들을 제시했어. 자신의 과학 및 인도주의 협회를 내세웠지. 모든 참가국 대표들이 깜짝 놀랐어. 결판이 났지. 프랑스인과 영국인이 속았다고 생각하고는 항의했어. 그들은 미개인을 식민 통치할 권리가 당연히 자신에게 있다고 생각하고 있었던 거야. 설사 이 협회가 과학, 기독교, 인도주의, 반反노예제를 표방했을지라도 그토록 작은 나라의 왕이 주도하는 협회에 그토록 넓은 땅덩어리를 넘길 수는 없었지. 교활한 왕은 성경에 손을 얹고 자신의 협회가 기독교와 인도주의, 과학에만 관심을 갖고 있을 뿐이라는 점을 강조했어.

그는 위장僞裝 양보를 함으로써 두 강대국의 분노를 가라앉혔지. 영토를 큰 강 공화국이라는 독립국으로 만들겠다는 것이었어. 모든 국가의 상품 거래가 가능할 것이고 유럽인이 사전의 허가 없이도 빈 땅에 정착할 수 있을 것이라고 했지. 이는 영국인이 요구했던 거야. 그의 협회가 임무의 수행에 실패할 경우에는 갈리아의 수탉(프랑스)이 큰 강 공화국의 유역에 대한 선매권을 갖게 되리라는 것이었어. 이것은 프랑스인이 모색하고 있던 것이야.

왕은 큰 강 공화국 유역의 유일한 소유자로 인정받았지. 그는 교활하고 엄청나게 탐욕스러웠어. 쟁취한 영토에서 곧바로 수익을 올리고 싶었지. 왕국 재단에, 다시 말해서 자기 자신에게 토지의 10퍼센트를 할당했어. 왕이 가져다준 문명의 혜택에 대한 보상의 명목으로 원주민에게 징용과 세금을 징수했지. 각 마을에서 군부대나 선교를 위한 징용으로 인력이 공급되었어. 관목림의 각 원주민 가족은 주민별로 인두세를 냈지. 다량의 상아와 붉은 고무에 상당하는 현물이었어. 요구받은 무게 또는 분량의 고무나 상아를 부담할 수 없는 원주민에게 화가 있을 터였지! 반항적이거나 말을 안 듣는 주민은 오른손을 자른 다음에 잘린 부위를 끓는 나무즙에 담가 상처를 치유했어. 회교도로부터 물려받은 이 형벌을 회충들, 원주민 병사들이 실행했지.

건장한 주민들이 대거 떠났어. 관목림의 가장 깊은 곳으로 달아났지. 마을은 갈수록 손이 불구인 사람들의 수용소가 되어 갔어. 영국인과 선교사 그리고 특히 프랑스 기자들이 잘린 손의 추문과 왕 폴 2세의 탐욕을 비난했지. 프랑스인은 선매권의 행사를 변함없이 바라고 있었어. 손이 불구인 국민을 물려받을까 봐 염려했지. 왕은 강대국들에 의해 재산을 막 빼앗길 판이었어. 재빨리 큰 강 공화국을 자발적으로 처분했지. 1908년 왕국으로 넘겼어.

왕국은 역할을 계승하자마자 악습을 끝장냈지. 이 나라의 사회 변화를 선교회에 맡겼어. 선교회에서는 한 세기 반이라는 기한을 설정했지. 원주민을 훌륭한 사람으로 만드는 데 그만큼 긴 세월이 필요하다는 것이었어. 더 이상 나태하지 않고 성욕에 끌리지 않을, 도둑질을 멈추고 독실한 가톨릭교도가 될 사람으로 말이야. 사제들은 지금부터 2050년까지 큰 강의 원주민은 추상화 능력을 갖게 될 것이고 지식인이 나라를 관리할 수 있을 것이라고 생각했지.

1950년대에 브뤼셀의 만국 박람회에 즈음하여 선교회는 아직 한 세기가 남아 있다고 냉정하게 생각했어. 마침내 큰 강의 원주민 집단들에게 유럽 여행을 허용했지. 큰 강의 원주민들은 단순히 호텔을 예약하지 않았어…… 수도사들이 숲과 가옥으로 미개인의 전통적인 주거 환경을 재현해놓은 빌라가 그들로 활기를 띠었지. 신부들은 흑인들을 그들의 관습에 맞게 숙박시켰다고 생각했어. 그들을 기독교적으로 관대하게 대했지. 뜨거운 감사의 표시를 기대했는데 믿을 수 없는 소식이 들려왔어. 큰 강의 미개한 원주민들이 은혜도 모르고 독립을 요구했지. 완전한 독립을 즉각적으로 보장하라니! 정말 미친 자들이야!

표범 토템의 독재자에 관한 엄밀한 의미에서의 돈소마나는 매우 가톨릭적인 왕 폴 2세의 시대로부터 시작돼. 그 당시에 왕은 큰 강 공화국의 흑인들이 이미 받은 저주, 즉 피부색이 검다는 저주를 손 없는 불구들의 민족이라는 추가의 신체 장애로 가중시키기 시작했었지.

어느 해 독재자의 할아버지가 자신에게 부과된 붉은 고무의 무게를 채우지 못했어. 손 자르는 사람들을 간신히 따돌렸지. 카누의 노를 젓는 사람다운 힘센 팔 덕분으로 강의 다른 쪽 기늪에 닿고는 깊은 숲속으로 사라질 수 있었어.

바로 이 깊은 숲속에서 미래의 독재자에게 어머니가 되는 아름다운 모모가 태어났지. 모모는 인정이 많고 수시로 방긋방긋 웃고 몸집이 풍만했어. 응가카Ngaka족의 전통 부족장이 그녀의 몸을 법적으로 획득했지. 그는 숲에서 비범하고 균형이 잘 잡힌 것이라면 어떤 것이라도 자기 것으로 만들곤 했어. 수도사들이 큰 강 공화국을 직접 관리하게 되었을 때 경이로운 모모는 늙은 전통 부족장이 자신의 몸과 너그러운 인정에 어울리지 않다고 생각했지. 어느 일요일 아침 그가 싫어졌지. 그녀는 두 적자를 늙은 부족장에게 내맡기고 두 사생아(이들 중의 하나가 표범 토템의 남자가 되지)의 손을 잡고 숲에서 나와 강을 건넜지. 그러고는 앞으로 곧장 걸었어. 선교회로, 선량한 신부들에게로 갈 요량이었지. 결코 다다르지 못할 판이었어.

선교회의 정문에서 그녀가 도착하는 것을 처음으로 본 사람이 그녀를 불시에 멈춰 세웠지. 그녀를 맞이하고는 즉석에서 기독교식으로 그녀와 결혼했고 뒤이어 두 서자를 민법상으로 그리고 종교 의식에 따라 자식으로 인지했어. 활동적인 모모를 순식간에 떠맡은 거야. 몹시 행복한 순간이었지. 그러고는 거의 10년 동안 그녀를 꽉 붙잡아두었어. 그는 신부들의 탁월한 요리사 베르마니였지. 알베리크 베르마니, 이것이 그의 이름이었어. 신부들은 요리사의 습격(유괴)을 좋게 생각하지 않았지. 그의 행위를 나무랐어. 베르마니는 많지 않은 식구들과 함께 고용주를 떠났지. 선교회의 가장 가까운 이웃, 식민지 재판관 델쿠르의 요리사가 되었어. 델쿠르 부인은 온종일 찬방饌房에서 죽치는 청소년(미래의 독재자)에게 프랑스어를 가르쳤지. 델쿠르가 본국으로 돌아가자 신부들이 베르마니만큼 재능 있는 요리사를 여전히 찾아내지 못한 까닭에 그를 다시 고용했어. 그의 양자를 선교회의 학교에 받아들였지.

어느 해 방학 동안 이 청소년(미래의 국가 지도자)은 입문 의례를 치르기 위해 강기슭으로 돌아갔어. 의례를 치르는 이들은 누구나 부족이 필수적이라고 간주하는 자질을 갖추게 되지.

응간디Ngandi족, 미래의 독재자가 속한 부족, 카누 사공이자 고기잡이인 방갈라Bangala 민족의 갈래 가운데 하나는 도둑질과 거짓말, 담력을 중시했어. 입문 과정에서 이 청소년은 황소 두 마리를 훔쳤지. 처녀 둘을 납치했어. 투창으로 표범 한 마리를 죽였지. 양 끝이 뾰족한 하찮고 작은 막대기만으로 강에서 가장 위험한 살인 악어를 무찔러 물에서 끌어냈어. 응간디 부족의 주술사들은 모두 이 젊은 입문자가 자신의 민족에서 가장 위대한 인물이 될 것이라고 예언했지. 그에게 많은 부적과 물신을 주고 저주를 막아줄 많은 기도의 비어秘語를 가르쳤어.

세월이 흐르면서 모모 아줌마, 아름다운 모모도 침착해졌지. 남편의 죽음 이후에 그녀는 어떤 대가를 치르고서라도 아들을 종교 학교에 다니게 하고 싶었어. 이를 위해 끊임없이 이 수도원 저 수도원에 봉사를 자청했지. 모모 그녀의 꿈은 아들(머리가 좋고 책을 엄청나게 많이 읽고 거칠다는 평판을 선생들로부터 받았어)이 사제, 신부가 되는 것이었지. 그는 결코 신학교에 진학하지 않을 거야.

어느 날 아침 동이 틀 무렵에 그는 담벼락 아래에서 식민지 공권력의 한 하사와 두 사병을 우연히 만났어. 밤에 도시의 퇴폐적인 동네를 싸돌아다니고 나서 기숙 학교로 돌아오기 위해 매우 자주 타고 넘은 담벼락이었지. 그들이 그를 기다리고 있었어. 바로 그날 오전에 그를 징집했지. 군에 입대시키는 것은 신부들이 규율을 지키지 않는 중학생을 쫓아내기 위해 찾아낸 방법이죠. 마클레디오가 설명한다.

하지만 두꺼비를 너무 멀리 던지려다 연못의 행복 속으로 던지는 결과가 되기 십상이야. 표범 토템의 남자는 공권력을 위해 태어났어. 공권력은 그를 위한 것이었지. 공권력에서 그는 회계와 타자기 사용법, 특히 저널리즘을 배웠어. 교양인 증서를 받기에 충분했지.

선교회와 식민지 행정부는 교육 프로그램에서 기대 이상의 성공을 거두었다고 생각했다는 것을 알아야 해. 어느덧 50년에 걸쳐 대학 출신자 다섯 명을 양성하는 데 성공했던 거야. 예정된 프로그램보다 앞서 나갔지. 2000년 이전에는 지식인의 양성이 예정되어 있지 않았으니까! 큰 강의 도시들에서 마주칠 수 있는 것도 프로그램에 앞섰어, 너무 앞섰지. 걸음걸이, 억양, 양복 재킷과 넥타이, 심지어는 나비넥타이의 착용까지 백인을 완벽하게 흉내 내는 흑인들이 거리에 급증했어. 그들은 원주민들이 프랑스령에 관해 말하는 것을 보거나 들었지. 강 맞은편 연안의 원주민들이 독립을 획득했어. 프랑스인들이 속령들을 처분했지. 그곳에서 일을 잡쳤어. 선동가 흑인들에게 그곳을 넘겼지. 새로운 정세에 꿋꿋하게 대처해야 했어. 큰 강 공화국의 신부들과 식민지 행정부는 교양인 또는 예비 교양인 자격증을 고안함으로써 그렇게 했지. 이 증명서는 (표범 토템의 남자처럼) 유럽화된 원주민을 여전히 미개한 자국민과 구별할 수 있게 해주었어.

시험이 매우 까다로웠지. 백인의 것에 관해 산더미같이 많은 것을 알아야 했어. 액체를 코를 대고 들이마시지 않고 잔으로 마시기, 입아귀로 부스러기를 떨어뜨리지 않고 포크로 먹기, 손수건에 코를 풀고 가래를 뱉기, 터키식 변기의 구멍을 단단한 대변, 잘 주조된 똥으로 정확히 겨냥하기, 아내를 포옹하고 나서 방탕한 애무 없이 아내와 정사를 하고 일 년 내내 아내와만 사랑을 하기, 백인(셈, 야벳)을 축복하고 흑인(함, 가나안)을 저주하는 성경에 대한 믿음을 선언하기, 그러니까 어둠(흑인)에 대한 (백인에 의해 구현된) 빛의 우위를 돌이킬 수 없는 자연법으로 인정하기 등을 할 줄 알아야 했지요. 코르두아가 덧붙인다.

어린 악어는 가르치지 않아도 물에서 헤엄칠 줄 알지. 표범 토템의 남자는 백인 재판관의 아내에게서 알파벳을, 중등 신학교의 신학자들에게서 종교를, 공권력을 행사하는 관리들에게서 법을 배웠으므로 그러한 시험에 떨어질 리가 없었어. 20점 만점으로 자격증을 획득했지.

이 나라의 가장 중요한 일간지 『미래』에서 이 깨인 예비 교양인을 기자로 채용했어. 그가 예비 교양인 자격시험에서 받은 뛰어난 성적이 고려되었지. (실제로 '예비 교양인' 자격증이 교부되었어. 신부들이 2000년 전에는 교양인 자격증을 수여하지 않기로 했기 때문이야. 큰 강의 허풍떨고 잘난 체하는 원주민들이 보통의 예비 교양인 증명서를 '교양인' 증명서라고 불렀지.) 그가 시험에서 획득한 경이로운 성적에 따라서였어. 그러고는 왕국의 수도로 연수 보냈지(교양인이나 예비 교양인은 특히 유럽으로 여행할 권리가 있었어).

왕국의 수도에서 연수 장학금이 극히 적은 것으로 드러났어. 밤에 나이트클럽을 계속 돌아다니기 위해서는 별도로 돈을 벌어야 했지. 표범 토템의 남자는 큰 강의 원주민 민족주의자들 속으로 침투시킬 첩보원을 찾는 식민 국가의 정보 당국과 접촉함으로써 소득을 확보했어. 큰 강 공화국의 위대한 민족주의자 파스 홈바가 왕국의 수도로 여행했을 때 표범 토템의 남자는 그가 어디로 가든 밤낮으로 그를 따라다녔지. 이 애국자의 몸짓과 말이라면 아무리 사소한 것일지라도 수집했어. 식민지 지배자에게 정보를 주기 위해서였지. 천성이 너그럽고 그다지 경계하는 성격도 아닌 파스 홈바는 이렇게 자신을 따라다니는 잘생긴 젊은 기자에게 호감이 생겼어. 그를 자신의 심복으로 삼았지. CIA의 미국인들은 그를 '우수 첩보원'으로 만들었어. 그가 홈바 곁에서 식민지 지배자의 두더지로 활약하고 있다는 사실을 알아차렸던 거야. 표범 토템의 남자는 홈바, 식민 지배를 위한 정보기관, 미국 CIA의 호의를 모두 얻음으로써 모든 준비를 마쳤지.

공권력이 붕괴되고 아프리카 헌병들이 식민지 장교를 쫓아냈을 때 당장 원주민 총지휘관을 만들어낼 필요가 있었어. 식민지 정보기관과 CIA는 파스 홈바로 하여금 통찰력을 발휘하고 호의적인 손길을 뻗어 표범 토템의 남자에게 장군 계급을 부여하도록 유도했지. 그는 공권력에서 일개 하사관이었는데 말이야. 중앙아프리카에서 가장 넓은 나라, 세계에서 지하자원이 가장 풍부한 나라의 최고 지휘관으로 선임되었어.

이러한 승진과 임명 이후에는 독재자의 삶에서 날조와 진실을, 붉은 원숭이의 똥과 검은 원숭이의 똥을 구별하는 것이 불가능하게 돼. 표범 토템의 남자는 응간디족의 사람이야. 이 부족민이 기르는 기본 미덕은 거짓말과 도둑질, 담력이지. 담력에 힘입어 표범 토템의 남자는 훔치고 죽이기 위해 경이로울 정도로 속일 줄 알게 돼.

바로 이 사람과 함께 코야가 자네는 한 시간 동안 비행했던 거야. 공항에서 자네는 이 독재자가 국가원수를 위해 준비한 환영을 받았어.


— 내 나라 밖에서 당신을 맞이했소. 내 나라 밖에서 당신과 작별할 것이오. 하이에나 토템의 독재자가 자네에게 말했지.

— 과분하게 잘 대해주셔서 감사합니다. 저의 체류 기간 동안 이례적이고 걸출한 가르침에 감사합니다. 하지만 당신에게 또 다른 폐를 끼친다면 결례가 될 것입니다. 공연한 여행을 또 하자고 할 수는 없습니다.

— 내가 당신과의 동행에 집착하는 이유가 있소. 우리의 예법이자 나의 습관이기 때문이라오. 하이에나 토템의 남자가 곧바로 대꾸했어.

자네가 그에게 간청했지. 몸을 아끼라고, 머물러 있으면서 시급한 일들을 처리하라고, 더 이상 국민을 저버리지 말라고 말이야. 자네는 표범 토템의 남자와 함께 여행하기로 되어 있었어. 그러니까 여행의 고독을 두려워하지 않았지. 하이에나 토템의 남자는 이미 한 것으로 충분했어.

하이에나 토템의 남자가 몸을 기울여 자네의 귀에 몇 마디 말을 중얼거렸지. 자네가 미소를 머금고는 곧바로 표범 토템의 남자에게 자네의 주인을 동행하게 해달라고 요청했어.

그가 자네에게 속삭인 것은 국가 비밀이었지. 나중에야 밝혀 졌어. 그가 이유를 고백했던 거야. 그날 일정이 없다는 것이었 지. 그의 비망록에 단 하나의 할 일이 적혀 있었어. 하지만 그 면담에 필요한 평정심이 그에게 부족했지. 그의 젠데족 첩이 만족하지 못해서 화가 난 상태로 황실 안가의 침대에서 벌거벗 은 채 그를 기다리고 있었어…… 그에게는 그녀의 정신을 잃게 만들고 그녀의 욕구를 충족시키고 그녀를 만족시킬 힘이 모자 랐어요. 조수가 설명한다.

이런 이유로 충분했지. 자네들 셋이 비행기에서 내리게 되었 어. 큰 강 공화국의 수도에 세 명의 국가원수가 한꺼번에 모습 을 드러냈지. 표범 토템과 하이에나 토템 그리고 자네 매 토템 이었어.

수많은 젊은 여자들이 춤추고 노래해. 허리에 두른 음부 가 리개에 세 국가원수의 초상이 인쇄되어 있어. 춤은 음탕하고 노래는 국가원수의 영광을 기리는 것이야.

—거참! 거참! 모두들 아름답군! 이토록 많은 미인이 모여 있을 줄이야.

하이에나 토템의 남자가 젊은 여자들의 얼굴을 뚫어지게 쳐다보면서 감탄의 말을 쏟아내. 그는 다른 국가원수들이 의장대 사열을 계속하도록 내버려두고 곧장 춤추는 무리 쪽으로 발걸음을 옮겨. 환호성과 아우성, 함성이 퍼져. 탐탐의 리듬이 바뀌지. 황제 찬가가 울리기 시작해. 젊은 여자들이 가까워져. 음부 가리개의 매듭이 반쯤 풀린 상태야. 정신없이 춤에 몰입하고 있어! 엉덩이로 정말 음란하고 외설적인 율동을 선보여. 자제하기가 불가능해. 누구라도 그들의 농염한 성적 매력에 저항할 수 없을 거야. 하이에나 토템의 남자가 춤추는 무리 안으로 뛰어들어. 저크, 스윙, 트위스트 춤을 춰. 그래, 그는 잔혹한 독재자일 뿐만 아니라 춤출 줄도 알아. 후자가 전자를 폭넓게 벌충해. 그는 예술가, 재능 있는 대단한 안무가야. 지팡이를 이리저리 규칙적으로 흔들어. 그의 가슴에 무수히 달린 무거운 훈장들이 들썩여. 온갖 식민지 전쟁에서 받은 것들이지. 어깨와 엉덩이에서 위대한 황제의 다른 휘장들이 모두 요동쳐. 춤추는 무리 주위를 혼자 두 차례 돌아. 세번째로 돌 때 숫염소처럼 한 젊은 무용수를 뒤따라. 그녀는 확실히 음란해 보여. 다섯 잔걸음을 걷고 나서 멈추고는 음란한 동작, 고승도 타락시킬 만한 음란한 몸짓에 몰두해. 황제를 끌어들여. 하이에나 토템의 남자가 그녀를 따라 해. 세계의 모든 텔레비전이 생방송하는 상황에서 실연해. 자신의 예능을 과시해. 예능의 재주가 넘쳐흘러.

표범 토템의 남자는 수치, 자신의 수치를 잘 제어하지 못했지. 황제는 계속해서 팔다리를 떨어댔어. 자네를 초대한 주인이 손님 코야가 자네의 팔을 끼고서 접견실까지 데려갔지. 서로 마주보고 앉았어. 그는 단 둘만 있는 상황에 틀림없이 영향을 받았을 거야. 진지하게 고백하기 시작했지. 자기 자신을 정당화하고 싶었던 거야. 제국주의(국제 언론을 이렇게 불렀어)가 그에 관해, 그의 국민과 나라에 관해 보도한 것을 믿어서는 안 된다는 것이었어. 경제의 어려움이 없지는 않다는 것이었지. 난제들이 실재한다고 인정했어. 제국주의는 이것이 일시적이라고 알고 있고 자신은 이 점이 두렵다는 것이었지. 시민들이 나라를 발전시킬 수완과 의식을 오래지 않아 획득하리라는 것이었어. 큰 강 공화국 전체, 나라 전체가 부유해지리라는 것이었지. 시민들이 경영과 산업화에서 실패했지, 춤, 노래, 흥행 산업에서 실패한 것은 아니었다는 거야. 그들은 흥행 산업에 의해 나라를 변화시키고 발전시키리라는 것이었지. 흥행 산업을 통해 목적에 도달하리라는 것이었어. 이는 비관론자들이 생각하는 것보다 더 빨리 일어날 것이라는 말이었지. 벌써 큰 강 공화국의 음악이 오늘날 세계에서 가장 중요한 리듬 중의 하나라는 것이었어. 벌써 자기 나라의 가수들이 세계에서 가장 인기 있는 부류에 속한다는 것이었지. 이 대담에서 코야가는 저개발과 기근에 대한 싸움에서 노래와 춤, 국가원수를 찬양하기 위한 노래와 춤 또한 발전의 수단이라는 점을 틀림없이 기억해 두었을 거야.

황제가 팔다리 나부대기를 멈췄어. 숨이 가빴던 거야. 이마에 굵은 땀방울이 맺혔지. 젊은 여자의 팔을 잡아 그녀를 접견실로 데려갔어. 다른 두 국가원수 앞에서 그녀가 절을 했지. 그러고는 군중의 갈채와 환호 속에서 외설적인 몸짓을 시작했어.

황제가 이 젊은 여자를 소개하고 자신의 생각을 밝혔지. 그녀는 무용수 중에서 가장 아름답고 가장 재능 있는 여자라는 것이었어. 그가 몸을 기울여 자네의 귀에 중얼거렸지. "그리고 확실히 가장 음탕한 여자라오." 그래서 자신의 형제 겸 친구 표범 토템의 남자에게 두 가지를 요청했어…… 첫번째는 이 무용수와의 결혼이었고 두번째는 작별 인사였지.

공항에서 황제의 문장紋章을 단 비행기가 날아올라 구름 속으로 사라졌어. 후우! 모두가 안도했지. 모든 이가 숨을 몰아쉬었어. 표범 토템의 남자가 막 헐뜯기 시작할 판이었지. 그때 비행기가 구름 밖으로 나왔어. 착륙 허가를 요청했지. 황제가 비행기에서 나와서 모든 이를 안심시켰어. 그가 돌아온 것은 기체의 고장 때문이 아니었지. 구름 속에서 그가 젊은 무용수를 태우지 않았다는 것을 기억해낸 것이었어. 그의 형제 겸 친구가 그에게 결혼을 허락한 무용수 말이야.

축제에 무용수와 탐탐 연주자만 있는 것은 아냐. 여가수도 있어. 무용수는 때때로 춤을 중단하고 여가수에게 귀를 기울이지. 우리도 권력에 관한 몇 가지 성찰을 경청하자.


'범죄를 처벌하지 않는 북은 깨어진 물통이다.'

'왕이 자신의 왕좌에 앉아 있는 동안 다른 왕은 자신이 앉을 왕좌를 깎는다.'

'나쁜 왕이 아니라 나쁜 신하들이 있다.'

아! 티에쿠라, 표범 토템의 남자는 얼마 전부터 언제나 자신의 배에서 살았어. 자네들이 헬리콥터에서 M.S. 발롤라호의 갑판으로 내리자마자 표범 토템의 남자는 하이에나 토템의 독재자에 대해 품고 있는 온갖 경멸, 가슴에 담고 있어서 그의 마음을 괴롭히는 악의를 내뱉기 시작했지.

—황제…… 황제라니! 참으로 아프리카 전체의 수치야! 난폭한 군인일 뿐이라고! 바보 같은 짓거리로 아프리카 국가원수의 지위에 먹칠을 하고 있어! 황제로 자칭하고는 가장 높은 계급의 국가원수라고 주장하는 더러운 놈! 머저리야.

그러고는 자신의 생각을 밝혔어. 황제는 유럽의 창작물이었네. 황제는 진정성 있는 아프리카 국가원수보다 훨씬 적은 특권을 가졌지. 표범 남자 그를 진정성 있는 우두머리, 국부로 임명한 것은 조상의 넋이었네. 그는 국가 전체를 마음대로 처분하고 이용했지. 황제의 결정은 선량選良에 의해 추인되어야 하네. 아프리카 국가원수의 결정은 그렇지 않지. 아프리카 국가원수는 자신이 임명한 국무위원들의 의견을 묻네. 하지만 그들의 견해를 따르지 않아도 되지. 황제의 지출은 예산에 포함되네. 진정한 아프리카 국가원수는 국고와 중앙은행의 모든 돈을 마음대로 사용하지. 그가 지출하는 것을 누구도 헤아리지도 통제하지도 않네. 황제는 법의 제약을 받지. 진짜 아프리카 국가원수는 관용을 베푸네. 그게 전부지. 아프리카 국가원수는 확실히 황제보다 우월하네. 표범 토템의 남자가 결론을 내렸어.

그러고는 자네에게 진정성을 통치에 적용하라고 조언했지. 이것이 아프리카인에게 적합한 통치라는 것이었어.

진정성에 힘입어 참된 우두머리가 있는 곳이라면 어디에서나 영속적인 축제가 벌어져. 대통령의 배는 헌병들의 집단이 거주하는 진짜 벌통, 무성한 판야나무였지. 하늘에서는 헬리콥터들이 끊임없이 선회했어. 갑판 위에서는 생기발랄한 기쁨조의 율동적인 노랫소리가 밤낮으로 들려왔지. 그들은 표범 토템 남자의 활동을 고취하기 위해 열렬한 찬사를 끊임없이 부르짖었어. 춤을 추면서 배와 엉덩이를 정신없이 흔들어댔지. 그를 자극하기 위한 선정적인 몸짓을 그치지 않았어. 진정성 있는 진짜 아프리카 국가원수는 항상 사자의 용기와 황소의 성욕을 지니고 있지.

표범 남자는 자신의 가장 가까운 협력자 네 명을 불러내 한 사람씩 자네에게 소개했어.

독재자가 맨 먼저 소개한 국무위원, 상석권의 순서에서 네번째 국무위원의 지위를 차지하고 있는 자는 이름이 사콤비, 시민 사콤비 이농고였지. 선전과 국민 교육을 담당하는 장관이었어. 사콤비는 표범 토템 남자의 불알친구였지. 표범 토템의 남자처럼 그도 예비 교양인 학위를 취득했어. 그는 이 독재자를 속속들이 알고 있었지. 표범 남자가 개천에서 용 난 격이라 아주 고상해질 수는 없다는 것을 이해했던 거야. 독재자는 언제나 어질병이 있었어. 자기 자신을 보고 믿고 다른 이들을 믿기 위해서는 자신이 있는 곳에서 사람들이 그에게 함성을 지르는 것을 필요로 했지.

그가 중국과 북한을 여행하는 동안 마오쩌둥과 김일성은 표범 토템의 남자를 위해 열광적인 환영 행사를 계획했어. 사콤비 이농고 장관은 매우 세심했지. 많이 기록하고 많이 숙고했어. 사콤비는 귀국했을 때 자신의 해임이 검토되고 있다는 것을 알았지. 자신의 자리에 젊은 대학 졸업자가 앉을 판이었어. 그가 초등학교밖에 나오지 않았다는 것이 유일한 이유였지.

어느 날 아침 일찍 개각의 공식적인 확정 이전에 사콤비는 독재자와 면담하고는 꿈에서 나라의 운명에 관한 메시지를 받았다고 말했어. 밤에 조상의 넋이 그에게 나타났다는 거야. 반수면 상태에서 비몽사몽간에 강가로, 묘지로, 수령 백 년의 판야나무 등치로 인도되었다는 거지. 그는 증인들을 끌어냈어. 창문으로 바람 소리를 들었고 나머지 밤 내내 남편의 침대가 사라졌음을 확인했다는 그의 아내, 자정에 유령 하나가 철문으로 나갔다가 이른 아침에 정원의 필라오 나무들 사이로 들어오는 것을 보았다는 그의 경비원이었지. 묘지에서 혼령들이 모여 그에게 국가를 위한 메시지를 맡겼다는 거야. 큰 강 공화국의 국민을 구원하기 위해 표범 토템의 남자를 보냈다는 말을 하라고 혼령들이 그에게 요청했던 거지. 그들은 표범 토템의 남자를 우두머리, 유일한 우두머리, 산 자와 죽은 자 사이의 유일한 매개자로 지명했다는 거야. 그의 이름을 알려주었지. '푸일리테 케레마사 미 랄로'(온갖 장애물을 극복하는 위대한 전사)였어. 그의 지위를 알려주었지. 명령을 내리고 복종을 요구하는 유일한 우두머리, 명령을 내려 공화국에 활기찬 생명의 수액을 퍼지게 하는 우두머리였어. 우두머리로부터 나오는 명령이 과거에 철저하게 준수되지 않았기 때문에 집단의 생명력이 약화되었다고 했지. 나라의 주민들은 무능한 사람, 도둑, 거짓말쟁이, 게으름뱅이, 몰지각한 사람이 되었다는 거야. 바로 이것이 나라가 병든 원인이라는 것이었어. 혼령들은 국민을 옛 사람들이 낸 길, 진정성의 길로 인도할 책무를 우두머리에게 지웠다는 것이었지.

사콤비는 마오Mao풍의 하얀 옷을 입었어(양복과 넥타이를 벗어던졌지). 혼령들이 권유한 옷이었어. 그는 자신의 기독교식 이름을 포기했다고(이제는 이농고로만 불릴 것이라고) 알렸어. 표범 토템의 남자는 이제 우두머리의 표지, 즉 표범 가죽과 순금 손잡이가 달린 상아 지팡이 없이 외출해서는 안 되었지. 그는 큰 강 공화국의 주민들이 우두머리에 붙이도록 허용된 다양한 이름을 알렸어. 태양이자 대통령, 큰 강의 정령, 사령관, 구원자, 국부, 대통합자, 조정자…… 등이었어.

개각이 이루어졌어. 사콤비 장관은 조상의 넋으로부터 계속 지시를 받아 실행하기 위해 유임되었어.

이 장관은 대통령 전용 선박의 일부분을 기쁨조와 기자, 선전 요원이 머무르는 공간으로 이용했지.

―안녕하시오, 국무위원. 안녕하시오, 사콤비 장관.

―충성! 코야가 각하. 우리는 당신을 맞이해서 기쁩니다. 큰 강 공화국에서 우리와 함께 즐겁게 머무르시길 바랍니다.


표범 토템의 남자가 자네에게 소개한 두번째 인물은 세네갈의 건축가 타파 가비였어. 이 건축가는 국무위원들의 서열에서 세번째였지.

표범 토템의 남자가 보기에 세네갈 사람은 백인과의 오랜 교류 때문에 흑인의 선천적인 결함 중에서 몇 가지를 떨쳐버릴 수 있었어. 건축가 가비가 대통령실로 받아들여진 데에는 상당한 존경이 작용했지. 이 건축가는 세네갈 출신이었어. 세네갈 대통령의 추천서를 손에 쥔 세네갈 사람이었지. 세네갈 대통령은 세네갈 사람이 표범 토템의 남자에게 직접 접근하도록 개입하지 않을 수 없었어. 라디오 및 텔레비전 방송국 시설의 건축을 위한 사업을 그에게 직접 제안하기 위해서였지. 건축가는 독재자의 측근에게 뇌물을 잔뜩 먹였음에도 불구하고 결코 사업권을 따내지는 못했어. 그의 경쟁자들이 '프랑스어로 말하는' 방식에서, '국가의 업적'에서 언제나 더 후한 점수를 받았던 탓이죠. 조수가 설명한다.

이 첫 만남에서 표범 토템의 남자는 건축가의 사업에 열광하지 않아. 건축가는 주술사, 물신을 믿어. 자신보다 더 독재자가 주술사에게 문의하고 물신에 기댄다는 것을 알고 있지. 서류를 겨드랑이에 끼고 성과 없이 나오기 전에 가비가 걸음을 멈추고 중얼거려. 환상을 만들어내. 여행 전날 한 주술사가 저를 만나 메시지를 전했죠. 중요한 예언입니다. 표범 토템의 남자에 대한 반역이 모의되고 있는 중이랍니다. 모의자들이 그를 묶고 마술을 건다는군요. 음모가 성공할 가능성이 있어요. 주술사가 금요일 이전에 야음夜陰을 틈타 묘지의 막 생긴 무덤에서 황소 두 마리를, 그리고 우물의 밑바닥에서 검은 닭 한 마리를 조상의 넋에 제물로 바치라고 그에게 권고해. 누가 무슨 조언을 하건 독재자는 어김없이 온갖 희생의 제물을 바치지. 관례에 따라 그는 황소 두 마리와 검은 닭 한 마리를 봉헌하고는 잊어버려.

그런데 이 만남 이후 5일이 지나 바로 금요일에 독재자가 정말 아슬아슬하게 간발의 차이로 습격을 모면해. 주술사가 묘사한 상황에서 저질러진 테러 행위야.

그날 저녁에 비행기 한 대가 수도에서 날아오르고는 밤에 세네갈 다카르로부터 돌아와. 건축가 가비와 주술사 카바가 함께 타고 있어. 카바는 돈을 많이 받을 뿐 아니라 곧바로 독재자의 수석 주술사로 채용돼. 그리고 가비는 영업 허가를 받아 주술사와 마법사, 마술 전문가를 국가원수에게 대주는 선임 공급업자로 고용되지. 부수적으로 그의 사업도 채택돼.

그때부터 큰 강 공화국의 독재자와 노회한 세네갈인 사이의 깊은 우정과 든든한 협력이 시작되지. 건축가는 일처리를 아주 잘해. 그래서 표범 토템의 남자는 대륙의 다른 독재자들에게 그를 추천해. 그는 또한 카메룬과 가봉 그리고 두 개의 강나라의 폭군과 유일 정당의 우두머리, 그 밖에도 자유를 침해하는 복잡한 우리 아프리카의 주요 인사들에게 노련한 주술사를 대주는 공급업자의 직함을 획득해. 그리고 이 모든 국가에서 부수적으로 항상 주문을 받아. 전문적인 연구, 청원, 유능한 주술사의 세심한 탐색으로 과부하가 걸리고 과로할 수밖에 없어서 이제는 표범 토템 남자의 궁정에 자주 나타나지 않아.

어느 날 이 독재자가 그를 필요로 해. 48시간 후에 만나자고 그를 호출하고 기다려. 비행기가 날아오르고 곧 그를 맞이할 거야.

—자네가 다른 국가원수들에게 해주는 업무로 버는 것이 얼마쯤으로 추산되는가? 자네의 총수입이 얼마나 되지?

—잘 모르겠습니다. 속속들이 알고 있지는 않습니다, 대통령 각하.

—중요한 문제는 아니네. 이제부터 나를 보필해주게나. 오로지 나만을 위해 일하게. 자네를 참모로 고용하네. 봉급은 자네가 내 비서실장에게 신고할 소득의 두 배네. 독재자가 질책하는 어조로 그에게 통고해.

그는 대통령의 막후 용무를 담당하는 참모야. 대통령을 위해 선박의 10여 개 선실과 다수의 요직을 마음대로 이용할 수 있는 참모이지. 이 세네갈인은 재능 있는 건축가로서 배후 조종에 여러 차례 성공해. 때로는 수를 놓고 풀을 먹인 부부 차림의 주술사들을 헬리콥터에서 갑판으로 내리게 해. 강장強壯 주술 회합을 준비하지. 주술사들이 독재자를 둘러싸고 그에게 반지와 팔찌를 끼워.

독재자는 물신 가방 없이는 결코 이동하지 않아. 주술사마다 부적을 처방하니 갈수록 많은 부적을 소지하게 되지.

독재자가 여행을 떠나기 전에는 어김없이 신성한 거북의 움직임이 참작돼. 건축가가 대통령을 등껍질에 걸터앉게 하지. 거북이 움직이면 여행이 즉각 시작돼. 그렇지 않으면 주술사들이 다른 주술을 실행하지.

—안녕하시오, 막후 용무 참모. 안녕하시오, 가비 선생.

—충성, 코야가 각하. 우리는 당신을 맞이하게 되어 기쁩니

다. 큰 강 공화국에서 즐겁게 머무르다 가시길 바랍니다.

배의 넓은 부분이 현금과 보물을 보관하는 곳이었지. 재무
참모, 흑백 혼혈인 콩가의 세력 범위였어. 흑백 혼혈인, 혼혈
아, 잡종 혈통 말이야. 콩가는 혼혈인이지. 식민지 지배자에게
혼혈인은 개량된 반투족이자 개악된 백인이야. 반쯤 거짓말쟁
이이고 반쯤 얼간이인 흑인이면서 동시에 얼치기로 도벽이 있
고 얼치기로 영리한 백인이지. 흑인에게 혼혈인은 동포이자 동
시에 외국인 그리고 배반자야. 그야말로 보편적인 자연 법칙이
지. 인종차별 정책을 시행하는 남아프리카와 수많은 혼혈인이
생겨난 다른 나라에서는 흑백 혼혈인의 매개자, 중재자 기능
및 당파가 법에 의해 인정되고 헌법에 명시되어 있어. 독립 이
전의 큰 강 공화국에서는 반투족의 자극적인 악취를 두려워한
백인 식민지 개척자들이 혼혈인의 중개 역할을 통해 백인과 원
주민 사이의 접촉 기회를 제한할 수 있었지. 식민지 대기업들
이 모두 혼혈인을 출납원으로 썼어. 이는 미래의 독재자인 젊
은 원주민이 관목림에서 나올 때 곧바로 주목한 것이었지. 그
는 예비 교양인의 지위에 올랐을 때 이를 고맙게 생각했어. 흑
백 혼혈인 콩가, 어느 큰 회사의 출납원이 미래의 독재자인 하
사관에게 힘겨운 월말을 무난하게 넘기도록 도움을 주었지. 이
러한 도움에 대해서는 누구라도 식민지 지배국보다 스무 배나
넓은 나라의 절대적인 지배자가 될 때 잊지 않고 보상하는 법
이야.

이 독재자는 모든 금융 기관의 관리를 혼혈인에게 맡겼어.

콩가는 배에서 그의 재무 참모였지. 선실 네 곳이 천장까지 지폐로 가득했어. 큰 강 공화국의 통화 가치는 지폐 만드는 데 들어간 종이보다 낮았지. 그런데 여기에는 매우 현저한 이점이 있었어. 이 화폐를 보관하기 위한 금고가 필요하지 않았지. 도둑을 유혹할 만한 것이 아니었어. 지폐를 훔칠 수 있다 한들 실어 나를 수단을 동원하는 데 훔친 지폐의 양보다 더 많은 비용이 들 거야.

— 안녕하시오, 콩가 장관.

— 충성, 코야가 각하. 당신을 맞이해서 매우, 매우 기쁩니다. 큰 강 공화국 방문이 아주, 아주 즐거운 시간이 되길 바랍니다.


표범 토템 남자의 네번째 막후 인물은 책임이 혼혈인보다 더 막중했지. 그래서 백인, 미국의 백인, CIA의 퇴직 요원, 존경할 만한 로버트 마휴였어. 그는 제2차 세계대전 동안 연방 수사국의 비밀 정보원으로서 수많은 급습, 수많은 살인에 대해 책임이 있었지. 그중에서 몇 가지에 대해서는 40년 후에도 여전히 자신이 자행하지 않았다고 주장했어. 과연 그럴 소지가 다분했지. 매우 노련한 청부 살인자였어.

— 그런데 왜 아프리카인이, 당신의 나라와 같은 제3세계에 속하는 가난한 국가의 우두머리가 서양에 의해 벌어진 세계적 규모의 전쟁에 신물 나게 참여해야 하는 거죠?

표범 토템의 남자가 어안이 벙벙한 표정으로 자네를 쳐다보았어.

— 쉬! 특히 마휴 씨 면전에서는 그러한 어리석은 말을 되풀

이하지 마시오. 민주주의자는 반공산주의자만을 돕고 보호할 뿐이지요. 냉전이, 공산주의자와 서양인 사이의 대결이 백인, 부자 형제 사이의 싸움일 따름일지라도 거기에 끼어들 필요가 있어요. 우리 아프리카인의 개입은 이익을 끌어내기 위한 것이오!

마휴는 표범 토템의 남자를 보호하기 위해 세계에서 가장 정밀한 보안 시스템을 갖춰놓았지.

— 내 목숨을 노리는 자들은 매우 비싼 대가를 치를 것이오. 표범 토템의 남자가 결론을 맺듯이 자네에게 말했어.

사실이었지, 확실한 사실이었어.

— 안녕하시오, 마휴 참모.

— 충성, 코야가 각하. 당신을 맞이해서 매우, 매우, 매우 기쁩니다. 큰 강 공화국에서 아주, 아주, 아주 즐거운 시간 보내시길 바랍니다.


비행기 다섯 대가 자네들을 표범 토템 남자의 고향 도시 라보디트Labodite로 데려갔지. 대령, 마휴 참모가 자신의 살인자들, 부하들과 함께 살인 도구를 실은 보안 비행기와 사콤비 장관, 대통령의 기쁨조와 첩들이 탄 선전과 찬사의 비행기 그리고 지휘 비행기를, 손님과 주인이 함께 타고 여행한 대통령 전용기가 뒤따랐어. 지폐를 옮기는 비행기와 주술사들을 실은 비행기를 앞서갔지. 공항에서의 환영 행사가 끝나고 두 시간밖에 지나지 않았어. 모든 것이 제자리를 잡았지. 각자 자기 위치에, 피그미는 주변의 숲에, 잠수부는 물속에, 주술사는 희생 의례

행사장에, 최고 회계 책임자는 천장까지 지폐로 가득 찬 호화 저택의 계산대에 있었어.

공항에서는 헬리콥터의 선회, 지폐와 방문객과 탐관오리를 실은 비행기의 착륙과 이륙이 끊임없이 이어졌지.

라보디트는 독재자의 엉뚱한 착상이야. 비극적이고 음산한 소극이지.

매우 감상적인 사람이야, 표범 토템의 독재자 말이야, 상당히 예의 바른 태도로 친절을 베푸는 감상적인 사람이지. 그는 여자를 좋아해. 첫번째 아내 아네트를 매우 사랑했지. 그렇다고 말하곤 했어. 행동으로 드러냈지. 우리의 복잡한 아프리카에서 아내가 공식 의전에 모습을 드러내도록 허용하는 유일한 독재자였어. 게다가 아네트 뒤에서 걸었지.

우리 영원한 아프리카의 많은 독재자처럼 그도 문맹의 흑인 여자에게서 태어난 것이 괴로웠어. 그렇다고 이 사실을 결코 비밀에 붙이지는 않았지. 이미지 조작을 통해 이를 부인하기만 했어. 하루에 여덟 번 텔레비전 화면에 나오는 영상이었지. 이 영상에서 독재자는 어머니 모모에게서 나지 않았어. 하늘에서 직접 내려왔어. 푸른색 바탕 위의 젖빛 구름을 찢었어. 이 영상에 아네트가 등장했지. 아니 그녀는 결코 소홀히 다루어지지 않았어. 무로부터 나오지는 않았지만 지상에서 폭넓게 만회했지. 그리스도처럼 어린아이들에게 좋고 맛있는 것을 많이 나누어 주고 불행한 사람들에게 기적을 베풀었어.

이 독재자는 난폭해. 난폭한 기질을 타고났지. 때때로 자신의 기질을 익살스러운 연출로 감춰. 하지만 달 밝은 밤이면 행동으로 만회해. 맹수처럼 사나워져. 자신의 토템처럼 사나워지지. 어느 달 밝은 밤에 격노하여 있는 힘을 다해 문을 박살내고는 아네트의 방으로 들어가. 아무것도 아닌 일로 말이야. 사소한 부부 싸움 때문이지. 그녀를 주먹으로, 지팡이로 마구 때려. 그녀의 한쪽 팔을 부러뜨리지. 그녀가 외쳐.

— 임신 중이라고요.

— 마침 잘됐군. 유산시켜주겠어. 그녀의 남편이 대꾸해.

발길질로 태아를 배 밖으로 배출되게 만들어. 그녀가 의식을 잃고 반쯤 죽은 상태로 처참하게 쓰러져 있는 것을 보고는 때리기를 멈추고 울부짖어.

— 머저리, 정말 머저리야. 정말이지 개자식, 범죄자야. 이제 어떻게 하지? 무얼 할 수 있지?

주저앉아서 머리를 감싸. 눈물을 흘려. 뜨거운 눈물을 흘려. 그녀에게로 몸을 구부려. 미국 연속극에서처럼 자신의 아네트, 그녀를 품에 안고는 비행기에 태워. 비행기가 그녀를 세계에서 가장 비싼 병원으로 데려가. 스위스에서 가장 약삭빠른 외과의들이 수술을 해. 성과가 없어. 그녀는 다시 일어나지 못해. 죽어. 표범 토템의 남자가 비탄에 잠겨.

그는 시신을 큰 강 공화국으로 실어오게 하고는 아네트의 장례를 성대하게 치러. 나라 전체와 옛 식민지 지배 왕국에서 연중 가장 중요한 행사가 되는 장례야. 그녀를 어떤 문명과도 무관한 숲 한가운데에 매장하기로 결정해. 세네갈 건축가 가비(주술사 공급자)에게 지하 묘소를 설계하라고 명령해. 지하 묘소를 중심으로 대성당이 세워져. 대성당 주위에는 궁궐이 세워지지. 궁궐 주위로는 정권의 고관들을 위한 빌라가 건축돼. 그러고 나서 도로, 영화관, 은행, 학교, 슈퍼마켓, 공항, 목축장, 대농장이 들어서. 도시 하나를 건설하려는 것이지. 5층짜리 건물들이 늘어선 도시, 수도를 말이야. 모두 주물사인 건축가에 의해 고안된 것이지. 이것이 바로 라보디트야. 교황 장폴 12세가 라보디트까지 와서 아네트에 대해 시복諡福을 선포하고 대성당을 축복할 시간을 갖게 될 때 라보디트는 큰 강 공화국의 공식적인 수도가 될 거야.

교황 성하의 방문을 기다리는 동안 라보디트는 유령 도시지. 실재하지 않는 도시야. 표범 토템의 독재자가 거주하지 않을 때에는 눈에 띄지 않는 도시지. 라보디트에서 그가 부재하는 동안에는 모든 것이, 붉은 옷을 차려입은 에스파냐 고행 회원이 돌보는 지하 묘소를 제외하고 모든 것이 폐쇄돼. 학교, 병원, 영화관, 관문, 공항, 슈퍼마켓이 문을 닫아. 존재하지 않는 것이나 마찬가지야.

독재자가 내방을 알리면 모든 것이 다시 활기를 띠고 재개되지. 오가는 자동차 한 대도 없는 고속도로가 갑자기 붐비기 시작해. 공항에서 활주로가 개방되고 문이 열려. 독일 수녀들과 그들의 환자들, 나병 환자들이 병원으로, 프랑스 교사들과 그들의 학생들이 학교로 돌아와. 성가대 어린이들이 대성당의 긴 의자에 자리 잡고서 입술을 움직이며 그레고리오 성가를 읊조려. 고관, 장관, 퇴임 장관, 장군, 대사, 촌장 등이 도착해. 모습을 드러내지. 모두가 라보디트로 돌아와서 각자 자신의 공간,

자신의 호화 저택을 차지해. 무대에서 각자의 자리와 지위를 채우지.

물론 라보디트 방문은 언제나 아네트의 지하 묘소로 시작돼. 당연하지. 이 도시에서 유일하게 늘 열려 있는 기관이니까 말이야. 으레 독재자는 지하 묘소의 출구에서 방문객에게 가족과 부족의 구성원들을 소개해. 그들은 모두 거기에 늘어서 있지. 모두들 고인이 된 아네트를 애도하는 양 처신해. 번창하는 외국 회사들을 몰수하고 국유화한 조처의 운 좋은 수혜자들이 말이야.

자네 코야가, 자네가 그들에게 인사했어.

— 안녕하십니까…… 안녕하세요…… 부자님들 안녕하시죠, 독점자님들 안녕하죠.


아! 티에쿠라. 큰 강 공화국의 금광과 다이아몬드 광산에서였지. 드넓은 큰 강 공화국 동서남북의 금광과 다이아몬드 광산 말이야. 장애인들이 건장한 사람들을 소형차로 실어 옮겼어. 눈이 멀쩡한 사람들을 맹인들이 인도했지. 진창을 체로 거르고 흙탕물을 유심히 살폈어. 보석이 흘러내려가지 않도록 격자망을 엮었지. 손과 손가락을 지닌 건강한 사람들을 위해 나병 환자들이 사랑스런 귀여운 아이들과 함께 땅을 파고 땅에 구멍을 뚫었어…… 이는 표범 토템의 남자가 드넓은 큰 강 공화국에서 실현하는 데 성공한 기적이었지.

아! 티에쿠라. 일을 처음부터 시작하자.

어느 날 아침 표범 토템의 남자가 곰곰이 생각하고 헤아려.

집권한 지 20년이로군. 종합 평가가 부정적이야, 전적으로 부정적이지.

나라에 도로도 병원도 전화도 비행기도 ……도 ……도 없어. 의사들이 더 이상 치료하지 않아. 의약품이 없어서야. 몇 달째 의사들에게 봉급이 지불되지 않고 있기 때문이지. 젊은이들이 더 이상 춤을 추지 않아. 육체관계를 맺지도 않지. 나라에 에이즈가 창궐하고 있기 때문이야.

표범 토템의 남자가 두 손으로 머리를 감싸도 멀리 바라봐도 소용이 없어. 그 어떤 조그마한 희망의 빛도 보이지 않아.

그의 가족 구성원들과 가장 가까운 협력자들은 모두 게으름뱅이, 노름꾼이야. 나라, 큰 강 국가의 발전, 성장을 지휘할 줄 몰랐지.

군인, 경찰은 모두 착취자, 약탈자야. 나라의 질서, 안전을 보장하는 데 성공하지 못했어.

정당의 책임자, 기관장, 고위 관료는 하나같이 직무 유기, 부패로 얼룩진 자야. 나라를 결집하고 다스리기에는 역부족이었지.

이용할 수단, 시도할 것이 하나밖에 없어. 국민이야. 표범 토템의 남자는 나라의 개발을 국민에게, 비공식 부문에 넘기기로, 국민의 관리를 국민 자신에게 맡기기로 결정해. 세계에서 가장 풍부한 지하자원을 가진 나라의 광산 개발에 대한 전적인 자유화를 최종적으로 거리낌 없이 결정하지. 각 시민은 자신이 소유하고 있는 도구로 원하는 곳에서 채굴할 수 있어.

미친 짓이지. 드넓은 큰 강 공화국 도처에서, 보석 광산 도처에서, 노동자들을 숙박시키고 돌보는 기업들에서 먼저 노동자들이 떠나. 그들은 제각기 자기 부담으로 채굴을, 일을 시작해. 운을 시험해볼 작정인 것이지. 기적적으로 체 안쪽에 몇몇 빛나는 사금과 심지어는 천연 금괴가 걸려들어.

행복의 메아리만큼 빨리 퍼지는 것도 없지. 소문이 드넓은 큰 강 공화국의 북에서 남으로, 서에서 동으로 전해져. 표준시가 셋인 광대한 나라 큰 강 공화국 어딘가에 기회, 희망(누구도 믿지 않았지)이 아직도 실재하고 있다는 것이지. 교직자, 공무원이 수만 명씩 교실과 사무실을 떠나 '돌 깨는 일꾼'이 되러가는 거야.

전제 군주는 이 기회를 이용하여 국제통화기금의 권고에 따라 공무원의 대대적인 해고를 단행해. 해고자들이 광산 도시로 몰려가. 여러 학급의 남녀 학생 전체가 교사를 따라 작업장으로 가. 병자, 나병 환자, 수면병 환자가 간호사와 의사를 따라 광산으로 가. 커피, 면직의 생산자, 어부가 대농장과 카누를 떠나 '돌 깨는 일꾼'이 되지. 이 바람에 마을이 텅 비기도 해. 학급별로, 마을별로, 병원별로, 온 가족이 함께 모든 이가 개미처럼 언덕을 공격해. 나병 환자가 귀여운 아이와 함께 땅을 파고 맹인이 흙을 체로 쳐.

채굴 일꾼으로부터 몇 미터 떨어진 곳에서 여자들이 돌을 모으고 아궁이를 설치하고 강낭콩을 삶고 카사바 죽을 끓여. 채굴 일꾼이 금가루의 대가로 식사를 제공받아. 더 멀리로는 '옹강다'(간이식당)가 자리 잡아. 매우 시끄러운 음악이 새어나오지. 마키*나 '슈퍼옹강다'(수퍼마키)라고도 불리는 이곳들에서 채굴 일꾼이 술을 마실 수 있어. 다이아몬드로 술값을 치르지. 목축업자가 광산 도시로 가축 떼를 몰고 와. 몇 시간이면 가축이 고기로 바뀌어.

지상의 모든 협잡꾼이 큰 강 공화국의 광산 도시로 몰려들어. 주술사, 점쟁이, 마법사, 유럽과 케냐의 매춘부, 싸구려 상품을 파는 서아프리카 장사치가 말이야. 일반적으로 시아파 교도인 레바논 사람들이 구매 상관을 설립하여 현지인과 경쟁해. 레바논 사람의 상관이 가장 번창하지. 사실은 마약 판매 대금이나 무기 밀매 대금 같은 세계의 모든 더러운 돈을 세탁하기 위한 회사일 뿐이야. 이 회사들은 보호, 경비를 필요로 해. 이 나라의 모든 건달, 중퇴자, 저격수가 광산 도시로 몰려들어.

광산 도시로 승객을 실어 나르는 트럭의 물결이 마을을 통과하면서 시골 사람의 삶은 엉망이 되지. 우기 동안 약간의 보상을 받고 자동차를 진창에서 끌어내기 위해 밤낮으로 괭이와 곡괭이를 꺼내야 하니 말이야. 노동량이 늘어났는데도 바람과는 달리 보상은 증가하지 않아(광산 도시로 가는 협잡꾼들은 인색해). 용감한 시골 사람이 트럭을 진창 속에 빠지도록 내버려 둬. 심지어는 상황을 더 나빠지도록 방치해. 실제로 복수의 성난 몸짓 때문에 길의 웅덩이가 더 깊어지기도 하지. 도로가 끊겨 완전히 이용 불가능하게 돼. 큰 강 공화국의 금광과 다이아

* maquis: 잡목 숲을 의미하는 낱말이다. 아프리카에서는 무허가 식당을 가리킨다.

몬드 광산으로 이르는 운송 수단이 더 이상 없게 돼.

위기, 파업, 폭동의 시기나 비축된 연료가 부족하거나 고갈되는 시기에 큰 강 공화국의 수도에는 언제나 세 동업 조합이 나서서 통상적인 수단을 대체하고 인력과 상품의 수송을 확실하게 담당해. 수선스런 인력거꾼 협회, 소형차로 상품을 운반하기 위해 결성되는 장애인 협회, 띠를 이마에 두르고 짐꾼보다 더 높은 채롱을 운반하는 여성들의 단체가 있어.

광산 도시로 가기 위한 교통수단이 전적으로 부족하다는 풍문이 수도로 퍼져나가. 어려운 시기의 세 협회(인력거꾼, 장애인, 채롱을 지는 여자)가 달려와 광산 도시로의 인력 및 상품 운송을 맡아. 큰 강 공화국 전체가 거기로 모이는 판국이었어.

아주 오래전부터 월급을 받지 못하고 있는 군인과 경찰이 휴가를 내고는 민간인 복장을 하고 광산 도시로 가. 그들은 부대별로 도착해. 자신들의 몫을 선취하고 싶어 해. 노다지를 격렬하게 지키는 채굴 일꾼들을 공략하지. 총이 발사되고 치열한 교전이 일어나고 많은 사망자가 발생해. 질서를 확보하기 위해 정부가 개입하지. 제복 차림의 현역 군인과 경찰이 헬리콥터로 투입돼. 개입하는 거지. 채굴 일꾼들에게 유일 정당의 휘장과 표범 토템 남자의 초상이 새겨진 메달을 사라고 요구해.

자네의 주인, 표범 토템의 남자는 코야가 자네와 작별하기 전에 자네에게 이 새로운 세계를 보여주고 싶었지. 이 새로운 큰 강 국가, 비공식 부문의 큰 강 국가에 대해 확신을 갖고 있었던 거야. 자신의 새로운 정치를 자유주의라고 불렀어.

그래! 장애인이 건장한 사람을 소형차에 실어 날랐지. 눈이 멀쩡한 사람을 맹인이 인도했어. 진창을 체로 거르고 흙탕물을 유심히 살폈어. 보석이 흘러내려가지 않도록 격자망을 엮었지. 손과 손가락을 지닌 건강한 사람을 위해 나병 환자가 사랑스런 귀여운 아이와 함께 땅을 파고 땅에 구멍을 뚫었어……

큰 강 공화국의 금광과 다이아몬드 광산에서였지. 광대한 큰 강 공화국 동서남북의 금광과 다이아몬드 광산 말이야.

큰 강 공화국의 지배자는 세계에서 가장 큰 부자 중의 하나지.


고수는 때때로 북 치기를 멈추고 물 한 바가지를 청해. 그를 본받자. 소라가 물 한 잔을 대접받아 목을 축이고는 코르두아가 춤추는 동안 연주한다. 권력에 관한 세 가지 속담이 소라의 입에서 흘러나온다.


'낚시로 하마를 잡을 수는 없다.'

'사자 굴에서 염소를 보면 염소를 걱정하라.'

'반바지를 입은 쥐에게서 반바지를 벗기는 것은 고양이이다.'


## 18


아! 코야가. 자네는 북아프리카 회교국, 사막 자칼 토템의 전제 군주가 군림하고 있는 국가, 산악과 사막의 국가를 방문하는 것으로 입문 여행을 끝마쳤어. 이 독재자는 냉전 동안 아프리카에서 일어난 온갖 반란을 진압하는 책무를 맡았지. C-160(군용 수송기)으로 공수부대를 파견했어. 북부 지중해변의 이 넓은 공화국은 수송기를 넉넉하게 마련해놓았지. 이 전제 군주가 냉전 내내 아프리카에서 반공 투쟁의 조정자로, 아프리카에서 공산주의 독재의 확산에 맞서는 자유주의의 상징적인 대표자로 선택되었던 거야. 그것도 두 가지 이유로 말이야. 우선 그는 예측 불가능하고 그다지 사귈 만하지 않은 흑인 주물사가 아니라 백인 회교도였어. 다음으로 그는 여러 세기 동안 지속된 왕국에서 오래전부터 집권한 왕조 출신의 근대적인 국가원수로 보였지. 사람이 너무 좋고 순진한 데다가 공산주의에 대해 관대한 국가원수의 살해 이후에 스스로 장군으로 승진하고 국가원수로 자칭한 그 하사관들 중의 하나가 아니었어. 수세기에 걸쳐 다져진 토대 위에 정권이 세워진 거야. 이 선택으로 말미암아 냉전을 수행하기 위해 아프리카에서 벌이는 서양의 투쟁에 신망이 더해지리라고 서양은 생각했지.

사실이 아니었어. 자칼 토템의 독재자도 냉전의 시대에 군림한 다른 아프리카 국부만큼이나 시대에 뒤떨어지고 야만적이고 잔혹하고 거짓말 잘하고 많은 인명을 빼앗는 자였지……

그는 자신이 끊임없이 위협받고 있다는 것, 집행 유예 상태라는 것을 알고 있었어. 항상 불안과 초조, 번뇌에 시달렸지. 개에게 물려 꼬리가 떨어진 원숭이처럼 모든 것을 불신했어. 늑대 덫의 톱니에 발이 걸린 맹수의 아가리처럼 악독했지. 이 폭군은 전사 민족을 다스렸어. 여러 세기 전부터 영웅적으로 끊임없이 자신의 우두머리를 살해할 궁리를 하고 자유를 얻어내기 위해 투쟁한 민족을 말이야.

19세기 말까지, 베를린 회담에 의한 아프리카 분할까지 산악과 사막의 민족은 끊임없는 전쟁 때문에 패권 권력이 성립하기 어려웠어. 우두머리의 권력을 교권, 교권에만 한정하기에 이르렀지.

북쪽의 지중해 서양인들이 산악과 사막의 해안에 상륙해서 아무런 의문도 품지 않고 아무런 저항에도 마주치지 않은 상태로 신속하게 평원을 침략하고 정복했어. 서양인들이 베르베르족 산골 주민의 정체를 알게 된 것은 그들이 산악 지방으로 개선 행진을 계속하고자 했을 때야.

산악과 사막의 전사들이 서양인들과 접전을 벌이러 왔지. 스페인인에게 덤벼들어 그들을 무찌르고 그들의 무기를 빼앗았어. 스페인인의 무기로 다른 서양인을 상대하여 패주시키고는 자신의 우두머리와 함께 근대적인 독립 공화국을 세웠지. 서양 전체의 입장에서 이는 굴욕이었어. 1914~18년 전쟁의 승리에 도취해 있던 프랑스에게는 반드시 드러내서 징벌해야 할 도발이었지. 서양의 관문에 근대적인 아랍 공화국을 자유롭게 놓아두는 것은 용인할 수 없는 일이었던 거야. "박살 내야겠어." 산악 지방의 점령을 떠맡은 프랑스 장군의 말이었어.

프랑스는 원수元帥들 중에서 가장 명망이 높은 자를 퇴역 상태에서 끌어내려 갔지. 그로 하여금 장군 60명과 병력 70만을 지휘하게 했어. 프랑스 본국과 제국의 모든 식민지에서 차출된 병력이었지. 세네갈, 모로코, 알제리, 베트남 원주민 보병도 포함되었어. 제1차 세계대전의 온갖 살상 무기를 지급받고 온갖 현대식 무기(대포, 탱크, 기관총을 장착한 장갑차)를 갖춘 군대였지. 44개 전투 비행 중대의 지원이 뒤따랐어. 스페인도 뒤질세라 10만의 병력으로 프랑스군을 지원했지. 프랑코 장군, 이베리아에서 가장 유능한 장군이 지휘하는 10만 스페인인으로 말이야.

중무장한 서양인이 전부 합해서 80만이었어. 산악과 사막의 전사는 2만 5천 명에 불과했지. 무기라고는 소총이 전부였어. 중무장한 80만이 소총으로 무장한 2만 5천을 정복하려고 나섰던 거야.

마지막 전투를 개시하기 전에 프랑스군 원수, 점령군 총사령관이 산악과 사막 지역을 다스리는 왕에게 가서 민족주의 지도자를 무찌르기 위해 집결시킨 수단을 알려주었지. 술탄은 그에게 전쟁에서의 완전한 승리를 기원하면서 다음의 말을 했어. "우리에게서 그 반역자를 (신속하게) 치워주시오."

서양인들은 몇 주면 산악과 사막의 전사들을 박살 낼 수 있으리라는 확신을 갖고 전투에 뛰어들었지. 반역의 우두머리와 그의 산악 전사에 대한 전쟁이 1년 동안 이어지게 돼. 산악과 사막 지역의 병사들이 열두 달이나 영웅적으로 저항했어. 명망이 높은 지도자의 항복에도 불구하고 전투가 끝나지 않았지. 산악과 사막의 정복은 5년의 오랜 전쟁을 대가로 치르고서야 실현되었어. 프랑스군의 사망자는 3만 7천 명이었지. 알제리 독립 전쟁에서보다 훨씬 더 많은 장병이 목숨을 잃었어.

남부의 정복은 산악 지대의 민족주의 지도자가 체포되고 나서 10년 동안 계속되었지. 망쟁 장군이 이끌었어. 그는 1914~18년의 유명한 인간 백정이었지. 대대적인 보복을 자행했어. 여자와 어린아이를 인질로 잡았지. 폭약을 채워 넣은 마카롱을 반란 지대에 배포하는 등 가증스러운 술책을 쓰기도 했어.

1934년 산악 지대의 통감이 궁전으로 올라가 나라의 평화가 완전히 회복되었다고 알렸을 때 당시의 젊은 술탄은 그를 열렬하게 맞이하고 그에게 "뛰어난 평화 회복 활동에 대해 감사"를 표했지.

그는 기뻐할 만한 이유가 있었어. 1300년 전부터 역사상 처음으로 왕실의 정치권력이 산악 지대 전역에 받아들여진 것이었지. 하지만 너무 일찍 기뻐했어. 너무 일찍 프랑스인을 칭찬했지. 프랑스 보호령이 강요되었어. 통감이라 불리는 프랑스 대표가 왕국 전역에서 실질적으로 정치권력을 행사했지. 왕실은 종교 권력만 행사하도록 졸아들었어. 상징, 장식품으로 축소되었지.

프랑스인은 정치권력만으로 만족하지 않았어. 비옥한 토지를 모조리 자기 것으로 돌리고 농부들을 축출했지. 농부들은 떠돌이나 농촌 날품팔이 또는 끔찍한 빈민굴에, 항구와 도시에 밀집하는 노동자가 되었어.

1300년 전 이래 역사상 처음으로 산악 지대의 땅이 외국인에게 점유되었지. 1300년 전 이래 역사상 처음으로 산악 지대의 민족과 군주가 연대감을 가졌어. 이익과 적과 목적을 공유했지. 인종 차별에 물들어 있는 오만한 착취자인 식민지 지배자를 나라 밖으로 몰아내야 했어. 전통적으로 산악 지대 국가의 민족은 군주에 대해 투쟁을 벌였지. 이제는 투쟁의 대상이 프랑스인 침략자로 바뀌었어. 항의, 반식민주의 소요가 평원의 도시와 항구에서 시작되었지. 이를 저지하기 위해 식민지 지배자들은 모로코 왕의 칙령으로, 베르베르족 모로코 왕의 명령으로 나라를 두 가지 상이한 개체로 분할했어. 아랍인과 베르베르인, 평원과 산악으로 나누었어. 국민 모두가 군주 뒤에서 숨죽이고 지켜보았지. 이 결정으로 단일성이 위태로워졌다는 것을, 조국이 절단되었다는 것을 말이야. 모두들 반식민주의 투쟁에 힘차게 뛰어들었어. 전투가 나라 전체로 퍼지고 격화되었지. 프랑스인은 우선 난폭한 진압으로 대처했어. 고문, 약식 처형, 강제 수용이 행해졌지. 성과가 없었어. 산악 주민들의 결의가 조금도 흐트러지지 않았지.

그래서 이번에는 왕을 퇴위시켜 인도양의 섬으로 유배하기로 결정했어. 실수였지. 커다란 과오였어. 산악 주민들은 집단 환각 현상에 의해 유배당한 왕을 달빛이 환한 하늘에서 보았지. 어두운 밤에 묘지에서도 보았어. 바람 속에서, 그리고 회교 무에진이 기도 시간을 알리는 긴 고음의 노래에서 그의 목소리를 들었어. 도처에서 항상 왕의 그림자가 그들에게 식민지 지배자와 이교도에 맞서 싸우라고, '지하드'에 참여하라고 요구했어. '지하드'에서 죽는 이는 구원된다고 코란에서 알라신이 말했다는 거야.

평원과 산악에서 토지를 빼앗긴 농부, 도시에서 심하게 착취당한 노동자가 도처에서 봉기했어. 대대적으로 식민지 개척자들을 공격하고 자유를 회복하기 위해 수도사 및 민족주의자와 합류했지. 나라 전체에서 보호령에 대한 저항이 시작되었어.

이미 인도차이나에서 패배하고 내쫓긴 프랑스인이 북아프리카의 또 다른 나라에 매달리고 있는 시기였지. 1914~18년 전쟁 이후 산악 지대 전쟁이 그들에게 완전히 잊힌 것은 아니었어. 그들은 산악 지대 전사들의 전설적인 용맹성을 떠올렸지. 북아프리카에서 또 다른 전선을 형성하고 유지할 여력이 없었어. 선택의 여지가 없었지. 유배된 왕을 찾아갔어. 산악 지대 주민이 더 이상 하늘에서 그의 얼굴을 찾고 캄캄한 밤에 묘지에서 그의 목소리를 듣지 않도록 말이야. 프랑스인은 산악 지대 국가를 포기했지. 무모하게 덥석 문 몹시 뜨거운 공을 뱉어내는 짐승처럼 신속하게 독립을 부여했어.

이제 왕과 그의 백성은 반세기의 식민지화 후에 또다시 정면으로 대치하고 수세기 전부터의 싸움을 다시 시작할 판이었지.

다루기 힘든 백성과 왕 사이의 영속적인 대립이 다시 시작되었어. 현 국왕이 자칼 토템의 남자야. 자칼 토템의 군주는 탄압과 부패, 술책을 통해 전제 권력을 확대하고 강화할 궁리를 했지. 산악 지대의 백성은 투쟁을 통해 자유를 회복하고 싶었어. 유럽인 정복 이전의 회교도 우두머리를 섬길 자유를 말이야. 그들은 더한 것을 요구했지. 마그레브의 모든 다른 국민처럼 민주 국가를 요구했어.

한 아랍인이 또 다른 아랍인에 대해 내쏠 수 있는 가장 심한 모욕, 가장 고약한 모욕은 그를 흑인으로 취급하는 것, 그를 흑인이라 부르는 것이지. 자신들의 왕, 자칼 토템의 군주를 좋아하지 않는 산악 지대 백성은 그를 흑인이라 불러. 그는 남부의 어느 파샤*가 그의 아버지에게 제공한 흑인 여자 노예에게서 태어났지.

왕은 자신이 미움을 받고 있다는 것을 알고 있었어. 산악 지대 아랍인들의 원한을 선용할 줄 알았지. 이 원한을 책략으로 활용했어. 두 차례에 걸쳐 그것을 산악 지대 주민에게로 돌리는 데 성공했지. 이 책략에 힘입어 두 번이나 절망적인 상황에서 빠져나올 수 있었어.

첫번째로 지중해변의 어느 해수욕 도시에서 산악 지대의 사관후보생들이 군주의 사치와 낭비에 분노하여 반란을 일으키고 왕의 손님들을 학살하고 왕을 체포하여 감금해. 라디오에서 뉴스가 방송돼. "국왕 사망, 공화국 만세." 군대 행진곡이 배경음악으로 흘러나오는 가운데 녹음된 공식 성명이 전파를 타.

"군이 방금 권력을 잡았습니다. 군주제가 일소되었습니다. 국민의 군대가 권력을 장악했습니다…… 국민과 군이 권력을 행사하고 있습니다. 새로운 시대가 밝았습니다."

산악 지대 주민이 춤추고 왕의 실추를 열렬히 맞아들이기 시작해. 축제가 그토록 떠들썩하고 기쁨이 매우 크고 쉽게 전파되어 반란자들이 작업의 마무리를 소홀히 해. 어느 골방에 감금된 왕을 잊어버려. 자칼 토템의 군주는 시시한 카우보이 영화에서처럼 감시자들을 유혹하고 빠져나가 권력을 되찾기에

---

* pacha: 옛 오토만 제국의 지방 총독.

이르러.

가혹한 탄압이 뒤따랐지. 왕은 알라신이 "군주제를 수호하기 위해" 자신을 "권좌에 앉혔다"고 선언했어. 그리고 "나의 말레키슴* 의례에서 예견되었듯이 군주제의 수호를 위해서는 필요한 경우에는 해로운 사상이 깃든 주민의 3분의 1을 죽여서 3분의 2의 건전한 주민을 보호하기에 망설임이 있어서는 안 된다"는 점을 상기시켰지. 모든 가담자를 총살시켰어. 그들의 아내, 자식, 형제와 자매를 투옥했지. 그들을 재판 없이 요새의 독방에 종신토록 가두었어.

두번째로 여전히 1970년대에 왕이 보잉 727을 타고 산악 지대 국가로 돌아가는데 이 비행기가 F-5 전투기 여섯 대의 공격을 받아. 적중된 보잉기가 퍼덕거려. 피해가 상당해. 제트 엔진 세 개 중에서 두 개가 망가지고 냉각 회로가 훼손되고 배기관에 구멍이 뚫려. 총알이 관통한 동체에 짙은 연기가 몰려들어. F-5기가 연료를 공급받으러 떠나고는 최후의 일격을 가하기 위해 돌아와. 교활한 군주가 조종사에게 다음과 같이 통지하게 해. "왕이 서거했소. 부조종사도 죽었어요. 기체의 유지에 사력을 다하고 있소. 내 처자식을 생각하시오. 내 목숨을 보전해주시오."

전투기들이 최후의 일제 사격을 가하지 않고 축제를 시작해. 산악 지대의 맑은 하늘에서 선회 강하, 횡전橫轉, 급강하, 공중회전, 수직 상승, 날개 하강, 낙엽 하강, 낙엽 전복, 저공비행

---

* malékisme: 수니파의 회교법 학교(사상).

등의 곡예비행을 벌여. 맑고 깊은 하늘에서 조종사들이 곡예를 겨뤄. 지상에서는 라디오가 군대 행진곡을 틀어주고 거리에서는 축제가 준비되기 시작해.

심각한 타격을 입은 왕실 보잉기가 평온하게 착륙해. 놀라운 일이야! 자칼 토템의 남자가 거기에서 나오는 게 아닌가. 비행사들이 그의 모습을 확인해. 축제를 중단하고 공항, 궁전을 폭격하지. 너무 늦었어. 왕이 은신하고 교묘히 빠져나가 권력을 되찾을 수 있었지.

끔찍한 탄압이 벌어졌어. 왕은 또다시 알라신이 "군주제를 수호하기 위해" 자신을 "권좌에 앉혔다"고, "군주제의 수호를 위해서는 주민의 3분의 1을 죽이기에 망설임이 있어서는 안 된다"고 선언했지. 모든 가담자를 총살시켰어. 그들의 아내, 자식, 형제와 자매를 투옥했어. 그들을 재판 없이 요새의 독방에 종신토록 가두었지.

이 사건 이후에 군주는 술책, 국민이 품고 있는 원한의 활용, 죽은 체하기로도 자기 자신을 늘 지킬 수는 없으리라는 것, 세 번째 음모에서는 이들을 이용할 수 없으리라는 것을 이해했어. 또 다른 계략을 창안할 필요가 있었지. 사나운 개(산악 지대의 국민은 확실히 사나운 개야)에게 물리지 않으려면 큰 뼈다귀를 던져 주라는 속담을 상기했어.

어느 금요일 '주마'(대규모 공개 기도) 후에 군주는 녹색 깃발을 움켜잡고 들어 올렸지. 그러고는 손가락으로 남쪽을 가리키면서 회교도 무리에게 장광설을 늘어놓기 시작했어.

— 여러분은 귀머거리, 장님, 겁쟁이예요. 우리가 여전히 식

민 지배에 놓여 있다는 것을 알아차리지 못하고 있어요. 우리 나라의 대부분이 기독교도, 이교도, 인종주의적이고 오만한 식민지 지배자에 의해 점유되어 있지요. 우리의 소중한 조국에서도 가장 중요한 부분이죠. 여러분은 그들의 모욕이 들리지 않습니까. 그들이 참수하는 우리 동포의 비명이 말입니다. 나를 따르세요. 여러분의 눈과 귀, 마음과 정신을 열어드리겠습니다.

이 산악 국가 전역이 책 한 권과 녹색 깃발 하나를 지급받고 한 사람처럼, 한 무리처럼 사막으로 왕을 뒤따랐지.

그는 회교도들의 우두머리였어. 동일한 종교적 열정을 품고서 그들에게 연설하기를 계속했지. 그는 왕이었어. 조국의 화신이었지. 애국주의적 열광에 휩싸여 산악 지대의 국민에게 계속해서 연설했어.

— 여러분은 잘못 생각하고 있습니다. 자유를 획득하기 위해 나를 죽이려고만 합니다. 여러분은 오해하고 있어요. 여러분의 가난을 내 탓으로만 돌리고 있습니다. 마치 내가 아랍인, 회교도, 신자가 아닌 듯이 나를 미워하는 것은 잘못입니다.

자기 나라의 국경에서 왕은 스페인인과 사하라의 주민에게 호소했지.

— 나는 내 국민 전체와 함께 여러분의 관문에 도착했습니다. 우리는 손에 녹색 깃발과 코란만을 들고 있어요. 우리는 전쟁을 증오하고 평화를 사랑하는 사람입니다. 우리가 여러분의 사막으로 들어가게 내버려두세요. 우리가 여러분의 땅을 점유하도록 허용하세요. 우리에게 합류하세요. 여러분이 우리와 같은 국민의 일부라는 것을 받아들이세요. 우리는 여러분을 회교

도로, 신자로, 우리의 자식으로 대우할 것입니다.

이러한 애원에도 불구하고 사하라 원주민은 국경 방책의 개방을 거부했어. 폐하의 백성이 되기를 거절했지. 실망한 왕은 그들에게 격렬한 비난을 퍼부었어.

— 사하라의 주민인 여러분은 우리의 간청, 우리의 유대감, 우리의 평화로운 교섭을 물리쳤소. 우리의 동포인데도, 우리와 종교가 같은데도 말이오. 우리는 무기를 통해, 전쟁을 통해 여러분을 회개와 통회 그리고 양심의 가책으로 이끌 것이오. 우리는 이교도를 죽이듯이 여러분과 싸울 것이오.

왕은 서글서글한 동작으로 자신의 백성 쪽으로 돌아서서 말했지.

— 전 세계가 여러분의 평화로운 교섭을 목격하고 여러분의 애원과 간청을 들었습니다. 전 세계가 알라신 앞에서 증언할 것입니다. 이제 그들과 전쟁을 벌입시다. 가차 없는 전쟁, 총력전을 말이오.

산악 국가 전역이 현대식 무기를 동원하는 대규모 전쟁, 많은 인명을 빼앗는 전쟁, 경제적으로 파산을 초래하는 전쟁, 빈곤을 초래하는 전쟁으로 진입했어. 식민지화의 시대에 그랬듯이 산악 국가 전체가 일제히 왕과 공감하기 시작했지.

군주만이 대량 학살을 가로막을 수 있어. 그는 결코 이 전쟁을 내려놓지 않을 거야. 왜냐하면 이 전쟁을 끝내는 날 산악지대 백성이 다시 그를 증오하기 시작할 것이고 또다시 그를 살해하려고 시도할 것이라는 점을 알고 있기 때문이지.

서양이 아프리카에서 냉전을 이끌어가기 위해 선택한 자는 바로 이 군주야. 그는 성의와 통찰력을 발휘하여 자신의 임무를 이행했어. 아프리카에서 한 국민이 자신의 압제자에게 반항하여 들고일어날 때마다 이 왕은 사하라의 게릴라들에 맞서 싸우는 군대에서 분견대를 차출하여 혁명을 분쇄하도록 파견했지.

자칼 토템의 군주가 자네 코야가, 자네를 맞이하고는 서양이프리카사 산토스 대통령, 자네가 리카온 부대에 힘입어 살해하고 거세한 프리카사 산토스 대통령보다 자네 코야가, 자네를 선호한 이유를 알려주었어.

뜻밖에도 자네의 수도에서 모반이 준비되고 있다는 첩보를 그가 알려주었지. 그는 자네의 귀국 일자를 절대로 누설하지 말라고, 국제공항 대신에 북부의 작은 공항에 착륙하라고 권고했어. 활주로 끝에서 자네를 기다리는 모반자들을 배후에서 공격하라는 것이었지.


밤이 깊어지면 고수鼓手는 축제를 중지시켜. 우리도 이번 야회를 여기에서 중단하자. 소라가 마지막 부분을 연주한다. 코르두아는 열나게 춤을 춘다. 소라가 조수에게 동작을 그만 멈추라고 하고는 네 가지 격언을 읊조린다.


'아카시아 나무는 열매를 탐내는 수척한 염소의 의지대로 쓰러지지 않는다.'

'하늘은 두 태양을 지니지 않고 백성은 두 군주를 섬기지 않는다.'

'우두머리에게는 부하들이 필요하고 부하들에게는 우두머리가 필요하다.'

'땅이 미끄러워도 암탉은 비틀거리지 않는다.'

# 야회 V

소라가 코라를 뜯는다. 코르두아는 자유분방한 춤에 몰두한다. 그만 멈춰라, 티에쿠라, 대통령과 장관들이 여기 모인 것은 네가 춤추고 신성 모독적인 말을 하는 것을 보기 위해서가 아니라 우리의 말에 귀를 기울이기 위해서야. 다섯번째 야회 동안 막간의 속담에 결부될 주제는 반역이란다. 다음과 같은 이유 때문이지.

'너의 몸을 덥혀주는 불이 너를 태우게 된다.'
'거대한 코끼리라고 해서 언제나 상아도 거대하지는 않다.'
'사향고양이는 자신이 물을 마신 샘에서 똥을 눈다.'

## 19

아! 마클레디오, 자네들의 영접을 기억하게. 멀리 활주로의 다른 쪽 끝에서 하나의 실루엣이 잔디밭 위로 솟아올랐어. 평원에서 사냥감이 모습을 드러내는 듯했지. 남자, 저격병이었어. 조상의 넋에 맹세코 진짜 저격병이고말고! 그가 달려. 오른쪽으로 향하다가 왼쪽으로 돌아. 머뭇거리다가 엎드려. 사라지고는 다시 나타나. 어쩔 줄 모르는 짐승 같아. 그리고 두번째 저격병이 나타나서는 달려 나가. 울타리 안에 갇힌 론영양만큼 망설이고 제멋대로이고 허둥대. 세번째, 네번째 저격병이 보여. 모두들 지면에서 솟아 나와 사냥개 무리에게 쫓기는 붉은 원숭이 떼처럼 사방으로 쏜살같이 달려. 전투복 차림의 저격병 1개 소대 전체가 도망자들을 추적해. 도처에서 비명 소리가 퍼져. 모든 이가 중얼거려. 현장에 있는, 자네들의 영접을 위해 모인 모든 이가 안절부절못하고 동요해. 누군가가 도망자들을 손가락으로 가리켜. 풀밭으로 사라지고 다시 나와 떠나는 도망자들을 말이야. 각 도망자가 자신의 방향을 찾아. 대통령 경호대, 자네의 근접 경호대가 신속하게 자네를 빙 둘러싸. 이 대통령 경호대의 몇몇 대원(반역자)이 무기를 내려놓고 비밀 통로로 사라져.

자네가 방금 착륙했어. 긴 여행에서 돌아온 거야. 트랩 아래에서 부대를 사열한 후에 귀빈실로 갔지. 장관과 대사가 도열해 있어. 자네가 그들과 악수하고 있을 때 웅성거림이 터져 나와. 자네의 개인 경호대가 자네를 촘촘히 에워싸. 자네를 보호하기 위해서야. 자네는 방금 테러 행위, 군사 모반을 모면했어. 자네에게 경고되었으나 믿지 않은 일이었지.

바로 착륙 축의 활주로 끝에서 1개 소대 전체가 위장을 하고서 참호에 매복하고 있었어. 경기관총으로 비행기에 집중 사격을 할 태세가 갖추어져 있었지. 비행기가 바로 앞에 도착했어. 정확히 사격권 안으로 들어왔지. 그런데 특등 사수여서 기총소사의 임무를 맡은 하사가 말이야 정상 상태가 아니었어.

―술과 마약에 취해 있었지요. 진짜 팔레오답게 말이죠.

―하는 짓이 어설펐어요. 게으름을 피웠고요.

그가 자신의 어리석은 짓을 상당히 늦게 자각했어. 불안에 사로잡혀 허둥댔지. 경기관총이 고장 났어.

―당신에게는 다행이지요. 격발이 되질 않아요. 소대의 저격 병들, 특공대원들은 소대장에게 무슨 일이 일어나고 있는지 이해하지 못하죠. 이번에는 그들이 당황해요. 어쩔 줄 모르고 외쳐요. "주물이다! 주술에 걸렸어! 패배야, 저주야!" 그러고는 뿔뿔이 달아나.

현장에서 귀빈실을 중심으로 엄청난 혼란이 일어났어. 서로 밀착한 경호대가 자네를 방탄차 안으로 떼밀어 넣고 방탄차를 전차로 둘러싸. 대열이 선두에서 사이렌을 울리면서 대통령궁 방향으로 질주해. 자네를 맞이하고 박수갈채를 보내고 춤을 추기 위해 도로를 따라 늘어선 주민이 웅성거림, 무질서, 완전한 광기 속에서 사방으로 흩어지고 달아나. 도시 전체가 흥분의 도가니야. 모든 이가 동요해. 그렇지만 단 한 번의 발포도 없었지! 단 한 번의 총성도 들리지 않았어.


바로 다음 일요일 자네는 프랑스와 미국 대사를 사냥 파티에 초대했지.

―각하, 프랑스 대사님, 최근의 음모 말입니다. 이미 정보를 입수하셨겠지만 모스크바의 장난이라는 느낌을 줍니다. 공산주의자의 잘 엮이고 잘 짜인 음모입니다. 우리 흑인은 이런 모반을 꾸밀 역량이 없지요.

—각하, 대통령님, 우선 이 사냥 파티에 대해 감사를 표합니다…… 정말 공산주의 테러였습니다. 이것이 바로 대사관의 암호 부서에서 파리로 보낸 정보입니다. 모스크바는 젊은 반공산주의 대통령을 타도하고 싶어 합니다. 이는 바로 파리에서 이야기되고 있는 바입니다. 파리에서는 바로 이렇게 이해하고 있지요. 프랑스 대사가 대답해.

—각하, 미국 대사님, CIA 덕분으로 국제 공산주의의 온갖 음모를 알고 계시죠. 우리의 정보국은 대사님의 참사관에게 모든 명백한 증거를 건네주었습니다.

—미국 대사에게 이 유쾌한 사냥 파티를 베풀어주신 것에 대해 내 친애하는 벗 대통령님께 감사를 표합니다. 또 건네주신 증거에 대해서도 감사하게 여기고 있습니다. 우리 나라의 모든 언론은 여기에서 일어난 것이 공산주의자의 음모라는 데 의견을 같이하고 있습니다. 우리는 냉전을 벌이고 있습니다. 모스크바는 대통령님을 타도하고 싶어 합니다. 모든 이가 알고 있는 사실이죠. 모든 이가 이를 의식하고 있습니다. 그래서 국제 공산주의에 맞서 공동으로 투쟁하기 위해 도덕재무장 운동 본부에서 대통령님께 대표단을 파견하는 것입니다. 미국 대사가 대답해.

대표단이 도착하여 자네에게 최고십자훈장을 수여해. 어느 미국 대학의 학장이 대표단과 동행했지. 그는 코야가 자네를 '명예' 박사로 만들어. 음모자들은 자네에게 건네지는 메달과 축하, 자신들에게 내려지게 되어 있는 유죄 판결이 유럽, 아메리카, 아프리카의 자유세계 전역에서 온다는 것을 알아차려.

자신들의 불행, 자신들의 비참을 헤아려봐. 이 땅, 이 세상에서는 결코 어떤 연민도 어떤 정의도 바라거나 기대할 수 없다는 것을 깨달아. 몇 사람은 절망하여 자살해.

— 아무도 자살 주장을 믿지 않았어요. 아무도 공식 발표를 믿지 않았죠. 절망한 사람들이 극심한 격분 속에서 회한에 사로잡혀 우선 자신의 양물陽物을 절단하고 나서 목매달아 삶을 마감했다고 했으니 누가 납득하겠어요. 조수가 지적한다.

살아 있는 사람들이 믿었건 믿지 않았건 별로 중요하지 않아요. 죽은 사람들은 죽었고 이미 하늘에서 행복해요. 신 곁에서 매우 행복하죠. 자신의 신념을 지키면서 손에 무기를 들고 죽는 용감한 사람은 '지하드'에서 죽는 셈이라고, 그들은 곧바로 낙원에 간다고 코란의 여러 대목에 나와 있지 않나요? 마클레디오가 설명한다.

— 그들이 자살한 실제의 상황을 확인하기 위해 공식 조사가 실시되었지요.

— 결과가 결코 공개되지 않은 조사죠.

세계의 모든 라디오에서 코야가가 방금 살해를 모면했다는 뉴스를 방송했어.

자네의 체제에 대한 첫번째 모반이었지. 광대한 아프리카, 폭군이 코끼리만큼 많은 땅의 각 독재자가 골프 공화국의 수도로 전권 사절을 보냈어. 소규모 공항이 비행기로 혼잡했지. 형제 겸 친구, 그러니까 다른 아프리카 독재자의 사절이 하루 내내 머물렀어.

그들은 코야가에게 축하 인사를 건네고 아프리카 형제로서의 지지와 악랄한 기도에 대한 비난을 재언하기 위해 왔지. 공식적으로 이것이 전권 사절의 임무였어. 하지만 사실은 각 압제자가 음모의 실재와 진상을 알아내고 싶어 했지. 사건들이 보고된 대로 전개되었는지 각 독재자가 확인하고 싶어 한 거야. 확실히 진짜 반란자들이 진짜 총알이 장전된 경기관총으로 무장하고서 활주로 끝의 참호에 실제로 매복해 있었는지 알고자 했지.

각 전제 군주의 사절은 하루 밤낮 동안 나름의 고강도 조사에 몰두했어. 지도자들 각각은 각자 자기 나라로 돌아간 전권 사절의 보고를 받고 놀라움의 비명을 질렀지. 모든 전제 군주가 난감하고 회의적인 반응을 보였어. 미련한 외교관이 쉽게 속았다고 확신했지. 그들도 역시 독재자였고 아프리카 독재자가 자기 국민과 전 세계를 감언이설로 속이기 위해 무슨 일을 꾸밀 수 있는지 빠삭하게 꿰고 있었어.


아 코야가! 자네는 위험을 모면하고 살아남았지. 자네의 어머니가 지닌 신비스런 능력 덕분이었어. 그리고 회교 원로 보카노가 유혈의 제물을 공양하고 강복을 기원한 덕분이었지. 나중에는 외국에서도 이를 알게 될 터였어. 골프 공화국에서는 모든 이가 이를 이미 알고 있었지. 모든 이가 서로 그런 이야기를 나누었어. 나라 도처에서 누구나 어머니와 주술사를 찾았지. 그들에게 축하를 하고 그들과 알고 지내기 위해서였어.

자네의 어머니와 주술사 보카노, 그들은 북부에 있었지. 자네를 위해 기도하고 경배하는 중이었어. 코야가와 마클레디오 자네들이 그들과 다시 만났지. 자네의 어머니와 주술사, 마클레디오와 자네 자신, 자네들 넷이 성역에 틀어박혔어. 조상의 넋에 바치는 감사의 희생 제물에서 김이 피어올랐지.

자네의 어머니와 주술사는 갖가지 점치기에 몰두했어. 길고 유익한 성찰을 이어갔지. 그들은 대통령 경호원이 모두 자네의 부족 출신이어야 한다고 성화를 부렸어. 신성한 숲에서 자네와 피의 계약을 맺은 연후에야 경호원이 되어야 한다는 것이었지.

공항의 모반이 유용한 논거로 구실했어. 이 모반으로 말미암아 자네는 신뢰할 수 있는 개인 경호대를 확보할 수 있었지.

자네는 아무것도, 거의 아무것도 기억하지 못해. 자고 있었지, 확실해.

— 조종사와 부조종사가 질겁해서 비명을 질러요. 당신에게 안전띠를 매라고 지시하죠. 당신이 소스라쳐 깨어나요. 비행기가 하강한다고 느끼지요. 바퀴가 빠져나오지 않고 조종사가 더 이상 비행기를 제어하지 못한다는 것을 깨달아요. 섬광, 지독한 굉음, 충격으로 인한 진동, 당신이 바닥에서 튀어 오름과 동시에 바닥을 갈랐고 거기로 삼켜졌다는 느낌이 이어지죠. 그러고 나서 고요, 꿈, 휴식, 허무, 그리고 말로 표현할 수 없는 것이 뒤따라요. 오늘날에도 여전히 당신은 무슨 일이 일어났는지, 당신이 어떻게 되었는지 기억할 수 없지요.

— 아니요, 앞으로도 결코 알지 못할 겁니다.

사고 후 한 시간이 지나자 도시에서 구조대가 도착해. 착륙 시에 사고가 돌발했지. 공항에서 5킬로미터도 떨어지지 않는

지점에서였어. 자네가 출생한 고장의 작은 공항, 구조대가 갖춰져 있지 않은 공항이었지. 헌병과 사냥꾼이 맨 먼저 달려와. 뒤이어 군인이 도착해. 모두들 장비가 없어. 구조 수단이 없지.

— 불이 붙기 시작하여 반쯤 타버린 동체의 뒤엉킨 뼈대가 나무들을 가로질러 누워 있어요.

탑승자는 모두 다섯이었어. 시신 네 구가 수습되고 신원 확인이 이루어져. 자네는 죽은 자들 사이에 있지 않아. 지체 없이 사람들이 도끼, 곡괭이, 용접기로 동체를 찢어발기고 구석구석 수색해. 자네의 시신은 발견되지 않아.

— 모두들 자네가 동체 착륙, 불시착 전에 튕겨 나갔다고 생각해요. 모두가 그렇게 믿어요. 헌병, 사냥꾼, 군인이 주변의 관목림으로 흩어져 수색을 계속하죠. 덤불숲별로 풀숲별로 샅샅이 뒤져요. 성과가 없어요.

— 바로 그때 나 마클레디오 내가 수도에서 도착해요. 수색 활동의 지휘권을 행사하죠. 해가 질 때까지 수색을 재개하고 다시 시작하고 속행하게 합니다. 나, 마클레디오가 말이오. 지푸라기 횃불의 빛 아래 수색이 계속되지요. 그러다가……

누군가 와서 자네 마클레디오와 다른 수색꾼들, 자네들에게 외국 라디오에서 사고를 방송했다고, 대통령의 서거를 방송했다고 알려줄 때까지 말이야. 자네가 분개해. 화가 난 마클레디오 자네가 사절단의 선두에 서. 자네에게 운명의 인간인 이의 시신을 찾기 전에는 그의 어머니 늙은 나주마를 만나보고 싶지 않았지만 말이야. 사절단에는 내무장관, 도지사, 장교, 사냥꾼, 수도사, 주물사가 포함되어 있어.

―우리는 나주마의 호화 저택 앞에 도착해요. 출입문이 닫혀 있어요. 늙은 어머니가 열두 시간 전부터 수색의 결과를 기다리고 있지요. 분명히 번민에 싸여 기도를 올리고 있을 것입니다. 우리가 문을 열어달라 하여 안으로 들어갔지요. 목이 메고 가슴이 짓눌렸죠. 무슨 말을 하지? 어떤 위로의 말을 건네지? 우리가 할 수 있는 것은 그녀에게 아들의 시신을 꼭 찾아내겠다는 결의를 확신시키는 일뿐이었죠…… 우리의 놀람이 얼마나 컸는지 원!

　―여러분이 뒤로 나자빠질 정도로 경악했지요. 자신의 눈을 믿을 수 없을 정도였죠……

　―나 코야가, 내가 거기 앉아 있었어요. 내 어머니의 무릎에 머리를 올려놓고 말이죠.

　―천 개의 별명을 가진 독재자가 거기 어머니의 품에 안겨 입술에 미소를 머금고 있었어요. 분명히 살아 있었지요. 그것도 온전히 말이죠. 잡초는 결코 죽지 않죠. 코르두아가 악마적인 웃음을 흘리면서 덧붙인다.

　천 개의 아바타를 지닌 사람이 가벼운 타박상만 입었어. 머리와 무릎에 붕대를 감고 있었지. 코야가 사냥의 명수는 죽지 않았어.

　―나 마클레디오, 나는 자제할 수가 없었죠. 당신에게 달려들어 당신을 껴안는 기쁨을 억제할 수가 없었어요. 기쁨의 눈물을 말이죠. 사절단의 다른 구성원들이 육안으로 보는 것을 믿으려고 애쓰는 동안 나는 밖으로 나가요. 달려요. 국영 라디오 방송의 현장 보도팀을 따라잡아요. 국영 라디오 방송이 서

거의 오보를 즉각 정정하지요. 기적을 알리고 주장하고 선포해요.

—탐탐이 울릴 때는 누구도 더 나은 춤꾼으로 자칭하지 않아. 그렇다는 것이 그냥 입증되니까. 곧바로 자네의 친구들을 안심시키고 자네의 적들을 낙담시킬 필요가 있었지. 자네가 라디오 방송에서 성명을 발표해. 모든 이가 자네의 목소리를 들어요. 자네는 알아듣기 쉬운 목소리로 차분하게 열변을 토해.

—저는 정말 살아 있습니다. 가벼운, 매우 가벼운 타박상을 좀 입었을 뿐입니다. 저는 사냥꾼, 천 개의 아바타를 가지고 있는 사냥꾼입니다. 저는 그렇게 빨리도, 그토록 대수롭지 않은 것을 위해서도 전투를 중단하지 않을 것입니다. 비행기가 파괴되었습니다. 저는 알았습니다. 비행기에 탑승한 것은 제 유령입니다. 제가 국가의 이익과 발전을 더 이상 수호하지 않게 되려면 더 많은 것, 훨씬 더 많은 것이 필요합니다. 저의 어머니 나주마가 살아 있는 한 골프 공화국과 아프리카의 적들은 결코 저를 살해할 수 없을 것입니다. 그들의 목적은 결코 달성될 수 없을 것입니다. 어쨌든 저의 죽음은 무용할 것입니다. 단 한 사람의 병사가 죽었다고 해서 결코 전투가 중단되지는 않습니다…… 저는 비행기를 파괴한 배후 세력과 조력자를 알고 있습니다. 언제나 그들입니다. 식민주의자, 식민주의자가 테러를 저지르기 위해 공산주의자를 이용했습니다. 조상의 넋이 나타나 제 어머니의 마법을 더 강력하게 만들어주었습니다. 저는 우리나라를 섬기는 전투원입니다. 저 자신을 국가의 머슴으로 여기고 있습니다. 국가와 국민을 위해 언제든지 죽을 준비가 되어

있는 병사로 말입니다.

— 그리고 나서…… 자네는 외쳤어. "골프 공화국 만세! 국민을 위한 투쟁, 국제 공산주의에 대한 투쟁, 자유를 위한 투쟁 만세!" 그리고 나서…… 그리고 나서 냉전 시기의 국가원수가 반대파에 대한 고문, 암살을 정당화하기 위해 지껄일 수 있는 온갖 발언, 온갖 선언이 이어졌죠. 조수가 덧붙인다.

이 연설은 아프리카 전역에 커다란 반향, 굉장한 울림을 불러일으키지. 모든 아프리카 공화국에서 뉴스가 여러 차례 재방송돼. 연설이 여러 차례 전파를 타.

두번째 테러였지. 드넓은 아프리카, 하이에나만큼 인권 도둑이 많은 땅의 각 폭군이 이번에는 두 명의 사절, 외교관 한 명과 군인 한 명을 파견했어. 작은 공항이 다시금 비행기로 북적였지. 형제 겸 친구, 그러니까 다른 아프리카 독재자의 사절이 꼬박 이틀을 머물렀어.

그들은 코야가에게 축하 인사를 건네고 아프리카 형제로서의 지지와 범죄 기도에 대한 비난을 재언하기 위해 왔지. 공식적으로 이것이 사절단의 임무였어. 하지만 사실은 각 압제자가 테러의 실재와 진상을 알아내고 싶어 했지. 사건이 보고된 대로 전개되었는지 각 폭군이 확인하기를 원했어. 실제로 코야가가 비행기에 탑승했는지, 실제로 불시착이 일어났는지 알고자 했지. 그의 수행원이 모두 죽었는지(진짜 시신이 수습되었는지), 그가 유일한, 실질적으로 유일한 생존자였는지 알아내고 싶었어.

각 압제자의 사절 두 명이 이틀 밤낮으로 치밀한 조사에 열중했지. 그들은 코야가에게 두 명의 보호자, 즉 대단한 마법사 어머니와 밤에 눈을 감지 않는 주술사가 있다는 것을 알아냈어.

사절들이 각자 자기 나라로 돌아가서 이 사실을 보고했을 때 지도자들은 하나같이 크게 놀라워했지. 하지만 사실을 확인했어. 독재자들은 궁금해하면서도 난감하고 회의적인 것 같았지. 자신들이 충분한 정보를 갖고 있지 않다고 추정했어. 그보다는 오히려 자신의 사절, 군인과 외교관이 조작된 정보를 얻었다고 믿었지. 그들은 독재자였어. 독재자가 등쳐먹기 위해 꾸밀 줄 아는 모든 것에 정통했지.

자네는 경이적인 것을 해낼 수 있었어. 이는 골프 공화국의 모든 이가 알고 있는 바였지. 사람들이 서로 그런 이야기를 나누었어. 우선 마을들에서 자네가 죽었다, 마침내 죽어 매장되었다는 것이 알려지고 인정되고 말해졌지. 그런 마당에 코야가가 말을 하다니, 라디오 방송에서 연설을 하다니 부활한 것이 틀림없었어. 자네는 부활한 사람으로, 자네의 마법사 어머니에 의해 되살아난 사람으로 간주되었지.

마을들에서 자발적으로 축제를 준비했지. 저마다 되살아난 사냥꾼 대통령을 보고 싶어 했어. 만지고 싶어 했지.

—나라의 모든 지역에서 자발적으로 대표단을 보내요. 대표단이 당신에게 축하를 건네기 위해 당신의 고향 마을로 모여들지요. 밤에, 낮에 모든 마을에서 대표단이 도착해요. 대표단이

마을, 거리, 광장, 주변을 점유하죠. 온갖 곳으로 몰려들어요. 인파, 군중을 가로막을 필요가 있어요. 당신은 나라 전역을 마을별로 방문하기로 결정했다고 선언해요. 위에서 아래로, 북쪽의 산악 지방에서 해안 지방까지 나라 전역을 순시하기로 말이죠.

— 그것은 당신의 행적에서, 당신의 미화된 전기에서 '개선 행진'으로 불렸지요. 개선 행진은 신화, 거짓말이었어요. 이를 통해 당신의 위세, 그러니까 죽이고 거세하고 탈 없이 도둑질하는 특권이 늘어났어요.

카콜로Kacolo와 팔레오 산악 지방에서 연안의 수도까지 내려가기 위해서는 골프 공화국 전역을 위에서 아래로 두루 돌아다녀야 하지. 거의 4백 킬로미터의 장정長程이야. 수백 군데의 도시와 마을, 공동체, 다수의 민족을 가로질러야 하니까. 민족들은 관습과 관행의 관점에서 두 부류, 두 사회, 두 문명으로 묶일 수 있어. 북부에는 카콜로, 팔레오 문명의 공동체, 남부에는 산림 지대, 부두교의 문명이 자리 잡고 있지.

첫번째 경유지에서 사냥꾼들이 자네의 행렬을 맞이해. 마을 앞 5킬로미터 지점에서지. 행렬이 사냥꾼들에 의해 둘러싸여 이동해. 장대한 기병 대열이 먼지구름을 일으키고 일제 사격을 연출하는 가운데 행렬이 나아가지. 마을 입구에서 자네가 하차해. 자네의 발치께에서 마을의 제사장이 염소 한 마리와 닭 두 마리를 제물로 바쳐. 그는 기도, 의례 문구를 읊조려. 희생물의 새빨간 피, 진저리를 지켜봐. 희생물이 발을 하늘 쪽으로 올리고 죽어. 제사장이 해석하고 결론을 내려. 마을 조상의 넋이 헌주를 받아들였다는 거야. 혼령들이 자신들의 땅에 자네를 맞이해서 기뻐해. 자네에게 따뜻한 강복을 베풀어.

장엄한 고요 가운데 헌주가 끝나자 여자들이 시끌벅적하게 자네에게 달려와. 어떤 무리는 소리를 질러대고 콧노래를 부르면서 자네를 에워싸고 자네를 붙잡아. 다른 무리는 자네를 닦고 손에 든 물건으로 부채질하고 자네의 발밑에서 음부 가리개를 들쳐 보여. 그들은 자네의 발이 땅바닥을 스치는 것을 바라지 않아. 자네를 들어 올리고 자네의 신발을 벗기고 자네의 발을 씻고 자네의 발가락을 헹군 물에 젖어. 마침내 자네가 신성한 나무, 마을의 광장 한가운데에 서 있는 정자나무의 그늘에 도착해. 맨머리에 상반신이 노출된 여자들의 어깨와 등으로 옮겨진 거야. 환영사가 끝나자 촌장이 몇 가지 요구 사항을 말해. 자네가 들어줄 수 없고 결코 들어주지 않을 것이지.

— 국민에게, 피통치자에게 정치는 환상이지요. 그들은 자신들이 꿈꾸는 것을 정치에 쏟아 넣어요. 거짓말과 기만에 의해서만 꿈을 달랠 수 있죠. 정치는 위선을 통해서만 성공하지요.

박수갈채 속에서 자네는 유일 정당의 창설자 겸 대통령으로서 이 지위에 걸맞게 기만적인 약속으로 주민에게 대답해. 쿠데타를, 민주적으로 선출된 대통령의 암살을 정당화해. 군이 개입했지. 자네가 권력을 장악했어. 나라에 곧 닥쳐올 파국으로부터 나라를 구하기 위해서였지. 인종차별주의자, 도둑의 손아귀에서, 족벌주의의 굴레에서 나라를 끌어내기 위해서였어.

똑같은 연설, 언제나 똑같은 허튼소리야…… 자네는 또 다른 공약空約으로 연설을 끝내지. 자유로운 선거에 의해 국민에게 속하는 권력을 국민에게 되돌려주겠다는 공약이지요. 조수가 설명한다.

마을 사람들이 자네에게 선물을 해. 자네와 같은 형제 겸 아버지에게 하는 선물이지. 첫번째 마을에서는 이 선물이 황소와 양 각각 한 마리에 그쳤어.

하지만 두번째와 세번째 마을부터는 환영 의례가 번거로워져. 마을마다 앞다투어 참신한 축제를 벌이고 싶어 해. 다르게, 더 열렬하게 자네를 맞이하고자 하는 거야. 그런데 흔히 너무 많은 양념을 넣음으로써 결국 가장 맛있는 요리를 망치기 쉬워. 아무리 달콤한 꿈이라도 너무 많은 귀신이 나오면 엉망진창이 되지.

사냥꾼들이 마을 어귀에서 점점 더 멀리 자네를 맞이하러 오고 점점 더 멀리 자네를 배웅해. 인근 마을의 땅으로 접어들기까지 하지. 그래서 관할 지역에 관한 분쟁이 일어. 인접한 두 마을의 사냥꾼들이 장총을 들고 회전會戰을 벌이기에 이르러. 사망자가 여럿이야. 한 마을의 사냥꾼이 마을의 경계를 넘어서서는 안 된다는 분명한 원칙이 세워져. 그렇게 관할지 분쟁이 해결돼.

멀리 떨어진 어느 마을의 어귀에서 사냥꾼들이 솔선하여 자네에게 영양의 어깨를 제공해. 자네가 '심보', 돈소바(사냥의 명수)이기 때문이지. 다음 마을의 어귀에서는 여러 마리의 어깨, 엉덩이, 머리를 제공하지. 다음의 세번째 마을 어귀에서는 온갖 종류의 동물, 가령 암사슴과 원숭이 심지어는 코끼리의 코 린내 나는 고기 더미야. 고기 더미 위로는 나뭇가지들에 독수리가 잔뜩 앉아 있어. 하늘에서 독수리들이 소름끼치는 소리를 내지르면서 서로 싸우고 있지. 하이에나, 리카온, 사자 무리가 뒤따라. 금방이라도 달려들 태세야.

사냥꾼들이 조합의 규범에 따라 사냥감을 주중週中에 도살하여 자네에게, 손님인 사냥의 명수에게 주지 말자는 원칙이 그들에게 분명하게 고지돼.

또 다른 마을에서는 제사장이 닭 두 마리와 염소로 만족하지 않고 닭 네 마리와 염소 두 마리, 황소 한 마리를 조상의 넋에 바쳐. 돋보이고 싶어서야. 다음 마을의 제사장이 그를 따라 해. 그보다 더 많이 바쳐. 제물을 부풀려. 스물 남짓의 황소와 그만큼의 염소, 닭 40여 마리에 이르러. 헌주가 끝나질 않게 돼. 그야말로 산더미 같은 제물이야. 헌주를 위한 제물의 수를 제한해야 한다는 호소가 여기저기에서 들려와.

처음 몇몇 마을의 여자들은 머릿수건, 속저고리, 다양한 씌우개를 벗는 것으로 그쳤어. 이 여자들을 갱신하고 능가하기 위해 다음 마을의 여자들은 벌거벗어. 하지만 속옷을 벗지는 않아. 다음의 체류 마을에서는 속옷까지 사라져. 자네는 완전히 벌거숭이가 된 여자들의 무리 사이를 돌아다니게 되는 거야. 그들은 엉덩이에 진주 끈만을 두르고 있어. 다른 옷은 전혀 걸치고 있지 않아.

— 여자들은 음부에 파리가 꼬이면 안 되므로 독립 이후에는 팔레오 여자들에게 엉덩이를 가릴 의무가 부과되었어요. 그들은 음부 가리개가 거북했어요. 이 기회를 빌려 부족 본래의 나체 생활을 회복하고 싶어 했지요. 조수가 주장한다.

음부 가리개의 착용이 여전히 의무적이라고 신속하게 주의가 환기되지. 외국 기자들이 있어. 독립 공화국의 여성 공민들은 벌거벗은 엉덩이가 사진 찍히는 것을 피하지 않으면 안 돼.

부두 전통의 마을에서는 접대가 달라. 정지할 때마다 마을의 어른들이 자네에게 빵모자를 씌워. 금도금 장신구, 산호, 유리 골동품으로 치장한 모자야. 그들은 자네에게 여러 빛깔의 헐렁한 음부 가리개를 입히고 자네의 팔과 팔뚝에는 고리들을 채우고 발에는 금빛 삼바라 가죽신을 신겨. 조상의 넋에 희생의 제물을 바치고 자네를 부족장으로 추대해.

한 마을에서는 촌장이 자기 딸 중의 한 명을 결혼 상대로 자네에게 줘. 여태껏 없던 새로운 접대야. 다음 마을에서는 세 명을 주지. 그러고 나서는 다섯 명, 심지어 일곱 명을 제공해. 너무 지나친 환대야! 자네는 여자를 제공해준 너그러움에 감사를 표해. 하지만 새로운 지시가 있을 때까지 마을에 붙들어두라고 그들에게 부탁하지 않을 수 없어.

또 다른 체류 마을에서는 어느 한 여자가 자발적으로 자네에게 자신의 아들을 양자로 삼으라고 요청해. 다음 마을에서는 세 명의 소년이 자네에게 제의되고 그러고 나서는 네 명, 일곱 명으로 늘어나. 자네는 부모에게 아들을 계속 기르라고 요청함으로써 입양의 단계적 확대에 제동을 걸어. 도움을 약속하기도 해. 참으로 개선 행진이었지.

— 으뜸가는 팔레오 사냥꾼, 사람과 짐승을 대규모로 거세한 독재자의 행적에서 중요한 대목 중의 하나가 되는 개선 행진이었죠. 코르두아가 마무리한다.

개선 행진은 소수의 특별한 마을, 공화국의 중심축에 위치한 마을들만의 방문으로 그쳤지. 동쪽과 서쪽의 다른 마을, 산악 지방, 멀리 떨어진 두메산골, 깊은 숲, 가난, 무지, 질병, 몽매주의에 파묻힌 접근 불가능한 수많은 외딴 촌락에 사는 사람들은 모두 실망하고 무시당한 기분에 휩싸였어. 분노의 목소리를 높였지. 그들도 역시 부활한 대통령을 보고 만져야 했어. 그들도 역시 기적적으로 살아난 사람에게 직접 해야 할 축하의 말이 있었지. 그들도 역시 이 매우 운 좋은 사람에게 요청해야 할 사항이 있었어. 각 마을에서 사절단을 파견했지.

대단하고 한없는 아프리카 팔라브르의 규칙을 엄격하게 지키면서 이 사절단들을 맞이하기 위해서는 많은 날이 필요했어. 선물을 받고 온갖 사의謝意에 응답하고 모든 헌주를 실행하기 위해서는 많은 인내심과 침, 거짓말이 필요했지. 통상적인 접견 시간 동안, 근무 시간 동안 대통령은 국가원수, 독재자, 국부로서의 온갖 다른 의무를 포기하지 않고서는 거기에 필요한 시간을 할애할 수 없었어.

— 그리고 또 남의 여자, 공민의 여자를 탐하는 대단한 엽색꾼으로서의 의무도 있잖아요. 조수가 심술궂게 덧붙인다.

자네는 몇 주라는 그토록 긴 기간 동안 긴급한 것, 필수적인 것을 그만둘 수 없었지. 그것은 상상할 수도 없었고 실현 가능하지도 않았어. 옛 원주민 보병으로서, 사냥꾼으로서, 의무감이 강한 사람으로서 자네는 여가 시간, 수면 시간에 사절단들을 맞이하기로 결정했지. 아침에, 아침 일찍, 새벽 4시부터 그들을 접견하게끔 일정을 짰어.

이러한 아침 접견이 세 달 동안 지속되었지. 이 세 달 동안 국민과의 만남, 팔라브르는 습관으로 굳어졌어. 필요한 것이 되었지. 자네에게 착상을 제공했어.

이제 자네는 저개발에 관한 일상의 무익한 팔라브르를 활기차게 벌이지 않고서는, 아침 4~6시의 끝없는 과정 없이는 일과를 시작할 수 없었지.

자네는 매우 이른 아침의 접견이 이롭고 유용하다는 것을 알아차렸어. 이것을 독창적인 직접 통치 방법으로 만들었지. 이 방법에서 커다란 이점을 발견했어. 아구티를 잡기 위한 덫에 때로는 큰 암사슴이 걸려들기도 하지.

자네 마클레디오 내무부 및 교육부 장관은 정권이 이 방법에서 끌어낼 수 있는 민중 선동의 온갖 이점을 곧바로 깨달았어. 접견의 규칙이 제정되었지. 아침 접견이 제도화된 거야. 지켜야 할 절차를 모든 국민이 알게 되었어. 요구하거나 청원할 것이 있는 시민은 아침 4시의 대통령 접견, 공식 팔라브르에 몸소 나갔지. 대통령은 사냥의 명수답게 인내심을 갖고 민원인들의 말에 귀를 기울였어. 날이 밝기도 전에 즉석에서 담당 장관이나 고위 공무원을 소환했지. 의논이 시작되고 다툼이 심리되었어. 그러고는 현장에서 판정이 내려졌지.

불행하게도 저개발국 시골 흑인은 모두 장황한 토론자야. 그가 자신을 변호하고자 할 때 그에게 변론의 기회를 주는 것은 범람하는 강물이 벌판으로 쏟아지는 격이지. 강물이 평원으로 넘쳐나듯이 흑인들이 몰려들어 대통령 관저를 점유했어.

대통령궁의 안마당은 새벽 3시부터 민원인으로 북적거려. 체계화된 절차에 따라 사전에 경비원이 민원인의 말을 들어. 그런 다음에 선별된 민원인의 이름이 명단에 올라가. 경비원은 민원인을 도착 일시별로, 주제별로, 장관별로 또는 담당하거나 단순히 관련된 공무원에 따라 분류해. 민원인의 얼굴을 보고 또는 매우 빈번하게는 민원인이 그들을 매수하기 위해 사용하는 수단에 따라 인선人選을 하지.

선정된 사람들이 오전 3시부터 순차적으로 부름을 받아. 그들은 대통령궁으로 다시 들어가. 하지만 혼자가 아냐. 친척이나 증인 두세 명을 동반해. 민원인과 동행자가 대통령 집무실에서 기다려.

4시 정각에(미리 도착하지 않도록 자네가 계단에서 1~2분 기다리는 일도 심심치 않게 일어나) 자네는 팔을 들어 인사하면서 입실해.

참석자들이 서서 박수갈채를 보내. 다른 번거로운 절차 없이 공적인 팔라브르가 시작되지. 민원인이 한 사람씩 자신의 다툼을 설명해.

— 저개발국 흑인이 불평할 수 있는 것에는 가장 민망한 악습, 닭이나 여자의 절도, 액운의 엄습 등 별것이 다 있지요……

모든 다툼이 그 자리에서 모든 이가 만족하도록 심리되고 판결되지. 자네가 말하기 시작하자마자 모든 이가 미소를 짓고 웃어. 참석자들 모두가 자네의 평결, 재빠른 대답, 재담에 환호해.

아침 6시에는 팔라브르에 뒤이어 범종교적 차원의 공공 기도가 시작돼. 회교도, 가톨릭교도, 개신교도, 주물사가 함께 모여 각자 자신의 전례에 따라 신에게 열렬하게 축복의 기도를 올리지. 모두가 국가, 자네 코야가, 자네가 쥐고 있는 권력의 영구불변, 자네의 건강과 장수를 위한 강복으로 끝을 맺어.

기도가 끝나면 모두가 관저의 접대실로 올라가. 공화국 대통령과 따뜻한 아침 식사를 같이해. 헤어져서 각자 마을로 돌아가기 전에 민원인과 동행자가 대통령궁의 앞마당으로 나가서 국기 게양식에 참석해.

나라 전역에서, 때로는 800킬로미터 이상 떨어진 곳에서 민원인들이 왔어. 그들은 때때로 거의 세 달 동안 수도에 머물렀지. 세 달 동안 날마다 오전 3시에 대통령 관저로 갔어. 저개발 국 흑인은 원래 좀 질겨. 청승스레 끈기가 있지.

—요컨대 이 공적인 접견은 당신의 냉혹한 독재 체제가 지닌 확고한 독창성 중의 하나였죠. 어떤 면에서는 이로 말미암아 독재 체제가 부드러워졌어요. 대중의 호감을 사게 되었지요. 거세 위주의 권위주의에서도 모든 것이 부정적이지는 않아요. 완전히 부정적이지는 않죠. 하이에나의 항문에서도 흰 점이 발견되지요. 코르두아가 마무리한다.

그날 아침 자네는 열 가지 다툼을 검토했지. 모두가 만족하도록 적절하게 심리하고 판정했어. 일요일을 제외한 여느 날 아침처럼 범종교적 차원의 대규모 기도가 끝나고 장관, 공무원, 탄원인, 탄원인의 동행자와 함께 따뜻한 크루아상을 곁들여 커피를 마셨지. 그날 아침 자네는 정원으로 내려갔어. 대통령궁의 앞마당에서 국기를 게양하는 의식을 군 최고사령관으로서 지휘했지. 예외적인 일이었어. 통상적으로는 관저의 발코니에서 국기 게양식을 지켜보았지. 자네의 주위에는 장관 세 명, 도지사 두 명, 공사公社 사장 또는 정부 부처 국장 다섯 명, 민원인 50여 명, 이들의 동행자들이 있었어. 그날 아침 자네는 유난히 쾌활했지. 자네를, 자네와 자네의 유일 정당을 찬양하는 국가國歌에 경건하게 귀를 기울였어.

국기에 대한 경례를 맡은 소대를 자네가 열병하기 시작한 바로 그때 총성이 일어. 자네에게서 약 10미터 떨어진 곳에서 총이 발사된 거야. 나중에 조서에 분명하게 기록된 바에 따르면 정확히 9미터 70센티미터 떨어진 곳이지. 병사 베디오가 자네에게 총탄을 쏜 거야. 거의 총구를 들이대고 발포한 거지…… 자네를 맞히지 못해.

—10미터도 안 되는 거리인데 정말로 빗나갔어요!

자네의 개인 경호원들이 그의 무장을 해제해. 그에게 두 번 겨냥할 시간을 주지 않아. 그를 제압하고 끌고 와. 그를 본 자네의 첫 반응은 너그러움과 기사다움이야. 자네는 여유를 부려. 여유를 갖고 느긋하게 대응해. 차분하게 귀싸대기를 힘껏 올려붙여. 자네의 얼굴이 음산하고 빈정거리는 미소로 환해져. 자네가 병사의 얼굴에 욕지거리를 퍼부어.

—머저리로군. 이렇게 짧은 거리에서…… 아주 형편없는 사수 같으니! 나는 네가 내게 총질을 했다고 너의 뺨을 때리지도 너를 벌하지도 않아. 그건 사법 기관의 일이 되겠지. 군 최고사령관으로서 나는 너를 규정대로 15일의 감금형에 처한다. 네가 형편없는 사수, 연대에서 가장 서투른 사수이기 때문이야.

10미터의 거리에서 내 몸집 크기의 표적을 맞히지 못하다니!

그러고는 사냥의 명수다운 평정심을 유지하고서 되돌아가. 자네의 경호원들이 신속하게 다가와 자네를 둘러싸. 자네는 대경실색한 무리 앞에서 말없이 대통령 관저의 집무실 쪽으로 걸어가지. 계단에 도착해. 천천히 층계를 디뎌 계단을 올라가. 바로 그때, 오직 그때에야 환호와 매우 요란한 박수갈채가 절로 터져 나와.

— 당신은 계속해서 계단을 올라갔죠.

바다를 향해 세차게 내려가는 강물도 벌판에 이를 때면 휴식을 취하지. 우리도 이번 야회를 잠시 중단하자. 소라가 말한다. 그러고는 춤을 추고 엉뚱한 몸짓을 되풀이하는 조수에게 명령한다. 춤을 멈추고 이 속담을 숙고해봐라.

'너에게서 불능을 치료받은 자가 네게서 아내를 빼앗는다.'
'조 타작꾼들이 서로에게 겨드랑털을 감춘다면 조가 깨끗하지 않을 것이다.'
'강으로 가서 물을 길어다 주었더니 표범을 자극하여 대들게 했다.'

## 20

아! 코야가. 세계가 냉전 중이야. 이번에도 역시 공산주의자의 책동, 국제 공산주의에 의해 준비된 음모라는 것을 자유세계에, 서방에 입증해 보이는 것이 당연히 자네의 첫번째 관심사지. 유명한 도둑은 훔치지 않은 닭도 으레 훔친 것으로 간주되는 법이야.

— 신속하고도 용이하게 당신은 증거를 모으고 설명했어요. 서방은 꾸물거리지 않아요. 방법과 추론을 지나치게 검토하지도 않죠.

병사 베디오, 형편없는 사수는 하수인에 불과해. 시기심 많고 비겁한 공산주의 정치인들이 꾸민 음모의 가련하고 서투른 집행자일 뿐이야. 완력으로 체포당해. 많은 피의자가 고문에 못 이겨 자백해. 다수의 자백이 서로 부합하지. 진실이 정오의 태양처럼 명백히 드러나.

병사 베디오는 프랑스에 대학생 사촌이 있어. 이 사촌의 친구 또한 대학생으로서 이번에 체포된 사람 중의 하나인 어느 수의사의 사촌이야. 이 수의사는 수도에서 10킬로미터 떨어진 곳에 농축산 농장을 소유하고 있지. 이 농장의 한가운데에는 초가집이 한 채 있어. 거대한 뿌리를 내린 판야나무에서 10미터 떨어져 있지. 판야나무 뿌리에 생긴 움푹한 빈 공간에서 사람들이 분주히 움직여. 보도진과 카메라, 라디오 방송 장비 앞에서 많은 인내심과 노력을 기울여 바닥을 파고 있어. 기대 이상의 것들이 발견돼. 맑스주의 서적으로 가득한 여행용 트렁크야. 맑스의 책은 물론이고 레닌, 스탈린, 마오쩌둥에 관한 개론서가 들어 있어. 어느 책의 움푹 파인 안쪽에는 누구라도 살아 있는 사람을 제거하는 데 사용할 수 있는 권총, 진짜 권총 한 자루와 총알 다섯 발이 감춰져 있지. 이외에 단행본 형태의 헌법안, 선언문, 장관 후보들의 이름, 내각, 완전한 행정부의 명단, 코나크리*와 모스크바로부터 온 편지도 있어. 체제 전복을 꾀하는 공산주의자의 병기와 비품이 분명해. 모든 것이 선언서, 고문실에서 사슬에 묶여 나오는 죄수의 자백에 맞게 보강되고 조합되고 살이 붙어. 선언서는 아무리 회의적인 사람들일지라도 의심을 거두어들이게 할 만하지.

— 대단히 구체적인 공산주의 음모지 뭡니까!

서방과 자유세계, 반공산주의 냉전 단체가 이에 의견의 일치를 이뤄. 주판알을 튀기고 요점을 간추리고 결론에 도달해.

3년이 채 지나지 않아 코야가의 물리적 제거를 겨냥하는 세 차례 시도가 국제 공산주의에 의해 모의되고 저질러졌어. 집요하기도 하지! 단 하나의 유용한 의미에 의해서만 정당화될 수 있는 현저한 악착스러움이었지. 코야가는 아프리카에서 국제 공산주의의 급격한 확산을 가로막는 중요한 빗장인 거야. 코야가는 자유를 말살하는 공산주의에 대한 투쟁의 핵심이지. 서방은 이 사실을 알고 인정하고 자신의 방어물, 자신의 방패를 훨씬 더 많이, 훨씬 더 잘 돕고 보호하고 지원해야 마땅해.

두 미국 대학에서 자네에게 명예 박사학위를 수여해. 국제기구 세 군데에서 둘은 유럽의 기구이지만 현장으로 대표단을 파견하여 국민이 지켜보는 가운데 자네에게 가장 높은 등급의 훈장을 수여해. 이것이 전부가 아냐! 서방에서 최고의 이해를 표

---

* Conakry: 아프리카 서북부, 톰보 섬에 있는 항구 도시로서 기니의 수도이다.

시하지. 프랑스 국방장관이 몸소 참모총장과 방첩부 대장을 대동하고 꼬박 3일 일정의 방문을 해.

자네는 아프리카에서 높아지는 국제 공산주의의 파도가 깨지는 바위로 여겨져. 자유세계의 매체와 여론은 이제 자네를 비판할 권리가 없어. 병사의 면전에서 그의 소총 사격술과 조작법을 왈가왈부할 사람은 자네 말고 없으니까 말이야.

이것이 세번째 테러였지. 광대한 아프리카에는 뻔뻔한 거짓말쟁이 국가원수가 독수리만큼 많아. 그런데 이번에는 각 독재자가 세 명의 사절, 외교관과 군인, 경찰을 각 한 명씩 급파했어. 작은 공항에 세번째로 비행기가 북적댔지. 아프리카 독재자들은 서로 포옹하고 입맞춤하면서 서로 형제 겸 친구라 불러. 이들의 사절이 꼬박 3일 동안 머물렀어. 그들은 코야가에게 축하의 인사를 전하고 아프리카 형제로서의 지지와 범죄의 시도에 대한 비난을 재천명하기 위해 왔지. 공식적으로는 이것이 사절단의 임무였어. 하지만 사실은 각 독재자가 테러의 실재와 진상을 확인하고 싶어 한 것이었지. 각 독재자는 사건이 보고된 대로 전개되었는지 검증하고 싶어 했어. 실제로 병사가 소총의 사정권 안에서 실제의 총알로 코야가에게 확실히 발포했는지, 실제로 총알이 뚫고 들어갈 수 없었는지, 실제로 자신의 친구 독재자가 방탄조끼를 입고 있지 않았는지 알고자 했어. 각 아프리카 폭군의 세 사절은 3일 밤낮 동안 면밀한 조사에 전념했지. 그들은 코야가의 고향 마을까지 갔어. 노파를 예방하고 자신들의 지도자가 주라고 한 선물을 그녀에게 전달했지. 노파는 답례로 독재자를 위한 신의 가호를 표명하고 기도를 하고 의례의 말을 건넸어. 사절은 또한 주술사인 회교 원로 보카노의 야영 막사도 방문했지. 전제 군주만이 줄 수 있는 사치스러운 선물을 주술사에게 주었어. 주술사는 각 독재자를 위해 코란의 장을 암송하고 신의 가호를 빌었지. 보호받기 위해 죽여 바쳐야 하는 희생의 제물을 각 독재자에게 추천했어.

병사가 실탄으로 10미터 이내의 거리에서 발포했다는 것을 사절들이 각자 제 나라로 돌아가서 확언했을 때 그들 각각의 지도자는 놀람의 외침을 내질렀지. 총알이 실제로 훈장에 맞고 튀었다는 거야. 이번에는 독재자들이 기도했지. 노파와 주술사의 축복과 의례의 말이 알라와 조상의 넋에 의해 받아들여지도록 말이야. 하지만 충분한 정보를 입수하지 못했다고 추정했어. 모두들 여전히 난감했지. 의심을 거두지 않았어. 오히려 사절들, 군인과 외교관과 경찰이 놀아난 것이라고 생각했지. 그들은 독재자였어. 자신과 같은 부류의 친구가 속임수를 쓰기 위해 획책할 줄 아는 모든 것에 정통했지.

골프 공화국의 마을들에서, 모든 마을에서…… 복잡한 아프리카의 수도들에서, 완고한 독재자들의 모든 관저에서 모든 이가 사건을 검토하고 사건의 추이를 지켜보았어. 그리고 모든 이가 결과를 평가하고 요점을 정리했지. 3년 이내에 걸쳐 세 차례의 진짜 기적이 마법에 힘입어 일어났던 거야.

마그레브에서 돌아오는 코야가의 비행기가 고사포의 사정권 안으로 들어와. 기관총 사수들이 방아쇠를 당기려는 순간에 갑자기 무기력 상태에 빠져. 손가락이 경직되고 시각이 흐려져.

호흡이 급격하고 불규칙해. 그들이 도망쳐.

— 다른 나라에서는 결코 듣도 보도 못한 첫번째 일이죠.

코야가가 자신의 마을로 귀환할 때 탄 비행기에 문제가 발생해. 일부가 교묘하게 파손되어 있어. 불가피하게 사고가 일어나. 코야가가 동체에서 발견되지 않아.

— 다른 곳에서는 결코 듣도 보도 못한 두번째 일이죠.

한 저격병이 코야가에게 바로 총구를 들이대고 발포해. 총알이 자네의 옷에 흠집을 내는 일조차도 일어나지 않아.

— 어떤 나라에서 이러한 일을 듣거나 본 적이 있겠어요?

코야가의 어머니 나주마의 마법은 우리 대륙에서 가장 강력하지. 그녀는 우리 시대에서 가장 강한 신령이 내린 마법사야. 그녀의 아들은 어떤 타격에도 끄떡없어.

골프 공화국의 모든 마을에서 이런 말이 돌고 있지. 이런 내용의 노래가 저녁이면 달빛을 타고 흘러.

광막한 우리 대륙의 독재자들이 거하는 호화로운 궁전의 냉방 장치된 집무실에서도 이런 생각이 피어오르고 이런 속삭임이 새어나와.


세 차례의 모반 이후로도 수많은 사람이 체포되었어. 많은 정치인이 가시철조망 안에 갇히거나 가택 연금을 당해. 불편한 상황에 처하지. 교도소에서 그들도 계산을 해. 그들도 결론에 이르러. 빠져나갈 방도가 보이지 않아.

그들이 공산주의자로 취급되는 순간부터 서방의 정평이 난 인권 옹호자들로부터 들을 것도 기대할 것도 없어. 냉전이 계속되는 한 공산주의자들은 서방에서 이웃에게 베풀어야 한다고 주장하는 연민, 자비, 인도주의의 대상이 될 수 없지.

마법사, 희생 제물, 죽은 사람의 넋으로부터도 기대할 것이 없어. 코야가는 온갖 아프리카 신의 보호, 호의를 받고 있지. 신들이 그를 불사신으로 만든 거야.

아프리카의 팔라브르로부터 기대할 것도 없어. 코야가의 어머니는 대륙에서 가장 강력한 마법을 자유자재로 다뤄. 아프리카 전역이 그녀를 두려워해.

정치범들은 자신이 인간과 신, 종교에 의해 버림받았다는 것을 알아차려. 허둥대고 자살해.

— 자살과 유혈의 맹렬한 충동에 휩싸여 자살을 실행에 옮기기에 앞서 자신의 성기를 자르죠. 조수가 비꼰다.

— 어쨌든 자살은 국가를 위한 가장 좋은 해결책이 아닙니다. 마클레디오가 정치인들에게 이런 말을 하고 그들에게 다른 길을 넌지시 제시해요.

— 마클레디오 당신은 그들에게 차라리 코야가의 은밀한 욕망을 만족시키라고 조언하죠…… 그러면 죽음이 그들 사이에서 맴돌기를 그칠 것이라고 말입니다. 그들에게 자신의 정당을 자발적으로 해체하고 모두들 골프 국민 연합에 가입할 것을 요청하지요. 코야가가 세우려고 은근히 열망하는 유일 정당에 말이에요.

그들 모두가 자발적으로 협력해. 이구동성으로 진지하고도 힘차게 협력의 의사를 밝혀. 눈물이 글썽이는 눈과 떨리는 입술로 건의안을 의결해. 이 건의안은 코야가의 관용과 자비, 인

도주의 이외의 다른 것을 요구하지 않아. 그들은 '빌라코로,'*
할례받지 않은 악동의 음경 싸개를 버리듯이 자신의 사상, 친
구, 신앙, 정당을 버리지. 스스로 납득하여 결행에 옮겨. 자발
적으로 정당을 해산하고 매장하고 비바람 치는 밤의 악몽처럼
잊어버려. 연달아 자신의 명예를 걸고서, 하늘에 계신 알라신
의 이름으로, 무덤 속에 거하는 조상의 넋에 맹세해. 그들의 개
와 닭을 포함하여 그들, 그들의 아내, 자녀, 친척, 친구와 지인
등 모두가 격식을 갖춰 유일 정당의 신성한 숲으로 들어가고
유일 정당의 당원, 자식, 신봉자가 돼.

우리 공화국의 하늘에서 해가 빛나기 시작해. 수많은 사람이
떨리는 목소리로 코야가를 찬양하고 체포된 사람이나 다른 수
형자가 눈물 흘리는 눈으로 그를 예찬하는 모습을 듣고 보는
코야가의 광대뼈에 미소가 번져.

— 알라의 이름으로 말하건대 죽음은 가장 무시무시한 것이
죠. 죄수들은 죽음에 대한 공포로 인해 어리석은 말을 하고 어
리석은 짓을 저지르며 가장 비열한 포기를 실행에 옮기지요.

유일 정당의 창당 대회 개최일이 앞당겨졌어.


코야가는 유일 정당을 창당하고 종신 총재가 되었지. 하지만
이는 그에게 일시적인 기쁨만을 가져다주었을 뿐이야. 그는 우
발적 사태 이전의 쾌활함을 되찾질 못해. 계속해서 불평하고
사람들의 배은망덕, 자신에게 총을 쏜 병사의 성격에 관해 투

---

* bilakoro: 밤바라Bambara 말로 '소년'이라는 의미이다.

덜거려. 무언가 할 필요가 있어. 그의 의욕을 꺾지 않아야 하지. 이번에도 마클레디오 자네가 개입해. 여전히 자네가 해결책을 찾아내지. 자네는 큰 강 공화국으로 잊지 못할 여행을 하는 동안 얻은 풍부한 경험에서 착상을 얻어. 도처에서 온종일 코야가에 관해 그리오처럼 이야기하고 코야가를 찬양할 돌격 집단을 창설하기로 결정해. 이 집단은 그가 나라를 위해 하는 일을 그에게 끊임없이 상기시킬 거야. 나일 강이 이집트의 행운인 것과 마찬가지로 그가 국가의 행운이라는 것을 끊임없이 떠올리게 할 거야. 그가 없으면 국가는 다시 역경에 처할 것이고 아프리카는 식민지화, 예속 상태, 타고난 야만성으로 회귀하리라는 거지.

모든 마을의 젊은 남녀들이 혁명 청년 연맹에 가입하고 돌격 집단을 조직해. 이 집단은 무용 파티를 열고 최고 지도자의 영예를 기리는 그리오 활동을 하고 그에 대한 찬가를 겨뤄. 이에 자네가 즐거워해.

돌격 집단은 자네 코야가, 자네의 사기를 높여. 자네로 하여금 쾌활함을 되찾게 해줘. 자네는 이 집단이 자네를 위해 노래하는 것을 듣고 자네를 위해 춤추는 것을 보는 데 즐거움을 느껴. 매일 아침 공식 접견, 국기 게양 후에 이 집단은 대통령궁의 정원에서 자네에 대한 찬사를 춤과 노래로 표현해. 그들의 시와 연설, 음악과 노래가 하루 종일 자네에게 힘을 주고 열정을 불러일으켜. 자네는 행복해져. 늘 기뻐해.

공화국에서, 코야가의 독재 권력에서 두 사람이 매우 중요한 역할을 해. 어머니와 회교 원로야.

우리는 그들을, 주술사 보카노와 코야가의 어머니 나주마를 첫번째 야회에서, 첫번째 야회의 결말 부분에서 마지막으로 언급하고 노래했지. 그들은 하이라이두구, 주술사의 야영지 겸 농장에 있어. 라마카에서 10여 킬로미터 떨어진 곳이야. 방금 주술사 보카노는 특별하고 확실한 방법, 따귀와 매질로 나주마에게서 잡귀를 몰아내고 그녀에게 걸린 마법을 풀었어. 얼마 전에는 그녀가 마법, 점술, 흙점에 재능이 있다는 것을 간파했지. 그녀의 배에서 관목림을 누빌 남자아이가 태어났다는 것을 알아냈어. 사람들 사이에서 사회의 관목림을 누빌 자, 들판들 사이에서 자연의 관목림을 누빌 자가 말이야. 큰 명성을 날릴 자이지. 그는 나주마에 대한 호의를 지니고 있어. 상냥함 이상의 감정이지. 그녀는 몸매가 아름다워. 그녀의 육체미에 그는 코란의 장들을 떠올릴 때조차 마음이 산란해져. 이 젊은 여자에게 농장에서 자기 곁에 머물라고 요청해. 알라의 뜻을 알고 알라의 말을 배우고 이슬람교로 개종하라는 거지. 사랑, 결혼이라는 말을 입 밖에 내지는 않아. 하지만 나주마는 숨겨진 의도를 어느 정도 꿰뚫어 보고 있지. 분명하게 거절해. 차오치의 자기 마을로 돌아가길 바라. 계속해서 경작하고 남편의 혼령을 모시는 데 헌신하고 싶어 해. 아들의 장래를 보호하고 구축하기 위해서야. 차오치는 산악 지방 뒤에 위치하고 라마카에서 15킬로미터 이내에 위치하지. 따라서 하이라이두구, 주술사의 야영지 농장에서는 약 25킬로미터 거리야. 젊은 여자와 주술사는 계속해서 서로 만나. 그들은 계속해서 원주민 보병 코야가의 미래를 뒷바라지해.

밤이면 그녀는 자주 아들을 생각해. 남편의 분신을 떠올려. 잠잘 때면 불길한 꿈을 꾸곤 하지. 계속해서 흙점을 쳐. 때때로 그녀의 손가락 아래 모래에서 아들과 관련된 흉조가 나타나. 매번 그녀는 하이라이두구까지 걸어가서 꿈과 예언을 설명해. 주술사는 그것들을 해석하고 판단을 내려. 저주를 피하게 해줄 희생의 제물을 찾고 적시해. 지독한 저주를 풀고 피하기 위한 희생물 찾기는 여러 밤낮이 걸릴 수 있어. 여기에는 또한 여러 가지 의례가 수반되지. 보카노는 '아수라'*에 전념해. 속죄의 단식이야. 그가 가옥 안으로 물러나 문을 걸어 잠그고 틀어박혀 밤낮으로 기도해. 이와 동시에 그의 제자들은 가옥을 둘러싸고 조합의 종교 음악 '사마'**를 노래하고 법열의 춤 '자드브'를 추지.

비바람 치는 두 차례의 밤에 주술사는 긴급한 희생 제의를 위해 나주마를 찾으러 사람을 보내. 이는 두 가지 불운을 떨쳐버리기 위해서야. 이로써 코야가는 기적적으로 벗어나.

자네가 골프 공화국의 완전한 지배자로 자리 잡자마자 자네의 첫번째 관심사는 산악 지방의 고향 마을에, 차오치에 광대한 단지, 흑단 공화국에서 자네가 방문한 것만큼 광대한 단지

---

* achoura: 이슬람의 기념일. 수니파는 모세의 이집트 탈출을, 시아파는 후세인의 순교를 기린다. 전자는 단식을 하고 후자는 애도한다.
** sama: 이슬람교의 노래. 수도승이 빙빙 도는 춤을 가리키기도 한다.

를 구현하는 것이지. 악어 토템의 독재자가 고향 마을에 세운 것만큼 호화로운 단지를 조성하는 것이야.

— 하지만 사람의 성격은 변하지 않아요. 당신은 인도차이나에 파병된 적이 있는 전역 병사죠. 당신의 관심을 끄는 것은 사치스런 부르주아 대저택, 별장, 정원이 아니에요. 당신의 첫 번째 관심사는 안전 보장이지요.

자네는 참호로 둘러싸인 기지를 세우기에 그쳐. 옛 원주민 보병에게서 다른 어떤 고려 사항보다도 중시되는 안전에 대한 걱정으로 인해 계획이 틀어진 거야. 자네는 어느 언덕의 기슭에 약 400헥타르의 대지에 울타리를 둘러치게 해. 파소의 관저만큼 높은 담을 쌓게 해.

— 그런데 담장 위에는 철조망이 설치되지요. 100미터마다 강력한 탐조등을 갖춘 흉물스런 철제 감시탑이 주변 전역을 굽어보고 있어요. 참호로 둘러싸인 진짜 기지죠. 본보기의 구실을 하는 악어 토템 독재자의 제2 관저보다는 인도차이나의 논에 건설된 전진 기지, 하이에나 토템 남자의 황궁과 훨씬 더 유사한 요새화된 주둔지예요.

이렇게 실현된 것의 한가운데에는 원형 교차로가 있어. 이곳의 중심에는 매우 웅장한 좌대 위의 높은 청동상이 세워져 있지. 동쪽을 바라보고 나아가야 할 길을 손가락으로 가리키는 대장 모습의 코야가 입상立像이야. 이 원형 교차로는 두 대로가 서로 교차하여 십자가 형태를 이루고 있어. 중심에서 보자면 네 갈래 길이 시작되는 곳이야. 네 방향 길의 가장자리에는 코야가나 그의 어머니를 기리는 기념물들이 양쪽으로 나란히 뻗어 있지. 첫번째 길, 북쪽으로 가는 길은 최고 지도자의 관저로 이어져. 관저는 4층짜리 건물이야. 서민 임대 아파트의 처량한 모습이지. 맞은편으로 남쪽에는 그의 어머니가 사는 곳, 안마당이 딸린 진정한 가족 거류지가 있어. 모든 아프리카 수도의 모든 변두리에 실재하는 것과 유사한 주택이야. 별장, 창고, 막사, 개집, 닭장, 염소 우리, 뒷간의 집합체가 뒤죽박죽 이 거류지의 나머지 부분을 채우고 있지. 동쪽과 서쪽의 정문 위로는 높은 개선문이 불쑥 솟아 있어. 여기에는 코야가와 그의 어머니를 찬양하는 구호가 적힌 현수막이 걸려 있지.

수도에도 역시 거창하게 코야가의 사저라고 불리는 것이 있지만 그것은 사실 어머니의 별장이 딸려 있는 요새화된 부르주아 주택일 뿐이야.

나주마는 나라 전역에서 정중하게 노파 또는 어머니로 불려.

그들, 독재자와 그의 어머니가 차오치나 수도에 함께 있을 때 코야가는 어머니를 하루에 두 번 방문해. 점심 식사 전과 저녁에 해 지기 전이지. 매일 밤 어머니 집 식탁 위에는 팔레오 방식으로 천천히 약한 불로 익힌 가벼운 요리 중의 하나가 그를 기다려. 코야가는 이 요리를 좋아해. 관저의 아무리 거한 만찬 후일지라도 이것을 맛있게 먹어.

그들이 같은 도시에 있지 않을 때 그는 하루에 적어도 두 번 어머니에게 전화해. 그녀로부터 멀리 떨어진 곳에서 오전의 막바지와 저녁의 해 질 녘이지.

코야가 자네와 어머니는 관계가 너무 긴밀해. 근친상간의 사랑이라는 비난이 쏟아져. 이 비난에 자네는 결코 대응하지 않

아. 사냥의 명수는 이것을 대응할 만한 비난이라고 생각하지 않지. 하지만 자네의 행동 때문에 비난이 정당화돼. 그녀가 자주 자네의 다리 위에 앉거나 자네가 그녀의 다리 위에 앉아. 매우 자주 자네는 어머니의 침대에서 자. 중요한 근심거리가 자네를 괴롭힐 때마다 자네는 어머니의 침실로 들어가서 장군 군모, 약 20개의 훈장으로 무거운 상의, 넥타이, 구두를 벗고 어머니의 침대로 뛰어들어. 곰곰이 생각하기 위해서야.

— 그리고 내 관심사에 대한 해결책이 떠오르지 않으면 어머니의 침실에서 결코 나오지 않아요.

코야가의 어머니는 다른 누구도 아닌 그녀 자신이 코야가를 위해 요리를 해. 아들을 위해 식탁을 차리지 않을 때, 아들을 위해 희생의 제물을 준비하지 않을 때, 아들을 위해 기도하지 않을 때, 아들을 위해 흙점을 치지 않을 때 방문객을 맞이해. 그래 그녀가 사람을 맞아들여. 언제나 긴 명단의 남녀들이 그녀를 만나고 싶어 했어. 외국 국가원수의 사절에게 우선권이 주어져. 아프리카의 독재자들은 코야가가 매번 테러를 기적적으로 모면하는 것에 깊은 인상을 받아 자신의 미래에 관한 그녀의 예언을 청취하려고 애를 써.

그녀는 또한 골프 공화국에서 모든 장관 후보자, 책임자 자리의 후보자를 접견해야 해. 그들의 미래를 예언하고 이 상담의 결과를 아들에게 알려. 어머니의 대기실은 수많은 고수입 직책 신청인으로 혼잡해.

— 나주마는 사냥의 명수 코야가의 체제에 양분이 되는 수액을 빨아들이는 뿌리죠.

코야가는 또한 주술사 보카노와 매일 접촉을 가져. 보카노는 수도에 거류지를 소유하고 있어. 도시에서 북쪽으로 5킬로미터 떨어진 길목에 위치해 있지. 라마카에서처럼 건물들이 매우 높은 담장에 엄중하게 둘러싸여 있어. 입구가 하나밖에 없지. 안마당은 농경지, 모범 농장의 핵심, 중심이야. 농장은 주술사의 제자들에 의해 경작되고 개척돼. 그들은 품삯을 요구하지 않는 탁월하고 유능한 농사꾼이지. 주술사는 그들에게 음식, 의복, 거처, 여자, 특히 기도문까지 마련해줘. 종교 공동체에서 기도는 개인 행위가 아니야. 주술사에게 맡겨져. 주술사는 모든 제자를 위해 기도하고 모든 제자의 죄를 씻어주고 강도 높은 기도로 모든 제자를 구원하게 될 존재지. 종교 공동체의 가르침에 따르면 기도를 통해 신에게 이르는 것은 몇몇 개인, 몇몇 선택받은 사람의 권한이야. 보카노는 그런 사람 중의 하나지.

그렇지만 보카노가 라마카에 도착했을 때에는 고행자였지만 이제는 고행자가 아냐. 자신의 피보호자가 최고 권력을 갖고부터 많이 변했어. 그의 삶은 금욕주의보다 음욕을 더 짙게 풍겨. 주술사는 거만하고 사치스런 생활을 해. 이 나라에서 가장 부유한 사람이거나 가장 부유한 사람들 중의 하나야. 사람들은 그가 사업가라고, 코야가와 그의 어머니가 내세운 바지 사장이라고들 주장하지. 그는 대형 메르세데스를 타고 외출하고 매우 자주 비행기로 여행해. 일등석에 앉아서 말이야. 크고 호화로운 건물을 좋아해. 수도에 100여 군데의 거류지와 별장을 소유하고 있어. 파리와 뉴욕, 브뤼셀에는 그의 아파트가 있지. 또한 이 도시들 모두에 첩을 두고 있어. 일 년에 두 번 '하지'와 '움라'*를 위해 메카로 가.

그는 일 년 내내 단식하고 매일 밤을 기도로 지새운다고 주장해. 사람들도 그렇다고들 말하지.

코야가의 어머니와 주술사의 관계는 매우 애매해. 그들이 같은 도시에 있을 때 그는 날마다 오전 10시 무렵에 노파를 찾아가. 그가 사실私室로 들어가. 어머니가 문을 닫아. 그들은 문이 닫힌 침실에 단둘이 머물러. 때로는 한 시간여 동안 말이야. 한 시간 동안 하는 일 또는 서로에게 하는 말이 무엇일까?

아프리카 독재 정권의 모든 수도에서 주술사는 어머니의 인도자로 여겨지고 있어. 사람들이 그와 상담하기 위해 멀리에서 와. 그는 자동차, 대개 메르세데스와 아파트, 다른 무엇보다도 많은 돈을 받아.

그는 흙점을 치고 관상을 봐. 골프 공화국에서 장관 후보자이거나 책임자의 지위에 지명된 사람 또는 뽑기로 합의된 사람은 어머니를 찾아간 다음에 주술사에게로 가. 주술사 보카노의 접대는 언제나 열렬해. 그는 방문객과 악수를 하지. 방문객에게 차를 대접해. 방문객은 억지로라도 차를 다 마셔야 하지. 그는 준수해야 하는 부단한 단식 때문에 손님과 건배할 수 없는 처지에 대해 사과해. 짧은 면접으로 충분하지. 관상술 덕분으로 방문객의 감춰진 결점을 모두 파악하는 데 단지 몇 분이 걸

---

* hadj, umra: 둘 다 메카 순례를 의미하지만, 전자는 회교력의 마지막 달에만 행하는 것이고 후자는 사우디아라비아로의 순례, 다른 달 중 어느 달에나 행할 수 있는 것이다.

릴 뿐이니까 말이야.

그가 가장 많은 정보를 끌어내는 것은 특히 방문객의 거동으로부터지. 그는 문구멍 뒤에 몸을 숨기고 편한 자세를 취하고는 방문객이 구불구불한 길을 통해 도착하는 것을 봐. 충분한 시간의 여유를 갖고 방문자의 거동, 전체적인 외모를 관찰해. 헤어질 때에는 방문자를 계단까지 바래다주고 그와 악수하고 긴 축복의 말을 덧붙여. 한 제자가 방문객에게 길을 안내해. 이들이 주차장까지 구불구불한 길을 거니는 동안 주술사는 또다시 방문객을 눈으로 지켜볼 수 있지. 이 방문, 면접, 한담, 거동과 외모의 관찰 후에는 방문객의 성격, 장래, 숨겨진 의도 등 모든 것이 주술사에게 포착된다는 거야.

코야가의 치세 동안 그가 맺은 여자관계, 교제에 관해 어떻게 생각하고 말하고 노래할 수 있을까?

우선 그가 많은 여자와 어울리고 여자를 막대하게 소비한다고 말할 수 있어.

─ 그는 팔레오이지요. 결혼, 반려 생활이 변함없는 사랑을 전제하지 않는 족속, 부족에 속하죠.

그렇지, 코야가는 팔레오 방식으로 여자를 사랑하고 여자와 사귀고 여자를 소모해. 일시적인 심취, 바람기지. 일반적으로 그 이상이 아니야. 그는 상대에게 아기를 갖게 하려고 힘써. 사냥꾼, 옛 원주민 보병은 아기를 낳아 기르는 것이 여자의 역할, 주요한 역할이라고 생각해. 한 여자와 여러 주 동침하고도 그녀를 임신시키지 못하면 수치스럽게 여기고 공공연히 자책해. 연인은 돌격 집단의 처녀 중에서 모집해. 돌격 집단은 그를 접대하고 그에 대한 찬양, 그의 공적을 노래와 춤으로 표현하는 처녀들의 여단旅團이야. 그가 가거나 거주하는 곳 어디에나 그들이 있어. 이 처녀들은 대통령의 총애를 얻으려고 서로 다퉈. 가장 빈틈없는 여자들이 연회 중에 더러운 얼굴, 선정적인 자세를 계속해서 내보여.

그들 중의 하나가 눈에 띄고 관심을 끌기에, 마음에 들기에 이를 때면 자네의 눈의 깜박거림, 손가락의 미세한 움직임이 경호원, 채홍사에 의해 재빨리 포착되고 해석돼. 선택된 여자는 저녁이면 어김없이 코야가 자네의 침대로 오게 되지. 자네는 그녀와 성관계를 가져. 낮에 쓰러뜨린 사냥감의 살처럼 그녀를 맛나게 먹어. 그러고 나면 그녀는 영부인 중의 하나가 돼. 이 자유분방한 방탕 속에서도 고도의 정치적 고려가 없지 않아. 자네는 공화국을 잘 이끌어가려면 국가의 모든 민족에 약간씩 속해 있을 필요가 있다고, 국가의 모든 민족과 인척 관계를 맺어야 한다고 생각해. 공화국의 23개 민족 각각으로부터 적어도 한 여자를 아내로 삼아.

대통령의 아내는 물질적으로 모자랄 것이 없어. 하지만 엄중한 감시를 받아. 모든 사냥의 명수처럼 코야가도 사자의 질투심이 있어. 임신까지, 출산까지 감시받지. 그러고 나서는 코야가가 그녀를 부르지 않거나 그녀를 방문하는 일이 드물어져. 그는 언제나 자신의 소산물所産物들을 인지해. 나주마, 코야가의 어머니는 갓난애와 산모를 보살피고 입교식을 준비하고 입교식의 비용을 대. 코야가는 자기 자식의 어머니가 새로운 남편을 얻어 어엿이 부양받을 수 있을 때까지 그들의 주거와 음식을 떠맡아. 옛 첩들의 재혼식을 주재하고 그들의 재혼식에 드는 비용을 치르지. 구혼자가 별로 착실하지 않게 보이면 그를 거부하기까지 해. 옛 첩들은 은행 대출을 쉽게 받아. 결국에는 '벤츠 할미'가 되기에 이르지. 상업에 종사하고 대형 메르세데스 벤츠의 뒷좌석에 앉아 돌아다니는 부유하고 풍만한 여자들을 이렇게 불러. 코야가는 옛 첩을 결코 버리지 않아. 코야가의 옛 첩들에게 나가는 생활 보조금과 월세 지불의 관리는 공화국에서 가장 어렵고 돈이 많이 드는 항목들 중의 하나야. 이러한 관리의 필요 때문에 마이크로컴퓨터 정보 처리 기술이 골프 공화국에 최초로 도입되지. 이 관리는 망을 형성한 다섯 대의 고성능 마이크로컴퓨터에 의해 이루어져. 이에 코야가를 필두로 모두가 만족해.

코야가의 자녀는 어슬렁거릴 시간이 없어. 그의 자식은 언제나 모여 있고 대통령궁의 군인 자제를 위한 학교에 가야 해. 대통령의 사저와 어머니 나주마의 거처 사이에 들어선 단지가 이렇게 불리지. 탁아소, 놀이방, 기숙 시설, 초등학교를 포함하는 단지야. 애초에 예정된 중학교는 운영되지 않아. 제6학년, 제3학년, 최종 학년을 위한 어린아이들이 충분하지 않기 때문이지. 매일 아침 만원 버스가 대통령의 사저를 떠나 수도의 중등 교육 기관으로 대통령궁의 어린아이들을 데려다줘. 대통령의 모든 자식은 군직에 종사할 준비를 해. 딸은 장교와 결혼하지. 어느 부대나 연대의 참모부에도 코야가의 아들이나 사위가 적어도 한 명은 있어. 바로 이러한 혈연과 가족 관계가 국군의 단결을 보장해.

여자에 대한 코야가의 관계, 교제에 관해 어떻게 말하고 노래와 춤으로 표현할 수 있을까?

모든 팔레오, 모든 사냥꾼에게서처럼 그의 어머니는 별도의 여자, 신성한 여자야. 예언자, 교주로 간주되고 있어.

모든 팔레오처럼 코야가도 첫번째 아내를 납치 결혼에 의해 얻었어. 그녀 또한 별도의 지위를 갖지. 존경을 받아. 아홉 명의 자식을 낳았어. 이 아이들은 대통령궁의 군인 자제를 위한 학교에서 어린 서출처럼 살아가. 코야가의 집안에서는 적자와 서자 사이에 어떤 차별 대우도 없어. 그는 이 차이를 보지도 느끼지도 않아.

자네가 결혼한 여자와 어울리는 경우는 거의 없어. 한번은 어느 결혼한 여자가 자네를 유혹하기에 이르러. 너그러운 남편은 외국에서 대사관의 한 직책을 얻어. 또다시 어느 기혼녀가 자네의 마음을 사로잡아. 질투심 많고 복수심이 강한 남편은 추방을 강요받아……

코야가의 절대 권력 아래에서 시민이 심지어는 자기 집에서조차 한숨을 내쉬거나 암시적인 말을 뺑긋하거나 개인적으로 노래를 휘파람으로 불러도 쉽게 대통령에게 알려져. 저녁에 외출하거나 복장을 바꾸거나 친구와 술을 마시거나 식사를 하는 것도 자네에게 금방 알려지지. 자네만이, 자네 혼자만이 정보망의 수를 알고 있어. 면적이 5만 6천 제곱킬로미터에 불과하고 주민이 4백만 미만인 이 나라에 정보망은 득실거리다 못해 넘쳐날 지경이야.

경찰이 있고 군의 첩보부와 대통령궁의 정보국이 있어. 이들은 거의 절대적인 권한을 행사하고 어느 아프리카 국부의 경우를 막론하고 특별한 방법으로 활동해. 예언가, 점쟁이, 흙점술가 협회가 있지. 코야가 어머니가 이 협회의 회장이야. 모든 가입자는 고객의 속내 이야기를 보고하러 대통령궁으로 달려가.

보카노는 주술사 연맹의 회장이야. 각 주술사는 아무리 사소한 정도라도 이상하게 생각되면 신속하게 보카노에게 보고하고 이에 대한 보상을 얻어. 자네의 옛 첩들, 자네의 자식을 낳은 어머니들이 있지. 그들은 계속 대통령궁에 출입할 수 있어. 인도차이나에서 돌아온 옛 병사들, 사냥꾼들이 있지. 모든 시민은 중요한 정보의 대가를 받을 수 있어. 대통령의 측근에게 직접 보고하거나 새벽 4시에 공적인 접견을 끝내고 대통령에게 직접 보고하는 거지. 저녁에 지휘관이나 정치인이 사적으로 믿을 만한 친구들에게 경솔하게 내뱉은 발언을 아침에 대통령이 전화로 지휘관이나 정치인에게 들려주는 일도 드물지 않아. 일반적으로 대통령은 통화를 빈정거리는 웃음이나 무거운 침묵으로 끝내지…… 위협이야. 지휘관은 어떻게 해야 할지 몰라 쩔쩔매. 자네의 공화국에서는 모든 이가 염탐을 하고 모든 이가 염탐을 당하지. 하이에나가 항상 깨어 있는 것은 이 땅에 솔직한 친구가 거의 없다는 것을 알기 때문이라는 거야.

따라서 인척들의 반역 모의에 관한 어떤 것이 분명히 새어 나간 거야. 그 금요일 오후 1시 35분 최고 지도자의 사저로부터 불과 2킬로미터 떨어진 곳에서 돌발한 사태를 어떻게 달리 설명하고 이해할 수 있겠는가?

그토록 잘 준비된 테러에서 어떻게 그가 무사히 빠져나올 수 있었을까? 근접 거리에서 기총 소사를 당한 메르세데스에서 그가 살아 나왔다는 것을 어떻게 믿을 수 있겠는가? 32발의 총알 자국을 찾아낸 그 자동차에서, 도랑에 처박힌 그 고철 무더기에서 구출되었다는 것을 말이야.

군대의 참모부에서 자네의 이름을 지니고 있는 큰길로 자네가 여느 금요일처럼 13시에 들어서. 자네의 사저 쪽으로 방향을 잡아. 자동차가 3분도 채 달리지 않아 첫번째 일제 사격이 발발해. 오토바이를 탄 사람들이 자네의 자동차를 둘러싸고 비질하듯 총알을 퍼부어. 그들은 좌석에서 공중으로 날아오르고 오토바이들은 갑작스럽게 진로를 이탈하더니 도랑에 바퀴를 하늘로 향한 채 처박혀. 자네가 탄 자동차, 자네 앞뒤의 자동차들, 자네의 행렬을 이루는 자동차 세 대가 로켓탄에 맞아. 베트민 병사들이 인도차이나의 논에서 선보인 방식의 매복이야! 그건 대량 살상이지. 사망자가 13명, 중상자가 6명이야. 자네, 자네만이 무사히 구출돼. 가벼운 찰과상도 입지 않은 상태로 말이야. 또다시 기적이야. 노파와 주술사 덕분으로 여겨진 경탄할 만한 일이지.

테러는 장교 두 명이 계획하고 실행한 것이야. 자네의 사위, 사마 대위와 자네의 처남, 차오 소령이었지. 공식적으로 차오 소령은 테러 행위 후에 도주하는 과정에서 교통사고를 유발해. 중상을 입어. 의식을 잃고 병원으로 옮겨져. 외과 의사들이 그를 수술해. 부상자의 상태를 묻는 전화가 걸려 와. 나중에 전화 교환원은 대통령궁에서 걸려 온 전화라고 주장하게 되지. 외과 의사가 모든 것이 잘 되었고 차오 소령의 생존 가능성이 높다고 대답해. 그런데 30분도 채 되지 않아 조악한 범죄 영화에서처럼 흰 덧옷을 입은 남자들이 병원을 포위해. 덧옷 속에서 기관총을 꺼내 의사와 간호사를 제압한 다음 부상자의 목숨을 완전히 끊어버리고 그를 거세해. 자네는 이 암살을 개탄하고 수사를 약속하지.

— 수사는 여전히 계속되고 있어요. 당신의 처남 차오 소령의 암살에 관한 수사의 결과는 결코 발표되지 않을 겁니다.

자네의 사위 사마 대위는 석호에서 익사체로 발견되지. 무릎에 무거운 돌이 끈으로 묶여 있어. 공식 발표에 따르면 그는 물속으로 뛰어들어 자살하기 전에 자기 몸에 돌을 매달았다는 거야.

— 하지만 그는 사전에 이미 자기 자신을 거세했지요. 외부의 강압 없이 자신을 거세했어요. 자살 전에 부두에서 자기 몸의 일부를 절단하고 있는 그를 아무도 현장에서 붙잡지 않았다는 거죠.

이것이 네번째 테러였어. 도벽이 있는 독재자가 재난만큼 많은 광대한 아프리카의 각 전제 군주가 이번에 네번째로 네 명의 관리를 급파했지. 외교관 한 명, 군인 한 명, 경찰관 한 명, 교수 한 명이었어. 작은 공항이 네번째로 혼잡해졌지. 아프리카의 국부들은 서로 만날 때마다 서로의 어깨를 토닥거리면서 서로를 형제 겸 친구라 불러. 형제 겸 친구의 밀사들이 주인 국가에 꼬박 4일을 머물렀지.

그들은 코야가에게 축하의 뜻을 표하고 아프리카 형제로서의 지지와 흉악한 시도에 대한 비난을 거듭 표명하기 위해 왔어. 공식적으로는 이것이 사절에게 부여된 임무였지. 하지만 사실은 각 폭군이 테러의 실재와 진상을 확인하고 싶어 했어. 사건이 보고된 대로 전개되었는지를 각 전제 군주가 확실히 파악하고자 했지. 실제로 진짜 장교들, 이 형제 겸 친구의 진짜 인척들에 의해 매복이 준비되었는지 확인하고 싶었어. 실제의 로켓탄이 호위대 쪽으로 발사되었는지, 진짜로 많은 희생자가 발생했는지, 진짜 시신들이 수습되었는지 말이야. 실제로 자신의 친구 최고 지도자가 유일한 생존자였는지를 납득하고자 했지.

각 독재자의 사절 네 명은 4일 동안 밤낮으로 고강도의 조사에 몰두했어. 코야가의 고향 마을까지 갔지. 노파를 예방하고는 부유한 전제 군주만이 줄 수 있는 사치스런 선물을 건네주었어. 사절들은 나주마가 운석의 소지자라는 것을 알아차렸지. 그녀가 숭배하고 그녀의 아들을 보호하는 운석 말이야. 사절들은 또한 주술사 보카노의 야영 막사에도 갔어. 전제 군주만이 나누어 줄 수 있는 사치스런 선물을 주술사에게 잔뜩 안겨주었지. 전권 사절들은 주술사가 신성한 코란의 소지자라는 것을 알게 되었어. 이것 또한 코야가를 보호했다는 것을 말이야.

그들이 각자 자기 나라로 돌아가서 매복 공격이 진짜 장교들에 의해 계획되고 실행되었다고 확언했을 때 그들 각자의 지배자는 놀람의 외침을 내질렀지. 그들의 형제 겸 친구를 태운 방탄 메르세데스를 향해 실제로 로켓탄이 발사되었다고, 사망자들의 진짜 시신이 수습되었다고 말이야. 그들은 자그마한 비밀이라도 숨기고 있지 않는지 몹시 궁금해했어. 비법, 비밀 의식, 마법, 주술이 있었는지 말이야. 그들도 역시 운석과 코란에 의해 보호받고 싶었지. 하지만 군인, 외교관, 경찰관, 교수로 구성된 사절단이 속임을 당하지나 않았는지 염려했어. 그들은 거짓말쟁이 전제 군주였고 자신과 같은 부류의 사람이 국민과 국제 여론을 속이기 위해 생각해낼 줄 아는 모든 것에 정통했기 때문이야.

자신의 공화국에서 최고 지도자는 언제 어디에나 편재하는 무소부재無所不在의 존재였지. 공화국에서 정당의 책임자, 약간의 권한이라도 지니고 있는 공무원은 모두 그의 초상이 새겨진 표지를 달고 있었어. 아무리 하찮은 외딴 마을에도 코야가를 기리는 광장과 기념관이 있었지. 보잘것없는 각 마을의 코야가 광장 한가운데에는 코야가의 입상이 당당히 자리 잡고 있었어.
그가 테러를 모면한 모든 장소에 기념물, 기념비가 세워졌지.

폭포에 이르기 전에 강은 잔잔해지고 작은 호수를 이루지. 이를 본받자. 소라 빙고가 공언한다. 말을 멈추고 코라를 뜯는다. 조수는 피리를 불고 춤을 춘다. 소라가 반역에 관한 세 가지 속담을 제시한다.

'어떤 사람이 너를 물었다면 그는 네게도 이가 있다는 것을 상기시킨 셈이다.'
'네가 새벽부터 늙은이를 둘러업고 가다가 저녁에 그를 질질

끌고 간다면 그는 질질 끌려갔다는 것만 기억한다.'

'왕의 궁정에 자주 드나드는 사람은 예외 없이 자신의 친구를 배반하기에 이른다.'

## 21

손에 무기를 들고 테러를 저지른 모반자들 차오 소령과 사마 대위의 살해, 제거는 유일한 경우야. 예외이지. 코야가는 통상 테러의 실행자들에게 재판을 받게 하지. 그들은 정상적인 공판과 정당한 사형 선고에 대한 권리가 있어. 그리고 국부가 포용력을 발휘하여 감형해. 손에 무기를 들고 자네에게 과감히 맞서는 대범성이 있는 모반자는 온전한 책임을 떠맡고 용감한 사람, 신뢰할 만한 사람에 대한 존중을 간직하며 병사, 전사의 운명과 조건을 받아들이는 남자, 남자다운 남자로서 존경받을 만하다고 자네 코야가 자네는 늘 생각했지. 자네가 가차 없이, 인정사정없이, 무자비하게 죽인 모반자들은 테러의 공모자이자 후원자야. 그들은 테러의 큰 수혜자, 모리배가 되고 싶어 했어. 노출되지도 생명의 위험을 무릅쓰지도 않고 말이야. 바퀴벌레들이지. 바퀴벌레는 그저 발로 으스러뜨려야 할 것이야. 그들을 자네는 결코 체포하지도 재판받게 하지도 않아. 곧바로 제거하고 즉각 거세해. 그들에게는 체포도 심문도 예심도 공판도 필요가 없어. 그들은 어둠 속에서 활동했고 자네는 몰래 그들을 죽였지. 그러니까 자네가 차오 소령과 사마 대위를 살해한 것은 그들이 자네에게 총을 쏘았기 때문이 아니야. 아니고말고. 그들이 측근, 인척이었으므로 자네는 그들을 살해했어. 파벌을 배반한 인척과 친구이기 때문이었지.

　—자네의 신상에 대한 테러의 실행자이지만 친척, 인척이 아닌 자들은 대개 목숨을 건졌어. 자네는 축제를 위해 그들의 생명을 유지시켜. 그들은 오래 이어지는 수많은 국가 축제의 적극적인 참가자가 돼.

　자네의 공화국에서 국민은 항상 일하고 있어. 어린아이들이 어리석은 짓에 몰두하지 않도록 하려면 언제나 어린아이들과 놀아줄 필요가 있지. 새끼 사자들이 멀어져 관목림 속으로 사라지지 않도록 어미 사자는 온종일 새끼 사자들과 놀아. 자네의 공화국에서 국민은 축제 중이거나 기념제를 준비하는 중이거나 하지. 자네의 피통치자들은 결코 곰곰이 생각할 겨를이 없어. 자네의 치세 내내 그들은 공적인 축제 속에서 갈피를 잡지 못해. 물리도록 먹고 마시지.

　자네가 치른 통과 의례의 날, 자네의 아버지와 어머니가 치른 통과 의례의 날은 국가에서 기념했어. 생일이 아니라 통과 의례의 날이지. 자네가 태어난 날은 알려져 있지 않기 때문이야. 자네 아버지의 추모일은 식민지화의 희생자를 위한 축일로 불려. 해마다 뒤풀이가 딸리는 가장 중요한 축일 중의 하나야. 자네는 물신 숭배, 가톨릭, 회교, 유대교의 온갖 종교 축제에 매우 적극적으로 참여해. 자네가 그것들 모두를 주재하지. 축일과 축제는 모두 유급 휴일이야. 자네의 많은 동류, 독재자 겸 국부가 방문해. 학생, 공무원, 돌격 집단이 동원돼. 모두 휴업하고 공적인 축하연을 이끌어.

반란, 테러 기념일은 자네의 정권을 특징짓는 중요한 축일이
지. 이러한 축일에는 선한 신, 신성화, 세번째 기적, 운명의 밤
처럼 성경이나 코란의 울림을 갖는 명칭이 붙어. 축성 의례 및
의식에 따라 행해지는 축제이지.

축제는 새벽 4시에 당사에서 자네가 친히 주재하는 회교, 개
신교, 가톨릭 공동의 기도, 보편적인 기도로 시작되지. 기념관
에서 속행돼. 자네가 죽음을 모면한 각 장소에는 기념관이 세
워져 있어.

정권의 모든 고관이 기념관 앞에 흰색 부부를 걸치고 모습을
나타내. 꽃다발 하나가 자네의 입상 하단에 놓여 있어. 위령의
나팔 소리가 울려. 이 소리에 참석자들이 경건하게 귀를 기울
여. 뒤이어서 자네의 녹음된 연설 가운데 하나가 그들의 귀에
들려와.

이 축제들은 대통령궁에서의 아침 식사로 이어져. 여기에는
정권의 유력 인사, 외교관뿐 아니라 특히 죄수들이 초대를 받
아. 자네는 죄수들과 함께 공공연히 건배를 해. 자네가 마침 기
념하는 중인 테러를 저질러 유죄 선고를 받은 죄수들과 함께
말이야. 자네는 연설을 하지. 축제의 의미를 설명해. 자네의 암
살자들에게 직접 이날의 의의와 중요성을 길게 설명하는 거야.
그들에게나 자네에게나 기념할 만한 날, 길일이지. 자네들 공
동의 행운, 그들의 행운과 자네의 행운이 그들의 서투름, 조상
의 넋이 원한 서투름, 주술과 희생을 통해 획득된 실수의 결과
로 찾아왔어. 그들이 성공하여 자네가 암살당했더라면 경호원

들이 즉각적으로 대응했을 거야. 현장에서 그들을 쓰러뜨리고 거세했을 테지. 손님과 진행자, 무용수가 박수갈채를 보내. 수형자들이 자네를 포옹하고 춤추는 무리 속으로 뛰어들어 트위스트와 저크 춤을 춰.

축제는 저택의 바깥에서 계속돼. 군대의 분열 행진, 돌격 집단의 발레가 실시되지. 서민 동네들에서는 뒤풀이가 밤늦게까지 이어져. 마을들에서 달빛 아래 집단 무도가 준비되고 탐탐의 메아리가 산악과 관목림에 울려 퍼져.


코야가, 자네는 무엇보다도 팔레오이자 사냥의 명수지. 결국은 사냥꾼 겸 팔레오로 남을 거야. 그런데 부족의 당당한 팔레오치고 해마다 산악 지방에서 입문 의례에 참가하지 않는 사람은 없어. 사냥꾼의 이름에 걸맞은 소총 소지자치고 해마다 조합의 축제에 참가하지 않는 사람은 없지. 국가원수가 팔레오 겸 사냥꾼이기 때문에 골프 공화국에서 입문 의례와 사냥꾼 축제는 연중 가장 중요한 두 가지 축연이야.

축연은 나체족의 고장인 산악 지방에서, 대통령의 고향 마을 차오치에서 개최돼. 4주 동안 연달아 열려. 한 달 동안 골프 공화국의 수도가 텅 비게 돼. 자네의 고향 마을 차오치로 수도가 옮겨 가는 셈이야. 내각이 자네의 공관 서재에 집결하고 대사의 신임장 수여식이 응접실에서 거행되지. 공식 연회가 정원에서 열려. 새벽 4시에 자네는 아파탐*에서 민원인과 청원자 그

---

* apatame: 식물로 지붕을 엮어 올린 간단한 건축물.

리고 고수익 직책의 청탁자를 접견해. 4주 동안의 축제, 뒤풀이는 자네에게 유일하게 한가한 날, 자네가 유일하게 갖는 휴가의 날이야. 자네는 이 4주 내내 평상복 차림이야. 장관, 대사, 고위 공무원, 고급 장교 등 모든 이가 자네를 본받아. 모두 윗도리를 벗고 있어.

축연의 달은 사냥꾼들의 만남, '단쿤'으로 시작돼. 해마다 단쿤은 좋은 계절이 막 시작될 때 우리 모두(자네들 사냥꾼들과 우리들 사냥꾼의 그리오들)가 모이는 행사야.

코야가는 카티에서 사냥꾼 연수를 받았어. 카티의 군부대 자녀들을 위한 학교에 다닐 때였지. 옆방 이웃은 이름이 비라히마 니아레로 코야가에게 항상 붙어 다니는 친구가 되었어. 그는 카티에서 태어나 자랐어. 그의 아버지 사쿠나 니아레는 사냥의 명수였지. 이 도시의 사냥꾼 조합, 카티의 사냥꾼 돈소바, 나이저 계곡과 위대한 만딩고족에서 가장 명망이 높은 돈소바 중의 하나를 이끄는 우두머리였지. '가난한 사람과 고아의 아버지'라는 별명으로도 불렸어. 사냥한 후 산물 대부분을 빈민에게 아낌없이 나눠 주었지. 모든 위대한 사냥꾼처럼 사쿠나도 점술가, 관상가, 마술사였어. 관목림에서 사냥하지 않을 때는 자신의 가옥 문턱에 온종일 말없이 앉아 있었지.

그는 안마당으로 들고나는 코야가를 주시해. 그의 발걸음을 세고 외모와 거동을 관찰하지. 머릿속에 섬광이 일어. 자기 아들의 어린 친구가 살아갈 미래에 관해 모든 것이 드러나. 그의 성격, 미래의 사냥꾼 겸 이례적인 독재자로서의 운명이 말이야. 곧장 그를 신입 사냥꾼, 자신의 사냥꾼 제자 가운데 하나로 만들기로 결심해.

사쿠나는 현장에서, 짐승의 발자취가 남아 있는 곳에서, 계곡에서, 산악 지방에서 가르쳐. 카티에서 멀리 떨어진 곳에서, 나이저 계곡에서, 쿨루바Koulouba 구릉지에서 사냥해. 코야가와 다른 초심자 네 명이 주말 동안 밤낮으로 그를 수행하여 사냥놀이를 벌이지. 사쿠나는 실천을 통해 그들에게 말린케 및 세누포 족의 사냥꾼 조합 '돈소톤'의 사냥 기법, 의례, 신화, 이데올로기와 조직을 가르쳐.

돈소톤은 사실 하나의 프리메이슨단, 하나의 종교야.

그것은 파라오 시대에 어머니 사네네와 아들 사냥꾼 코인트론에 의해 창설되었지. 사네네와 코인트론은 팔레오였어. 이 조합은 위정자의 압제에 저항하고 노예제에 맞서 싸우기 위해 설립되었지. 그것은 인종, 출신, 사회 계급, 신앙, 직업을 불문하고 모든 사람 사이의 평등, 형제애를 설교해. 5천 년 전부터 온갖 정권 아래에서 두 차례 아니라고 말하는, 즉 압제에 반대하고 역경 앞에서의 포기를 거부하는 모든 이의 집결 장소야.

이 조합의 위대한 신화, 사네네와 코인트론의 넋, 몇몇 위대한 사냥꾼의 넋이 끊임없이 환기되고 언제나 현존해. 만남과 의례에 늘 연결되지. 조합원은 '사네네와 코인트론의 후예'라고 불리지. 공동체별로 무리를 지어.

각 사냥꾼 공동체의 선두에는 '돈소쿤티기'*가 있어. 조합의

---

* donsokuntigi: 사냥꾼들의 우두머리를 뜻한다.

온전한 규범과 도덕을 보증하는 우두머리지. 그는 고령의 사냥꾼들에 둘러싸여 있어. 모든 활동을 그만둔 위대한 사냥꾼들의 모임을 이끌지. 사냥의 명수 또는 단순히 명수는 자신에게 속해 있는 사냥꾼들, '돈소스데누'*를 거느려. 계속해서 그들을 사냥의 기법과 사네네 및 코인트론 숭배로 입문시켜. 코야가 자네가 그랬듯이 미래의 지망자는 '돈소스데게'**라고 불려. 사냥꾼이 되고자 하는 어린아이야. 공동체의 몇몇 구성원, 사냥꾼들의 가수, 사냥꾼들의 음유 시인, 그리오는 소라라고 불리지. 우리는 위계상 위대한 사냥꾼과 동급이야. 위대한 사냥꾼으로 여겨져. 위대한 사냥꾼이야. 우리는 조합의 악사 겸 역사가이지. 행사에 활기를 불어넣고 행사가 진행되는 동안 고금의 위대한 사냥꾼들의 행적을 이야기해. 축제가 벌어지는 동안 우리는 원무의 무리 안으로 들어오는 사냥꾼의 행적과 위업을 큰소리로 외치고 조합 내에서 그가 차지하는 서열과 그가 속하는 부류에 대한 찬가를 하프, 코라의 연주에 맞춰 노래하지.

어린 사냥꾼들을 위한 노래로는 '니아마'가 있어. 파고다수탉의 노래지. 사쿠나는 코야가에게 이 찬가 1절의 곡조와 가사를 가르쳐.


'위대한 파고다수탉들이여!
광장에서, 원무의 무리에게서 치우라, 비우라

---

\* donsos-denw: 어린 사냥꾼들이라는 의미이다. 'donso'는 사냥꾼을 의미한다.

\*\* donsos-degé: 사냥꾼을 본받고자 하는 어린아이들이라는 의미이다.

불길한 힘을, 사악한 사람들을!

여기 뛰놀고 춤추는 어린 사냥꾼들이 있노라.'

입문 의식을 치른 사냥꾼, 협회의 회원에게는 '비비 만사'가 노래되고 연주되지. 검독수리의 송가야. 코야가, 자네는 이 송가의 곡조와 1절의 가사를 익히 알고 있지.

'오 독수리여!

오 검독수리여!

너는 일단 먹이를 덮치면 빈 발톱으로는

결코 다시 날아오르지 않아.'

위대한 사냥꾼을 위한 노래와 연주로는 '돈소 바우 카 두눈 칸'이 있어. 위대한 사냥꾼의 북소리지.

'오 이곳 사람들이여!

송가가 들리는가?

물소들의 지배자를 위한 송가가 들리는가?

코끼리들의 지배자를 위한 송가가 들리는가?

위대한 사냥꾼들의 지배자를 위한 송가가 들리는가?'

정신력, 침착성을 의미하는 '다인디온'은 용맹, 용기, 굳세고 꿋꿋한 기상, 담력의 찬가야. 사냥의 전과에 검은 사냥감이 있는 사냥꾼, 다시 말해서 검다고들 하는 여섯 가지 커다란 사냥

감, 즉 코끼리, 하마, 물소, 사자, 검은영양, 사냥꾼비단뱀 중에
서 적어도 하나를 쓰러뜨린 사냥꾼을 위해 노래되고 연주되지.

마침내 다인디온은 말린케족과 세누포족에게서 온갖 상황
속에서의 비범한 행위에 대한 찬가가 되었어. 모든 서사시의
영웅을 위한 선소리지. 하지만 위업이 널리 알려져 있는 영웅
에 의해서만 춤으로 표현될 수 있어. 이 규칙을 어기는 자에게
는 화, 화가 있을 거야! 맹수의 걸음걸이로 추는 춤이지. 모든
팔레오, 말린케, 세누포 사냥꾼은 굳세고 꿋꿋한 기상의 노래
를 잘 알고 있어.


'다인디온을 춤추라, 들으라
영웅의 송가,
불행의 송가를.
사냥꾼이 불행을 가하거나 불행이
사냥꾼을 덮쳤을 때 울려 퍼지지.
코인트론과 사네네의 송가야.
어떤 사람을 위해서는 연주되지 않아
큰 부를 누릴 것이기 때문이지.
어떤 사람을 위해서는 연주되지 않아
전능한 군주가 될 것이기 때문이지.
다루기 힘든 맹수의 사냥꾼이 추는 춤일세.
다루기 힘든 맹수를 사냥한 자가 추는 춤일세.'


다인디온, 용기의 송가는 사냥꾼을 위한 곡조일 뿐만이 아니

야. 위대한 제국의 송가였어. 위대한 황제는 영웅적인 사냥꾼이었기 때문이지. 오늘날에도 다행하거나 불행한 커다란 사건의 송가가 남아 있어. 영웅의 위업과 별세 그리고 파국의 돌발을 찬양하기 위해 울려 퍼져. 다인디온은 결코 환심을 사려는 송가가 아니야.

가입식을 통해 코야가는 조합원, 사네네와 코인트론의 후예가 되었어. 그의 스승은 서아프리카 사바나의 민족들에게 조합의 중요성을 강조했지. 말린케, 밤바라Bambara, 오트볼타, 세네갈, 니제르, 세누포 문화 세계에서 위대하고 고결한 모든 것은 사냥꾼 조합에 의해 생겨났어. 말린케 음악, 만딩고의 숭고한 음악은 사냥꾼의 노래에 그 기원이 있지. 말린케, 세누포, 도곤, 밤바라 족들의 미술은 동물 판화, 사냥꾼의 미술이야. 사바나 민족들의 밤바라, 말린케, 세누포 세계에서 모든 혁명, 자유를 위한 모든 투쟁은 사냥꾼에 의해 전수되었어.

사쿠나는 자네에게 해마다 적어도 한 번 단쿤 기념제를 준비하거나 거기에 참석하라고 권고했지. 코야가 자네가 평생 준수하리라 생각하는 권고야.


코야가, 자네는 결점, 큰 결점이 있어. 예전이나 지금이나 자네는 맹수처럼 권위적이고 메아리처럼 거짓말쟁이이고 벼락처럼 난폭하고 리카온처럼 몹시 잔인하고 거세 전문가처럼 거세를 일삼고 그리오처럼 선동가이고 이[蝨]처럼 모리배이고 오리 두 마리처럼 색골이야. 그래요…… 그래요…… 당신은 다른 결점도 있어요. 누구라도 그걸 전부 알려주려 하면, 부랴부랴 늘어놓게 되면 틀림없이 입술 양끝이 찢어질 거예요. 모욕을 하고 천진난만한 미소를 앗아 가는 그런 것이라고요. 조수 코르두아가 거듭 익살을 부리면서 주워섬긴다.

— 코야가, 각하는 큰 장점이 있어요. 아주 큰 장점이죠. 염소의 항문처럼 관대하고 나무뿌리처럼 효자요, 수탉처럼 일찍 일어나고 손가락처럼 우애가 있지요. 그렇죠…… 그렇죠…… 각하는 자질, 다른 장점도 있어요. 누구라도 당연히 외치고 싶어 할 터인데 그렇게 되면 성대가 끊어질 거예요. 마클레디오 역시 미소 지으면서 대응한다.

하지만 지배자 코야가의 인격과 결점, 장점 보따리에는 한 가지 변함없는 것, 진실이 있어. 매우 자주 그는 이 진실을 주장하고 자랑해. 만일 부활의 날에 알라신이 한없는 자비심으로 그에게 단 하나의 특성으로 자신을 규정해보라고 명한다면 조금의 망설임도 없이 그는 자신이 사냥꾼 조합의 구성원이라고 말할 거야. 자네는 자네 자신을 무엇보다 먼저 사냥꾼으로 여겨. 그리고 두번째로는 사랑하는 어머니 나주마의 아들로 간주해.

우리가 이미 말했듯이 여섯 가지 검은 사냥감 중의 어느 하나라도 사냥하는 데 성공한 사냥꾼에게는 사냥꾼 조합의 규범에 따라 다인디온(굳세고 꿋꿋한 기상의 음악)을 출 권리와 함께 사냥의 명수라는 칭호가 부여돼. 코야가의 사냥 전과에는 코끼리 서른세 마리, 하마 스물한 마리, 물소 스물일곱 마리, 사자 열일곱 마리, 검거나 외톨이인 영양 서른여덟 마리, 사냥꾼비단뱀 열아홉 마리가 포함되어 있어. 그러니까 코야가는 검은 사냥감 155여 마리를 죽인 거야. 그는 돌묵상어, 황소상어, 30년 전부터 골프 공화국의 해안에 밀려 올라온 모든 고래를 쓰러뜨렸지. 30년 전부터 맹수가 득실대는 관목림에서 맹수가 인간을 죽이거나 먹게 되면, 상습적인 수확물 파괴자가 되면 마을 주민은 망설이지 않아. 곧바로 사냥의 명수 코야가의 도움을 청해. 자네는 파라오 람세스 2세 이후로 아프리카와 세계에서 역사상 가장 많고 가장 다양한 사냥 전과를 올렸지.

자네는 심보(사냥의 명수) 이상이지. 돈소바(사냥꾼의 어머니 겸 아버지)야. 사냥꾼을 위해 자네의 마을에 신성한 숲과 단쿤을 갖추게 했어.

자네의 마을을 동물의 낙원, 피난처로 만들었지. 사냥꾼의 메카로 말이야. 늙고 가난한 사냥꾼만을 거두기 위한 공공 건축물이 하나 세워졌어. 자네의 고장은 서아프리카에서 가장 큰 금렵 지역, 가장 큰 동물 공원을 갖추었지.

— 그것이 각하 나름의 방법으로, 각하만의 방식으로 구현된 것은 사실이지요.

— 폭력을 사용하여 비인간적으로 잔혹하게죠.

강을 따라 수천 헥타르에 걸쳐 마을이 흔적도 없이 사라졌어. 농민이 자신의 땅에서 축출되었지. 조상의 무덤, 숲, 신성한 장소를 포기하도록 강요받았지. 일말의 연민도 자네의 가슴을 건드리지 않았어. 자네의 마음속에서, 자네의 말에서 불우한 사람을 위한 작은 보상의 소지가 한순간도 엿보이지 않왔지.

자네는 동물을 보호했어. 자네의 지시에 따라 보호 지역과 사냥터가 관리를 받아. 똑같이 준엄하고 비인간적인 방법으로 죠. 코르두아가 말을 잇는다. 단속반이 경고도 하지 않고 밀렵꾼들에게 총을 쏘았지. 그들을 쓰러뜨렸어. 식사 시간에 순찰대가 보호 지역에 인접한 마을을 두루 돌아다녔지. 항아리, 바가지를 뒤졌고 치아 사이를 조사했지. 사냥감의 고기를 먹은 사람은 현장에서 체포되어 재판을 받았어. 무거운 형벌이 내려졌지. 그래서 자네의 사냥터와 보호 구역은 아프리카 사바나에서 가장 사냥감이 많은 곳이 되었어.

사냥꾼은 세 가지 예식을 거행해. 그중에서 가장 중요한 것은 '단쿤 손'(네거리 의례 장소에서의 희생과 봉헌)이야. '개미집이나 코인트론에게 바치는 봉헌'으로도 불리지. 예식은 첫 사냥 제단의 설치를 상징적으로 되풀이하고 조합의 탄생을 기념해. 협회의 신화적 조상에게 감사를 올리지. 다시 말하건대 단쿤은 골프 공화국에서 공식 축제의 반열에 올라 있어. 산악 지방에서 예식이 7일 내내 거행되는 중요한 축제야.

3일 동안 동틀 무렵부터 해가 질 때까지 코야가의 고향 마을은 소총의 일제 사격으로 흔들려. 소도시의 관문에서 울리지. 코야가의 단쿤에 참석하러 온 사냥꾼 무리가 도심으로 들어온다는 것을 알리는 소리야.

인근 마을, 멀리 떨어진 지방, 외국에서 사냥꾼이 도착해. 온갖 교통편으로 도착하지. 도보로, 말을 타고, 자전거로, 대중교통 수단으로, 시외버스와 트럭으로, 항공편으로 말이야. 밤낮으로 매시간 도착하지만 도시의 관문에서 기다려. 도심으로 들어가기 위해 해가 뜨거나 질 때까지 도착의 축포가 울리기를 참고 기다려. 사람들이 그들을 차량에 태워 천막 야영장이나 막사로 또는 학교로 안내하지. 사냥꾼들은 몹시 좁은 자리를 차지해. 사냥총과 옷을 바닥에 놓아두기 위한 잠자리, 쪽방처럼 비좁은 공간만이 그들에게 허용되지.

만남, 엄밀한 의미에서의 축제가 3일에 걸쳐 이어져. 토요일에서 월요일까지야. 진짜 예식은 일요일에 거행되지.

토요일 오전 10시부터 우리 소라들, 우리는 광장 단상의 뒷자리에 자리 잡아. 노래하고 하프를 뜯지. 사냥꾼들이 열을 지어 행진하고 춤을 춰. '두가 카만'이라 불리는 옷, 독수리 날개를 착용하고서 말이야.

독수리 날개는 사냥의 명수 코야가의 단쿤이 거행되기 한 달전에 사냥꾼들에 의해 죽임을 당한 모든 짐승의 어깨를 그을리거나 말려서 만들어. 사냥꾼들이 그것을 메는 가방에 넣어 가져왔지. 그래서 사냥꾼 무리는 열흘 지난 시신처럼 악취를 풍겨. 검은 왕파리 떼가 그들을 뒤따르고 둘러싸.

독수리 날개가 상이한 구내식당들 사이에서 분배되는 동안우리 소라들은 사냥 입문 이야기와 사냥의 명수 코야가의 행적을 연기하고 낭송해. 사냥꾼들은 춤을 춰. 오전의 나머지 시간에, 오후 내내, 심지어는 밤에 매우 늦게까지 계속 춤출 거야.

일요일 아침에는 조합원들이 코야가의 관저로 모여들어. 모두 옷을 갖추어 입고 무장을 한 모습이야. 사냥꾼 복장과 모자,

사냥 호각, 소총, 화약통, 파리 막이, 칼을 갖추고서, 때로는 단검을 허리에 차고 투척 도끼를 어깨에 메고서, 몇몇은 개를 줄에 매고서 말이야. 그들은 코야가 관저의 정원 오솔길로 접어들고는 화단으로 넘어가. 우리 소라들은 입문 이야기와 코야가의 행적을 계속해서 읊어. 우리는 우두머리 소라인 맹인 지기바 지레를 중심으로 모여 있지. 그는 현대의 사냥꾼 음영 시인 중에서 가장 선임이고 가장 재능 있는 분이야. 그의 신호에 따라 우리는 음악을 중단하고 춤꾼들은 발동작을 멈춰. 짧은 정적이 사냥총 700여 정의 일제 사격에 의해 깨져. 엄청난 구름이 시가지에서 올라와 시가지를 덮어. 마치 모든 가옥이 불길에 휩싸이고 동시에 다 타버리기라도 하는 듯해. 이 축포는 자네의 등장, 대가 코야가의 등장에 대한 경의의 표시지.

자네가 별장에서 나와 낮은 층계에 멈춰 서. 자네는 사냥꾼 복장이야. 전통적인 사냥꾼 복장이 아니라 유럽 사냥꾼 복장을 하고 있어. 깃털 달린 작은 모자, 웃옷, 망원 렌즈 달린 카빈 소총, 망원경, 승마 바지, 각반을 갖춘 차림새지. 자네가 계단을 내려와. 우두머리 소라 지레가 자네 앞에 자리해. 자네는 양쪽으로 길게 도열한 사냥꾼들을 통과해. 그들은 병사처럼 자네에게 무기를 들어 보여.

정원의 철문에서 자네는 위대한 사냥꾼들, 자네처럼 굳세고 꿋꿋한 기상의 찬가 다인디온에 맞춰 춤을 출 권리가 있는 위대한 사냥꾼들을 기다려. 그들이 자네를 맞이하고 자네 뒤로 도열해. 매우 긴 행렬이 만들어져. 엄청난 군중, 나라 전역에서 온 군중 한가운데의 통로로 길게 이어지는 행렬이야. 행렬의 선두에는 자네와 지레가 자리해. 조합의 고위 간부들이 자네를 뒤따라. 그들을 소라들이 바싹 뒤따르고 소라들의 바로 뒤를 사냥꾼들의 종대가 따라가. 사냥꾼들은 소총을 흔들며 춤을 춰. 사냥꾼들의 긴 종대가 소라들의 무리에 의해 군데군데 끊겨. 행렬을 따라 사냥꾼들이 숲으로 나아가. 사냥꾼들의 신성한 숲이지. 거기에는 사냥꾼과 사냥개만 들어가. 모두가 거기로 들어갔을 때, 몇십 분 동안 침묵이 이어지다가 노래와 춤이 더욱 격렬하게 재개돼.

정오에 해가 천정점에 도달하고 사냥꾼들이 정렬해. 자네와 우두머리 소라 지레가 종대의 선두에 자리하고 사냥꾼들을 단쿤으로 이끌어. 우리 소라들이 노래하고 춤을 춰. 모든 사냥꾼이 예배 장소 주위에 모여들 때까지, 각 사냥꾼이 잎 달린 나뭇가지를 꺾어 자신의 스승에게 깔고 앉을 거리로 제공할 때까지 말이야. 조합의 법규에 따르면 단쿤, 예배 장소 앞에서 각 사냥꾼은 자신의 추천자에게 감사의 표시로 깔고 앉을 거리를 제공할 것이 요구되기 때문이지. 우리 소라들은 한동안 침묵을 지켜. 질서가 완전히 잡힐 동안 말이야. 코야가가 홀로 단쿤, 예배 장소, 네거리의 흰개미집 앞으로 나아가. 제물을 바치는 사제이기 때문이야. 그를 우리 소라들이 뒤따르고 우리 뒤로는 사냥의 명수들, 그들의 제자들과 옛 제자들이 발걸음을 옮겨. 숲속에 조합원들이 집결해. 평원에는 엄청난 구경꾼 무리가 신성한 숲을 둘러싸고 있어.

지레, 소라들의 우두머리가 큰 소리로 다인디온을 읊어. 이것이 합창으로 되풀이되지. 어느 젊은 사냥꾼, 도제 사냥꾼이 대열에서 떨어져 나와 자네 코야가, 자네에게 바가지를 내밀어. 자네가 두 손으로 그것을 잡아들고 기도를 읊조리고 개미집 제단의 꼭대기에 내용물인 젖과 조를 끼얹어. 다른 도제 사냥꾼 세 명이 영양 한 마리를 가져와. 바로 그날 붙잡은 영양이지. 그들이 영양을 눕히고 발과 뿔을 잡아 제압해. 자네가 단검을 꺼내 짐승의 멱을 따. 피가 분출해. 소라들이 일제히 다인디온을 노래한다기보다는 오히려 부르짖어. 자네는 단쿤 앞에서 제물을 바치는 사제의 기도를 가만히 읊조려.

'오 조상님 코인트론이여!

오 조상님 사네네여!

당신들의 후예 사냥꾼들이 지금 제물을 바칩니다.

우리의 영양을 취하시길, 받으시길, 기꺼이 받아들이시길.

영양의 피를 마음껏 들이켜시고

우리에게 광활한 관목림의 비밀을 알려주십사.

끝없는 관목림 전체를 우리에게 열어주시고

우리에게 사냥감을 많이 채워주시길.

그것을 가난한 사람들에게 나눠 줄 것입니다.

고아들에게도 장애인들에게도 말입니다.

사냥꾼들의 과부에게, 우리 가족에게

우리의 인척과 친구에게 선사할 것입니다.

불행으로부터, 사냥총 방아틀뭉치의 숙명적인 폭음으로부터

우리를 무탈하게 지켜주시길.

위험한 상처, 그루터기의 고약한 상해로부터

우리의 발을 안전하게 보호해주시길.
우리의 자식들을 뱀의 이빨과 독으로부터
그리고 비단뱀의 아가리로부터
보호하고 대비시켜주시라.
조합의 유대 속에서, 우리의 권위인 연맹의 연대 속에서
우리의 자식들이 보살핌을 받게 해주십시오.
유익한 사냥감을 급습하고 쓰러뜨리게 해주시길
풍부하게 말입니다.
이제 희생 의례의 두번째 목적을 말하겠나니
오 조상님 코인트론이여
제물의 발들이 최종적으로 놓인 위치를 통해
올해의 사냥감을 명확하게 말해주소서.
물론 많은 사냥감을 원하옵니다만
또한 무엇보다 먼저 우리 어린 사냥꾼들의
무병장수를 바라나이다.
그들이 여러 사냥철에 걸쳐
두 다리로 꿋꿋이 버티고 서 있게 해주소서.'

제물이 땅에 질질 끌리고 사지를 버둥거리고 머리를 흔들어 대면서 죽음에 맞서 싸우는 동안 기도와 노래, 음악이 계속 이어져. 그러다가 짐승이 네 발을 공중으로 뻗고 흥건한 핏속에서 마지막 숨을 거두면 이것들이 그치고 기쁨의 함성이 울려퍼져. 늙은 사냥의 명수가 단호하게 공표해.

 ─ 제물로 바친 짐승이 네 발을 뻗고 있는 위치는 명확하다.

우리의 제물이 받아들여졌다. 동료 사냥꾼들이여, 올해 자네들은 많은 사냥감을 죽일 것이다.

그에게 응답하듯 땅과 숲이 갑자기 흔들리고 천둥이 울리고 구름이 몰려와. 공포탄이 장전된 무기로 사냥꾼들 수백 명이 일제히 축포를 쏘아. 포연의 구름이 골짜기 전체를 뒤덮어. 한동안 나무와 사람, 짐승이 안개에 휩싸이지.

코야가 자네 가까이에 자리하고 있는 사냥의 명수들이 자네에게로 몰려들어 속삭여.

— 당신의 활동에 감사를 표하오. 고맙소, 관목림을 뚫고 들어가는 자여.

정적이 다시 깃들고 또 다른 행렬이 조직돼. 사냥꾼들을 신성한 숲속으로 이끌어가는 행렬이지. 세 동심원이 사전에 그어져 있는 신성한 숲으로 말이야. 첫번째 원 안에는 도제 사냥꾼, 풋내기 사냥꾼이 모여. 두번째 원에는 입문한 조합원이 무리를 이뤄. 숲의 한가운데인 중심에는 위대한 사냥의 명수, 돈소바가 코야가를 둘러싸고 앉아.

세 집단의 조합원이 단체 식사를 함께해. 사냥꾼들이 가져온 '독수리 날개'와 함께 익힌 식사야. 말렸거나 훈제한 것들이지. 식사에 적포도주와 맥주, 증류주가 풍부하게 곁들여져. 솔직한 우정과 동질 의식의 기쁨과 즐거움 속에서 사람들이 식사를 함께해.

코야가는 식사가 채 끝나기도 전에 기다리지 않고 사라져.

해가 저물자마자 사냥꾼들이 네번째로 행렬을 지어 공공 광장으로 가. 공공 광장의 계단석에, 가설물들 사이에 빽빽이 들어선 군중이 수선을 떨면서 초조하게 코인트론의 후예들을 기다려. 공공 광장과 인근의 길에서 노래와 춤이 때때로 축포에 의해 중단되면서도 계획된 대로 끊임없이 이어져. 어슴푸레 동이 틀 때까지 말이야.

동틀 무렵에 새로운 행렬이 사냥꾼들을 코야가의 거처로 이끌어. 밀집한 군중이 뒤따라. 독재자 사냥꾼이 잠깐 모습을 보여. 귀를 멍하게 하는 축포가 울리지. 그에 대한 경의의 표시야.

만찬 후에는 야회가 시작돼. 수많은 주민, 유력자, 정치가, 군인이 참석하여 지켜보는 야회야.

밤새도록 의례 집전자들이 노래하고 춤추고 도취해. 소라들은 협회의 신화적 조상에 대한 찬양과 코야가의 특별한 행적을 늘어놓아. 밤새껏 광적인 춤과 원무가 잇달아. 맹렬한 일제 사격이 수반되거나 이어져. 연회와 주연 그리고 열렬한 낭송이 새벽 4시에 수탉이 처음으로 울 때까지 계속돼.

먼동이 틀 때 트럭 두 대가 사냥의 명수 여남은 명과 몇몇 유력 인사 그리고 사냥 명수의 중요한 손님들을 태우러 와. 그들은 금렵 구역에서 코야가 자네와 다시 만나. 그러고는 단군의 사냥 놀이를 시작해.

다른 사냥꾼들, 다른 사냥꾼들과 풋내기 사냥꾼들 전체가 총에 공포탄을 장전하고 군인들의 연병장인 평원 쪽으로 나아가. 북 치는 사람들과 예찬자 소라들이 뒤따라. 평원에서 단군의 사냥 무언극이 준비되고 공연돼.

작은 숲에는 가죽 탈을 쓴 다른 초심자 사냥꾼들이 미리 몸을 숨겼어. 이 탈 쓴 자들이 짐승의 역할을 맡아. 이들을 발견하는 사냥꾼은 공포탄이 장전된 총으로 발포해. 탈 쓴 자들이 뛰어오르고 전력으로 달리고 멈추고 서성거려. 공격자들에게 채찍질을 해대면서 짐승, 사나운 짐승의 역할을 하는 거야.

어린 사냥꾼들, 특히 젊은이들은 민첩성을 겨뤄. 몸짓과 표정에 의한 표현도 경쟁 항목이지. 탈 쓴 자들에게 공포탄을 쏘기 전에 그들은 춤 스텝을 밟기 시작해. 먼지구름, 화약 냄새, 격려와 찬탄의 함성에 의해 돋워지는 집단적인 흥분의 분위기 속에서 무언극이 실행돼. 무언극은 연병장의 서쪽에서 시작하여 동쪽에서 끝나. 각 사냥꾼은 괴상한 옷차림을 한 자들의 가죽 탈을 탈취하려고 시도해. 전설에 따르면 가죽 탈을 빼앗는 데 성공하는 사냥꾼은 그해가 가기 전에 검은 사냥감을 쓰러뜨릴 것이 확실하다는 거야.

정오에 공공 광장에서 코야가와 그의 손님들이 금렵 구역에서 잡은 사냥감들을 전시해. 그것을 가난한 사람과 사냥꾼의 미망인에게 나눠 줘. 무언극에 참여한 사냥꾼들도 역시 빼앗은 가죽 탈을 자랑스레 늘어놓아. 전시와 분배에는 축포가 뒤따라. 그러고는 춤과 회식, 주연이 온종일 이어져. 화요일 아침 동이 틀 때까지 말이야.

아! 티에쿠라, 코야가의 아버지 차오는 에벨마(입문 격투 챔피언)였지. 그의 어머니 나주마는 여자 에벨마(입문 격투 여자 챔피언)였어. 코야가도 많은 장교도 에벨마였지. 대통령의 경호원, 리카온 역시 챔피언이었어. 코야가가 신뢰하는 모든 측근은 옛 에벨마야. 입문 격투, 에벨라, 좋은 계절의 마지막 축제는 연중 가장 중요한 행사지. 사냥꾼들의 접전보다 더 위엄 있고 엄숙한 행사로는 이것밖에 없어.

이 행사는 팔레오 지방의 모든 고산 지역에서 개최돼. 각 팔레오 마을에서, 대통령의 민족이 거주하는 모든 마을에서 격투 겨루기가 진행돼. 마을 챔피언들은 우선 면 층위에서 대결을 벌여. 면에서 가장 잘하는 자들은 군청 소재지에서, 군 챔피언들은 도청 소재지에서 맞붙어 싸워. 도에서 가장 잘하는 자들은 150명을 넘지 않아. 그들은 코야가의 고향 마을에 있는 그의 개인 저택 앞으로 소집돼. 거기에 모이는 거야.

저택 앞에 관람석이 세워져. 관람석에는 우리 나라의 모든 장관, 모든 대사, 모든 고급 장교, 모든 고위 공무원, 모든 부족장과 촌장이 모여 있지. 관람석 사이와 격투 장소를 중심으로 북치는 사람, 신들린 사람처럼 아우성치는 무용수와 가수가 빽빽이 들어서 있어. 각 공동체는 자신의 챔피언을 격려하기 위해 최고의 춤과 최고의 마법사를 동반했지. 온종일 대통령과 그의 손님 앞에서 챔피언들이 선발전을 시작해. 최우수자 30명이 추려져.

추려진 자들이 확고한 챔피언이라는 것을 확인하기 위해 자네 코야가 자네가 몸소 운동복 차림으로 투기장闘技場으로 내려가서 챔피언들 중의 슈퍼챔피언 다섯 명과 직접 격투를 벌여. 매번 군중과 관람석의 유력 인사들이 박수갈채를 보내고 찬탄의 함성을 지르는 가운데 자네는 그들을 차례로 순식간에 때려누여. 그들을 물리치지. 챔피언들 모두가 공손해져. 자네와 맞서려고 하지 않아. 자네만이 격투장에서 패배한 적이 없어. 자네의 아버지처럼 자네도 가장 뛰어난 격투가야.

3일 밤낮 동안 자네와 우리 나라의 늙은 주술사 여섯 명, 자네들이 선발된 챔피언 서른 명과 함께 산악으로, 지하실로 들어가 은거해. 이 은거 기간에 자네들이 무엇을 하는지 비입문자들은 거의 아무것도 알지 못해. 그 3일 동안 자네들이 자네의 어머니와 그녀의 주술사가 마련한 개고기와 과실주를 함께 먹고 마신다는 것을 제외하고는 거의 아무것도 말이야. 자네 어머니가 마련한 개고기와 과실주를 공동으로 섭취한다는 것, 그리고 피의 협약 같은 다른 관행이 여전히 공동으로 실행된다는 것이 비입문자들에게 세세하게 밝혀질 수는 없지. 피의 협약은 자네에 대한 챔피언들의 충성을 보장하고 보증해. 이 격투 챔피언들이 산악 체류 후에 징집되어 리카온 부대, 대통령 경호 부대에 배속돼. 가장 뛰어난 자들은 장교가 될 거야.

자네의 개인 경호원들이 충원되는 것은 바로 이런 식이지. 그들은 모두 대단한 격투 챔피언이야. 모두 산악 지대에서 3일 밤낮 동안 줄곧 자네와 함께 살았어. 모두 자네와 함께 개고기를 먹었지. 자네의 어머니가 담근 과실주를 자네와 함께 마셨어. 자신의 피를 자네의 피에 섞었고 비입문자들에게는 밝혀질 수 없는 다른 행위도 자네와 함께 했어. 굳이 말할 것도 없이 그들은 개보다 더 헌신적인 충복이야. 자네를 배신할 수 없어.

강물은 결국 바다로 흘러들지. 우리도 이 다섯번째 야회를 이쯤에서 중단하자. 소라가 설명한다. 코르두아가 익살, 상스러운 말과 몸짓을 시작하고는 갈수록 더 격렬하게 펼쳐 보인다.

자 이제 그만해둬라 티에쿠라. 청중이 다음의 속담에 관해 곰곰이 생각할 시간을 갖도록 말이다.


　'날아오르는 말똥가리는 아래에 있는 이들이 자신의 의도를 간파하리라고 생각하지 못한다.'
　'누구라도 코끼리를 향해 총을 쏘아 명중시켰을 때 자신이 몸을 숨긴 나무를 잊지 않는다.'
　'민물의 맹그로브는 뿌리가 너무 많기 때문에 잘 춤출 수 없다.'

# 야회 VI

모든 것은 끝이 있다는 것이 이 여섯번째 야회의 속담에 내포되어 있는 주제일 거야. 그 이유는 다음과 같지.

'하루만 있는 것은 아니다. 내일도 역시 해가 뜬다.'
'연기를 견디면 잉걸불로 네 몸이 따뜻해질 것이다.'
'작은 언덕이 너를 큰 언덕으로 이르게 한다.'

소라 빙고가 떠들어댄다.
그가 노래하면서 몇몇 음을 뜯는다. 조수 코르두아가 몹시 열광적으로 몸을 흔들어댄다.
— 멈춰, 멈춰라, 조수야!


## 22

아! 티에쿠라. 서른번째 기념일이 온전히 성공적으로 치러진 아름다운 축제이게 하는 데 누가 참여하지 않았는가?
2년 내내 온갖 축제와 온갖 행사의 예산으로 경제 활동이 이루어졌어. 서른번째 생일을 위해 모인 기금이 국고와 모든 상업 은행에 개설된 계좌로 입금되었지. 국부에 의한 권력 장악 30주년 기념제의 계좌는 수많은 애국 게시문에 명기되어 있듯이 국가 전체와 당의 저금통으로 불렸어. 공적인 호소문이 상인에게 발송되었고 공채公債의 예약 신청이 학교, 우체국, 보건소에서, 그리고 스포츠 행사가 열리는 동안에도 실시되었지. 학생이 저금통을 깨서 30주년을 당당히 축하하기 위해 저축금을 국부에게 보냈어. 죄수가 하루의 식사를 포기했지. 공무원, 회사원, 노동자가 여러 날치의 봉급을 헌납했어. 이 모든 적립금이 성대한 30주년 행사의 기금으로 들어갔지. 메달, 음부 가리개, 모자가 나라 전역에서 기회 있을 때마다 판매되었지. 개인은 공화국 대통령에게 사적으로 우편환을 보내 세기의 성대한 축제, 30주년 기념제의 기금에 성금을 보탰어. 골프 공화국에서 어느 한 축제를 위해 이토록 막대한 예산이 모인 적은 결코 없었지. 골프 공화국에서 공채의 계정이 공개되는 일은 드물었어.

기념일 6개월 전에 벌써 아무리 작은 마을에서도 농부가 고된 하루 일과 후에 박자를 맞춘 걸음걸이로 분열 행진의 연습에 몰두했어. 30주년 기념식의 분열 행진에 대비하기 위해서였어. 성대한 축제의 조직 위원회가 각 도의 면 단위로 구성되었지.

기념일이 다가올수록 긴장, 열기가 더해졌어. 관람석 건설이 가속화되었지. 밤낮으로 노동자가 망치질로 마리나(마리나는 골프 공화국에서 바닷가의 큰 가로에 붙이는 이름이야)를 따라 거대한 관람석을 꾸몄어. 이윽고 일주일밖에 남지 않았지.

기차, 트럭의 대열이 모든 지방에서 출발하여 수도로 몰려들어 성대한 분열 행진에 참석할 사람들을 내려놓았어.

그토록 기다린 날의 아침이 마침내 밝았지.

모든 축제의 경우처럼 새벽 4시에 코야가 자네가 주재하는 범종교적 집단 기도로 하루가 시작되었어.

자네 마클레디오, 자네가 직접 마이크를 잡고 분열 행진을 해설했지.

사람들이 우글거리는 어느 마리나 가로로 해가 떠올랐어. 흔히는 매우 먼 곳에서 온 농부들이 3일 전부터 해변에 끝없이 펼쳐진 천막 아래 모여 있었지. 다른 참석자들과 구경꾼들이 도심으로 몰려들었어.

코야가가 지휘 차량에 올라타서 부대를 열병하고 공식 관람석 앞에 멈춰. 합창대가 찬송가를 시작해.

그러자 어느 주술사가 희생 제물을 바치는 사제의 도구 일습을 갖추고서 대로의 한가운데에서 앞으로 나아가. 멀리 대로 위로는 분열 행진이 준비되고 있어. 그가 고삐를 잡고 숫염소를 끌어내고는 공식 연단 바로 아래까지 걸어가. 그가 걸음을 멈춰. 어느 군인의 도움을 받아 숫염소를 관람석과 코야가가 서 있는 지휘 차량 사이에 눕혀. 짐승을 제압해. 그러고 나서 떠오르는 아침 해 쪽으로 돌아서서 파리채를 흔들고 엄숙한 의례의 말을 해. 그러고는 발버둥 치고 매매 우는 숫염소에게로 몸을 숙여 숫염소의 멱을 따. 지휘 지프차의 타이어와 공식 관람석의 하단으로 피가 튀어.

훈장 수여식이 시작될 수 있었지.

두 차례의 수여식이 있었어. 오래 경력을 쌓은 동안 이미 백여 개의 훈장을 모은 코야가에게 50개가량의 훈장이 보태졌지. 그는 서 있었어. 원수 복장으로 서 있었지. 흰옷을 입은 젊은 여자들이 손에 붉은 광주리를 들고 있었어. 거기에는 훈장들이 두 줄로 달려 있었지. 훈장 수여자들은 온갖 대륙, 온갖 국가, 온갖 종류의 기구에서 왔어. 김일성(북한), 니콜라에 차우셰스쿠(루마니아), 프랑수아 뒤발리에(아이티의 파파 도크), 아우구스토 피노체트 장군(칠레), 샤*(이란), 무아마르 카다피(리비아), 멩기스투 하일레 마리암(에티오피아), 그리고 이 세상의 다른 구원자들이 보낸 대사 또는 사절이 차례로 최고 지도자의 공덕에 관해 격찬의 장광설을 늘어놓고 나서 매우 선명한 색깔의 끈을 그의 목에 걸어주었지.

그리고 또 평화, 반공 투쟁, 생명과 환경의 보호, 국제 연대와 협력을 위한 그의 노력을 기리기 위해 국제기구들이 상을 수여했어. 국제연합의 전직 사무총장 다그 함마르셸드가 제정한 평화상(팍스 문디), 국제 흰십자가협회에서 주는 인류의 기사상, 몰타 기사단, 예루살렘의 성 요한 주권수호기사단의 상, 세계보건기구에 의해 설립된 국제보완의학대학에서 주는 아시아의 별상을 말이야. 수상식이 이어졌지. 심바 아카데미에서 수여하는 심바 평화상, 브뤼셀 외교 관계 연구원에서 주는 평화인상(황금종려상이 딸린 아카데미 십자 훈장), 라바노 델 몬도 아르테피시 기구에 의해 수여되는 국제 진보상으로 말이야. 다

---

* Chah: 페르시아어로 왕이라는 뜻으로 이란 계통 군주의 칭호이다.

른 기구들의 상도 수여돼. 예컨대 국제 황금 메르퀴르의 표장, 시나이 기사단의 큰 목걸이, 국제 민법 연구원이 수여하는 평화 트로피, 프랑스어권 의회 연맹이 주는 플레이아드 대상, 유럽 탁월성 위원회에서 수여하는 유럽 탁월성 금메달과 명성이 높은 메리냑 조각상, 세네갈 국제연합협회에서 수여하는 압둘레 마튀랭 디옵 수도회의 위대한 평화 동반자상…… 등등이지.

해가 떠올라. 2년 전부터 해방을 기다리고 있는 모든 이가 초조해해. 코야가가 이를 이해하고 자신의 팔찌를 쳐다봐. 공식 프로그램이 이미 지체되고 있어. 그가 훈장 수여식을 중단하게 해. 맹인 여성이나 데켈레 산악 지방의 사냥꾼 단체와 다른 단체들 또는 국제 십자 단체들 같은 하찮은 소규모 기구들의 대표는 참모부에서의 만찬 중에 훈장을 수여할 수밖에 없을 거야.

훈장 수여식의 제2부가 시작돼. 신속하게 코야가가 참모총장과 총리를 대동하고 두 줄로 늘어선 약 200명의 사람들 앞으로 나아가. '북을 멈춰'에 뒤이어 '북을 쳐'라는 지시가 잇따라. 나팔 소리 사이로 이름과 믿을 수 없는 공훈이 말해지고 설명돼. 남편과의 사이에 네 명의 자식이 있는데도 남편을 고발한 공로로 골프의 훈장 중에서 기사 계급을 획득하는 한 어머니가 거명돼. 그녀는 자는 척하면서 자정에 자신의 남편과 그의 포커 친구들이 거실에서 나누는 전복의 말에 귀를 기울였던 거야. 대통령에게 꿈을 알리러 가기 위해 800킬로미터의 거리를 망설임 없이 걸은 공로로 골프의 3등 훈장을 수여받는 용감한 농부가 호명되지. 그 꿈의 해석 덕분으로 대통령의 주술사와 마법사가 모반을 좌절시킬 수 있었어. 코야가가 신의 심부름꾼이라는 것이 분명하게 드러나는 시를 쓰고 삽화를 그린 공로로 국가 훈장의 기사 계급을 받을 만했던 시인의 이름도 언급돼.

훈장 수여식은 마클레디오가 충분히 설명하고 재미를 곁들이는데도 더 이상 민중의 관심을 끌지 못하는 듯해. 어렴풋하게 고조되는 웅성거림으로 이를 짐작할 수 있어. 코야가가 이를 알아차려. 의례가 단축돼. 저녁에 공개 무도회와 야간 횃불 행진 이후에 참모부 장교들의 미사에서 속개될 거야.

마리나 가로를 따라 5킬로미터 이상에 걸쳐 엄청난 군중의 환호가 터져 나와. 쉽게 전파되는 폭소가 말이야. 모든 이가 웃고 박수갈채를 보내. 매순간 환호가 연단에 가까워져. 마침내 어린이들의 무리가 불쑥 튀어나와 접근해.

무리의 선두에 들려 있는 현수막에는 '코야가와 그의 정부'라는 글이 과시적으로 적혀 있어. 마클레디오도 역시 킥킥거리면서 논평을 달아. 분열 행진은 언제나 어린이, 모두 열두 살 미만인 소녀와 소년에 의해 시작돼. 그들은 모두 코야가의 자식, 적자이건 서자이건 코야가의 친자식이야. 모두 합해서 66명이지. 정권, 권력의 무언극이야. 참가자 중에서 가장 나이가 많은 소년이 행렬의 선두에 서. 그는 열두 살이야. 꽉 끼는 맞춤 원수 복장을 하고 있어. 자신의 아버지 코야가, 최고 지도자가 입고 있는 것의 정확한 복사판이야. 그의 가슴은 초콜릿으로 만든 일렬의 훈장으로 덮여 있어. 그는 독재자의 몸짓을 의젓하고도 익살스럽게 흉내 내. 이에 독재자 자신도 미소를 짓고 즐거워해.

열여섯 명의 장관을 나타내는 어린이, 소녀와 소년 열여섯 명이 무리를 이루어 그를 뒤따라. 이 집단의 각 어린이가 장관을 흉내 내. 남다른 몸짓과 버릇을 완벽하게 흉내 내지. 여러 달 전부터 각 어린이가 자신의 역할을 배우고 반복적으로 연습한 결과야. 아나운서가 어린이들 열여섯 명의 무리를 내각이라 불러. 이 내각을 집행 위원회와 정치국의 고관을 흉내 내는 집단이 뒤따르지.

정치국 뒤로는 고위 성직자를 흉내 내는 무리가 이어져. 주교관을 쓰고 목자의 지팡이를 들고 흰 사제복을 입고 커다란 십자가를 걸고 샌들을 신고 장갑을 낀 소년이 행진해. 그의 오른편에는 자신의 형제 가운데 하나가 나란히 걸어가. 두건이 달리고 소매가 없는 겉옷에 리본을 달고 있어. 왼편으로는 고령토로 뒤덮인 또 다른 소년이 물신을 흔들면서 걸어. 종교 지도자의 모방자들은 부두교의 수녀와 무당을 익살스럽게 흉내 내는 소녀들을 동반해.

어린이들의 무리가 국가, 정권의 모든 중요한 부문, 계급, 단체를 대표하고 흉내 내.

마클레디오는 해설을 통해 이 무언극을 묘사해. 무언극의 의미와 재미를 설명해. 무언극은 우선 곧 시작될 분열 행진의 축소판이라는 거야. 각 집단의 어린이들은 이어질 30주년 기념제의 대규모 분열 행진에서 중요한 부분들 중의 하나를 나타내지. 익살과 비판, 정화의 기능을 하는 거야. 정권이 비판을 용인하지 않고 우스꽝스런 흉내를 받아들이지 않는다는 것은 사실이 아니지. 어느 다른 정권에서 국가원수의 자식들이 자신의 아버지와 권력 그리고 국가 전체를 공공연하게 풍자적으로 모방하는 것을 볼 수 있단 말인가?

격렬하고 강렬한 함성, 포효, 고함, 아우성이 갑자기 울려 퍼지는 바람에 마리나 가로 전역에 공포가 스쳐 지나가. 군중이 동작을 멈추고 웬일인가 의아해하지. 음악의 리듬에 맞춰 분열 행진이 펼쳐져. 음악이 점점 약해지다가 소리 없이 연주돼. 마이크에서 아나운서의 목소리가 낮아져. 맹수의 외침은 대통령 경호대의 특공대원들이 도착하는 소리라고 아나운서가 가리키고 분명하게 말하는 것을 간신히 들을 수 있어.

코야가가 일어나 차렷 자세를 취해. 대통령의 관람석 전체가 마치 한 사람처럼 그를 따라 서 있어. 다른 관람석을 차지하고 있는 초대 손님들도 똑같이 행동해. 그들 역시 일어나. 최고 지도자가 정중하게 신호를 해. 모든 이에게 다시 착석하라는 손짓이야. 그는 이것을 대통령 관람석의 초대 손님들에게, 다른 관람석의 손님들과 구경꾼들에게 요청해. 분열 행진은 오래 걸릴 거야. 분열 행진이 얼마 동안 지속될지는 아무도 몰라. 코야가 자네는 초대 손님들에게 매우 오랫동안 힘들게 두 다리로 몸을 지탱하게 내버려두고 싶지 않아. 분열 행진이 펼쳐지는 동안 오직 자네만이 서 있을 거야. 그래야만 자네에게 경의를 표하기 위해 나라 전역에서 온 수백 명의 주민에게 최소한의 예절을 지키는 것이라고 자네는 생각해.

우선 딱 바라진 근육질 남자들의 무리가 보여. 모두 발가벗고 있지. 간단한 음경 싸개만이 양쪽 볼기 사이에 짝 달라붙어

있어. 흰색과 붉은색 고령토를 온몸에 칠한 상태야. 활, 화살
통, 단검, 자동 소총 등 원시 및 현대의 잡다한 무기를 소지하
고 있어. 그들이 추적당한 사냥감 무리의 흔적을 쫓아가는 들
개 떼처럼 종종걸음을 치면서 샅샅이 뒤져. 대통령 경호 요원
들이야. 최고 지도자와 개고기를 나눠 먹은 이들, 최고 지도자
의 피에 자신의 피를 섞은 이들이지. 그들은 최고 지도자에게
목숨을 바치기로 서약했어. 언제라도 최고 지도자를 위해 자신
을 희생할 준비가 되어 있지.

　해설자 마클레디오가 대통령의 안위에 대한 리카온들의 집
착을 분명하게 보여주는 사실들을 이야기해. 알쏭달쏭하고 열
렬한 이야기지. 밤마다 그들은 대통령의 관저 주위의 관목림에
파놓은 참호에 은신해. 며칠 동안 리카온들이 배급된 식량을
거부하는 일도 있어. 더 강하게 단련하기 위해 날것을 먹고 지
내기도 하지. 직접 포획한 야생 동물의 고기와 피, 그리고 장대
로 떤 청과를 말이야. 아무도 그들의 은신처를 알지 못해. 어느
날 밤 경솔한 모반자 세 명이 대통령 관저의 담장 아래까지 위
험을 무릅쓰고 접근했어. 그들은 리카온들과 마주쳤지. 그 자
리에서 목이 잘렸어. 박살이 났지. 오랜 팔라브르, 대통령의 개
인적인 발언 이후에야 죽임을 당한 자들의 사지와 머리, 갖가
지 부위들이 인도되었어. 그런 다음에 비로소 한데 모아서 관
속에 넣고 매장할 수 있었지. 형제가 대통령에 대한 테러에 가
담한 어느 리카온은 가족의 명예가 결정적으로 실추되었다고
생각했어. 모든 가족을 제거하기로 결심했지. 자기 자신의 손
으로 형제, 이 반역자의 모든 자식과 아내를 죽였어.

리카온 소대에 뒤이어 현대적인 복장과 장비를 갖춘 공수 특공 소대가 모습을 보여. 그들은 수염이 풍성하고 걸음걸이가 맹수 같아. 노래를 부르짖어. 그들의 노랫소리가 도처에 들리도록 음악이 중단돼. 그들 역시 대통령의 안위에 집착해. 그들 중의 많은 수가 다양한 경우에서 대통령을 위해 자신을 희생했지. 모두 그렇게 할 태세가 되어 있어. 이를 노래에 담아 말하고 있지. 그들에게는 최고 지도자 이외의 다른 아버지나 어머니가 있지 않아. 코야가를 제외하고는 다른 물신과 기도가 없어.

특공대원들 뒤로 보병, 포병, 기병, 공병, 해군, 공군 등 갖가지 군부대의 행렬이 끝없이 이어져. 무기, 온갖 종류의 현대 무기를 선보여. 골프 공화국은 무기고, 병기고야. 최고 지도자는 자기 군대의 행진을 매우 자랑스럽게 생각해.

1시간 30분 전부터, 이윽고 2시간 전부터 자네는 움직이지 않고 서 있어. 오른손을 귀에 붙이고서 말이야. 매혹하고 있어. 자네의 초대 손님들, 관람석에서 자네의 주변에 앉아 있는 사람들 중에서 많은 수가 치명적인 무기의 행렬에 대한 관심을 잃었지. 자네의 양손과 바지에 눈을 고정시켰어. 그들은 자네의 다리에서 사소한 떨림, 자네의 몸가짐에서 가벼운 피로의 징후, 자네의 시선에서 약간의 기력 저하를 간파하고 싶어 해. 허사였지. 자네는 여전히 바위와도 같아!

치명적인 전쟁 도구가 끝없이 잇따라.

— 당신은 군비에 너무 많은 돈을 들여요. 보건과 교육의 두

분야에 들이는 것보다 훨씬 더 많은 돈을 국방비로 지출하죠.

　—사실이 아니야. 악의를 가진 거짓말쟁이 기자들이 그런 가짜 뉴스를 퍼뜨리지. 마클레디오가 대답한다.


패션쇼…… 뒤따르는 것은 전통 의상의 성대한 패션쇼와 유사했지! 대략 100여 명의 젊은 여자가 세 줄로 행진해. 모두들 우아한 옷차림이야. 그녀들이 노래해. 각자 자기 고장의 전통 복장을 하고 있어. 혁명과 진정성의 여걸들이지. 아나운서가 논평을 하면서 설명하는 바에 따르면 진정성의 여걸들은 영웅적이고 적극적인 행동으로 대통령과 국가 그리고 진정성의 혁명에 대한 애착을 보여준 여자라는 거야. 우리 사회를 언젠가는 아프리카의 스위스, 안전이 유지되는 선진국으로 만들어줄 여자들이라는 말이야.

　—마클레디오 당신은 잘 알고 있었죠. 하지만 말하지 않네요. 사실 혁명과 진정성의 여걸들은 대통령의 옛 첩들이죠. 그에게 자식들을 낳아주어야 했던 젊은 여자들이에요. 몇몇은 촌장들이 최고 지도자와 인척 관계를 맺으려고, 자기 마을에서 국부의 자손을 갖기 위해 그에게 제공했어요. 이 여자들은 여전히 정권의 첩자, 정보원이죠.

　—그것만 있는 것은 아니지. 그녀들은 또한 진정성의 혁명을 위한 여걸, 유일 정당의 위대한 상인, 위대한 농부, 위대한 투사야. 존경할 만한 배우자, 정직하고 근면한 어머니지. 모두가 대통령의 침대를 거치지는 않았어. 마클레디오가 대답한다.

여걸들에 뒤이어 남녀 혼성의 무리가 와. 오륙십 명이야. 괴상스런 옷차림과 비품을 갖췄어. 괴상한 몸짓을 하고 기도와 초혼의 소리를 내지르면서 행진해. 그들은 주물사와 마법사야. 대통령의 안전과 보호, 국태민안을 위해 각종 지역 사회에서 일하지.

마클레디오가 해설해. 이 마법사들이나 주물사들은 누구도 밤에 잠자지 않아. 해가 질 무렵부터 수탉의 첫 울음소리가 들려올 때까지 그들은 악귀, 대통령의 선행을 방해하는 저주에 맞선 싸움에 몰두해. 악한 마법사들은 활동할 시간이 없어. 그들의 마음속에서 악귀가 생겨나자마자 그들은 번번이 발각되고 고발당해.

약 200미터에 걸쳐 흰머리의 벌판이 펼쳐져. 모두 긴 지팡이를 짚고서 말없이 힘겹게 나아가는 남녀의 대열이지. 이 집단의 선두에는 '최고 지도자를 축복하는 현자들'이라는 글귀가 적힌 현수막이 내걸려 있어. 코야가의 목숨을 노리는 이들이 왜 시간을 허비하고 기회를 놓치는지 마클레디오가 설명해. 왜 앞으로도 줄곧 그들이 실패하고 불행과 불운에 마주치게 될 것인지를 말이야. 우리의 대통령을 보호하는 주술사 보카노와 그의 신비한 코란만 있는 것이 아냐. 그를 구하는 나주마 어머니와 그녀의 운석만 있는 것이 아니야. 그의 주위에는 남녀 연장자 수천 명이 요새처럼 버티고 앉아 축복 기도를 올려. 그들은 저녁마다 알라신에게 그의 안전을 간청하지. 그만큼 많은 보호 정령, 그만큼 많은 부적이 있는 것처럼 이 모든 연장자의 주문,

기도도 있어. 모두 그를 위한 것이지. 그들은 조상의 넋을 불러내고 조상의 넋은 예외 없이 나타나 모반자들의 악한 의도를 좌절시켜.

4시, 5시부터 분열 행진이 계속 이어지고 있지. 햇빛이 강렬해. 숨이 막힐 정도로 날씨가 더워. 모든 이가 배고프고 목말라. 언제 남녀 물결의 흐름이 끝날지 저마다 궁금해해. 관람석의 초대 손님 중에서 누구도 지금은 마리나 가로로 지나가는 것을 지켜보고 있지 않아. 모두들 코야가 자네만을 바라보고 있지. 이를 자네도 알고 있어. 자네 혼자만이 관람객이야. 자네와 가슴 위에 줄줄이 달린 훈장만이 말이야. 자네는 왼팔을 옆구리에 늘어뜨리고 왼손 손가락을 바지의 재봉선에 대고 오른손을 오른쪽 귀에 붙인 자세야. 어떤 바람에도 흔들리지 않는 평원의 야자수처럼 서 있어.

— 당신은 당신 자신에게 쏠려 있는 모든 이의 눈길을 즐기고 있어요. 그것이 당신의 자존심을 만족시키죠. 당신은 분열 행진을 위해 준비를 했지요. 스스로 기분을 북돋웠어요. 아침 식사에서 통상적인 커피 한 잔으로 만족하지 않았죠. 사냥한 고기를 넣은 푸투*를 잔뜩 먹었고 두 바가지의 비사프**를 마셨어요. 모든 이에게, 자네의 초대 손님들에게, 당신의 국민에게 당신이 여전히 원주민 보병이었다는 것을 보여주고 싶어

---

* foutou: 카사바나 바나나 또는 참마로 만드는 서아프리카 요리.
** bissap: 히비스커스로 조제되는 청량 음료.

하죠.

지방, 모든 지방의 대표단이 줄줄이 이어져. 각 대표단의 선두에는 당국자들이 있어. 그들의 뒤를 이어 초등학생, 중고등학생, 협회와 무용단의 젊은이, 유일 정당의 지역 활동가, 돌격집단의 주도자, 농민, 장인, 산림 감시원, 어부, 신성한 숲의 입문자…… 등이 행진해. 이 집단들은 각각 현수막을 앞세우고 있어. 장인들과 생산자들은 생산품과 수확물을 내보여. 마클레디오가 논평해. 15시야. 아침 8시부터 행렬 속 인파가 끊임없이 흘러가. 당국자들, 초대 손님들, 구경꾼들, 모든 이가 싫증을 내. 각자 마음속으로 몇 가지 욕구를 해결할 필요에 자네가 굴복하여 움직이고 흔들거리고 돌아서고 신호를 보내고 명령을 내리지 않을 수 없으리라고 생각하고 있어. 누구나 여러 시간 배고픔과 목마름은 견뎌낼 수 있지만 몇몇 생리적 욕구의 충족은 결코 나중으로 미룰 수 없지. 또다시 자네의 성격에 관한 오해가 있었던 거야! 침착하게 논평을 이어가는 마클레디오가 분열 행진은 아직 절반밖에 끝나지 않았다고 알려줘.

이 알림에 낙담과 절망이 폭발해. 고음의 탄식이 가슴속에서 솟아 나와 마리나 가로를 따라 길게 이어져. 자네는 모든 것에 무관심하고 아무것도 들리지 않는 척해. 계속해서 야자수처럼 부동자세로 우뚝, 바위처럼, 호시탐탐 먹이를 노리는 맹수처럼 말없이 서 있어……

다행히도 바로 그 순간 사고가 돌발했어. 이로 인해 모든 이가 해방되었지.

무용단과 탐탐 연주단, 돌격 집단은 공식 관람석의 발치에 이르러서 최고 지도자 앞에 몇 분 동안 출연해. 예능인들이 짧은 시간 동안 재능의 우수성을 내보여. 바로 이 시범을 위해 그들은 때때로 멀리에서 왔고, 꼬박 12시간 전부터, 일부는 새벽 4시부터 기다리지.

'폭티'는 운동 선수와 전사의 춤이야. 칼을 들고 탐탐 리듬에 맞춰 추는 춤이지. 폭티가 관람석 아래 독재자 앞에 이르러. 이 무리를 이끄는 자가 뛰어나와 빙글빙글 돌고 격렬하게 움직이는 원맨쇼에 몰입해. 몹시 눈길을 끌어. 춤꾼이 예리한 칼을 등과 배 위로 획획 소리를 내며 빠르게 휘둘러. 그래도 자신의 몸을 베는 일은 없어. 잇달아 바닥에 엎드리고 구르고 빙빙 돌아. 그러면서 칼을 신들린 것처럼 능숙하게 흔들어. 그가 칼을 짝에게 던지고 몸을 굽히고 물구나무서서 손으로 걸어. 발가락들로 탐탐을 지탱하고 굴리면서 말이야. 그가 다시 일어나. 짝이 그에게 칼을 다시 던져줘. 그가 칼을 낚아채고는 높이, 매우 높이 뛰어올라 레퍼토리, 다리 사이로 칼을 흔드는 묘기를 시작해. 하지만 통상적으로 기대되듯이 두 다리로 튀어 오르지 않고 오, 저런 낫에 잘린 칡넝쿨처럼 뻣뻣하게 쭉 뻗은 상태로 털썩 떨어져 내려. 오, 말도 안 돼! 마리나 가로 한가운데의 머캐덤 도로 위에서 알록달록한 우스꽝스러운 전사 복장으로 즉사한 거야. 관람석의 사람들이 망연자실해. 분개와 항의의 비명, 한숨이 퍼져 나가.

국무장관이 자네에게 다가와서 분열 행진이 8시부터 계속되고 있다고 직언해. 우리 나라에서 그만이 이렇게 할 수 있지……

그때에야 자네가 귀에서 손가락을 떼고 팔목을 들어 올려 손

목시계를 봐. 16시야. 자네가 신호를 해. 분열 행진이 중단돼. 그저 중단될 따름이지. 10여 곳의 지방에서 온 대표단이 등장할 수 없었어. 자네는 권력 장악 30주년을 기념하는 행사에 참석하기 위해 멀리에서 온 모든 이의 분열 행진을 보는 것이 자네의 의무, 자네의 예의라고 생각해. 이튿날 10시에 분열 행진이 참모 본부의 연병장에서 재개돼.

4시간 동안 손가락을 귀에 붙이고 서서 자네는 마리나 가로의 머캐덤 도로에서 진행될 수 없었던 대표단들의 분열 행진을 지켜보았어.


절구질하는 여자들을 본받자. 때때로 그들은 숨을 돌리고 절구통을 비우기 위해 절구질을 멈추지. 우리도 이 이야기를 중단하고 한숨 돌리자. 소라가 밝혀 말한다.

그가 노래하고 코라를 연주한다. 그의 조수 코르두아는 길고도 조잡한 익살에 몰두한다. 그의 스승이 취약성의 주제에 관한 속담을 읊조린다.


'장수하는 사람은 비둘기의 춤을 본다.'

'운명은 풀무 없이도 바람을 불어넣는다.'

'잠자코 있는 암소가 작은 화살과 함께 멀어진다.'

## 23

아! 티에쿠라. 30주년 축제는 너무 아름다웠어. 공무원과 사
기업이나 공기업의 직원이 피곤하다는 핑계로 이튿날 사무실
이나 작업장으로 출근하지 않았지. 그들은 밭과 마을에서 2주
의 휴가를 가졌어. 봉급날인 월말에야 직무를 생각했지. 놀라
운 일이 그들을 기다리고 있었어. 자금 부장이 "월급을 지불하
기 위한 돈이 없다"고 그들에게 알렸을 때 그들은 자신의 귀를
믿지 못했지.

노동조합 간부들이 분개하여 직접 대통령 관저로 올라가. 공
화국 대통령이 그들을 맞이해. 새벽 4시의 공식 접견 중에 말
이야. 그들의 말을 듣고 즉석에서 농산물 안정화 금고의 사장
을 소환해. 이 기관의 역할은 원료 가격을 조절하고 안정시키
는 것이지. 하지만 모든 아프리카 국가에서처럼 이 금고의 적
립금은 대통령이 마음대로 사용하는 공동 기금이야. 온갖 자질
구레한 돈 걱정을 해소할 수 있게 해주지.

이 금고의 사장이 모습을 나타내. 염소 상의 얼굴에 피곤하
고 짜증난 기색이 엿보여. 숫염소의 콧방울과 수염에서 그런
기색이 드러나. 그가 코야가 자네에게 공손하게 말해.

─ 해외 시장에서 목화와 커피, 카카오의 시세가 폭락했습니
다. 들판과 계곡, 산악에서 가뭄이 계속되고 있습니다. 가격을
유지하기 위해 금고의 자금을 많이 지출했습니다. 금고가 바닥
났습니다. 30주년 행사에 자금을 조달하는 바람에 그렇게 되
었습니다. 국고와 사기업 및 공기업에 더 이상 투자할 수 없습

니다.

이것은 누구도 자네에게 결코 한 적이 없는 말이야. 자네는 그의 말을 믿지 않았어. 그가 대차 계정의 일부분을 자네에게 제시했을 때에야 납득했지. 모든 곳에 경고등이 켜진 상태, 모든 데가 막대한 부채를 안고 있는 상태야!

곧바로 자네는 프랑스 대사와 사냥 놀이 할 준비를 시켰어. 그러고는 그가 커다란 영양을 쓰러뜨리자 그에게 다가가서 걱정거리를 털어놓아. 그에게서 뜻밖의 대답을 듣고 깜짝 놀라지. 불명료한 말로 그가 자네에게 설명해.

라볼*에서 열린 국가원수들의 정상회담 중에 프랑스 공화국 대통령 미테랑이 아프리카 국가원수들에게 정치를 바꾸라고, 독재자이기를 중단하라고 권고했다는 거야. 더할 나위 없는 민주주의자가 되라는 것이지. 프랑스는 국고가 지불 정지 상태에 있는 프랑스어권 독재 권력의 공무원에게 봉급을 자동적으로 지불하는 것을 중단시키기 위해 이 선언을 핑계이자 출발점으로 이용했어. 프랑스는 독재자에게 먼저 국제통화기금과 구조조정 프로그램에 서명할 것을 요구해.

구조조정 프로그램이란 무엇이지? 대통령이 국제통화기금의 상주 대표자를 불러 그에게 질문을 해. 하지만 이 외교관 은행가는 그토록 분명한 질문에 간단히 대답하지 않아. 이 표현의 의미를 설명하지 않지. 대신에 서류 가방에서 두꺼운 수첩을 한없이 느리게 꺼내. 눈을 들지 않고 수첩을 뒤적거려. 끝없는

---

* La Baule: 프랑스 루아르아틀랑티크Loire-Atlantigue 주 대서양 연안의 도시.

도표들에 관해 난처할 정도로 몹시 혼란스럽게 설명하기 시작해. 모든 것을 중지해야 한다는 거야. 모든 것을 중단할 필요가 있다는 것이지. 중지하거나 멈춰야 합니다. 축소하거나 삭감하고 절단하거나 제거하고 경감하거나 버리고 단념하거나 희생시키고 폐쇄하거나 쫓아내야 해요. 축제, 무용에 대한 보조금 지불을 그만두어야 합니다. 교사, 간호사, 임신부, 신생아, 학교, 경찰, 헌병, 대통령 경호원의 수를 줄일 필요가 있어요. 쌀, 설탕, 분유, 목화와 부상자용 습포, 나병 및 수면병 환자를 위한 알약에 대한 보조금 지급을 멈춰야 해요. 학교, 도로, 교량, 댐, 조산원와 보건 진료소, 관저와 도청의 건설을 포기해야 합니다. 시각 및 청각 장애인을 구제하고 종이 대금을 치르고 우물을 파고 버터와 카카오를 먹는 것을 삼가야 해요. 정원을 감축하고 기업의 문을 닫는 등의 조치를 취해야 합니다.

─그런 지루한 반복을 중단하고 나가시오! 빨리, 당장 나가지 않으면 목을 부러뜨리겠소, 목을 조르겠소! 자네가 그에게 고함쳤지.

외교관이 소스라치며 일어나 집무실에서 황급히 나가. 탁자 위에 수첩을 놓고 나와. '수마하라'*를 훔쳐 먹다가 들킨 개처럼 가랑이 사이로 꼬리를 내리고 돌아가. 계단을 급히 내려가서 자동차 안으로 뛰어 들어가 여전히 뒤를 돌아보면서 좌석에 몸을 파묻어.

하지만 욕설이나 모욕을 퍼부어도 해는 기울어. 돈이 없었

---

* soumahara: 서아프리카의 닭고기 스튜 요리.

지. 봉급이 지불되지 않았어.

중재가 불가피했지. 사과도 여러 차례 이루어졌어. 이 덕분으로 국제통화기금의 외교관 은행가와의 협상이 재개돼. 여러 날 뜬눈으로 밤을 지새우고 수차례의 긴 논의 끝에 최소의 협정이 체결되지.

단일 노동조합의 사무총장이 협상에 참여했어. 채택된 강력한 조치에 동의하고 구조 조정 프로그램의 서명을 지켜보았지.

지금까지 골프 공화국은 명백한 양극화 상황에 놓여 있었어. 모든 것이 두 당사자 사이에서 다루어지고 준비되고 행해졌지. 권위적인 정권과 체념한 국민 사이에서 말이야. 위에는 자네 오만한 독재자, 자네의 군대, 정당, 아첨꾼, 정보원이 있었어. 아래에는 신앙과 빈곤 때문에 멍해지고 말없이 인고하는 농민이 있었지. 자네는 거세와 유혈의 거만한 독재자였어. 이 독재자는 자기 자신을 반공산주의자라고 선언했고 서양 전체를 보호자로 두었지. 부패하고 수다스러운 정치인, 거짓말쟁이 사제, 주술사, 주물사만이 국민과 동맹을 맺었어.

이렇게 마주 보고 앉은 것이 거의 반세기인데 이제 원형의 무리 안으로 세번째 춤꾼이 나타남으로써 끝났지. 이 제삼자, 이 불청객, 그에게 90도로 인사하자. 소라는 영웅에게 아주 정중한 경의를 표한 다음에야 그에 관해 말하는 법이야. 자네들, 하늘이 한바탕 퍼부을 듯 보이는 골프 공화국에 새로 온 새들이여, 안녕! 죽어 나가도 수가 줄거나 없어지지 않는 족속에 속하는 자네들 안녕!

이 세번째 상대는 여러 이름을 가지고 있어. 잃어버린 청춘, 무리를 이룬 중퇴자, 무직자, 소매치기, 도둑이야. 자네 코야가는 사절들 앞에서 증오에 찬 무시무시한 연설을 통해 그들을 빌라코로, 불한당, 마약 중독자, 동성애자로 취급했지. 우리는 그들을 빌라코로나 중퇴자 또는 돌팔매질꾼이라 부를 거야.

무엇이 그들을 낳아 길거리와 장터로 내던졌지?

자네가 권력을 잡자마자 자네의 백인 고문들이 대중의 문맹 퇴치에서 머리가 숱 많고 곱슬곱슬한 흑인의 구제를 모색해야 할 것이라는 생각을 주입했어. 그들은 유식한 민족이 선진 민족이라고 끊임없이 되뇌었지. 자네는 그들의 말을 믿었어. 잘못된 생각을 넘어 과오였지. 자네는 자네 자신이 학교 교육의 보급으로 심어놓은 나무들의 숲에서 자네를 쓰러뜨릴 맹수들이 나오리라고는 상상할 수 없었어.

자네의 통치가 시작되고 얼마 되지 않아 자네는 모든 마을과 주둔지에 초등학교를 세우게 했지. 밤낮으로 굶주리고 가정이 극빈한 초등학생으로 교실이 미어터졌어. 흔히 이상이 없는 교사들은 무능하고 게으른 탓으로 직무를 유기했지. 많은 어린아이가 초등학교를 마칠 수 없었어. 그들은 학교를 떠났으나 들판으로 돌아가지 않았지. 아프리카의 들일은 인간의 모든 활동에서 가장 고되고 보람 없는 것 중의 하나라는 것을 인정할 필요가 있어. 그들은 최초의 중퇴자들이 되어 도시의 장터와 길거리로 쏟아졌지. 최초의 패거리, 최초의 새 떼를 형성했어.

졸업장을 딴 이들도 많은 수가 중학교로 진학하지도 공공 기관에서 사환 자리를 얻지도 못했지. 그들은 벌채용 큰 칼, 다바,* 어망에 관해 말하는 것을 듣고 싶어 하지 않았어. 장터와 길거리의 친구들과 합류하기를 선호했지.

경제 위기가 닥쳤어. 예산이 줄었지. 많은 졸업생이 중등학교에 입학하지도 공직에서 서기 자리를 얻지도 못했어. 그들이 장터와 길거리의 중퇴자들에 덧붙여졌지.

고졸자들이 진로를 정하지 못했어. 교원 및 사무원 선발 시험이 치러지지 않았지. 그들은 장터와 길거리로 향할 수밖에 다른 도리가 없었어.

학사와 석사가 외국 연수를 위한 장학금을 받지 못했지. 국립행정학교(ENA)와 고등사범학교(ENS) 입학시험이 언제 치러질지 기약이 없었어. 그들은 부모의 지원을 계속 받을 수 없었지. 대학인들이 장터와 길거리로 내려와 중퇴자 집단을 관리했어.

경제 위기가 가중되었지. 마지막 시기에 인원 감축과 기업의 폐업 및 구조 조정으로 인해 작업장과 사무실에서 쫓겨난 온갖 젊은 노동자가 부적합한 교육으로 말미암아 길거리와 장터에 내던져진 이들과 합류했어. 독재에서 민주주의로 뛰어오를 순간이 왔을 때 골프 공화국과 인류의 요람 아프리카 전역의 운명이 시련과 불의, 기만으로 원숙해진 바로 이 잡다한 사람들의 집단에 내맡겨졌지.

중퇴자들은 수입이 변변치 않아. 무엇이건 할 태세가 되어

---

* daba: 손도끼 비슷하게 생긴 아프리카의 농기구로 경작, 수확, 절단 등 다양한 용도로 사용된다.

있지. 도덕도 원칙도 없어. 그들은 우선 젊은 실업자들과 함께 유일 정당과 정권에 복무했지. 바로 그들이 자네를 국부로 찬양하고 독재 정권에 필요한 온갖 궂은일을 도맡았어. 자동차 운전자를 위해 주차를 돕고 자동차를 지키는 것도 그들의 몫이야. 빨간 신호등일 때 운전자에게 조악한 상품을 파는 것도 그들이야. 장터와 버스에서 소매치기를 하는 것도 그들이지. 총을 겨누고 사람을 죽이는 것도 그들이야.

최초로 민주주의의 바람이 불 때 그들은 통상적인 활동을 그만두고서 혁명에 몸을 던졌고 독재의 몰락, 민주주의의 도래를 앞당겼어.

무명인이 전단을 뿌리고 전단이 보도를 덮을 때, 벽이 낙서로 뒤덮일 때 중퇴자들과 경찰력 사이에 충돌이 발생했지. 우리의 장터와 길거리에서 소규모 교전과 전투가 끊임없이 이어졌어.

대통령 경호실이 직무를 바뀌었지. 새로운 임무를 맡았어. 미처 대비하지 못한 임무였지. 잔인한 공수 특공대원, 대통령의 리카온이 무기를 등에 비스듬히 메고 손에는 페인트 통을 들고서 모욕적인 낙서와 게시문을 지우기 위해 벽에 페인트칠을 해. 그들이 등을 돌리자마자 중퇴자들이 수성 필기구를 들고서 방금 페인트를 칠한 벽으로 달려들어. 달아나고 쫓는 과정이 시작돼. 이를 위해 군인들이 신속하게 투입되지. 아우성과 욕설이 수반된 도주 추격전이야. 이 모든 것이 견디기 힘든 아프리카 태양 아래 매우 천진스러운 폭소와 박수갈채의 분위기 속에서 벌어져.

거기에서 금지된 전단과 간행물의 복사를 맡아 하는 중퇴자들이 길모퉁이나 장터의 진열대 또는 거류지의 출입문으로부터 갑자기 나타나 경찰과 헌병의 코앞에서 복사물을 읽어보라고 건네거나 판매해. 분개한 경찰관이 손에 곤봉을 들고서 그들을 체포하고자 해. 그들을 뒤쫓아. 결국 도주 추격전에서 언제나 패배하고는 웃음거리가 되지. 경찰관이 헐떡거릴 때 다른 중퇴자 세 명이 어딘지 모를 곳에서 뛰쳐나와 그를 비웃어.

내무부의 주변과 복도에서는 또 다른 집회, 또 다른 웅성거림, 또 다른 광경이 벌어져. 새로운 정당, 새로운 노동조합, 새로운 간행물의 허가를 요구하는 이들이 쇄도해. 경찰관이 호루라기를 세차게 불면서 그들을 정렬시키려고, 참고 기다리게 하려고 시도하지만 소용이 없어.


국회에서는 긴급 특별회의가 속행돼. 국회의원들이 밤낮으로 논의를 계속해. 아무짝에도 쓸데없는 전투야. 아프리카의 모든 독재 정권에서처럼 국회는 코야가 자신의 것이었지. 모든 국회의원이 코야가 자신의 유일 정당 소속이었어. 코야가 혼자 그들을 선출했지. 국민투표에 의한 추인에 앞서 코야가에 의한 선택이 이루어졌어. 그들은 코야가가 수입을 보장해주거나 코야가를 기쁘게 하고 싶어 한 노인, 코야가에게 우호적인 늙은 보수파 족장과 유일 정당의 중진이었지.

다당제와 복수 노조에 관한 법률안을 심의하기 위해 국회의 임시 긴급 특별회의가 소집되었어. 2주 전부터 회의가 중단 없이 계속되었지.

회의의 처음 며칠은 유달리 죽음, 자살, 비극으로 얼룩졌어. 많은 국회의원에게 다당제와 복수 노조는 국가의 종말을 의미했지. 국회의원 두 명이 심근 경색으로 죽었어. 다른 두 명은 정신 줄을 놓아버렸고 또 다른 두 명은 자살했지. 우국의 열정으로 말이야. 법의학자의 부검 보고서에 따르면 자살이 명백했어. 자살자 중의 누구도 거세되지 않았던 거야. 그들의 양물이 온전함을 의사가 확인했지.

이 모든 불행과 무질서로는 충분하지 않기라도 한 듯이 세간에 떠도는 소문, 소문에 의한 정보 왜곡, 난투극, 친족에 의한 복수 등 다른 현상도 관찰되었어.

중퇴자들은 복사물과 전단의 판매 수익으로 생활했지. 온종일 전단을 뿌리고 돌리기 위해 경찰관과 숨바꼭질을 했어. 전단이 품귀 현상을 빚자 중퇴자들은 직접 전단을 제작했지. 경찰과 벌이는 일상적인 운동 경기를 계속했어.

그들의 전단은 완전히 날조된 내용을 담고 있지. 제멋대로의 억측이 간행물과 신문, 잡지에 의해 논평되고 재생산되면서 퍼져 나가. 신문에서 재생산됨으로써 신빙성을 더하고 진실, 현실이 되는 거지.

흑인은 문자 없는 민족이야. 흑인에게 문자 교육을 한 것은 식민지 개척자, 사제, 이슬람교의 원로 마법사이지. 흑인의 선생은 흑인에게 글에 대한 존중을 주입했어. 흑인에게 문서는 주물, 신앙의 대상이야. 신성한 책의 글이나 백인 식민지 지배자의 명령처럼 흑인의 이해력을 넘어서고 오류가 있을 수 없기 때문에 검증할 필요도 없는 신앙의 대상이야.

그러므로 국민에게는 아무리 제멋대로의 중상모략일지라도, 아무리 추악한 비방일지라도 사실임 직하지. 그리고 비방을 당한 자, 명예가 훼손된 자, 신용을 잃게 된 자, 조롱과 망신을 당한 자는 반박하고 자기를 변호하고 자신의 무죄를 증명할 기회가 없어. 전반적인 무질서 때문이지.

각자가 심판자로 나서. 폭력에 의한 해결, 친족에 의한 복수가 급증하지. 간행물의 책임자가 길거리의 한복판에서 공격을 당해. 명예를 훼손당한 이와 기자가 공공장소와 광장에서 서로 싸워. 밤에는 인쇄소와 신문사에서 플라스틱 폭탄이 터지고 화재가 일어나.

자네 코야가는 외국인의 재산에 대해 국유화를 요구하는 온갖 전단을 세심하게 선별하여 프랑스와 미국, 영국 대사들에게 제시했어. 이 전단들은 중퇴자들이 국제 공산주의에 복무하고 있다는 확실한 증거였지. 골프 공화국을 공산주의 진영 쪽으로 기울어지게 하려고 무질서가 부추겨지고 있다고 했어.

헛수고였지. 어떤 반응도, 어떤 메아리도 없었어. 냉전이 소멸했지. 정말로 끝난 거야. 대사들은 자네에게 이 사실을 상기시키면 그만이야. 람세스 2세, 알렉산드로스 대왕, 순디아타의 경우처럼 모든 정치 체제는 결국 몰락하는 것으로 끝나. 베를린 장벽이 공산주의 세계처럼 붕괴했어. 냉전이 사라진 거야.

국제통화기금의 대표자들과 벌이는 협상에 진전이 없어. 임금 체불금이 불어나. 통합 노조의 대표들이 자네와의 면담을 요구해. 자네가 그들을 맞아들여. 그들은 자네에게 모든 노동자의 총파업을 예고해. 자네에게는 체불 임금의 지불을 통해 이 파업을 방지하는 것이 최우선적인 일이야. 따라서 자네는 1차 자금 지원의 동결 해제를 얻어내기 위해 국제통화기금의 모든 요구를 들어줄 수밖에 없어.

국제통화기금에 의해 요구된 국영 기업의 첫번째 구조조정 조치가 실행에 옮겨져. 철도 공사에서 최초의 조기 퇴직이 결정돼. 많은 철도 종사원이 타격을 입어. 그중의 한 사람이 달메다야.

달메다는 우리 나라에서 매우 유명한 인물이었어. 아버지, 삼촌 한 명, 형제 한 명이 여러 모반에 가담했던 거야. 그들은 살해와 거세를 당했지. 달메다 자신도 여러 차례 투옥되었어. 결국에는 자네의 사면을 받아 석방되었지만 말이야. 달메다는 독립 노조의 창설 요구서를 제출했지. 이 독립 노조는 허가의 획득을 기다리면서 임시 집행부를 구성했어. 임시 사무총장으로 달메다가 임명되었지. 임시 집행부에는 사무총장 이외에 다른 위원들 여섯 명이 있었어. 모두들 조기 퇴직을 권고받았지.

철도 종사원들은 이 조치를 사실상의 도발로 간주하고서 실행에 옮기지 못하도록 가로막기로 결정했어. 그들은 투표를 통해 파업과 사무실 및 작업장의 점거 농성을 가결했지.

중퇴자들이 파업 감시인들과 합류하러 와. 비파업 노조원들이 작업장과 사무실로 들어오는 것을 막기 위해서지. 경찰과 헌병대, 군대가 노동권을 수호하기 위해 개입해.

오전 내내 경찰력과 파업자 및 중퇴자 사이에서 충돌과 몸싸움, 전초전이 벌어져. 전반적으로 혼란이 일지. 중퇴자들이 돌을 던지고 약탈을 자행하고 불을 지르고 파괴를 일삼아. 경찰력은 우선 허공에 위협사격을 하지. 하지만 헌병들이 부상을 입고 살해당해. 경찰력은 빠져나가기 위해 실탄을 사용해.

오후에 기차역과 사무실이 화염에 휩싸여. 구름 같은 매운 연기가 도시를 뒤덮이지. 사망자가 스물두 명 나와. 경찰관 세 명, 헌병 한 명, 철도 종사원 열 명, 중퇴자 여섯 명이야.

10월 10일 화요일이었지.

화요일 밤 내내 중퇴자들은 노조 사무소와 대학 학생회관에 모여 동료 사망자들 곁에서 밤샘을 했어. 야간 통행금지를 지키지 않았지. 경찰력은 밤샘에 감히 반대하지 못했어. 이미 너무 많은 사망자가 발생했지. 많은 중퇴자가 죽었어. 군인과 경찰관, 헌병도 많이 죽었지. 국제 언론이 사건을 폭넓게 보도했어. 전 세계가 가혹 행위와 학살에 충격을 받았지. 젊은이들이 피를 흘리고 쓰러지는 사태를 중단시켜야 했어. 경찰력은 또 다른 대결 상황을 피하려 했지. 장례를 위해 밤샘하는 이들을 공격하지 않았어. 그들을 해산시키려고 하지 않았지. 친구와 친족이 사망자를 위해 기도하고 노래하고 춤추도록 내버려두었어.

새벽에 무에진이 기도 시간을 소리쳐 알리기 시작할 때 시위자들은 밤샘을 끝맺고 거류지들 사이로 스며들고는 도시 전역의 구역들로 흩어져. 각 집단이 배치 장소와 임무, 목적을 숙지하고 있지.

동이 트자마자 중퇴자들이 공격을 재개하고 실력 행사에 들어가. 도시 각처에서 화재가 일어나. 연기가 솟아올라 하늘을 가려. 최루탄의 폭발음과 소총의 총성이 전날처럼 울려 퍼져. 약탈이 다시 시작돼. 상점, 공공시설, 정권의 유력 인사가 소유한 재산이 약탈당하기 시작해.

중퇴자들은 누에개미처럼, 흰개미처럼 떼 지어 행동해. 여러 각도에서, 현관문과 창문, 지붕 등 모든 출입구를 통해 일시에 주택으로 들어가. 불에 타지 않은 모든 것이 즉각 탈취되고 회수돼. 모든 것, 심지어 전선과 타일, 벽돌까지, 모든 것이 팔리지. 즉석에서 헐값으로 팔려. 의복, 가전제품, 보석, 라디오가 그 자리에서 손에서 손으로 건네져. 경찰력이 최루탄으로 집회 참석자들을 해산시켜. 약탈자, 가택 침입자, 방화자에게는 실탄을 쏘면서 말이야. 시위자들은 돌, 벽돌을 던지고 화살, 가소로운 사냥총을 쏘는 것으로 대응해. 많은 사망자에도 불구하고 중퇴자들은 흩어지다가도 다른 곳에 재집결해. 그들은 셀 수 없을 정도로 많고 대담하지. 술과 마약에 찌들어 있어. 군인, 경찰은 도처에 동시적으로 배치될 수가 없지. 간선 도로에서 장갑차와 전차가 서둘러 쌓고 용감하게 방어한 방벽에 저지되어 속도를 늦춰. 불붙은 폐타이어 더미에서 자욱한 연기가 치솟아 도시 전역을 뒤덮어. 10미터가 넘으면 보이질 않아. 오전 내내 수도의 상이한 구역들에서 동일한 약탈, 화재, 학살의 광경이 벌어져. 14시 무렵에야 잠시 평온이 유지돼. 중퇴자들이 어깨에 사망자를 메고 은신처에서 나와. 그들은 입술로 기도를 읊조리면서 시신을 프랑스와 미국 대사관으로 운반하고는 이 대사관들에 인접한 공원과 길거리에 내려놔.

서양 강대국들의 대표는 이틀 전부터 코야가에게 달달 볶이고 있어. 코야가는 그들의 도움, 그들의 이해심을 간청해보지만 헛수고야. 만약 서양이 서둘러 자신을 돕지 않는다면 진영을 바꾸겠다고, 공산주의자가 되겠다고, 아프리카로 쿠바인을, 중국 대륙의 중국인을, 평양의 한국인을 오게 하겠다고 위협해. 침착하게도 외교관들이 그에게 학살을 멈추게 하라고, 시위자들 및 야당과의 대화를 제안하고 개시하라고 요구해. 냉전이 소멸했지. 정말로 끝난 거야. 대사들은 자네에게 이 사실을 상기시키면 그만이야. 람세스 2세, 알렉산드로스 대왕, 순디아타의 경우처럼 모든 정치 체제는 결국 몰락하는 것으로 끝나. 베를린 장벽이 공산주의 세계처럼 붕괴했어. 냉전이 사라진 거야.

코야가는 분위기를 가라앉히고 싸움을 말리기로 결심했어.

자네는 국회에게 회의를 열라고 요구했지. 국회의원들은 호화로운 별장에서 내쫓기고 재산을 빼앗겼어. 그들의 거처는 약탈당하고 불태워졌지. 자재들이 조각조각 뜯겨 팔렸어. 그들은 군부대나 대통령 관저로 피신함으로써 간신히 목숨을 부지했지. 바로 이곳에서 경찰력이 그들을 한 사람씩 장갑 차량에 태워 엄중한 호위 아래 국회로 데리고 갔어. 국회의장이 소집한 임시 특별회의를 결정하는 데 필요한 정족수가 성공적으로 채워졌지.

여러 달 전부터 국회의 책상 위에서 널브러져 있는 모든 법률안이 부랴부랴 가결돼.

헌법의 수정이 이루어져. 다당제와 복수 노조를 제도화하는 법률이 채택된 거야. 일반 사면을 선포하는 법률이 만장일치로 통과돼. 모든 정치범과 추방당한 자에게로 사면이 확대되지.

요청된 간행물, 비자, 인쇄 허가의 승인이 이루어져.

그렇지만 이 긴요한 조치로는 시위자와 중퇴자를 만족시키기에 충분하지 않아. 그들은 또 다른 요구 사항이 있어. 또 다른 조치를 요구해. 중퇴자와 노조원, 반체제 인사가 민주세력연맹, 혁명가들의 대변자로 자처하는 단체를 구성했지. 이 새로운 단체의 대표자들이 대통령궁으로 안내돼. 대통령과 격론을 벌이기 시작해. 국회의 해산과 국민회의의 소집이 합의되기에 이르러.

이슬람교는 사막의 열기와 모래에서 생겨난 종교야. 이슬람교는 사막 남녀들의 신앙이지. 이슬람교도가 꿈꾸는 낙원, 천상의 주거, 영원한 왕국은 선민, 구제받은 이가 찾게 되는 곳이야. 사막의 목마른 사람에게는 구원이자 소망이지. 이슬람교의 도덕과 윤리는 사막의 유목민을 위한 미덕이야. 이슬람교도에게 최고선, 커다란 자선은 이웃에게 먹을거리와 마실 물을 주는 것이지. 코란에 여러 차례 나오는 이야기야. 스스로 코란의 종으로 자처하는 주술사 보카노는 할 수만 있었다면 이 세상의 모든 인간과 동물에게 물을 마련해주었을 거야. 그는 여러 도시의 거리와 구역에 공공 급수장을 짓게 했어. 그가 이 공공 급수장의 물 소비량과 유지에 드는 비용을 부담했지. 많은 마을과 군 주둔지에서는 우물을 파고 우물에 펌프를 설치하게 하고는 우물 시설의 유지비를 내주었어. 인간에게 마실 물을 마련해주는 것이 그의 커다란 자선, 그의 가장 중요한 업적이었지.

코야가의 어머니 나주마는 단 한 차례만 출산했어. 끔찍한 고통 속에서 분만이 이루어졌었지. 그녀는 견디기 힘든 고통의 기억을 간직하고 있었어. 그녀에게 임신과 출산은 가장 극심한 고초였지. 신이 여자에게 가하고자 한 고통의 절정이었어. 나주마는 임산부의 부담을 덜어주기 위해 수백 군데에 조산원을 세우고 유지하는 데 대부분의 시간과 재산을 선뜻 내어주었지. 할 수만 있었다면 뛰어난 산파를 갖춘 조산원으로 온 세상을 뒤덮었을 거야. 이것이 그녀의 업적, 그녀의 커다란 자선이었어.

중퇴자들의 파괴적인 분노는 충돌의 과정에서 외딴 경찰서, 몇몇 공공시설에 쏟아졌지만 특히 이 어머니의 조산원과 보카노의 급수장이 공격의 대상이었지. 조산원 앞에 도착한 빌라코로들(중퇴자들)이 조산원 안으로 침입해서 산모와 갓난애 그리고 침대를 끌어내고 시설물을 약탈하고는 불을 질러. 급수장은 철저하게 훼손되고 파괴돼. 빌라코로들만이 파괴, 폐기의 욕망에 사로잡힌 것은 아니야. 초등학생들은 걸상, 칠판, 교실을 때려 부수고 교사에게 대들었어. 색정적인 나병 환자는 자신을 돌보는 수녀를 강간했지.

자네는 국민회의의 소집을 포함하는 합의에 부개비잡혀서 서명했어. 이 합의를 실행하지 않아도 된다는 확신이 있었지. 자네는 사냥꾼이야. 인내의 미덕을 잘 알고 있어. 연기를 감내

하는 이는 급기야 잉걸불로 몸을 덥히는 즐거움을 얻지. 자네
는 상황이 악화되도록 내버려두고 싶어 해. 코끼리는 하루 만
에 해체할 수는 없다는 것을 알고 있어서야. 불행히도 한 사건
으로 말미암아 모든 것이 뒤죽박죽으로 변할 판이었어.

끔찍한 사고가 발생한 것은 바로 7월 5일이야.

폭동의 날들 동안 중퇴자들이 유일 정당이 입주해 있는 건물
의 웅대한 강당으로 침투할 수 있었지. 이 시설의 대부분을 점
유했어. 그곳을 자신들의 집회장, 조직의 근거지, 급진민주세
력협의회의 본부로 만들었지. 정당 건물이 현수막과 낙서로 뒤
덮였어. 경찰력이 결국 이 불법 점유를 용인했지. 모든 명예 훼
손과 모욕의 전단과 문서가 대량으로 제작된 것은 바로 이 정
당 건물에서였어. 빌라코로들, 중퇴자들은 회관, 상점의 쪽마
루, 시장의 진열대 등 야외에서 잠을 자기 일쑤인 길거리의 모
든 어린아이를 늘 데리고 다녔지. 왕뱀을 쫓아 앵앵거리는 파
리 떼처럼 말이야. 정당 건물 안에서 중퇴자 수백 명과 대부분
이 열두 살 미만인 거리의 자식들 전부가 잠을 자고 음식을 먹
으며 삶을 영위했어. 정당 건물은 꿀벌 통과 다름없었지.

7월 5일 밤 바로 이 꿀벌 통이 불길에 휩싸였어. 희생자 수
가 정확히 몇 명이었을까? 누구도 알지 못할 거야. 이 시설에
서 생활하는 어린아이와 젊은이의 명단이 어디에도 없었지. 국
제 언론은 이 범죄적인 화재에 관한 현지 보도, 전 세계를 분
노케 할 끔찍한 영상을 곁들인 현지 보도를 할 거야. 검게 타
고 말라 오그라든 어린아이 수백 명의 시신과 함께 불에 탄 또
다른 수백 명의 사망자나 화상자를 영상으로 내보내면서 말

이지.

중퇴자들은 이 현지 보도를 기다리지 않았어. 5일 오전부터 폭동이 발발하고 도시 전체를 불바다로 만들어. 분노한 빌라코로들이 약탈하고 방화하고 파괴하고 도둑질해. 경찰력이 그들을 공격하고 해산시키고 도망치게 만들어. 최루탄을 투척하고 실탄을 발사해. 방탄 트럭과 전차가 동원돼. 빌라코로들과 중퇴자들은 투석, 불붙은 폐타이어의 연기, 부서진 자동차, 벽돌, 임시 병벽을 이용하여 대적하고 방어해. 폭동, 격분, 학살, 비명, 폭발음, 한편으로 살상의 광기와 다른 한편으로 파괴의 광기가 온종일 이어져.

해가 저물자 잠시 일시적인 평온이 깃들어. 이를 틈타서 종교 지도자와 부족장, 외교단의 최고참자, 프랑스 및 미국 대사가 중재자로 나서지. 급진민주세력협의회의 대표자들을 공화국의 대통령 관저로 데려가. 원탁회의가 열려. 긴 격론이 시작돼. 한편에는 빌라코로, 노조원, 시민 사회의 대표자가 있고 다른 한편에는 대통령, 장관, 군 장성이 있어. 원탁회의가 밤새 지속되고 새벽에 세 가지 사항의 합의에 도달해. 정당 건물의 화재에 대해 책임이 있는 군인은 수배되고 체포되고 기소되고 엄중한 형을 선고받을 거야.

국회가 해산되고 국민회의가 소집돼. 국민회의는 6주 후 다음 달 세번째 월요일에 열릴 거야. 실제의 조직화 방법을 조율할 시간이 필요한 탓이야.

이번에는 코야가 자네도 국민회의를 연기할 수 없어.

닭장의 암탉들이 절구 주위에 너무 많아서 절구질하는 여자들을 귀찮게 할 때에는 절구질하는 여자들이 작업을 중단하지. 이 주부들처럼 하자. 그리고 다음의 문장에 관해 깊이 생각해보자.

'멀어져간 날은 실재하지만 오지 않을 날은 실재하지 않는다.'
'관목림의 불길이 강을 가로지를 때 이는 불을 끄고 싶어 한 사람에게 심각한 근심거리가 된다.'
'성격이 까다로운 사람의 한계는 무덤의 내부이다.'


## 24


아! 마클레디오. 떠올려보게나. 어느 날 아침 국민회의가 열렸지. 나쁜 전조였어! 비가 많이 내리는 아침이었지…… 9시에 공화국 대통령 본인이 직접 개회를 선언하게 되어 있었어. 사람들이 정오까지 기다렸지. 대리인, 유일 정당의 전직 서기장이 도착하기를 말이야. 안전상의 이유로 코야가가 참석의 의사를 거두어들였어. 수도의 어느 호텔 대회장에서 회의가 열렸지. 우리 나라의 모든 건축물처럼 이 호텔과 대회장의 이름도 코야가가 모면한 테러들 가운데 두 가지의 날짜였어. 회의 참석자들은 회합 장소의 명칭이 그 날짜라는 것을 받아들일 수 없었지.

그래서 회의에서 첫번째로 제안된 중요한 안건은 토의가 진행되는 호텔과 대회장의 이름을 바꾸는 것, 호텔과 대회장에 새로운 이름을 부여하는 것이었어. 이틀 밤낮의 소란스러운 논의 끝에 회합 장소의 명칭에 관한 합의가 도출되었지. '순교자홀'이라는 명칭을 붙이기로 결정되었어. 하지만 호텔의 명칭은 합의되지 않았지.

참석자들의 논의를 격화시킨 두번째 안건은 회의를 명확하게 규정하는 것이었어. 회의는 그저 국민을 대표하는가 아니면 국민을 대표하고 최고 권한을 갖는가? 사흘 밤과 나흘 낮 동안 가장 탁월한 연설가들 모두가 이 문제에 관해 열변을 토했지. 정부 대표자의 반대에도 불구하고 회의는 국민을 대표하고 최고 권한을 갖는 것으로 자청했어.

회의가 절대 권한을 갖고 국민을 대표한다는 회의 자체의 결정은 폭넓은 영향력을 갖는 사건으로 간주되었지. 이것을 축하할 필요가 있었어. 기념식을 거행하기 위해 순교자 홀로 관현악단이 들어오고 참석자들이 오후 내내 저크와 트위스트 춤을 추었지.

축제가 끝난 후에 몇몇 참석자가 몸을 흔들고 다리를 떨며 춤을 추다가 지갑을 도난당했음을 알아차렸어. 학교를 중퇴한 빌라코로들이 습성을 버리지 못했던 거지. 개는 아무리 부유해져도 땅바닥에 코를 대고 킁킁거리기를 결코 멈추지 않는 법이야. 그들은 자신들이 좋아하는 못된 소매치기 짓을 그만두지 않았어. 그들에 대해 참석자, 종교인, 점술가가 이해를 표했지. 소매치기들이 옳다고 했어.

국민회의는 핵심 사항, 즉 대표자들에게 매일 지급할 품값을 정하는 일부터 논의해야 했을 거야. 이것을 우선적으로 처리하지 않아서 국민을 대표하고 최고 권한을 갖는 회의가 무색하게 많은 참석자가 어떻게든 살아남기 위해 혼자 힘으로 곤경을 해결하고 밤에 야외에서 잠을 잤지.

대표자로 위임받았는지 확인하지 않고서는, 각 참석자의 대표자 자격을 심사하지 않고서는 품값을 줄 수 없다는 것이 알려졌어.

국가의 모든 사회 계층, 모든 지방, 모든 부족에서 공평하게 대표자가 나와야 했지. 그런데 골프 공화국에서는 역사상의 여러 이유 때문에 이 문제가 해결될 수 없었어.

식민지 개척자들이 골프의 토지를 대상으로 독창적인 개발 실험을 했다는 것이 기억나는군. 그들은 브라질로 가서 기독교도가 된 흑인 노예들의 몸값을 치르고 그들을 데려왔어. 이 해방된 노예들은 발가벗고 살며 식인의 관습이 있는 멍청한 흑인들에게 본보기의 구실을 하게 되어 있었지. 미개한 형제 종족들을 지도하고 그들에게 야자나무 재배, 광산 개발, 성령 경배, 성호 긋기를 가르칠 예정이었어. 그러나 해방된 노예들은 이 선구자 역할을 이해하지도 못했고 받아들이지도 않았지. 흑인 노예들의 교역, 달리 말하면 수익성 있는 사업을 속행하고 싶어 했어. 식민지 개척자들은 그들에게 흑인 형제의 포획과 상품화를 엄격하게 금지했지. 백인들은 식민지 국가를 개발하기 위해 우선 무력으로 정복하고 평정하지 않을 수 없었어. 그러고는 강제 노동과 몽둥이를 수단으로 쓸 수밖에 없었지.

기독교도인 해방된 노예들은 원주민으로 간주될 수 없었어.

강제 노동의 부역이 면제되었지. 그들의 자식은 학교와 교회에 다니는 것이 허용되었어. 이 어린아이들은 최초의 흑인 식자층이 되었지. 깨인 흑인으로서 개화된 기독교도 백인과 미개하고 멍청한 나체의 흑인 사이에서 중간 계급을 이루었어. 당연한 일이었지. 자부심이 강하고 기분이 편안한 기간요원으로서 백인이 흑인에게 내보이는 오만과 경멸, 백인이 흑인에게 자행하는 착취를 잘 참아내지 못했어. 그들은 열렬한 민족주의자가 되어 아프리카 대륙에 식민지 해방의 흐름이 생겨났을 때 식민지화에 영웅적으로 맞섰어. 독립의 시기에 이 독립 운동가들이 식민지 지배자들을 나라 밖으로 몰아냈지.

그러고는 너무나 당연하게도 옛 주인들이 떠나면서 남긴 가재도구와 직책을 차지했어. 옛 소지자들의 특권, 관례, 태도, 심성까지 그대로 물려받았지.

알다시피 짐승과 사람을 거세하는 자 코야가는 팔레오 산악지방에서 몇몇 괴물을 제거한 후에 남부로 내려가서 이들의 권력을 빼앗았어. 해방된 노예들의 후손은 패배를 인정하지 않았지. 결코 자신들이 패배했다고 생각하지 않았어. 그래서 국가독립의 30년은 (최고 지도자가 선두에 자리한) 원주민들의 후손과 해방된 노예들의 후손이 끊임없이 벌이는 싸움의 30년이었지. 해방된 노예들의 후손은 인간과 동물을 거세하는 사냥꾼의 부패하고 냉혹한 독재 권력을 쉬지 않고 공격했어. 코야가가 어머니와 그녀의 운석 및 주술사와 그의 코란 덕분으로 모면한 수차례의 습격을 모의한 것도 바로 그들이었지. 습격 이후에 도주하여 고문과 죽음을 피하기에 성공한 해방된 노예들의 후손은 외국에 머물러 망명 생활을 했어. 프랑스에서 말이야. 거기에서 그들은 프랑스 국적을 획득했지. 임시의회에서 일반 사면이 가결되고 나서 그들이 조상의 땅으로 돌아온 것은 이중 국적 신분으로였어. 그들은 교수, 의사, 변호사, 기술자 등이었지. 지식인, 유능한 기간요원, 현대적인 개화인이었어. 바로 그들이 전단을 작성하고 신문을 발행했지. 그들의 신문을 중퇴한 빌라코로들이 복사해서 길거리에서 판매했어. 백인들이 떠난 후에 그들은 아주 자연스럽게 나라를 가로챘었지. 망명에서 돌아와 아프리카 땅에 내렸을 때에도 똑같이 자연스럽게 사냥의 명수가 벌이는 독재에 맞서 폭동을 이끌었어.

도착하자마자 그들은 자선, 정치, 체육, 직업, 종교 분야의 단체 10여 개를 설립했었어. 개발을 위한 비정부 기구 10여 개도 창설했었지. 이 단체와 기구가 최고 권한의 국민회의에 초대되고 받아들여졌어. 그리하여 최고국민회의 참석자들의 다수, 대다수가 프랑스에서 살고 있는 프랑스 국적의 흑인 기간요원들로 구성되었지. 그들은 모든 재산과 가족이 프랑스에 있었어. 외국인들, 우리 나라와 아프리카의 풍속에서 벗어나 있는 사람들이었지. 아프리카의 현실에서 멀리 떨어져 있고 우리 나라의 모든 지방과 모든 부족 및 민족을 대표할 수 없다는 지적을 받았어.

그들은 오랜 망명 생활 동안 밤낮으로 그렇게 살았고 인본주의와 보편주의로 속이 가득 채워졌다고 대꾸했지. 모든 것을 간파하고 아프리카를 온전히 이해하고 골프 공화국의 모든 민족과 지역을 훌륭하게 대표할 능력이 있다는 것이었어. 입장이 단호하고 자기 확신이 있었지. 서로에게 신임장을 준 셈이었어. 한 가족에서 세 명의 대표자 의원이 나왔지. 아버지와 어머니, 아들이 모두 이 지위를 차지했어.

그들은 최고국민회의 집행부를 구성하고 이 집행부의 위원을 선출했지. 의장과 집행부의 위원 전체가 코야가의 권력 남용을 겪은 인물들 중에서 지명되었어. 독재로 인해 몸소 고통을 당한 인물들이었지. 원한과 복수의 불길에 눈이 먼 사람들이었어. 최고 지도자와의 어떤 타협도 거부하는 인물들이었지. 자네에게 가족을 잃은 사람들, 자네가 대화할 수도 없고 대화하고 싶지도 않은 인물들이었어.

국민회의가 출범했지. 독재와 살인의 30년을 청산하는 것이 국민회의의 임무였어. 나라를 정화하는 것, 나주마와 그녀의 운석에, 보카노와 그의 코란에 마음이 홀리고 사로잡힌 사람과 짐승, 사물을 모조리 몰아내는 것이었지. 국민회의는 새로운 터전에 새로운 나라를 건설하고자 했어. 단단하고 깨끗하고 튼튼한 터전에 말이야.

처음에는 각 발언자의 발언 시간이 국민회의의 내규로 정해졌어. 최대 30분이었지. 이 제한은 불충분한, 매우 불충분한 것으로 금방 드러났어. 발언자들이 불만을 터뜨렸지. 모든 것을 말하고 모든 것을 끄집어내고 어떤 것도 모호한 채로 내버려두지 않고 모든 증언과 자백을 청취할 필요가 있었으므로 수정안이 가결되었어. 각 발언자는 원한다면 회의 날의 반나절까지 세 시간 연속으로 발언할 수 있게 되었지.

시작은 증언이었어. 30여 년 동안 전권을 휘두른 독재자에 의해 실제로 저질러진 살인, 권력 남용, 약탈, 배임이 증언되었지. 여러 달에 걸쳐 전단을 통해 시중으로 퍼져 나간 험담, 근거가 희박한 터무니없는 이야기를 발언자들이 재빨리 사실임 직하게 포장했어. 이 모든 것으로도 충분하지 않았지. 회의장의 분위기를 띄우기 위해 각 발언자가 새로운 것을 지어내 폭로할 필요가 있었어. 맨 먼저 연단에 오른 사람들이 강제 수용소를 고발했지. 거기에서 쇠사슬에 묶인 수감자들이 자신의 똥과 오줌 속에서 굶주림과 목마름으로 죽어갔다는 것이었어. 또한 이루 말할 수 없이 잔인한 고문을 고발했지. 수감자들을 조각조각 베거나 약한 불로 서서히 태운다는 것이었어. 다음 발언자들도 여전히 청중의 흥미를 유지하기 위해 더욱더 독재자를 악마로 만들어갔지. 그가 식인종이라고 비난했고 이를 논증했어. 마법 의식의 일환으로 자신의 생명력을 늘이려고 매일 아침 식사 때마다 죽은 반대파의 구운 고환을 먹었다고 했지. 이해력, 그럴싸함을 넘어서는 날조된 사실들이었어. 국내 및 해외 언론은 이것들에 대해 믿지 않는 눈치였지. 하이에나의 항문은 냄새가 고약하다고 말했다면 모든 것을 말한 거야. 어떤 것도 이 짐승의 똥구멍보다 더 더러울 수 없으니까. 부풀려봤자 별무소용이지.

여섯 달 내내 대표자들이 복수의 거짓말을 마음껏 내질렀어. 결국에는 지루한 연설이 되었지. 막바지 날들에는 각 연설가의 친구와 친척만이 그의 말을 경청하고 그를 격려하고 그에게 갈채를 보낼 뿐이었어.

최고국민회의는 6일 일요일의 회기가 끝날 때 독재자의 퇴위와 해임을 압도적인 다수로 결정했지. 찬성 312표, 기권 30표, 반대 14표였어. 대표자들은 일어서서 결의안을 우렁찬 갈채와 함성으로 맞이했지. 의장인 고위 성직자가 모든 대표자에게 저녁 9시부터 처자식과 친구를 동반하고 호텔에서 다시 만나자고 했어. 국경일을 경축하기 위해서였지. 최고국민회의와 국가 전체가 압제자의 면직과 우리 나라에 새로운 시대가 온 것을 축하할 판이었어. 살무사를 잘 알지 못하는 사람이 살무사의 꼬리를 잡는 법이지.

30주년 기념식의 잊지 못할 분열 행진 전날 드러난 자금난은 폭동이 돌발했을 때에도 여전히 계속되었어. 폭동과 이에 따른 불행한 일들로 말미암아 무질서가 심화되었고 나라가 생기를 잃었지.

브라질에서 온 해방된 노예들의 후손은 이러한 사태를 그다지 걱정하지 않았어. 우선 자신들의 안락만 생각했지. 그들은 프랑스인이었어. 선진국 수준의 생활을 했지. 임시의회의 구성원으로서 유럽인들의 품값을 받았어. 하루에 6만 프랑이었지. 월평균 최저 임금의 상한선이 3만 프랑으로, 병사의 봉급이 2만 프랑으로 정해진 나라에서 말이야! 그것은 파렴치한 짓이었어! 최고국민회의가 수차례 연장되었지만 이는 모든 시민의 눈에 계속해서 뇌물을 받기 위한 술책, 뒷거래로 비쳤지.

독재의 기를 꺾은 중퇴 빌라코로들이 국민회의에 구체적인 요구 사항들을 제시했어. 그들은 식민지 시대에 수립된 학교에 대한 지원 체제로의 회귀를 요구했지.

식민지 시대에는 자신이 통학하는 지역에 부모가 없는 초등학생에게 행정 기관에서 거처와 음식을 마련해주었어. 모든 중고등학생이 6학년에서 최종 학년까지 장학금과 기숙사 혜택을 누렸지. 모든 대학생이 공무원 봉급에 상당하는 장학금을 받았어. 국민회의는 이 요구 사항들을 잘 특기해두었다가 국민회의로부터 새롭게 생겨날 미래의 정부에 대한 기본 요구서에 기입했지.

중퇴자 집단의 대표들, '망명 수당'* 6만을 가진 빌라코로들이 하루아침에 부유해졌어. 너무 부유해졌지. 그들은 연대 의식에 따라 자신들이 받은 하늘의 선물에서 아주 적은 부분만 위임자들에게 다시 돌려주는 데 동의했어. 중퇴자 무리의 대표들이 동료들을 완전히 잊었다고는 말할 수 없지. 하지만 아냐, 빌라코로 무리의 대표자들은 용감하게 투쟁하여 거리의 자식들이 국민회의의 사환으로, 상당수가 국민회의의 질서를 책임진 민병대원으로 고용되는 결과를 얻었어. 투쟁, 폭동의 혜택은 대표자와 거리를 달리는 소년, 민병대원에게만 돌아갔지. 요컨대 극소수의 빌라코로들에게만 말이야. 다른 수백 또는 수천 명의 중퇴자들은 길거리와 시장에서 계속해서 요령껏 버텨나갔어. 그리고 새로운 상황이 닥쳤지. 끝없는 파업과 사회적 혼란으로 인해 시장과 길거리의 인심이 박해졌어. 거리의 아이들에게 매정해진 거야. 이로 말미암아 일부는 굶어 죽지 않으

---

* per diem: 망명자가 외국에서 기본적으로 필요한 것을 갖추기 위해 받는 수당.

려고 폭동 이전처럼 최고 지도자, 부유한 독재자의 사저私邸로 이르는 길의 보도로 되돌아가지 않을 수 없었지. 자네 코야가 자네는 그들에 대해 이전보다 더 너그럽고 더 헤픈 모습을 보였어. 그들의 비참한 모습에 가슴이 아팠던 거야.

─그건 사실이 아닙니다. 그가 관대하게 행동한 것은 다 속셈이 있어서죠. 그들을 갈라놓기 위해 그렇게 한 것입니다. 당신의 후한 인심이 도시 전체에 알려졌어요. 굶주린 중퇴자들 수백 명이 독재자의 사저에 이르는 길의 보도로 몰려들었죠. 이 수백 명에 실업자들이 우르르 합류했어요. 파업과 사회적 혼란으로 일자리를 잃은 사람들 말입니다. 당신이 나가거나 돌아올 때마다 밀집한 군중이 동정을 구걸했죠. 참으로 잔칫날 같았어요. 사람들이 당신의 도착을 목 빠져라 기다렸어요. 당신의 행렬이 나타나자마자 그들이 요란하게 박수갈채와 구호로 자네를 맞이했죠. 당신은 그들에게 동전을 뿌려주었어요. 때로는 500프랑짜리 지폐를 뿌리기도 했지요. 당신이 사라진 후에도 오랫동안 그들은 당신을 예찬하는 노래를 부르면서 춤을 추었어요.


꼬박 세 시간 전부터 축제가 한창이었지. 자정이었어. 최고 국민회의 의장인 고위 성직자에 의해 야회가 엄숙하게 시작되었지. 그가 기도했어. 신도들이 그를 따라 기도했지. 성모 마리아, 신의 어머니에게 가호를 빌었어. 새로운 국가國歌가 울려 퍼졌지. 두 관현악단이 연주하고 참석자 전체가 일어나서 노래했어. 일부 사람들의 얼굴에 눈물이 방울졌지. 국가가 끝나자마자 곧바로 박수갈채와 환호가 터져 나왔어. 떨리는 목소리에 감동으로 가득 찬 세 차례의 연설이 이어졌지. 낮에 국민회의 가 취한 탄핵 결정의 역사적 중요성에 역점을 두었어. 자유, 박 애, 인권 존중의 새로운 시대가 열렸다고 했지. 관현악단이 배 경 음악을 은은하게 연주하는 가운데 샴페인을 곁들인 만찬이 시작되었어. 야회를 위한 옷차림이 구체적으로 권해졌지. 해방 된 브라질 노예들의 후손은 턱시도 차림에 검은 나비넥타이를 맸어. 그들은 긴 드레스 차림의 부인을 동반했지. 거의 2천 명 이 초대받아 북적대는 넓은 행사장에 이들의 향수가 진동했어.

중퇴자 집단의 대표들도 이 행사를 존중하고 지시 사항을 준 수했지. 더러운 청바지를 벗어던졌어. 행사장에 최고국민회의 의 의원만 있는 것은 아니었지. 외교관과 국가의 모든 유력 인 사가 초대되었어. 장교와 장관 그리고 코야가의 측근은 초대에 응하지 않았지. 무도회가 시작되었어. 춤꾼들이 무대 위에서 비긴 춤*을 추었지.

바로 그때였어. 정확히 자정이었지. 호텔의 입구에서 경기관 총을 속사로 갈기는 소리가 들려오고는 곧바로 수류탄 여러 발 의 폭발음이 이어졌지. 전반적인 공황 상태! 비명! 행사장이 울부짖음과 혼란, 격렬한 공포, 어지러운 도주의 도가니로 변 했어. 귀청을 찢는 것 같은 총소리가 5분 동안 더 계속되었지. 호텔 주위의 사방에서 울려오는 총소리였어.

---

* biguine: 서인도제도 마르티니크 섬의 민속춤. 4분의2 박자의 볼레로풍으로 남녀가 서로 마주 보고 춘다.

장교 두 명이 중무장 병사 여섯 명을 대동하고 갑자기 나타나 연단을 점거했지. 그때에야 비로소 행사장의 혼잡, 혼란, 무질서, 아우성이 멎었어. 병사들이 공중으로 총을 쏘았지. 장교들이 조용히 하라고 했어. 하르마탄이 한창일 때 정오의 관목림에 깃드는 것과 같은 정적이 퍼졌지. 눈물에 젖은 귀부인들의 입술이 바르르 떨리는 소리까지 들릴 정도였어.

장교들은 작전을 설명하고 정당화했지. 군, 병사들이 봉급을 4개월이나 받지 못하고 있다. 반면에 국민회의의 의원들은 터무니없이 많은 품값을 받고 축제를 열고 샴페인 만찬을 즐긴다. 모든 것이 악화되고 있는데도 이런 행태를 그만두지 않는 최고국민회의에 국민이 염증을 느끼고 있다. 외국인들이 우리나라에 와서 국가의 창설자, 국부를 파직하는 것은 군이 용인할 수 없는 일이라는 것이었어. 군은 잘못을 뉘우친 중퇴자 빌라코로들과 함께 민병대를 깨부수고 반항하는 사람들을 죽이고 다른 이들을 감금했다는 거야.

호텔이 여전히 포위되어 있어. 국민회의의 모든 의원은 행사장에 머물러 있어야 해. 외교관과 대표자 아닌 여자에게만 밖으로 나가는 것이 허용되었지. 의원들은 군의 체불된 봉급이 완전히 정산될 때까지 인질로서 행사장에 남아 있을 거야. 그리고 또 국부의 해임 결정이 무효화될 때까지 말이야. 끝으로 거짓말쟁이, 주도자, 강경론자가 드러나야겠지. 이들은 체포되어 재판을 받거나 필요하다면 즉결 처분될 거야.

발육 부진의 의회! 무력한 의회! 임시 총리를 지명하고 그의 내각을 승인한 것은 시늉만의 의회였어.

군인들이 최고국민회의를 인질로 잡고 제시한 요구 사항은 거의 전부 관철되었지. 국민회의의 중심적인 주도자 다섯 명이 포위된 행사장 밖으로 나갈 수 있었어. 모두 해방된 노예들의 후손인 그들은 여자로 변장해서 난폭한 군바리를 따돌릴 수 있었지. 가발, 안경, 드레스로 우스꽝스럽게 치장하고는 긴 드레스를 입은 여자들과 함께 빠져나갈 수 있었어. 시내에서 그들은 은신 생활을 하고자 했지. 독재에 대한 저항 운동을 조직하고 싶어 했어. 그들의 계획은 불발되었지. 군인들이 그들의 은신처를 신속하게 찾아냈던 거야. 저항 운동가들 중 두 명은 살해되어 끔찍하게 거세된 상태로 발견되었어. 다른 세 명은 도주했지. 밤에 석호의 한 지류를 따라 석호를 저어 국경을 넘는 데 성공했어. 그들은 프랑스로 날아갔지. 거기에서 망명 생활을 계속했어.

임시의회의 대표자, 의원 중에서 거의 3분의 1이 불안에 휩싸였지. 생명이 위태롭다는 두려움 때문에 도망을 쳤어. 나머지는 임시 총리를 임명한 그 조산아 의회, 그 동강난 의회 토막을 구성했지. 그들은 해방된 노예들의 후손을 배제하고 원주민들의 후손 중에서 임시 총리를 선출했어. 임시 총리와 그의 내각이 수행해야 할 임무는 명확하게 한정되었지. 그들은 최대 18개월 이내에 새로운 헌법을 만들어 국민이 승인하도록 하고 대통령 및 국회의원 선거를 준비해야 했어.

임시 정부는 약간 더 멀리 나아가고자 했지. 최고국민회의의 몇 가지 결정을 실행에 옮기고 싶어 했어. 국가의 재정 관리를 개편하고 중앙은행 총재와 농산물 안정화 기금의 대표 이사를 교체하는 것이었지. 대통령은 이 두 기관의 관리를 자신의 고유 권한에 속하는 것으로 여겼어. 그 결정들은 실행될 수 없었지. 난폭한 군바리, 리카온들이 밤에 기습적으로 총리 공관을 공략했어. 그들은 총리의 보호와 총리 공관의 방어를 맡고 있는 헌병들을 밀어붙여 여덟 명을 죽이고 총리를 체포했어.

이번에도 작전의 동기, 핑곗거리는 3개월 동안 체불된 봉급을 지불하라는 요구였지. 그들은 총리를 대통령 코야가 앞으로 데리고 갔어. 잘못을 저지른 악동의 귀를 붙잡고 그를 아버지 앞으로 끌고 가는 듯했지. 자네는 국부로서, 현자로서 그들을 맞이했어. 군바리와 총리 사이의 중재자 역할을 했지. 총리는 재정 관리의 개편 계획을 포기했어. 그리고 월말 이전에 군대의 체불 봉급을 지불하게 하겠다고 약속했지.


자네는 인기를 온전히 되찾았어. 대통령궁의 주변, 자네의 사저로 이르는 길이 한산하지 않았지. 청원자, 아첨꾼, 노래꾼, 춤꾼, 장애인, 중퇴자 빌라코로가 밤낮으로 쇄도했어. 국가의 두 중요한 금융 기관을 이끄는 사람들이 자네에게 헌신하게 되면서 자네는 다시 부유해졌지. 수입이 좋은 직책과 온정을 아낌없이 베푸는 너그러운 사람이 될 수단을 되찾았어.

사회의 혼란에 의해 가중된 경제 위기로 말미암아 나라가 피폐해졌지. 돈줄이 말랐어. 가난한 사람들의 돈벌이가 예전보다 더 시원찮아졌지. 모든 서민이 독재의 시기를 그리워하기 시작했어.

중퇴자들이 후회하기 시작했지. 가난한 사람들이 눈물을 흘리기 시작했어. 반대파의 신문들은 자네에 대한 모욕과 비방의 강도를 낮추지 않을 수 없었지. 이 점을 충분히 일찍 알아차리지 못하고 대통령에 대해 너무 비판적이고 무례하고 상스러운 기사를 계속해서 써대는 엉터리 기자들은 길거리에서 미지의 사람들에게 봉변을 당했어. 때로는 야간에 돌아다니다가 온화한 성격이지만 구역질과 혐오감에 휩싸여 반발하는 시민들에게 살해당하기도 했지. 이 희생자 중 많은 수가 거세된 상태로 시신이 수거되었어. 국제연합, 국제통화기금, 국제사면위원회, 국제인권연맹 같은 국제기구도 우리 공화국의 체제와 대통령에 대한 비판을 누그러뜨렸지.

국가의 민주화에 의해 야기된 빈곤이 견딜 수 없게 되었어. 병원이 황폐해졌지. 학교가 문을 닫았어. 도로가 끊어졌지. 오지 마을에서는 수확물이 썩어가는데 도시에서는 기근이 맹위를 떨쳤어.

굳이 부정 선거를 자행하지 않더라도 자네는 다가오는 선거에서 국가원수로 선출될 것이 확실했지. 자네는 다시 최고 지도자가 되었어. 그대의 리카온, 그대의 오만, 그대의 위선, 그대의 거짓말, 그대의 아첨꾼, 그대의 어머니와 그녀의 운석, 그대의 주술사와 그의 코란 등 모든 것을 되찾았지. 예전의 위세와 위엄을 완전히 회복했어.


이 사건 후로는 더욱 면밀한 수사가 이어질 거야. 자네의 관저 부근에 청원자들의 무리가 늘 존재한다는 점으로 말미암아 테러의 준비가 용이해졌어. 여러 달 동안 모반자들이 인내심을 갖고 진지하게 모든 것을 설정하고 심어놓고 세워놓고 배치할 수 있었지. 그들은 독재자의 습관과 버릇, 행동거지를 여러 주 동안 관찰하고 기록할 수 있었어. 근접 경호원 두 명과 공모하여 작전일 밤에 독재자의 행방을 좇을 수 있었고, 그가 관저에서 하는 행동과 이동하는 경로를 빠삭하게 알고 감시할 수 있었지. 암호화된 전언을 통해 그들은 사람과 짐승을 거세하는 자가 그날 저녁 관저에서 잠을 자리라는 것을 알았어. 심지어는 그의 침실까지 알아냈지.

그가 잠잘 침실의 위치는 통상 어느 누구도 확신할 수 없었어. 매일 밤마다 본관과 별관에 침실 여섯 군데가 준비되었지. 그가 마지막 순간에 관저에서 빠져나갈 수 있게 해주는 비밀 출입구도 여러 개 마련되어 있었어. 그날 밤 그들은 본관 왼쪽 날개의 1층 침실 창유리를 통해 그의 그림자를 분명히 보았다고 생각했지. 침실의 조명이 꺼지기를 기다렸어. 새벽 2시 반이었지. 그들이 차례로 발포했어. 포탄에 침실이 박살 났지. 화재가 발생했으나 신속하게 진화되었어. 포탄이 발사된 곳 쪽으로 경기관총들이 일제히 불을 뿜었지. 부산한 움직임에 뒤이어 경비 초소 세 군데에서 대통령 경호대의 장갑차들이 전속력으로 달려 나와 시내로 사라졌어. 그러고 나서는 정적, 무거운 정적이 감돌았지.

로켓탄의 폭발음과 경기관총의 일제 사격 소리에 여러 사람이 잠에서 깨어났어. 하지만 곧바로 여느 저녁때처럼 평안하게 다시 잠들었지. 이런 소동에 이력이 난 터였어. 민주주의가 도래한 이래, 어디서 나는지는 모르지만 전쟁 무기의 폭발음이 멀리에서 들려오지 않는 밤은 드물었던 거야.

아침 6시에 국경 너머의 반대파 라디오 방송에서 이 뉴스를 보도했지. 시그널 뮤직이 끝나자마자 아나운서가 언명했어. "지난밤 코야가 죽었습니다. 애국자들에게 살해되었습니다. 이번에는 분명히 죽었습니다. 정말로 살해되었습니다."

뒤이어 망명 중인 반대파의 우두머리가 마이크를 건네받았지. 골프 공화국의 모든 국민에게 압제자의 죽음, 살육자의 종말을 열렬히 맞이하자고 요청했어. 조상의 땅이 해방되고 국가에 새로운 시대가 다가왔다는 거야. 친애하는 친족과 애국자 모두에게 거리로 나가서 기쁨을 표시하고 공공건물과 부패 관리의 고급 주택을 점거하라고 주문했지.

경계를 게을리하지 않아야 하고 독재자에게 협력한 자들이 도주하지 못하게 막아야 한다, 그들을 체포해야 한다는 것이었어. 그들이 재판과 징벌을 모면할 수 없도록 붙들어놓아야 한다고 했지.

아나운서가 열렬한 목소리로 말함에도 불구하고, 그가 확신을 갖고 단언함에도 불구하고 호소력도 설득력도 없었어. 많은 주민이 대문을 닫고 친족끼리 사건에 관해 몹시 의아해하면서 수군거렸지. 열에 들뜨고 불안하여 무슨 일인지 알아보려 대담하게 거리로 나가는 이는 드물게나마 눈에 띄었어. 하지만 공공장소에서 기쁨을 노골적으로 드러내는 사람은 전혀 없었지.

30년 전부터 1년에 두세 번 꼴로 최고 지도자에 대한 테러가 저질러졌어. 매번 음모자들은 독재자의 죽음을 알렸지. 경솔한 사람들이 거리로 나와서 기쁨을 공공연히 드러내고 증오를 큰 소리로 표시했어. 코야가가 부활했지. 다시 모습을 보였어. 이처럼 자신의 생각을 밝힌 이들, 자신의 감정을 온전히 표현한 이들은 추적당하고 체포되고 고문을 받고 살해되었지. 그들은 성급함의 대가를 비싸게, 너무 비싸게 치렀어. 이번에는 모두가 아주 신중하게 기다리는 태도를 취한다고 해도 놀랄 것은 없지.

그래서 불확실한 상황이 조성되었어. 헛소문이 온종일 떠돌았지. 사저와 관저에서 무슨 일이 일어났는지 아무도 몰랐어. 어느 누구도 사저와 관저에 접근할 수 없었지. 테러가 발생한 지 48시간이 지난 이틀째에도 대통령궁의 공식 성명은 모두가 기다리고 바라는 것이었는데도 여전히 발표되지 않았어.

해외에서는 주요한 국제 언론이 국경 너머에서 송출되는 반체제 인사들의 자유 라디오 방송에서 보도한 내용을 되풀이하고 논평했어. 자유 라디오 방송은 골프 공화국 수도의 상황에 관한 정보를 세계에 제공하는 유일한 취재원이었어. 이번에는 정말로 코야가가 살해되었다고, 제거되었다고 이 자유 라디오 방송에서 밤낮으로 24시간 동안 확언하고 보증하고 장담했지.

테러 이후 세번째 날이었어. 자네의 고향 마을에서 무슨 일이 일어나고 있는지 알게 되었지. 아프리카의 모든 수도에서 날아온 비행기들이 그곳의 작은 공항에 내려앉았어. 우리 나라의 모든 지방에서 출발한 사냥꾼 무리들이 자네의 거처 쪽으로 모여들었지. 이에 자네는 자신이 잘못 생각했다는 것을 깨달았

어. 자네의 전략이 불완전했다는 것을 말이야. 그래서 불확실
성을 끝내기로 결정했지. 모든 것이 뜬소문일 뿐이라고 표명했
어. 새로운 시도가 새로운 실패로 귀결되었다고 다시 한번 알
리는 공식 성명을 발표하게 했지.

음모자들은 자네가 한 방에서 세 시간 연속으로 잠자지 않는
다는 것을 모르고 있었어. 자네가 밤마다 방, 침대, 정부情婦를
세 번 바꾼다는 것을 알지 못했던 거야. 다행히도 자네는 본관
왼쪽 날개의 1층 침실을 테러 30분 전에 떠났지. 다시 한번 기
적적으로 습격을 모면했어. 분명히 살아 있었지.

하지만 자네는 술책을 하나 꾸몄어. 다음과 같이 추론했지.
"오래지 않아 나는 민주적으로 선출될 거야. 예전의 내 권력을
온전히 갖게 될 테지. 내 적들은 무장을 해제하지 않았어. 이번
에는 성공했다는 확신에 차 있지. 나의 생존에 관해 이틀 동안
의혹이 일도록 내버려두겠어. 그러면 비타협적인 많은 반체제
인사가 자신의 의사를 표명하고 자신의 생각을 밝히게 되겠지.
우리는 나의 리카온들과 함께 국가원수의 부재 기간, 불확실성
의 시기를 이용하여 가면을 벗을 모든 반대자를 살해하고 제거
할 수 있을 거야."

실제로 그 불확실성과 혼란의 이틀 동안 끔찍하게 거세된 수
많은 주검이 수거되었어.

하지만 이 속임수는 결국 악수로 밝혀졌지. 자네는 아프리카
에서 가장 선망되는 독재자이기 때문이야. 자네의 동료 전제
군주들도 역시 테러가 성공했다고 마침내 믿었어. 아프리카의
각 독재자는 자네를 늘 구해낸 면역, 마법을 이어받고 싶어 했

지. 저마다 어머니와 그녀의 운석, 회교 원로와 그의 코란을 갖고 싶었어. 그래서 테러 후 3일째 되는 날 아침에 정보부장과 경찰총장을 자네의 고향 마을로 급파했지.

자네가 비행기에서 내렸을 때는 이미 너무 늦었어. 묵시록적인 광경이 펼쳐졌지. 옛날의 위대한 사냥의 명수들, 람세스 2세와 알렉산드로스 대왕, 순디아타 케이타의 치세가 끝나갈 때 나타난 것들과 유사한 광경이었어.

우선 지평선에, 드넓은 관목림에 불이 났지. 이로 인해 산악 지대와 석양이 가려졌어. 전경에는 공항이 있었지. 공항과 관목림의 불 사이에는 평원, 보호 지역이 펼쳐졌어. 이 안에 엽총으로 무장한 사냥꾼, 밀림용 가지치기 칼과 괭이, 쇠스랑을 흔드는 농부, 그리고 몰리고 허둥거리는 동물(세계의 모든 동물 종)이 뒤죽박죽 섞여 있었지. 평원, 늪지에서 짐승, 농부, 사냥꾼이 서로 추격하고 싸우고 죽이는 중이었어.

공항의 소규모 비행장에는 소형 비행기들이 들어차 있었지. 각 비행기에는 국기와 표장이 박혀 있었어. 자이르, 코트디부아르, 중앙아프리카, 모로코, 기니, 차드, 리비아, 가나, 니제르, 나이지리아, 카메룬, 가봉, 이집트, 에티오피아, 콩고, 오트볼타, 알제리, 튀니지 등의 비행기가 즐비했지. 아프리카는 단연 가난과 독재의 측면에서 가장 풍요로운 대륙이야. 아프리카의 모든 독재자가 저마다 이곳에 팀을 파견했어. 이 팀들은 운석과 코란 그리고 이들의 소지자를 확보하기 위해 활동하고 있었지. 이 모든 비밀 정보원이 자네의 관저와 자네의 어머니 및 회교 원로의 집 주위에 우글거렸어. 그들은 덤불마다, 수풀마

다, 사람들이 우글거리는 장소마다 마구 뒤적이고 샅샅이 뒤지
고 철저하게 수색했지.

공항 뒤로는 보호 지역이 지평선의 산악 지대까지 펼쳐졌어.
모든 국가의 모든 지방에서 유래하는 사냥꾼 협회의 대표단이
보호 지역으로 몰려들었지. 이 집단들의 선두는 탐탐 연주자,
코라 연주자와 무용단, 춤꾼과 악사가 차지했어.

아프리카 전역의 사냥꾼들도 역시 자신들의 명망 높은 지도
자, 람세스 2세와 순디아타 이후로 모든 시대를 통틀어 가장
위대한 심보가 죽었다고 믿었지. 그들은 세 달 동안 치러야 하
는 장례식에 참석하러 왔어. 도처에서, 와술루Wassoulou, 코니안
Konian, 호로두구Horodougou, 카바두구Kabadougou만큼 먼 곳에서,
그리고 바필로Bafilo, 바사르Bassar, 카부Kabou, 바풀레Bafoulé, 탐베
르마Tamberma, 구르마Gourma와 모바Moba, 카비에Kabié 등등처럼
가까운 곳에서 왔지.

사냥꾼들은 보호 지역의 모든 동물이 자신들처럼 관저 방향
으로 가고 있다는 것을 확인하고서 어안이 벙벙했어. 사슴영
양, 론영양, 시타퉁가,* 봉고,** 붉은겨드랑이영양, 검은영양, 검
은등영양, 맥스웰영양, 노란등영양, 흰어깨영양 같은 영양 무리
가 그들과 섞이거나 동행하거나 그들을 뒤따랐지. 사바나의 커
다란 물소, 코끼리 무리, 멧돼지, 사자, 표범, 리카온, 살쾡이 떼
가 그들과 섞이거나 동행하거나 그들을 뒤따랐어. 하늘다람쥐,

---

* sitatunga: 가장 물과 친근한 영양이다. 등에 여섯 개의 흰 줄이 나 있다.
** bongo: 열대림의 큰 영양. 암수가 다 뿔을 갖고 있다.

이집트산토끼, 뾰족뒤쥐, 땅돼지, 포타모갈,* 천산갑 무리도 그
들과 섞이거나 동행하거나 그들을 뒤따랐지. 침팬지, 비비, 파
타스원숭이, 녹색원숭이 무리, 긴꼬리원숭이, 검덩망가베이, 적
갈색 마지스트라 칼로슈 원숭이 무리도 또한 그들과 섞이거나
동행하거나 그들을 뒤따랐어.

거북이들(이집트땅거북, 키닉시스 땅거북, 자라, 지클라노르쉬
스 거북, 매부리바다거북, 펠루시오스 민물거북), 뱀들(장님뱀, 코
브라, 가봉북살무사, 아프리카집뱀, 살무사), 악어들(긴코악어),
도마뱀들(카멜레온, 왕도마뱀, 회색도마뱀)이 나무들 아래에서
우리 시대의 가장 위대한 사냥의 명수가 거주하는 관저로 이르
는 길로 기어갔지.

수많은 갈매기, 제비갈매기, 바다제비, 펠리컨, 가마우지, 뱀
새, 가시다랭이잡이, 열대조, 왜가리, 따오기, 황새, 코마티비
스, 오리, 거위, 홍학, 호사도요, 물떼새, 댕기물떼새, 도요새,
마도요, 제비물떼새, 땅마도요, 뜸부기, 쇠물닭, 자고새, 뿔닭,
메추라기, 비둘기, 멧비둘기, 사식조蛇食鳥, 독수리, 매, 참수리,
소리개, 말똥가리, 털발말똥가리, 새매, 참매, 수리부엉이, 올빼
미, 뻐꾸기, 투라코, 바르바, 꿀길잡이, 딱따구리, 귀제비, 쏙독
새, 롤카나리아, 딱새, 앵무새, 코뿔새, 도가머리 칼리우, 티티
새, 멋쟁이새, 검은머리방울새, 꾀꼬리, 파리잡이새, 제비, 개똥
지빠귀, 태양새, 까마귀 등등의 무리가 파충류와 네발 동물들

---

* potamogale: 강력한 꼬리로 헤엄치고 개구리나 물고기 또는 갑각류나 연체동
물을 잡아먹는다.

그리고 사냥꾼들 위로 날았어.

짐승들이 보호 지역에서 왔지. 어디로 왜 갔을까?

사냥꾼들은 잘못 생각했어. 우선 보호 지역의 동물들도 명망이 높은 심보, 자신들의 위대한 친구, 보호자, 은인의 죽음을 애도한다고, 동물 족속도 장례식에 참석하러 떠난 것이라고 생각했지. 그러나 그것은 이유나 동기가 아니었어.

사실상 엄청난 관목림 화재가 지평선 부근을 태웠지. 이로 인해 산악 지대와 석양이 가려졌어. 짐승들은 바로 불길을 피해 달아난 것이었지. 잡다한 무기를 갖춘 수많은 농부가 동물들을 가로막거나 추적했어. 농부들이 금세기의 가장 광범위한 몰이에 몰두했지.

이 농부들은 보호 지역에 빼앗긴 땅의 옛 소유자 겸 경작자였어. 그들이 소유한 조상 전래의 땅을 정부가 '무력으로' 수용했지. 그들의 소유권을 빼앗고 그들을 내쫓았었어. 그들은 멀리 떠나지 않았지. 보호 지역의 외곽에 정착했어. 30년 전부터 참을성 있게 기다렸지. 그들도 독재자의 죽음을 사실로 믿었어. 곧바로 관목림에 불을 질렀지. 들판을 되찾기 전에 먼저 몰이를 계획했어. 동물들을 잡아먹으려는 것이었지.

사냥꾼들은 동물들이 보호 지역에서 밖으로 우왕좌왕 달아나는 이유를 알게 되자 망설이지 않았어. 짐승들의 구조에 나섰지. 불길을 잡으려고 애썼어. 소총을 들고서 밀렵 농부들의 무리와 맞섰지. 그래서 공항과 화염 사이에, 평원 전역에 이루 말할 수 없는 혼란이 그치질 않았던 거야. 이 혼란 속에서 사냥꾼들과 밀렵꾼들이 서로 추격하고 싸움을 벌였어. 사망자가 발생했지.

자네가 지휘 비행기에서 주시하게 된 것은 바로 이 광경이었어. 비행기가 착륙하고 나서 자네가 지상에서 발견한 것은 바로 바로 이 광경이었지. 엄청난 난장판이었어.

자네는 관저까지 길을 트려고 시도했지. 공항에는 수십 대의 비행기가 있었어. 관저 주위에서는, 자네의 어머니와 주술사의 집 부근에서는 수백 명의 비밀 첩보원이 각 수풀 또는 구획을 뒤지면서 마구 뒤집어놓았지. 평원, 보호 지역에서는 다수의 사냥꾼, 다수의 농부, 다수의 네발 동물과 파충류, 새가 서로 뒤섞여 비정한 전투를 벌이고 있었어. 그리고 지평선 부근에서는 사실상 대화재로 말미암아 하늘과 산악이 보이질 않았지.

자네는 불안한 마음에서 걸음을 멈추고 고개를 돌려 물었어.

— 내 어머니 나주마와 주술사 보카노는 어디 있지? 운석과 코란은 어디 있나?

아무도 자네에게 대답할 수 없었지. 아무도 몰랐어. 그들을 보거나 찾아낸 적이 없었지. 갑자기 사라졌어. 한마디도 하지 않고 어떤 기미도 내보이지 않고 아무런 흔적도 남기지 않고서 말이야.

그때 자네가 미소를 지었지. 불안이 해소되었어. 기억이 났지. 자네의 어머니와 주술사는 자네가 그들을 잃었을 때 시도해야 하는 것을 오래전부터 이미 여러 차례 자네에게 알려주었어. 그대가 사냥의 명수로서 살아온 행적에 관한 정화의 사설을 소라, 사냥꾼들의 그리오와 그의 조수에게 진행하도록 하는 것이었지.

조수는 코르두아이이어야 할 것이야. 코르두아는 정화 단계의 입문자라네. 자네가 알고 있다시피, 그들이 모든 것을 말할 때, 자네가 모든 것을 고백하고 모든 것을 인정할 때, 자네의 행로에 한 점의 비밀도 없을 때 운석과 코란이 어디에 감춰져 있는지를 운석과 코란 자체가 자네에게 밝혀줄 거야.

자네는 코란과 운석을 찾아낼 때 민주적인 대통령 선거를 준비할 거야. 독립적인 국가위원회가 감독하는 보통 선거를 말일세. 자네는 선거에서 이겨 재선될 확신에 차서 새로운 임기를 간절히 바랄 것이야. 실제로 자네가 알고 있다시피, 자네는 어쩌다가 사람들이 자네에게 투표하지 않는다 해도 들짐승들이 관목림에서 나와 투표용지를 들고 자네를 압도적으로 지지할 것이라고 확신하고 있으니 말일세.

코르두아 티에쿠라가 감정에 북받쳐 일어난다. 춤을 춘다. 네발로 걷는다. 갖가지 짐승의 동작과 울음소리를 차례로 흉내낸다. 방아 찧는 여자들이 조를 다 빻으면 절굿공이를 내려놓고 절구를 비우지. 겨와 함께 곡식이 남아 있는 한 그들은 시작하거나 다시 시작해. 코야가가 코란과 운석을 되찾게 되지 않는 한 우리도 정화의 돈소마나, 우리의 돈소마나를 시작하거나 다시 시작하자.

진정해라 티에쿠라…… 코르두아가 소라의 명령에 순종하려 들지 않는다. 소라는 코르두아의 개 짖는 소리를 무릅쓰고 속담을 읊조린다.

'정신이 구축하는 모든 공원 안에 암소들을 들여놓을 수는 없다.'

'인내의 끝자락에 하늘이 있다.'

'밤이 오래가도 결국에는 동이 튼다.'

## 옮긴이 해설

# 정치의 연극성 또는 독재의 희극

## I. 생애의 특이점

아마두 쿠루마(Ahmadou Kourouma, 1927~2003)는 1927년 코트디부아르의 분디알리에서 태어나 2003년 프랑스 리옹에서 죽었다. 76년을 살았다. 이 시기의 모든 아프리카인처럼 그도 식민지, 독립, 냉전, 독재로 요약되는 아프리카의 파란만장한 근대를 살아낸 것이다. 어쩌면 문학의 길로 들어선 것을 뺀다면 특별할 것 없는 삶일 것이다. 그의 생애는 거의 정확하게 두 시기로 나누어 볼 수 있다. 76년의 생애에서 한가운데의 접힌 부분(주름)에 첫번째 소설 『독립 무렵 *Les soleils des indépendances*』이 자리한다. 이 작품은 1968년 캐나다 퀘벡에서 최초로 출간되었다. 그의 나이 41세 때였으니 대략 생애의 중간쯤이다.

그가 뒤늦게 작가의 행로로 접어든 것은 아마도 몇 달 동안의 감옥살이와 조국으로부터의 추방 탓이었을 것이다. 그의 조국 코트디부아르는 1960년 독립한다. 필릭스 우푸에부아니(Félix Houphouët-Boigny, 1905~1993)가 대통령이 되어 일당 독재와 장기 집권을 획책한다. 당연히 이 계획의 반대자들, 특히 반체제 좌파 인사들을 탄압하기 시작한다. 아마두 쿠루마는 1961년 파리 생활을 접고 고국으로 귀환하지만 체포되어 구금 당한다. 프랑스 여자 크리스티안과 결혼한 덕분인지 그는 오래지 않아 풀려난다. 프랑스에 종속적인 정권으로서는 프랑스와의 관계가 불편해질까 봐 두려웠을 것이다. 이 감옥의 경험이 진실을 말해야겠다는 결의로 이어진 것은 너무나 당연한 귀결이다. 물론 입을 다물어버릴 수도 있었을 것이다. 그렇지만 적어도 감금되어 있는 이들의 고초를 알려야겠다고 생각하지 않았을까? 아무튼 항의할 것인가 말 것인가 하는 갈림길에서 그는 감옥에 갇힌 친구들, 동지들에 관해 증언하기를, 무언가 쓰기를 선택한 것이다.

그는 무슨 이유인지는 모르지만 일곱 살 때 말리의 삼촌에게로 보내져 거기에서 성장했다. 말리의 수도 바마코에서 고등 기술 학교를 다녔다. 거기에서 프랑스령 서아프리카A.O.F.를 뒤흔들 소요를 준비하다가 퇴학당하고 곧바로 징집된다. 코트디부아르로 보내져 막 태동하는 해방 운동, 아프리카 민주 연합Rassemblement Démocratique Africain의 진압에 동원될 처지가 된다. 그는 이것을 거부한다. 원주민 보병으로서 인도차이나에 파병되는 쪽을 선택한다. 이 선택의 자세한 내막은 모르지만 전쟁의 경험은 나중에 『들짐승들의 투표를 기다리며En attendant le vote des bêtes sauvages』를 창작하는 데에 일조하게 된다. 그 후로도 아마두 쿠루마는 알제리(1964~69)와 카메룬(1974~84), 토고(1984~94)에서 망명 생활을 이어간다. 1970년에 시작된 두번째 고국 생활도 오래가지 못한다. 「투그난티기 또는 진실을 말하는 사람Tougnantigui ou le Diseur de vérité」이라는 희곡의 공연(1972)에 대해 혁명적이라는 판단이 내려지는 바람에 다시 망명의 길로 들어선다.

알마미 사모리 투레(Almamy Samory Touré, 1830~1900)는 19세기 말 서아프리카 내륙에 와술루Wassoulou라는 광대한 이슬람 제국을 세운다. 그러고는 서아프리카로 침입하여 식민지를 건설하려는 프랑스에 저항한다. 기니의 초대 대통령 아메드 세쿠 투레(Ahmed Sékou Touré, 1922~1984)는 그의 증손자이다. 아마두 쿠루마의 할아버지는 알마미 사모리 투레의 장군들 가운데 하나였다. 그의 아버지 모리바 쿠루마Moriba Kourouma는 사냥의 명수였다. 직업이 간호사였다. 원주민들에게 '박사'로 불렸다. 오늘날의 의사와 같은 지위를 누린 듯하다. 아마두 쿠루마를 일곱 살부터 기른 그의 삼촌 니안코로 폰디오Niankoro Fondio 역시 사냥의 명수로서 사냥꾼 협회의 최고위 인물이었다. 요컨대 아마두 쿠루마는 사냥꾼 계급의 족장 가문 출신으로 자신의 이름(쿠루마는 말린케 말로 '전사'를 의미한다)에 걸맞은 삶을 소설로 구현했다고 볼 수 있다. 실제로 그의 작품들은 참여적일 뿐만 아니라 전투적이라는 인상을 준다.

그는 1950~54년 인도차이나에서 원주민 보병으로 복무하고 제대한다. 그러고는 리옹의 보험사(오늘날의 공인 회계사) 학교에 입학하여 1959년에 졸업하고 리옹 대학으로부터 기업 관리 자격증을 획득한 후에 파리에서 2년 동안 일한다. 코트디부아르의 독립에 즈음하여 귀국하지 않았더라면, 반체제 인사로 간주되어 추방당하지 않았더라면 계속 이 직업에 종사하게 되지 않았을까? 그러나 그의 비순응적인 성격, 할아버지로부터 연유했을 저항 정신에 비추어 독립 무렵의 정치 현실을 결코 외면하지는 않았을 것이다. 게다가 공산주의자들의 발호를 두려워한 필릭스 우푸에부아니 정권에 의해 조작된 음모에 연루되어 고초를 겪고 불의를 목격했으니 그로서는 가만히 있을 수 없었던 것이다. 그렇지만 엄중한 압제의 상황 속에서 그가 무엇을 할 수 있었겠는가? 문학의 길에, 허구를 통한 진실 말하기에 매진하는 것이 그의 부득이한 선택이었을 것으로 보인다.

그의 작품은 많지 않다. 희곡 한 편과 5편의 소설 그리고 어린이책 5권이 전부이다. 희곡 「투그난티기 또는 진실을 말하는 사람」은 1972년에 공연된다. 이 공연으로 그의 두번째 귀국 생활이 마감된다. 그가 문학의 길로 들어섰음을 알리는 신호탄인 『독립 무렵』은 1968년 캐나다 몬트리올 대학 출판부에서, 1970년에는 프랑스 쇠이유 출판사에서 나온다. 이 소설에서 아마두 쿠루마는 주인공 파마Fama와 그의 아내 살리마타Salimata의 팍팍한 삶을 묘사함으로써 독립 직후의 아프리카 일상생활이 어떠했는지(출구 없는 상황)를 독자에게 담담히 전달한다. 이 소설로 아마두 쿠루마는 일상생활의 역사가라는 평가를 받기 시작한다. 두번째 소설 『모네, 모욕과 도전Monnè, outrages et défis』은 한참 후인 1990년에 쇠이유 출판사에서 출간된다. 이 작품도 역시 아프리카가 식민지화에 의해 근대성으로 넘어가는 과정, 아프리카가 유럽에 억지로 맞춰지는 과정을 그리고 있다. 결국 주인공 지기Djigui가 베마Béma에게 왕위를 넘기는 것으로 소설이 끝나는데 이는 후자가 식민지 당국에 의해 선택되기 때문이다. 전자로 대변되는 옛 세계와의 단절이 일어난 것이다.

『들짐승들의 투표를 기다리며』는 그의 세번째 소설이다. 이 소설은 냉전의 세계 질서 속에서 아프리카에 만연하는 독재의 행태를 적나라하게 담아내고 있다. 이 작품에서 아마두 쿠루마는 특히 사냥꾼들의 전통적인 정화 의례인 돈소마나donsomana를 작품의 얼개로 차용하고 말린케어의 구비 전승을 프랑스어 텍스트 안으로 과감하게 끌어들임으로써 새로운 글쓰기의 가능성을 실험한다. 그리고 『알라는 손을 놓고』*와 『거절할 때는 아니라고 말하지』**는 아프리카 여러 나라의 내전 상황에서 생겨난 소년병과 2002년 시작된 코트디부아르 사태(반군과 정부군 사이의 내전, 코트디부아르가 2006년 독일 월드컵 본선에 진출했을 때 축구 선수 디디에 드로그바Didier Drogba는 내전의 일시 중단을 호소했다)라는 현실의 문제를 다루고 있다.

아마두 쿠루마는 1998년부터 아프리카 전통을 프랑스 어린이들에게 소개하고자 하는 의도에서 얇은 5권의 어린이책을 펴냈다. 『야쿠바, 아프리카의 사냥꾼』***『그리오, 말꾼』****『사냥꾼, 아프리카의 영웅』*****『대장장이, 지식인』******『왕, 활기찬

---

* *Allah n'est pas obligé*, Paris: Seuil, 2000.

** *Quand on refuse on dit non*, Paris: Seuil, 2004.

*** *Yacouba, chasseur africain*, coll. Folio Junior, illustrations de Claude et Denise Millet, Paris: Gallimard jeunesse, 1998.

**** *Le griot, homme de parole*, Nîmes: Édition Grandir, 2000.

***** *Le chasseur, héros africain*, Nîmes: Édition Grandir, 2000.

****** *Le forgeron, homme de savoir*, Nîmes: Édition Grandir, 2000.

봉건 군주』*는 이제 아프리카 어린이들도 많이 읽는다고 한다. 그만큼 이제는 아프리카에서도 전통 문화를 접하기가 어렵게 된 것이 아닌가 생각된다.


## II. 작품의 형식

『들짐승들의 투표를 기다리며』는 일종의 이야기 마당이다. 원로 사냥꾼 일곱 명이 둘러앉는다. 이들의 한가운데에 이야기꾼 그리오와 그의 조수 그리고 주인공인 독재자 코야가와 그의 심복 마클레디오가 좌정한다. 전부 열한 명이 이야기의 무대를 점하고 있다. '소라'라고 하는 사냥꾼 조합의 그리오 빙고가 주로 코야가의 생애 이야기를 끌어가는 가운데, 코르두아라고 하는 도제 겸 조수 티에쿠라가 대꾸하는 식으로 이야기가 전개된다. 코야가와 마클레디오가 직접 나서서 자기 이야기를 들려주기도 한다. 이 네 화자가 이야기판을 짠다. 그러므로 이 소설은 무엇보다도 연극의 성격을 갖는다.

'돈소donso'는 서아프리카에서 사냥꾼을 의미하는 밤바라 말이다. 사냥꾼만이 돈소로 불릴 수 있다. 돈소의 활동은 사냥에만 한정되지 않는다. 숲의 약초에 정통한 전통 의학의 전문가로서 치료사의 역할도 한다. 게다가 돈소는 '돈소응고니donso n'goni'라 불리는 매우 특수한 전통 음악을 발전시켰다. 그리고 '돈소마나'는 사냥꾼 또는 사냥 이야기이다. 기념할 만한 사냥

---

* *Prince, suzerain actif,* Nîmes: Édition Grandir, 2000.

이나 사냥꾼에 관해 소라와 코르두아가 펼치는 이야기판이다. 이것은 밤에만 행해진다. 이야기의 중간에 노래와 춤, 악기의 연주가 곁들여진다. 사냥은 사냥꾼과 맹수 사이의 대결이다. 그런데 사냥꾼도 맹수도 마법을 행하는 것으로 간주된다. 둘 다 마법사이다. 사냥은 마법사들이 마법을 겨루는 싸움이다. 돈소마나의 이야기 내용은 마법 대결인 셈이다.

아마두 쿠루마는 자신의 글쓰기에 돈소마나의 형식을 차용한다. 사냥을 정치에 적용한다는 것은 인간이 인간을 사냥한다는 뜻이다. 골프 공화국의 대통령 프리카사 산토스가 쿠데타 세력, 실제로는 코야가에 의해 살해되는 대목에서 코야가는 개미, 바늘 등으로 변신해서 산토스 대통령을 찾고 산토스는 바람으로, 정원사로 변신하여 미국 대사관 앞마당으로 피신하지만 코야가의 독화살에 맞아 쓰러진다. 이렇듯 정치가 마법의 대결인 사냥으로 해석된다. 여기에서 마법 또는 주술과 정치권력은 동일한 것이다. 정치의 풍경에서 마법은 부차적인 것이 아니다. 권력은 마법 없이 행사되지 않는다. 코야가도 자신의 어머니와 그녀의 운석, 회교 원로인 주술사 보카노와 그의 코란에 힘입어 최고 지도자가 될 수 있었다. 코야가가 마클레디오와 함께 이 돈소마나에 참석하는 것도 운석과 코란의 행방을 알기 위해서는 이 의례를 치러야 한다고 그의 어머니가 예언했기 때문이다.

돈소마나에서 사람의 생애가 이야기되는 경우는 드물다. 돈소마나는 기본적으로 사냥 이야기이기 때문이다. 그런데 『들짐승들의 투표를 기다리며』는 독재자 코야가의 일대기이다. 이에 곁들여 그의 심복 마클레디오의 생애가 비교적 길게 이야기된다. 이 소설은 정화의 영웅담, 영웅 서사시이기도 하다. 이는 돈소마나의 형식을 소설의 형식에 맞춘 결과이다. 이 언술의 무대에서 소라는 독재자를 찬양한다. 돈소마나의 전통을 따른다. 반면에 코르두아는 농담, 말장난, 반어를 통해 독재자를 비난한다. 이 유머는 냉소를 머금고 냉정하게 잔혹한 범죄를 저지르는 자에 대한 한없는 혐오로 보인다. 코르두아는 이 희극적인 요소(조롱)를 내보임으로써 진실을 말하는 자의 역할을 충실하게 이행한다. 독재자 코야가는 자기 생애에 관한 정화 이야기에 귀를 기울인다. 때로는 스스로 나서서 이야기를 보충한다. 그렇지만 정작 코야가 자신은 찬양이 가혹한 비판을 감추고 있다는 것을 알아차리지 못한다. 심지어는 티에쿠라의 비판적이거나 풍자적인 발언조차 건성으로 듣고 무시하는 듯하다.

물론 무대 감독 같은 화자도 있다. 이 일차 화자는 대화자들의 언행을 독자에게 이야기하는 역할을 한다. 작중의 이차 화자들이 언급하는 인물들에 관해서는 일절 말하지 않는다. 전지적 작가의 위치를 점하지만 거의 존재감이 없다. 누가 말하는지를 알려주는 역할에 그친다. 주로 소라가 이끌어가는 이야기 판에서 주요 작중 인물은 골프 공화국이라는 상상적인 아프리카 국가의 독재자 코야가, 그의 어머니 나주마, 그의 정신적이고 정치적인 조언자인 주술사 보카노, 코야가와 그의 리카온들에 의해 살해당하는 골프 공화국의 전임 대통령 프리카사 산토스, 코야가의 쿠데타에 합류하여 코야가 정권의 주요 인물이 되는 마클레디오 등이다.

이외에도 많은 인물이 등장하는데 그중에서도 코야가가 일당 독재와 장기 집권의 기술을 배우기 위해 차례로 방문하는 국가원수들은 이 소설의 주제와 직접적으로 관련된다. 이 소설은 현실과 허구가 긴밀하게 맞물려 있는 서사시적 소설로서 20세기 말 아프리카 지도자들의 권모술수에 대한 비판이기 때문이다. 과연 그들은 독재 학교의 노회하고 좀스러운 교사처럼 보인다. 작가가 묘사한 작중 인물들에게서 현실의 아프리카 지도자를 쉽게 알아볼 수 있다. 아마두 쿠루마는 본래 아프리카 지도자들의 실명을 사용하려 했으나 출판사 측에서 심각한 사법적 갈등을 초래할지 모른다는 우려 때문에 만류했다고 한다. 그래서 이름은 바꾸고 토템은 그대로 두었다는 것이다.

우선 주인공 코야가(매 토템의 남자)는 토고(소설에서는 골프 공화국)의 지도자 냐싱베 에야데마(Gnassngbé Eyadéma, 1935~2005)를 가리킨다. 마클레디오는 에야데마 대통령의 강력한 내무부 장관 테오도르 라클레Théodore Laclé를 모델로, '라클레'에다가 코트디부아르의 우푸에부아니 대통령의 별명들 가운데 하나인 '디오와드'의 앞 두 글자 '디오'를 합쳐서 만들어낸 인물이다. 그렇지만 마클레디오의 파란만장한 모험 이야기는 작가 자신의 인생행로 가운데 일부분에 바탕을 두고 지어낸 것이다. 다음으로 산토끼 토템의 응쿠티기, 산봉우리 공화국의 대통령은 기니의 대통령 세쿠 투레, 악어 토템의 티에코로니, 흑단 공화국의 대통령은 코트디부아르 공화국의 대통령 필릭스 우푸에부아니, 하이에나 토템의 보수마는 두 개의 강 나라 황제로서 중앙아프리카의 황제 장베델 보카사(Jean-Bédel Bokassa, 1921~1996), 표범 토템의 큰 강 공화국 대통령은 자이르의 대통령 모부투 세세 세코(Mobutu Sese Seko, 1930~1997), 자칼 토템의 산악 및 사막 국가 대통령은 모로코의 왕 하산 2세(1929~1999)를 가리킨다. 끝으로 코야가의 주술사 보카노는 니제르의 국가원수 세이니 쿤체(Seyni Kountché, 1931~1987)의 회교 원로 겸 주술사 우마루 아마두 본카노Oumarou Amadou Bonkano를 모델로 한 인물이다.

소설의 형식을 더 자세히 말하자면 총 여섯 번의 야회(돈소마나)가 열린다. 각 야회는 전통, 죽음, 운명, 권력, 반역, 종말이라는 고유한 주제가 있다. 각 야회의 주제는 각 야회의 첫머리에서 소개된다. 각 주제에는 속담 3개가 딸린다. 각 주제는 소라가 제시하는 속담에 의해 구체적으로 설명되고 예시된다. 각 야회는 또한 몇 개의 장으로 구분되어 있다. 각 장은 중간 휴식을 갖기 위해 나누어놓은 것이다. 전부 24개의 장이 야회별로 불균등하게 배분되어 있다. 각 장마다 이야기를 주도하는 인물은 소라(그리오)이지만 진실을 말하는 인물은 조수 티에쿠라이다. 빙고가 해나가는 찬사 위주의 이야기에 티에쿠라의 대항 이야기contre-récit가 맞물리면서 돈소마나가 행해진다. 그의 대항 이야기는 길지 않고 주도적인 흐름을 형성하지도 못하지만 진정한 의미에서의 정화, 이야기를 통해 부정한 것을 떨쳐버릴 수 있게 한다. 이 대항 이야기는 필수 불가결하다. 번뇌와 원한을 정화하고 용서와 화해의 길을 열기 위해서는 자유롭게 진실을 말할 수 있는 인물이 필요한 것이다. 이 인물은

셰익스피어의 『리어 왕』에 나오는 왕의 광대 톰이나 몰리에르
희곡에서의 하녀와 유사한 역할을 한다고 말할 수 있다. 이들
은 모두 검열을 벗어난 목소리의 소유자이다. 이처럼 말은 대
항 권력의 강력한 요소가 된다. 이 요소를 구현하는 인물이 바
로 그리오 빙고의 제자 겸 조수 티에쿠라인 것이다.

아프리카 전통 사회에서 문학은 언제나 글이 아니라 말로 이
루어졌다. 말로 전승되는 것이었지 글로 기록되는 것이 아니었
다. 아프리카에서 말의 중요성은 속담, 노래, 이야기 등을 통해
드러난다. 말이 없으면 역사도 문명도 존재할 수 없다. 아마두
쿠루마의 이 소설 『들짐승들의 투표를 기다리며』도 일단 프랑
스어로 된 글이지만 구비 문학의 성격이 다분하다. 우선 전통
적인 이야기꾼의 서술 방식을 차용하고 있다. 다음으로 아프리
카 생활에 관한 말, 아프리카적인 표현, 특히 속담을 텍스트의
여기저기에 끼워 넣는다. 끝으로 여섯 차례의 야회가 이어짐으
로 말미암아 이야기가 반복된다는 인상을 준다. 어떤 관점에서
보자면 판소리 마당과 유사한 것 같다. 이 소설은 소설과 옛이
야기, 문학성(텍스트성)과 구연의 특성이 어울려 있는 혼종의
작품으로 다가온다.


## III. 정치 세계의 폭력성

이 소설에서 정치는 사냥과 동일시된다. 이로부터 정치의 두
가지 특성이 생겨난다. 하나는 초자연적인 것에 호소하는 마
법-종교적 해석, 다시 말하자면 주술성이고 다른 하나는 상대

를 무자비하게 제압하는 폭력성이다. 주술성은 아프리카의 독재자들은 장관급의 마법사들, 주술사들로 둘러싸여 있다는 점에서 잘 드러난다. 이들의 영향력이 고위 관료보다 더 크다. 주술성은 또한 코야가의 가장 강력한 후원자가 그의 어머니와 주술사 보카노이고 이들의 주물呪物인 운석과 코란이 코야가를 보호한다는 점에서도 읽어낼 수 있다. 국고의 사적 유용으로 재정 파탄이 초래되고 국제통화기금이 개입하는 사태가 발생하면서 코야가의 실추가 시작되자 이들의 행방이 묘연해지고 이에 즈음하여 코야가를 위한 돈소마나가 행해진다는 전개 자체에 주술적 사고방식이 스며들어 있다.

또한 이 소설은 폭력으로 점철되어 있다. 폭력, 유혈, 공포에 의한 지배가 일상화되어 있다. 정치 세계에 잔인함이 넘쳐나고 도덕이 부재한다. 이는 사냥이 인간을 대상으로 벌어지기 때문인 것으로 보인다. 코야가가 맹수 사냥꾼에서 인간 사냥꾼으로 바뀐다. '인간은 인간에 대해 늑대'라는 말은 늑대에 대한 모독으로 들린다. 인간은 늑대보다 훨씬 더 잔인하기 때문에, '인간은 인간에 대해 인간'이라는 말이 더 진실하게 울린다. 그는 살아남기 위해, 자기 자신의 안위를 위해 거짓과 폭력을 행할 뿐만이 아닌 듯하다. 거짓과 폭력이 그에게 쾌감을 주는 듯도 하다. 병적인 쾌락을 얻기 위해 살인을 저지른다는 인상도 준다. 사냥꾼이 맹수의 복수를 봉쇄하기 위해 죽은 맹수를 거세하고 떼어낸 성기를 아가리에 쑤셔 넣는 끔찍한 관행이 살해당한 정적들에게 그대로 실행된다. 이는 죽은 짐승이나 사람으로부터 복수의 힘을 빼앗기 위해서이다. 이렇게 하면 복수의 힘이 밖으로 향하지 않고 안에서 순환한다는 것이다. 논리적이지만 합리적이지는 않은 이러한 이해 속에서 사람과 짐승의 이야기가 중첩된다.

코야가로 상징되는 이러한 권력 구조에서는 관용이나 자유 또는 정직이나 자기 통제 같은 가치를 전혀 찾아볼 수 없다. 오직 악덕과 잔혹한 힘이 가치 있는 것으로 내세워질 뿐이다. 코야가는 가증스러운 괴물이다. 인간적인 가치의 감각을 상실한 지도자이다. 이런 개인은 추종할 수도 추종해서도 안 된다는 것이 아마두 쿠루마의 주장인 것 같다. 하지만 그는 반란도 혁명도 믿지 않는 듯하다. 각자가 자신의 견해와 행동 방식을 자유롭게 선택하도록 허용하는 것이 최선이라는 생각을 하고 있는 것으로 보인다. 이에 따라 작품이 전도된 서사시(반-영웅의 이야기)로 드러나고 독자는 정치의 폭력성에 대한 윤리적 반응을 요구받는다. 이 소설의 독서는 왜 정치에서는 악이 선을 이기는 것 같은가에 대해 진지하게 성찰해보는 기회가 된다.

다른 한편으로 이 소설은 독재에 대한 풍자로서 웃음을 유발하는 측면도 있다. 가령 각각의 장 마지막 대목에서는 언제나 코르두아가 익살스럽고 음란한 춤사위를 내보인다. 빙고와 티에쿠라의 말수작이 덧붙여지고 그리오의 속담 인용으로 마무리된다. 이 대목들에서 독자는 긴장을 풀고 웃음을 터뜨릴 수 있다. 또한 티에쿠라가 빙고의 찬사에 감춰져 있는 이면의 진실을 약간은 저속하게 들추어낼 때에도, 빙고가 읊조리는 속담에서 해학과 분노담에 마주칠 때에도 웃음의 효과가 생겨난다.

이 소설은 아프리카의 독재, 아니 지역에 상관없이 독재 일반의 완벽한 도표이기도 하다. 예컨대 경찰국가, 사병들(리카온들)의 테러, 폭력적인 관행(거세), 군사주의(코야가는 병사에서 장군으로 초고속 진급을 한다), 국고의 사적 전용, 타락한 풍속(국가의 통일성을 확보하기 위해 코야가는 부족마다 한 명씩의 아내를 갖는다), 개인숭배, 가짜 테러(일종의 자작극 같은 친위 쿠데타), 선전 선동의 일반화 등 주요한 양상들이 적나라하게 드러나 있다. 영웅 서사시 또는 영웅담의 틀 내에서 독재자들의 비틀린 심리에 대한 풍자가 펼쳐진다. 영웅 이야기가 반어적으로 말해진다. 부지불식간에 우스꽝스러운 것으로 변한다. 반어적 서술에 의해 코야가의 독재 배후에 놓여 있는 우스꽝스러움이 폭로된다.

이제 독자는 아프리카가 지하자원뿐만 아니라 가난과 독재의 대륙임을 받아들이고 포스트식민 민주주의의 핵심부로의 여행을 통해 진보가 살해당하는 아프리카의 상황에 눈을 뜨게 된다. 거의 초현실적으로까지 보이는 폭력의 장면은 외부로부터 아프리카 국가들에 부과된 민주주의의 좌초라는 심각한 아프리카 병의 증후가 아닐 수 없다. 이제 영웅적인 코야가는 정치 사기극과 역사 왜곡의 알레고리라는 것을 모든 이가 납득할 수 있게 된다. 이 돈소마나 소설의 관건은 기만의 정화, 거짓의 장막을 걷어내는 것이다. 그 안에는 아프리카의 독재, 독재자들의 친척과 협력자, 그들의 비열한 짓거리, 어리석음, 거짓말, 수많은 범죄와 살인에 관해 진실을 말하려는 아마두 쿠루마의 의도가 들어 있다.

이 소설은 포스트식민 민주주의에 관한 하드보일드(범죄) 소설의 측면도 지니고 있다. 적어도 아프리카 독재에 대한 날선 비난임에는 틀림이 없다. 그리고 여러 목소리의 중첩, 이야기의 대화 구조에 힘입어 생생한 현장성이 느껴지는 만큼 아프리카 이야기를 소설로 다시 쓰기가 일정한 성과를 얻었다고 평가할 수 있을 것이다. 아프리카 이야기를 글로 쓰는 또 다른 방식의 시도에 쿠루마의 독창성이 놓여 있다. 이 시도는 본질적으로 말에 의해 행해지는 정화 이야기의 의례 구조, 즉 사냥꾼들의 돈소마나를 소설에 끌어들임으로써 가능해진 것이다. 또한 이 형식적 요소에 힘입어 소설가는 정치 무대에 대해 거리를 둘 수 있게 된다. 이 거리 두기는 국가 경제의 약탈, 거짓말, 고문, 살인, 직함의 찬탈(하사관이 장군으로 승진)이 진부한 일이 되어버린 정치 세계의 완벽한 문학적 재현에 일조한다. 요컨대 아마두 쿠루마는 소설의 소우주에 사회의 대우주를 담아내는 데 성공한다.

# 작가 연보

1927    11월 24일 코트디부아르의 분디알리에서 출생. 아버지
        모리바 쿠루마Moriba Kourouma는 말린케 부족의 사냥꾼
        겸 상인이었음.

1950    삼촌 니안코로 폰디오Niankoro Fondio가 사는 말리의 바
        마코에서 학교를 다닌 후 세네갈 원주민 보병으로 징
        집되어 인도차이나로 파병됨.

1954    하사로 제대한 후 프랑스 리옹으로 돌아와 보험 계리
        사가 되기 위해 학업을 계속함.

1960    코트디부아르가 독립하자 고국으로 돌아가지만 감옥
        살이를 경험함.

1964~69  알제리에서 망명 생활을 함.

1968    첫번째 소설 『독립 무렵 Les soleils des indépendances』 출간.

1972    다시 코트디부아르로 돌아와 희곡 「투그난티기 또는
        진실을 말하는 자 Tougnantigui ou le Diseur de vérité」의 공연을
        시도함.

1974~84  카메룬에서 망명 생활을 함.

1984~94  토고에서 망명 생활을 함.

1990    두번째 소설 『모네, 모욕과 도전 Monnè, outrages et défis』 출
        간. 흑아프리카 문학대상 수상.

1998    세번째 소설『들짐승들의 투표를 기다리며*En attendant le vote des bêtes sauvages*』출간. 이 작품으로 트로피크스상, 프랑스 문인협회대상 수상.

어린이책『야쿠바, 아프리카 사냥꾼*Yacouba, chasseur africain*』출간.

1999    『들짐승들의 투표를 기다리며』로 리브르 앵테르상 수상.

2000    소년병의 문제를 다룬『알라는 손을 놓고*Allah n'est pas obligé*』출간. 장 지오노 대상, 르노도상, 공쿠르 리세앵상 수상.

어린이책『그리오, 말꾼*Le griot, homme de parole*』『사냥꾼, 아프리카의 영웅*Le chasseur, héros africain*』『대장장이, 지식인*Le forgeron, homme de savoir*』『왕, 활기찬 봉건 군주*Prince, suzerain actif*』출간.

2003    12월 11일 프랑스 리옹에서 사망.

2004    유작 소설『거절할 때는 아니라고 말하지*Quand on refuse on dit non*』출간.

## 기획의 말

## 세계문학과 한국문학 간에 혈맥이 뚫려,
## 세계-한국문학의 공진화가 개시되기를

21세기 한국에서 '세계문학'을 읽는다는 것은 무엇을 뜻하는
가? 자국문학 따로 있고 그 울타리 바깥에 세계문학이 따로 있
다는 말인가? 이제 한국문학은 주변문학이 아니며 개별문학만
도 아니다. 김윤식·김현의 『한국문학사』(1973)가 두 개의 서문
을 통해서 "한국문학은 주변문학을 벗어나야 한다"와 "한국문
학은 개별문학이다"라는 두 개의 명제를 내세웠을 때, 한국문학
은 아직 주변문학이었다. 한데 그 이후에도 여전히 한국문학은
주변문학이었다. 왜냐하면 "한국문학은 이식문학이다"라는 옛
평론가의 망령이 여전히 우리의 의식을 장악하고 있었기 때문
이다. 그렇게 생각하고 그렇게 읽고, 써온 것이었다. 그리고 얼
마간 그런 생각에 진실이 포함되어 있는 것도 사실이었다. 그러
나 천천히, 그것도 아주 천천히, 경제성장이나 한류보다는 훨씬
느리게, 한국문학은 자신의 '자주성'을 세계에 알리며 그 존재
를 세계지도의 표면 위에 부조시키고 있었다. 그런 와중에 반대
방향에서 전혀 다른 기운이 일어나 막 세계의 대양에 돛을 띄운
한국문학에 위협적인 격랑을 밀어붙이고 있었다. 20세기 말부

터 본격화된 '세계화'의 바람은 이제 경제적 재화뿐만이 아니라 어떤 나라의 문화물도 국가 단위로만 존재할 수 없게 하였던 것이니, 한국문학 역시 세계문학의 한 단위라는 위상을 요구받게 되었던 것이다.

그러니 21세기 한국에서 세계문학을 읽는다는 것은 진정 무엇을 뜻하는가? 무엇보다도 세계문학이라는 개념을 돌이켜 볼 때가 되었다. 그동안 세계문학은 '보편문학'의 지위를 누려왔다. 즉 세계문학은 따라야 할 모범이고 존중해야 할 권위이며 자국문학이 복종해야 할 상급 문학이었다. 그리고 보편문학으로서의 세계문학의 반열에 올라간 작품들은 18세기 이래 강대국의 지위를 누려온 국가의 범위 안에서 설정되기가 일쑤였다. 이렇게 해서 세계 각국의 저마다의 문학은 몇몇 소수의 힘 있는 문학들의 영향 속에서 후자들을 추종하는 자세로 모가지를 드리워왔던 것이다. 이제 세계문학에게 본래의 이름을 돌려줄 때가 되었다. 즉 세계문학은 보편문학이 아니라 세계인 모두가 향유할 수 있도록 전 세계 방방곡곡에서 씌어져서 지구적 규모의 연락망을 통해 배달되는 지구상의 모든 문학이라고 재정의할 때가 되었다. 이러한 재정의에는 오로지 질적 의미의 삭제와 수량적 중성화만 있는 게 아니다. 모든 현상학적 환원에는 그 안에 진정한 가치를 향해 나아가고자 하는 지향성이 움직이고 있다. 20세기 막바지에 불어닥친 세계화 토네이도가 애초에는 신자유주의적 탐욕 속에서 소수의 대국 기업에 의해 주도되었으나 격심한 우여곡절을 겪으며 국가 간 위계질서를 무너뜨리는 평등한 교류로서의 대안-세계화의 청사진을 세계인의 마음속에 심게 하였듯이, 오늘날 모든 자국문학이 세계문학의 단위로 재편되는 추세가 보편문학의 성채도 덩달아 허물게 되어, 지구상의 모든 문학들이 공평의 체 위에서 토닥거리는 게 마땅하다는 인식이 일상화까지는 아니더라도 최소한 정당화되고 잠재적으로 전망되는 여건을 만들어내게 되었던 것이다.

또한 종래 세계문학의 보편문학적 지위는 공간적 한계만을 야기했던 게 아니다. 그 보편문학이 말 그대로 보편성을 확보했다기보다는 실상 협소한 문학적 기준에 근거한 한정된 작품 집합에 머무르기 일쑤였다. 게다가, 문학의 진정한 교류가 마음의 감동에서 움트는 것일진대, 언어의 상이성은 그런 꿈을 자주 흐려왔으니, 조급한 마음은 그런 어둠 사이에 상업성과 말초적 자극성이라는 아편을 주입하여 교류를 인공적으로 촉진시키곤 하였다. 이제 우리는 그런 편법과 왜곡을 막기 위해서, 활짝 개방된 문학적 관점을 도입하여, 지금까지 외면당하거나 이런저런 이유로 파묻혀 있던 숨은 걸작들을 발굴하여 널리 알리고 저마다의 문학을 저마다의 방식으로 감상할 수 있는 음미의 물관을 제공해야 할 것이다. 실로 그런 취지에서 보자면 우리는 한국에 미만한 수많은 세계문학전집 시리즈들이 과거의 세계문학장을 너무나 큰 어둠으로 가려오고 있었다는 것을 절감한다.

이와 같은 인식하에 '대산세계문학총서'의 방향은 다음으로 모인다. 첫째, '대산세계문학총서'의 기준은 작품의 고전적 가치이다. 그러나 설명이 필요하다. 이 고전은 지금까지 고전으로 인정된 것들에 갇히지 않는다. 우리가 생각하는 고전성은 추상적으로는 '높은 문학성'을 가리킬 터이지만, 이 문학성이란 이미 확정된 규칙들에 근거한 문학성(그런 문학성은 실상 존재하지 않거니와)이 아니라, 오로지 저만의 고유한 구조를 통해 조직되는데 희한하게도 독자들의 저마다의 수용 기관과 연결되는 소통로의 접속 단자가 풍요롭고, 그 전류가 진해서, 세계의 가장 많은 인구의 감성을 열고 지성을 드높일 잠재적 역능이 알차게 채워진 작품의 성질을 가리킨다. 이러한 기준은 결국 작품의 문학성이 작품이나 작가에 의해 혹은 독자에 의해 일방적으로 결정되는 것이 아니라, 세 주체의 협력에 의해 형성되며 동시에 그형성을 통해서 작품을 개방하고 작가의 다음 운동을 북돋거나작가를 재인식시키며, 독자의 감수성을 일깨워 그의 내부에 읽기로부터 쓰기로의 순환이 유장하도록 자극하는 운동을 낳는다는 점을 환기시키고 또한 그런 작품에 대한 분별을 요구한다.

이 첫번째 기준으로부터 두 가지 기준이 덧붙여 결정된다.

둘째, '대산세계문학총서'는 발굴하고 발견한다. 모르거나 잊힌 것을 발굴하여 문학의 두께를 두텁게 하고, 당대의 유행을따라가기보다는 또한 단순히 미래를 예측하기보다는 차라리 인류의 미래를 공진화적으로 개방할 수 있는 작품을 발견하여 문학의 영역을 확장할 것을 목표로 한다. 이는 또한 공동선의 실현과 심미안의 집단적 수준의 진화에 맞추어 작품을 선별한다는 것을 뜻한다.

셋째, '대산세계문학총서'가 지구상의 그리고 고금의 모든 문학작품들에게 열려 있다면, 그리고 이 열림이 지금까지의 기술그대로 그 고유성을 제대로 활성화시키는 방식으로 진행되는것이라면, 이는 궁극적으로 '가장 지역적인 문학이 가장 세계적인 문학'이라는 이상적 호환성을 추구한다는 것을 가리킨다. 이는 또한 '대산세계문학총서'의 피드백에도 그대로 적용될 것이다. 즉 '대산세계문학총서'의 개개 작품들은 한국의 독자들에게 가장 고유한 방식으로 향유될 터이고, 그럴 때에 그 작품의 세계성이 가장 활발하게 현상되고 작용할 것이다.

이러한 기준들을 열린 자세와 꼼꼼한 태도로 섬세히 원용함으로써 우리는 '대산세계문학총서'가 그 발굴과 발견을 통해 세계문학의 영역을 두텁고 넓게 하는 과정 그 자체로서 한국 독자들의 문학적 안목과 감수성을 신장시키는 데 기여할 것을 기대하며, 재차 그러한 과정이 한국문학의 체내에 수혈되어 한국문학의 도약이 곧바로 세계문학의 진화로 이어지게끔 하기를 희망한다. 이는 우리가 '대산세계문학총서'를 21세기의 한국사회에서 수행하는 근본적인 소이이다. 독자들의 뜨거운 호응을 바라마지않는다.

'대산세계문학총서' 기획위원회

# 대산세계문학총서